푸른 야수의 저택

푸른
야수의
저택

Blue Beast's Mansion

위니스피어
로맨스 판타지 소설

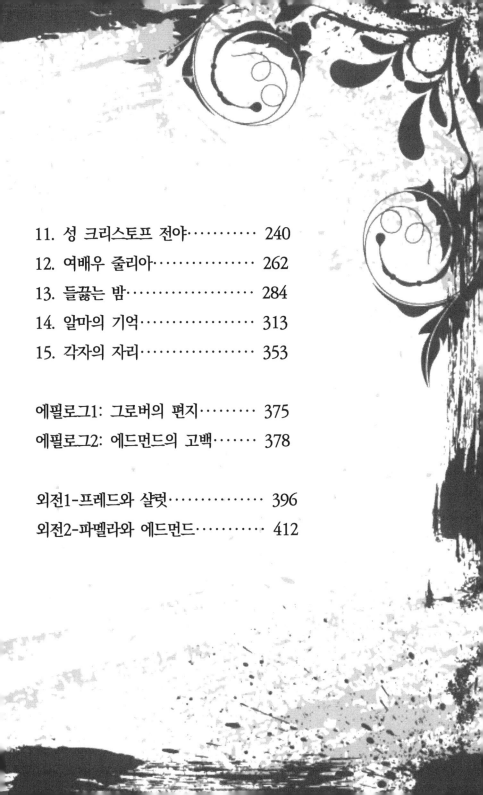

프롤로그

"네가 여길 나갈 수 있을 것 같아? 넌 절대 떠날 수 없어! 알아? 결코 날 떠날 수 없다고!"

아직도 생생한 그의 외침. 한 발의 총성.

찢어질 듯한 비명.

그것이 그날 내가 기억하는 전부였다.

그곳에서 일어났던 일들을 어떻게 설명할 수 있을까?

이 이야기를 누군가에게 한다고 해도 아무도 믿어주지 않을 것이다.

나조차도 그 모든 일이 현실인지 아니면 꿈이었는지 분간할 수 없다.

아니, 어쩌면 정말로 꿈을 꾼 것인지도 모르겠다.

길고도 긴 악몽을…….

파멜라.

그 이름이 모든 것의 시작이었다.

그 여자 때문에 새 출발을 꿈꾸던 내 인생은 엉망이 되었다.

무서운 집착, 비뚤어진 욕망, 거짓과 기만.

그리고 어긋난 사랑이 만들어낸 저주받은 이름.

상처 입은 야수의 울음소리가 메아리치는 베스티아 몬트.

과거의 망령이 배회하는 그 음울한 저택에서 파멜라는 모든 것을 지배하고 있었다.

실체도 없는 그녀의 이름이 내 영혼을 짓밟고 내 사랑하는 이를 삼켜버렸다.

나는 아마 평생 벗어나지 못할지도 모른다.

눈을 감아도 지워지지 않는 창백한 그녀의 얼굴.

귀를 막아도 사라지지 않는 고통스런 그의 절규.

그리고 발버둥 칠수록 나를 옭아매는 끔찍한 기억들에서…….

1. 소개장

"다 왔습니다, 아가씨. 이곳이 로즈미나 거리입니다."

마부의 말에 알마는 상념에서 깨어났다. 서둘러 삯을 지불하고 마차에서 내리며 그녀는 주위를 찬찬히 둘러보았다. 오래되었지만 아름다운 분수가 있는 아담한 광장, 장미 문양이 새겨진 타일을 따라 줄지어 늘어선 예쁜 상점들, 여유로운 걸음으로 흐린 오후의 거리를 걷고 있는 사람들. 알마는 크게 숨을 들이마셨다가 내쉬었다. 신선한 꽃향기가 가득 밀려와 그녀는 마음이 한껏 들떴다.

켄드웰로 올 수 있었던 것은 모두 워렌 의사 덕분이었다. 그는 그녀의 목숨을 구해준 은인이었다. 정확히 기억은 나지 않지만 그녀는 길을 건너다 마차에 치여 아주 위험한 상태였다고 한다. 머리를 심하게 부딪친 바람에 자신이 누구인지도 기억하지 못하는 기억상실 증상을 겪었는데, 수중에 '알마'라는 이름이 새겨진 손수건 외에는 아무것도 지닌 것이 없던 그녀를 오직 의사로서의 사명감으로 지극히 돌봐준 것이 바로 워렌이었다.

그의 집에서 몇 주간 지내며 회복하는 동안, 그녀가 몸담았었던 수녀원에서 그녀를 데리러 왔다. 하지만 원인모를 거부감에 알마는 수녀원으로 돌아가는 것을 망설였고, 고민하던 그녀에게 워렌은 하녀 일을 해보지 않겠냐며 일자리를 제안했다.

"내가 아는 사람이 거주하녀를 구하고 있는데 한번 일해 볼 생각 없소? 귀족 집안이라 보수도 넉넉하게 줄 거요."

마냥 신세만 지는 것이 미안했던 알마는 단번에 그 제안을 수락했고,

그 덕분에 지금 이 활기찬 거리에 서 있게 된 것이었다.

그녀는 꿈에 부풀었다. 갑갑하고 끔찍했을 것이 분명한 수녀원의 생활이 아닌 새로운 삶을 시작한다는 생각에 무척 설레었다. 자신의 힘으로 돈을 벌고 자립을 할 수 있다니 정말 짜릿한 기분이었다. 돈을 벌면 제일 먼저 워렌 선생님께 선물을 해야지! 그녀는 즐거운 다짐을 하며 거리를 걸었다.

그녀가 일하게 될 윈델 저택은 마차를 타고 10분가량을 더 가야했으나 알마는 저택에 도착하기 전 켄드웰의 번화가에서 시간을 좀 보내며 마음의 준비를 하고 싶었다. 장인의 손길이 느껴지는 양장점과 최신 유행의 소품을 진열해놓은 모자가게, 작은 액자를 걸어둔 갤러리와 서점 등을 구경하며 잠시 고민하던 그녀는 곧 맛있는 냄새가 풍겨 나오는 한산한 음식점으로 들어갔다.

주방장이 추천하는 오늘의 메뉴를 주문하고 창밖을 바라보며 앉아있으려니, 식당 주인으로 보이는 뚱뚱한 사내가 음식을 날라왔다.

"처음 보는 숙녀분이시구만. 어디서 오셨소?"

식탁 위에 그릇을 내려놓으며 사내가 쾌활한 목소리로 말을 붙였다.

"팍스웰에서 왔어요. 이곳에 일자리를 얻었거든요."

"그래요? 그것 잘됐군요! 무슨 일을 하게 됐지?"

"윈델 저택에서 하녀 일을 하기로 했어요. 아는 분이 소개장을 써주셔서요."

"윈델 저택? '베스티아 몬트' 말이오?"

식당 주인이 놀란 얼굴로 되물었다.

"네, 윈델 저택이라고 들었는데…… 다른 이름도 있나보죠?"

어딘가 격한 반응에 의아해진 알마가 묻자 식당 주인은 넌더리가 난다는 표정으로 말을 이었다.

"저런, 어쩌다 그런 곳에 일자리를 얻게 된 거요? 하긴, 외부인이라 잘 모르려나……."

"왜요? 무슨 일이라도 있나요?"

호기심과 걱정이 뒤섞인 채, 그녀는 물었다.

"그곳엔 야수가 산다오, 야수! 오죽했으면 사람들이 아무도 그곳을 원래 이름으로 부르지 않아요. 대신 베스티아 몬트라고 부르지. 야수의 언덕이란 뜻이오."

"야수……라니, 들짐승이 많이 나오나 보죠?"

순진한 알마의 질문에 식당 주인은 딱하다는 표정을 지으며 고개를 절레절레 저었다.

"아니오, 아가씨. 그 집 주인 말이오. 아주 미친 자랍니다! 정 그곳에서 일해야 한다면 조심하는 게 좋을 거요. 나 같으면 이 촉촉한 에그 스크램블을 먹고 나서 당장 도망치겠지만……."

도대체 그게 무슨 소리냐고 더 물어보고 싶었지만 그는 막 들어온 맞은편 테이블의 주문을 받기 위해 자리를 떠나버렸다. 알마는 얼떨떨한 기분이었다. 베스티아 몬트라고? 집 주인이 미친 자라니 이게 다 무슨 말일까? 그녀는 꺼림칙한 의문을 삼키며 촉촉한 에그 스크램블을 퍼 올렸다.

* * *

갑자기 손님이 붐비는 바람에 식사를 마치고 가게를 나올 때까지 식당 주인은 더 이상의 이야기를 해주지 않았다. 막 새 출발을 하려는 사람에게 무슨 초 치는 이야기람……. 알마는 찜찜한 기분을 떨치려 노력하며 광장에 대기하고 있던 새 마차를 불러 잡았다.

워렌 선생님이 직접 소개해준 곳인데 이상한 곳일 리 없지. 그 아저씨

가 다른 지역에서 온 사람을 놀리려고 괜히 헛소리를 한 걸 거야. 그녀
는 생각하며 마차에 올라탔다.

윈델 저택은 켄드웰 시내가 한눈에 내려다보이는 언덕 위에 있었다. 저
택으로 올라가는 길이 꽤나 험해서 마부가 투덜거리는 소리가 들려왔다.
알마는 덜컹대는 마차 안에서 창밖을 내다보며 또다시 생각에 잠겼다.
설령 식당 주인의 말대로 고용주가 이상한 사람이라고 할지라도 그녀는
달리 선택지가 없었다. 수녀원으로 돌아가는 것은 싫었다. 워렌 의사의
호의를 거절할 수도 없었다. 무엇보다 이 일자리를 거절하면 그녀는 갈
곳이 없었다.

알마는 흐릿한 기억들을 더듬어 보았다. 내게 부모가 있었을까? 수녀원
에서는 보통 고아원을 운영하기도 하니 아마 나도 고아였을지도 모르지.
사고를 당하기 전에는 수녀원에서만 살았던 걸까? 어렴풋한 기억의 파편
들 중에서 밤마다 기도문을 외우던 생각이 났다. 수녀원장이 뭐라고 외
치며 채찍을 휘두르던 장면도 떠올랐다. 이래서 돌아가기 싫었던 것일
까? 마차에 치인 일은 정말 사고였을까? 혹시 수녀원에서 도망치기 위해
내가 일부러 길가에 뛰어든 것은 아니었을까? 이유야 어쨌든 워렌을 만
난 것은 천운이었다. 다음에 만나면 꼭 성의를 표해야지…….

그때 마차가 급정거를 하는 바람에 알마는 앞으로 튕겨나갈 뻔 했다.
흥분한 말들이 날뛰는 소리와 마부의 걸쭉한 욕설이 들려왔다. 알마는
놀란 가슴을 부여잡고 무슨 일인가 보기 위해 창문 밖으로 고개를 내밀
었다.

"가면 안 돼!"

누군가 새된 소리를 내지르며 불쑥 튀어나왔다. 알마는 깜짝 놀라 비명
을 질렀다. 눈을 크게 뜨고 보니 어디선가 나타난 웬 늙은 여자 하나가
창문 너머로 그녀를 노려보며 서 있었다. 제멋대로 흐트러진 하얗게 샌

머리카락, 해진 스커트 아래로 드러난 앙상한 맨발. 한눈에 보아도 제정신이 아닌 것 같아 보이는 노파가 뭔가를 중얼거리더니 바닥에 침을 탁 뱉었다. 당황한 알마가 가만히 있자, 노파는 불결한 악취를 풍기며 마차로 바짝 다가섰다. 그리고는 빠진 이를 드러내 보이며 그녀를 향해 씩 웃었다.

"야수를 조심해, 아가씨. 푸른 야수를 조심해야 해!"

그녀가 마차를 두드리며 큰 소리로 외쳤다. 알마는 멍하니 노파를 바라보았다. 흉한 몰골로 알 수 없는 말을 중얼거리는 늙은이의 눈빛이 매우 기이하게 보였다.

"저리가! 썩 꺼져버려!"

곧 마부가 다가와 소리를 지르며 노파를 쫓아냈다. 그의 위협에 노파는 괴성을 지르며 수풀 속으로 달아났다.

"괜찮소, 아가씨?"

마부가 굳어있는 알마를 들여다보며 물어왔다.

"예, 저는 괜찮아요. 고마워요."

"이 근방에서 유명한 미친 여자요. 저 할멈이 하는 소리는 신경 쓰지 마시우. 베스티아 몬트로 올라가는 마차만 보이면 쫓아와서 훼방을 놓지."

마부는 대수롭지 않은 일이라는 듯 내뱉고는 다시 운전석에 올랐다. '이랴' 하는 소리와 함께 마차가 출발했다. 알마는 창밖으로 고개를 내밀고 노파가 사라진 수풀 쪽을 바라보았다. 푸른 야수를 조심하라니……. 식당 주인의 경고부터 이상한 노파의 알 수 없는 소리까지, 알마는 괜스레 불안해졌다. 정말 괜찮은 걸까?

* * *

윈델 저택은 그녀가 생각했던 것보다 훨씬 크고 웅장했다. 흰색과 파란색이 뒤섞인 대저택은 수백 년이 넘는 유구한 역사를 가지고 있다고 하기엔 최근 새로 보수된 느낌이 강했다. 셀 수도 없을 만큼 무수한 창이 나 있는 건물의 꼭대기에는 해를 이고 있는 짐승의 모습이 그려진 가문의 깃발이 바람에 나부끼고 있었다.

아름다운 저택의 모습에, 알마는 여기까지 오는 동안 겪었던 이상한 일들을 모두 잊고 탄성을 내질렀다. 우중충한 날씨 때문인지 혹은 인기척이라곤 없는 주변의 고요함 덕분인지 다소 황량한 느낌도 들었지만, 앞으로 이런 멋진 곳에서 지내게 될 거라고 생각하니 그녀는 신이 났다.

알마는 작은 짐가방을 손에 꼭 쥐고 품속에서 워렌이 써준 소개장을 꺼내들었다. 커다란 문 앞까지 씩씩하게 걸어간 뒤 심호흡을 하며 머리와 옷매무새를 다시 한 번 정리했다. 이제 곧 새로운 인생의 막이 오를 참이었다.

막 노크를 하려는 찰나 예고도 없이 문이 벌컥 열렸다. 알마는 흠칫 놀라 뒷걸음질 쳤다. 열린 문으로 한 중년의 부인이 모습을 드러냈다. 목 끝까지 단추를 채운 짙은 보라색 옷을 입고 한 올의 흐트러짐도 없이 머리를 바짝 올려 묶은 여인이 딱딱한 얼굴로 알마를 쳐다보았다. 그녀의 기세에 눌려 한동안 멍하니 있던 알마는 이내 정신을 차리고 워렌의 소개장을 내밀었다.

"안녕하세요, 알마라고 합니다. 워렌 선생님의 소개로 왔어요. 일할 사람을 구하신다고 하셔서……."

중년의 여인은 알마가 내미는 소개장을 받아들며 날카로운 시선으로 그녀를 머리끝에서 발끝까지 훑었다. 평가하는 듯한 그 시선에 알마는 괜히 주눅이 들어 가방을 쥔 손을 꼼지락거렸다.

"들어와요."

한참을 알마를 탐색하던 여자가 문에서 비켜서며 말했다. 알마는 안도감을 느끼며 재빨리 문 안으로 들어섰다.

저택 안은 바깥의 외양만큼이나 장엄하고 화려했다. 넓은 홀의 양쪽으로는 긴 복도로 이어지는 입구가 보였고 중앙에는 2층으로 이어진 세련된 층계가 있었다. 천장에 걸린 화려한 샹들리에와 바닥에 길게 깔려있는 고급스런 카펫이 집의 주인이 얼마나 부유한지를 고스란히 드러내고 있었다. 입을 떡 벌린 채 서 있으려니 뒤에서 문이 '쾅'하고 닫히며 헛기침을 하는 소리가 들렸다.

"워렌 박사님께 이야기는 들었습니다. 나는 이 저택을 관리하는 조지나 그로버라고 해요."

"반갑습니다, 그로버 부인."

자신이 무례했다는 것을 깨달은 알마가 재빨리 손을 내밀어 악수를 청하였으나 상대는 무심하게 몸을 돌렸다.

"고용인은 정문으로 드나들면 안 된다는 것 정도는 알고 있을 거라고 생각했어요."

"오, 죄송합니다. 앞으로 주의하겠습니다."

당황하는 알마를 무시한 채 그로버는 어딘가로 걸음을 옮겼다. 알마는 허둥지둥 그녀의 뒤를 따라갔다.

"할 일이 별로 많지는 않을 거예요. 주인어른이신 윈델 경께서도 그다지 까다롭게 신경 쓰시는 편은 아니니까요. 하지만 그렇다고 게으름을 피우는 건 안돼요. 다른 데보다 괜찮은 보수를 받는 만큼 알아서 성실히 일해주길 바라요."

긴 복도를 뚜벅뚜벅 걸어가며 그로버가 말했다. 알마는 그녀의 빠른 걸음을 따라잡으려 거의 뛰다시피 하며 활기차게 대답했다.

"물론이지요. 이런 기회를 주신 것만으로도 감사……."

"나와 요리사 올리버, 그리고 베키가 이곳에서 일하는 고용인의 전부예요. 올리버는 말을 못해요. 베키는 당신 또래고요."

"그, 그렇군요."

"기상 시간은 6시. 특별한 일이 없다면 10시에는 잠자리에 들도록 해요. 3층 전체와 2층의 사용하지 않는 일부 구역은 출입금지예요. 허락 없이 저택 밖으로 나가는 것은 안 됩니다. 식료품과 집기는 3일에 한 번씩 상인이 조달하니 필요한 게 있으면 그때 말하도록 해요."

그로버는 속사포처럼 고용인이 지켜야 할 규칙들을 늘어놓았다. 알마는 열심히 고개를 주억거리며 주의사항들을 마음에 새기려 애썼다. 그때 그로버가 자리에 우뚝 멈춰서는 바람에 뒤따라가던 알마는 하마터면 그녀와 부딪칠 뻔 했다. 주춤거리며 물러서자 그로버가 그녀를 향해 돌아섰다. 그리고는 아주 단호한 목소리로 덧붙였다.

"마지막으로, 절대로 거울은 안 됩니다."

뜻밖의 조건에 알마는 조금 놀랐다. 거울이 일반인들이 구비하기에는 꽤나 부담스러운 사치품에 해당하기는 했으나 이런 대저택을 보유한 귀족 집안에서 그 정도의 물건이 허용이 안 된다니 의외였다.

"거울을 사용할 수 없다는 말인가요? 어째서죠?"

궁금함을 참지 못한 알마가 물었다. 혹시 이런 질문도 실례일까 다소 조바심이 났지만 그로버는 묘한 표정으로 알마를 바라보더니 대답했다.

"곧 알게 될 거예요."

그리고서 그녀는 계속 걸음을 옮기더니 이번에는 살짝 열린 방문 앞에 멈춰 섰다.

"베키."

못마땅함이 가득 묻어나는 그로버의 목소리에 방 안에서 숨을 힐떡이는 소리가 들려왔다. 알마는 그로버의 어깨 너머로 슬쩍 방 안을 들여다보았다. 한 젊은 여자가 침대 위에 삐딱하게 앉아 담배에 불을 붙이고 있다가 후다닥 몸을 일으켰다.

"그로버 부인!"

젊은 여자는 담배와 성냥을 재빨리 뒤로 숨겼다. 그리고는 그로버의 뒤에 서 있는 알마를 호기심어린 눈으로 곁눈질했다.

"여기서 뭘 하고 있는 거죠? 지금쯤 주인어른께 올릴 차를 준비해야 할 시간일 텐데……."

그로버의 말에 베키라 불린 여자는 애교 있게 웃으며 변명했다.

"아이, 지금 막 가려고 했어요. 제가 언제 시간을 안 지킨 적이 있나요?"

붉은 기가 도는 짧은 고수머리에 천진해 보이는 주근깨를 가진 그녀는 눈웃음을 치며 손 안에 감춘 물건들을 베개 밑에 쑤셔 넣고 재빨리 방 밖으로 나왔다. 그녀는 계속해서 알마를 흘끔거리더니 멋쩍은 웃음을 지으며 어딘가로 사라졌다.

베키가 사라지자 그로버는 짧게 한숨을 쉬고는 옆 방문을 가리켰다.

"여기가 당신이 지낼 방이에요. 옷을 갈아입고 식당으로 오도록 해요."

"알겠습니다. 그런데 식당은 어디……."

알마가 물었으나 그로버는 그녀의 목소리가 들리지도 않는다는 듯이 바람처럼 사라져버렸다. 알마는 얼떨떨한 기분으로 그로버가 안내한 방으로 들어갔다. 햇빛이 잘 드는 커다란 창이 나 있는 방은 하급 고용인의 방이라고 하기엔 지나치게 컸다. 튼튼해 보이는 침대와 꽃병이 놓인 테이블, 작은 책상과 의자가 적절히 배치되어 있었고, 벽에 붙은 옷장 안에는 하녀용 복장이 몇 벌 걸려있었다. 천장에 달려있는 호출용 벨만 아니라면 어느 평민 가정의 방 같아 보이기도 했다. 알마는 새삼 집주인의 재력과 너그러움을 체감하며 작은 짐가방을 풀었다.

몇 안 되는 소지품을 정리한 뒤 옷을 갈아입고 다시 밖으로 나온 알마는 고민에 빠졌다. 과연 식당은 어디에 있는 것일까? 불친절한 그로버에 대한 불만과 첫 지시사항을 제대로 수행하지 못할지도 모른다는 불안감이 뒤섞여 그녀는 약간 조바심이 났다. 뭐, 어디든 돌아다니다보면 나오겠지. 마음을 다잡은 알마는 그로버가 사라졌던 방향으로 걸음을 내딛기 시작했다.

그때 맞은편 복도에 누군가가 나타났다. 검은 옷을 입은 사람이 이쪽을 보더니 자리에 우뚝 서서 가만히 그녀를 응시했다. 그러더니 곧 태풍에 밀려오는 먹구름처럼 그녀가 서 있는 쪽으로 다가왔다. 그 움직임이 너무도 재빠르고 갑작스러워서 알마는 순간 어둠이 자신을 휩싸는 것 같은 착각을 느꼈다.

알마에게로 다가온 사람이 그녀의 앞에 멈춰 섰다. 눈을 들어 그를 마주본 알마는 숨이 턱 막혔다. 큰 키에 핏기 없는 얼굴, 흐트러진 검은 머리의 남자가 마치 마법이라도 걸 듯한 새파란 두 눈으로 그녀를 바라보고 있었다.

'푸른 야수를 조심해……'

알마의 무의식 속에서 누군가가 속삭였다. 그러나 그녀를 더욱 당혹시킨 것은 그 새파란 눈가를 지나 뺨까지 깊게 패여 내려온 선명한 흉터였다. 문득 거울 사용을 금지하던 그로버의 경고가 이해가 갔다. 알마는 즉시 이 남자가 자신의 고용주인 에드먼드 윈델이라는 사실을 직감했다. 악마가 깃든 것 같은 파란 눈동자와 살벌한 흉터에도 그는 살아 움직이는 조각상과 같은 미남자였다. 그녀를 들여다보는 강력한 눈빛에 몸이 떨려오는 것을 느끼며, 알마는 간신히 입을 열었다.

"아, 안녕하세요. 윈델 경이신가요? 저는 워렌 선생님의 소개로……"

"이름?"

알마의 말을 자르며, 남자가 짧게 내뱉었다. 그의 목소리는 낮고 깊었다.

"아, 알마라고 합니다."

"성은?"

"예? 저는, 저……."

"출신지는?"

"저기…… 팍스웰에서……."

"나이는?"

"19살이에요."

남자가 미간을 찌푸렸다. 무언가 맘에 들지 않는 듯한 그 표정에 알마는 심장이 철렁 내려앉았다. 뭔가 잘못한 걸까? 초조하게 눈치를 살폈지만 그는 더 이상 아무 말도 하지 않았다. 대신 그는 뚫어지게 알마의 얼굴을 쳐다보았다. 정말로 무슨 저주라도 내릴 것 같은 그 시선이 부담스러워진 알마는 쭈뼛거리며 말했다.

"저, 그로버 부인이 제게 식당으로 오라고 지시하셨는데, 혹시 식당이 어디에 있는지……."

그는 아무 말 없이 손을 뻗어 자신이 지나왔던 복도 쪽을 가리켰다. 그러면서도 그의 눈은 계속 알마에게 고정되어 있었다.

"아, 감사합니다. 그럼 실례하겠습니다."

알마는 꾸벅 인사를 하고 빠른 걸음으로 그를 지나쳐 걸었다. 거리가 제법 멀어지고 나서야 그녀는 몰래 호흡을 가다듬었다. 정말 엄청난 위압감이었다. 그 무뚝뚝한 말투하며……. 이 저택에는 이렇게 딱딱한 사람들만 있는 걸까? 알마는 슬쩍 뒤를 돌아보았다. 윈델 경은 아직도 그 자리에 못 박힌 듯 서서 알마를 주시하고 있었다.

'이상한 사람이야…….'

그녀는 얼른 다시 앞을 보며 도망치듯 자리를 떴다.

* * *

식당에 당도하니 그로버와 베키가 기다리고 있었다. 베키는 그새 또 한 소리를 들은 듯 골이 난 얼굴이었지만 알마를 보고는 아무 일도 없었다는 듯이 뿔난 표정을 지웠다. 기다란 식탁 너머에는 나이가 지긋하고 풍채가 좋은 남자가 서 있었다. 아마도 요리사인 것 같았다. 미소를 지으며 눈인사를 건네니 그로버가 그녀의 짐작을 확인시켜 주었다.

"소개하지요. 요리사인 올리버 라이트 씨입니다. 윈델 저택에서 30년 가까이 주방을 맡고 계시지요."

"반갑습니다, 라이트 씨."

알마가 손을 내밀어 악수를 청하자 요리사는 감격에 젖은 듯한 얼굴을 하고는 두 팔을 벌리며 다가와 그녀를 꼭 껴안았다. 너무도 반가워하는 그의 몸짓에 알마는 혹시 그와 원래부터 아는 사이였는지 착각을 할 지경이었다.

"올리버라고 불러주는 걸 더 좋아할 거예요. 그리고 이쪽은 베키 하퍼 양. 아까 잠시 만났었죠?"

그로버의 소개에 베키는 한 손을 흔들었다. 알마가 꾸벅 인사를 하자 그로버가 다시 입을 열었다.

"알마, 내일 아침 6시 30분까지 이곳으로 오세요. 주인어른께서 9시에 여기서 아침을 드시니 나와 올리버가 식사 준비를 할 동안 당신은 베키와 함께 식당을 청소하고 세탁실로 가도록 합니다. 침대시트와 식탁보는 매일 빨아야 하기 때문에 무엇보다……."

설명하던 그로버가 갑자기 말을 멈추고는 몸을 돌렸다. 모두의 시선이 그녀를 따라 움직였다. 그리고 알마는 식당 입구에 나타난 검은 어둠을 발견하고 깜짝 놀랐다. 그녀를 따라온 것일까?

갑작스런 고용주의 등장에 그로버는 '이런' 하고 중얼거리더니 알마를 돌아보았다.

"나중에 따로 소개를 드리려고 했는데……. 우선 인사하세요. 이 저택의 주인이신 에드먼드 윈델 경입니다."

알마는 얼른 두 손을 공손히 모으고 고개를 숙였다.

"다시 인사드리겠습니다. 조금 전에 뵀었죠? 알마입니다."

그로버가 약간 인상을 찌푸리는 것이 느껴져 알마는 자신의 말이나 행동에 무언가 예절에 어긋난 점이 있는지 불안해졌다. 정말로 그런 것인지 윈델 경은 그녀의 인사를 받아주지도 않은 채 그로버를 향해 말했다.

"그로버 부인, 나 좀 봅시다."

그리고 그는 나타났을 때와 같이 홀연히 모두의 시야에서 사라져 버렸다. 식당 안에 잠시 침묵이 감돌았다. 그로버는 얕은 한숨을 내쉬더니 다시 세 사람을 향해 돌아섰다.

"설명은 조금 있다가 다시 하도록 하죠. 올리버, 당신은 할 일을 하세요. 베키는 그동안 알마 양에게 저택을 안내해주도록 해요. 그리고 곧 저녁 식사 시간이니……."

"조지나!"

멀리서 그로버를 부르는 윈델 경의 성마른 외침이 들려왔다. 그 부름에 그로버는 더 이상 아무 말도 하지 않은 채 다급하게 방을 떠났다. 그녀가 나가자 올리버 역시 주방으로 들어가고 식당 안에는 알마와 베키 둘만 남았다.

"어휴, 정말 빡빡하다니까."

베키가 고개를 절레절레 저으며 말했다.

"저…… 혹시 제가 뭔가 실수를 해서 두 분이 저러시는 걸까요?"

내심 불안했던 알마가 묻자 베키는 코웃음을 쳤다.

"걱정 마. 원래 저래. 전형적인 높으신 분과 그 하수인이지 뭐."

알마가 어색하게 웃자 베키는 관찰하는 듯한 눈으로 그녀의 행색을 살피며 말했다.

"우리 나이도 비슷한 것 같은데 말 편하게 하지 그래?"

"아, 그래도 될까요? 그럼……."

"따라와."

베키는 알마에게 손짓하더니 고용인 휴게실로 보이는 곳으로 그녀를 안내했다. 예전에는 많은 사람들이 드나들었을 넓은 그 방에는 여러 명이 함께 식사할 수 있는 긴 테이블과 일자형 벤치 의자가 있었고 벽에 붙은 선반 위에는 소박한 식기와 잔들이 줄지어 늘어서 있었다. 층층이 놓여있는 여분의 앞치마들과 간단한 게임 도구들을 둘러보고 있으려니 베키가 자리에 털썩 앉으며 숨겨두었던 담배를 꺼내 물었다.

분명 그로버가 저택을 안내해주라고 한 것 같은데 작정하고 자리에 퍼질러 앉은 베키 때문에 알마는 당황했다. 뭔가 말을 붙이려고 하는 찰나, 베키가 먼저 입을 열었다.

"그래서, 어쩌다 이런 곳에 오게 된 거야?"

본인도 이곳에서 일을 하고 있으면서 딱하다는 듯한 말투에 알마는 신경이 쓰였다.

"소개로 왔어. 필립 워렌 선생님이라고…… 내 은인이시거든."

"흐응, 팍스웰에서 유명한 의사 아니야? 너 좋은 줄을 물었구나?"

베키가 씩 웃었다. 그로버 앞에서 사근사근하고 애교 있게 굴던 그녀는 마치 다른 사람이 된 듯 불량하고 퇴폐적인 분위기를 풍겼다. 그런 게 아니라고 해명할까 잠시 고민하던 알마는 그냥 화제를 돌리기로 했다.

"베키 너는 이곳에서 얼마나 일했어?"

"나도 일주일 정도 밖에 안됐어. 그로버 아줌마가 얼마나 잡아대는지, 돈만 아니었으면 진작 때려치웠을 텐데."

"음, 좀 깐깐하신 것 같더라. 날 마음에 안 들어 하시는 것 같아서 불안하네."

성냥에 불을 붙이려 애쓰며 베키가 낄낄 웃었다.

"그 여자는 자기 주인 말고는 아무도 안 좋아할걸?"

"윈델 경은 어떤 분이셔? 아까 복도에서 마주쳤는데 그분도 굉장히 무뚝뚝하시던걸?"

베키가 손을 멈추고 알마를 올려다보았다.

"너, 정말 아무것도 모르니?"

"뭘 말이야?"

로즈미나 거리의 작은 식당에서부터 스멀스멀 피어오르던 불안감이 그녀를 온통 장악하기 시작했다.

"이런, 진짜로 모르나보네."

베키는 묘한 표정을 짓더니 입에 물고 있던 담배를 빼어 손가락 사이에 끼웠다. 그리고는 잔뜩 움츠리고 서 있는 알마 쪽으로 몸을 기울이며 나직이 말했다.

"이곳엔 말이야, 엄청난 소문이 있어. 너, 이렇게 커다란 저택에 왜 이렇게 사람이 없는지 이상하다는 생각 안 했니?"

"그, 그렇지 않아도 좀 허전하다고 생각은 했어."

"예전엔 엄청 붐비던 곳이었대. 손님들도 자주 드나들고 매일같이 파티에, 왕실과도 교류가 있었다나? 고용인의 수만 해도 100명이 넘었다는 거야. 그런데 18년 전에……."

베키는 잠시 말을 멈추고 주위를 둘러보았다. 알마는 침을 꼴깍 삼키며 그녀의 다음 말을 기다렸다.

"저택에 엄청난 화재가 났어. 불길이 어마어마해서 저 언덕 아래 마을에서도 다 보였다는 거야. 나이든 사람들은 아직도 가끔 그 밤의 얘기를 한다니까?"

알마는 문득 오래되었다는 저택이 왜 그토록 새것 같아 보였는지를 깨달았다. 화재가 있은 후 불타버린 집을 보수하였던 것이 틀림없었다.

"그 화재 때문에 많은 사람들이 죽고 다쳤어. 그런데 그 불을 지른 사람이 누군지 알아?"

"서, 설마 윈델 경이?"

"응, 범인으로 지목된 사람은 당시 치기어린 17살의 에드먼드 윈델이었지. 그뿐 아니야. 그날 밤에 윈델 경의 아버지와 약혼녀도 살해당했어. 심지어 약혼녀라는 여자는 임신한 상태였는데!"

"세상에……."

충격적인 이야기에 알마는 조용히 탄식을 내뱉었다.

"그 여자가 꽤 유명한 부자였거든. 광산에 투자하여 신흥부자가 된 집안의 상속녀였어. 그런데 그 사고가 있은 후에 그 여자 재산이 전부 윈델 가로 넘어오고 그쪽 집안은 완전히 망해버린 거야. 뭐, 몰락해가는 귀족 가문이 돈 많은 여자랑 결혼해서 서로의 신분과 재산을 교환하는 경우가 많긴 하지만 이건 좀 뭔가 구린 사건이었지."

"그랬구나……."

"경찰이 조사에 나섰지만 신분도, 재산도 있는 사람을 건드리는 게 쉽진 않았나봐. 게다가 지금도 얼굴에 남아있는 그 상처 자국을 봐. 자기도 피해자라고 주장하기엔 더할 나위 없잖아. 결국 그 일은 쉬쉬하며 덮였다지 뭐야? 하지만 여전히 사람들은 수군거리고 있지."

그제야 알마는 식당 주인이 왜 그런 말을 했는지 이해가 갔다. 그런 엄청난 일이 실제로 있었다면, 그리고 방화와 살인사건의 용의자일지도 모르는 사람이 고용인이라면 누구도 그의 밑에서 일하고 싶지 않을 것이다.

"그래서 그런 말을 했나보구나."

알마가 중얼거리자 베키가 의아한 눈빛을 보냈다.

"사실 여기 오는 길에 이상한 말을 들었거든. 식당 주인도 그랬고 언덕에선 웬 할머니가 나타나서는……."

"아, 그 미친 할멈을 너도 만난 거야? 뭐라고 했는데?"

"푸른 야수를 조심하라고 그랬어."

베키는 당연하다는 듯 고개를 끄덕였다.

"사실 정확하게 밝혀진 건 없어. 다 의혹일 뿐이지. 하지만 원래 이 집안이 조상 대대로 이상한 소문이 많긴 했어. 이곳이 베스티아 몬트라고 불린다는 건 너도 들었겠지? 그 별명이 예전부터 있어온 거거든. 처음엔 주변에 들짐승이 많이 나와서 붙여진 이름이었는데 이곳에 살던 사람들도 정신이 온전치 못했던 사람들이 많았나봐. 그래서 윈델 가문은 몇 백 년 전부터 악마를 섬겨왔다더라, 어린 여자들을 하녀로 데려가서 이상한 짓을 했다더라, 밤마다 동물로 둔갑한다더라 별별 소리가 다 있었지."

베키의 말에 알마는 피식 웃었다.

"좀 무섭긴 하네."

"아무튼 여기서 일할 생각이라면 그런 소문들은 모르는 척 해. 이런 얘기 내가 했다고 그로버에게 일러바치지 말고!"

알마는 고개를 끄덕이며 복도에서 마주쳤던 윈델 경의 모습을 다시 한 번 떠올려보았다. 소문이란 과장되기 마련이지만 아니 땐 굴뚝에 연기가 날 리도 없는 법이었다. 그녀는 정말로 궁금해졌다.

"베키, 너는 일주일이나 먼저 일을 해봤잖아. 너는 어떻게 생각해? 정말로 윈델 경에게 뭔가가 있는 것 같니?"

다시 성냥을 긋기 시작하던 베키가 고개를 돌렸다.

"글쎄, 난 그게 사실이든 아니든 상관은 없어. 그리고 만약 사실이라 하더라도 뭐 어때? 잘생겼는데."

그녀의 말에 알마는 뜬금없이 웃음이 터져 나왔다.

"뭐라고? 잘생겼으면 살인자라도 상관없다는 거야?"

베키는 덩달아 웃으며 혀를 끌끌 찼다.

"너 정말 세상 물정 모른다. 우리 같은 하층민 여자들이 성공할 방법이 뭐가 있겠어? 창부가 되거나 높으신 분의 눈에 들어 정부로 들어앉거나, 둘 중 하나야. 어차피 똑같이 다리를 벌려야 되는 거라면 이왕이면 잘생기고 돈 많은 귀족 남자가 낫지 않겠어?"

속물 같은 그녀의 말에 알마는 어쩐지 익숙한 기분이 들었다. 저 먼 곳에 묻혀있던 어떤 기억 하나가 어른거렸다.

"어디선가 들어본 것 같은 말이네."

알마의 중얼거림에 베키는 어깨를 으쓱해 보이며 신이 나서 떠들어댔다.

"윈델 경을 봐. 그런 흉터를 가지고도 아름다울 수 있는 얼굴은 결코 흔치 않다고."

"그래, 잘생긴 분이긴 하더라."

알마는 순순히 인정했다. 그가 눈을 떼기 힘든 미남인 것은 사실이었다. 그렇게 강렬한 인상과 묘한 분위기를 가진 사람은 한 번도 본 적이 없었다.

"뭐, 사창가를 자주 드나들었다는 소문도 있었지만 말이야. 18년 전에 죽은 약혼녀를 제외하면 아직까지 독신에다 참견할 가족이나 친척도 없고 잘만 하면 아주 대어를 낚을 수도 있는 것 아니겠어? 열심히 해보자고!"

농담과 진담이 반씩 섞인 듯한 베키의 말이 너무 재미있어서 알마는 소리 내어 웃었다. 그러다가 그로버의 것이 분명한 발자국 소리가 들려와 두 여자는 후다닥 휴게실을 나와 주방으로 도망쳤다.

* * *

올리버는 정말 엄청난 요리사였다. 그가 만들어준 다진 양고기와 감자가 들어간 저녁식사는 왕실의 정찬에 올려도 손색이 없을 정도로 맛있었다. 식사가 끝나자 그는 그로버 몰래 주인의 식탁에 올렸던 것과 똑같은 복숭아 아이스크림을 디저트로 내왔고, 그것은 두 여자를 매우 행복하게 만들었다. 베키는 늙은 올리버가 어지간히 알마를 마음에 들어 하나 보다며 놀려댔다. 알마는 올리버의 음식이 너무 맛있으니 이곳에서 절대 쫓겨나지 말고 최대한 오래 일해야겠다고 다짐하며 농담에 대꾸했다.

식사 시간이 끝나자 그로버는 알마를 불러 저택의 방들을 하나하나 보여주며 앞으로 그녀가 해야 할 일들과 주의사항들을 다시 한 번 꼼꼼히 알려주었다. 무표정한 그녀의 설명을 들으며, 알마는 그녀가 아까 윈델 경과 무슨 이야기를 했는지가 무척 알고 싶었다. 그가 그로버를 호출한 이유가 왠지 자기 때문일 것 같다는 생각이 들었지만 차마 물어볼 수는 없었다. 정말 그녀가 마음에 안 들어서 내보내라고 한 건 아닐까? 하루 일을 시켜보고 제대로 하지 못하면 나가라고 하는 게 아닐까? 여러 가지 불안한 상상에 그녀는 그로버의 설명을 놓치기 일쑤였다.

절대 들어가서는 안 된다는 출입금지 구역을 지날 때 알마는 베키가 해준 이야기들이 생각났다. 그녀는 이 집에 관해 떠도는 소문에 대해 한 번 물어볼까 살짝 고민했지만 그것은 너무 위험한 도박이 될 것 같아 혀끝까지 차오르는 질문을 억눌렀다.

취침시간이 되어 방으로 돌아오자 옆방에서 베키가 고개를 빼꼼 내밀었다.

"내 방에서 술 한 잔 할래? 아주 좋은 스카치 한 병이 있는데⋯⋯."

정말 못 말리는 여자라고 생각하며, 알마는 고개를 저었다.

"난 술 못 마셔."

재미없는 애가 왔다고 투덜거리면서 베키는 방문을 닫았다. 닫힌 문에 대고 잘 자라는 인사를 건넨 뒤 알마는 방으로 들어와 침대에 걸터앉았다. 방 안은 고요했다. 그녀는 손으로 침대시트를 가만히 쓸어보며 생각에 잠겼다.

쫓겨나지 않고 잘할 수 있을까? 모처럼 얻은 일자리인데 절대로 잃을 수는 없었다. 열심히 하기만 하면 되지 않겠는가! 성실하게 일해서 까다로운 그로버 부인에게 인정도 받고 워렌 선생님에게도 폐를 끼치지 말아야지!

워렌에게 편지를 써야겠다는 생각이 들어 그녀는 창가의 작은 책상으로 이동했다. 서랍 안에 들어있던 편지지와 펜을 꺼내놓고 보니 조금 망설여졌다. 이 저택에서 있었다는 사고와 윈델 경에 관한 소문을 워렌은 알고 있었을까?

알마는 저택으로 오기까지 일어났던 일들을 다시 한 번 되짚어보았다. 식당 주인의 경고, 실성한 노파의 이상한 말, 황량한 언덕 위의 조용한 저택, 딱딱한 그로버 부인, 그리고⋯⋯. 알마는 그녀의 고용인과 마주친 순간을 떠올렸다. 이 세상의 것이 아닌 것 같은 얼굴, 빠져들 것만 같은 신비로운 눈동자, 깊고 선명한 흉터. 그 상처 자국은 어떤 과거의 비밀을 숨기고 있는 걸까. 그녀를 바라보던 그의 기묘한 시선, 강압적인 말투와 알 수 없는 행동은 도대체 무슨 이유에서였을까? 그가 정말로 저택에 불을 지르고 가족을 살해했을까? 그렇다면 왜?

'푸른 야수를 조심해⋯⋯.'

불길한 경고의 말이 귓가에 다시금 메아리쳤다. 알마는 몸이 떨려왔다. 확실히 이 저택은 음산한 분위기를 풍기고 있었다. 하지만 그렇다고 하더라도 수녀원보다는 훨씬 나을 것이다.

알마는 한숨을 푹 내쉬고는 펜을 들어 인사말을 써내려가기 시작했다. 괜한 생각일 것이다. 만약 소문이 사실이고 윈델 경이 정말 그렇게 끔찍한 사람이라면 워렌 의사처럼 좋은 사람이 기억도 성치 않은 오갈 데 없는 젊은 여자를 이런 곳에 보낼 리 없었다. 무한한 믿음과 감사를 담아 완성한 편지를 반으로 접으며 알마는 깜깜한 창밖을 바라보았다.

괜히 겁먹을 필요 없어.

그녀는 스스로를 위로하며 마음을 다잡았다. 내일부터는 새로운 하루가 펼쳐질 테니까.

2. 여인의 초상

기상을 알리는 종소리가 시끄럽게 울렸다. 알마는 꾸물대며 힘겹게 침대에서 일어나 앉았다. 바뀐 잠자리가 익숙지 않았던 탓인지, 혹은 베키에게서 들은 이상한 이야기들 때문인지, 그녀는 밤새 뒤척이며 기분 나쁜 꿈에 시달렸다. 어떤 꿈이었는지는 기억나지 않았다. 알마는 창으로 밀려들어오는 이른 아침빛을 멍하니 바라보며 현실감을 찾으려 애썼다.

새로운 일상의 첫날을 잘 치러야겠다고 생각하며, 알마는 채비를 갖추고 시간 맞춰 식당으로 갔다. 변함없이 한 치의 흐트러짐도 없는 그로버 부인이 기다리고 있었다.

"안녕히 주무셨어요, 그로버 부인."

알마가 밝고 활기차게 인사를 건넸으나 그로버는 아무런 표정의 변화도 없이 알마의 뒤를 따라 들어오는 베키를 흘끗 보더니 말했다.

"지각이군요, 베키."

그녀의 지적에 구겨진 앞치마를 잡아당겨 펴고 있던 베키가 눈웃음을 치며 대답했다.

"에이, 겨우 1분 늦은 것뿐이잖아요."

요리사인 올리버까지 모두 모이자 그로버는 다시 한 번 일의 순서와 지시사항을 꼼꼼하게 전달했다.

무척이나 바쁜 아침이 시작되었다. 알마는 식당을 청소하고 식탁보를 갈고 식기를 닦은 뒤, 거실 청소를 하고 온 베키와 합류하여 세탁실로 가서 손이 부르트도록 빨래를 하고 다리미질을 했다. 베키는 조금 일을 하는 척하다가 엄살을 부리며 앉아서 내내 빈둥거렸기 때문에 대부분의 일은 알마가 하는 형국이 되었다.

천의 얼룩을 지우는 일이 어쩐지 손에 금방 익어 그녀는 조금 신이 났다. 아마도 수녀원에 살 때 이런 일들을 도왔던 게 아닐까 추측하며, 그녀는 저도 모르게 노래를 흥얼거렸다.

"즐거운가보네, 알마."

베키의 말에 알마는 자신의 행동을 자각하고는 웃었다.

"미안, 나도 모르게 이러네."

"잡일하는 게 뭐가 재밌다고."

의자에 앉은 베키가 수건을 개는 둥 마는 둥 하며 중얼거렸다.

"그냥, 뭐라도 하고 있으니 좋은 것 같아. 워렌 선생님 댁에 있을 때는 정말 아무것도 하는 게 없어서 너무 갑갑했거든."

워렌의 이야기가 나오자 베키의 표정이 짓궂게 변했다.

"너, 그 사람한테 반한 거지?"

갑작스런 질문에 알마는 당황했다.

"무슨 소리야? 그분은 내 은인이야. 나이도 훨씬 많으신걸."

"그래도 아직 독신이잖아. 아무리 처지가 딱하다고 해도 아무 상관도 없는 여자를 구해 와서 한 푼도 안 받고 지극정성으로 몇 달씩 치료하고 돌봐줬다는 건, 그 사람도 너한테 마음이 있어서 그랬던 거 아니야?"

베키의 황당한 추측에 알마는 웃음이 터져 나왔다.

"그런 거 아니래도."

"너도 매번 그 사람 얘기만 하잖아. 누가 알아? 이런 게 인연일지."

두 여자는 깔깔거리며 농담을 하다가 문득 어깨 너머로 느껴지는 싸늘한 기분에 말을 멈추고 뒤를 돌아보았다. 아니나 다를까, 그곳에는 굳은 얼굴의 그로버가 서 있었다.

"휴식 시간이 너무 긴 것 아닌가요?"

그로버의 말에 베키는 자리에서 벌떡 일어나 다리미를 집어 들었다.

"어지러워서 잠깐 앉아있었던 것뿐이에요. 이제 막 다시 시작하려고 했다니까요. 정말이에요!"

그러나 그로버는 믿을 수 없다는 듯 눈을 가늘게 뜨고 두 사람을 번갈아 보더니 알마를 향해 말했다.

"충분히 쉬었을 테니 이곳은 베키에게 맡겨도 문제없겠죠? 알마는 지금 서재로 가서 바닥 청소를 부탁해요."

"아, 알겠습니다, 그로버 부인."

베키가 불만스럽게 얼굴을 찌푸리는 것이 느껴졌으나, 그로버의 말투에는 도저히 거역할 수 없는 어떤 힘이 서려 있었다. 알마는 즉시 빨랫감을 내려두고 서둘러 그녀의 뒤를 따라갔다.

* * *

창고에서 청소도구들을 꺼내들고, 알마는 서재로 향했다. 무심코 문을 열고 들어간 그녀는 의자가 삐걱거리는 소리에 깜짝 놀랐다. 빼곡히 책이 꽂힌 책장을 등지고 커다란 마호가니 책상 앞에 앉아있는 원델 경의 모습이 보였다. 노크도 하지 않고 갑자기 들어온 알마를 보고 그 역시 놀랐는지, 그는 펜을 쥔 채 얼떨떨한 얼굴로 뜻밖의 침입자를 바라보고 있었다.

"죄, 죄송합니다. 계신지 모르고……. 저, 나중에 오겠습니다."

허둥대며 다시 문을 닫으려 하자 그가 말했다.

"괜찮으니 들어와."

원델 경의 말에 알마는 어찌할 바를 모르고 문 앞에서 쭈뼛거렸다.

"나는 신경 쓰지 말고 할 일을 하도록."

알마가 들고 있는 물양동이와 대걸레를 눈으로 훑으며 원델 경이 다시

한 번 말했다. 알마는 곤란한 기분이었다. 어떻게 신경을 쓰지 않을 수 있겠는가! 하지만 별다른 수가 없었기에 그녀는 머뭇머뭇 서재 안으로 들어갔다. 자신을 따라오는 윈델 경의 시선이 느껴져 그녀는 일부러 책상과 가장 멀리 떨어진 곳에 양동이를 내려놓았다.

대걸레에 물을 적셔 바닥청소를 시작하며, 알마는 흘끔흘끔 그녀의 주인을 곁눈질했다. 그는 여전히 알마에게서 시선을 떼지 않은 채 뚫어지게 그녀를 쳐다보고 있었다. 알마는 영 거북한 기분이었다. 의식하지 않으려고 해도 그녀의 움직임 하나하나를 관찰하는 그 눈빛이 떠나가질 않았다.

왜 저렇게 쳐다보는 걸까? 뭔가 트집이라도 잡힐 것 같아 알마는 초조해졌다. 어제 베키가 해준 이야기들이 다시 떠올랐다. 18년 전 저택에 불을 지르고 가족을 살해했다는 의혹을 받고 있는 윈델 경, 사창가를 자주 드나든다는 소문, 야수의 언덕이라는 뜻을 가진 베스티아 몬트의 주인……. 혹시 그녀에게도 무슨 해를 가하려는 건 아닐까? 알마는 두려워져서 자기도 모르게 고개를 들어 윈델 경의 얼굴을 똑바로 마주보았다.

그녀를 응시하고 있는 푸른 두 눈이 앞에 있는 모든 것을 삼켜버릴 듯 빛났다. 알마는 화들짝 놀라 뒷걸음질 치다가 양동이에 부딪치고 말았다. 양동이가 덜컹거리더니 바닥으로 물이 쏟아졌다.

"아, 죄송합니다."

알마는 허겁지겁 물이 튄 바닥을 닦아냈다. 등 뒤에서 윈델 경이 작게 한숨을 쉬는 소리가 들려왔다.

"내가 불편한가?"

그의 질문에 알마는 고개를 들었다. 뭐라고 대답해야 할 것인가? 갓 들어온 신참 하녀에게 고용주가 불편하냐고 물어보다니. 그거야 당연한 것 아닌가! 하지만 사실대로 대답했다간 심기를 거스를 것 같아 알마는 곤란했다.

"내 얼굴이 무서운가?"

잔뜩 가라앉은 목소리로, 윈델 경이 다시 한 번 물어왔다. 그제야 알마는 그가 무엇을 궁금해 하는 건지 깨달았다.

"아니요. 그런 게 아니라…… 계속 쳐다보셔서 혹시 제가 뭔가 잘못했나 해서……."

잔뜩 찌푸려져 있던 그의 미간이 펴지면서 어딘가 안도하는 듯한 표정이 되었다.

"알마라고 했지? 자신의 이야기를 해보겠나?"

이어지는 새로운 질문에 알마는 더욱 당혹스러웠다. 왜 그런 걸 물어보는 걸까?

"저……."

주인이 물어보았으니 대답을 안 할 수도 없었다. 그녀는 질문의 의도를 파악하려 애쓰며 대걸레의 손잡이를 무의식적으로 비틀어 쥐었다.

"소개장을 보셨는지 모르겠지만 저는 마차 사고를 당해 워렌 선생님께 몇 달간 신세를 졌어요. 그분께서 이곳에서의 일자리를 소개해주셔서……."

"사고가 있기 전엔 어디에 있었지?"

출신을 문제 삼으려는 건가 싶어 알마는 걱정스러웠다. 하지만 뻔히 들통 날 거짓말을 할 수는 없는 노릇이었다.

"팍스웰에 있는 수녀원에 있었습니다. 저, 사실 사고가 났을 때 머리를 다쳐서 기억에 좀 문제가 있는데…… 부모나 다른 후견인이 있었는지는 잘 모르겠어요. 하녀 일을 해보는 것은 처음인데 나름 적성에 맞는 것 같아요. 아직 미숙하지만 잘 할 자신이 있습니다. 이런 좋은 곳에서 좋은 조건으로 일하게 해주셔서 정말 감사하게 생각하고 있어요."

알마의 말에 윈델 경은 오묘한 표정을 지었다. 미소를 짓는 것 같기도 하고, 울어버릴 것 같기도 한 이상한 표정이었다. 그 얼굴을 바라보고 있으려니 알마는 절로 뺨이 붉어졌다. 어쩜 저리 매력적인 얼굴이 다 있을까…….

윈델 경은 아무 말도 하지 않았다. 알마는 어색하게 눈을 굴리며 뭔가 응답이 있기를 기다렸지만 서재 안에는 긴 침묵만이 흐를 뿐이었다. 참을 수 없어진 알마가 무슨 말이라도 꺼내려 입을 여는 찰나, 누군가가 문을 두드렸다.

"차를 서재로 내올까요, 아니면……."

그로버 부인이 문을 열고 들어오려다가 방 한가운데에 멍하니 서 있는 알마를 발견하고 말을 멈췄다. 알마는 이 순간만큼은 그로버가 그토록 반가울 수 없었다. 고용주와의 숨 막히는 대면식에서 해방될 수 있다는 안도감에, 그녀는 얼른 물양동이를 들고 걸음을 옮겼다.

"그럼 전 나가보겠습니다."

아직 바닥청소를 다 끝내지 못했고, 그로버 역시 그 사실을 지적하려는 듯 입을 벙긋거리는 것이 눈에 들어왔지만 알마는 모른 척 부리나케 자리에서 도망쳤다. 변함없이 그녀의 뒤를 쫓는 윈델 경의 끈질긴 시선을 느끼면서…….

* * *

윈델 경과의 불편한 자리만 제외하면 새 일터에서의 첫날은 나름대로 무사히 넘어간 편이었다. 오후에는 아침만큼 할 일이 많지 않아 고용인 휴게실에서 베키, 올리버와 함께 차를 한 잔 하는 여유도 있었다. 오전 일과가 끝난 후에는 앞치마를 갈아입어야 한다는 사실을 지적받은 것만 빼면 그로버도 서재에서의 일에 대해 별다른 언급을 하지 않았다.

올리버가 만들어준 맛있는 저녁식사를 하고 남은 할 일을 마무리한 뒤 알마는 끊임없이 투덜거리는 베키와 함께 방으로 돌아왔다. 다시 한 번 스카치로 유혹하는 베키의 제안을 거절하고 침실로 들어온 알마는 워렌에게 보낼 편지를 한통 더 쓴 뒤 침대에 누웠다.

뿌듯하고 보람찬 하루를 보냈다는 생각에 그녀는 기분이 좋았다. 내일 해야 할 일들을 마음속으로 정리해보다가, 원델 경에 대한 생각으로 자연스레 의식이 흘러갔다. 그는 왜 그렇게 그녀를 빤히 쳐다보는 것일까? 서재에서는 왜 그런 질문을 했을까? 그가 무슨 생각을 하고 있는 것인지 도무지 알 수가 없었다. 항간에 떠도는 소문은 어디까지가 진실일까? 그가 정말 그런 무서운 일들을 저질렀을까? 그렇게 아름다운 얼굴로? 그의 매력적인 외모를 떠올리자 알마는 자신이 한심하다는 생각이 들어 베개 속에 얼굴을 푹 파묻었다. 하긴, 악마는 가장 아름다운 얼굴로 찾아온다지……. 알마는 생각하며 잠을 청했다.

얼마나 시간이 지났을까. 희미한 꿈속을 헤매던 알마는 문득 잠에서 깨어났다. 무슨 소리가 들린 것 같아 그녀는 잔뜩 신경을 곤두세웠다. 한참을 귀를 기울이자 먼 곳에서 흐느끼는 듯한 소리가 아련히 들려왔다. 알마는 침대에서 몸을 일으켰다. 잘못 들은 것일까? 아니다. 누군가가 울고 있었다.

알마는 자리에서 일어나 가만히 방문을 열어보았다. 베키가 울고 있는 것이 아닐까 생각했지만 그 소리는 옆방이 아닌 훨씬 더 멀리서 들려오고 있었다. 누군가 도움이 필요한 걸까? 알마는 가만히 있을 수가 없어 랜턴을 챙겨들고 밖으로 나왔다.

발소리를 죽여 가며 복도를 걸어 나온 그녀는 중앙계단이 있는 홀에서 멈춰 섰다. 흐느끼는 소리는 남자의 목소리 같았고 그것은 분명 위층에서 들려오고 있었다. 알마는 천천히 계단을 올라갔다. 울음소리가 점점 더 가까워왔다. 윈델 경의 방으로 이어진 복도에 서서 그녀는 다시 한 번 귀를 기울였다.

순간, 흐느낌이 뚝 끊기더니 이번에는 아주 작은 속삭임이 새어나오기 시작했다. 무슨 말을 하는 것인지 알아들을 수는 없었지만 알마는 자신이 괜한 짓을 하고 있는 건 아닌가 하는 의심이 들었다. 윈델 경이 그로버 부인과 뭔가 이야기를 나누고 있는 게 아닐까? 하지만 모두가 잠든 밤인데……. 아니지, 괜한 참견을 했다고 혼이 날지도 모르겠다.

알마는 다시 계단을 내려가기 위해 걸음을 옮겼다. 그때, 가슴을 찢는 듯한 절규가 반대쪽 복도에서 터져 나왔다. 알마는 깜짝 놀라 몸을 휙 돌렸다. 그리고는 재빨리 소리가 난 쪽으로 걸어갔다. 그곳은 그로버가 출입을 금했던 동쪽 별채였다. 서러운 울음소리는 별채로 이어지는 문 너머에서 들려오고 있었고, 어쩐 일인지 그 문은 반쯤 열려 있었다.

알마는 고민했다. 무슨 일이 있어도 규율을 따라야 할 것인가. 그러나 그보다 호기심과 걱정스런 마음이 앞섰다. 한참을 망설이던 그녀는 곧 마음을 정하고 별채로 향하는 문고리에 손을 얹었다.

가만히 밀어보자 문은 소리도 없이 열렸다. 유혹하듯 살짝 입을 벌린 문 너머에 어둠이 내려앉은 긴 복도가 펼쳐져 있었다. 알마는 두근대는 가슴을 진정시키려 심호흡을 하며 복도로 이어진 입구로 천천히 발을 내딛었다.

어디선가 시선이 느껴져, 그녀는 오싹한 기분으로 랜턴을 들어 주위를 비춰보았다. 윈델 성의 역사와 함께 했을 것이 분명한 인물들의 크고 작은 초상화들이 복도의 양쪽 벽면을 따라 쭉 걸려있는 것이 보였다. 한걸음 한걸음 옮길 때마다 무섭게 노려보는 오만하고 차가운 시선들이 알마를 따라왔다. 그녀는 겁이 났다. 하지만 이상하게도 멈출 수가 없었다. 슬픈 울음소리가 점점 커져가고 있었기 때문이었다.

'푸른 야수를 조심해.'

머릿속에서 경고의 목소리가 울려 퍼졌다. 심장이 쿵쿵 뛰었다. 이제 울음소리는 바로 앞에서 들려오고 있었다. 알마는 한손으로 랜턴의 손잡이를 꼭 쥐고 한손으로는 초조하게 옷자락을 거머쥐었다.

그때, 문득 흐느끼던 소리가 뚝 그쳤다. 알마는 걸음을 멈추고 모든 감각을 곤두세운 채 눈앞에 흐릿하게 비치는 형상을 건너다보았다. 무언가가 잔뜩 웅크린 모습으로 벽에 기대어 있었다. 불길한 기분에, 그녀는 손에 들고 있던 랜턴을 앞으로 불쑥 내밀었다. 그리고!

"헉!"

푸른 눈! 알마는 소스라치게 놀라 숨넘어가는 소리를 냈다. 새파랗게 빛나는 두 눈이 어둠 속에서 그녀를 잡아먹을 듯이 쏘아보고 있었다! 그녀는 겁에 질려 뒷걸음질 치다가 그만 엉덩방아를 찧었다. 당장이라도 무언가가 덮쳐올 것 같은 두려움에, 그녀는 차마 소리도 지르지 못하고 간신히 손에서 놓치지 않은 랜턴을 이리저리 비추며 허우적거렸다. 사방으로 움직이는 불빛 속에서 파란 빛이 불안하게 움직이더니 곧 그녀의 곁으로 검은 그림자 하나가 휙 스쳐지나갔다.

알마는 재빨리 정면을 다시 비추었다. 춤추는 도깨비불처럼 새파랗게 번뜩이던 눈동자는 이제 그곳에 없었다. 꼼짝도 하지 않은 채 한동안 기다려보았지만 처절한 흐느낌도, 수상한 움직임도 이제 더 이상 느껴지지 않았다. 알마는 숨을 헐떡이며 랜턴을 더 높이 들어보았다. 정체모를 누군가가 웅크리고 있던 공간, 그녀의 앞을 가로막은 벽 위에 커다란 그림 하나가 걸려있는 것이 보였다.

알마는 눈을 가늘게 뜨고 찬찬히 그 그림을 살펴보았다. 그것은 한 젊은 여인의 초상화였다. 구불거리는 은백색 머리카락을 길게 늘어뜨린 채 새하얀 꽃을 품에 한 아름 안고 정면을 바라보고 있는 창백한 얼굴의 여인. 꿈을 꾸듯 먼 곳을 응시하고 있는 잿빛 눈동자와 옅은 미소가 걸린 입술이 묘한 느낌을 주고 있었다.

그림 속 여인이 풍기는 분위기가 신비로우면서도 어딘지 처연하여, 알마는 한참동안 그림에서 시선을 뗄 수가 없었다. 이 그림을 보면서 울고 있었던 건가. 도대체 왜? 이 여인은 누구이기에 이 금지된 공간 안에서 눈물을 부르고 있는 것일까. 알마는 소름끼치는 파란 눈동자에 대한 것도 잊고 멍하니 의문의 여인을 바라보며 서있었다.

* * *

기상벨이 울렸다. 알마는 잔뜩 인상을 쓰며 이불 속에서 몸을 비틀었다. 머리가 깨질 것 같았다. 옆방에서 베키가 수선을 피우는 듯 쿵쿵거리는 소리가 들려왔다. 알마는 신음하며 억지로 일어나 앉았다. 그녀는 양손으로 침대를 짚은 채 눈을 감고 정신을 차리려 애썼다. 머릿속에 구름이 잔뜩 끼어있는 듯한 느낌이었다.

이렇게 찝찝하고 불편한 기분은 필시 어젯밤 일 때문이리라. 이상한 소리의 출처를 확인하고 방으로 돌아온 뒤 다시 침대에 누웠지만 알마는 한숨도 잘 수가 없었다. 흐느낌이 다시 들려올 것만 같았다. 새파란 두 눈이 그녀를 찾아내 덮쳐올 것만 같았다. 다행히 그런 일은 일어나지 않았지만 알마는 밤새도록 동쪽 별채에 대한 생각을 멈출 수가 없었다.

어둠 속에서 울고 있던 남자는 원델 경이 분명했다. 그처럼 시리도록 푸른 눈동자를 가진 이는 그밖에 없으니까. 그렇다면 그림 속의 여자는 누굴까? 원델 경은 왜 그 여자의 초상화 앞에서 흐느끼고 있었던 것일까? 무뚝뚝하고 고압적인 그가 그런 모습으로 울고 있었다는 것이 믿기지가 않았다. 모든 게 꿈이었던 건 아닐까? 혹시 그 여자는…….

생각을 정리한다는 핑계로 꾸물거리다가 그녀는 집합시간에 늦고 말았다.

"지각이군요, 알마."

식당에서 기다리고 있던 그로버가 딱딱하게 말했다. 알마는 죄송하다고 대답하며 흘끔흘끔 그로버의 눈치를 보았다. 출입금지 구역에 들어간 것에 대해 무언가 질책이 있을지도 모른다고 생각했지만 그녀는 그에 관해서는 아무런 말도 하지 않았다. 듣기지 않은 걸까? 아니면 나중에 따로 불러서 말하려고 벼르고 있는지도 모른다. 어느 쪽이든 알마는 제발 그 일로 쫓겨나지 않기만을 빌 뿐이었다.

어제와 다를 바 없는 하루 일과가 시작되었다. 알마는 일부러 식당에서 시간을 끌며 윈델 경이 내려올 때까지 버텼다. 식사 시간이 되어 내려온 그는 어젯밤 어둠 속에서와는 달리 한 치의 흐트러짐도 없는 단정한 모습이었다. 알마는 식기를 가져다 놓으며 계속 윈델 경을 흘끗거렸지만, 그는 어쩐지 알마를 향해 눈길조차 주지 않았다. 그의 무심한 모습에 오히려 알마는 확신할 수 있었다. 어젯밤 그림 앞에서 울고 있었던 것은 윈델 경 본인이 틀림없었다. 그렇지 않다면 늘 부담스러우리만치 뚫어지게 알마를 관찰하던 그가 이토록 그녀의 시선을 고의적으로 피할 리가 없었다.

그의 이상한 행동에 알마의 궁금증은 더욱 커져갔다. 그로버에게 물어보고 싶었지만 그랬다간 괜히 긁어 부스럼이 될 것만 같아 그녀는 목구멍까지 차오르는 질문을 꾹꾹 참아 눌렀다. 궁금함을 해소하려다 거리로 나앉기는 싫었기 때문이었다.

혼자 끙끙거리고 있는 알마의 상태를 먼저 알아본 것은 베키였다.

"오늘 좀 이상하다? 무슨 일이라도 있어?"

고용인 휴게실에서 베키가 물어왔다. 그녀가 물어봐준 덕분에 드디어 속마음을 터놓을 수 있게 된 알마는 온 몸의 긴장이 풀어지는 듯 했다.

"베키, 어젯밤에 너도 들었어?"

"응? 뭘?"

"흐느끼는 소리 말이야."

베키는 금시초문이라는 듯 어깨를 으쓱했다.

"흐느끼는 소리라니?"

"온 저택에 울려 퍼지고 있었는데, 정말 못 들었어?"

베키는 고개를 저었다.

"난 수면제를 먹고 자서 밤에 나는 소리는 잘 못 들어. 온 저택에 울려 퍼졌다니, 그 정도면 내가 깼을 수도 있을 텐데, 그냥 네가 꿈을 꾼 거 아니야?"

"아냐! 꿈이었으면 나도 이렇게 고민할 필요 없었겠지."

알마의 말에 베키는 흥미가 동한 듯 눈을 반짝이며 그녀 쪽으로 몸을 쭉 뺐다.

"뭐야, 도대체 무슨 일인데?"

"그게 말이야, 사실……."

알마는 혹시 누가 듣기라도 할까 소리를 낮추며 말을 이었다.

"누군가 우는 소리가 들려서 밖으로 나가봤거든. 그런데 그 소리가 2층에서 들리고 있는 거야. 출입 금지된 문 너머에서 말이야."

베키의 눈이 휘둥그레졌다.

"설마, 너……."

"응, 규칙을 어기면 안 된다는 건 알지만, 혹시 누군가 도움이 필요한 상황일까 봐……."

"거길 들어갔단 말이야?"

베키가 빽 소리치는 바람에 알마는 당황하여 그녀의 어깨를 내리누르며 손가락을 입술로 가져갔다.

"쉿, 작게 말해. 그로버 부인이 들으면 큰일 난단 말이야! 어쨌든 그래, 문이 열려 있길래 동쪽 별채로 들어갈 수 있었어. 복도를 쭉 따라서 소리가 들리는 곳까지 가봤는데, 거기 누가 있었게?"

베키의 눈동자가 더욱 반짝거렸다.

"윈델 경이 있었어."

"말도 안 돼!"

베키가 작게 소리쳤다.

"그 시간에 윈델 경이 거기서 대체 뭘 하고 있었대?"

"글쎄, 웬 커다란 그림 앞에 웅크리고 앉아서 울고 있더라. 얼마나 처절하고 불쌍하게 울던지⋯⋯."

절규 섞인 그의 흐느낌을 다시 떠올리며 알마가 설명했다.

"눈이 마주쳐서 얼마나 놀랐는지 몰라. 금지된 구역에 들어왔다고 혼이라도 날 줄 알았는데 윈델 경도 놀랐는지 바로 사라져버렸어."

베키가 킥킥거렸다.

"일개 하녀에게 치부를 들켰으니 당연하겠지."

"그런데 그 그림말이야. 젊은 여자의 그림이었거든. 왜 그런 곳에 걸려 있었는진 모르겠지만 아주 크고 정교한 그림이었어."

"여자?"

"응, 그래서 네가 해준 이야기들이 생각나지 뭐야? 윈델 경에게 약혼자가 있었다는 얘기 말이야."

베키는 알마가 무슨 이야기를 하려는지 깨달은 듯 휘파람을 불었다.

"그래서 네 생각에는 윈델 경이 죽은 약혼녀의 초상화 앞에서 밤에 몰래 울고 있었다는 거야?"

"응, 윈델 경이 자신의 아버지와 약혼녀를 죽이고 저택에 불을 지른 혐의를 받고 있다고 했잖아. 어쩌면 그게 사실이 아닐지도 모른다는 생각이 들어서……."

"하긴, 정신이상자가 아니고서야 자기가 죽인 사람의 초상화 앞에서 그렇게 목 놓아 울지는 않겠지."

"역시 그렇지? 정말 슬퍼하는 모습이었거든."

짙은 어둠, 온 집안에 울려 퍼지던 기괴한 울음소리, 똑바로 마주보던 새파란 눈동자, 동정심과 공포, 여러 가지 어울리지 않는 이미지와 감정들이 한데 뒤섞여 되살아나 알마는 저도 모르게 몸을 떨었다.

"흠, 뭐 소문은 소문에 지나지 않는 거지만, 만약 네 말이 사실이라면 윈델 경이 좀 불쌍해지네."

베키의 말에 알마는 고개를 끄덕였다.

"확실한 건 모르겠지만 어젯밤 일 때문에 난 그 소문들이 사실이 아닐 거란 생각이 강하게 들었어. 우리가 모르는 뭔가가 있었을지도 몰라. 그림 속의 여자는 정말 가련하고 사랑스러운 모습이었거든. 그 잿빛 눈에 밝은 은백색 머리카락 하며…… 그런 사람을 윈델 경이 살해했을 리가……."

"잠깐, 잠깐! 방금 뭐라고 했어? 다시 말해봐."

신비한 여인의 초상을 떠올리며 중얼거리던 알마는 베키가 갑자기 끼어드는 바람에 놀라서 말을 멈췄다.

"그 여자가 어떻게 생겼다고?"

베키가 재차 물어왔다.

"음, 잿빛 눈에, 창백하고 밝은 은백색 머리카락……."

알마가 초상화 속의 모습을 다시 묘사하자 베키는 묘한 눈을 하고는 한참동안 그녀를 빤히 바라보다가 입을 열었다.

"이상하네, 그렇다면 그건 윈델 경의 약혼녀일 리가 없어."

뜻밖의 말에 알마는 더욱 놀랐다.

"뭐라고? 어째서?"

"내가 예전에 극단에서 잠깐 일을 했는데 그곳이 한때 콜슨 가에서 후원했던 곳이었거든. 광산업으로 한몫 잡았다던 윈델 경 약혼녀의 집안 말이야. 거기에 윈델 경의 약혼녀인 일레인 콜슨 양의 초상화도 걸려있는데 방금 네가 말한 거랑 완전히 다른 모습인걸."

"정말?"

"그림 속의 일레인 콜슨 양은 어두운 갈색 머리에 아주 건강미가 넘치는 사람이었어."

새로운 사실에 알마는 멍한 기분이 되었다. 죽은 약혼녀의 초상화 앞에서 눈물을 흘릴 정도로, 윈델 경은 그저 세간의 오해를 받고 있는 가엾은 사람일지도 모른다는 그녀의 추측이 또다시 뒤집어지는 순간이었다. 그녀는 멍청히 입을 벌리고 심각한 표정으로 그녀를 보고 있는 베키를 마주보았다.

"그럼, 대체 그 여자는 누구지?"

또 다른 수수께끼가 그녀를 사로잡았다. 그리고 그녀는 어렴풋이 직감했다. 처음부터 그곳에 발을 들이지 말았어야 했다는 것을. 이제 그녀는 이 괴이한 윈델 저택과 그 주인의 미스터리에 온통 매료되어 버렸다는 것을.

3. 식료품 가게 청년

그 후로 며칠이 지났다. 그 그림 속의 여인이 누구인가에 대한 의문은 여전히 풀리지 않고 있었다. 윈델 경은 그날 밤의 일을 완전히 모른 척했다. 자신의 약점을 알마가 보았다는 사실에 대한 민망함 때문인지, 혹은 불쾌함 때문인지 그는 그 일을 철저히 함구하기로 한 모양이었다. 덕분에 그로버에게 꾸중을 듣거나 쫓겨나지는 않게 되었지만, 가끔 미친 듯이 고개를 치켜드는 궁금함에 알마는 금지된 동쪽 별채에 대해 그로버에게 물어보고 싶은 충동을 억제하느라 혼이 났다.

한동안 관심을 보이던 베키는 윈델 경이 누구의 그림에 애착을 가지든 자기와는 관련이 없는 일이라며 더 이상의 이야기를 피했다. 말을 못하는 올리버에게 의견을 구할 수도 없는 일인지라 알마는 할 수 없이 그 일을 마음속에 묻어야 했다.

그러나 밤마다 흐느끼는 소리가 들려와 그녀는 그날의 일을 완전히 모른 척 할 수가 없었다. 다시 나가보지는 않았지만 온 저택 안에 울려 퍼지는 짐승의 절규와도 같은 그 울음소리는 그녀를 너무도 불편하고 불안하게 만들었다. 아무리 깊은 밤이라고는 하나 다른 사람들이 그 소리를 아무도 듣지 못할 리는 없는데, 혹시 다들 알면서 모르는 척을 하는 것이 아닌지 그녀는 의아해졌다. 만일 그런 것이라면 그녀 역시 침묵을 지키는 것이 현명한 일일 것이다.

집주인과 관리인의 눈치가 보이는 것, 밤에 잠을 설치는 것과 별개로 알마의 일하는 솜씨는 나날이 능숙해져가고 있었다. 매트리스를 뒤집는 일에 요령이 생겼으며 바닥을 닦을 광택제를 직접 조합해내기도 했다.

올리버가 잼 만드는 방법을 가르쳐주어, 오전 일과가 일찍 끝나고 나면 오후에는 다양한 잼을 종류별로 만드는 데에 몰두하기도 했다.

그로버의 날카로운 시선과 잔소리도 조금씩 줄어들었고, 오후 일정이 널널해져서 베키가 특히 좋아했다. 그러나 베키는 자주 요령을 피우거나 슬그머니 도망가기 일쑤였기에 알마가 처리해야 하는 일은 언제나 한가득이었다. 그날도 베키는 고용인 휴게실 의자에 길게 누워 담배연기를 내뿜고 있었다.

"베키, 응접실 청소는 다 한 거야?"

홀의 창문을 닦고 들어온 알마가 묻자 베키는 불분명한 발음으로 응답했다.

"뭐, 올 사람도 없는데 하루쯤 안한다고 티도 안나."

"그로버 부인께서 알면 혼날 텐데……."

"네가 고자질하지 않는 이상 그럴 일은 없을걸."

그때 창가 쪽 벽에 붙은 벨이 울렸다.

"상인이 왔나봐."

알마가 누워있는 베키를 향해 시선을 던졌다. 납품 상인을 상대하는 일은 베키 전담이었다. 그러나 오늘따라 특히 게을러 보이는 그녀는 움직일 생각이 전혀 없어보였다.

"오늘은 네가 좀 나가봐. 나 머리가 너무 아파. 어젯밤에 잠을 한숨도 못 자서……."

"뭐? 너도 어젯밤에 이상한 소릴 들은 거니?"

알마의 질문에 베키는 진저리가 난다는 듯 한숨을 푹 쉬었다. 그녀의 입술에서 새하얀 담배연기가 피어올랐다.

"아직도 그 소리야? 난 한 번도 아무 소리도 못 들었다니깐. 어제 밤에 마신 술이 너무 독해서 그래."

알마는 고개를 절레절레 저으며 성급하게 울리는 두 번째 벨에 응답하기 위해 휴게실을 나갔다.

배달 상인과 우편배달부는 주방과 이어진 뒷문을 사용하도록 하고 있었다. 평소에 이 저택을 방문하는 사람도, 보는 사람도 없으니 정문으로 드나든다고 해도 아무 문제없을 것 같았지만 귀족 가문의 체면을 유지하려는 욕구는 평민이 이해할 수 있는 종류의 것이 아니었다. 알마는 빨리 물건을 받고 응접실 청소를 하러가야겠다는 생각에 종종걸음으로 달려가 문을 벌컥 열었다.

눈부신 빛이 쏟아져 들어왔다. 따뜻한 오후의 빛을 등진 채 키가 큰 청년이 뭔가를 품에 가득 안고서 문 앞에 서 있는 것이 보였다.

"왜 이렇게 느려요? 팔 빠지는 줄 알았네! 내가 여기까지 오느라 얼마나 고생을……."

투덜거리던 목소리가 뚝 끊겼다. 알마는 자신을 마주보는 청년의 얼굴을 멍하니 바라보았다. 부드럽게 헝클어진 갈색 머리와 깊은 바다 같은 눈동자를 한 젊은이가 아무렇게나 걷어 올린 소매 아래로 건장한 팔뚝을 드러낸 채 당당한 자태로 서 있었다.

한동안 시간이 멈춘 듯 했다. 고대의 신화 속에서 갓 튀어나온 아름다운 목동 같은 그의 모습에, 알마는 잠시 마음이 홀렸다. 그러나 그 미청년의 입에서 튀어나온 다음 말은, 그녀를 순식간에 현실의 세계로 돌아오게 만들었다.

"뭐야, 못 보던 아줌마네? 새로 왔어?"

아줌마? 무례한 태도와 수준 낮은 언어구사력에 알마의 몽롱했던 기분이 와장창 깨어졌다.

"이, 이봐요 아줌마라니요? 지금 저보고 그러신 거예요?"

"그럼, 여기 아줌마 말고 누가 있어?"

"맙소사, 초면에 정말 무례하시네요!"

알마가 발끈하여 따졌으나 청년은 아무렇지도 않은 듯 대답했다.

"왜? 몇 살인데?"

"열아홉 살이에요. 그런 소릴 들을 나이는 아니라고요!"

"흐음……."

청년은 관찰하는 듯한 눈으로 알마를 머리끝에서 발끝까지 훑었다. 그 예절이라곤 눈곱만치도 없는 노골적인 시선에 알마가 몸을 움츠리자, 그는 씩 웃으며 대꾸했다.

"글쎄, 나보다 나이 많으면 다 아줌마지 뭐."

뻔뻔한 그의 말에 알마는 더욱 화가 났다.

"뭐라고요? 그러는 그쪽은 몇 살인데요?"

"난 열여덟 살. 이거 안에 들여놓으면 되지?"

무례한 호칭에, 반말에, 안하무인한 태도까지! 알마는 너무도 기분이 나빠져 대답도 하지 않은 채 신경질적으로 문가에서 물러섰다. 윈델 가에 물건을 납품하는 상인이 저런 막돼먹은 녀석이라니, 어째서 저런 녀석과 거래를 하는 거지? 베키는 지금까지 저런 놈을 상대한 건가? 아니, 베키라면 오히려 잘 상대했을지도 모르지. 베키도 만만치 않은 애니…….

얼굴을 찌푸린 채 불쾌함을 고스란히 드러내고 있자, 곡식포대와 야채가 든 상자를 한켠에 내려놓은 남자가 허리를 펴며 입을 열었다.

"지금 어떻게 저런 불한당 같은 놈이 여길 드나드는 걸까 생각하고 있지?"

그녀의 생각을 정확히 꿰뚫은 그의 말에 알마는 당황하여 얼굴을 붉혔다. 그러나 그녀는 팔짱을 끼며 일부러 얼굴을 치켜들었다.

"그래요. 잘 알고 있군요."

"걱정 마. 원래는 엘리엇 아저씨가 오는데 오늘은 내가 대신 온 거거든. 난 벤이야. 엘리엇 아저씨네 가게에서 일하고 있지. '켄드웰에서 제일가는 식료품 가게! 갓 따온 신선한 야채만을 취급합니다!' 들어봤지?"

벤이라고 이름을 밝힌 남자가 그녀 쪽으로 몸을 돌리며 쾌활하게 말했다. 종잡을 수 없는 그의 태도에, 알마는 우물쭈물 하다가 대답했다.

"내 이름은 알마예요. 그리고, 그런 광고는 처음 듣는군요."

벤의 두 눈이 반짝하고 빛났다.

"뭐? 말도 안 돼! 너 혹시 외지에서 왔어?"

"팍스웰 출신이에요. 그리고, 왜 자꾸 반말이에요?"

알마가 나이가 더 많다는 것이 밝혀졌음에도 자꾸 반말을 하는 그가 거슬렸던 그녀는 결국 참지 못하고 따졌다. 그러나 벤은 그런 사실 따위는 아무래도 상관없다는 듯 자연스레 그녀의 마지막 말을 무시했다.

"역시, 외지 사람이구나. 암, 그렇고말고! 그렇지 않으면 이런 곳에, 이 베스티아 몬트에 일하러 올 리가 없지."

문득, 어젯밤 들려오던 기괴한 울음소리가 떠올랐다. 그림 속 미지의 여인도, 새파랗게 빛나던 눈동자도, 베키가 해준 이야기들과 그녀를 빤히 바라보던 음험한 시선, 마차를 가로막던 노파, 고개를 젓던 마을 사람들의 경고의 말들도 되살아났다. 푸른 야수를 조심해…….

"그 소문이라면 나도 알고 있어요."

알 수 없는 초조함에 심장이 불안하게 뛰는 것을 느끼며 알마가 말했다. 벤이 호기심이 가득한 눈길로 그녀를 바라보았다.

"그런데도 여기서 일을 한다고? 꽤나 강심장인가 봐? 뭐, 그 잔혹한 윈델 경이란 작자도 당신 같은 여자한테는 약하려나…….."

"이봐요, 그게 무슨 말이에요?"

어딘가 모욕적인 기분에 알마가 외쳐 물었다. 그녀의 격앙된 목소리에 놀란 듯, 그가 두 손을 들어 보이며 뒷걸음질 쳤다.

"아니, 오해하지 마. 그런 뜻이 아니라, 당신도 하녀잖아. 맞지?"

알마의 머릿속에 출입금지 구역에 걸려있던 여인의 초상화가 맴돌았다. 나 같은 여자라니. 내가 하녀인 것이 저택과 관련된 소문에 뭔가 연관이라도 있단 말인가? 벤이 그녀와 베키가 모르는 무언가를 알고 있는 것 같다는 예감에 알마는 다시 질문을 던졌다.

"내가 하녀인 것이 왜요? 하녀와 관련된 무슨 소문이라도 있는 건가요?"

벤은 눈을 가늘게 뜨고 또다시 그녀를 빤히 쳐다보았다. 고개를 약간 기울인 그 모습이 꽤나 매력적이라는 생각이 알마의 마음속을 스쳤다.

"정말 모르는구나. '그 여자'에 대해……."

그 여자! 알마는 애가 탔다. 벤이 말하는 '그 여자'가 알마가 본 초상화 속의 여인과 관련 있음에 틀림없었다.

"그 여자가 누굴 말하는 건데요? 혹시 윈델 경의 약혼녀 말인가요?"

벤의 표정이 조금 어두워지더니 가는 한숨이 뿜어져 나왔다. 그는 고개를 저으며 목소리를 낮춰 말했다.

"아니, 약혼녀가 아니야. 모든 소문의 발단이자 베스티아 몬트를 지배하는 저주지. 그 여자는 말이야……."

알마는 저도 모르게 몸을 앞으로 기울이고 그의 말을 경청했다. 심장이 쿵쿵 뛰었다. 모든 소문의 발단이자 저주라……. 그녀는 대체 누굴까?

"알고 싶어?"

애간장을 태우며, 벤이 물었다. 알마는 고개를 끄덕였다. 그런 그녀의 모습을 보며 그가 씩 웃었다.

"그럼 나한테 뭘 해줄 건데?"

산통을 깨는 말에 알마는 맥이 탁 풀렸다.

"뭐라고요?"

이 속물 같은 남자에게 놀아난 것에 알마는 짜증이 났다. 돈을 원하는 걸까? 정말 전형적인 장사치의 자세가 아닐 수 없었다. 속으로 욕을 하면서도, 그녀는 수중에 얼마가 있는지 재빨리 계산해보았다. 돈을 주고서라도 듣고 싶을 만큼 그가 알고 있다는 비밀이 궁금했다. 그러나 그녀가 가진 전 재산이라곤 이름이 적힌 손수건과 여벌의 옷이 전부였다. 빈털터리인 자신의 상태를 자각하며 포기하려던 그녀는 혹시 뭔가 협상할 수 있는 방법이 있을까 싶어 마지막으로 한번만 더 떠보기로 했다.

"뭘 원하는데요?"

슬쩍 눈치를 보며 묻자 벤은 재미있어 죽겠다는 듯 싱글거리더니 곧이어 깜짝 놀랄만한 말을 내뱉었다.

"데이트."

알마는 귀를 의심했다. 뭐라고? 데이트라니? 어이가 없어 입을 딱 벌리고 있자 그는 들뜬 목소리로 다시 말했다.

"나랑 데이트해. 하루만……."

"지, 지금 무슨 소리를 하는 거예요? 데이트라니, 나하고요?"

알마가 더듬거리며 묻자 벤은 개구쟁이 같은 표정으로 고개를 끄덕였다.

"아까는 나더러 아줌마라면서요! 한 살이나 많은 아줌마랑 무슨 데이트예요?"

은근히 뒤끝이 남았던 그녀가 차갑게 쏘아붙였으나 벤은 여전히 장난기 가득한 웃음을 지으며 대꾸했다.

"뭐, 예쁘니까 상관없어."

알마는 또다시 말문이 막혔다. 괜스레 얼굴이 붉어졌다. 도대체 뭔가, 이 남자는? 갑자기 나타나 무례한 태도로 기분 나쁘게 하더니 다짜고짜 데이트 신청이라니. 게다가 그 이유가 예쁘니까? 알마는 화를 내야 할지, 웃어야 할지 몰라 굳은 표정으로 뻣뻣하게 서 있었다. 제멋대로 구는 그가 황당했지만 이상하게도 그 말이 싫지는 않았다.

그녀가 가만히 있자 벤은 계속해서 그녀를 조르기 시작했다.

"나, 그쪽이 굉장히 마음에 들거든. 나랑 마을에 가서 놀자. 내가 구경도 시켜주고 재밌는 장소도 많이 알려줄게. 응? 딱 하루만 나랑 만나주라. 후회 안 할 거야."

환한 그의 미소에 알마는 마음이 흔들렸다. 하지만 무작정 알겠다고 할 수는 없었다. 이제 막 만난 남자의 데이트 신청을 덥석 받아들이면 쉬운 여자로 오해받을 것이 틀림없었다.

"당신이 궁금해 하는 거 다 얘기해줄게. 알고 싶잖아, 그렇지?"

벤이 다시 한 번 치근덕거렸다. 물론 알고 싶었다. 아직 다 드러나지 않은 저택의 소문과 그림 속 미지의 여인에 대해. 알마는 헛기침을 하고는 대저택의 하녀다운 도도하고 기품 있는 표정을 꾸며내며 대답했다.

"생각해 보기로 하죠."

그러자 벤은 마치 허락이라도 얻은 듯 '짝' 하고 손뼉을 치며 방방 뛰었다.

"좋았어! 3일 후에 배달 오면서 데리러 올게."

"아니, 잠깐! 승낙한 게 아니라고요. 일단 생각을……."

알마가 당황하여 소리쳤으나 그는 여전히 그녀의 말을 들은 척도 않은 채 경쾌한 걸음걸이로 문을 향해 걸어갔다.

"준비해둬. 기대해도 좋다고! 그럼 그때 봐. 알았지?"

벤이 문을 나서며 알마를 향해 손을 흔들었다. 그가 짐마차에 올라 떠나는 모습을 멍청히 지켜보다가, 알마는 문을 닫고 주방으로 돌아왔다. 벤이 들여놓은 싱싱한 야채들을 물끄러미 바라보며, 그녀는 기가 차서 고개를 절레절레 저었다.

"뭐 저런 인간이 다 있어?"

정말 이상한 청년이었다. 그렇게 제멋대로 말을 하는 사람도, 그렇게 적극적으로 들이대는 사람도 처음이었다. 그러고 보니 알마는 지금까지 또래의 남자들을 접한 기억이 없었다. 의사인 워렌도, 고용주인 윈델 경도, 함께 일하는 올리버도 모두 그녀보다 나이가 훨씬 많았다. 그래서인지 벤의 등장은 신선한 충격이었다. 어린 남자들은 다 저런 것인가?

그의 첫인상이 매력적이었다는 것은 부정할 수 없었다. 활발한 태도도 흥미로웠다. 무엇보다 그렇게 직설적인 표현방식이라니……. 알마는 팬스레 웃음이 났다. 내가 마음에 든다고? 예쁘니까 상관없다니, 무슨 말이 그래?

그때 문이 열리며 올리버가 들어왔다. 그의 등장에 알마는 생각을 들켜 버린 것 같아 얼굴이 새빨갛게 달아올랐다. 갓 들여온 식료품을 보고 반가워하던 올리버가 알마를 쳐다보더니 의아한 표정을 지었다. 무슨 일이냐고 묻는 그의 몸짓에, 알마는 황급히 고개를 저어보이고는 도망치듯 주방을 떠났다.

* * *

오후 내내 알마는 이상하게 마음이 들떴다. 벤의 무례한 태도에 대한 괘씸함, 사탕발림이 분명한 말에 대한 묘한 만족감, 그리고 드디어 궁금해 하던 것이 곧 해소될지도 모른다는 기대감이 그녀의 감정을 번갈아 건드려댔다.

그러나 저녁이 되자 일이 터지고 말았다. 베키가 납품 상인을 맞으러 직접 나가지 않고 알마를 대신 보낸 것을 그로버가 알게 되었고, 그 일로 그녀는 단단히 화가 난 것이다. 침실을 정돈하고 내려오던 알마는 그로버가 베키를 꾸짖고 있는 모습을 발견하고 깜짝 놀랐다.

"내가 분명히 말하지 않았던가요? 방문객을 상대하는 일은 베키, 당신의 담당이라고요! 어떻게 자신의 일을 그렇게 내팽개칠 수 있죠? 이 저택에서 당신이 제대로 하는 일이라곤 딱 그거 하나인데 그마저도 못해내겠단 건가요?"

그로버의 독설에 베키는 팔짱을 낀 채 짜증이 가득한 얼굴로 고개를 돌리고 있었다. 싹싹 빌어도 모자랄 판에 있는 대로 인상을 구기고 있는 베키의 태도를 보자 알마는 심장이 철렁 내려앉아 허겁지겁 두 사람을 향해 다가갔다.

"그로버 부인, 죄송합니다. 낮의 일 때문이라면, 베키가 몸이 좋지 않아 제가 대신 나가겠다고 한 것입니다. 베키가 일을 소홀히 한 것이 아니라……."

베키가 일자리를 잃는 것을 원하지 않았던 알마는 대신 해명하며 그녀를 두둔했다. 베키가 게으름을 부린 것은 사실이지만 어쨌든 알마 자신도 연관이 있는 일이니 그냥 모른 척 할 수는 없었다. 그러나 그녀가 끼어든 것이 그로버를 더욱 자극한 것 같았다.

"설사 그렇다고 해도 받아들이지 말았어야죠, 베키! 이 저택의 규칙을 이미 여러 차례 이야기하지 않았던가요? 누구도 자신의 일을 다른 사람에게 미뤄서는 안 됩니다! 당신이 무엇 때문에 그렇게 많은 보수를 받는지 잊었어요? 자신이 맡은 일을 하라고 그런 거예요!"

규칙에 대한 이야기가 나오자 알마는 양심의 가책을 느꼈다. 그러나 죄책감에 부끄러워할 새도 없이, 베키가 버럭 소리를 지르는 바람에 알마는 더욱 놀라고 말았다.

"누가 나가든 무슨 상관이라고 그렇게 까다롭게 굴어요? 물건 하나 받는 것 가지고……. 아무 일도 없었잖아요! 그리고 난 아팠단 말이에요! 내가 무리해서 쓰러지기라도 하면 이 집에서 책임이라도 져 줄 거예요?"

평소에는 사근사근 비위를 맞추던 베키가 이토록 신경질적으로 반응하는 것에, 알마는 적잖이 충격을 받았다. 그것은 그로버 역시 마찬가지인 듯 언제나 무표정하던 그녀의 얼굴이 붉으락푸르락 해지는 것이 알마의 두 눈에도 똑똑히 보였다.

"그런 식으로 할 거라면……."

그로버가 뭐라고 말하려는 순간, 윈델 경이 나타났다.

"이게 무슨 소란이지?"

그의 질문에 베키가 몸을 홱 돌리더니 마치 투정을 부리듯 하소연을 했다.

"에디, 오늘 낮에 방문상인이 왔기에 알마보고 대신 나가라고 한 걸 가지고 저 난리를 치잖아요. 그게 뭐 그렇게 대수라고. 나대신 알마가 딱 한번 나갔다고 누가 그녀를 잡아먹기라도 한 대요? 별꼴이야, 정말!"

순간 알마는 뭔가 이상한 기분이 들었다. 그것이 무엇인지 생각하려 했으나 윈델 경의 눈빛이 사나워지는 바람에 그녀는 눈앞이 깜깜해졌다.

"알마가 대신 나갔다고?"

예상치 못한 그의 반응에, 이번에는 베키도 조금 겁이 난 모양이었다. 그녀는 팔짱을 풀고는 그에게로 한걸음 다가서며 변명하는 듯한 투로 말했다.

"아니, 난 정말 아팠단 말이에요. 머리가 깨질 것 같아서……."

심상치 않은 분위기에, 이대로 있다간 정말 큰일이 날 것만 같아 알마 역시 그녀를 거들었다.

"그, 그렇습니다. 베키가 아파서 제가 대신 나간 것뿐이에요."

"누굴 만났지?"

윈델 경이 물어왔다. 그의 얼굴이 어쩐지 창백했다.

"네? 저…… 식료품점에서 온 상인이……."

"그가 네게 무슨 말을 했나? 이상한 행동을 하진 않았어?"

어딘가 초조해하는 듯한 그의 질문에 알마는 어안이 벙벙했다. 무슨 말을 했냐고? 확실히 이상한 말을 하긴 했다. 베스티아 몬트를 지배한다는 여자, 모든 저주의 시발점이 되었다는 한 여자에 대해……. 하지만 그런 얘기는 지금 상황에 아무런 도움이 될 리가 없었다. 알마는 목청을 가다듬고는 최대한 태연하게 물음에 대답했다.

"아니요. 아무 일도 없었습니다. 그냥 물품을 주방에 들여 넣고 곧바로 떠났어요."

알마의 대답에 윈델 경의 표정이 조금 누그러졌다. 그에게 정말로 뭔가 두려운 것이 있나보다고 생각하며, 알마는 눈치를 살폈다. 외부의 소문, 그것이 분명 이 저택의 주인인 에드먼드 윈델에게 어떤 식으로든 영향을 주는 것이 틀림없었다. 그 비밀을 꼭 파헤쳐보고 싶다고 생각하며, 알마는 가만히 침묵을 지켰다.

"그런가. 그렇다면……."

윈델 경이 조금 겸연쩍어하는 듯한 태도로 각기 다른 표정을 하고 선 고용인들을 바라보았다.

"그냥 이대로 넘어가실 겁니까?"

그로버가 굳은 얼굴로 물어왔다. 그녀의 목소리는 무뚝뚝했지만 불쾌함이 가득 서려있었다. 베키가 낮게 코웃음을 치는 소리가 들려왔다. 윈델 경은 알마를 슬쩍 곁눈질하더니 차분하게 말했다.

"이번 일은 넘어가도록 하지. 그로버 부인, 당신도 하녀들을 너무 다그치진 마시오."

"알겠습니다."

그로버가 대답했다. 여전히 불유쾌한 목소리였다. 윈델 경이 고개를 끄덕이자 그녀는 두 손을 모은 채 고고한 걸음걸이로 먼저 자리를 떠나버렸다.

"감사해요, 윈델 경. 정말 너그러우시네요. 앞으론 저도 조심할게요."

그로버가 사라지자 베키가 특유의 눈웃음을 지으며 지금까지 아무 일도 없었다는 듯 애교스럽게 말했다. 윈델 경이 다시 한 번 고개를 끄덕였고 베키는 홀가분한 몸짓으로 방을 나갔다.

이제 그곳에는 알마와 윈델 경 둘만 남았다. 알마는 자리를 뜨는 베키의 뒷모습을 눈으로 쫓다가 어색한 기분으로 윈델 경을 쳐다보았다. 늘 그래왔듯 그의 시선은 변함없이 알마의 얼굴에 고정되어 있었다. 그의 푸른 두 눈과 마주치자 알마는 살짝 몸이 떨려왔다. 당신은 무엇을 두려워하냐고, 그 초상화 속 여인은 누구냐고, 왜 밤마다 그토록 고통스럽게 울부짖는 것이냐고 물어보고 싶었지만 차마 그럴 용기가 나지 않았다.

알마는 그의 시선을 피하며 무릎을 살짝 굽혀 인사를 하고는 재빨리 베키의 자취를 따라 걸어갔다. 새파란 시선이 그녀를 따라오는 것을 느꼈지만 그녀는 돌아보지 않았다.

* * *

거처에 당도하니 베키는 벌써 방에 틀어박혀 있었다. 조금 전의 일에 대해 이야기하고 싶었지만 그녀는 그로버의 질책에 마음이 단단히 상했는지 술을 마시자고 알마를 꼬드기지도 않고 곧바로 문을 잠가버렸다. 알마는 마음이 무거웠다. 저택을 찾아온 잘생기고 무례한 벤이라는 청년에 대해서도 알려주고 싶었지만, 지금은 그 얘길 해봤자 역효과가 날 것 같았다. 베키의 방문 앞에서 한참을 망설이던 알마는 결국 포기하고 자신의 방으로 돌아왔다.

앞치마를 아무렇게나 벗어던지고 침대 위로 몸을 내던지며, 그녀는 벤에 대해 생각했다. 그가 뭔가를 알고 있는 게 분명했다. 아무래도 그와 한번 만나보는 것이 좋을 것 같았다. 딱히 그와 데이트를 하고 싶은 것은 아니지만……. 알마는 또다시 실없는 웃음이 새어나오는 것을 느끼며 옆으로 돌아누웠다. 그의 눈동자색이 바다 같았지…….

문득 벤의 얼굴에 윈델 경의 이미지가 겹쳤다. 삼켜버릴 듯 그녀를 쳐다보는 새파란 눈동자……. 알마는 깜짝 놀라 머리를 흔들었다. 동시에 짙은 피로가 몰려들었다. 저택의 몇 안 되는 사람들을 상대하는 것만으로도 이렇게 골치가 아픈데, 막무가내인 상인 벤까지……. 정말 피곤한 일들 투성이야!

알마는 한숨을 푹 내쉬며 눈을 감았다.

4. 윈델 가의 비극

저택 안엔 아침부터 냉랭한 기운이 감돌았다. 전날 저녁 예기치 않은 언쟁이 있은 후 그로버 부인과 베키 사이에는 묘한 긴장감이 흘렀다. 그로버는 아무 일도 없었다는 듯 평소와 다름없이 일을 지시하고 필요한 사항들을 전달했다. 베키 역시 아무렇지 않은 얼굴로 고분고분 대답하며 자신의 할 일을 했다. 그러나 두 사람 사이를 팽팽하게 흐르고 있는 반감은 언제 터질지 모를 화약처럼 불안정했다.

두 사람의 말없는 신경전에 알마까지 덩달아 초조해졌다. 그녀는 베키가 그로버 부인에게 노골적으로 반항했다는 것에 아직도 충격을 받은 상태였다. 안주인이 없는 집에서 모든 부분을 도맡아 관리하고 있는 오랜 경력의 충실한 저택 관리인에게 나이도 어린 일개 하녀가 대놓고 불만을 드러내며 말대꾸를 하다니. 베키가 보통내기가 아닌 것은 잘 알고 있지만 그녀의 행동에는 정말로 과감한 데가 있었다. 잘려도 상관없다는 것일까?

게다가 베키가 내뱉었던 어떤 단어가 알마의 신경을 계속 건드렸다. 그게 무엇인지는 생각나지 않았지만 기억이 난다면 반드시 물어보고 싶은 것이었다. 아무튼 간에 이 모든 일이 자기 때문에 일어나게 된 것만 같아 알마는 중간에서 여간 불편한 것이 아니었다. 베키와 이야기를 하고 싶었지만 그녀는 알마에게도 화가 난 것인지 그녀를 피하는 느낌이었다.

하루 종일 혼자서 안달하던 알마는 저녁이 되어서야 그로버와 이야기할 기회가 생겼다. 계단을 내려가다 마주친 그로버는 고개만 까딱해보이고는 바람처럼 알마를 지나치려 했다. 그러나 알마는 그 틈을 놓칠 새라 재빨리 그녀를 불렀다.

"저, 그로버 부인!"

몇 걸음 올라가던 그녀가 몸을 돌렸다. 그 딱딱한 몸짓에 알마는 괜스레 말문이 막혔다.

"무슨 일이지요, 알마?"

귀찮은 듯, 그로버가 물어왔다.

"저, 어제의 일에 대해 사과드리고 싶어요. 정해진 규칙을 어긴 건 어쨌든 제 잘못이니 저 때문에 곤란한 상황을 만들어드려 죄송합니다."

알마가 고개를 숙이며 사과하자 그로버는 그녀를 물끄러미 내려다보았다. 잠깐의 침묵 후에 그녀가 입을 열었다. 그 목소리는 한결 누그러져 있었다.

"당신이 사과할 필요는 없습니다. 그렇지만 앞으로는 주의해준다면 좋겠군요. 주인어른께선 외부와의 접촉에 상당히 민감하시니까요."

알마가 납품 상인을 상대했다는 말에 표정이 변하던 윈델 경을 떠올리며, 그녀는 고개를 끄덕였다. 하지만 그녀는 그 '외부와의 접촉'을 한 번 더 시도해볼 작정이었다. 물론 규칙을 깨지 않는 선에서.

"저, 그리고 한 가지 여쭈어볼 게……."

그로버가 다음 말을 기다리듯 고개를 살짝 기울였다. 알마는 용기 내어 말했다.

"외출을 하루 허락해 주셨으면 해서요."

순간 그로버의 얼굴이 굳어졌다. 그녀의 눈빛에 불안감이 스치는 것이 보였다. 그러나 그녀는 금세 평소의 무뚝뚝한 표정으로 돌아왔다.

"그건 좀 곤란하겠는데요."

그로버의 대답이 실망감으로 돌아왔다.

"네? 하지만 분명 미리 허락을 받으면 된다고……."

알마가 반문하자 그로버는 한숨을 푹 내쉬며 고개를 저었다.

"물론 미리 허락을 받는다면 한 달에 한두 번 정도는 휴식을 줄 겁니다. 하지만 당신은 아직 저택에 온 지 한 달이 안 되었어요. 일정기간을 채우고 나면 그때 휴가를 주도록 하겠어요."

알마가 실망한 눈으로 올려다보자 그로버는 변명하듯 덧붙였다.

"며칠 일하고 도망치는 고용인이 종종 있었기 때문에 정한 규칙이니 이해해주길 바라요. 물론 알마, 당신이 도망칠 것 같다는 뜻은 아닙니다."

알마는 고개를 끄덕였다. 김이 새는 기분이었지만 한편으로는 이해가 갔다. 돈과 거취가 절실한 것이 아니었다면 어쩌면 알마도 이 이상한 곳에서 야반도주했을지도 모른다는 생각이 스쳤다.

"그럼, 내일 아침에 보도록 하죠."

그로버가 사무적인 태도로 말을 맺으며 다시 몸을 돌렸다.

"네, 안녕히 주무세요."

알마는 그녀의 꼿꼿한 등을 향해 인사를 건네며 이제 어떻게 해야 할까 고민하기 시작했다. 벤을 꼭 다시 만나서 베스티아 몬트에 숨겨진 이야기에 대해 듣고 싶었는데…… 알마는 힘없이 발길을 돌렸다. 문득 누군가 쳐다보는 느낌에, 그녀는 잠시 자리에 멈춰 위층을 바라보았다. 아무도 없었다. 그녀는 왠지 등골이 오싹해지는 기분을 느끼며 서둘러 층계를 뛰어 내려갔다.

* * *

3일이라는 시간은 금방 지나갔다. 알마는 자신이 벤의 방문을 무척 기다리고 있다는 사실을 깨닫고는 조금 놀랐다. 함께 나갈 수 없다는 소식을 전하면 그가 실망할 것이 분명했지만 알마는 마음속으로 다른 계획을 세우고 있었다. 규칙을 다시 한 번 어기게 되더라도 어떻게든 그에게서 이야기를 들어야 직성이 풀리겠기에.

드디어 상인이 방문하는 날, 어김없이 뒷문의 벨이 울렸다. 나른하게 주사위를 만지작거리고 있던 베키가 자리에서 느릿느릿 일어나자 알마는 재빨리 그녀를 막아섰다.

"내가 나갈게!"

베키가 인상을 구겼다.

"뭐? 안 돼. 지난번에 무슨 일이 벌어졌는지 잊었어?"

"절대로 안 들킬게. 너도 아무 말 하지 않으면 되잖아."

"안 돼! 또 그 할망구한테 무슨 소릴 들으려고……."

베키는 알마를 밀치며 성큼성큼 문 쪽으로 걸어갔다. 안달이 난 알마는 얼른 문 앞에 버티고 서서 다시 한 번 그녀를 막았다.

"부탁이야, 베키. 내가 그…… 상인한테 물어볼 것이 있어서 그래. 혹시 또 그로버 부인한테 혼나면 내가 다 책임질게."

베키가 미심쩍어하는 얼굴로 그녀를 바라보았다. 내키지 않아하는 기색에, 알마는 승부수를 띄웠다.

"좋은 술을 한 병 구해줄게. 최상급으로! 응? 어때?"

베키의 눈빛이 흔들렸다. 그녀는 잠시 고민하더니 이내 마음을 정한 듯 어깨를 으쓱해 보이며 한걸음 뒤로 물러섰다.

"이아네스 와인이라면 생각해보지."

평범한 하녀의 석 달 치 급여에 달하는 고급 와인의 이름이 나오자 알마는 잠시 움찔했으나, 급한 마음에 일단은 고개를 끄덕였다.

"그런데 그 상인을 왜 만나고 싶은 거야? 뭘 물어보려고? 그 정수리가 횅한 엘리엇 아저씨가 네 취향이기라도 한 거야?"

베키가 여전히 의심스러워하는 눈빛으로 물어왔다. 알마는 싱긋 웃어보였다.

"조금 있다가 얘기해줄게."

이렇게 말하며 그녀는 휴게실 문을 쾅 닫고 밖으로 뛰어갔다.

주방으로 온 알마는 혹시라도 누가 들어오지 못하도록 슬쩍 문을 잠갔다. 앞치마의 주름과 올려 묶은 머리카락을 매만진 뒤, 그녀는 살그머니 뒷문을 열었다. 처음 보았던 날과 같이, 옛날이야기 속에서 막 튀어나온 듯한 잘생긴 청년이 환한 얼굴로 문 앞에 서 있었다. 첫 데이트를 위한 예를 차리고 싶었던 건지 머리도 말끔히 빗어 넘기고 꽤 값이 나가 보이는 붉은 비단 조끼까지 차려입은 그는 상체를 살짝 숙이며 손에 들고 있던 장미꽃 한 송이를 그녀에게 내밀었다.

"알마 아가씨를 모시겠습니다."

능청스런 그의 몸짓에 알마는 웃음이 났다. 꽃까지 건네받으니 괜히 마음도 들떴다.

"미안하지만 오늘은 안 되겠어요, 벤."

그녀의 말에 벤이 고개를 번쩍 들었다.

"뭐? 아, 왜! 일부러 신경 써서 꾸미고 왔는데!"

울상을 지으며 앙탈을 부리는 그를 보자 미안한 기분이 들었다. 하지만 어쩔 수 없었다.

"외출 허락을 못 받았어요. 아직 일한지 한 달이 안 되어 허가해 줄 수 없다고 하네요."

"쳇, 빌어먹을 귀족 나부랭이들……."

벤이 욕을 내뱉으며 중얼거렸다.

"그렇지만 저…… 밖에 나가는 대신 안에서 잠깐 얘기하는 건 어때요? 차 한 잔 정도는 괜찮겠지요?"

알마가 말하자 갑자기 벤의 얼굴에 화색이 돌았다.

"오, 융통성 있는 여자로군 그래? 좋았어! 정말 마음에 든다니까?"

그는 신이 난 표정으로 옆에 내려놓았던 식료품 포대를 번쩍 들고 씩씩하게 주방 안으로 들어왔다.

"그런데, 자꾸 그렇게 반말할 거예요?"

하는 짓이 나름 귀여운 것과는 별개로 그의 말투가 계속 거슬렸던 알마가 따지듯 물었다. 벤은 짐을 들여놓은 뒤 주변에 있던 의자에 털썩 앉으며 뭐가 문제인지 모르겠다는 듯 그녀를 올려다보았다.

"왜? 그럼 당신도 반말해. 우리 같은 하층민들끼리 체면 차리고 할 게 뭐 있다고."

알마는 바깥으로 난 문을 닫으며 낄낄거리는 그를 노려보았다. 매력적이지만 정말로 상스러운 남자였다. 하지만 그의 말이 틀린 것은 아니었다. 그녀는 미리 준비해두었던 차를 따라 벤에게 건네며 그의 맞은편에 앉았다.

"아, 고마워. 그런데 차 말고 맥주는 없어?"

벤이 두리번거리며 물었다.

"없어. 이 집 주인의 입맛은 우리 같은 하층민들과는 달리 고급이라서 말이지."

알마가 자연스레 말을 놓으며 핀잔을 주자 벤은 수긍한다는 듯 고개를 끄덕이고는 차를 후후 불어 한 모금 마셨다.

"그건 그렇고 이렇게라도 내 데이트 신청을 받아주다니, 그쪽도 내가 어지간히 마음에 들었나봐?"

벤이 능글맞게 웃으며 물어왔다. 알마는 어쩐지 얼굴이 붉어지는 것을 느꼈지만 당황한 기색을 내비치지 않으려 애쓰며 대꾸했다.

"착각하지 마. 난 그저 당신이 알고 있다는 이야기가 궁금할 뿐이니까. 자, 이제 들려줘. 이곳을 지배하고 있다는 그 여자, 그 여잔 누구지?"

벤은 눈을 가늘게 뜨고 은근한 눈빛으로 알마를 바라보더니 남은 차를 한 번에 들이마셨다.

"뭐, 좋아. 약속은 약속이니까. 얘기해주지. 아무것도 모르는 아가씨가 이런 무시무시한 곳에 갇혀 고생할 걸 생각하니 내 안의 기사도가 마구 타오르는군!"

영 쓸데없는 소리였지만 곧 흥미진진한 본론이 시작될 것 같은 느낌에 알마는 의자를 당겨 앉으며 몸을 앞으로 기울였다.

"그래, 그 여자가 모든 것의 시작이었어."

알마가 관심을 보이자 벤은 만족스러운 얼굴로 이야기를 이어나갔다.

"한때 잘나가던 윈델 가를 풍비박산내고, 지금까지도 이 저택을 무시무시한 소문의 온상지로 만든 장본인, 놀라운 건 그 여자가 다른 무엇도 아닌 그저 여기서 일하던 말단 하녀였다는 거야!"

알마는 깜짝 놀랐다. 그래서 지난번 벤이 하녀 운운했던 것인가? 그녀는 더욱 궁금해졌다. 그녀와 같은 말단 하녀가 어떻게 이름 있는 가문을 무너지게 할 수 있었다는 건지, 그리고 일개 하녀의 초상화가 어째서 이 대저택의 금지된 별채에 걸려있는 건지, 윈델 경은 왜 그녀의 초상화 앞에서 흐느끼고 있었던 것인지…….

"그 여자의 이름이 뭔지 알아?"

벤이 눈을 맞추며 물어왔다. 그의 눈동자가 지난번보다 더 파랗게 보인다고 생각하며, 알마는 고개를 저었다. 그러자 벤은 그녀를 똑바로 바라보며 천천히 입을 열었다.

"파멜라."

파멜라! 그 이름을 듣는 순간, 알마는 어쩐 일인지 숨이 턱 막히는 기분이 들었다. 은백색 머리카락을 늘어뜨린 채 먼 곳을 바라보고 있던 투명한 이미지의 여인. 숭고한 느낌마저 주던 그림 속의 여인이 모든 비극의 시작이라니, 도저히 참을 수가 없었다.

"그 여자가 어떻게 했기에?"

알마가 재촉했다. 조바심을 내는 그녀를 보며 벤은 씩 웃더니 누가 듣기라도 하는 듯 목소리를 낮춰 말을 이어갔다.

"처음엔 그저 하녀에 불과한 여자였어. 어릴 때 제 어머니를 따라 이곳에 왔는데, 그 어미란 여자도 하녀였지. 얼굴이 제법 반반해서 이집 저집 전전하며 그 집 남자들과 붙어먹다 안주인들에게 들켜 쫓겨나기 일쑤였다나? 하여간 돈 많은 늙은이들 눈에 들어 팔자 한번 고쳐보려고 별의별 짓을 다 하는 헤픈 여자였대.

그런 여자의 딸이라 그런지 파멜라란 여자도 보통이 아니었다지 뭐야? 당시 베스티아 몬트의 주인이었던 헨리 윈델 경과 어린 아들인 에드먼드를 동시에 사로잡았다더군. 그중에서도 에드먼드, 그러니까 지금의 윈델 경은 그 여자에게 푹 빠져있었어. 얼마나 정신이 나가있었냐면, 그 여자랑 결혼하겠다고 난리를 치는 바람에 온 동네에 소문이 자자했지.

솔직히 말도 안 되는 일이잖아. 알아주는 귀족 가의 후계자가 하녀 따위랑 결혼하겠다고 하는 게……. 뭐, 우리 같은 사람들에게 그런 행운이 온다면 꿈만 같은 일이 되겠지만 말이야. 아, 어디 날 거둬주실 돈 많은 귀부인은 안 계시려나? 성심껏 봉사해드릴 의향이 있는데."

벤이 딴 길로 새더니 짓궂은 얼굴로 킥킥거렸다. 알마는 눈을 굴리며 히죽거리고 있는 그의 팔을 툭툭 쳤다.

"쓸데없는 소리 말고. 그래서 그 다음은?"

"당연히 사람들은 파멜라가 마녀라고 수군댔지. 나이는 어렸지만 똑똑했던 에드먼드 공자께서 하녀와의 사랑놀음에 목숨을 걸다니 있을 수 없는 일이라면서. 게다가 그에게는 일레인 콜슨이라는 아주 부유하고 아름다운 약혼녀까지 있었거든."

벤은 숨이 가쁜지 잠시 말을 멈추었다.

"모든 것이 보장되어 있는 여성을 홀대하면서 인정받지 못할 불장난을 벌이는 아들을 보다 못해 헨리 윈델 경은 에드먼드와 콜슨 양의 결혼을 앞당기려고 했어. 그런데 그가 펄쩍 뛰면서 파멜라가 그의 아이를 가졌다고 폭탄선언을 한 거야. 더 쓰레기 같은 건 뭔지 알아? 당시 콜슨 양도 임신한 상태였다는 거지."

알마는 저도 모르게 입을 틀어막았다. 이게 다 무슨 소리인지 정신이 멍하기만 했다. 낮은 신분의 여인과의 사랑에 목매던 윈델 경이 식도 올리지 않은 약혼녀까지 임신을 시켰다고? 혼란스러운 그녀의 표정을 읽었는지 벤이 혀를 끌끌 찼다.

"뭐 지고지순한 사랑이야기라도 기대한 모양인데, 높으신 분들의 사랑이란 게 다 그런 거 아니겠어? 아무튼 그런 상황인데도 도대체 뭐에 씌었는지 에드먼드는 콜슨 양을 부정하며 파멜라가 가진 아이만이 자신의 후계자가 될 거라고 강하게 주장했어. 당연히 헨리 윈델 경은 분노했지. 이미 가문의 이미지가 땅에 떨어지고 불쌍한 콜슨 양에 대한 동정여론도 강해졌어. 결국 그는 결단을 내리고 파멜라와 그 어미를 내쫓았대. 저택에서 쫓겨나며 그 사악한 여자는 온갖 저주의 말을 퍼부어댔다더라. 모두 죽여 버리겠다는 둥, 이 집안은 다시는 일어서지 못하게 망해버릴 거라는 둥, 죽어서도 평생 괴롭혀주겠다는 둥 하면서 말이야."

알마는 침을 꿀꺽 삼켰다. 밤마다 반복되는 절규가 다시 들려오는 듯했다. 그녀는 슬쩍 잠긴 문 쪽을 돌아보고는 작은 소리로 조심스럽게 물었다.

"그 여자는 쫓겨나고 나서 어떻게 됐어?"

벤의 눈에 묘한 혐오감이 스쳐 지나갔다.

"죽었대. 죽은 건지, 죽임을 당한 건지는 모르겠지만."

"아이는?"

"글쎄, 거기까진 잘 모르겠는데. 같이 죽지 않았을까?"

왠지 모를 안타까움에, 알마는 입을 다물었다. 파멜라라는 여자가 무슨 짓을 했든 아이에게는 죄가 없을 텐데……. 그녀가 조용히 있자 벤은 드디어 소문 속의 유명한 장면에 대한 이야기를 시작했다.

"파멜라가 쫓겨나자 에드먼드는 완전히 돌아버렸지. 그녀를 내놓으라며 길길이 날뛰다가 결국 분에 못 이겨 자기 아버지를 총으로 쏘아버린 거야. 옆에서 말리던 가엾은 콜슨 양까지 말이야……. 그리고는 저택의 모두가 한패라며 집에 불을 질러버렸어. 많은 사람이 죽고 다쳤지."

벤은 진저리가 나는 듯 몸을 떨었다.

"그런 짓을 하고도 그는 혐의가 없다며 풀려났어. 가진 자들의 특권이지 뭐. 덕분에 윈델 가는 아무도 찾지 않는 유령의 집이 되어버렸지. 그런데도 그는 정신을 못 차리고 최근까지도 사창가와 수녀원을 뻔질나게 드나들었다지 뭐야?"

"수녀원은 왜?"

알마 자신도 수녀원 출신이기에 그녀는 의아했다. 벤은 그런 그녀를 이상하다는 듯 쳐다보았다.

"이거 정말 세상 물정 모르는 아줌마, 아니, 아가씨네? 말이 좋아 수녀원이지, 거긴 술 안 파는 사창가나 마찬가지야. 돈 많고 심심하신 분들이 연고 없는 어린 처녀들을 사는 곳이잖아."

갑자기 머리가 아파왔다. 뭔가가 생각날 듯 그녀의 머릿속을 헤집어 놓았다가 사라졌다. 그런 것이었나. 그래서 내가 그곳에서 도망친 것이었구나……. 알마는 지끈거리는 머리를 한손으로 누르며 흘끗 벤을 쳐다보았다. 그녀가 수녀원 출신이란 걸 알게 되면 그녀를 바라보는 그의 눈빛이 변할 것 같아, 알마는 얼른 화제를 돌렸다.

"그…… 콜슨 양의 아이도 죽은 거야?"

"콜슨 양은 즉사는 면한 터라 바로 병원으로 옮겨졌대. 하지만 총상이 너무 심해서 몇 시간 만에 숨을 거두었다더군. 뱃속의 아이는 살았다는 소문도 있는데 어떻게 됐는지는 아무도 자세히 몰라."

파멜라에 대해 이야기할 때와는 달리, 벤은 동정심이 가득 담긴 눈빛으로 콜슨 양의 최후를 전했다.

"그런 일들이 있었구나······."

"응, 그 일로 당시 엄청난 부자였던 콜슨 집안도 망해버렸어. 불쌍한 일레인······. 그 사악한 요부 파멜라 때문에 많은 이들의 인생이 망가져버린 거야!"

벤이 분개하며 소리쳤다. 알마는 조용히 동쪽 별채의 복도에 걸려있던 파멜라의 초상화와 그 앞에 엎드려 울고 있던 윈델 경을 떠올렸다. 그녀가 정말 윈델 경을 홀려 이 모든 일을 일어나게 한 사악한 마녀였을까? 윈델 경은 정말 여자 때문에 미쳐버린 살인마일까? 생각에 잠겨있는 사이, 벤이 눈치를 보며 슬쩍 말을 꺼냈다.

"아무튼 이곳에서 계속 일할 거라면 당신도 조심하는 게 좋을 거야. 그 남자, 신분 낮은 여자에 대한 환상 같은 게 있는 것 같으니까."

알마는 놀란 얼굴로 벤을 마주보았다. 문득 3일전의 일이 떠올랐다. 그래, 그로버 부인과 언쟁을 벌이던 중, 베키가 윈델 경의 이름을 불렀었지! '에디'라고······ 마치 아주 친밀한 사이인 것처럼! 심장박동이 빨라졌다. 설마, 베키와 윈델 경이 몰래 정을 나누는 사이인 걸까? 순간 알마는 두려워졌다. 여긴 정말로 내게 위험한 곳일까? 윈델 경은 위험한 남자인 걸까?

그때 먼 곳에서 호출 벨이 울렸다. 알마는 화들짝 놀라 자리에서 후다닥 일어났다. 벤의 이야기에 심취해 너무 오래 앉아있었던 것이다.

"얘기해줘서 고마워, 벤. 덕분에 궁금하던 게 풀렸어. 이제 그만 돌아가

줄래?"

알마가 벤을 일으켜 세우며 재촉하자 그는 억울하다는 표정을 지으며 투덜거렸다.

"뭐야. 볼일 다 봤으니 이제 꺼지라는 거야?"

"차 마셔줬잖아."

알마는 벤의 손에서 찻잔을 빼앗아들며 그를 문 쪽으로 떠밀었다.

"어허, 이런다고 난 포기하지 않을 거야. 끝까지 매달릴 거라고."

"알았어, 알았어. 다음번엔 밖에서 만나줄게."

피식 웃음이 났다. 방금 전까지 심각한 이야기에 마음이 무거웠는데 벤의 장난기 가득한 선언을 듣자마자 기분이 한결 좋아졌다. 그를 달래려 내뱉은 말에, 벤의 얼굴에 미소가 가득 번졌다.

"좋아! 끝내주는 데이트는 다음 기회로 미루도록 하지!"

이렇게 말하며, 그는 별안간 알마의 뺨에 쪽 하고 입을 맞추었다. 알마는 깜짝 놀라 그 자리에서 그대로 굳어버렸다. 그러거나 말거나 벤은 발랄하게 손을 흔들며 멀어져갔다. 알마의 얼굴이 홍당무처럼 달아올랐다. 그의 경박함과 무례함에 대해 한소리를 해야겠다는 생각이 번쩍 들었으나, 벤의 짐마차는 이미 사라진 뒤였다.

* * *

"뭐가 이렇게 오래 걸렸어? 얼마나 걱정됐는지 알아?"

얼떨떨한 기분으로 부엌을 나서자 문 앞에 베키가 기다리고 있었다. 알마가 상인을 맞으러 간 것을 들킬까봐 걱정하고 있었던 것이 틀림없었다. 베키를 보자 알마는 벤에게서 들은 이야기를 해줘야겠다는 생각에 재빨리 주위를 둘러보고는 그녀를 붙잡고 고용인 휴게실로 이끌었다.

"베키, 내가 방금 벤한테 들었거든?"

베키를 의자에 앉히며 입을 열자, 그녀는 의아한 듯 말을 잘랐다.

"벤이 누군데? 엘리엇 아저씨가 온 게 아니야?"

"응, 그 분의 가게에서 일하는 남자야. 지난번에도 대신 왔었어."

알마의 말이 끝나기가 무섭게 베키는 이제야 알겠다는 듯 음흉한 표정을 지어보였다.

"요거요거, 그래서 네가 대신 나가겠다고 한 거구나? 다시 봤어, 알마. 요 깜찍한 여우 같으니! 그래, 그 벤이라는 남자는 잘생겼어?"

베키의 놀림에 알마는 진땀이 났다. 그녀의 뺨에 입 맞추던 벤의 대담한 행동이 생각나 얼굴이 뜨거워졌다. 그러나 그녀는 베키에게 휘말리지 않으려 세차게 고개를 저었다.

"지금 그게 중요한 게 아니야! 내가 무슨 얘길 들었냐면……."

그리고서 그녀는 베키에게 자신이 들은 이야기들을 모두 전해주었다. 파멜라라는 여자의 존재와, 그녀로 인해 벌어진 일들, 그리고 벤의 경고까지. 베키는 눈을 크게 뜨고 흥미진진한 얼굴로 알마의 말을 경청했다.

"과연…… 그랬구나. 윈델 경이 이유 없이 그런 짓을 벌인 게 아니었네. 여자문제였다니, 그럼 그렇지."

베키가 턱에 손을 괴며 신중하게 고개를 끄덕였다.

"그…… 윈델 경에게 신분 낮은 여자에 대한 환상이 있을지도 모른다는 말, 어쩌면 사실일 수도 있겠다는 생각이 들어. 그분이 항상 나를 뚫어지게 쳐다보시거든. 불편할 정도로……."

알마가 조심스럽게 고백하자 베키는 황당하다는 눈길로 그녀를 쳐다보았다.

"그래? 나한테는 안 그러는데? 혹시 윈델 경이 너한테 반해있는 거 아니야?"

"서, 설마……."

대수롭지 않은 베키의 반응에 알마는 오히려 당황했다.

"잘생긴 윈델 경이 나도 그렇게 빤히 바라봐줬으면 좋겠네! 내 이 뇌쇄적인 눈빛으로 한방에 넘어오게 만들어버릴 텐데."

베키가 요염한 몸짓을 해보이며 깔깔거렸다. 알마는 이틈에 계속 궁금했던 것을 물어봐야겠다고 결심하고 용기 내어 입을 열었다.

"저기, 베키. 지난번에 그로버 부인과 '대화'를 나눌 때 윈델 경에게 '에디'라고 이름을 불렀잖아. 혹시 너는…… 주제넘은 질문인지도 모르지만, 윈델 경하고 '가까운' 사이야?"

조심스런 알마의 물음에 베키에게서 표정이 싹 사라졌다. 그녀의 주근깨 가득한 얼굴에 잠시 당혹스런 기색이 스치는 듯 했으나, 금세 평소와 다름없는 태도로 돌아왔다.

"아니? 내가 그랬어? 네가 잘못 들은 게 아니고?"

알마는 고개를 저었다.

"그럼 내가 나도 모르게 실수했나보다. 윈델 경이나 그로버 아줌마가 뭐라고 안 해서 다행이네. 하마터면 돈도 못 받고 쫓겨날 뻔 했잖아?"

베키는 '휴우' 하고 한숨을 내쉬더니 씩 웃으며 다리를 꼬았다.

"가까운 사이였으면 좋겠네. 나도 팔자 한번 펴보게. 그 파멜라라는 여자도 잠시나마 누릴 건 다 누렸을 거 아니야. 그래도 적당히 했어야지. 어딜 주제넘게 귀부인 자릴 넘봐? 나라면 내연녀 정도에서 만족하고 남자를 잘 구슬려서 시골에 저택이나 한 채 얻었을 텐데."

재밌어 죽겠다는 듯 킥킥거리는 베키를 보며 알마는 혼란한 기분이 들었다. 벤도, 베키도, 이상하게 파멜라라는 이름을 입에 올릴 때마다 마치 그녀가 눈앞에 있기라도 한 듯 묘한 적대감을 발산하고 있었다. 그녀는 정말로 지금도 베스티아 몬트를 지배하고 있는 것인지도 모른다. 모두의 머릿속을 말이다.

5. 상처 입은 야수

알마는 번쩍 눈을 떴다. 야심한 밤의 정적을 깨고 어디선가 울음소리가 들려오고 있었다. 그러나 이번에는 남자의 목소리가 아니었다. 그것은 분명 아기의 울음소리. 자지러지는 듯한 그 소리에 알마는 온몸의 신경이 바짝 곤두섰다.

그녀는 침대에서 나와 문을 열고 밖을 내다보았다. 아기울음소리가 뚝 그치더니 이번에는 어린아이들의 웃음소리가 들려왔다. 알마는 숨죽인 채 어두운 복도를 살펴보았다. 아무도 없었다. 한참을 귀를 기울이다, 그녀는 자그마하게 숨을 내쉬며 문을 닫았다. 낮에 벤이 해준 이야기들을 너무 깊이 생각해서 헛것이 들리는 건가…….

침대로 돌아가려고 몸을 돌리는 순간.

'쾅쾅쾅쾅!'

거칠게 문을 두드리는 소리. 알마는 소스라치게 놀라 비명을 지를 뻔했다. 그녀는 벌컥 문을 열었다. 정적. 여전히 그곳에는 아무도 없었다. 소름이 끼쳤다. 도대체 이게 무슨 조화일까? 그때였다.

'이러지 마세요.'

이번에는 여인의 목소리가 들렸다. 그 목소리는 너무나 작고 불분명하여 알마는 청각을 최대한으로 집중시켜야만 했다.

'제발 그만둬요.'

여인이 울면서 애원하고 있었다. 그 음성에 알마는 어쩐지 마음이 아팠다. 속에서 참을 수 없는 무언가가 울컥하며 올라오는 느낌이었다.

'안 돼! 흑흑, 제발 이러지 마세요.'

서러운 울부짖음에, 알마는 저도 모르게 소리가 난 쪽을 따라 걸음을 옮겼다. 무언가에 홀리기라도 한 듯, 그녀는 달빛조차 들지 않는 캄캄한 복도를 걸어갔다. 칠흑 같은 어둠 속에서, 서글프고 가녀린 목소리만이 그녀를 인도하고 있었다.

'제발…… 놔주세요.'

알마는 천천히 층계를 올랐다. 금지된 동쪽 별채로 향하는 문이 활짝 열려있었다. 여인의 울음소리가 점점 더 커져갔다. 심장이 쿵쿵 울리기 시작했다. 무슨 일이 벌어질 것만 같다는 긴장감에, 초자연적인 어떤 현상에 휘말렸다는 두려움에, 그럼에도 멈출 수 없다는 초조함에 그녀의 숨이 가빠졌다.

한걸음 한걸음 내딛을 때마다 고통에 찬 비명이 들려왔다. 여인의 절규, 아기울음소리, 어린이들의 웃음소리가 번갈아가며 서늘한 공기 중에 울려 퍼졌다. 알마는 불안한 기분으로 사방을 살펴보았다. 그러나 주위에는 숨통을 죄어오는 끝없는 어둠뿐, 아무것도 보이지 않았다.

문득 익숙한 기분을 느끼고, 알마는 걸음을 멈췄다. 고개를 들어보니 언젠가 본 적이 있는 여인의 초상화가 눈앞에 있었다. 먼 곳을 바라보는 잿빛 눈동자, 힘없는 미소……. 그 얼굴을 다시 마주한 순간, 어쩐 일인지 알마는 가슴 한구석이 아려왔다.

그때, 그림 속의 여인이 알마를 향해 시선을 돌렸다. 알마는 화들짝 놀라 뒷걸음질 쳤다.

"죽여 버릴 테야! 내가 죽어 귀신이 되어서라도 당신네들을 다 죽여 버릴 거야! 저주해! 이 집안을 저주해! 사라져버려라! 모두 불타버려! 아아악!"

그림 속의 여인이 악담을 퍼부으며 귀가 찢어질 듯이 소리쳐댔다. 시뻘게진 그녀의 두 눈에서 피가 흐르기 시작했다.

"꺄아아악!"

알마는 미친 듯이 비명을 지르다 자리에서 벌떡 일어났다. 어스름 달빛에 반사되고 있는 책상과 작은 옷장. 낮은 천장과 차가운 공기. 거친 숨을 몰아쉬며 주변을 둘러보니 그곳은 자신의 방이었다.

꿈이었나……. 그림 속 여인이 피눈물을 쏟아내던 끔찍한 장면이 현실이 아니었다는 데에 안도하며, 알마는 두 팔로 자신을 감쌌다. 그러나 그 충격적인 잔상이 쉽게 사라지진 않았다. 꿈이라고 하기엔 너무나 생생한 느낌에, 그녀는 몸을 떨었다. 아직도 어디선가 정체를 알 수 없는 소리가 들려오는 듯한 기분이었다.

알마는 한숨을 푹 내쉬며 두 손에 얼굴을 묻었다. 머리가 아파왔다. 파멜라라는 여자에 대한 생각에 너무 골몰한 탓에 그런 꿈을 꾼 것이 틀림없었다. 그렇지만 거의 매일 밤 반복되는 환청과 악몽을 견뎌내는 것에도 슬슬 한계가 오는 것 같았다.

알마는 침대에서 내려와 벽에 걸린 램프에 불을 붙였다. 의자에 걸려있던 숄을 걷어 어깨에 두르고 초조하게 방 안을 거닐며, 그녀는 파멜라에 대해 다시 생각해보았다. 하녀의 신분으로 귀족 자제의 옆자리를 넘보았던 여자, 그것이 실패하자 저택에 저주를 건 여자, 가엾은 한 여인과 무고한 이들의 삶을 망가뜨린 여자.

그러나 알마는 왠지 그것이 다가 아닌 것 같다는 의심이 들었다. 벤과 베키가 보이던 묘한 태도가 그런 생각을 더욱 강하게 만들어주었다. 대체 이 저택에는 어떤 비밀이 다 드러나지 않은 채 숨겨져 있는 것일까? 파멜라에게 홀렸다는 윈델 경이 그녀의 초상화 앞에서 보이던 태도는, 그가 파멜라의 추방에 저질렀던 일들은…….

알마는 깊은 생각에 빠진 채 창가로 걸어갔다. 아직 잠이 덜 깬 것인지, 귓가에서 이상한 소리가 맴돌았다. 뭔가가 움직이는 것 같은 기분에,

알마는 무심코 창밖을 내다보았다. 그때, 쏟아져 들어오는 달빛 사이로 누군가의 얼굴이 불쑥 나타났다.

"꺄악!"

알마는 소스라치게 놀라 비명을 질렀다. 텅 빈 눈으로 알마의 방을 들여다보고 있는 괴한, 뺨에 새겨진 선명한 흉터자국. 그것은 윈델 경의 얼굴이었다!

알마는 너무나 놀라고 당황하여 가슴에 손을 얹은 채 멍하니 창밖의 윈델 경을 바라보았다. 그는 아무 말도, 어떠한 행동도 없이 가만히 서서 그녀를 마주보고 있었다. 무서웠다. 숨조차 쉬어지지 않았다. 이 야심한 밤에 그는 어째서 알마의 창가에 서서 악몽 속을 헤매던 그녀의 침실을 들여다보고 있는 것인가!

알마를 바라보며 한참을 꼼짝 않고 서있던 그가 이윽고 몸을 돌리더니 어딘가로 걸어가기 시작했다. 알마는 재빨리 창문에 붙어 서서 멀어져가는 윈델 경을 지켜보았다. 대체 이게 무슨 일일까. 왜 저러는 거지? 언제부터 저곳에 있었던 거야?

'푸른 야수를 조심해……'

불길한 경고의 말이 다시 한 번 무의식 속에서 되살아났다. 두려움이 그녀를 엄습했다. 이곳은 위험하다. 위험한 곳이다. 떠나야 한다! 머릿속에서 누군가가 소리치는 것만 같았다. 알마는 저택의 뒷마당을 휘청휘청 걷고 있는 윈델 경의 뒷모습을 뚫어지게 주시했다. 문득 그의 행동이 어딘지 이상하다는 느낌이 들었다.

바로 그 순간, 윈델 경이 자리에 풀썩 쓰러졌다. 깜짝 놀란 알마는 얼른 밖으로 뛰쳐나갔다. 문을 열고 뒷마당으로 내려가니 자리에 쓰러진 윈델 경이 온 몸을 떨며 경련을 일으키고 있었다. 알마는 재빨리 다가가 그의 상태를 확인했다.

"윈델 경, 괜찮으세요? 정신차리세요!"

그를 흔들며 외치자 윈델 경이 반쯤 감겨있던 눈을 떴다. 탁한 빛의 푸른 두 눈이 알마의 얼굴을 올려다보았다.

"파, 파멜라······."

그의 입에서 하루 종일 알마의 주의를 흩뜨려놓았던 바로 그 이름이 튀어나왔다.

"파멜라, 파멜라, 나의 영혼······."

윈델 경은 떨리는 손을 들어 올려 알마의 뺨을 어루만졌다. 그의 손이 닿는 순간, 알마는 온몸에 소름이 쫙 끼쳤다. 그러나 그의 눈에서 주르륵 흘러내리는 눈물을 보자 이번에는 당혹감이 그녀를 덮쳐왔다.

"윈델 경?"

알마가 부르자, 그는 뭐라고 알 수 없는 말을 중얼거리다가 다시 눈을 감았다. 그의 팔이 툭 떨어지더니, 마치 죽은 사람처럼 고개가 옆으로 힘없이 꺾였다. 알마는 오싹한 기분이 들었다.

"누, 누구 없어요? 도와주세요! 그로버 부인! 베키? 아무나 제발 도와주세요!"

알마가 소리치자 저택 안이 환하게 밝아지더니 곧이어 그로버가 잠옷 차림으로 달려 나왔다.

"이게 무슨 일이지요, 알마?"

어떤 일에도 동요하지 않을 것만 같았던 그로버가 눈을 크게 든 채 격앙된 목소리로 외쳐 물었다.

"모, 모르겠어요. 윈델 경께서 밖을 걸어 다니시더니 갑자기 쓰러지셔서······."

알마가 더듬거리며 설명하는 동안 요리사 올리버와 베키도 밖으로 나왔다. 그들은 쓰러진 윈델 경을 보고 깜짝 놀라 얼른 알마의 주위로 모여 들었다.

"어서, 어서 윈델 경을 안으로……. 알마! 당신은 나를 따라오고 베키는 얼른 따뜻한 물을 준비해줘요!"

그로버의 지시에 모두가 일사불란하게 움직이기 시작했다. 올리버가 윈델 경을 들쳐 업고 방으로 옮기는 동안 베키는 물을 데우기 위해 주방으로 달려갔다. 방으로 뛰어올라간 그로버와 알마는 윈델 경을 누일 자리를 마련하고 벽난로에 불을 지피느라 한바탕 난리를 치렀다.

윈델 경을 침대에 눕히고 나서도 모두는 여전히 정신이 없었다. 의원을 부르러 가야하는 것이 아니냐, 이 야심한 시간에 여길 와줄 의원은 없을 것이다, 별일 아니다, 사람이 쓰러진 게 어째서 별 일이 아니냐……. 세 여자들이 설전을 벌이는 동안 불쌍한 올리버는 구석에 서서 두 손을 비비며 안절부절 못하고 있을 뿐이었다.

결국 그로버 부인이 자신의 지위를 강조하며 고용인들을 모두 복도로 쫓아내고 나서야 상황은 잠잠해졌다. 자신이 알아서 할 테니 모두 돌아가서 쉬라고 했지만 셋 중 누구도 그로버의 말대로 할 수가 없었다.

베키는 윈델 경을 처음 발견한 알마에게 도대체 어떻게 된 일인지를 캐물었고, 알마는 걱정스런 얼굴을 하고 있는 두 사람에게 윈델 경의 이상한 행동에 대해 들려주었다. 특히 한밤중 창문으로 알마를 들여다보고 있었다는 이야기에 베키는 경악을 했다.

"알마, 아무래도 네 말이 맞는 것 같다. 아까 낮에 한 얘기 있잖아. 분명 하녀에 대한 집착이 틀림없어!"

혹시라도 그로버가 들을까 베키는 말소리를 낮춰 속삭였다. 올리버는 안타까운 일이라는 듯 고개를 절레절레 저었다.

윈델 경의 상태에 대한 보고를 기다리며, 알마는 결심을 굳히기 시작했다. 파멜라의 저주든 뭐든 더 이상 이런 곳에 있을 수는 없었다. 아무리 돈을 많이 준다고 해도, 아무리 은인인 워렌이 추천한 일자리라고 해도, 매일 밤 들려오는 이상한 소리와 주인의 기이한 행동을 도저히 버틸 수가 없었다. 이러다간 정말 미쳐버릴지도 모를 일이었다. 더 이상 잘못될 것도 없으니 알마는 떠날 땐 떠나더라도 마지막으로 꼭 그로버에게서 저택에 대한 진실을 들어보리라고 다짐했다.

한참 만에 그로버가 밖으로 나왔다. 잔뜩 흥분했던 모습은 간데없이, 그녀는 원래의 차분하고 냉정한 태도로 돌아와 있었다.

"윈델 경께서는 잠이 드셨습니다. 더 이상 걱정하지 않아도 됩니다."

그로버의 말에 올리버는 안도의 한숨을 쉬었고 베키는 납득이 가지 않는다는 듯 인상을 찌푸렸다.

"정말 괜찮은 거예요? 대체 윈델 경이 왜 이런 야밤에……."

"사실……."

그로버가 조금 곤란한 기색으로, 그러나 한편으로는 엄한 목소리로 베키의 말을 잘랐다.

"주인어른께서는 몽유병을 앓고 계십니다."

의외의 대답에 알마와 베키는 서로를 마주보았다.

"별로 심각하지는 않습니다. 아주 가끔 있는 일이고…… 아랫사람들에게 딱히 밝힐 이유가 없어 지금까지 말하지 않은 것뿐이에요."

올리버가 동의하듯 고개를 끄덕였다. 그는 그로버만큼이나 저택에 오래 있었으니 주인의 상태를 잘 알고 있었던 것이 틀림없었다. 그가 말을 할 수 있었다면, 그래서 과묵한 그로버 부인 대신 저택에서 일어났던 일에 대해 들려줄 수 있다면 좋을 텐데……. 알마가 생각하는 사이 그로버가 성가신 비둘기 떼를 쫓아내듯 양팔을 휘저으며 말했다.

"자, 그러니 이제 다들 걱정 말고 각자 방으로 돌아가도록 해요. 밤중에 이런 일이 벌어져서 유감입니다. 고생들 했어요."

그로버의 해산 명령에 올리버와 베키는 순순히 걸음을 돌렸다. '웬일이니'라고 중얼거리며 자리를 떠나는 베키를 뒤따라가는 척 하던 알마는 두 사람이 멀어지자 다시 그로버를 향해 몸을 돌렸다.

"그로버 부인!"

"무슨 일이죠, 알마?"

"여쭤볼 게 있어요."

그로버는 눈을 크게 뜨고 알마를 바라보았다. '감히'라고 생각하는 표정 같기도 했고, 귀찮아하는 표정 같기도 했다. 하지만 알마는 용기를 냈다.

"파멜라가 누구죠?"

단도직입적인 질문에 정말로 놀란 듯 그로버의 입이 쩍 벌어졌다.

"그 이름을 어떻게……."

"윈델 경이 저를 파멜라라고 불렀어요. 그뿐 아니라…… 그 여자에 대한 이야기도 들어서 알고 있어요. 그러니 이 모든 걸 제대로 알았으면 해요."

그로버는 당황한 기색으로 선뜻 대답하지 못했다. 그 모습을 보며 알마는 저절로 감정이 고조되었다.

"매일 밤 무서운 소리가 들려요! 이 저택을 모두가 두려워하고 저더러 위험하다고 말해요! 그렇지 않아도 흉흉한 소문들 때문에 신경이 쓰이는데 오늘 같은 일까지! 저는…… 계속 이런 식이라면 저는 견딜 수 없어요! 아무것도 모른 채, 언제 무슨 소리가 들릴까, 무슨 일이 일어날까 마냥 공포에 떨고 싶지 않아요! 그러니 제발, 당신이 아는 모든 걸 다 말해주세요. 최소한 제가 이 베스티아 몬트를 이해할 수 있게요. 다른 사람들처럼 여길 무서워하고 싶지 않아요! 그렇지 않다면, 그렇게 해주실 수 없다면…… 죄송하지만 저는 일을 그만두겠습니다!"

알마의 폭탄선언에 그로버는 충격을 받은 얼굴이 되었다. 그녀의 눈빛이 심각해졌다. 미간을 찌푸린 채 굳어가는 그녀의 표정을 보면서, 알마는 저도 모르게 침을 꿀꺽 삼켰다. 알았으니 당장 나가라는 소리가 나올까봐 그녀는 긴장했다.

한참 만에, 그로버는 한숨을 폭 내쉬며 입을 열었다.

"따라와요."

그리고서 그녀는 어딘가로 걸어가기 시작했다. 예상외의 반응에 당황한 알마는 허겁지겁 그녀의 뒤를 따라갔다. 그로버는 한마디 말도 없이 이동하더니 윈델 경의 방과 가까이 난 문 앞에 멈춰 섰다.

"안으로……."

그녀의 손짓에 따라 알마는 머뭇거리며 방 안으로 들어갔다. 그곳은 그로버의 방이었다. 오랜 경력의 저택 관리인이라는 지위를 과시하듯 그녀의 방은 매우 넓었고, 화려하지는 않지만 고상한 느낌의 가구들로 채워져 있었다.

그로버가 주전자에서 물을 따르는 동안 방 안을 둘러보던 알마는 벽에 걸려있는 인물화 한 점을 발견했다. 누가 봐도 남매인 것처럼 보이는 두 남녀의 초상화였다. 고집스러운 턱과 부리부리한 눈매, 목 끝까지 단추를 채운 옷차림의 여성은 젊은 시절의 그로버가 분명했다. 젊은 그로버 부인의 옆에 선 남자는 큰 키에 우악스러워 보이는 덩치였지만 그로버와는 달리 익살스런 인상을 가지고 있었다. 그림의 하단에는 작은 글씨로 '친애하는 프레드와 조지나에게' 라고 적혀있었다. 물끄러미 그림을 들여다보던 알마는 그로버가 다가오는 소리에 고개를 돌렸다.

"내 오빠예요."

그로버가 말했다.

"그럴 거라고 생각했어요. 무척 닮아서요. 형제분은 지금 어디 계신가요?"

"오래전에 세상을 떠났답니다."

담담한 그녀의 말에 알마는 얼굴을 붉혔다.

"아, 죄, 죄송해요. 그런 줄도 모르고……."

"미안해할 필요는 없어요. 자리에 앉도록 해요."

그로버의 권유에 알마는 쭈뼛쭈뼛 테이블에 앉았다.

"정확히 무엇이 궁금한 건가요, 알마?"

그로버가 물잔을 내밀며 물어왔다.

"진실이요."

알마는 단호하게 대답했다.

"그저 여러 사람의 입을 거쳐 떠도는 소문이 아닌 진실이 알고 싶어요. 제가 들은 이야기 속의 윈델 경은 아버지와 임신한 약혼녀를 잔혹하게 살해한 미친 자, 그 이상도 이하도 아니었죠. 그분이 그렇게 된 것이 이 집의 하녀였던 파멜라라는 여자 때문이라는 걸 나중에 알게 되었고요. 하지만 저는 뭔가…… 뭔가 그것만으로는 설명되지 않는 것들이 있다는 느낌을 받았어요."

애틋한 목소리로 그녀를 파멜라라고 부르며 눈물을 흘리던 윈델 경이 떠올라 알마는 잠시 말을 멈췄다.

"그래서…… 저는 이 가문과 오랜 시간 함께 해 오신 그로버 부인께서 겉으로 드러나지 않은 진짜 이야기를 해주셨으면 해요."

그로버는 말이 없었다. 초조하게 잔을 만지작거리며 갈등하는 기색이 역력했다. 그러나 똑바로 마주보고 있는 알마의 간절한 시선에 마음이 동한 것인지, 그로버는 곧 입을 열었다.

"알마, 당신이 들었다는 소문은 거의 대부분 사실에 기반을 둔 것입니다. 하지만 가장 중요한 부분은 잘 알려지지 않았죠. 아니, 알려졌다 해도 사람들은 믿지 않았을 겁니다. 불쌍한 소년의 이야기보다 미치광이 귀족 청년의 이야기 쪽을 사람들은 더 좋아할 테니까요."

불쌍한 소년. 윈델 경의 어린 시절을 말하는 걸까? 알마는 귀를 쫑긋 세우고 그로버의 말을 경청했다.

"에드먼드 도련님, 그러니까 지금의 윈델 경은 정말 가엾은 아이였답니다. 어머니인 샬럿 마님께서 일찍 돌아가시고 헨리 윈델 경께서는 자식에게 무관심한 아버지였죠. 아니, 정확히 말하자면 아들을 그다지 좋아하지 않으셨습니다. 마님께서 도련님을 낳다가 돌아가신 것이 그 이유라고들 했지요.

이유야 어쨌든 늘 바깥으로 도는 헨리 경 덕에 에드먼드 도련님은 외로운 아이로 자랐습니다. 정에 굶주려 있었다고 할까요? 그러던 어느 날, 그의 외로움을 채워줄 대상이 나타났습니다. 그게 바로 어린 파멜라였죠. 도련님은 또래 친구가 생긴 것을 무척 기뻐했답니다. 어린 아이들에게는 지위나 신분 같은 건 상관이 없었어요. 하지만 어른들의 눈엔 두 아이들이 어울리는 것이 마땅치 않게 보였던 건 사실이에요.

윈델 가는 수백 년전 개국당시 큰 공을 세워 유일하게 세습이 되는 기사 작위를 가진 가문이죠. 그런 가문에 단 하나 남은 후계자가 별 볼일 없는 하녀의 딸과 친하게 지내니 보는 시선이 좋을 리가 없었습니다. 솔직히 말하자면, 저 역시 파멜라를 좋아했던 건 아닙니다. 그 어미라는 여자가 정말이지 천박하기 짝이 없는 여자였으니까요."

그로버의 얼굴에 혐오의 감정이 떠올랐다. 정말로 그 여자를 싫어했던 모양이라고 생각하며 알마는 저도 모르게 목을 움츠렸다.

"모니카 듀럼, 주제를 모르는 여자였습니다. 헨리 윈델 경과 가깝게 지내며 마치 저택의 안주인처럼 행세하려고 들었으니까요. 곧 자기가 헨리 경의 부인이 될 거라며 호언장담을 하던 아주 뻔뻔한 여자였습니다. 하지만 시간이 지나며 헨리 경의 마음은 그 여자에게서 멀어져 갔죠. 귀족 남자가 하녀와의 관계를 진지하게 여길 리 없으니까요.

하지만 반대로 에드먼드 도련님과 파멜라의 관계는 점점 더 깊어져가고 있었습니다. 도련님은 정말, 진심으로 그녀를 좋아했죠. 그건 두 사람의 성장을 옆에서 지켜본 사람이라면 아무도 부인하지 못할 겁니다."

진심으로 사랑했다라……. 정말 그것이 가능한 것일까? 벤의 말처럼 일종의 금기에 대한 환상 같은 것은 아니었을까. 윈델 경이 보였던 의외의 모습들을 떠올리며, 알마는 의문을 가졌다.

"하지만 문제가 생기기 시작했습니다. 당연한 수순이라고 말하는 편이 좋겠군요. 아시다시피 요즘 시대에 귀족들이 이름만 가지고 과거와 같은 영광을 유지하기는 힘듭니다. 윈델 가도 다른 많은 몰락 가문들이 겪었던 문제에 직면해 있었죠. 돈이 떨어져가고 있었던 겁니다.

헨리 윈델 경은 부랴부랴 방법을 강구했죠. 그것은 귀족의 지위를 원하는 신흥 부자 집안과의 결합이었습니다. 이미 많은 귀족들이 그런 식으로 생존방법을 찾았으니까요. 식민지 광산 사업으로 떼돈을 벌게 된 콜슨 가의 상속녀 일레인이 적당한 상대가 되었습니다. 에드먼드 도련님보다 나이는 두세 살 많았지만 아주 당차고 발랄한 아가씨였죠.

헨리 경은 즉각 도련님과 콜슨 양의 약혼을 추진했지만 이미 파멜라와 깊은 정이 든 에드먼드 도련님은 약혼을 받아들일 수 없다고 펄쩍 뛰었습니다. 하지만 헨리 경 역시 아들의 고집을 상대할 생각이 없었지요. 재정은 파산 지경에 이르렀는데 도련님은 윈델 가의 외아들이었고, 그토록 염문을 뿌려댔음에도 헨리 경에겐 더 이상 사생아조차 나오지 않았으니 급할 만도 했던 것입니다.

이 시점에서 도련님께서는 폭탄선언을 해버리고 맙니다. 파멜라가 그분의 아이를 가졌다는 사실을 밝힌 것이지요. 파멜라가 아니면 아무와도 결혼하지 않겠다고 버티는 통에, 헨리 경은 결단을 내렸습니다. 파멜라와 그 어미를 저택에서 쫓아내기로 한 것입니다."

어딘가 불편해하는 기색으로, 그로버는 한 번 더 말을 멈췄다. 그리고는 알마를 슬쩍 보며 잔에 담긴 물을 단숨에 마셨다.

"그 과정이 순탄하지만은 않았습니다. 헨리 경께 지시를 받은 고용인들이 그녀를…… 거칠게 다루었지요."

의미심장한 말에 알마의 심장이 별안간 쿵쿵 소리를 내며 뛰었다. 꿈속에서 그만하라고 비명을 지르며 애원하던 여자의 목소리가 기억났다. 그리고 이어진 그로버의 다음 말은 알마의 예상을 확인시켜주었다.

"그 일로 파멜라는…… 유산했습니다."

알마는 숨을 훅 들이마셨다.

"……끔찍하군요."

손이 떨려왔다. 잠결에 들려왔던 아기 울음소리는 파멜라의 원한이 남긴 흔적인 걸까? 오싹한 기분에 어깨를 움츠리고 있으려니 그로버가 애매한 표정으로 그녀를 건네다 보며 말을 이었다.

"아이를 잃고 파멜라는 미쳐버렸죠. 저택에서 쫓겨날 때, 그녀는 짐승처럼 울부짖으면서 윈델 가를 저주했습니다. 그리고 그것은 모두의 뇌리에 남은 그녀의 마지막 모습이 되었죠."

저주의 외침, 피눈물을 흘리며 비명을 지르던 파멜라의 목소리가 생생하게 들려오는 것만 같았다. 지옥에서 새어나오는 것 같은 그 외침에 모골이 송연하면서도, 알마는 한편으로 그녀가 참 가엾다는 생각이 들었다.

"도련님께서는 이 사실을 알고 견딜 수 없이 괴로워하셨습니다. 아버지를 저주하며, 분노와 절망에 휩싸여 파멜라를 찾아다녔죠. 쫓겨난 파멜라가 어떻게 되었는지는 정확히 모릅니다만, 죽지 않았다면 아마 사창가로 팔려갔으리라 생각되었습니다. 도련님은 음지들을 뒤지고 다니기 시작했고, 사연을 모르는 사람들에게 그 모습은 가십거리가 되기에 충분했지요.

그러나 헨리 경은 도련님의 깊은 상실감을 헤아리지 못하셨습니다. 애초에 그런 것 따위 신경 쓰실 분이 아니었죠. 당장 급한 건 돈이었으니까요. 그분은 콜슨 양과의 합의에 따라 식을 올리기 전에 혼인계약서를 먼저 작성하였고, 콜슨 집안의 재산은 윈델 가로 합쳐지게 되었습니다. 콜슨 양이 임신을 한 상태이기도 했기에 일을 빨리 처리할 필요가 있었거든요."

"저, 사실 그 부분이 이해가 잘 안되어서요."

알마가 끼어들자 그로버의 눈썹이 치켜 올라갔다.

"윈델 경께서 그렇게 파멜라를 사랑하셨는데 어떻게 콜슨 양과……."

"아, 그것은……."

그로버가 조금 참담한 목소리로 그녀의 질문에 답했다.

"헨리 경께서 내린 특단의 조치였습니다. 완고한 도련님의 고집을 꺾기 위해, 약을…… 그분께 약을 먹였지요."

알마는 입을 틀어막았다. 그것은 생각지도 못한 말이었다.

"약에 취해 혼인 서약을 하고 콜슨 양과 동침한 뒤, 깨어난 도련님은 그 행동에 큰 자괴감을 느끼셨습니다. 본인의 의지가 아니었음에도, 스스로를 향한 혐오감에 그분은 자해를 하셨고…… 하인들이 말리지 않았다면 목숨까지 끊으셨을 지도 모릅니다. 지금 얼굴에 남아있는 흉터는 그때 생긴 것이지요."

알마는 고개를 끄덕였다. 복잡하게 얽혀있던 그 모든 모순들이 그제야 이해가 갔다. 살인을 정당화할 수는 없겠지만, 그토록 괴로운 일을 겪었으니 윈델 경이 이성을 잃고 끔찍한 일을 벌인 것도 어쩌면 당연한 것이었다. 그러나 이어진 그로버의 이야기는 알마의 기대와는 전혀 다른 것이었다.

"에드먼드 도련님은 더 이상 견딜 수 없는 지경에 이르렀습니다. 사랑했던 여인과 아이를 잃고 단지 가문을 위해 원치 않는 결혼을 해야 한다는 사실에 그분은 거의 제정신이 아니게 되었죠.

그 날, 비극이 있던 그날 밤, 도련님은 헨리 경에게 저택을 떠나겠다고 말하러 갔습니다. 그 자리엔 콜슨 양도 있었죠. 부자간에 격한 말싸움이 오갔고 당장이라도 무슨 일이 터질 것만 같은 분위기였습니다. 그때, 그 여자, 파멜라의 어머니 모니카가 나타났습니다. 손에는 사냥용 장총을 든 채 말이죠."

알마는 숨을 죽였다. 생각지도 못했던 인물의 등장에 손에 땀이 났다. 대체 이 이야기가 어떻게 흘러가고 있는 것인지 그녀는 짐작조차 할 수 없었다.

"이득을 취할 수 있을 거라 생각했던 남자에게 버림받고, 딸까지 잃은 모니카는 눈에 보이는 것이 없는 상태였습니다. 그녀는 윈델 경 부자와 콜슨 양에게 총을 겨누며 위협을 가했죠. 그때 참으로 무모하게도, 콜슨 양이 모니카에게 달려들었습니다. 총을 뺏으려 실랑이를 벌이던 중 총탄이 발사되었고 콜슨 양이 쓰러졌지요. 예상치 못한 사고에 모니카는 도망쳤고 콜슨 양은 병원으로 옮겨졌습니다.

총소리를 듣고 놀라 방으로 들어간 내가 본 것은 총을 주워들고 있는 에드먼드 도련님의 모습이었습니다. 그분은 울면서 아버지를 설득했지요. 제발 자신을 놓아달라고 말이에요. 그 가슴 절절한 애원에 헨리 경은 포기하는 듯 보였습니다. 그러나 도련님이 총구를 내리고 돌아서는 순간……."

그로버가 말끝을 흐리며 입술을 깨물었다. 그날의 일을 떠올리는 듯 그녀의 눈에 분노가 어렸다.

"헨리 경이 책상 서랍 안에서 권총을 꺼내 도련님께 겨누었죠. 그리고 저는……."

잔을 감싸고 있는 그로버의 손이 떨렸다.

"저는 도련님이 희생당하게 둘 수 없었습니다."

알마는 눈을 크게 떴다. 지금 이게 무슨 소린가.

"그, 그로버 부인, 설마 그 말씀은……?"

"네, 그래요! 헨리 경을 쏜 것은 바로 나예요. 심장을 정확히 꿰뚫었죠."

또박또박 말하는 그로버의 목소리에는 어떠한 주저함도 없었다. 그녀의 말투가 너무도 당당해서, 아니, 오히려 자랑스럽기까지 해서 알마는 자신의 귀를 의심했다.

"그에 대해서는 아무런 후회도, 죄책감도 나는 없습니다. 헨리 윈델 경은 그가 저질렀던 수많은 악행들에 비하면 편안한 죽음을 맞은 것입니다. 그가 에드먼드를, 도련님을 더 이상 해치게 둘 순 없었어요. 돌아가신 도련님의 어머니께, 샬럿 마님께 약속했었으니까요."

결연한 그녀의 눈빛에 알마는 전율했다. 지금까지 윈델 경이 참 어렵고 무서운 사람이라고 생각했는데 어쩌면 가장 무서운 사람은 바로 지금 그녀의 앞에 꼿꼿하게 허리를 세우고 앉아있는 이 여자가 아닐까 하는 생각이 들었다. 굳어버린 알마의 표정을 보았는지, 그로버는 조금은 부드러운 목소리로 말을 이었다.

"가엾은 도련님을 위로하며 서 있는데 아래층에서 불이 났다고 외치는 소리가 들려왔죠. 모니카가 도망치며 불을 지른 겁니다. 아버지의 죽음과 갑작스런 화재에 잠시 이성을 잃은 도련님은 램프를 깨고 의자를 던져 넣으며 불길을 더욱 키우기 시작했습니다. 이대로 죽겠다며, 이런 저주받은 집안은 없어져야 한다며 말이죠. 저는 막무가내로 불 속으로 뛰어들려는 도련님을 간신히 밖으로 끌어낼 수 있었지만 이미 저택은 손쓰기도 힘들 정도로 불이 번진 상태였죠. 아침이 되어서야 겨우 진화를 할 수 있었으니까요.

그 끔찍했던 밤이 끝나고 도련님과 저를 비롯하여 살아남은 사람들은 경찰조사를 받았고, 도련님은 저를 위해 변호를 해주셨습니다. 결국 저의 행위는 정당방위로 인정되었고 도망친 모니카에 대한 수배령이 내려졌지요. 하지만 어디에서도 그녀를 다시 볼 수는 없었습니다.

일은 이렇게 마무리가 되었지만 윈델 저택은 하루아침에 유령의 집이 되고 말았습니다. 고용인들은 떠나고 남은 사람은 올리버와 나 둘 뿐이었죠. 사람들은 여전히 자극적인 스캔들을 믿었고 흉측한 소문은 점점 퍼져나갔습니다. 주인님은 소문이야 어떻게 되든 상관하지 않으셨습니다. 그런 것보다는 파멜라를 잃은 고통이 너무나 크셨으니까요.

아무튼, 이것이 윈델 가의 저택, 베스티아 몬트라 불리는 이곳을 둘러싼 소문의 진실입니다. 이제 와서 해명을 한다고 해도 소용이 없겠지요. 해명할 필요도 느끼지 못하고요."

알마는 마음이 무거웠다. 베스티아 몬트가 간직한 비밀이 이런 것이라고는 생각하지 못했다. 그녀는 윈델 경이 가여웠다. 파멜라도, 그로버 부인도, 콜슨 양도……

"콜슨 양이 아이를 낳았다고 들었는데……"

알마가 슬며시 묻자 그로버는 고개를 끄덕였다.

"조산을 했다고 들었습니다. 콜슨 양은 목숨을 잃었고요. 태어난 아이가 어떻게 되었는지, 그 아이가 남자아이인지 여자아이인지도 아무도 모릅니다. 그럴 가능성은 희박하지만 혹시 그 아이가 살아있다고 해도 지금의 윈델 경께서 그 아이를 인정할 리는 없으니까요."

알마는 마음이 아팠다. 그로버가 들려준 이야기 속에서 불쌍하지 않은 사람은 한 사람도 없었다. 모든 것이 그저 안타깝기만 했다. 아무런 죄도 없이 그저 한 여인을 사랑했다는 이유만으로 모든 비난을 감수하고 있는 윈델 경이 측은하기까지 했다.

울상을 짓고 있자, 그녀를 물끄러미 바라보고 있던 그로버가 말했다.

"이제 진실을 알았으니, 어떻게 할 거죠, 알마? 여전히 떠날 생각인가요?"

"아, 저는……."

알마는 뭐라고 답해야할지 몰라 망설였다.

"떠나고 싶다면 붙잡지는 않겠어요. 지금까지 일한 보수도 틀림없이 챙겨드리죠. 하지만 이거 하난 알아주었으면 해요."

그로버는 잠시 눈을 감았다 뜨며 조용한 목소리로 말을 이었다.

"나는 알마, 당신이 이곳으로 와준 것에 아주 만족하고 있답니다. 당신처럼 성실하고 빨리 배우는 하녀는 요즘 흔치가 않아요. 당신이 온 이래로 저택이 조금은, 아주 조금은 사람 사는 곳 같아졌다고 생각하고 있습니다."

만족스럽다고? 언제나 무뚝뚝하게 지적만 해대던 그로버 부인이 나를 그렇게 생각한다고? 사람 사는 곳 같다니, 도대체 전에는 어떠했기에……. 황당함과 안타까움이 동시에 밀려들어 어떻게 반응해야 할지 알마는 알 수가 없었다.

"그렇게 보이진 않겠지만 윈델 경께서도 당신을 마음에 들어 하세요. 당신은…… 파멜라를 많이 닮았습니다."

그녀답지 않게 머뭇거리며 꺼내놓은 그로버의 말에 알마는 깜짝 놀랐다.

"제, 제가요?"

그로버가 고개를 끄덕였다. 그제야 알마는 윈델 경이 어째서 항상 자신을 빤히 쳐다보곤 했는지 알 것 같았다. 제정신이 아닌 와중에 자신을 파멜라라고 부른 이유도 납득이 갔다.

"주인어른을 위해, 조금만 더 이곳에 머물러준다면 고맙겠어요. 그분의 마음의 병을 조금이나마 회복할 수 있다면……."

그로버의 부탁에 알마는 마음이 약해졌다. 늘 차갑고 냉정한 그녀가 마치 자식을 염려하는 어머니 같은 얼굴을 하고 있는 것이 놀라웠다. 내게도 어머니가 있었다면 저런 얼굴로 나를 걱정할까? 세간의 오명에도 이토록 믿어주고 걱정해주는 이가 있으니 윈델 경은 지금껏 버틸 수 있었던 걸까……. 울적한 생각이 들며 마음이 아파왔다. 그리고 한편으로는 따뜻한 기분도 들었다. 잠깐 고민한 뒤, 알마는 대답했다.

"잘 알겠습니다, 그로버 부인. 저택에 조금 더 머물도록 할게요."

그로버가 안도의 한숨을 쉬는 것이 보였다. 억누르려 하지만 기쁨이 묻어나는 목소리로, 그녀가 말했다.

"고마워요, 알마."

* * *

기상벨이 울리지 않아 모두가 늦잠을 잤다. 새벽에 벌어진 소동으로 다들 밤잠을 설친 데다 윈델 경까지 병상에 누워있으니 아침잠을 좀 더 자라는 그로버 부인의 배려였다.

쏟아져 들어오는 아침 햇살에 눈을 뜬 알마는 창밖의 풍경이 조금은 달라진 것처럼 느껴졌다. 계속해서 그녀를 괴롭혀왔던 의문이 풀렸기에 홀가분한 기분이 들면서도, 기구한 삶을 살아온 윈델 경에 대한 안타까운 마음이 커져갔다. 한밤 중 그녀의 창가에 서있던 그의 텅 빈 눈동자를 떠올리면 여전히 오싹했으나, 그가 어쩌다 그런 행동을 하게 되었는지를 알고 나자 참을 수 없는 동정심이 일었다.

오후가 되자 주어진 업무를 끝낸 알마는 차를 준비하여 윈델 경의 방으로 올라갔다. 노크를 하고 들어가니 그는 창가에 앉아있었다. 막 잠에서 깨어난 듯, 약간은 헝클어진 검은 머리카락과 헐렁하게 풀린 셔츠 차림을 한 채 햇살을 등지고 있는 그는 무척이나 매력적으로 보였다.

"차를 가져왔습니다."

알마가 들어가자 윈델 경은 자리에서 벌떡 일어났다. 뻣뻣하게 선 채 어쩔 줄 몰라 하는 걸 보니 어젯밤 이야기를 들은 모양이었다. 풀어헤친 앞섶을 쳐다보지 않으려 의식하며, 알마는 테이블 위에 찻주전자와 잔이 담긴 쟁반을 조심스레 내려놓았다.

"저, 몸은 좀 괜찮으신가요?"

알마가 묻자 윈델 경의 얼굴이 상기되었다.

"나, 나는 괜찮소. 알마, 당신은……."

"저도 괜찮아요."

알마의 대답에도 그는 여전히 안절부절 못하더니 우물쭈물하며 말했다.

"놀라게 해서 정말 미안하오. 일부러 그런 건……."

늘 과묵하고 신비스럽게만 보이던 그가 이토록 당황하고 있는 모습이 너무나 생소했다. 그대로 두었다간 아예 무릎이라도 꿇을 것만 같아 알마는 재빨리 말했다.

"그로버 부인께 다 들었습니다."

순간 그가 움직임을 멈추더니 충격을 받은 듯 눈을 크게 떴다.

"다…… 들었다고?"

"네, 이 저택에서 무슨 일이 있었는지, 윈델 경께서 어떤 부당한 대우를 받아오셨는지, 그리고 파멜라라는 분에 대해서도요."

윈델 경의 푸른 눈에 절망의 빛이 스쳤다. 그의 아픈 상처를 건드린 것만 같아 알마는 눈치를 보며 조심스럽게 말을 이었다.

"죄송해요. 제가 주제넘게 이런 말을 해도 될지는 모르겠지만, 정말 유감입니다. 그동안 많이 힘드셨겠어요."

알마의 위로에 윈델 경의 눈가가 촉촉해졌다. 그는 눈물을 삼키려는 듯 고개를 옆으로 돌리며 손을 얼굴로 가져갔다. 다시 한 번, 알마는 그에게 깊은 동정심을 느꼈다.

그는 미쳐버린 살인마도, 사창가를 뒤지고 다니는 변태성욕자도, 무시무시한 야수도 아니었다. 그저 사랑하는 사람을 잃고 절망하는, 세상을 등지고 동굴로 숨어버린 상처받은 영혼에 불과했다. 그동안 그를 오해한 것이 미안했다. 다른 사람들의 말만 듣고, 떠도는 소문만 믿고 멋대로 그를 판단해버린 것이 미안했다.

안타까운 눈으로 바라보고 있으려니 간신히 마음을 진정시킨 그가 호흡을 가다듬으며 소파에 앉았다.

"고맙소. 저기……."

윈델 경은 뭔가 하고 싶은 말이 있는 듯 한참을 머뭇거렸다.

"감사의 표시를 하고 싶은데, 내가 뭔가 해줄 수 있는 게 없을까?"

뜻밖의 말에 알마는 눈을 크게 떴다.

"네? 아, 아닙니다. 제가 특별히 한 일도 없는데 갑자기 그런……."

"그냥, 뭐라도 해주고 싶소."

애원하는 듯한 눈길을 도저히 거절할 수가 없어 알마는 재빨리 머리를 굴렸다. 고용주의 호의를 받아들이면서도 너무 주제넘지 않을만한 감사의 선물이 뭐가 있을까? 급여를 올려달라고 할까? 베키에게 약속했던 이 아네스 와인을 대신 구해달라고 할까? 아니면…….

그때 문득 데이트를 못하게 되었다고 툴툴거리던 벤의 얼굴이 떠올랐다. 그래, 그거면 되겠지.

"저, 그럼…… 아직 날짜가 안 되었지만 하루 외출을 허락해주실 수 있을까요? 시내를 구경하고 싶어서요."

"외출이라고?"

뜻밖이라는 듯 윈델 경이 반문했다. 어쩐지 그의 표정이 복잡했다.

"정말 그거면 되겠나?"

"네, 충분합니다."

알마가 들뜬 목소리로 말하자 윈델 경은 한참동안 그녀를 바라보더니 하는 수 없다는 듯 고개를 끄덕였다.

"알겠소. 조지나에게 말해두도록 하지."

"감사합니다, 윈델 경!"

"그럼, 대신에 내 부탁도 하나 들어주겠나?"

어쩐지 이야기가 이상하게 흘러가는 것 같아, 알마는 고개를 들었다. 알마의 선의에 대한 감사의 표시로 소원을 들어주겠다고 해놓고선 그 소원을 들어주는 조건으로 또다시 부탁할 것이 있다니. 대꾸하고 싶은 것을 참으며 가만히 있자, 윈델 경은 생각지도 못한 요구를 해왔다.

"날 이름으로 불러줘."

"네, 네에?"

"둘이 있을 때만. 안되겠소?"

알마는 당황하여 입을 쩍 벌렸다. 고용주를, 그것도 높은 신분의 귀족을 이름으로 불러달라니. 문득 그녀는 베키가 윈델 경을 무심코 이름으로 불렀던 일을 떠올렸다. 설마 베키에게도 같은 요구를 한 걸까? 그에게 씌어진 오명들이 다 헛소문이었다고 해도, 어쩌면 하녀에 대한 판타지를 가졌다는 추측은 사실이 아닐까 하는 의심이 드는 순간이었다.

알마는 멍하니 윈델 경을 마주보았다. 파랗게 반짝이는 두 눈이 부푼 기대를 가득 담은 채 그녀를 응시하고 있었다. 그 눈과 마주치자 알마는 감히 거절할 의지가 꺾이고 말았다.

"이, 이름이라면…… 에드먼드?"

"에디."

"에디?"

알마가 어색하게 그의 애칭을 발음하자, 윈델 경은 환하게 웃어보였다. 그 웃음에 알마는 어쩐지 심장이 덜컥 내려앉았다. 그가 왜 이런 요구를 하는 것인지, 왜 저토록 만족스런 미소를 보이는 것인지 알 수가 없었다. 아니, 어쩌면 짐작할 수 있을 것도 같았다. 그녀가 파멜라를 닮았기 때문이겠지…….

어딘가 찝찝한 기분이었지만 알마는 그를 거부할 수가 없었다. 그의 미소가 너무나 아름다워 보였기 때문에, 그리고 또 너무나 슬퍼보였기 때문에.

6. 파멜라의 유령

"그럼 다녀올게요."

알마는 마차를 운전해준 올리버에게 손을 흔들며 감사의 인사를 했다. 올리버는 훌륭한 요리사이기도 했지만, 꽤 괜찮은 마구간지기이기도 했다. 잘 관리된 말과 마차를 올리버가 운전해 마을로 내려와 주지 않았다면 모처럼 받은 외출을 무의미하게 날려버릴 뻔 했다.

알마가 외출허락을 받았다는 소식에 베키는 무척이나 부러워했다. 자기보다 늦게 들어온 주제에 특혜를 받는 이유가 뭐냐며 윈델 경과 모종의 거래를 한 게 아니냐는 그녀의 농담에 알마는 괜히 식은땀이 났다. 함께 나가지 않겠냐고 제안해보았지만 고작 두 명 있는 하녀가 동시에 자리를 비워버리면 그로버가 난리를 칠거라며 베키는 알마의 제안을 거절했다.

알마는 작은 분수가 있는 광장에 서서 새삼스러운 기분으로 아름다운 로즈미나 거리를 바라보았다. 처음 이곳에 발을 내딛은지 한 달이 채 되지 않았는데 벌써 많은 일들이 일어난 것 같았다. 켄드웰은 이토록 밝고 평화로운 곳인데 저 언덕 위의 저택에서는 과거의 망령에 사로잡혀 밤마다 신음하는 이가 살고 있다는 것이 참 아이러니했다. 아니, 모처럼 나왔는데 생각하지 말아야지. 알마는 밀려드는 음산한 기억들을 애써 떨쳐내며 어깨를 폈다.

그녀는 화려한 상점들이 늘어선 큰 길을 따라 걸으며 엘리엇의 가게를 찾아보았다. 상점의 진열대에 나와 있는 레이스 리본과 실크 스타킹 등이 여러 차례 발목을 잡았지만, 유혹을 뿌리치고 골목골목을 헤맨 끝에 알마는 드디어 목표지점을 찾아냈다.

켄드웰에서 제일간다는 엘리엇 씨의 식료품 가게는 홍보문구에 걸맞지 않게 다소 한산하고 눈에 잘 띄지 않는 어느 골목의 끝자락에 위치하고 있었다. 조심스레 가게 안으로 들어가자 달짝지근한 과일 냄새가 솔솔 풍겨왔다.

"어서 오세요."

알마 또래로 보이는 검은 머리의 여성이 밝은 목소리로 인사를 하며 나왔다.

"아, 실례합니다. 혹시 이곳에 벤이라는 사람이 일하고 있나요?"

벤의 이름이 나오자 싹싹하게 웃고 있던 검은 머리 여인의 표정이 확 변했다.

"누구신데요?"

그녀는 별안간 경계심을 나타내며 노골적인 시선으로 알마를 위아래로 훑어보았다. 갑작스런 태도의 변화에 알마는 조금 당황했다.

"아, 저는……."

뭐라고 말을 해야 할까 망설이는 찰나, 반가운 목소리가 들려왔다.

"어? 알마!"

카운터 뒤로 난 통로에서 벤이 상자를 들고 나오다가 알마를 발견하고는 재빨리 밖으로 뛰쳐나왔다.

"여긴 어쩐 일이야?"

너무나 반가워하는 벤의 태도에 알마는 긴장감이 풀리며 기분이 좋아졌다. 그러나 옆에서 미심쩍은 눈길로 그녀를 쏘아보고 있는 여자 때문에 마음껏 자신의 감정을 드러낼 수가 없었다.

"오늘 하루 휴가를 받아서 들러봤어. 바쁜데 방해한 건가?"

"아냐, 아냐, 무슨 소리! 엄청 한가해. 이야, 이거 정말 영광인걸?"

벤이 손사래를 치며 말하자 검은 머리의 여인이 그를 사납게 쏘아보았다.

"지금 엄청 바쁜데? 달걀도 모아야 하고 포장도 해야 하고 불쌍한 마벨 노부인의 집에 배달도 가야 하는……."

여자가 불만을 토로하자 벤은 그녀의 입을 틀어막고는 아무 일도 없다는 듯 환하게 웃었다.

"금방 가야하는 건 아니지? 전에 약속했던 거 오늘 해도 돼?"

허우적거리는 여자를 겨드랑이에 낀 채 기대감으로 눈을 빛내는 그를 보며 알마는 난감한 미소를 지었다.

"응, 사실 그러려고 온 거긴 한데……."

"좋아! 그럼 지금 당장 가자. 얼른얼른!"

벤이 신이 나서 외치더니 눈치를 보고 있는 알마의 등을 떠밀었다. 어기적거리며 가게 밖으로 나오자 그들의 뒤에서 검은 머리의 여자가 발을 구르며 소리쳤다.

"벤! 어디 가는 거야? 당장 돌아오지 못해? 벤자민!"

그러나 그는 그녀의 말을 완전히 무시한 채 알마의 손을 잡아끌고 도망치듯 골목을 벗어났다.

"저 아가씨는 누구야? 인사도 못했는데……."

어쩐지 곤란한 기분이 된 알마가 묻자 벤은 어깨를 으쓱해보였다.

"엘리엇 아저씨의 딸인 코라야. 가게 일을 돕고 있는데 나한테 마음이 있나봐. 어찌나 집착을 하는지, 대놓고 들러붙는 통에 아주 귀찮아 죽겠다니까?"

알마는 진저리를 치며 대답하는 그의 얼굴을 물끄러미 바라보았다. 싫은 듯 말하고 있었지만 정말 싫은 것은 아닌 눈치였다. 그 뻔한 허세에 그녀는 그만 웃음이 났다.

"사실 여자 친구인 건 아니고?"

알마가 떠보자 그는 인상을 구기며 펄쩍 뛰었다.

"무슨 소리야? 말도 안 돼! 내 마음에 든 사람은 바로 지금 여기 있는데!"

거침없는 벤의 말에 알마는 또 저도 모르게 얼굴이 화끈거렸다. 정말 사람을 당황시키는데 일가견이 있는 그였지만, 알마는 그런 그의 성격이 밉지 않았다. 표정관리를 하며 뭐라고 대답할지 고민하고 있으려니, 벤이 발랄하게 말했다.

"좀 갑작스럽긴 하지만 모처럼 이렇게 만났으니 최고의 하루를 선사해 주도록 하지! 어디 보자, 슬슬 점심시간인데……. 그렇지! 거길 갈까? 켄드웰 최고의 미트파이를 맛보게 해줄게!"

벤이 그녀의 팔을 잡아당기며 빠르게 걷기 시작하는 바람에 알마는 그의 직설적인 호감의 표현에 대답하지 않고 넘어갈 수 있었다.

벤이 안내한 식당은 '도비스'라는 간판이 달린 길모퉁이의 자그마한 가게였는데, 안팎으로 사람들로 붐비고 있었다. 안으로 들어가 겨우 구석에 자리를 잡고 기다리니 먹음직한 미트파이 두 접시가 금세 나왔다. 맛있는 냄새에 허기가 동한 알마가 바삭한 파이를 한입 깨물자 진한 육즙이 줄줄 흘러나왔다. 옷을 버릴까 엉거주춤하는 알마를 보고 벤은 깔깔 웃더니 손을 뻗어 소매로 그녀의 입가를 닦아주었다.

친근한 그의 행동에 어색해진 알마는 이야기로 분위기를 바꿔보려 했으나 주변이 너무나 시끌벅적하여 한마디도 들리지가 않았다. 벤은 손을 귀에 갖다 대고 몸을 쭉 내민 채 알마의 말을 알아들으려고 애쓰다가 결국은 우스꽝스런 표정을 지으며 포기해버렸고, 알마는 그런 그의 몸짓을 보며 웃음을 터뜨렸다.

결국 허겁지겁 음식을 먹어치우고 식당을 빠져나온 두 사람은 한적한 길가에 이르러서야 안도의 한숨을 쉬었다.

"와, 정말 시끄러웠다. 지옥에 들어갔다 나온 기분이야. 평소엔 이렇게 까진 아니었는데……."

데이트의 시작을 망쳤다고 생각하는지 벤은 울상을 지으며 알마의 눈치를 보았다.

"그래도 정말 맛있었어. 켄드웰 최고의 미트파이 맞네. 다음에 가면 두 개 먹을 거야."

알마의 말에 벤은 금방 우쭐한 표정이 되었다.

"그렇지? 내 말 맞지? 정말 최고라니까? 그래도 다음번엔 좀 더 근사한 식당에 데려가줄게."

다음번이 있을 거라고 어떻게 확신하냐고 놀려주고 싶었지만 생글생글 웃는 그의 표정이 너무도 해맑아 알마는 입을 다물었다.

소화도 시키고 차분히 이야기도 나눌 겸, 두 사람은 근처의 공원으로 향했다. 켄드웰의 젖줄인 티윌 강 상류에 조성된 공원에는 이미 한껏 멋을 낸 남녀들이 따스한 오후의 햇살을 받으며 쌍쌍이 거닐고 있었다. 알마와 벤은 그 평화로운 배경 속으로 자연스레 끼어들었다.

근황에 대한 이야기를 나누며, 알마는 윈델 경의 몽유병으로 인해 벌어진 한밤중의 소동과 그로버 부인에게서 들은 이야기를 벤에게 들려주었다. 아버지와 약혼녀를 살해한 것은 윈델 경이 아니며 하녀와의 사랑으로 고통 받고 오해를 받은 가엾은 사람이었다는 얘길 전하자, 벤의 얼굴이 벌레 씹은 것처럼 일그러졌다.

"넌 그 말을 다 믿는 거야?"

오해를 풀고 함께 그를 동정할 거라 생각했던 벤이 의외의 반응을 보여 알마는 조금 놀랐다.

"왜? 그럼 넌 그로버 부인이 거짓말을 한 거라고 생각해?"

"귀족 가문에 충성해온 하수인이니 충분히 그럴 수 있지. 너도 그들을 너무 믿지 말라고. 만약 그 일이 사실이라고 해도 에드먼드 윈델, 그 작자의 사랑놀음 때문에 두 집안이 박살나고 사람들이 다쳤다는 사실엔 변함이 없잖아. 그러면서 계속 너한테도 접근한다며? 조심하란 말이야. 제2의 파멜라가 되지 않으려면 말이야."

제2의 파멜라. 벤의 말에 알마는 망치로 뒤통수를 한 대 얻어맞은 것 같은 기분이 들었다. 그의 지적에도 일리가 있었다. 그로버가 주인을 감싸기 위해 거짓말을 한 것일 수도 있었다. 그렇지 않다고 해도 벤의 말처럼 이미 벌어진 비극이 없는 일이 될 수 있는 것도 아니었다.

알마는 마음이 무거워졌다. 그로버의 이야기를 듣고 나서 홀가분해진 느낌이었는데 오늘 벤과 이야기를 나누고 나니 또다시 불안감이 밀려들었다. 심각해지는 알마의 얼굴을 보고 아차 싶었는지 벤이 쪼르르 달려나와 앞에 서서는 그녀의 어깨를 붙들었다.

"어허, 지금 그 표정은 뭐야? 나랑 데이트하면서 다른 남자 생각하면 안 되지! 따라와봐."

그러면서 그는 얼떨떨한 알마를 돌려세워 어딘가로 걸음을 옮겼다. 그곳은 배를 빌릴 수 있는 선착장이었다. 벤은 대기 중인 여러 뱃사공 중 한명과 한참동안 흥정을 하더니 곧 기쁜 얼굴로 알마를 향해 손짓했다.

벤의 손에 이끌려 보트에 오른 알마는 사공이 천천히 노를 젓는 동안 가만히 주변을 둘러보았다. 햇살에 반짝반짝 빛나는 강물 위로 뱃놀이를 나온 연인들의 다정한 모습들이 비쳤다. 알마는 고개를 들어 쉴 새 없이 뭔가를 떠들어대고 있는 벤의 얼굴을 멀거니 바라보았다. 강물처럼 파란 눈동자와 부드러운 갈색 머리카락이 어느 귀족 저택의 살롱에 걸린 인상주의 그림 속 인물을 연상시켰다. 매력적인 입술에서 튀어나오고 있는 교양 없는 단어들을 제외하면 그는 정말로 눈이 부신 청년이었다. 식료품 가게 주인의 딸 코라가 그를 쫓아다니는 것도 당연했다. 애인과 함께 나온 여자들조차 벤을 흘끔흘끔 곁눈질하고 있었으니까. 그런 그가 눈웃음을 지으며 마주볼 때마다 알마는 속이 간질간질했다. 그와 함께 하는 시간이 즐거웠다. 그를 좀 더 알고 싶었다.

"벤, 네 얘기를 좀 해봐."

알마가 입을 열자 벤은 혼자 떠들어대던 것을 멈추고 그녀를 바라보았다.

"내 얘기? 별로 특별한 건 없는데?"

그는 멋쩍은 듯 뺨을 긁적이며 아기일 때 부모님이 돌아가셔서 친척집에서 커왔다는 이야기를 짤막하게 들려주었다. 성인이 되자마자 눈칫밥을 먹으며 지내던 집에서 나와 이곳저곳 일자리를 전전하다가 최종적으로 엘리엇 아저씨네 식료품점에 이르게 되었다는, 정말로 특별하지는 않은 이야기였다. 하지만 어딘가 처지가 비슷한 것 같다는 생각에 알마는 그에게 동질감을 느꼈다.

"그럼 네 이야기도 해줘, 알마. 팍스웰 출신이 어쩌다 베스티아 몬트까지 오게 된 거야?"

벤이 되물었다. 알마는 망설여졌다. 지난번 벤이 수녀원에 대해 이야기했던 것이 마음에 걸렸다. 자신은 수녀원 출신이며 도망쳐 나왔다가 저명한 의사 필립 워렌에게 은혜를 입어 이곳으로 오게 되었다고 하면, 그리고 마차사고 덕에 기억상실 장애를 앓아 이전의 일이 잘 생각나지 않는다고 하면 분명 미심쩍은 시선을 받게 될 것 같았다.

잠시 고민하고 있으려니 운 좋게도 뱃사공이 그들을 향해 말을 건네며 대화의 흐름을 끊었다.

"다리로 진입합니다. 준비하세요."

"오, 좋았어!"

갑자기 벤이 생기를 띠며 곁으로 바짝 다가앉았다. 알마는 궁금한 얼굴로 고개를 들었다. 두 사람을 태운 보트는 어느새 공원을 벗어나 로즈미나 거리를 가로지르는 운하를 흘러가고 있었다. 노를 젓는 사공의 뒤로 대리석으로 만든 아치형의 다리 하나가 보였다. 마치 왕관을 얹어놓은 것 같은 화려하고도 아름다운 그 다리를 보는 순간, 알마는 웬일인지 심장이 쿵 내려앉으며 온 몸에 소름이 돋았다.

"정말 예쁘지? 히아나 왕비의 다리야. 아주 오래전에 나라가 힘들었을 때 당시 왕비가 백성들의 화합을 위해 건설한 거래."

"그렇습니다. 연인들이 이 다리 아래를 지나갈 때 키스를 하면 영원히 헤어지지 않는다는 전설이 있지요."

벤과 사공이 들뜬 목소리로 주거니 받거니 설명했다. 그러나 알마는 그들의 말이 귀에 들어오지 않았다. 이유를 알 수 없는 두려운 기분에 그녀는 손이 덜덜 떨려왔다.

"미, 미안해. 그만 내려줘."

알마의 요청에 신이 났던 두 사람은 눈을 크게 떴다.

"엥? 왜? 뭐야, 나하고 키스하기 싫은 거야?"

"그, 그런 게 아니라…… 미안, 몸이 좋지 않아."

볼멘소리로 외치던 벤은 가쁜 숨을 몰아쉬기 시작하는 알마의 얼굴을 자세히 들여다보고 나서야 상황을 파악했다. 그는 사공에게 다급하게 손짓했고 사공은 빠르게 배를 몰아 가장 가까운 선착장에 그들을 내려주었다.

"괜찮아? 갑자기 무슨 일이야?"

알마를 부축해 벤치에 앉힌 벤이 걱정스럽게 물었다. 알마는 벤의 얼굴을 한번 보고는 저만큼 멀어진 히아나 왕비의 다리를 쳐다보았다. 예술작품과도 같은 아름다운 저 다리가 어째서 그토록 무서웠던 건지 그녀도 모를 일이었다. 하지만 사실대로 말하면 벤이 이상하게 생각할 것 같아 그녀는 천천히 숨을 고르며 말했다.

"그냥 뱃멀미가 난 것 같아. 이제 괜찮아."

"정말? 이걸 어쩌지. 약이라도 사올까? 아님, 어디 가서 좀 누울래?"

벤이 너무나 미안해하는 표정을 지으며 물어왔다. 그의 반응에 알마는 조금 죄책감이 들어 그의 시선을 피했다. 그러나 하필 그녀의 눈길이 향한 곳에는 윈델 저택이 자리하고 있었다. 멀찌감치 보이는 언덕 위에 희미하게 서있는 저택. 누군가 저주의 마법이라도 부린 듯 그 위로 시꺼먼 먹구름이 맴돌고 있었다. 불과 몇 분 전까지만 해도 화창했던 날씨는 간데없고 곧 비라도 쏟아질 듯 우중충해진 공기에 어쩐지 마음이 불안해져, 알마는 벤을 향해 고개를 돌렸다.

"미안해. 이만 돌아가야겠어."

"뭐? 벌써?"

그녀의 말에 벤은 충격 받은 듯한 표정을 지었다.

"몸이 많이 안 좋아? 아니면, 혹시 나랑 있는 게 재미없었어?"

걱정과 실망감이 가득한 그의 표정에 알마는 웃을 수밖에 없었다.

"아냐, 절대 그렇지 않아. 너무 재밌었는걸. 그렇지만 지금은 좀 쉬어야 할 것 같아. 정말 미안해."

알마가 달래자 벤은 조금은 안심한 얼굴이 되었다.

"그런 거라면 어쩔 수 없지. 그럼 오늘은 여기까지만 할게. 대신 다음에도 만나주기다? 그땐 오늘 못 가본 곳까지 다 소개해줘야 하니까. 아직 한참 남았다고!"

알마는 웃으며 그러겠다고 다짐했다.

벤은 그녀를 거의 끌어안다시피 감싼 채 마차를 타는 곳으로 안내해주었다. 자신이 데려다주면 안되냐고 졸랐으나, 벤과 함께 저택으로 돌아가는 것이 어쩐지 내키지 않아 알마는 최대한 완곡하게 그의 청을 거절했다.

"네가 빨리 가게로 돌아가지 않으면 코라라는 아가씨가 흉기를 들고 뛰어올 것 같은데?"

알마의 농담에 벤은 넌더리가 난다는 표정을 지었다.

끝까지 들러붙는 벤을 떼어내고 겨우겨우 마차에 올라탄 알마는 그를 향해 손을 흔들고는 곧 등받이에 풀썩 몸을 기댔다. 뭐였을까? 그 이상한 기분은? 벤과의 나들이는 정말 즐거웠다. 가능하면 좀 더 오래 그와 함께 시간을 보내고 싶었다. 그러나 그 화려한 다리를 보는 순간 그녀는 더 이상 주변이 눈에 들어오지 않을 정도로 극심한 공포를 느꼈다. 혹시 기억을 잃기 전에 다리와 관련된 뭔가 안 좋은 일이라도 있었던 걸까? 알마는 아직도 떨리고 있는 손을 초조하게 문지르며 마음을 진정시키려 애썼다.

알마는 비스듬히 앉은 채 멍하니 창밖을 바라보았다. 어느새 안개가 자욱이 깔리고 있었다. 무슨 일인가 벌어질 것 같은 기분에 그녀의 불안감은 더욱 커져갔다.

그때 무언가 창가를 휙 스쳐지나갔다. 알마는 깜짝 놀라 등받이에서 몸을 뗐다. 동시에 마차가 멈춰 섰다. 알마는 숨죽인 채 눈을 굴리며 주의를 집중했다. 아무 소리도 들려오지 않았다.

한동안 기다리던 알마는 마부에게 무슨 일이 생긴 건지 물어봐야겠다고 생각하고는 문 쪽으로 다가앉았다. 그 순간 마차의 문이 벌컥 열리더니 앙상한 두 손이 그녀를 우악스럽게 붙잡았다.

"꺄악!"

순식간에 끌려 내려온 그녀는 비명을 지르며 바닥을 뒹굴었다. 허우적거리며 고개를 드니 전에 그녀에게 이상한 경고의 말을 던졌던 바로 그 노파가 알마를 붙들고 있었다.

"가면 안 돼! 도망쳐! 도망치라고!"

노파가 고래고래 소리를 지르며 알마를 질질 끌어당겼다. 그 힘이 얼마나 센지 알마는 도저히 그녀를 뿌리칠 수가 없었다.

"잡아먹힐 거야! 도망쳐!"

흉측한 얼굴을 하고 자지러지듯 외치는 노파의 눈이 광기로 번뜩였다.

"이 미친 여자가! 저리 가지 못해?"

마부가 뛰어와 두 여자를 떼어놓았다. 노파는 짐승처럼 으르렁거리며 다시 알마에게 달려들었으나 앞을 막아선 마부가 그녀를 밀치자 힘없이 나가떨어졌다.

"썩 꺼져!"

마부가 발을 구르며 위협하자 노파는 이를 드러내며 부들부들 떨더니 곧 수풀 속으로 뛰어들어 자취를 감추었다.

"아가씨, 괜찮아요? 원, 이게 무슨 일이람."

노파를 쫓아낸 마부가 다가와 알마를 일으켜주었다. 알마는 충격으로 정신이 멍했다.

"저 미친 할멈이 오늘따라 심하게 구는구만. 늘 나와서 길을 막곤 하는데 오늘은 좀⋯⋯."

"네, 알아요. 전에도 마주친 적이 있어요."

마부의 설명에 알마는 괜찮다는 표시를 하며 어쩔 줄 몰라 하는 그의 말을 막았다. 하지만 정말로 예상치 못한 일이었다. 이상한 말을 하는 미친 노파의 기행 정도로 넘어가기에는 방금 전의 일은 너무도 위험하고 무서운 상황이었다. 진정되어 가던 불안감이 다시 번져왔다. 빨리 집으로 돌아가고 싶었다.

집이라⋯⋯. 아니, 엄밀히 따지면 집은 아니었다. 하지만 지금 이 순간만큼은 베스티아 몬트가 집과 다름없는 안식처로 느껴졌다. 알마는 이런 사고가 일어난 것에 미안해 몸 둘 바를 몰라 하는 마부의 부축을 받으며 다시 마차에 올랐다. 즐거운 마음으로 시작한 하루가 점점 꼬이고 있다는 생각에 그녀는 무척 불쾌했다. 더 이상 이상한 일이 일어나지 않기를……. 그녀는 의자의 등받이에 머리를 기대며 벤과 함께 있었던 시간의 유쾌한 기분을 떠올리려 애썼다.

* * *

더 이상 이상한 일이 일어나지 말았으면 좋겠다는 알마의 소망은 베스티아 몬트에 도착하자마자 산산이 깨지고 말았다. 흐린 날씨 덕분에 평소보다 두 배는 더 음산해 보이는 저택으로 들어갔더니 놀랍게도 윈델 경이 그녀를 맞이하러 뛰어나왔다.

"알마!"

그는 정신없이 달려와 알마의 팔을 붙들더니 핏발 선 눈으로 사납게 그녀를 다그쳤다.

"왜 이렇게 늦은 거지? 어딜 갔던 거야? 사람을 만났나? 누굴 만난 거지? 응? 무슨 일이 있었던 거야? 말을 해!"

윈델 경의 질책에 알마는 깜짝 놀랐다. 그가 왜 이러는 것일까? 영문을 몰라 그의 얼굴을 쳐다보자 잔뜩 일그러진 표정을 한 윈델 경의 어깨 너머로 그로버 부인과 베키가 서 있는 것이 보였다. 두 사람을 바라보고 있는 그들의 눈빛이 묘했다.

"아, 아무 일도 없었어요. 그냥 시내에 구경을 갔다 왔는데……."

대답을 하면서도 알마는 실수로라도 벤의 이야기를 하지 않기 위해 신경을 곤두세웠다. 워렌 의사의 집에 머물 때 고용주들은 하녀들이 밖에서 남자를 만나는 것을 좋아하지 않는다고 들은 기억이 났다. 도덕성이 결여된 여자로 여긴다는 것이었다. 윈델 경 역시 그녀의 식료품 가게 친구에 대해 알게 되면 좋아하지 않을 게 뻔했다.

"그런데 왜 이 꼴을 하고 있는 거야?"

윈델 경이 알마의 옷을 가리키며 소리치자, 그제야 그녀는 그가 왜 그런 질문을 했는지 납득할 수 있었다. 그녀의 외출복 치마가 심하게 구겨지고 온 몸에 흙이 묻어있었던 것이다. 마차를 타고 올라오는 언덕에서 미친 노파의 공격을 받아 땅에 굴렀을 때 남은 흔적들이었다.

"이, 이건…… 오다가 넘어졌어요. 다치진 않았어요."

아무렇지 않은 표정을 꾸며내며 알마가 말하자 윈델 경은 그녀의 얼굴을 한참이나 들여다보더니 한걸음 물러섰다.

"그런가. 그럼……."

그의 새하얀 얼굴이 별안간 빨갛게 상기되었다. 자신의 행동이 지나쳤다는 것을 자각한 듯 했다.

"조, 조심해서 다니도록 하시오."

뒤늦게 부끄러움이 몰려오는 것인지, 그는 알마의 눈을 피하며 쭈뼛거리더니 곧 몸을 돌려 도망치듯 자리를 떠나고 말았다. 그로버가 알마를 향해 고개를 까딱하고는 서둘러 그의 뒤를 따라갔다. 알마가 얼떨떨한 기분으로 서있자 두 사람이 멀어지는 것을 확인한 베키가 슬쩍 다가왔다.

"총애 받고 있는걸, 알마? 좋겠다."

부러워하는 것인지, 비꼬는 것인지, 베키가 음흉한 목소리로 말을 건넸다.

"왜 그래? 무슨 일 있었어? 내가 뭐 잘못했나?"

알마의 질문에 베키는 고개를 절레절레 저었다.

"너 외출하고 나서 뭐가 그리 걱정이 되었는지 윈델 경이 한 시간마다 한 번씩 네가 돌아왔는지 확인하더라. 몇 시간 전부터 아예 홀에 죽치고 앉아서 문만 쳐다보던걸?"

"윈델 경이? 왜 그러셨지? 나 별로 늦게 온 것도 아닌데……. 뭔가 시키실 일이 있으셨던 걸까?"

알마가 되묻자 베키는 바람 빠지는 소리를 내며 그녀의 볼을 꼬집었다.

"둔하긴! 으이구! 그건 그렇고 너 조심해야겠다?"

"왜?"

"왜긴 왜야. 너 그 벤인가 뭔가 하는 남자 만나고 온 거잖아."

알마는 얼굴이 붉어졌다.

"그, 그게 왜……."

"너 안 들키게 조심해. 윈델 경께서 저렇게 신경 쓰시는데 거슬리지 않도록 해야지."

알마는 베키가 도대체 무슨 소리를 하는 건가 싶어 멀뚱히 그녀를 바라보았다. 아니, 어쩌면 알 것도 같았다. 하지만 그녀가 궁금한 것은 '도대체 왜'인가 하는 것이었다.

"누군 좋겠네. 나한테는 그런 행운 좀 안 오려나."

베키는 깔깔대며 알마의 어깨를 툭 친 뒤 어딘가로 사라졌다. 텅 빈 홀에 혼자 남은 알마는 복잡한 기분이 되어 잠시 그대로 서 있었다. 머릿속이 쿡쿡 쑤셔왔다. 얼른 침대에 누워 쉬고 싶었다. 너무나 길고도 기이한 하루였다.

* * *

피곤했던 알마는 저녁도 먹지 않고 일찍 잠자리에 들었다. 올리버가 걱정하며 방까지 찾아와 빵과 과일 따위를 두고 갔지만 그녀는 아무것도 손대지 않고 침대 위로 널브러졌다.

금세 잠이 든 그녀는 내내 악몽에 시달렸다. 꿈속에서 윈델 경의 초조해하는 얼굴이 보이기도 하고, 언덕에서 만난 미친 노파가 단정하고 멀쩡한 모습으로 그녀의 뺨을 때리기도 했다. 그로버 부인의 방에서 보았던 초상화 속의 남자가 등장하기도 하고, 늙은 올리버가 쾌활한 목소리로 말을 하기도 했다. 그러다가 별안간 들뜬 얼굴의 벤이 나와서 뭔가를 가리키며 설명하기 시작했고 그를 따라 고개를 돌린 곳에는 아름답고도 섬뜩한 히아나 왕비의 다리가 보였다. 알마는 발버둥 쳤지만 자기도 모르게 다리를 오르고 있었다. 하나 둘 내딛는 걸음마다 마치 죽을 것 같은 두려움이 밀려와 눈앞이 흐릿했다.

알마는 불편한 기분으로 몸부림을 치다가 문득 눈을 떴다. 방 안에는 어둠이 짙게 내려앉아 있었고 공기는 입김이 서릴 만큼 차가웠다. 몽롱한 기분에 취해있던 그녀는 곧 자신의 잠을 깨운 것이 이상한 꿈만은 아니라는 것을 깨달았다.

'알마……'

누군가 그녀를 부르고 있었다. 여자의 목소리였다. 알마는 주섬주섬 자리에서 일어났다. 꿈결에 잘못 들은 것일까? 알마는 베키의 방과 맞닿은 벽에 귀를 갖다 대고 잠시 기다려보았다. 베키가 부른 것일까? 그녀가 잠꼬대를 하며 내 이름을 말한 게 아닐까? 그러나 한참을 있어보아도 아무 소리도 들리지 않았다.

'알마……'

다시 한 번 속삭이는 목소리가 들려왔다. 알마는 숨죽인 채 어둑어둑한 방 안을 살펴보았다. 혹시 아직도 꿈속인 걸까? 그녀는 자리에서 일어나 가만히 방문을 열었다. 조심스레 밖을 내다보자 컴컴하고 고요한 복도가 보였다. 그리고 놀랍게도 중앙홀로 이어지는 통로에 하얗게 빛나고 있는 무언가가 아른거렸다. 그것은 분명 사람의 형상이었다.

알마는 머리털이 쭈뼛 섰다. 유령, 유령이다! 그녀는 마른 침을 꿀꺽 삼키며 흐릿하게 빛나는 형상을 주시했다. 그러자 알마를 발견한 듯 하얀 형상이 천천히 움직이며 코너를 돌아 사라졌다.

다음 순간 그녀는 저도 모르게 문밖으로 나와 유령의 흔적을 뒤쫓았다. 무섭다는 생각이 들면서도 어째서 그 하얀 그림자를 따라가고 싶었던 것인지 모를 일이었다. 그저 자신을 부르는 그 목소리를 무시할 수가 없었다.

알마는 랜턴을 챙기는 것도 잊은 채 홀린 듯 중앙홀로 나갔다. 새하얀 형상은 어느덧 옷자락을 너울거리며 계단을 오르고 있었다. 알마는 천천히 그 뒤를 따랐다. 어둠 속에서 길을 이끄는 희미한 영체, 그 움직임이 너무나 비현실적이어서 그녀는 아직도 꿈을 꾸고 있는 기분이었다.

하얀 유령은 2층에서 잠시 멈추더니 곧장 3층으로 올라갔다. 그곳은 전체가 출입금지인 구역이었다. 알마는 또다시 규칙을 어기고 싶지 않았다. 또다시 비밀을 만들고, 꿈과 현실의 경계를 아른거리는 기묘한 체험을 하고 그 때문에 며칠을 두려움에 떨고 싶지 않았다. 그러나 그녀는 멈출 수가 없었다. 지금 그녀의 발걸음을 이끄는 것은 그녀의 의지가 아니었다.

자신을 인도하는 초자연적인 힘에 이끌려, 알마는 결국 3층의 복도에 발을 들이고 말았다. 음산한 통로에는 싸늘한 기운이 감돌았다. 오랫동안 사람의 발길이 닿지 않은 듯 퀴퀴한 냄새마저 났다. 새하얀 유령은 천천히 복도를 거닐더니 미끄러지듯 어느 방 안으로 들어갔다. 알마는 망설여졌다. 뭔가 무서운 일이 일어날지도 모른다는 본능적인 불안감이 엄습했다.

저 신비로운 존재는 혹시 18년 전 이곳의 모두를 미치게 만들었던, 그리하여 크나큰 비극을 초래했던 사악한 원혼 같은 것이 아닐까? 저것이 내게 해를 가하려고 나를 유혹하는 것은 아닐까? 아니, 지금 이것도 꿈의 연장선인 걸까? 갖은 의심이 밀려왔지만 알마는 그녀 앞에 나타난 존재의 진실을 확인하고 싶다는 생각이 강하게 들었다.

긴장으로 어깨를 잔뜩 움츠린 채, 알마는 가만히 유령이 사라진 방을 들여다보았다. 커다란 창문 너머로 달빛이 환하게 쏟아지고 있는 방 안 곳곳에 흰 천이 덮인 가구들이 어지럽게 늘어서 있었다. 알마는 숨을 고르며 천천히 그 사이로 걸어 들어갔다. 한걸음씩 뗄 때마다 오래된 바닥이 삐걱거리는 소리를 냈다. 고요한 공간 속에 퍼지는 그 소리가 너무도 오싹하여 알마는 잔뜩 긴장했다.

그때 창가 쪽에서 무언가가 움직였다. 흰 덮개를 뒤집어쓴 형상이 벽 안쪽으로 스윽 사라졌다. 깜짝 놀란 알마는 행여 놓칠 새라 재빨리 그 움직임을 따라갔다. 그곳에는 또 다른 방으로 향하는 문이 하나 있었다. 알마는 문 앞에 선 채로 텅 비어있는 두 번째 방을 바라보았다.

그곳에, 그녀가 있었다. 파멜라. 알마는 한눈에 그녀를 알아볼 수 있었다. 창백한 얼굴, 곱슬거리는 은백색 머리카락, 앙상한 몸으로 금방이라도 날아갈 듯 저편에 서 있는 그녀. 심장이 쿵쿵 뛰었다. 그러나 무섭다는 생각은 들지 않았다.

조심스레 한 발짝 다가가자 마치 기다렸다는 듯, 그녀 역시 알마에게로 다가왔다. 동쪽 별채에 걸린 초상화보다 조금은 나이를 먹은 듯한 그녀는 많은 이야기를 담은 눈을 하고 알마를 마주보고 있었다. 알마는 넋을 잃은 채 그녀의 얼굴을 바라보았다.

파멜라. 베스티아 몬트의 운명을, 그 주인인 에드먼드 윈델의 운명을 바꿔버린 여자. 저토록 가녀린 몸으로, 저토록 청연한 얼굴로 얼마나 많은 고통을 감내해야 했을까. 알마는 그녀가 가엾었다. 귀족 자제를 사랑했다는 이유만으로 모든 것을 빼앗긴 것이 억울하고 원통했던 것일까. 그리하여 마음 편히 이승을 떠나지도 못한 채, 과거의 기억이 남아있는 이 서글프고 음울한 저택을 밤마다 헤매고 다니는 것일까.

"파멜라……."

알마는 가만히 입을 열어 그녀의 이름을 불러보았다.

"당신에 대한 이야기를 들었어요."

파멜라의 유령은 뭔가 대답하려는 듯 입을 뻐끔거렸으나 아무 말도 하지 않았다.

"나는 당신이 잘못했다고 생각하지 않아요."

가슴 속에서 벅찬 무언가가 치밀어 올라, 알마는 이렇게 말하지 않을 수 없었다.

"나는…… 당신을 동정해요. 가엾은 사람……. 정말 가엾어."

그녀는 아무 대답도 않은 채 알마의 얼굴을 빤히 마주보았다. 그때 머릿속으로 어떤 목소리가 흘러들었다.

'도망쳐…….'

알마의 심장이 더 빨리 뛰기 시작했다. 이게 무슨 말일까.

'그가 널 삼켜버리고 말 거야.'

분명한 경고의 말.

"누가요? 누구를 말하는 거죠?"

별안간 두려움이 엄습하여, 알마는 큰 소리로 외쳐 물었다. 온 몸에 핏기가 싹 가시며 호흡이 가빠졌다.

'……조심해…….'

"왜죠? 어째서인가요? 왜 제게 나타나는 거죠? 왜 저에게 그런 말을 하는 건가요?"

공황상태에 휩싸인 채 알마는 소리 높여 고함을 질렀다. 그때, 파멜라의 유령이 그녀를 덮쳐오나 싶더니, 누군가가 뒤에서 그녀를 홱 잡아당겼다. 알마는 비명을 지를 새도 없이 어둠 속으로 내팽개쳐졌다. 그리고 곧 정신을 잃었다.

* * *

"알마, 알마?"

그녀를 부르는 우렁찬 목소리.

"너 아직 자고 있는 거야? 빨리 일어나서 나와. 그로버 할망구가 뿔났어."

머리가 깨질 듯이 아파왔다. 할 수만 있다면 저 호들갑스러운 소리를 무시하고 다시 이불을 뒤집어 쓴 채 잠을 청하고 싶었다. 그러나 그로버 부인이 화가 났다는 말에 더 이상 늑장을 부릴 수 없었다. 알마는 오만상을 찌푸리며 몸을 일으켰다. 창밖은 환하게 밝아있었다. 아침 소집 시간을 훌쩍 넘긴 것은 물론이거니와 오전 일과를 모두 놓친 것이 틀림없었다.

"알마?"

다시 한 번 문밖에서 베키가 큰 소리로 불렀다.

"금방 나갈게."

알마는 힘을 잔뜩 쥐어짜내어 대답했다. 서둘러야 한다는 사실을 자각하고는 있었지만 몸이 움직이질 않았다. 내려다보니 팔꿈치와 허벅지에 멍이 들어있었다. 문득 어젯밤의 일이 생각났다. 그녀를 부르던 목소리, 저택을 배회하던 새하얀 파멜라의 유령. 꿈이 아니었던 것임은 분명했다. 파멜라의 속삭임이 아직도 귓가를 맴도는 듯 했다. 마음이 혼란스럽고 온 몸이 욱신거렸지만 알마는 최선을 다해 자리에서 일어나 일할 채비를 갖추었다.

식당으로 가니 아니나 다를까, 그로버 부인은 잔뜩 화가 나 있었다. 최대한 침착하고 냉정한 얼굴로 그녀의 잘못을 지적하고, 또다시 이런 일이 반복될 시 받게 될 불이익에 대해 조용히 설명했지만 그녀의 목소리에는 노기가 가득 서려있었다.

"주인님의 특별배려로 휴가까지 앞당겨주었는데 이런 식이면 매우 곤란해요. 앞으로 정신 똑바로 차리고 잘 처신하기 바라요."

"정말 죄송합니다, 그로버 부인. 시정하겠습니다."

한바탕 일장연설을 늘어놓고 난 뒤에야 그로버는 일거리를 던져주고 물러났다. 극심한 두통으로 당장 쓰러질 것 같았지만, 한편으로는 그 고통에 집중하느라 그로버의 모진 훈계를 흘려들을 수 있어 어떤 의미로는 다행이었다. 얼른 베키에게 어젯밤 유령이 나타난 이야기를 해주고 싶었지만, 그렇지 않아도 큰 실수를 한 판에 게으름 피우는 모습을 보일 수는 없었기에 알마는 곧장 응접실 청소를 하러 갔다.

카페트와 장식장 위의 먼지를 턴 뒤, 난로의 그을음을 닦아내며 그녀는 어제 새벽 그녀의 앞에 나타난 미지의 존재에 대해 곰곰이 생각했다. 파멜라, 그녀는 왜 나타난 것일까. 왜 알마에게 그런 메시지를 전한 것일까? 그저 헛것을 본 것일까? 이곳으로 온 뒤 자주 꾸곤 하던 여러 종류의 악몽 중 하나일 뿐이었을까? 생각하면 할수록 더욱 머리가 아파왔다.

그때 문이 열리며 누군가 들어오는 발소리가 들렸다. 쪼그려 앉아 난로를 닦던 알마는 손을 멈추고 응접실로 들어온 사람을 쳐다보았다. 윈델 경이었다. 그를 보자 알마는 형언할 수 없이 불편한 기분이 들었다. 어제 그가 보였던 이상한 행동 때문인지, 새벽에 그가 사랑했던 파멜라의 혼령을 만났던 것 때문인지, 이유는 알 수 없었다.

알마를 발견한 윈델 경은 자리에 우뚝 멈춰서더니 뭔가 하고 싶은 말이 있는 듯 우물쭈물하고 있었다. 그와 같은 공간 안에 있는 것만으로도 머리가 지끈지끈 아파와, 알마는 청소를 멈추고 얼른 도구를 챙겨 자리에서 일어났다.

순간, 눈앞이 핑 돌며 온 몸에 힘이 빠졌다.

"알마!"

윈델 경이 다급하게 외치는 소리가 들리고, 천장이 빙글 뒤집혔다. 무언가 부딪치고 깨지는 소리가 났다.

"알마, 괜찮소?"

알마는 눈을 떴다. 정신을 차리고 보니 쓰러진 그녀를 윈델 경이 안아 일으키고 있었다. 걱정스레 바라보는 윈델 경의 눈과 마주치자 알마는 숨이 턱 막혔다. 푸른 눈, 너무나도 새파랗고 아름다운 눈이었다. 빠져들 것만 같은 그 슬프고도 두려운 눈빛에 알마는 취한 듯 몽롱한 기분이 되었다.

"알마?"

나지막한 그의 목소리. 문득 알마는 자신을 끌어안고 있는 윈델 경의 손길이 생생하게 느껴져 화들짝 놀랐다.

"괘, 괜찮아요. 죄송합니다. 잠시 어지러워서……."

그녀는 허둥지둥 윈델 경의 품에서 벗어났다. 그러다가 바닥에 흩어진 값비싼 도자기 파편들을 발견하고 더욱더 놀랐다.

"아아, 죄송합니다. 이 귀한 것을……."

알마는 정신없이 깨진 조각들을 주워 모으기 시작했다.

"됐소. 내가 하지."

윈델 경이 손을 뻗었다.

"아닙니다! 제가 할게요."

알마는 기겁을 하고 그를 말렸다. 윈델 경이 건드리기 전에 재빨리 손을 놀리던 그녀는 순간 찌릿한 통증을 느꼈다.

"아얏!"

외마디 소리를 지르며 손을 거두자, 손가락 끝에서 붉은 피가 흘러나왔다. 알마는 슬쩍 윈델 경의 눈치를 보았다. 그녀의 앞에 마주앉아 계속 그녀를 부담스럽게 바라보고 있는 주인이 조금 원망스런 마음이 들었다.

그때 윈델 경이 손을 내밀어 알마의 다친 손을 잡아끌었다. 그리고는 천천히 그녀의 손을 어루만졌다. 뜻밖의 행동에, 알마의 얼굴이 빨갛게 달아올랐다. 방금 전까지 난로를 닦느라 거칠어지고 더러워진 손이었다. 그런 손을 그가 만지고 있다는 사실이 너무나 당혹스럽고 부끄러웠다. 그러나 그는 마치 소중한 것을 다루기라도 하듯 그 지저분한 손을 정성스레 쓰다듬었다.

한참을 그녀의 손을 살피며 내려다보고 있던 윈델 경이 별안간 베인 손가락에 입술을 갖다 대었다. 갑작스런 낯선 촉감에 그녀는 숨을 훅 들이마셨다. 온 몸에 소름이 쫙 끼쳐왔다. 붉게 배어나오는 피를 빨아들이며, 윈델 경이 눈을 들어 알마를 쳐다보았다. 그 눈과 다시 마주치자 알마는 더 이상 아무런 저항을 할 수가 없었다.

'위험해…….'

머릿속의 목소리가 경고했다. 그러나 알마는 마주쳐오는 저 푸른 눈동자의 매혹에서 벗어날 수가 없었다. 또다시 세상이 핑그르르 돌기 시작했다. 서서히 눈이 감겨왔다. 윈델 경의 얼굴이 천천히 다가오는 듯 했다.

"주인님, 서신이 도착했습니……."

갑자기 들려온 제3자의 목소리에 알마는 퍼뜩 제정신으로 돌아왔다. 그녀는 재빨리 손을 뿌리치고 자리에서 후다닥 일어났다. 그와 동시에 그녀는 은쟁반을 들고 입구에 서 있는 베키와 눈이 마주쳤다. 베키는 응접실 안의 묘한 분위기를 감지한 듯 말을 다 맺지 못하고 난로 앞에서 부자연스러운 자세를 연출하고 있는 두 사람을 뚫어지게 쳐다보고 있었다.

"아, 이리 주시오."

마침내 윈델 경이 일어서며 태연한 목소리로 요청하자, 그제야 베키는 가까이 다가왔다. 베키가 내민 은쟁반 위에는 화려해 보이는 초대장 몇 개와 중요해 보이는 봉투들, 그리고 소박한 느낌의 편지가 한통 놓여 있었다. 윈델 경은 그 평범해 보이는 편지를 먼저 집어 들고는 아무 일도 없었던 것처럼 소파로 다가갔다. 그동안 알마는 재빨리 깨진 도자기 파편을 앞치마에 싸들고 청소도구를 챙겼다.

"그, 그럼 전 나가보겠습니다."

윈델 경과 베키가 쳐다보는 것이 느껴졌지만 그녀는 뒤도 돌아보지 않고 재빨리 응접실을 빠져나왔다.

정리를 마치고 고용인 휴게실로 오고 나서야 알마는 한숨을 돌릴 수 있었다. 딱딱한 의자에 털썩 주저앉으며, 그녀는 또다시 머리가 아파왔다. 왜 자꾸 이런 이상한 일들이 일어나는 것일까. 그저 평범하게 살고 싶을 뿐인데…… 지금껏 길러주고 돌봐주었던 수녀원에서 도망친 벌을 받는 것인가? 하지만 기억이 돌아온다고 해도 수녀원에 다시 돌아가는 일은 절대로 없을 것이다. 분명 좋은 기억일 리도 없었다.

알마는 깨진 도자기에 베인 손가락을 들여다보았다. 어느덧 피는 멈춰 있었다. 상처를 내려다보고 있으려니 윈델 경이 떠올랐다. 그녀를 감싸 안고, 그녀의 손을 어루만지던 그의 손길. 그리고 그의 입술…… 아직도 손끝에 그 감촉이 생생했다. 심장이 울렁거려, 그녀는 달뜬 한숨을 내쉬며 두 손을 꼭 감싸 쥐었다.

"여기 있었구나."

그 순간 휴게실 문이 벌컥 열리며 베키가 들어왔다. 갑작스런 그녀의 등장에 깜짝 놀란 알마는 왠지 죄를 지은 사람처럼 테이블 밑으로 손을 내리고 허리를 바짝 폈다.

"뭐야, 도대체 왜 이상하게 구는 거야?"

베키가 미심쩍은 눈길로 그녀를 바라보며 맞은편에 앉았다. 알마는 괜스레 마음이 초조해졌다.

"아, 아니야. 그냥 피곤해서……."

"너, 아까 응접실에서 윈델 경과 무슨 일 있었어?"

직접적인 베키의 질문에 알마는 펄쩍 뛰었다.

"무, 무슨 일이라니?"

"분위기가 묘하던데? 말해봐, 빨리. 둘이서 뭐했어?"

알마는 귓불이 빨갛게 달아오르는 것을 느꼈다.

"아무것도 안했어. 그냥, 내가 어지러워서 넘어진 걸 윈델 경이 부축해주신 것뿐이야."

"흐음……."

베키는 믿지 못하겠다는 표정으로 알마를 뚫어져라 쳐다보았다. 그녀가 계속 추궁해온다면 마음속에 있는 모든 혼란스런 감정들을 죄다 꺼내버릴 것만 같아, 알마는 필사적으로 그녀의 시선을 피했다.

"뭐, 됐어. 너한테도 편지가 왔더라."

다행히 베키는 더 이상 캐묻지 않고, 주머니에서 반으로 접힌 편지봉투를 꺼내 알마에게 던졌다. 알마는 속으로 안도의 한숨을 내쉬며 베키가 건네는 편지를 뜯어보았다. 편지를 보낸 것은 워렌이었다. 반가운 마음으로 글을 읽어 내려가던 알마의 얼굴이 점점 환해졌다.

"누구야? 무슨 내용인데 그래?"

베키가 궁금한 얼굴로 물어왔다. 알마는 기쁨에 젖은 목소리로 대답했다.

"워렌 선생님이 오신대!"

7. 워렌의 방문

"이 앙큼한 계집애. 네가 괜히 나가겠다고 고집을 부린 게 아니구나?"

층계의 손잡이를 닦는데 정신이 팔려있던 알마에게 베키가 다가와 은근한 목소리로 말을 건넸다.

"무슨 소리야?"

의아한 얼굴로 고개를 들자 베키는 음흉한 표정으로 말을 이었다.

"배달 오는 방문상인 말이야. 벤이라고 했던가? 엄청 귀여운 남자던걸? 그렇게 잘생긴 남자라면 그로버 할망구의 잔소리 정도는 감내할 만도 하겠더라."

베키가 킬킬 웃었다.

"벤이 왔었어?"

그러고 보니 오늘은 물품을 들여오는 날이었다. 저택의 모든 부분에 광을 내는 것에만 집중하고 있던 알마는 상인에게 부탁할 것이 있었다는 게 생각나 아차 싶었다.

"곧 죽어도 널 보고 가야겠다고 아직 문 앞에 서 있어. 내가 망보고 있을 테니 얼른 가서 몇 마디 해주고 돌려보내지 그래?"

벤이 아직 가지 않았다는 베키의 말에 알마의 얼굴이 밝아졌다.

"다행이다. 고마워, 베키. 금방 올게!"

베키에게 걸레를 맡기고 부랴부랴 뒷문으로 달려가니 벤이 팔짱을 끼고 벽에 기댄 채 지루한 얼굴로 서 있는 것이 보였다.

"벤!"

알마가 부르자 그가 환하게 웃으며 그녀를 향해 몸을 돌렸다.

"알마! 몸은 좀 괜찮아? 얼굴이 좋아 보이네."

"응, 괜찮아. 그날은 그렇게 가버려서 미안했어."

"뭘. 별 일 없었으면 됐어."

"나 괜찮은지 확인하려고 안 가고 기다린 거야?"

알마의 물음에 벤은 씩 웃었다. 그 미소는 정말로 매력적이었다.

"당연한 거 아니야?"

일말의 망설임도 없는 대답에, 알마는 먼저 질문을 한 것이 본인임에도 불구하고 쑥스러운 기분이 되었다. 입술을 앙다물며 어색하게 웃자, 다행히도 벤이 화제를 돌렸다.

"그나저나 무슨 파티라도 여나봐? 주문량이 평소보다 훨씬 많은데?"

"응, 손님이 오거든. 그래서 말인데, 부탁이 있어."

알마는 벤에게 원하는 물품에 대해 상세히 묘사했다. 며칠 전 첫 급여를 받은 그녀는 스스로 다짐했던 대로 은인인 워렌에게 줄 선물을 사기로 결심했다. 베키에게 약속한 이아네스 와인 건도 아직 처리하지 못했지만 몇 개월은 모아야 구경할 수 있는 물건이니만큼, 와인에 대해서는 베키도 기다려 줄 거란 계산이었다.

알마의 부탁을 들은 벤은 문제없다는 듯 고개를 끄덕여보였다.

"알겠어. 나만 믿으라고. 그런데 그런걸 어디에 쓰려는 거야? 누구에게 선물이라도 하려고?"

"응, 사실은…… 이곳에 방문하시는 손님이 팍스웰에서 신세를 졌던 선생님이거든. 필립 워렌 선생님이라고, 나를 이곳에 일할 수 있게 소개시켜주신 분이야."

벤이 눈을 크게 떴다.

"아아, 필립 워렌! 유명한 의사지. 뭐야, 알마 너, 대단한 인맥을 꿰고 있잖아?"

"인맥은 무슨. 그저 도움을 받은 것뿐이야."

알마가 손사래를 치자 벤이 마뜩찮은 표정을 지으며 말했다.

"흐음, 그래서 결국 그 사람에게 줄 선물을 구해달라는 거였군? 이거, 질투나는데? 연적에게 줄 물건을 대신 구해줘야 한다니."

"연적이라니, 말도 안 되는 소리 마! 그분은 생명의 은인이라니까?"

알마는 웃으며 대꾸했다. 그때 무슨 이유에서인지 윈델 경의 얼굴이 잠깐 떠올랐다가 사라졌다. 그녀의 손에 입술을 갖다 댄 채 뚫어지게 그녀를 바라보던 파란 눈동자. 알마는 머릿속에 떠오른 그 이미지를 재빨리 지웠지만 저도 모르게 온 몸이 찌릿했다.

"뭐, 좋아. 몇 명이든 들어와 보라고! 돈 많은 늙은이들보다 젊고 힘세고 잘생긴 이 몸이 훨씬 매력적일 테니까 말이야."

벤이 손가락으로 턱을 받치며 잘난 척을 해댔다. 그 능청스러움에 알마는 깔깔 웃으며 그를 밀쳐냈다.

반드시 성한 물건을 구해주겠다는 다짐을 여러 차례 받고 나서야 알마는 벤을 보내주었다. 장난기 많은 그가 혹시라도 허튼짓을 할까봐 걱정스러운 마음도 있었지만, 그보다는 워렌을 다시 만나게 된다는 사실에 대한 기대감이 더 컸다. 심신의 허약함을 이겨내고 씩씩하게 한 사람분의 몫을 다하고 있다는 것을 빨리 보여주고 싶었다. 그리고 그것이 모두 그의 덕분이라는 것을 꼭 알려주고 싶었다.

워렌의 방문을 신경 쓰고 있는 것은 알마뿐만이 아니었다. 그로버 역시 평소답지 않게 매우 들떠있었다. 그녀는 손님 맞을 준비를 하느라 분주했고 덩달아 알마와 베키 역시 일거리가 늘어났다. 늙은 올리버 또한 손님맞이 식단을 구성하느라 정신이 없었다.

"윈델 가는 워렌 집안과 인연이 깊어요. 작위만 없을 뿐, 훌륭한 학자들을 많이 배출해낸 저명한 가문이죠. 두 집안은 대를 이어 친분을 유지

해오고 있어요. 주인님과 워렌 박사님 두 분은 어린 시절부터 형제처럼 지내오기도 했고요."

그로버의 설명에 알마는 음울하고 무뚝뚝한 윈델 경과 친절하고 자상한 워렌 의사가 어떻게 친구가 될 수 있었을까 궁금해졌다. 두 사람이 가까운 친구라는 그로버의 말과는 달리 윈델 경은 워렌의 방문 소식에 무덤덤한 반응이었기에 의문은 더 커져갔다.

한편 알마와 그로버의 흥분은 베키에게도 전염이 된 것 같았다. 다른 때라면 일이 많아졌다고 투덜대며 짜증을 부렸겠지만, 유명인사가 방문할 거라는 사실에 마음이 동한 것인지 그녀는 별다른 불평도 하지 않고 시키는 일을 성실히 해대는 것이었다.

"워렌 의사라는 사람은 잘생겼어? 설마 머리 벗겨진 아저씨는 아니겠지? 그 정도의 사람이 지금까지 미혼이라니 좀 이상하잖아. 어쨌든 나한 테도 소개를 잘 시켜줘야 해. 알았지? 아니, 너무 잘난 사람이라 하녀 따위한테는 흥미 없으려나?"

베키는 틈만 나면 알마에게 워렌에 대해 물어보며 그녀를 귀찮게 하곤 했다.

지대한 관심과 부푼 기대 속에 시간은 빠르게 흘러갔고, 드디어 워렌이 방문하기로 한 날이 되었다. 만반의 준비를 갖춘 그로버는 옷매무새를 가다듬으며 흘끗 창밖을 보고는 말했다.

"차 마실 시간에 맞춰 오신다고 했으니 30분 정도 후에 도착하실 거예요. 알마, 가서 주인님께 알려드리도록 해요."

시간을 철저히 지키는 워렌이니, 그로버의 말이 틀림없을 것이었다. 알마는 고개를 끄덕이고는 주인을 찾아 나섰다. 그러나 서재에 있을 것이라고 생각한 그는 그곳에 없었다. 알마는 윈델 경의 침실과 거실을 모두 돌아보았지만 그의 모습은 보이지 않았다.

당황하여 허둥지둥 복도를 뛰어다니던 그녀는 발코니 너머에서 윈델 경의 모습을 발견하고 안도의 한숨을 쉬었다. 그는 침실에서 내려다보이는 정원에 있었다. 알마는 얼른 계단을 내려와 정원으로 이어진 문밖으로 나갔다.

잘 가꾸어진 베스티아 몬트의 정원에는 윈델 경이 특별히 아끼는 구역이 있었다. 오래전 정원사가 도망쳐버린 이래로 손재주가 좋은 올리버가 틈틈이 정원 일을 겸하고 있었지만, 그 특별 구역만큼은 윈델 경이 직접 관리를 해오고 있다고 했다. 그것은 분수 옆에 자리한 작은 화단이었는데 하얀 마거리트 꽃이 가득 피어있었다.

윈델 경은 화단 앞에 쪼그리고 앉아 잡초를 솎아내고 있었다. 평소의 이미지와는 전혀 어울리지 않는 그 모습이 흥미롭다고 생각하며, 알마는 그에게로 다가갔다.

"알마."

그녀의 발소리를 들은 윈델 경이 고개를 들었다.

"저, 그로버 부인께서……."

"거기 있는 가위 좀 집어주겠나?"

그로버의 말을 전하려는데 화단에 잔뜩 정신이 팔린 윈델 경이 말을 끊었다. 알마는 얼떨떨한 기분으로 바닥에 놓인 원예용 가위를 집어 건넸다. 가위를 건네받은 그는 알마의 얼굴을 쳐다도 보지 않은 채 신중하게 긴 가지들을 잘라내기 시작했다. 집중하는 그 모습이 마치 다른 사람 같아 알마는 꽃 가꾸기 작업에 흠뻑 빠진 그의 모습을 멍하니 쳐다보았다.

한참을 이리저리 가위를 움직이던 그는 마침내 원하는 결과를 얻은 듯 빙그레 미소 지었다. 마치 사랑하는 이를 바라보듯 따스하게 번지는 미소가 너무도 다정해보여, 알마는 저도 모르게 마음이 설레었다.

"옆에다가 황금색 꽃도 심어보면 어떨까?"

여전히 미소를 머금은 얼굴로 윈델 경이 고개를 돌렸다. 그와 눈이 마주치자 알마는 화들짝 놀랐다.

"예? 아, 네. 좋을 것 같아요."

알마는 당혹감을 숨긴 채 건성으로 대답했다. 무성의한 그녀의 대답에도 그는 매우 즐거운 표정을 지었다. 마치 어린아이 같은 그 얼굴에, 알마는 그로버의 지시사항을 전달해야 한다는 사실을 까맣게 잊고 말았다. 늘 검은 빛깔의 먹구름 같은 윈델 경에게 이런 의외의 모습이 있었다니, 꽃을 좋아하는 사람은 마음씨도 따뜻하다던데……. 알마는 문득 며칠 전 깨진 도자기 파편에 베었던 손가락이 욱신거리는 듯한 느낌이 들었다.

"물을 줘야하니 저쪽의 수도 밸브 좀 열어주겠소?"

손끝에 닿던 입술의 촉감을 떠올리던 그녀는 퍼뜩 정신을 차렸다. 불경한 생각을 들킬 새라 그녀는 허둥지둥 달려가 작은 분수의 아래쪽에 위치한 바퀴 모양의 손잡이를 돌렸다.

'정신 차려야지. 자꾸 왜 이러는 거야.'

알마는 마음속으로 자꾸만 넋을 놓는 자신을 탓했다. 그녀는 화단 앞에 서서 호스를 들고 물이 나오길 기다리고 있는 윈델 경을 흘끗 쳐다보았다. 그의 태도는 사람을 너무나 헷갈리게 했다. 굳은 얼굴로 빤히 쳐다볼 때는 뭔가 마음에 들지 않아서 그러나 싶다가도, 이내 과도한 관심을 드러내어 그녀를 당혹스럽게 했다. 비극적인 사랑에 상처 입은 가련한 남자 같다가도, 가끔은 정말로 소문처럼 무서운 일을 벌였던 건 아닐까 의심이 생기기도 했다. 그러다가 지금처럼 의외의 모습을 발견하게 되면 또다시 사람이 달리 보이는 것이었다.

그 사이 윈델 경의 표정이 뭔가 불만스러워진 것을 보고, 알마는 다시 화단 쪽으로 다가갔다.

"문제가 있나요?"

"물이 나오지 않는데……."

윈델 경이 호스를 흔들어 보이며 말했다. 알마는 그에게서 호스를 받아 들고 호스 끝을 들여다보았다. 그리고 다음 순간.

"꺄악!"

호스가 뱀처럼 꿀렁거리더니 별안간 차가운 물줄기를 뿜어냈다. 깜짝 놀란 알마는 비명을 지르며 호스를 놓쳤고, 그것은 살아있는 짐승처럼 사방으로 튀어 다니기 시작했다.

"알마!"

한바탕 소동이 일었다. 강한 물살에 맞아 쓰러진 알마를 일으킨 윈델 경은 공중으로 물을 뿜는 호스를 붙잡으려다 질색하며 덩달아 비명을 질 렀고, 간신히 자리에서 일어난 알마는 방향을 잡지 못하고 뒷걸음질 치 다가 호스를 밟아 다시 고꾸라졌다. 물벼락을 맞으며 정신없이 헤매던 그들은 윈델 경이 뛰어가 밸브를 잠그고 나서야 정신을 가다듬을 수 있 었다.

상황이 종료되자 두 사람은 꼼짝도 않은 채 얼빠진 얼굴로 서로를 바 라보았다. 눈이 마주치는 순간, 누가 먼저랄 것도 없이 웃음이 터져 나 왔다. 호스 하나를 가지고 이 난리를 피웠다는 생각에 알마는 고용인으 로서의 예절도 잊어버린 채 배를 잡고 웃었다. 그것은 윈델 경도 마찬가 지였다.

한참을 웃던 알마는 눈물을 닦으며 무심코 윈델 경을 쳐다보았다. 그 순간 그녀는 웃음이 뚝 그쳤다. 물을 흠뻑 뒤집어 쓴 윈델 경의 옷이 몸 에 착 달라붙어 단단한 상체의 굴곡을 고스란히 드러내고 있었다. 투명 해진 셔츠 사이로 그의 하얀 피부가 드러났다. 축축하게 젖은 검은 머리 카락을 타고 떨어진 물방울이 흉터가 있는 그의 얼굴과 도드라진 목젖을

지나 가슴으로 흘러내렸다. 어딘가 뇌쇄적인 그 모습에 알마는 저도 모르게 침을 꿀꺽 삼켰다.

갑자기 멍한 얼굴로 자신을 응시하는 시선을 느꼈는지 윈델 경 역시 웃음을 멈추고 알마를 돌아보았다. 그러자 별안간 그의 귓불이 빨갛게 달아올랐다. 심상치 않은 그의 반응에 알마는 정신을 차리고 자신의 모습을 내려다보았다가 그의 얼굴이 경직된 이유를 알게 되었다. 알마의 두 뺨이 확 뜨거워졌다.

그때 멀리서 말울음소리가 들려왔다. 그제야 알마는 자신이 윈델 경을 찾으러 온 이유가 생각났다.

"워, 워렌 선생님께서 곧 도착하신다고 합니다!"

"아……."

그녀의 말에 윈델 경 역시 할 일이 생각난 듯한 반응을 보였다. 그러면서도 그의 시선은 알마의 가슴께에서 떨어질 줄을 몰랐다. 알마는 얼른 앞섶을 여며 쥐고는 서둘러 자리를 떠났다. 곧 떨어지게 될 그로버의 불호령과 윈델 경의 꿰뚫는 듯한 시선, 어느 것이 더 곤란할 것인지 구분이 가지 않았다. 황급히 문 안으로 들어서며, 알마는 마지막으로 윈델 경을 돌아보았다. 그는 여전히 화단 앞에 멍하니 선 채 뛰어가는 알마에게서 눈을 떼지 못하고 있었다.

* * *

알마의 예상은 적중했다. 부랴부랴 젖은 옷을 갈아입고 나가니 문 앞에 선 그로버의 얼굴이 잔뜩 구겨져있는 것이 보였다. 그녀가 계획했던 완벽한 손님맞이를 한낱 하녀가 망치다니 화가 나서 견딜 수가 없는 모양이었다. 베키와 올리버가 옆에 서서 눈치를 보고 있었고 그로버는 막 알마를 향해 호통을 칠 참이었다.

그러나 때마침 언덕을 다 올라온 마차가 그들 앞에서 멈춰 섰고, 이어서 문이 열렸다. 마차에 탄 손님이 지팡이를 내밀며 모습을 드러내자, 놀랍게도 조금 전까지 그로버의 얼굴에 드리워졌었던 분노와 불쾌감이 씻은 듯이 사라졌다.

"어서 오세요, 워렌 박사님. 환영합니다."

환한 표정의 그로버가 인사를 건네자 마차에서 내린 손님 역시 미소를 지으며 화답했다.

"오랜만이오, 그로버 부인. 별일 없었겠지?"

워렌은 그로버, 올리버, 베키와 차례로 눈을 맞추며 인사를 하고는 마지막으로 알마를 바라보았다. 팍스웰에서 매일 마주하곤 했던 그 친근한 시선에 알마는 너무나 반가워 호들갑을 떨며 뛰쳐나가고 싶은 기분이었다.

"그런데 집주인이 보이지 않는군?"

워렌의 물음에 그로버가 곤란한 표정을 지으며 알마 쪽을 흘끗 바라보았다.

"그게……."

그로버가 막 변명을 하려는 찰나, 윈델 경이 모습을 드러냈다. 알마는 몰래 안도의 한숨을 쉬었다,

"이런, 이런. 내가 낮잠시간을 방해했나보지?"

워렌이 농담을 건네며 손을 내밀었다.

"귀찮은 손님이 오셨군."

무심한 듯 퉁명스레 대답했지만 윈델 경의 얼굴에는 안도감이 번지고 있었다. 알마는 워렌과 악수를 나누고 있는 윈델 경을 슬쩍 곁눈질했다. 옷을 갈아입고 나온 그는 얼굴을 붉히며 그녀를 뚫어지게 바라보던 아까와는 달리 아무렇지 않은 표정으로 워렌과 담소를 나누며 알마 쪽으로는

눈길조차 주지 않았다. 그의 머리카락 끝이 아직 촉촉하게 젖어있는 것을 보자, 알마는 괜스레 민망한 기분이 들어 고개를 푹 숙였다.

"그럼, 에디. 손님으로서 차를 마시기 전에 의사로서 내 환자를 먼저 살펴봐도 될까? 알마 양의 상태를 잠시 확인해보고 싶거든."

자신의 이름이 불리자 알마는 깜짝 놀라 얼굴을 들었다. 그러다가 자신을 돌아보는 윈델 경과 눈이 마주치고 말았다.

"그렇게 하게."

윈델 경이 흔쾌히 허락하며 알마를 물끄러미 바라보았다. 그 시선에 알마는 또다시 민망해져 눈을 피해버리고 말았다.

그 사이 워렌은 짐을 올리버에게 맡기고 윈델 경과 함께 저택 안으로 들어갔고, 그로버가 그 뒤를 따랐다. 알마가 그들을 따라가려는데 베키가 팔꿈치로 옆구리를 쿡 찔렀다. 말은 하지 않았지만 은근하게 휘어진 눈꼬리와 올라가 있는 입매를 보니 워렌이 상당히 마음에 든다고 표현하는 것이 분명했다. 알마는 하지 말라는 표시로 그녀의 손을 가볍게 쳐내고는 걸음을 옮겼지만, 베키의 음흉한 표정은 가시질 않았다.

* * *

"여기가 제 방이에요. 하녀의 방 치고는 꽤나 넓죠?"

알마의 안내에 워렌은 고개를 쑥 내밀고 안을 살펴보며 천천히 문을 넘어왔다.

"음, 개인 방이라니. 신경을 좀 썼나보군."

워렌이 방 안으로 들어오자 알마는 급히 침대 위에 포장해두었던 길쭉한 작은 상자를 집어 들었다.

"저, 며칠 전에 첫 급여를 받았어요. 그래서……."

워렌은 놀란 얼굴로 그녀가 내미는 상자를 받아들었다. 상자를 여니 그

안에는 식민지의 전통 문양을 형상화한 정교한 레터 오프너가 들어있었다. 워렌은 흥미로운 표정으로 그것을 꺼내어 꼼꼼히 관찰하더니 감동받은 얼굴을 해보였다.

"별거 아니지만 선생님께 감사의 표시를 꼭 하고 싶었어요."

알마가 얼굴을 붉히며 말했다.

"난 당연히 해야 할 일을 했을 뿐인데, 정말 고맙소."

워렌의 감사인사에 알마는 몸 둘 바를 몰라 고개를 숙였다. 보잘 것 없는 선물이 부끄러웠지만 그가 좋아하는 모습을 보니 기뻤다. 벤을 닦달한 보람이 있다고 느끼며 그녀는 워렌이 레터 오프너를 다시 상자 안에 소중히 넣고 진료 가방을 책상 위에 올려놓는 것을 지켜보았다.

"윈델 저택에서의 생활은 어떻소? 기억은 좀 돌아왔소?"

의자에 앉은 그는 알마에게도 앉으라고 손짓하며 물었다.

"아직이요. 저택의 생활은 괜찮아요. 선생님 덕분에 정말 잘 지내고 있어요. 다들 잘해주시고……."

"고자질하지 않을 테니 사실대로 말해보시오."

가방에서 약병과 도구들을 이것저것 꺼내며, 워렌이 웃었다. 그의 말에 알마는 정곡을 찔린 것 같은 느낌이 들어 조금 움찔했다.

"저……."

"그로버 부인이 얼마나 깐깐한지는 나도 잘 알아요. 혹독하게 굴지는 않소?"

알마는 고개를 저었다.

"아니에요. 오히려 일을 잘한다고 칭찬해주시는 걸요."

알마의 대답에 워렌은 의외라는 듯 눈을 굴렸다. 그의 반응에 잠시 망설이던 알마는 곧 솔직하게 털어놓기로 마음을 굳혔다.

"사실은…… 소리가 들려요."

워렌이 손을 멈추고 고개를 돌렸다.

"소리라니, 어떤……?"

"밤마다 흐느끼는 소리가 들려요. 윈델 경의…… 아니, 그뿐만 아니라 여자의 목소리나 아이의 울음소리가 들릴 때도 있어요. 그런데 저만 그 소리를 듣는 것 같아요."

워렌은 두 손을 무릎 위에 올린 채 진지한 얼굴로 고개를 끄덕였다.

"흔히 일어나는 현상이오. 오래된 저택은 건물이 낡아 삐걱거리기도 하고 바람소리나 숲 속을 돌아다니는 짐승들이 내는 소리가 잠결에 착각을 일으키기도 하지. 몸이 약하거나 마음이 불안정한 사람들에게는 그것이 마치 유령의 소리처럼 들리기도 하고."

"네, 맞아요. 그 유령을……."

알마가 놓치지 않고 대꾸하자 워렌은 눈을 크게 떴다.

"뭐라고?"

"유령을 봤어요. 저를 저택의 금지된 구역으로 이끌더군요. 꿈이 아닐까도 생각했지만 저는 그녀의 목소리와 모습을 생생하게 보고 들었어요."

워렌은 묘한 표정을 지었다.

"그건 어떻게 된 걸까요? 그것 역시 제 착각일 뿐이었던 걸까요? 환상이었을 뿐일까요? 하지만 그렇게나 생생한데……."

초조하게 묻는 알마를 마주보며 그는 한동안 망설이는가 싶더니 이내 포기한 듯 허탈한 웃음을 내뱉었다.

"유서 깊은 가문의 저택에는 종종 그런 것들이 돌아다니곤 하지. 귀한 혈통에 남은 자부심과 화려하던 시절의 욕망은 죽은 후에도 이승에 집착을 갖게 한다오. 혹은 눈부신 댄스홀의 어두운 계단 아래에서 억울하게 사라져 쉽게 떠나지 못하는 영혼도 그 수가 적지 않을 테지. 하지만 알마, 그들은 심신이 건강한 사람들에게는 나타나지 않아요."

의사로서 비과학적인 이야기를 꺼낸 것이 조금 민망한 듯, 워렌은 다시 유쾌한 몸짓으로 약병을 하나하나 세워놓기 시작했다.

"자, 약을 좀 처방해주겠소. 마음을 안정시키는데 도움이 될 거요."

바쁘게 손을 움직이는 워렌을 보며, 알마는 한 가지 더 묻고 싶은 것이 있었다.

"선생님, 저를 여기로 보내실 때 이곳을 둘러싼 소문에 대해 알고 계셨나요?"

워렌은 다시 한 번 행동을 멈췄다. 그리고는 천천히 알마를 향해 몸을 돌렸다. 그러나 이번에는 망설이지 않고 대답했다.

"그렇소."

"그런데도 저를 '베스티아 몬트'에 추천하신 건……."

"알마."

그는 몸을 앞으로 숙이며 차분한 어조로 말했다.

"나는 에드먼드와 어린 시절부터 함께 했소. 이곳에서 일어난 일에 대해선 큰일이 난 것처럼 떠들어대는 이들보다 내가 훨씬 더 잘 알고 있을 거요. 저택을 둘러싼 소문은 알고 있었지만 내가 당신을 이곳에 추천한 것은 그 소문들이 사실이 아니라는 것을 알기 때문이오."

알마는 워렌의 눈을 똑바로 마주보았다. 한없이 인자하고 자상한 그의 개암빛 눈동자. 그 속에서 단 하나의 흔들림이라도 있을까봐 그녀는 두려웠다.

"신께 맹세할 수도 있소. 에디는 결코 추악한 소문 속에서 묘사하는 그런 사람이 아니오."

힘주어 말하는 그의 목소리에 알마는 드디어 마음을 놓을 수 있었다. 그렇다. 그녀의 은인인 워렌 의사가 아무것도 없는 젊은 여자를 위험한 곳에 몰아넣을 리가 없었다. 그리고 그로버가 이미 장담했듯이 윈델 경도 그런 사람이 아닐 것이다.

알마는 미소 지었다. 그에 대한 감사와 존경이 다시금 샘솟았다.

"감사해요, 워렌 선생님. 해주신 모든 일들에 대해서요."

* * *

워렌 의사가 처방해준 약을 잘 챙겨놓은 뒤 주방으로 간 알마는 베키의 그 음흉한 표정을 다시 한 번 마주해야 했다.

"정말 의외인데, 알마? 나이가 많다고 해서 할아버지 의사 선생님일 줄알았는데 윈델 경과 별로 차이도 안 나잖아? 넌 정말 남자 복이 터졌구나? 줄줄이 괜찮은 남자들만 꼬이니 말이야. 얼굴이 반반해서 그런가? 나도 그렇게 못생긴 편은 아닌데."

"그게 무슨 소리야, 베키. 놀리지 마."

그러나 베키는 포기를 몰랐다.

"자, 말해봐. 윈델 경, 워렌 의사, 젊은 식료품점 상인 중에 네 선택은 누구야?"

"정말 그런 말도 안 되는 소리 하지 말래도."

알마는 짓궂게 구는 베키를 향해 눈을 흘겼지만 어쩐지 정원에서의 윈델 경의 모습이 떠올랐다. 꽃을 바라보는 다정한 시선, 어린아이처럼 터져 나오던 웃음, 그리고 물에 젖은 채 달라붙은 셔츠 사이로 보이던 그의…….

"그나저나 저렇게 멀쩡한 사람이 아직 미혼이라니 참 신기하네. 어디 문제라도 있는 걸까?"

이어진 베키의 말에 알마는 상념에서 빠져나와 정신을 차릴 수 있었다.

"공부를 해야 해서 여성분과 교제할 시간이 없으셨겠지. 괜히 유명한 의사가 된 게 아니지 않겠어? 그나저나 빨리 가자. 손님을 기다리게 하면 그로버 부인이 또 화를 낼 거야."

그것은 사실이었기에 베키는 더 이상 말하지 않고 쟁반을 든 채 알마와 함께 주방을 나섰다. 응접실로 올라가니 윈델 경과 워렌, 그로버가 앉아서 이야기를 나누고 있었다. 분위기가 사뭇 화기애애하여 알마는 마치 이곳이 윈델 저택이 아닌 것 같은 기분이 들었다.

"아, 조지나가 기른 허브라면 대환영이지. 이 향이 그리웠다오."

차를 따라 건네자 워렌은 찻잔을 코밑에 가져다대고 눈을 감은 채 경건한 태도로 향기를 음미했다. 그의 그런 모습을 보며 그로버가 평소답지 않게 환한 얼굴로 웃었다.

"특별히 최상급의 잎만 골라 우려냈지요. 좋아해 주신다니 기쁘네요."

이토록 즐거워하는 그로버의 모습이 생소하여 알마는 베키에게 살짝 곁눈질을 했다. 늘 표정변화 하나 없이 냉정하던 그로버가 마치 다른 사람처럼 들떠있는 것이 어색했다. 반면 윈델 경은 겉으로 보기에는 평소와 크게 다를 바가 없었다. 그로버만큼 말이 많아지지도, 웃음이 많아지지도 않았지만 입가에 남아있는 옅은 미소는 그가 편안함을 느끼고 있다는 것을 드러내주고 있었다.

차를 올린 뒤 나가려는데 워렌이 두 하녀를 불러 세웠다.

"두 사람도 함께 앉지. 잠깐만 앉아서 차 한 잔씩 하는 게 어떨까? 에디, 조지나, 그래도 괜찮겠지?"

갑작스런 요청에 두 하녀는 놀랐다. 당황한 것은 윈델 경과 그로버도 마찬가지인 것 같았다. 하지만 손님의 요청을 무시할 수 없었는지, 혹은 좋은 분위기 속에 그 정도는 괜찮다고 생각했는지 이내 두 사람의 표정이 원래대로 돌아왔다.

윈델 경이 고개를 까딱하며 허락의 몸짓을 보냈다. 알마와 베키는 어찌할 바를 몰라 서로를 마주보았다.

"자자, 이쪽으로 앉으시오. 알마, 그리고 그쪽은……."

"베키라고 합니다."

워렌이 자리를 권하며 묻자 이 기회를 놓치지 않겠다는 듯 베키가 눈웃음을 지으며 낭랑한 목소리로 대답했다.

두 사람이 다소곳이 긴 소파에 자리를 잡자, 이상한 티타임이 시작되었다. 주로 워렌과 그로버가 이야기를 나누는 동안 알마와 베키는 어색하게 앉아 적당히 미소를 꾸며내고 있었다. 영문도 모른 채 호출되어 올라온 올리버까지 합세하여 고용주와 귀한 손님과 몇 안 되는 고용인들이 모두 한 자리에 둘러앉은 형국이 되었다.

오고 가는 대화 속에서 알마는 종종 윈델 경과 눈이 마주쳤다. 그는 비스듬히 앉은 채로 알마의 얼굴을 뚫어지게 바라보고 있었다. 그녀는 모른 척 하며 워렌과 그로버 쪽을 열심히 쳐다보았으나 그의 시선을 완전히 의식하지 않기란 불가능했다.

"정말 이런 기분은 오랜만이네요. 쓸쓸하던 저택이 다시 살아난 느낌이에요."

워렌이 던진 재미난 이야기에 한바탕 폭소가 오간 뒤 그로버 부인이 감격에 젖은 목소리로 말했다. 워렌이 웃으며 윈델 경을 타박했다.

"저런, 이 집 주인이 얼마나 야박하게 굴었으면……. 그러게, 자네, 손님들도 좀 초대하고 무도회도 열고 그랬으면 좋지 않나. 아, 그렇지. 말 나온 김에 정찬회를 열면 어떨까?

"어머, 그거 좋은 생각이군요. 샬럿 마님 생전엔 종종 고용인들을 초대해서 잘 차려입고 파티를 하곤 했었답니다. 그때는 정말 어찌나 즐거웠는지…… 아, 물론 지금은 상황이 조금 다르지요. 아마 주인어른께서는 그런 건 별로……."

즐거운 얼굴로 옛 추억을 꺼내놓던 그로버가 멈칫하더니 윈델 경의 눈치를 보았다. 무심코 그의 어머니 얘기를 꺼낸 것이 실수라고 느낀 모양이었다. 순간 모두의 눈이 윈델 경에게로 쏠렸다. 기대와 걱정, 호기심이 어린 눈빛이 한꺼번에 쏟아지자 그의 얼굴이 굳어졌다. 그 표정에 아무도 기대를 걸지 않았다. 그러나 그의 입에서 나온 의외의 말은 모두를 깜짝 놀라게 했다.

"내일 저녁으로 하지."

응접실에 둘러앉은 사람들의 얼굴에 제각각의 표정이 떠올랐다. 워렌은 미소를 지으며 만족스런 표정을 지었다. 그로버는 당혹스러워하는 얼굴이었지만 어느 정도는 감동을 받은 눈치였다. 올리버는 옛 시절을 떠올리는 듯 그리움에 잠긴 눈을 하고 있었고 베키는 엄청나게 들떠있었다.

그러나 한 사람, 윈델 경의 얼굴에는 어떠한 감정도 떠오르지 않았다. 그는 그저 입을 다문 채 알마를 쳐다볼 뿐이었다. 알마는 어떤 표정을 지어야 할지 몰라 어색하게 웃으며 신이 나서 이것저것 묻고 있는 베키에게 바짝 붙어 앉았다. 베스티아 몬트의 주인과 고용인들이 함께 하는 정찬이라니, 과연 괜찮을까?

* * *

그날 저녁 식사시중을 들면서도 알마는 워렌이 제안한 이 즉흥적인 정찬회가 잘 치러질 것인지 여전히 확신이 서지 않았다. 긴 테이블을 사이에 두고 마주앉은 윈델 경과 워렌은 알마로서는 전혀 알아들을 수 없는 사무적인 이야기들만 나누었다. 광산업의 수익과 땅의 매매에 관한 이야기부터 논란을 일으킨 최근의 획기적인 의학계의 논문에 대한 이야기까지. 내일 저녁의 정찬에서도 이런 이야기들만 이어진다면 알마는 숨이 막혀 견딜 수 없을지도 모르겠다는 생각이 들었다.

한편으로는 늘 과묵하던 윈델 경이 워렌의 앞에서 끊임없이 말을 쏟아내고 있는 것이 신기했다. 비록 알마가 이해할 수 없는 이야기들뿐이었지만 오늘 하루 동안 윈델 경의 다양한 모습을 발견하게 된 것 같다는 생각에 조금은 새삼스런 기분이 들기도 했다.

다음날 아침 일찍, 두 남자는 사냥을 하러 나갔다. 그로버는 모처럼 활기차진 윈델 경의 모습에 아주 기뻐했다. 워렌이 아예 이곳에 눌러앉아 주면 좋겠다며 농담을 건네기도 했는데 알마에게는 그런 그로버의 쾌활한 모습이 다소 충격으로 다가왔다. 확실히 워렌 의사의 등장이 베스티아 몬트에 긍정적인 분위기를 불어넣어주고 있는 것은 틀림없었다. 물론 그녀 역시 워렌의 존재가 큰 의지가 되었다.

'탕-!'

멀리서 총을 쏘는 소리가 들렸다. 창을 닦고 있던 알마는 깜짝 놀라 어깨를 움츠렸다. 본격적인 사냥이 시작된 모양이었다.

'탕! 탕!'

연속해서 총성이 울려 퍼졌다. 알마는 괜스레 심장이 쿵쾅거려 창가에서 물러섰다. 두 사람은 그저 오락을 즐기고 있는 것이고, 오늘 저녁 식탁에 올릴 식재료를 잡고 있는 것뿐이건만, 어째서 이렇게 무서운 기분이 드는 것인지 알 수가 없었다. 아마 너른 벌판에 울려 퍼지는 총소리가 너무 크게 들려오기 때문이겠지…….

'탕!'

"허억!"

알마는 기겁을 하며 들고 있던 걸레를 떨어뜨렸다. 입이 바짝 마르고 다리가 후들거렸다. 티월 강을 가로지르는 히아나 왕비의 다리를 보았을 때와 비슷한 증상이었다. 이대로 있다간 정말로 두려운 생각이 들 것 같아 그녀는 허겁지겁 도구를 챙겨들고 바깥의 소리가 들리지 않을만한 곳으로 장소를 옮기려 했다. 그때 빨랫감을 잔뜩 든 베키가 그녀의 앞에 나타났다.

"알마! 저녁에 입을 드레스는 결정했어?"

한껏 고조된 그녀의 목소리에 당장이라도 공황상태에 빠질 것 같았던 알마는 거짓말처럼 현실감이 들었다.

"아, 아니, 아직……."

알마는 얼떨떨한 기분으로 대답했다. 그러나 베키는 그녀의 상태를 전혀 알아채지 못한 채 속사포처럼 떠들어댔다.

"난 말이야, 마침 가지고 있는 드레스가 딱 한 벌 있거든. 예전에 어떤 놈팡이가 선물한 옷인데 보나마나 어디서 훔친 거겠지. 어쨌든 혹시나 해서 챙겨온 옷이 이렇게 입을 일이 생기네. 이게 다 워렌 선생님 덕분이라니까? 이따가 저녁에 나 그분을 꼬셔볼 작정이니까 기분 나쁠 것 같으면 미리 말해줘. 알았지?"

베키는 신이 나서 말하더니 알마가 대답할 새도 없이 빠르게 자리를 떠나버렸다. 알마는 멍하니 서서 베키가 사라진 쪽을 바라보았다. 사실 조금 있다가 베키에게 드레스를 한 벌 빌려줄 수 있냐고 물어볼 참이었는데, 가지고 있는 게 한 벌뿐이라니 자포자기한 마음이 들었다.

일개 하녀가 귀족들의 식사 자리에 입고 갈 만한 옷을 구하기란 쉽지 않았다. 부유한 아가씨의 시중을 오래 들다보면 그 주인이 더 이상 입지 않는 좋은 옷을 물려주는 경우도 있었지만, 하녀들은 그마저도 팔아서 생계를 위한 돈을 마련하곤 했다. 알마는 일을 시작한지 얼마 되지도 않았고 윈델 가에는 여주인이 없으니 앞으로도 고급 옷을 물려받는 일은 없을 것이다. 다음번엔 돈을 모아 베키에게 주기로 한 이아네스 와인 대신 드레스를 먼저 맞출까 생각하며, 그녀는 걸음을 옮겼다.

차 마실 시간이 되어서야 윈델 경과 워렌은 사냥한 뇌조를 가득 들고 저택으로 돌아왔다. 올리버는 싱싱한 저녁거리가 생긴 것에 기뻐하며 두 팔을 걷어붙였고 두 남자는 이야기할 것이 있다며 서재로 차를 내오게 했다.

주방에 남아 올리버를 도우려던 알마는 얼른 가서 정찬회를 위한 치장을 하라는 올리버의 배려심 넘치는 몸짓에 방으로 돌아왔다. 그러나 진작부터 틀어박혀 치장에 여념이 없는 베키와는 달리 딱히 준비라고 할 만한 일이 없었기에, 알마는 옷장 속에 넣어두었던 '제일 좋은 옷'을 꺼내 입고 다시 밖으로 나왔다. 그것은 알마가 처음 베스티아 몬트에 올 때 입었던 외출복으로 그녀가 가진 몇 안 되는 의상 중 가장 단정하고 깔끔한 옷이었다.

아무것도 하지 않고 있으려니 초조한 기분이 들어, 그녀는 혹시나 차와 곁들여 먹을 비스킷이 더 필요한지 물어보려 두 남자가 있는 서재로 올라가 보았다.

"그때와 똑같아. 알마 말이야."

문으로 다가섰을 때 들린 자신의 이름에, 알마는 노크를 하려던 손을 멈췄다.

"정말 흥미롭군. 옛 생각도 나고."

알마는 숨죽인 채 귀를 바짝 갖다 대었다. 희미하게 열린 문틈으로 의자에 비스듬히 기대어 앉은 워렌의 뒷모습이 보였다. 그의 손에는 알마가 선물한 레터 오프너가 들려 있었다.

"그녀가 기억이 없는 게 확실한가?"

윈델 경의 목소리가 들렸다.

"그건 내가 보증하지."

알마는 침을 꿀꺽 삼켰다. 두 사람이 자신의 이야기를 하고 있는 것이 놀라웠다. 왜일까? 그녀에 대해 무슨 이야기를 나누고 있는 것일까? 품위 없는 행동임을 알면서도, 알마는 엿듣는 것을 그만둘 수가 없었다. 잠시 아무 말도 들리지 않았다. 윈델 경과 워렌은 각자 다른 곳을 향해 시선을 둔 채 뭔가를 생각하고 있는 것 같았다.

이윽고 워렌이 무거운 목소리로 입을 열었다.

"왜 그녀를 원했는지 아직 말하지 않았나?"

알마의 심장이 빠르게 뛰기 시작했다. 이게 다 무슨 소리일까?

"……곧 알게 될 거야."

윈델 경이 대답했다. 그때 누군가의 발소리가 들려 알마는 황급히 문에서 떨어졌다. 재빨리 복도를 걸어 나오며 그녀는 심장이 목구멍 너머로 튀어나올 듯 했다.

그것은 정말 이상한 대화였다. 거주하녀를 구한다는 말을 듣고 이곳으로 왔는데, 조금 전 워렌의 말은 마치 윈델 경이 알마를 특별히 원했던 것처럼 들렸다. 게다가 그녀가 기억상실 증세를 보이고 있다는 것은 왜 굳이 확인하는 것일까?

문득 예전에 벤이 해주었던 이야기가 다시 떠올랐다. 불행한 하녀가 취향이라는 윈델 경의 소문, 연고 없는 어린 여자를 찾아 사창가를 드나들었다는 추문, 설마 그가 정말로……. 아니, 그럴 리가 없었다. 그를 둘러싼 모든 악의적인 소문들은 그로버 부인이 사실이 아님을 밝혀주지 않았던가. 또한 워렌 의사 역시 윈델 경이 믿을만한 사람이기에 그녀에게 일자리를 추천한 것임을 거듭 강조했었다. 알마가 보아온 윈델 경 또한 소문에서 말하는 그런 악한은 아니었다.

그렇다면 역시 해답은 하나밖에 없었다. 알마가 파멜라를 닮았다는 것. 그 사실만이 알마를 향한 윈델 경의 기이한 시선을 설명해 줄 수 있었다. 알마의 존재가 오래전 죽은 윈델 경의 첫사랑, 비운의 여인 파멜라의 기억을 계속해서 상기시키고 있는 것이 틀림없었다. 어쩌면 그래서 그녀가 이곳으로 올 수 있었던 것인지도 모른다. 우연이 아니라…….

알마는 안타까운 마음과 꺼림칙한 기분을 동시에 느끼며 재빨리 계단 쪽으로 걸어갔다. 그리고 바로 그 순간, 그녀는 계단을 올라오던 그로버와 정면으로 마주쳤다.

"그로버 부인!"

알마는 당황하여 허둥거리며 예를 갖추었다. 곧 있을 파티를 위한 것인 듯, 그녀는 늘 입고 있던 단추를 목까지 채운 답답한 일상복 대신 넝쿨 무늬가 들어간 우아한 상아색 드레스를 입고 있었다.

"알마? 여기서 뭘 하고 있지요? 어서 가서 몸단장을 하지 않고."

그로버가 미심쩍은 눈길로 물었다.

"저, 준비는 다 했습니다."

알마가 우물거리며 말하자 그로버는 믿을 수 없다는 듯 미간을 찌푸렸다.

"그 옷을 입고 올 거란 말인가요?"

그로버가 알마의 칙칙한 스커트를 내려다보며 물었다. 그녀의 노골적인 시선에 알마는 주눅이 들어 천천히 고개를 끄덕였다.

"네, 다른 옷이 없어서……. 갑자기 구할 수도 없었고요."

"아, 그래요. 그렇겠죠. 당연한 것을……."

고개를 가로저으며 무언가 중얼거리던 그로버 부인은 이윽고 뭔가 결심한 듯 알마에게 말했다.

"따라와요."

그리고서 그녀는 알마를 지나쳐 계단을 오르기 시작했다. 그곳은 금지구역인 3층으로 이어지는 길이었다. 순간 알마는 심장이 철렁 내려앉았다. 며칠 전 새벽 새하얗게 빛나는 영혼의 이끌림을 따라 이곳에 발을 디뎠던 생각이 나 마음이 조마조마해졌다. 규칙을 어긴 것을 그로버가 알고 있는 것일까? 이곳이 출입금지 구역인 이유는 밤마다 파멜라의 유령이 돌아다닌다는 것을 이 집의 모두가 알기 때문일까? 물어보고 싶은 것이 산더미였지만 괜히 책잡힐 것이 두려웠던 그녀는 말없이 그로버의 뒤를 따랐다.

침묵 속에 층계를 오른 그로버는 공교롭게도 파멜라의 유령이 알마를 이끌었던 바로 그 방의 문을 열었다. 방 안에 배치된 모든 가구가 하얀 시트로 뒤덮인 그 방은 해질녘의 노을빛 아래 뽀얀 먼지를 드러낸 채 조금 더 실제 같은 모습을 하고 있었다.

알마는 기분이 이상했다. 아직도 저 벽 너머에 있는 텅 빈 방 안에서 파멜라가 그녀를 기다리고 있는 것만 같은 기분이 들었다. 하지만 그런 얘기를 꺼냈다간 이상한 취급을 받을 것이 뻔했다. 아니, 그보다 규칙을 여러 차례 몰래 어긴 걸 들켜 불이익을 당할지도 몰랐다.

망설이는 사이, 그로버가 방 한가운데로 천천히 걸어 들어갔다. 그 순간 어쩐지 참을 수 없었다.

"이 방은 무엇인가요?"

결국 입을 열고 만 알마의 질문에 그로버가 천천히 고개를 돌렸다. 지는 해를 등지고 선 그녀의 얼굴에 어두운 빛이 내려앉았다.

"베스티아 몬트의 안주인의 것이 될 방이었죠."

그녀의 말에 알마는 잠시 동안 머리가 멍해졌다. 저택의 안주인이 될 뻔 했던 사람. 누구를 말하는 것일까? 윈델 경이 사랑했던 파멜라? 아니면 그의 약혼녀였던 일레인? 혹은 그의 아버지 헨리 윈델 경의 애인이자 파멜라의 어머니였던 모니카?

알마가 생각에 빠져있는 사이 그로버는 근처에 있던 시트를 잡아 당겼다. 흰 천이 바닥으로 떨어지더니 마네킹 위로 걸린 우아한 드레스 한 벌이 모습을 드러냈다. 하늘하늘한 레이스가 달린 연보랏빛 드레스는 조금 오래된 스타일이었지만 한눈에 보기에도 무척 고급스러웠다.

"그로버 부인, 이건……."

놀란 알마가 더듬거리며 바라보자 그로버는 고개를 끄덕였다.

"빌려줄 테니 이걸 입도록 해요."

"하, 하지만……."

"괜찮아요. 어차피 주인을 기다리고 있는 옷이니까."

그로버는 담담한 목소리로 말하며 마네킹에게서 드레스를 벗겨내어 알마의 품에 안겨주었다. 아무렇지 않게 돌아서려는 그녀를 향해 알마는 재빨리 물었다.

"그로버 부인. 저…… 주제넘은 질문이겠지만, 혹시 이곳이 출입금지인 이유는 파멜라와 관련이 있나요?"

문을 나서려던 그로버가 멈칫하더니 고개를 들었다. 그리고는 알마를 돌아보지도 않은 채 조용한 목소리로 말했다.

"그래요. 이곳은 윈델 경께서 그녀에게 주려고 한 방이었어요. 3층의 다른 공간들도 마찬가지고요. 그녀를 잃은 후로, 이곳은 함부로 드나들 수 없는 장소가 되었지요. 그녀와의 기억을, 그녀에게 한 약속을, 그리고 그녀를 지켜주지 못한 죄책감을 떠올리게 하기 때문에 주인님께서는 가장 고통스러운 장소가 되고 말았으니까요."

말을 마친 그로버는 무거운 발소리를 내며 떠나갔다. 방 안에 혼자 남은 알마는 멍청히 서서 그녀가 떠나간 자리를 바라보았다. 어쩐지 가슴이 저려왔다. 이곳에서 파멜라의 유령을 본 것은 우연이 아니었다. 대저택의 쉽게 떠나지 못하는 영혼들에 대한 워렌의 말이 생각났다. 금방이라도 파멜라의 목소리가 다시 들려올 것 같았다. 알마는 품 안에 들린 드레스를 내려다보고는 고요해진 방 안을 천천히 둘러보았다. 정말 이 옷을 입어도 괜찮은 걸까?

* * *

알마는 문가에 서서 슬쩍 정찬실 안을 들여다보았다. 촛불이 켜진 식탁 위에는 벌써 모든 것이 갖추어져 있었고 참석자들이 둘러앉아 이야기꽃을 피우고 있었다. 워렌 의사의 농담에 그로버가 소리 내어 웃었고, 식탁을 돌며 잔에 물을 채워주고 있던 올리버 역시 함박 미소를 머금었다.

잘 차려입으니 모두가 다른 사람 같았다. 특히 리본이 달린 분홍색 드레스를 입은 베키는 정말로 사랑스러워 보였다. 그녀는 다짐했던 대로 워렌의 옆에 앉아 반짝이는 눈길로 그를 바라보며 그의 말에 맞장구를 치고 있었다. 가끔은 경박한 질문을 던지며 그로버의 눈살을 찌푸리게 했지만, 워렌은 싫은 기색 없이 매너 있게 그녀를 상대해 주었다.

베키의 발랄함과 대담함에 감탄하며, 알마는 다음으로 상석에 앉은 윈델 경을 바라보았다. 그는 별다른 말은 하지 않았지만 기분이 좋은지 편안한 표정으로 와인잔을 홀짝이며 워렌의 말에 고개를 끄덕이곤 했다.

옷자락을 움켜쥐며 망설이던 알마는 생각보다 화기애애한 분위기에 용기를 냈다. 심호흡을 한번 하고 정찬실 안으로 천천히 발을 내딛는데, 마치 약속이나 한 듯 모두의 시선이 그녀에게로 쏠렸다. 갑자기 말소리가 뚝 끊겼다. 예상치 못한 반응에 당황하여, 알마는 하마터면 뒤돌아서서 도망칠 뻔했다. 그러나 막 뒷걸음질을 치는 순간 워렌이 자리에서 벌떡 일어났다.

"이런, 알마! 정말 아름답군. 깜짝 놀랐소."

워렌은 다가와 그녀의 손을 잡아 자리로 이끌었다.

"자, 이리로."

알마는 어색하고 수줍은 기분으로 비어있는 자리로 이동했다. 올리버가 환하게 웃으며 일어나 의자를 빼주었다. 뿌듯한 표정으로 싱글벙글하고 있는 그에게 감사의 인사를 하며 자리에 앉자, 마주앉아있는 베키가 묘한 얼굴을 하고 그녀를 아래위로 훑어보았다. 잠시나마 주의를 뺏긴 것이 불만스러운 것일까? 어딘가 공격적인 그 시선에 민망해진 알마는 슬쩍 고개를 돌렸다.

베키를 피해 움직인 시선이 마침 그녀를 쳐다보고 있던 윈델 경의 눈과 딱 마주쳤다. 그의 얼굴에 떠오른 표정을 보고 알마는 흠칫 놀랐다. 그의 얼굴은 어쩐 일인지 잔뜩 굳어있었고 푸른 두 눈은 커다랗게 벌어져 있었다. 마치 유령이라도 마주보고 있는 듯한 표정이었다. 뚫어지게 알마를 쳐다보고 있는 윈델 경의 얼굴이 서서히 일그러지기 시작했다.

알마는 순간 두려움을 느꼈다. 그녀를 향하고 있는 윈델 경의 험악한 시선이 그녀가 입고 있는 드레스와 관련이 있다는 사실을 본능적으로 느낄 수 있었다. 그 옷을 입은 것을 후회하며, 알마는 슬쩍 그로버를 바라보았다. 그녀는 이런 반응을 예상했다는 듯이, 그리고 그럼에도 아무 관여를 하지 않겠다는 듯이 허리를 펴고 앉아 자신의 앞에 놓인 식기에만 눈을 두고 있었다.

정찬실 안의 공기가 묘해지는 것을 느꼈는지 워렌이 목을 가다듬더니 짐짓 활기찬 목소리로 말했다.

"이렇게 윈델 저택의 식구들과 다 같이 식사를 할 수 있어서 정말 기쁘군. 이런 자리에 나를 초대해줘서 모두에게 고맙소. 자자, 에디, 어서 우리가 사냥해온 뇌조를 모두가 맛볼 수 있게 해주게. 난 배가 고파서 기절할 지경이란 말이야."

워렌의 요청에 윈델 경은 그제야 제정신이 든 듯 말없이 일어나 고기 자르는 칼을 집어 들었다.

"어머, 정말 맛있겠네요. 직접 사냥하신 거라니, 워렌 선생님은 못하는 게 없으신가 봐요?

베키가 맞장구를 치며 분위기를 전환시켰다. 식탁은 아무 일도 없었던 것처럼 다시 왁자지껄한 상태가 되었다. 윈델 경의 시선에서 벗어나게 된 알마는 남몰래 가만히 한숨을 쉬었다, 그러나 잔뜩 어두워진 그의 얼굴과 고기를 자르는 그의 거친 손놀림에 알마는 알 수 없는 불안감을 느꼈다.

식사가 시작되었고, 다행히 별다른 일은 일어나지 않았다. 워렌과 그로버가 대화를 주도하며 베스티아 몬트가 번성했던 시절의 추억담을 꺼내 놓았다. 올리버의 풍미 짙은 요리가 모두를 만족시켰고, 알마도 점차 불편한 마음을 떨쳐버리고 즐거운 분위기 속으로 녹아들었다. 술을 몇 잔 마시고 기분이 좋아진 베키는 별안간 자신의 장기를 보여주겠다며 앞으로 나가더니 집시풍의 노래를 부르며 춤을 추었다. 돌발적인 행동에 당황하는 것도 잠시, 그녀의 춤과 노래가 꽤나 멋들어진 것이어서 알마는 놀랐다. 감탄의 박수가 터져 나왔고, 근래 본 무대 중 최고라는 워렌의 칭찬에 베키는 뺨을 붉히며 새침을 떨었다.

모두가 이 화합의 시간을 즐기고 있는 가운데, 단 한 사람, 윈델 경만은 어두운 표정으로 내내 아무 말도 하지 않았다. 그는 계속 허공을 노려보며 끊임없이 와인잔을 비워댔다. 알마는 그런 그가 신경 쓰였으나 딱히 할 수 있는 것은 없었다. 사실은 모두가 그를 신경 쓰고 있었지만 그저 모른 척 연기를 하고 있는 것 같았다.

올리버의 회심작인 과일 푸딩을 마지막으로 식사가 끝이 났다. 모두가 내일의 계획을 이야기하고 있는 가운데 윈델 경이 자리에서 일어나더니 말없이 정찬실을 나가버렸다. 그가 나가는 순간 방 안은 정적에 휩싸였다.

"용서하세요, 박사님. 주인어른께서 조금 피곤하셨나 봅니다."

그로버가 침착하게 말했다.

"별말씀을. 저 친구 까탈스러운 걸 한 두 해 본 것도 아니고……. 이 정도면 준수한 편이지. 신경 쓰지 말아요."

"이해해주셔서 감사합니다. 하지만 덕분에 정말 오랜만에 즐거운 시간 이었네요. 이런 자리가 얼마만인지……."

그로버가 감격에 젖은 목소리로 말하며 올리버를 돌아보았다. 올리버 역시 동의를 나타내듯 고개를 끄덕이며 웃었다.

"그럼 이제 일어날까요? 참, 알마. 이곳은 우리가 정리할 테니 잠깐 가서 주인님의 잠자리를 좀 봐드리겠어요? 내가 너무 들뜬 나머지 침실을 정리하고 온다는 걸 깜빡했군요."

그로버의 요청에 알마는 조금 당황했지만 마지못해 고개를 끄덕였다. 지금 윈델 경을 다시 마주치고 싶지는 않았다. 그렇지만 그로버의 지시를 거부하는 것은 더욱 말이 안 되는 짓이었다.

"그러면 난 이 아가씨를 모셔다 드려야겠군."

워렌이 술에 취해 식탁 위에 엎드려 있는 베키를 돌아보며 어깨를 으쓱해보였다.

* * *

알마는 정찬실의 뒷정리를 남은 이들에게 맡기고 윈델 경의 침실이 있는 2층으로 올라갔다. 불 몇 개가 나갔는지 오늘따라 복도가 더욱 어두워보였다. 막 서재를 지나칠 때 알마는 인기척을 느끼고 자리에 멈춰 섰다. 그녀의 뒤에 누군가가 서 있었다. 알마는 그가 누구인지 곧바로 알수 있었다.

"왜 그 옷을 입은 거지?"

그녀의 등 뒤에서 착 가라앉은 목소리가 들려왔다. 알마는 몸을 돌렸다. 어둠 속에서 새파랗게 빛나고 있는 두 눈이 그녀를 찢을 듯이 노려보고 있었다. 알마는 침을 꿀꺽 삼켰다. 무서운 생각이 들었다.

"말해. 왜 그 옷을 입고 있는 거지?"

윈델 경이 앞으로 다가오며 재차 물었다.

"그, 그로버 부인께서 빌려주셨습니다."

알마의 대답에 푸른 두 눈이 더욱 파랗게 빛났다.

"그 옷이 누구의 것인지는 아나?"

올 것이 오고야 말았다. 윈델 경이 식사시간 내내 그렇게 굳어있던 이유, 지금 이렇게 그녀를 몰아붙이는 이유를 알마는 이제 확실히 알 수 있었다. 그로버가 내어준 드레스를 그가 알아보았고 그것이 그의 기분을 완전히 망쳐놓은 것임에 틀림없었다.

"윈델 저택의 안주인이 될 분의 것이었다고 들었습니다."

파멜라의 이름을 직접적으로 입에 올렸다간 그를 더욱 자극할 것만 같아, 알마는 그로버에게 들은 대로 돌려 말했다. 그러자 윈델 경의 눈에 복잡한 감정이 스쳤다. 그것은 분노에 가까운 것이었다.

"죄송합니다. 제가 이 옷을 입은 게 기분이 나쁘셨다면……."

"그 옷이 있던 방에 들어갔었나?"

윈델 경이 말을 자르며 그녀에게 더욱 가까이 다가섰다. 알마의 심장이 쿵 내려앉았다. 그의 심기를 거스르다 못해 규칙을 어긴 것까지 들통이 난 게 분명했다. 알마는 잠시 망설였다. 사실대로 대답한다면, 파멜라의 유령을 보았고 그녀가 자신을 그곳으로 이끌었다고 말한다면 그가 폭발해버릴 것만 같았다. 그래서 그녀는 신중하게 다음 말을 선택했다.

"그로버 부인께서 옷을 빌려줄 때 잠시 함께 들어갔습니다. 그리고 곧바로 나왔어요. 윈델 경, 저는 절대로……."

"정말 그 이유 때문에 그곳에 들어간 건가?"

이번에도 그가 말을 끊었다.

"그곳이 어떤 곳인지 아나?"

강압적으로 물어오는 윈델 경의 목소리가 갈라졌다. 알마는 잔뜩 움츠러든 채로 뒷걸음질 치다 벽에 기대어 섰다. 마치 덫에 걸린 것 같은 기분이었다. 거대한 짐승이 그녀를 잡아먹으려 달려들기 직전인 것만 같았다.

"저, 저는……."

알마를 바라보며 격렬하게 타오르던 분노가 문득 깊은 슬픔과 섞이기 시작했다. 그의 묘한 눈빛에 알마는 당혹스러웠다. 그리고 두려웠다.

"죄송합니다. 침실을 정리해드리겠습니다."

금방이라도 뭔가가 터져버릴 것 같은 위험한 분위기에, 알마는 일단 이 자리를 피하기로 마음먹었다. 그녀는 고개를 숙이고 재빨리 몸을 돌렸다.

그때 갑자기 그가 그녀의 팔을 낚아챘다. 저항할 할 새도 없이, 그녀는 그의 힘에 끌려가고 말았다. 그리고 다음 순간 그가 뒤에서 그녀를 와락 껴안았다. 알마는 소스라치게 놀라 숨넘어가는 소리를 냈다. 생각지도 못한 상황에, 그녀는 긴장으로 온 몸이 뻣뻣해졌다.

"잠시, 잠시만 이렇게 있어줘."

그녀의 목덜미에 머리를 파묻은 채, 윈델 경이 속삭였다. 어깨에 그의 뜨거운 숨결이 와 닿았다. 모든 신경이 날카롭게 깨어나며 소름이 쫙 끼쳤다. 그러나 꽉 끌어안은 그의 팔이 그녀를 꼼짝도 할 수 없게 했다. 고통스러운 듯한 그의 목소리가 그녀를 움직일 수조차 없게 만들었다. 심장이 쿵쿵 뛰었다. 미친 듯이 뛰는 심장소리가 윈델 경에게까지 들릴 것 같았다. 그의 숨소리가 점점 거칠어졌다. 그가 팔에 힘을 주자 알마의 입술에서 떨리는 한숨이 절로 새어나왔다. 이대로 정신을 잃을 것만 같아, 그녀는 눈을 감았다.

그때 아래층에서 소란이 일었다. 남녀의 말소리와 쿵쿵거리는 소리가 들리자 알마의 허리를 휘감고 있던 윈델 경의 팔에서 힘이 빠졌다. 그가 물러나는 것을 느끼고, 알마는 가쁜 숨을 몰아쉬며 얼른 뒤를 돌아보았다. 신비롭게 빛나는 푸른 눈동자, 분노와 욕망과 슬픔과 절망이 제멋대로 뒤섞인 그 강렬한 눈동자가 서서히 어둠 속으로 빛을 감추었다.

알마는 멍하니 서서 멀리서부터 하나 둘 불이 꺼지고 있는 복도를 쳐다보았다. 다가오는 저 어둠이 그녀를 집어삼킬 것만 같은 기분에 그녀는 도망치듯 자리를 떠났다.

* * *

재빨리 1층으로 내려온 알마는 베키를 부축해가고 있는 워렌과 마주쳤다. 혹시라도 방금 무슨 일이 있었는지 들키기라도 한 것처럼, 알마는 미친 듯이 심장이 뛰었다. 그러나 다행히 워렌은 횡설수설하는 베키와 실랑이를 벌이느라 알마의 상태를 알아차리지 못한 것 같았다.

"아아, 머리가 너무 아파요, 선생님."

베키는 비틀거리며 워렌의 목에 팔을 휘감고 늘어졌다. 그녀를 일으켜 세우려 애쓰던 워렌은 층계를 내려오는 알마를 보고 안심하는 얼굴이 되었다.

"아, 알마. 할 일이 끝났으면 나 좀 도와주겠나?"

워렌의 부탁에 알마는 얼른 다가가 휘청거리는 베키의 한쪽 어깨를 붙잡았다.

"이런, 죄송해요. 베키가 술을 너무 많이 마셨나 봐요."

추태나 다름없는 그녀의 행동에 민망해진 알마가 대신 사과하자 워렌은 넉살좋게 웃었다.

"가끔은 그럴 때도 있어야지. 매일이 고된 일상일 텐데 이런 재미라도 없으면 어떻게 살겠소."

낑낑대며 베키의 거처에 도달한 두 사람은 그녀를 침대에 누이고는 안도의 한숨을 내쉬었다. 두 사람이 고생한 걸 아는지 모르는지 베키가 신음을 흘리며 몸을 뒤척였다. 어쩐지 자세가 야릇했다. 알마가 흘끗 내려다보니 베키의 드레스 자락이 말려 올라가 맨다리가 드러난 것이 보였다. 그녀는 깜짝 놀라 워렌을 방 밖으로 밀어내고는 재빨리 문을 닫았다.

"감사해요, 선생님. 덕분에 정말 좋은 시간이었어요."

알마가 다급하게 인사를 건네자 워렌은 수수께끼 같은 표정을 지어보였다.

"그랬소? 정말 그렇다면 다행이고……."

어딘가 석연치 않은 그의 대답에, 알마는 그것이 윈델 경의 반응을 염두에 두고 한 말인 것 같은 느낌을 받았다. 윈델 경을 떠올리자 알마는 저도 모르게 얼굴이 화끈거렸다.

"알마."

워렌의 목소리에 알마는 흠칫 놀라 고개를 들었다.

"나는 내일 팍스웰로 돌아갈 거요."

"네? 벌써요? 좀 더 계시지 않고요."

아쉬운 마음에 알마가 말했다.

"환자가 기다리고 있으니 더 이상 지체할 수가 없군. 베스티아 몬트에서의 내 역할은 끝나기도 했고."

문득 알마는 서재에서 나누던 두 남자의 이야기가 생각났다. 기억을 잃은 알마에 관해 무언가 알고 있는 듯한, 그리고 무언가 숨기고 있는 듯

한 그들의 대화. 알마는 워렌을 신뢰했다. 그는 그녀의 생명의 은인이었고 명성 높은 의사이자 도덕적인 사람이었다. 혹시라도 그가 그녀에게 감추는 것이 있다면 그것은 필시 그녀를 위해서일 것이다. 하지만…….

"저, 선생님."

"알마."

어렵게 말을 꺼내려는데 워렌이 먼저 입을 열었다.

"앞으로 무슨 일이 있든 잘 견뎌냈으면 하오. 베스티아 몬트를 둘러싼 소문처럼, 세상엔 보이는 게 다가 아니지. 힘든 일이 생긴다고 해도 나를, 그리고 에드먼드를 끝까지 믿어주었으면 좋겠소."

알마는 말문이 막혔다. 그는 마치 알마의 불안과 의문을 꿰뚫어본 듯했다. 여전히 찜찜한 기분이 남아있었지만, 그녀는 더 이상 아무 말도 할 수 없었다.

"감사합니다, 워렌 선생님. 새겨듣겠습니다."

워렌은 인자한 미소를 지어보이더니 몸을 돌려 복도를 걸어갔다. 알마는 그가 완전히 모습을 감출 때까지 그 자리에 가만히 서서 그가 한 말을 곱씹어 보았다. 보이는 게 다가 아니라……. 그건 무슨 의미일까?

그때 베키의 방문이 끼익 소리를 내며 천천히 열렸다.

"베키! 괜찮은 거야?"

고개를 빼꼼 내밀고 있는 베키를 발견한 알마가 걱정스레 묻자 그녀는 한숨을 푹 내쉬며 투덜거렸다.

"안 넘어오네. 말도 안 돼! 뼛속까지 신사인 건지, 멍청이인 건지."

베키의 거침없는 표현에 알마는 화들짝 놀랐다.

"그게 대체 무슨 소리야? 너 괜찮아?"

"괜찮아. 멀쩡하다고. 와인 몇 잔에 진짜로 취하는 바보가 어디 있냐?"

몸도 가누지 못할 만큼 비틀거리던 아까와는 달리 아무렇지 않은 그녀의 얼굴과 목소리에 알마는 당황했다.

"베키, 너 정말로 워렌 선생님을 어떻게 해보려 한 거야?"

"당연하지. 아까 말했잖아. 그런데 완전 실패야! 반은 중간에서 끼어든 너 때문이라고!"

알마는 어이가 없었다. 멍한 얼굴로 바라보고 있으려니 잔뜩 짜증을 내며 문을 닫으려던 베키가 물었다.

"술, 좀 더 마실래?"

"못 마신다는 거 알잖아."

알마의 대답에 베키는 또다시 툴툴거리며 문을 쾅 닫았다. 정말 당해낼 수 없는 친구라고 생각하며, 알마는 고개를 절레절레 젓고는 자신의 방으로 들어왔다.

방문을 닫고 선 그녀는 입고 있는 연보랏빛 드레스를 내려다보았다. 파멜라의 옷. 알마는 이 옷을 내어준 그로버가 조금 원망스러웠다. 아니, 아니지. 그녀의 선의를 원망해선 안 되겠지. 그냥 그 자리에 참석하지 말 것을……

슬픔으로 가득했던 윈델 경의 눈동자. 파멜라의 옷을 입은 알마가 그에게 옛 연인의 기억을 떠올리게 한 것이 분명했다. 그녀가 파멜라를 많이 닮았다고 하지 않았던가. 그래서 윈델 경은 그녀를……

오싹한 기분이 들어 알마는 두 팔로 자신을 감싸 안았다. 윈델 경의 숨결이 닿았던 어깨와 목덜미가 간질간질한 느낌이었다. 그녀를 꽉 끌어안던 그의 힘센 팔을 떠올리자 알마는 온 몸이 파르르 떨렸다. 갑작스러운 그의 행동에 당황한 건 사실이었지만, 그녀는 이상하게도 그를 거부하거나 밀어낼 수 없었다. 왜 그랬을까? 단순히 그가 그녀의 고용주이기 때문일까? 그녀는 혼란스러웠다. 이건 도대체 무슨 감정일까? 또한 그녀에게 이런 행동을 하는 윈델 경의 생각은 무엇이란 말인가.

알마는 달뜬 한숨을 내뱉으며 목덜미를 문질렀다. 술이라도 마신 것처럼 머리가 빙글빙글 돌았다. 지금 생각해보았자 해결되는 것은 아무것도 없었다. 알마는 한 손으로 드레스의 단추를 하나씩 풀며 워렌이 처방해준 약병을 급히 들이켰다.

* * *

그날 밤 내내, 알마는 환청에 시달렸다. 애끓는 울음소리가 오래된 저택 안을 가득 채우고 있었다. 서러운 흐느낌에 반쯤 깨었다가 약기운에 다시 잠들어버리기를 수차례, 알마는 그렇게 몽롱하고도 혼란스러운 밤을 보냈다.

다음날 아침 식사 시간은 어젯밤의 즐거운 만찬이 마치 거짓말이었던 것처럼 딱딱했다. 워렌이 돌아가기 때문인지 그로버와 베키는 조금 침울해져 있었고, 긴 식탁을 두고 마주앉은 윈델 경과 워렌 사이에는 어쩐지 냉랭한 분위기가 감돌았다.

불편한 식사 시간이 끝나고 워렌은 윈델 저택에 올 때와 마찬가지로 차 마시는 시간에 맞춰 떠나겠다고 알려왔다. 알마는 서운한 마음으로 그의 채비를 도왔다.

"벌써 가신다니 정말 아쉬워요, 선생님."

알마의 말에 워렌은 씁쓸하게 웃었다.

"남의 집에서 필요 이상으로 폐를 끼칠 순 없지. 다음에 또 올 거요. 어쨌든 에디도 주기적으로 내 의학적 소견이 필요할 테니까. 아, 물론 그때까지 이곳에 있을 거라면……."

"제가 어딜 가겠어요."

그녀의 대답에 워렌은 짐가방을 닫고 알마의 얼굴을 물끄러미 들여다보았다.

"내가 어제 한 말을 잊지 않아주면 좋겠소. 챙겨준 약도 꼭 먹도록 하고."

어제 한 말이라……. 그와 윈델 경을 믿어달라는 말. 당연히 알마는 그럴 생각이었다. 달리 그녀가 뭘 어떻게 할 수 있겠는가. 그녀에게 있어 워렌은 절대적인 존재였다.

그러나 어쩐지 워렌의 그 말이 그녀가 어제 서재의 문틈으로 들었던 두 남자의 알 수 없는 대화와 맞물려 묘한 의심이 피어오르게 했다. 알마는 그 일에 대해 물어보고 싶었지만 주인의 사적인 대화를 엿듣고 다니는 조심성 없고 입이 가벼운 고용인이라는 인상을 줄까봐 생각을 고쳐 먹었다.

미소를 머금으며 고개를 끄덕이자 워렌은 만족스러운 표정을 지었다.

"가방을 마차로 좀 옮겨주겠나? 난 괴팍한 집주인과 그로버 부인에게 인사를 하고 가도록 하겠소."

알마는 순순히 그의 지시에 따랐다.

울적하다며 식당에 박혀 있는 베키를 내버려두고 나온 알마는 저택 밖에 대기 중인 마차에 짐을 싣고 여분의 담요까지 챙겨 넣었다. 다른 지시사항이 있는지 물어보러 가기 위해 몸을 돌리자 마침 2층 서재의 창가 너머로 마주보고 서 있는 윈델 경과 워렌의 모습이 눈에 들어왔다.

무심코 지나치려던 그녀는 어딘가 심상치 않은 것을 느끼고 발을 멈췄다. 윈델 경이 등을 보이고 서 있는 워렌을 향해 뭐라고 소리를 지르고 있는 것 같았다. 그의 몸짓은 초조하고 격앙되어 있었다. 워렌이 손을 내밀며 그를 달래듯 다가서자 윈델 경은 머리를 쥐어뜯으며 뒤돌아섰다. 한동안 워렌이 그를 설득하는 듯 했다. 그러다가 별안간 두 남자가 한데 엉키더니 몸싸움을 벌이기 시작하는 게 아닌가! 알마는 깜짝 놀라 뒷걸음질 쳤다. 윈델 경이 워렌의 멱살을 잡은 채 커튼 뒤로 사라지자 당황한 그로버 부인이 그들을 말리러 따라가는 것이 보였다.

충격적인 광경에 알마는 어안이 벙벙하여 그 자리에 가만히 서 있었다. 거리가 멀어 바깥으로는 아무 소리도 들리지 않았고 커튼 뒤로 사라진 세 사람의 모습도 더 이상 보이지 않았다. 도대체 무슨 일이 벌어진 것인지 걱정스럽고 궁금한 마음에 멍하니 서 있는데, 곧 워렌이 흐트러진 옷매무새를 바로잡으며 밖으로 나왔다. 잔뜩 찌푸린 그의 얼굴에 알마는 더욱 걱정이 되었다. 어떻게 물어봐야 할까 고민하며 서 있는 것도 잠시, 그로버가 다급한 걸음걸이로 뒤따라 나왔다.

"용서하세요. 주인어른께서 예민하셔서……. 제 불찰입니다. 처음부터 그러지 말았어야 했는데…… 부디 괘념치 마시고……."

"그로버 부인."

워렌이 어쩔 줄 몰라 하는 그로버의 말을 막았다.

"괜찮아요. 이런 일이 한두 번도 아니고 뭐. 다만 그의 상태가 조금 걱정이 되는군."

그는 목소리를 낮추며 슬쩍 알마를 돌아보았다.

"당신이 곁에 있으니 걱정하지 않소. 그래도 계속 에디의 상태를 알려 주시오. 난 언제든 그를 도우러 올 테니. 지금까지 늘 그래왔던 것처럼 말이오."

워렌은 그로버의 어깨에 손을 올리고 그녀를 진정시키더니 아무 일도 없었던 것처럼 마차에 올랐다. 그리고는 알마를 바라보며 고개를 끄덕였다. 이렇게 헤어져야 한다는 사실이 너무나 혼란스러웠지만 알마는 하는 수 없이 머리를 숙여 인사를 건넸다.

마차의 문이 쾅 닫히고 운전석에 올라탄 마부가 힘찬 기합을 넣었다. 말의 긴 울부짖음과 동시에 워렌을 태운 마차는 도망치듯 베스티아 몬트를 떠나갔다. 멀어져 가는 마차를 보며 초조한 기색으로 서 있던 그로버가 그제야 옆에 서 있던 알마를 인식한 듯 그녀를 향해 고개를 돌렸다.

알마가 궁금한 얼굴로 마주보았으나 그로버는 아무 설명도 해주지 않겠다는 듯 표정을 싹 굳히더니 서둘러 저택 안으로 들어가 버렸다. 혼자 남은 알마는 얼떨떨한 기분으로 조금 전 싸움이 벌어졌던 2층의 서재를 다시 올려다보았다.

그곳에 윈델 경이 서 있었다. 멀어져 가는 워렌의 마차가 아닌, 알마를 내려다보며. 알마는 피하지 않고 그를 똑바로 올려다보았다. 도대체 무슨 일이 있었던 걸까? 두 사람은 왜 갑자기 싸운 것일까? 어제 저택의 만찬에서 알마가 파멜라의 드레스를 입은 것과 관련이 있을까? 만약 그런 거라면 왜 그로버 부인이 아닌 워렌 의사에게?

워렌의 의미심장한 말, 윈델 경의 알 수 없는 행동……. 모든 것이 파멜라와 관련이 있는 것 같았다. 알마는 몸을 떨었다. 왜 자꾸 그녀와 연결되는 것일까. 나 역시 어느덧 그녀의 저주 속으로 빠져들어 버린 게 아닐까?

'조심해…….'

머릿속에서 파멜라의 목소리가 속삭였다. 위에서 그녀를 내려다보고 있는 푸른 두 눈이 번쩍였다.

이미 늦었어. 그녀를 뚫어지게 쏘아보는 윈델 경의 눈길을 마주하며, 알마는 생각했다.

이미 늦어버린 거야…….

8. 무도회

워렌 의사가 돌아간 뒤 베스티아 몬트는 언제 그랬냐는 듯 평소의 음울한 모습으로 돌아왔다. 윈델 경은 서재에만 틀어박혀 꼼짝도 하지 않았고 그로버는 다시 웃음을 잃었다. 올리버는 자신의 특별 요리를 즐겨줄 모처럼의 손님이 떠나서 우울한 모양이었다. 돈 많고 평판 좋은 미남자를 유혹하는 데 실패한 베키 역시 자존심에 상처를 입은 듯 부루퉁해 있었지만, 특유의 성격 덕분인지 금세 다음 타깃을 계획하기 시작했다.

"두고 보라고, 다음엔 진짜 거물을 물어올 테니까. 곧 엄청난 기회가 생길 거거든. 정말이라니까?"

혼자서 신나하는 베키의 말을 듣는 둥 마는 둥 하며, 알마는 워렌과 윈델 경 사이에 무슨 대화가 오갔을까 궁금했다. 아리송한 워렌의 말들, 윈델 경의 도발 행동. 워렌이 이렇게 빨리 돌아간 것이 집주인의 기분과 관련이 있을 거란 생각이 알마의 머릿속을 내내 맴돌았다.

며칠 뒤 알마는 벤을 만났다. 짐마차에서 뛰어내리는 그의 날렵한 몸짓을 보는 순간, 알마는 그동안의 침울함이 눈 녹듯 사라지는 것 같았다.

"손님맞이는 잘 끝났어?"

벤이 언제나처럼 쾌활하게 물어왔다.

"응, 그럭저럭⋯⋯. 참, 지난번에 구해다준 물건, 선생님께서 아주 마음에 들어 하셨어. 고마워."

알마의 인사에 벤은 가슴을 쭉 펴며 허풍을 떨어댔다.

"당연하지. 난 최고의 물건만 취급한다고! 제대로 된 걸 구하느라 애 좀 썼단 말이야. 정말로 고맙다면 그에 상응하는 뭔가를 줘야 하는 것 아니야?"

"값은 잘 쳐줬잖아."

"에이, 돈으로 퉁치면 섭하지."

벤은 씩 웃으며 알마에게로 바짝 붙어 섰다.

"내가 원하는 게 뭔지 알면서……."

알마는 고개를 돌리며 그를 밀쳐냈다. 장난스런 행동에 웃었지만 그가 이렇게 적극적으로 다가올 때마다 두 뺨이 절로 뜨거워지는 건 어쩔 도리가 없었다.

"글쎄, 잘 모르겠는데?"

알마가 모른 척 하자 벤은 투정을 부렸다.

"어헛! 모른 척 하면 그냥 넘어갈 줄 알고? 내 두 번째 데이트 신청을 끝까지 모르는 척 하는 거야? 뭐, 내가 마음에 안 들어서 그만 만나고 싶은 거라면…… 알았어. 물러날게."

그는 별안간 시무룩한 표정을 짓더니 힘없이 어깨를 축 늘어뜨렸다. 그의 뻔뻔한 행동이 귀여워 웃음이 터졌다. 물론 그가 싫지 않았다. 그와 계속 만나보는 것도 재미있을 것 같았다. 그러나 알마는 자꾸만 윈델 경이 마음에 걸렸다. 고용주들은 하녀가 남자를 만나러 다니는 것을 좋아하지 않았다. 가뜩이나 외부와의 접촉을 극도로 경계하는 그가 알마의 새친구를 탐탁지 않아할 것은 분명했다. 그것은 저택을 관리하는 그로버 부인 역시 마찬가지일 것이었다.

하지만 고개를 반쯤 기울이고 애처로운 눈빛을 보내며 앙큼한 연기를 하고 있는 그에게 거절의 말을 하기란 쉽지 않았다.

"알았어. 다음엔 어디로 데려가 줄 건데?"

못이기는 척 묻자 벤은 태양처럼 환하게 웃어보였다.

"기대하라고! 정말 특별할 테니까. 성 크리스토프 전야제에 데려가 줄 거거든!"

"그게 뭐야?"

구미가 당긴 그녀가 묻자 벤은 신이 나서 설명했다.

"악마를 물리친 크리스토프 성인을 기념하는 날인데 퀜드웰을 대표하는 축제야. 모두가 가면과 깃털로 분장을 하고 광장에 모여 다 같이 춤을 추는데 정말 재미있다고. 알마, 너도 분명히 좋아할걸?"

벤이 하도 즐거운 목소리로 말을 하는 통에 알마는 덩달아 들떴다. 축제에 대해 더 물어보기 위해 입을 여는데 갑자기 호출을 알리는 벨이 요란하게 울렸다. 알마는 화들짝 놀랐다. 이 시간에 부르는 일은 잘 없는데. 그녀가 외부인을 상대하고 있다는 걸 들킨 걸까? 심장이 덜컥 내려앉은 알마는 재빨리 벤을 문밖으로 밀어냈다.

"벤! 빨리 가. 난 들어가 봐야 해."

"어어어, 왜 이래? 아직 얘기 다 안 끝났는데!"

"다음에! 다음에 얘기해!"

그녀는 안가겠다고 버티는 벤을 간신히 쫓아 보내고 얼른 서재로 뛰어 올라갔다. 제발 들킨 게 아니길. 단지 수고해준 벤에게 감사의 인사를 하려 했던 건데! 만약 이 일로 질책을 듣게 되면 변명할 거리를 마음속으로 생각하며 알마는 제발 자신의 말이 그녀의 주인에게 설득력이 있기를 빌었다. 심호흡을 하며 막 노크를 하려는데 안에서 심상치 않은 대화가 들려왔다.

"어떻게 그럴 수가 있어요? 이건 약속이랑 다르잖아요!"

잔뜩 격앙된 목소리는 베키의 것이었다.

"이미 결정한 거야. 소란 피우지마."

냉정한 윈델 경의 대답. 베키와 윈델 경이 말다툼을 하고 있는 듯 했다. 뜻밖의 상황에 알마는 문 앞에 우뚝 멈춰선 채로 가만히 두 사람의 대화에 귀를 기울였다.

"다른 건 다 참아줄 수 있어도 이건 안 되겠어요, 에디. 내가 왜 여기로 온 건지 잊었어요? 날 뭘로 생각하는 거예요? 그 계집애 때문이죠? 그 애 때문에 날 이따위로 취급하는 거잖아요!"

"말조심해."

"그 애가 뭐라고……. 당신이 그런다고 죽은 그 여자가 돌아오기라도 할 것 같아요?"

"말조심하라고 했지!"

윈델 경이 언성을 높였다. 알마는 깜짝 놀라 뒤로 물러났다. 어떻게 된 일인지는 알 수 없었지만 뭔가 심각한 상황인 것만은 분명했다. 괜스레 식은땀이 나고 손발이 떨렸다. 당장이라도 무슨 사고가 터질 것 같아 두려웠다. 윈델 경의 고함을 마지막으로 방 안에 잠시 적막이 흘렀다. 그리고 베키의 목소리가 다시 들려왔다.

"당신은 미쳤어. 정말 미친놈이야!"

이어서 쿵쿵거리는 발소리가 들리더니 서재의 문이 벌컥 열렸다. 잔뜩 화난 얼굴로 문을 열어젖힌 사람은 베키였다. 그녀는 문 앞에 얼어붙어 있는 알마를 보고 잠시 멈칫하더니 이내 조롱하는 듯한 미소를 지었다.

"너는 좋겠다, 알마. 대단하신 귀족 나리께 귀염 받아서."

베키는 날카롭게 비아냥거리고는 신경질적인 걸음으로 서재를 떠나갔다. 알마는 당황하여 베키의 뒷모습을 바라보다가 활짝 열린 문 안으로 고개를 돌렸다. 굳은 얼굴의 윈델 경과 눈이 마주치자 그녀는 더욱 당황했다.

"저……."

무슨 일인지 물어봐야 할까, 모른 척 해야 할까, 아니면 도망쳐야 할까. 알마는 차마 서재 안으로 들어가지도 못한 채 쭈뼛쭈뼛 입을 열었다.

"부르셨길래……."

"안으로."

딱딱한 윈델 경의 명령에 알마는 그의 눈치를 보며 몇 걸음을 떼었다. 밀폐된 서재 안에서 무척 기분 나빠 보이는 그를 상대하기가 겁이 나 그녀는 차마 문을 닫을 수도 없었다.

"내일 울버웰에 갈 테니 준비하도록."

앞뒤 없는 지시에 알마는 순간 귀를 의심했다. 준비를 하라니?

"그게 무슨…… 여행을 가실 거란 말씀이신가요?"

그의 지시사항을 명확히 하기 위해 그녀는 물었다. 그러자 윈델 경은 인상을 찌푸리더니 더욱 딱딱한 목소리로 대답했다.

"당신도 함께 갈 거요."

알마는 정신이 멍했다. 함께 간다니, 이건 대체 무슨 소리일까?

울버웰은 켄드웰 인근의 번화한 도시로, 왕궁과 가까워 각종 사교계 인사들이 자주 드나드는 곳이었다. 일자리를 찾는 사람들은 누구나 울버웰에 갈 수 있기를 원했다. 운 좋게 고위 귀족이나 유명인사들의 밑에서 일을 하게 되면 생활수준이 달라지는 것은 금방이었기 때문이다. 그런 곳엘 윈델 경이 왜 간다는 것이며, 또 왜 그녀에게 동행을 요구하는 것일까? 잘못 들은 것은 아닐까? 불안한 생각이 들기 시작했다.

무엇이라고 답해야 할지 몰라 혼란스러운 상태로 가만히 서 있으려니 윈델 경이 차갑게 몸을 돌리며 말했다.

"그만 나가보도록."

그의 강압적인 말에 알마는 한마디 대꾸도 하지 못한 채 문을 닫고 물러났다.

계단을 내려오며 그녀의 마음은 의문으로 가득 찼다. 울버웰에 함께 가자니, 도대체 왜? 무엇을 하러? 그리고 베키와 윈델 경 사이에 오가던 다툼은 또 무엇이란 말인가. 베키가 윈델 경을 대하는 태도는 충격적이었다. 그것은 단순히 고용주에게 불만을 품은 하녀가 취할 수 있는 언행이 아니었다.

에디. 베키는 또다시 윈델 경을 이름으로 불렀다, 이번에는 절대로 알마가 잘못 들은 것이 아니었다. 게다가 그녀는 누군가에 대한 반감을 크게 드러냈다. 알마는 베키가 '그 계집애'라고 부르며 분노하던 대상이 바로 자신임을 확신할 수 있었다. 이게 다 무슨 일인 걸까. 윈델 경과 몸싸움을 벌인 후 도망치듯 워렌이 떠나간 것이 불과 3일 전인데 이번에는 베키까지……. 윈델 경과 그의 주위에 있는 사람들은 도대체 어떤 관계로 얽혀있는 것일까? 알마는 궁금하고 또 겁이 나 미칠 것만 같았다.

베키와 이야기를 하고 싶어 여기저기를 찾아보았지만 그녀는 어디에도 보이지 않았다. 하루의 일과가 끝나고 각자의 방으로 돌아갈 때 마침내 베키의 얼굴을 볼 수 있었지만, 그녀는 무서운 표정을 한 채 알마를 무시하고 방으로 들어가 문을 닫아걸었다.

알마는 마음이 불편하고 불안하여 밤새 잠을 이루지 못했다. 무슨 일이 벌어지고 있는지도 모른 채 무작정 주인의 요구대로 여행 채비를 할 수도 없었다. 나를 다른 곳으로 보내버리려는 걸까? 다른 일자리를 소개시켜주려는 게 아니면 어째서 따라오라는 거지? 워렌 선생님께서 뭐라고 한 건 아닐까?

끊임없이 터져 나오는 의문에 뜬눈으로 밤을 새운 알마는 다음날 아침 일찍 마차 한 대가 베스티아 몬트의 입구로 들어서자 더욱 초조해졌다. 그로버가 짐을 챙겨 넣고 있는 것을 보고 알마는 밖으로 나갔다.

"알마? 떠날 준비를 하지 않고 뭘 하는 거죠?"

그로버가 눈을 가늘게 뜨고 평상시의 하녀복장을 하고 있는 알마를 위아래로 훑어보며 말했다. 그녀의 말에 알마의 불안감이 커졌다. 아무 말도 못하고 있는 그녀를 보며 그로버가 다시 물었다.

"어제 주인어른의 말씀을 듣지 못한 건가요?"

"아, 아니요. 듣긴 들었습니다."

"그런데 왜 아직……."

"저, 그게……."

그때 검은 코트를 입은 윈델 경이 짐가방을 든 올리버와 밖으로 나왔다. 마차로 다가온 그는 알마를 보자마자 얼굴을 찌푸렸다.

"왜 아직 그러고 있는 거지?"

불쾌한 듯한 그의 목소리에 알마는 주눅이 들었다. 하지만 그녀는 용기를 짜냈다.

"저를 어디로 데려가시려는 건지 알고 싶습니다. 아무것도 모르고 무작정 따라갈 순 없어요. 왜 제게 동행을 명하시는지 말씀해주신다면……."

윈델 경은 묘한 표정으로 그녀를 내려다보더니 다른 소리를 했다.

"뭐, 이대로라도 상관없겠군. 어차피 저 옷은 벗길 테니까."

"네?"

"어서 타지."

알 수 없는 그의 말에 알마는 당황했다.

"윈델 경, 왜 저를 데려가시려는지 말씀을 해주세요."

그러나 다음 순간, 그는 대답 대신 그녀의 손목을 잡아 끌어당겼다.

"윈델 경!"

알마가 깜짝 놀라 몸을 뒤로 뺐으나 그는 억지로 그녀를 끌고 가 마차 안으로 밀어 넣었다. 의자 위로 나동그라졌던 알마가 눈이 휘둥그레진 채 몸을 일으키자 윈델 경은 재빨리 그녀의 옆으로 올라타더니 문을 쾅 닫았다.

"출발해."

그의 지시에 마부는 지체 없이 채찍을 휘둘렀다. 알마는 어안이 벙벙한 채로 사방을 둘러보았다. 창밖에 당황한 표정으로 서 있는 그로버와 요리사 올리버가 멀어져갔다.

"왜 이러시는 거예요? 도대체 어딜 가는 거죠?"

알마가 다급하게 물었다. 마치 납치라도 당하고 있는 기분이었다. 그러나 윈델 경은 표정 하나 바뀌지 않은 채로 또다시 다른 말을 했다.

"내가 두려운가?"

언젠가 했던 것과 똑같은 질문. 그러나 이번에는 그의 얼굴에 큼직하게 난 흉터에 대해 묻고 있는 게 아니었다. 알마는 멍하니 윈델 경의 얼굴을 쳐다보았다. 그가 두렵냐고? 물론 그의 상식적이지 않은 행동이 당혹스럽고 불쾌했다. 빤히 쳐다보거나 갑작스럽게 다가오거나 마음대로 해버리는 행동이 가끔 그녀를 섬뜩하게 하는 것은 사실이었다. 하지만 순간 알마는 자신이 그의 명령을 거부한 이유가 실은 그녀를 다른 곳으로 보내버릴까봐 겁이 났던 것이라는 걸 깨달았다.

알마가 아무 대답이 없자, 그는 다시 물었다.

"나를 믿지 못하는 건가?"

뚫어지게 바라보는 시선에 그녀는 슬쩍 그에게서 떨어져 앉았다. 저 두 눈은 언제나 그녀를 꼼짝하지 못하게 했다.

"그런 것은 아니지만……."

"다행이군."

알마가 마지못해 얼버무리자 그는 고개를 돌리며 등받이에 기대어 앉았다.

"지금부터는 반드시 나를 이름으로 부르도록 하시오. 그렇지 않으면 곤란한 상황이 생길지도 모르니."

왜 그래야만 하냐는 질문이 목구멍 끝까지 차올랐다. 그러나 그가 대답을 기다리는 듯한 시선을 보내자 그녀는 또다시 말문이 막혀버렸다.

"······알았어요."

"이름."

"······에, 에디."

윈델 경은 만족스러운 듯한 표정을 짓고는 눈을 감았다. 알마는 어색하고 불편한 기분에 온 몸에 소름이 돋았다. 고용주를, 그것도 그녀와 비교도 할 수 없는 높은 신분의 사람을 이름으로 부르려니 영 익숙지가 않았다. 더 이상 그가 아무 이야기도 해주지 않을 것이 뻔하기에, 알마는 자포자기한 심정으로 고개를 돌려 창밖을 내다보았다.

어디로 가는 걸까. 울버웰에 가는데 도대체 왜 나를 데리고 가야만 하는 것일까? 베키는 왜 그렇게 화가 났던 걸까? 내가 알지 못하는 어떤 일들이 일어났던 것일까? 그녀는 커져가는 의문을 억누르며 생각에 잠겼다. 알마가 고뇌에 빠져있는 동안 마차는 몇 시간을 끊임없이 달려 어느덧 도시의 경계를 통과했다.

번화가로 들어서자 창밖으로 보이는 풍경에 알마는 숨이 턱 막혔다. 로즈미나 거리도 충분히 번화하고 아름다웠지만 울버웰의 널찍한 거리와 양옆으로 늘어선 고급 상점들은 그야말로 입을 딱 벌어지게 만들었다. 대단한 귀족 가의 일원임이 분명한 이들이 지붕이 없는 탁 트인 마차에 탄 채 보란 듯이 화려함을 뽐내며 지나다녔다.

화려한 가게들과 그보다 더 화려한 사람들을 넋이 나간 채 구경하고 있으려니 두 사람을 태운 마차는 웬 커다란 상점 앞에 멈춰 섰다. 이어서 마차의 문이 열리고 먼저 내린 윈델 경이 얼떨떨하게 바라보고 있는 알마를 향해 손을 내밀었다. 알마는 침을 꿀꺽 삼키고는 그의 손을 잡았다. 마차에서 내려 고개를 드니 그곳에는 '카멜리에 의상실'이라고 쓰인 간판이 걸려 있었다. 그녀가 잘못 본 것이 아니라면 그것은 나라에서 제

일가는 디자이너의 이름이었다.

"들어가지."

윈델 경이 그녀의 손을 놓지 않은 채 말했다. 순간 그녀는 그가 이곳에 자신을 추천하기 위해 데려온 것이 아닌가 하는 생각이 들었다. 왕실의 대외용 의상을 제작하기도 하는 최고의 디자이너 밑에서 일하게 된다면 큰 영광이었다. 하지만 이렇게 갑자기 베스티아 몬트를 떠나게 되는 걸까? 내 의사는 상관도 없이? 복잡한 생각에 잠긴 채 가게 안으로 들어가니 범상치 않은 분위기를 풍기는 여성이 그들을 맞이했다.

"어서 오세요, 윈델 경! 기다리고 있었습니다."

"오랜만이오, 카멜리에."

"어머, 이쪽이?"

카멜리에라고 불린 여자가 콧등에 걸친 안경을 쓱 올리며 알마를 훑어보았다. 하녀 복장을 그대로 입고 있는 그녀를 보고 당황한 듯 했다.

"저⋯⋯."

어쨌든 처음 보는 사람이니 인사로라도 예의를 차려야겠다는 생각에 입을 열려는데 카멜리에가 한숨을 쉬며 중얼거렸다.

"뭐 상관없나⋯⋯. 그럼 바로 시작하도록 할게요. 어차피 준비는 다 되어 있으니까."

"그렇게 해주시오."

윈델 경이 고개를 끄덕였다. 뭐가 어떻게 돌아가고 있는지 몰라 멍하니 서 있는데 카멜리에의 지시에 따라 직원인 듯한 여자들이 다가와 알마를 어딘가로 이끌었다. 영문도 모른 채 끌려간 곳은 의상실 뒤편의 가봉실이었다. 직원들이 그녀의 옷의 단추를 풀고 어디선가 가져온 드레스를 코앞에 들이대고 나서야 알마는 지금 무슨 일이 벌어지고 있는 것인지 파악되기 시작했다.

"자, 잠깐만요! 이게 대체…… 뭘 하시는 거예요?"

알마가 눈을 동그랗게 뜨고 묻자 가봉실로 따라 들어온 카멜리에가 오히려 무슨 소리냐는 듯한 얼굴로 되물었다.

"뭘 하냐니? 보면 모르겠어요?"

알마가 그래도 여전히 모르겠다는 얼굴로 바라보자 카멜리에는 고개를 절레절레 저었다.

"이런, 설마 원델 경이 아무 얘기도 안한 거예요? 뭐야, 깜짝 선물이었나 보네."

"네?"

"숙녀분을 위한 이브닝 드레스를 특별 제작해 달라고 부탁하셨어요. 오늘 밤에 있을 펜리스 남작 부인의 파티에 입고 갈 거라고요."

알마는 이번에는 자신의 귀를 의심했다. 펜리스 남작 부인의 파티라고? 거기에 입고 갈 드레스라니, 누가? 내가?

"자, 잠시만요. 뭔가 착오가 있는 것 같아요. 저는……."

"일개 하녀라고 말하고 싶은 거예요? 그런 건 아무 상관없어요. 귀족 나리들의 취향과 변덕을 알게 뭐예요? 당신이 다른 남자의 부인이거나 접대부라도 상관없어. 나는 이미 돈을 받았으니 고객의 요구를 만족시켜 드리지 않으면 안 된단 말이에요. 자, 그러니 가만히 좀 있어요. 옷을 손보려면 시간이 촉박해요."

그리고서 카멜리에와 여자들은 어쩔 줄 몰라 하는 알마에게 달려들어 순식간에 그녀의 옷을 벗기고 가져온 드레스를 입혔다. 한눈에 보기에도 무척 값비싸 보이는 파란 비단으로 만들어진 드레스는 금박 자수와 진주로 화려하게 장식되어 있었다. 어깨를 훤히 드러내는 디자인에 당황한 알마가 꼼지락거리자 카멜리에가 그녀의 손을 찰싹 때렸다.

"촌스럽게 굴지 말고 가만히 있어요! 어디 보자, 어쩜! 사이즈가 신기하게 꼭 맞는데? 손댈 필요도 없겠어. 윈델 경은 여성의 몸을 잘 아나봐?"

디자이너가 킬킬거리며 말하자 여직원들이 정말 그렇다며 맞장구를 쳤다. 그들의 이해할 수 없는 이야기에 알마는 괜스레 얼굴이 붉어졌다.

"자, 여기 장갑도 끼고. 머리도 좀 손봐줄게요. 이 정도면 분명히 파티의 주인공이 될 거예요."

알마는 이제 자포자기한 심정으로 그들이 그녀를 마음껏 주무르도록 내버려두었다. 이게 다 무슨 일인건지 아직도 현실감이 들지 않았다. 파티의 주인공이 되라고? 고용인들끼리 조촐하게 치르는 정찬회도 아니고 남작 부인이 여는 파티에서? 정말 고약한 농담이 아닐 수 없었다.

"좋았어. 아주 멋져! 이 정도면 아무도 당신이 하녀라고 생각하지 않을 거예요. 자, 이제 나가죠. 윈델 경께 이 끝내주는 모습을 보여드려야 하니까."

카멜리에가 손뼉을 치며 알마의 등을 떠밀었다. 가봉실로 들어올 때와 마찬가지로 무슨 일이 일어나고 있는 건지 제대로 인식할 새도 없이 커튼이 활짝 걷히고 대기실이 나타났다. 다음 순간 알마는 소파에 앉아 기다리고 있던 윈델 경과 눈이 딱 마주쳤다. 흠칫 놀라는 듯한 그의 표정에 알마는 반사적으로 어깨를 움츠렸다.

"어떠신가요, 윈델 경. 너무나 아름답지 않은가요? 어쩜, 이런 파란 빛깔이 이렇게 잘 어울리는 숙녀분은 또 처음 보네요. 오늘 파티에 어떤 귀부인이 오시더라도 모두의 눈을 한눈에 사로잡을 여성은 바로 여기 있는 이 아가씨라고 자신 있게 말씀드려요! 그렇다고 생각하지 않으세요? 네? 그렇게 넋 나가있지만 말고 어서 말씀해주세요."

카멜리에의 호들갑스런 칭찬에, 알마는 몸 둘 바를 몰라 당장 어딘가로 숨고만 싶었다. 하급 고용인으로서는 꿈에도 못 꾸는 최고 디자이너의 드레스를 입고 있는 것도 부담스러운데 자꾸만 윈델 경에게 그녀의 모습을 어떻게 생각하냐고 물어보니 부끄러워 견딜 수가 없었다. 하지만 한 편으로는 은근히 기대가 되었다. 카멜리에의 말처럼 약간은 넋을 잃은 듯 멍하니 그녀를 쳐다보고 있는 그의 시선이 싫지 않았다.

"그래, 아름답군. 정말로……."

마침내 윈델 경이 헛기침을 하며 나지막한 목소리로 말했다. 그 말에 알마는 저도 모르게 얼굴이 확 달아올랐다.

"내 말이 맞지, 아가씨? 기죽을 거 없어요. 당당하게 허리를 펴라고! 아무렴, 누구 옷을 입었는데 아름답지 않을 리가 있나."

카멜리에가 자랑스레 떠들어댔다. 이쯤 되니 알마는 서서히 지금 상황에 대한 당혹감보다도 드레스를 입고 있는 자신의 모습이 궁금해졌다.

"감사해요. 그런데 저…… 거울을 한번 봐도 괜찮을까요?"

"안 돼!"

그녀의 말이 끝나기도 전에 윈델 경이 날카롭게 소리쳤다. 알마는 화들짝 놀라 그를 바라보았다. 조금 전까지만 해도 부드러운 표정을 짓고 있던 그는 순식간에 인상이 바뀌어있었다. 그의 눈에 공포의 감정이 스치는 것을 보고, 알마는 덩달아 겁이 났다.

"거울은…… 볼 필요 없어. 충분히 흠잡을 데 없소. 자, 어서! 다 됐으면 가지."

서둘러 자리에서 일어나는 그를 보고 알마와 카멜리에는 당황한 얼굴로 서로를 흘끔 마주보았다. 그랬다. 베스티아 몬트에서 거울은 허용되지 않았다. 윈델 경의 얼굴에 크게 자리한 흉터 때문에 그가 거울을 기피한다는 것은 알고 있었지만, 밖에서까지, 그것도 자신의 모습을 비춰보는 것도 안 된다니, 알마는 의아했다. 그리고 보니 이토록 커다란 의상실 안에 거울을 꺼내놓지 않은 것도 이상했다. 윈델 경의 특별주문이 있었던 것이 틀림없었다. 정말로 안타까운 일이라고 생각하면서도 알마는 그의 과민반응이 어딘가 석연치 않게 느껴졌다.

그러나 어찌되었든 부유한 귀족 지주의 말은 절대적이었다. 카멜리에는 당장에 입을 다물고 환한 미소를 꾸며내며 손님을 배웅할 준비를 하러 부산하게 움직였다.

"잔금은 돌아가서 부치도록 하겠소."

윈델 경의 말에 카멜리에는 알마의 어깨에 풍성한 모피 숄을 둘러주며 싱글벙글 대답했다.

"예, 윈델 경. 정말 감사합니다. 언제든지 또 이용해주세요."

문 앞까지 나와 깍듯하게 인사를 하는 카멜리에와 그 직원들을 뒤로 한 채, 두 사람은 다시 마차에 올랐다. 마차의 문이 닫히자마자 더 이상 참을 수 없어진 알마는 윈델 경을 향해 홱 돌아앉았다.

"윈델 경!"

"이름으로 불러 달라 했는데……."

"에, 에디! 지금 저를 펜리스 남작 부인의 파티에 데려간다는 게 사실인가요?"

그녀가 따지듯 물었으나 그는 전혀 동요하지 않은 채 대답했다.

"그렇소."

"그런 거라면 왜 저에게 미리 말씀해주시지 않으셨어요?"

"말해줬으면, 따라왔을까?"

정곡을 찔린 알마는 대답할 말이 없었다. 행선지를 미리 알았더라면 물론 따라오지 않았을 것이다. 그것은 너무도 당연한 일이었다. 문득 알마는 불같이 화를 내던 베키가 떠올랐다. 혹시 그녀가 화를 냈던 이유가 이 파티와 관련이 있었던 게 아닐까? 애초에 파티에 데려가기로 한 사람이 베키였고, 윈델 경이 나중에 생각을 바꾼 거라면 계획 운운하던 두 사람의 대화와 베키의 분노가 이해가 되는 것 같았다. 하지만 만약 그런 거라면 윈델 경은 왜 굳이 하녀 중 한 명을 데리고 귀족의 파티에 참석하려고 하는 것일까?

"하지만…… 왜죠? 그런 자리에 저 같은 하녀를 데려가면 웃음거리가 되실 텐데."

"그럴 일 없소. 아무도 감히 당신을 하녀라고 생각하지 않을 테니."

"그렇지만……."

"그보다, 드레스는 마음에 드나?"

초조한 알마의 기분을 아는지 모르는지 그는 딴소리를 했다.

"윈델 경!"

"날 자꾸 그렇게 부르면 곤란한 상황이 생길 거라고 얘기했는데……."

모르쇠로 일관하는 그의 말에 알마는 결국 입을 다물었다. 분에 넘치는 것을 주고, 또 주제에 맞지 않는 것을 요구하는 그가 원망스러웠다. 만약 벤이었다면 멋대로 군다며 등짝을 한 대 후려쳐 주었겠지만 상대가 상대이다 보니 그럴 수도 없었다.

알마는 답답함을 삼키며 마지막으로 가장 알고 싶은 질문을 했다.

"왜 저죠?"

그가 알마의 얼굴을 빤히 바라보았다. 새파란 눈동자에 수많은 감정이 스치는가 싶더니 그는 이내 창밖으로 고개를 돌렸다.

"그냥."

무성의한 그의 대답이 충분치 않았지만 알마는 대화를 않겠다는 듯 돌아앉은 그에게 더 이상 말을 붙일 수가 없었다. 해소되지 않는 수많은 궁금증을 삼키며 그녀는 한숨을 푹 쉬었다.

침묵 속에, 마차는 길을 달려갔다. 얼마 안 가 그들은 펜리스가의 거대한 영지로 진입했다. 잘 닦아놓은 숲길을 지나자 붉은 벽돌의 웅장한 저택의 모습이 보이기 시작했다. 윈델 저택과는 또다른 느낌의 화려함과 활기 넘치는 광경에 알마는 입이 딱 벌어졌다. 마차가 저택의 정문 앞에 멈춰 서자 알마는 갑자기 두려움이 밀려들었다.

"당황하지 말고 그저 가만히 있으시오. 내가 다 알아서 할 테니."

그녀의 얼굴에 떠오른 감정을 알아챈 듯 윈델 경이 말했다. 그러나 그의 말은 전혀 위안이 되질 못했다. 애초에 이런 곳엘 데리고 오지 않았다면 당황할 일도 없었을 텐데!

알마의 기분과는 관계없이 마차의 문이 열리고 두 사람은 저택 안으로 안내되었다. 잘 차려입은 집사가 깍듯한 태도로 코트를 받아들고는 집주인이 기다리는 대기실로 두 사람을 이끌었다. 윈델 경이 내민 팔에 손을 낀 채로, 알마는 잔뜩 긴장한 채 걸음을 옮겼다. 사람들이 대화를 나누는 소리가 가까워오자 그녀는 당장 몸을 돌려 밖으로 뛰쳐나가고 싶은 충동을 느꼈다.

"괜찮다니까……."

움찔거리는 그녀의 손을 토닥이며 윈델 경이 속삭였다. 알마는 원망스런 눈빛으로 그를 살짝 쏘아보았다. 그때 대기실로 먼저 들어선 집사가 파티의 주최자에게 고하는 목소리가 들렸다.

"켄드웰의 에드먼드 윈델 경과 그의…… 동행인께서 오셨습니다."

그 순간, 사람들의 말소리가 일시에 뚝 끊겼다. 갑작스런 침묵에 놀라 알마는 푹 숙이고 있던 고개를 들었다. 대기실 안에는 수많은 사람들이 모여 있었다. 찻잔과 케이크를 든 채 긴 소파에 앉아서, 혹은 그 곁에 서서 이야기를 나누고 있던 수십여 명의 사람들이 모두 이쪽을 쳐다보고 있었다. 생각지도 못한 인물과 마주한 듯, 휘둥그레진 눈으로 윈델 경과 알마를 바라보고 있는 이들의 얼굴에는 당혹감과 두려움이 떠올라있었다. 알마는 지금이야말로 도망칠 순간이라고 생각하며 윈델 경의 팔짱을 낀 손에 힘을 주었으나, 곧이어 들려온 부자연스럽도록 쾌활한 목소리가 그녀의 시도를 무산시켰다.

"이런, 윈델 경! 정말로 오실 줄은 몰랐어요! 이렇게 뵙다니 큰 영광입니다!"

우스꽝스러울 정도로 화려하게 치장한 덩치 큰 여인이 앞으로 나서며 말했다.

"오랜만입니다, 남작부인. 초대해주셔서 감사합니다."

윈델 경이 미소를 머금으며 대답했다. 알마는 새삼스런 눈길로 윈델 경의 얼굴을 올려다보았다. 잘 웃지 않는 그가 꾸며낸 흔적이 역력한 부드러운 미소를 짓고 있는 것을 보고 있자니 마치 전혀 다른 사람을 보는 것 같은 기분이었다.

"저, 그런데 이분은……."

남작부인이 알마 쪽을 흘끗거리며 물어왔다. 깜짝 놀란 알마가 반사적으로 대답하려는데 그보다 먼저 윈델 경이 입을 열었다.

"알마입니다. 제 동행이지요."

"오, 그러셨구나! 그런데 이런, 이걸 어쩌나……. 동행이 있으실 거라곤 언질을 못 받아서요, 아스타니 양과 짝을 지어드리려 했는데…… 이러면 테이블 배치가……."

펜리스 남작부인이 곤란한 듯 중얼거리자 윈델 경의 표정이 순식간에 싸늘해졌다.

"뭔가 문제라도? 인원이 맞지 않아 곤란하시다면……."

그제야 원래의 윈델 경을 보는 것 같아 알마는 드디어 마음이 놓였다. 그러나 일순간 차가워진 그의 목소리에 남작부인은 펄쩍 뛰며 다급하게 손을 내저었다.

"아니, 아닙니다! 문제라뇨, 전혀요! 어서 이쪽으로 오시지요. 알리스테어 경을 소개해드릴게요."

귀한 손님이 돌아갈까 봐 겁이 났던 건지, 단순히 윈델 경의 기분을 거스르는 것이 두려웠던 것인지, 그녀는 보고 있는 사람의 얼굴 근육이 당길 만큼 환하게 웃으며 두 사람을 실내로 이끌었다. 알마는 침을 꿀꺽 삼키며 윈델 경을 따라 귀족들의 틈으로 들어갔다. 모두의 시선이 그녀에게로 쏠리는 것이 느껴졌다. 호기심과 의심이 가득한 눈빛들이었다.

'금방 들킬 거야. 쫓겨나면 어떡하지? 윈델 경이 망신을 당하실텐데…….'

알마는 두려움에 떨며 남작부인이 가리키는 의자에 앉았다. 두 사람이 자리를 잡자 아무 일도 없었다는 듯이 방 안에 모인 사람들 간의 대화가 다시 시작되었다. 몇 사람이 윈델 경에게 다가와 아는 척을 하며 알마에게도 정중하게 인사를 건넸다. 그녀는 최대한 아무렇지 않은 척하며 미소로 그들의 인사에 화답했지만 속으로는 심장이 터질 것만 같았다.

슬쩍 올려다보니 윈델 경은 정말로 아무렇지 않아보였다. 그는 태연히 사람들과 근황에 대한 이야기를 나누었고 다른 사람들도 딱히 그를 피하려는 것 같지 않았다. 대외적인 평판과 이미지가 최악인 윈델 경이었지만, 그런 것은 귀족 사회에서는 아무 문제가 되지 않는 것처럼 보였다. 그러고 보니 윈델 가문이 개국공신으로 특별 작위를 얻은 대단한 집안인데다 왕실과도 교류가 있었다고 들은 기억이 났다. 퀜드웰의 마을 사람들이 그에게 보이던 적대감과 달리 친근한 얼굴과 아부하는 몸짓으로 다가오는 귀족들을 보며, 알마는 그녀가 결코 이해할 수도, 소속될 수도 없는 세계의 차이를 느꼈다.

"그런데 이 숙녀분은 처음 뵙는군요."

누군가 알마를 향해 말하는 바람에 그녀는 화들짝 놀라 상념에서 깨어났다. 눈을 들어보니 머리가 벗겨진 한 남자가 호기심이 가득한 얼굴로 그녀를 바라보고 있었다. 곁에는 그의 부인인 듯한 여자가 묘한 눈초리로 알마와 자신의 남편을 번갈아 눈짓하고 있었다.

"이쪽은 알마. 나와 함께 왔습니다."

"아하, 알마······."

"참, 쓰시던 책은 어떻게 되었습니까? 달팽이의 종에 관한 연구였죠?"

남자가 성을 말해주길 기다리듯 말을 끌었지만 윈델 경은 능숙하게 화제를 돌려버렸다. 알마에 대한 궁금증과 자신의 업적을 뽐내고픈 욕구 사이에서 잠시 갈등하던 그는 결국 윈델 경의 전략에 말려버렸다. 신나게 자신의 지식을 쏟아내는 남자와 적당히 맞장구를 쳐주고 있는 윈델 경을 쳐다보며 알마는 또다시 몰래 안도의 한숨을 쉬었다.

이후로도 같은 상황이 몇 차례 반복되었다. 알마의 정체를 캐내려는 이들의 시도는 윈델 경의 능수능란한 언변에 모두 무산되고 그녀는 그저 장식품처럼 자리에 가만히 앉아있을 뿐이었다. 잠시 후 집사가 식사가 준비되었다는 소식을 알려왔다. 그러자 주인 부부부터 시작하여 모두가 쌍쌍이 짝을 이루더니 순서대로 만찬실로 이동하기 시작했다. 윈델 경이 자연스레 알마에게 손을 내밀었고 그녀는 그의 손을 잡았다. 계속 그의 옆에 붙어 다니려니 이상한 기분이었다. 그의 부인도, 약혼녀도, 연인도 아니고 더군다나 이런 자리에 초대받을 자격이 있는 사람도 아니었기에 그 괴리감은 더욱 커져갔다. 베키라면 오히려 이런 상황을 즐겼겠지? 그녀는 마음속으로 지금 이 자리에 있는 것이 베키였다면 어떤 진귀한 장면들이 펼쳐졌을까 상상해보았다. 베키에게는 이곳이 꿈의 무대와 같았겠지만 알마에게는 이 모든 상황이 그저 비현실적이고 불편하게만 느껴질 뿐이었다.

기다란 연회 테이블에 앉자마자 그녀의 불안감은 더욱 커졌다. 값비싼 은식기와 수많은 종류의 칼과 포크가 깨끗하게 접힌 냅킨 위에 늘어서 있는 것을 보고 그녀는 기절할 지경이었다. 가끔 식사 시중을 들어보긴 했지만 그녀는 주로 청소나 빨래 등 잡일을 담당해왔기 때문에 귀족의 식사 예절에 대해서는 아는 바가 없었다. 게다가 이런 대규모 정찬은 더더욱 경험해본 적이 없었다.

알마의 혼란에도 아랑곳없이 곧 하인들이 음식을 날라오기 시작했고 덜컥 겁이 난 그녀는 수프 이외의 모든 음식을 거절했다.

"춤을 추려면 제대로 먹어둬야 하지 않겠소?"

손을 덜덜 떨고 있는 알마를 재미있어 하는 얼굴로 보고 있던 윈델 경이 나지막이 말했다.

"하, 하지만……."

"내가 가르쳐줄테니 편하게 들지."

그리고서 그는 다가온 하인에게 숙녀를 위한 흰 생선 요리를 가져다 달라고 주문했다. 음식이 나오자 그는 말했다.

"바깥쪽에서 두 번째의 칼과 포크를 사용하시오. 아니, 그냥 이리 줘."

윈델 경은 알마에게 칼 쓰는 법을 가르쳐주려다가 자신이 접시를 가져가서 직접 요리를 먹기 좋게 썰기 시작했다. 곁들인 레몬을 뿌린 후 요리를 넘겨주며 포크까지 집어 건네주는 윈델 경을 보자 알마는 괜히 부끄러워졌다.

"고마워요."

어색하게 인사를 하며 그를 향해 웃어 보이는데 어디선가 따가운 시선이 느껴졌다. 고개를 돌리자 테이블에 앉은 이들의 시선이 모두 그들에게 쏠려있는 것이 보였다. 기이한 생물이라도 보고 있는 듯한 그 눈빛들에 알마는 또다시 심장이 철렁 내려앉았다. 뭔가 실수한 걸까? 내가 귀족이 아니라는 걸 들킨 걸까? 쫓겨나는 게 아닐까? 겁먹은 얼굴로 굳어 있는데 별안간 모두가 눈을 내리깔며 아무 일도 없었던 것처럼 다시 옆사람과 이야기를 나누기 시작했다.

알마가 옆을 돌아보니 윈델 경이 마치 경고라도 하듯 그들을 쳐다보던 이들을 주욱 둘러보고 있었다. 식탁 위에 넘실대는 촛불에 그의 흉터가 더욱 도드라져 보여 어딘가 괴기스런 느낌마저 주었다.

그 순간 알마는 깨달았다. 이 자리에 모인 귀족들은 윈델 경의 결백을 믿고 있다거나 그에게 쓰인 혐의들을 신경 쓰지 않는 것이 아니었다. 그들도 두려워하고 있었다. 그들 역시 윈델 경을 악마나 야수라고 생각하는 것이 틀림없었다. 그러나 그의 건드릴 수 없는 지위와 재산 때문에 모두가 아닌 척 연기를 하고 있는 것뿐이었다. 알마는 가식적인 상류 사회의 모습에 역겨움을 느꼈다. 그리고 한편으로는 윈델 경이 가엾었다. 그가 밤마다 울부짖고 있는 것을 그들은 모르겠지. 그가 얼마나 파멜라를 그리워하는지 모르겠지……

파멜라. 그 이름을 떠올리자 알마는 조금 우울해졌다. 이 자리는 나도 베키도 아닌 그녀의 것이었을 텐데……. 이렇게 다정히 챙김을 받을 사람도 원래는 그녀여야 했을 텐데. 윈델 경은 무슨 생각으로 날 여기 데려온 걸까? 어떤 마음으로 날 대하고 있는 것일까? 그저 모든 게 낯설고 혼란스러울 뿐이었다.

시간이 어떻게 지나는지도 모른 채 어느덧 식사시간이 끝이 났다. 디저트로 아이스크림이 나오자 알마는 복잡했던 기분이 조금 풀어지며 문득 올리버 생각이 났다.

"올리버의 복숭아 아이스크림이 더 맛있는데……."

"같은 생각이야."

윈델 경의 속삭임에 알마는 자신이 무심코 속마음을 소리 내어 말했다는 사실을 깨닫고 얼굴이 새빨개졌다. 그가 재미있어 하며 웃는 것을 보고 그녀는 더욱 당혹스러웠다.

"자, 이제 숙녀분들은 '여자들만의 이야기'를 나누러 가보실까요? 신사

분들께도 숨 돌릴 시간을 좀 드려야겠죠?"

여주인이 활기찬 목소리로 자리이동을 알리자 모두가 웃으며 자리에서 일어섰다. 알마는 또다시 겁을 집어먹은 채 윈델 경의 얼굴을 쳐다보았다. 그와 떨어져 여자들끼리만 있는 장소에 가는 것은 마치 토끼가 사자굴에 던져지는 상황과 같았다. 아까부터 그녀를 호시탐탐 곁눈질하던 여자들이 작정하고 질문세례를 퍼붓는다면 알마는 견뎌낼 자신이 없었다.

바로 그때 윈델 경이 그녀의 손을 붙들고 일어서며 말했다.

"실례합니다만, 남작 부인. 그녀가 조금 어지러워해서 잠시 밖에서 바람을 좀 쐬고 올까 하는데 허락해주시겠습니까?"

그의 정중한 요청에 남작부인의 얼굴에는 실망하는 기색이 역력했다. 그러나 그녀는 감히 그를 거스를 수 없었다.

"그러시다면야…… 대신 무도회 시작 전에는 꼭 돌아와 주세요. 윈델 경께서 제 딸아이와 첫 춤을 춰주셨으면 좋겠거든요."

남작부인의 요청에 그는 그러겠다고 약속하고는 알마를 데리고 밖으로 나갔다.

"저것 봐요. 그 여자랑 꼭 닮지 않았어요?"

"그런데 그 여자는 죽었다고 하지 않았나요?"

"어디선가 찾아낸 닮은 여자겠지. 놀란 토끼 같은 저 모습이라니…… 출신이 궁금한데."

"저 여자를 바라보는 눈빛을 보셨어요? 세상에나, 저 무서운 사람이 저런 표정을 지을 수가 있었나 싶네요."

"도대체 무슨 생각인지…… 좀 소름끼치는군요."

"단단히 미친 거지, 뭐."

두 사람이 등을 보이자마자 뒤에서 수군거리는 목소리들이 들려왔다. 알마는 슬쩍 윈델 경의 눈치를 살폈다. 분명 다 들릴 텐데 그는 전혀 개의치 않는 표정이었다.

밖으로 나온 그들은 말없이 뒤뜰을 걷다가 아름다운 분수가 마주보이는 벤치에 앉았다. 창밖으로 희미하게 새어나오는 사람들의 말소리와 웃음소리를 배경 삼아, 그들은 한참을 아무 말 없이 앉아있었다. 사람들의 관심에서 벗어나자 긴장이 풀리며 피로가 밀려왔다.

"무슨 생각을 하지?"

드레스 자락을 꼼지락거리고 있자 윈델 경이 먼저 입을 열었다.

"아까 사람들이 수군거리던 것과 같은 생각이요."

알마의 대답에 그가 고개를 돌렸다.

"그들의 말이 들을 가치가 있다고 생각하시오?"

"저는……."

알마는 그를 향해 몸을 돌렸다.

"저는 그저 궁금할 뿐이에요. 왜 제게 이렇게 잘해주시는지……."

"그걸 굳이 말해야 아나?"

조금은 퉁명스런 그의 대답에 알마는 심장이 울렁거렸다. 무슨 뜻이지? 대체 무슨 의미일까……. 베스티아 몬트에 처음 도착한 날부터 그가 그녀에게 보였던 수많은 알 수 없는 행동들이 머릿속을 스치고 지나갔다. 끊임없이 그녀를 쫓는 눈동자, 그녀의 늦은 귀가에 실성한 듯이 굴던 모습, 이름으로 불러달라는 끈질긴 요청, 상처 난 그녀의 손에 입을 맞추던 순간, 그리고 불 꺼진 복도에서 괴로운 얼굴로 그녀를 끌어안았던…….

베키의 원한을 사면서까지 그녀에게 좋은 옷을 사 입혀 이런 자리에 데려온 것이 절대로 아무 이유 없이 나올 행동이 아님을 그녀도 잘 알았다. 하지만 그가 밤마다 누구를 그리며 울고 있는지 역시 너무나 잘 알기에 그녀는 의심하지 않을 수 없었다. 그리고 그것을 확인하고 싶었다.

"제가…… 파멜라를 닮았기 때문인가요?"

늘 마음속으로 생각하던 의심을 입 밖에 내자 그의 파란 눈동자가 흔들렸다. 그 눈이 어쩐지 슬퍼보였다.

"그렇게 생각하나?"

"하지만 그렇지 않으면 달리 저를…… 저는 출신도 모르는 하녀에……."

그때 윈델 경이 그녀를 향해 바짝 다가왔다.

"가진 것도 없고……."

그의 얼굴이 서서히 가까워오는 것이 느껴지자 그녀는 당황하여 말이 빨라졌다.

"게다가 저는 여기 있는 다른 귀족 영애들처럼 아름답지도……."

그리고 다음 순간, 윈델 경의 입술이 그녀의 입술 위로 포개졌다.

"아름다워."

갑작스런 입맞춤에 알마는 화들짝 놀라 그를 밀쳐내고 자리에서 벌떡 일어났다. 반사적으로 뒷걸음질 치며, 그녀는 묘한 표정으로 자신을 바라보고 있는 윈델 경을 마주보았다. 뭐지…… 뭘까…… 방금 무슨 일이 일어난 거지? 왜 나에게…….

'도망쳐.'

혼란으로 가득한 머릿속에 여러 가지 생각과 목소리가 뒤섞여 돌아다녔다. 순간 그녀의 마음을 꿰뚫어보기라도 한 듯 윈델 경이 말했다.

"어디로 가려는 거지?"

"……."

"도망칠 곳도 없을 텐데."

그 말에 현실감이 든 그녀는 멍하니 주위를 둘러보았다. 그랬다. 그곳은 생소한 귀족의 저택, 탁 트인 이 넓은 정원 안에서 그녀가 도망칠 곳은 없었다.

"이리와."

윈델 경이 다시 말했다. 알마는 침을 꿀꺽 삼키며 그의 얼굴을 바라보았다. 사파이어처럼 새파랗게 빛나는 두 눈, 그녀는 그 눈이 자신을 바라볼 때면 꼼짝할 수가 없었다. 그리고 두려움에 떨면서도 그 푸른 유혹에 이끌리고 마는 것이었다.

알마는 천천히 벤치로 다가가 윈델 경의 옆에 앉았다. 시선을 피하고 있었지만 그가 그녀를 뚫어지게 보고 있다는 것이 느껴졌다. 심장이 두근거렸다. 그가 손을 내밀어 그녀의 얼굴과 목, 어깨를 쓸어내렸다. 짜릿한 긴장감에 그녀의 호흡이 가빠졌다. 그의 얼굴이 다가오자 그녀는 눈을 감았다. 그리고 다시 한 번 뜨거운 입술이 그녀의 입술에 닿았다.

머리가 핑 돌았다. 온 몸이 녹아내리는 것만 같았다. 머릿속에서 이건 있을 수 없는 일이라고 소리쳤지만 그녀는 움직일 수도, 움직이고 싶지도 않았다. 그의 키스는 너무도 부드럽고 달콤했다. 파멜라 대신이라도 좋았고, 한순간의 열병이라도 좋았다. 귀족 고용주가 젊은 하녀를 가지고 노는 것이라고 해도 상관없었다. 그저 시간이 이대로 멈춰버렸으면…….

그때 건물 안에서 음악 소리가 들려오기 시작했다. 정신없이 알마의 입술을 탐하던 윈델 경이 멈칫하는 것이 느껴졌다. 황홀한 기분에 빠져있던 알마 역시 제정신으로 돌아왔다. 두 사람은 잠시 호흡을 가다듬으며 그대로 흘러나오는 음악을 들었다.

"무도회가 시작되려나 봐요."

펜리스 남작부인의 당부가 생각난 알마가 말했다.

"……그래."

윈델 경이 못마땅한 기색으로 대답했다. 그의 목소리에 어쩐지 알마는 잊고 있었던 자신의 처지가 떠올라 당혹스러웠다. 내가 지금 무슨 생각을 했던 거지? 뭘 하고 있었던 거야?

"어, 어서 들어가야죠."

민망함을 감추며 재촉하자 그가 인상을 썼다.

"귀찮군."

윈델 경이 중얼거리며 알마의 어깨에 머리를 파묻었다. 그의 행동에 알마는 다시 가슴이 뛰었다.

"하, 하지만 남작부인의 따님과 첫 춤을 추기로 하셨잖아요."

윈델 경이 다시 고개를 들더니 한숨을 푹 쉬었다.

"그래, 그랬지."

그가 아쉬운 듯한 얼굴로, 그리고 자신의 귀찮은 의무를 일깨워준 알마를 약간은 원망스러운 듯한 시선으로 바라보았다. 그의 얼굴을 마주보기가 부끄러워 알마는 눈을 피했다. 윈델 경은 한숨을 푹 쉬더니 자리에서 일어나 알마를 향해 손을 내밀었다. 그녀는 그의 손을 잡고 일어서며 흘끗 그의 얼굴을 바라보았다. 다시 원래의 딱딱한 표정으로 돌아온 그는 마치 아무 일도 없었다는 듯 그녀를 에스코트하여 걷기 시작했다.

알마는 그를 흉내 내어 아무렇지 않은 표정을 지으려 애썼지만 여전히 그의 옆에서 그의 팔짱을 끼고 걷는 것이 긴장되었다. 키스를 하다니, 그와 키스를 하다니! 도대체 이게 무슨 일일까. 그로버 부인이 이 광경을 봤다면 난 그 자리에서 쫓겨났을 거야. 하지만……. 알마는 손가락을 꼼지락거리며 자꾸만 떠오르는 조금 전의 아찔하고 혼란스런 감각을 떨쳐내려 애썼다.

무도회장으로 들어가니 벌써 모두가 자리에 모여 있었다. 윈델 경을 발견한 남작부인이 호들갑스럽게 자신의 딸을 데리고 가까이 다가왔다. 샛노란 드레스를 입고 갈색 곱슬머리를 사랑스럽게 땋아 묶은 그녀는 이제 막 사교계에 데뷔하려는 참이었다.

 가장 신분이 높은 남자가 파티의 주인공인 여성과 먼저 춤을 추어야 한다는 관례에 따라 윈델 경은 정중히 그녀에게 춤을 청했고 남작 영애는 겁도 없이 그의 손을 덥석 잡았다. 댄스홀의 중앙으로 나아가는 두 사람을 보며 사람들이 감탄을 내뱉었다. 싱그러운 귀족 아가씨의 즐거운 미소 때문인지, 신비한 분위기를 풍기고 있는 윈델 경의 우아한 몸짓 때문인지 혹은 그 둘 다인지도 몰랐다. 댄스홀 한편에 자리한 악단의 연주와 함께 두 사람은 스텝을 밟기 시작했고 그것을 신호로 주위의 남녀들이 짝을 이루어 앞으로 나아갔다.

 알마는 춤을 추고 있는 두 사람을 넋을 놓고 바라보았다. 분명 오늘 처음 보는 사이일 텐데도 두 사람은 호흡이 척척 맞았다. 발그레한 장밋빛 뺨을 가진 남작 영애가 귀여운 미소를 지으며 윈델 경의 능숙한 리드를 따르는 것을 보고 알마는 자신의 신세를 다시 한 번 절감하게 되었다.

 그녀는 이런 자리에 있을 수 있는 사람이 아니었다. 조금 전까지 그와 키스를 나누었다고 하더라도 그녀에게는 윈델 경의 옆자리를 차지할 수 있는 자격이 없었다. 그녀의 자리는 저 벽 뒤, 살짝 열린 문틈으로 무도 회장 안을 훔쳐보고 있는 하녀들과 같은 곳이었다. 그 커다란 괴리감에 알마는 고개를 떨구고 발끝을 내려다보았다. 반질반질하게 빛나는 바닥을 보며 알마는 문득 이 저택의 하녀들이 어떤 광택제를 썼을까 궁금해졌다. 분명 손님들을 위해 엄청나게 바닥을 닦아댔겠지…….. 집으로 돌아가면 바닥 청소를 다시 해야겠어.

 "처음 보는 아가씨로군요?"

 돌아가서 해야 할 일을 생각해보고 있던 알마는 옆에서 들려온 생소한 목소리에 화들짝 놀라 고개를 들었다. 잘생긴 귀족 청년 둘이 어느새 그녀의 곁에 다가와 있었다.

"어디서 오신 분이시죠?"

갑작스런 질문에 그녀는 눈앞이 하얘졌다.

"저, 저는······."

"다음 곡은 저와 추실까요?"

"아, 아니요. 저는 괜찮습니다. 저······."

"이 친구가 마음에 안 들면 저는 어떻습니까? 제 신청은 받아주시겠죠?"

능글능글하게 물어오는 남자들을 보며 그녀는 어찌할 바를 몰랐다.

"죄송해요. 저는 춤을 못 춰서······."

"하하, 그런 게 어디 있나요? 설마 내내 벽에 기대어 있으려고 무도회에 오신 건 아닐 텐데."

"다들 아가씨를 궁금해 하는데 알아갈 기회조차 주지 않으시겠다는 건가요?"

알마는 식은땀이 줄줄 흘렀다. 그들이 그녀가 하녀라는 걸 눈치 채고 접근한 것 같은 두려움이 들었다. 그녀는 재빨리 도망칠 통로를 찾아보았다. 그러나 바깥으로 나가는 문은 보이지 않고 그녀를 이상하게 흘끗거리는 사람들의 시선만이 느껴질 뿐이었다.

"왜 이렇게 도도하게 구는 거죠? 왕족이라도 되시는 건가?"

"펜리스 남작부인이 딸의 남편감을 찾는답시고 젊은 남자들만 잔뜩 초대해놨단 말입니다. 우리에게도 다양한 여성분들과 사교할 기회를 줘야 하는 것 아닌가요?"

남자들이 낄낄거리며 우스갯소리를 건넸다. 알마는 숨이 막혔다. 어느샌가 손까지 덜덜 떨려왔다. 어지럼증이 밀려와 쓰러질 것 같은 찰나.

"그녀는 나와 춤을 추기로 되어있네."

머리 위에서 윈델 경의 음성이 들려왔다. 그 목소리에 알마는 저도 모르게 안도의 한숨이 커다랗게 새어나왔다.

"아, 윈델 경. 그랬던 거였습니까? 실례했군요."

"이 숙녀 분께서 윈델 경의 파트너인 줄 몰랐습니다."

끈질기게 알마를 몰아붙이던 청년들이 곧바로 꼬리를 내렸다. 윈델 경은 차가운 얼굴로 그들을 한 번씩 쏘아보고는 알마의 손을 잡아끌었다.

"그럼, 이만."

그가 알마를 데리고 댄스홀의 중앙으로 나아가자, 그제야 그녀는 정신이 번쩍 들었다.

"자, 잠깐만요. 지금 뭐하시는 거예요?"

"뭘 하긴. 당신을 한량들에게서 구해주고 있지."

춤을 추고 있는 사람들 틈에 멈춰선 윈델 경은 알마를 돌려세우더니 한 손으로 그녀의 허리를 감았다. 그의 손이 닿자 알마는 깜짝 놀랐다.

"그, 그게 아니라…… 전 춤을 못 춰요!"

"진정하시오. 그냥 따라오면 돼."

"그렇지만……."

"자, 손은 여기에."

윈델 경이 알마의 한쪽 손을 잡고 다른 한 손을 그의 어깨에 걸쳐놓으며 말했다. 알마는 도망치고 싶었지만 그가 그녀의 허리를 당겨 몸을 바짝 밀착시키자 더 이상 움직일 수조차 없게 되었다.

어정쩡한 자세로 알마는 윈델 경에게 끌려 다녔다. 몇 차례인가 그의 발을 밟는 바람에 알마는 기겁을 했으나 윈델 경은 재미있다는 듯 웃을 뿐이었다. 알마는 이제 그가 그녀의 당황하는 모습을 보겠다는 심술궂은 마음으로 그녀를 이곳으로 데려온 게 아닐까 하는 의심이 들 지경이었다. 두 번째 곡이 끝나고 세 번째 춤이 시작될 때도 그는 그녀를 놓지 않았다.

"아까 혼자 벽에 기대어 무슨 생각을 하고 있었지?"

윈델 경이 나지막한 목소리로 물었다. 알마는 무심코 얼굴을 들었다가 그의 눈과 마주치자 다시 황급히 시선을 피했다.

"남작 영애와 춤을 추시면서 저를 보셨던 거예요?"

"난 언제나 당신을 보고 있소."

그의 말에 알마는 대책 없이 마음이 설레었다.

"그냥…… 제가 이곳에 어울리지 않는다는 생각을 하고 있었어요."

그녀의 대답에 잠시 말이 없던 그가 곧 다시 입을 열었다.

"앞으로 익숙해져야 할 거요."

그의 말이 무슨 뜻인지 몰라 알마는 고개를 들어 그를 올려다보았다. 파랗게 물든 눈동자와 그 아름다운 얼굴을 마주하자 그녀는 또다시 머릿속이 텅 비는 느낌이었다.

"파멜라를 닮아서 그런 거냐고 물었지?"

윈델 경이 속삭였다.

"그런 게 아니오."

"그럼요?"

그는 잠시 머뭇거리더니 결국 대답하지 않았다. 대신 두 팔로 그녀를 꼭 끌어안았다. 알마는 답을 알고 싶었지만 이유를 독촉하고 싶지도 않았다. 그저 그가 그녀를 안고 있다는 사실에 마음이 뜨거워졌다. 알마는 그의 넓은 가슴에 머리를 기댄 채 눈을 감았다. 쿵쿵 울리는 심장 소리에 맞춰 그녀의 가슴도 세차게 뛰었다. 마치 꿈을 꾸고 있는 것 같았다. 신분도, 관계도, 과거도, 주위의 시선도, 지금 이 순간은 아무것도 상관없었다. 계속 이렇게 그의 곁에 있을 수 있다면……

9. 초대받지 않은 손님

그날 밤 내내 두 사람은 함께 춤을 추었다. 다른 이가 접근할 엄두도 못 낼 정도로, 윈델 경은 알마를 독차지한 채 놔주질 않았다. 사람들이 수군거리는 것이 들려왔지만 그는 전혀 신경 쓰지 않았다. 알마는 그의 품에 안긴 채 그의 숨소리와 심장이 뛰는 소리를 들었다. 구름 속을 걷는 듯한 시간이었다. 현실이라면 결코 이루어질 수 없는 동화 속 마법 이야기의 주인공이 된 것만 같았다. 몽롱한 환상 속에서 윈델 경은 낭만적인 왕자님이었고 알마는 사랑받는 공주님이었다. 누구도 두 사람을 방해할 수 없었다.

그러나 밤 12시를 알리는 종소리와 함께 꿈에서 깨어날 시간이 다가왔다. 정신을 차린 알마는 겁먹고 주눅 든 하녀로 다시 돌아와 있었다. 자정이 넘어가자 하나둘 사람들이 떠나며 파티가 끝나는 분위기였고 윈델 경과 알마 역시 적당히 분위기를 보아 펜리스 저택을 빠져나왔다.

마차에 오른 두 사람의 사이에는 울버웰로 올 때와는 다른 묘한 분위기가 감돌았다. 아무 말도 없었지만 서로의 온기를 느끼며 춤을 추던 순간의 그 긴장감이 여전히 남아있었다. 알마는 윈델 경을 흘끗 곁눈질했다. 그는 뭔가 깊은 생각에 잠긴 듯 입을 굳게 다물고 앞만 바라보고 있었다. 그의 입술을 바라보자 정원의 벤치 위에서 나누었던 짜릿한 감각이 되살아나 알마는 파르르 몸을 떨었다. 그러면서 무도회장을 빠져나오자마자 다시 무뚝뚝해진 그의 태도가 괜히 야속하게 느껴지는 것이었다.

대체 그건 뭐였을까……. 어두운 밤거리를 지나는 마차 안에서 서서히 현실감을 되찾으며, 알마는 하루 동안 윈델 경이 그녀에게 했던 행동들에 대해 생각했다. 역시 한순간의 변덕일 뿐이었겠지? 보통의 귀족 남자들이 그러하듯……

아침부터 바삐 움직이며 내내 긴장감에 시달린 터라 얼마 안가 알마는 밀려오는 졸음을 참을 수 없게 되었다. 무겁게 내려앉는 눈꺼풀의 무게를 견디다 못한 그녀는 결국 눈을 감고 얕은 잠 속으로 빠져들고 말았다.

꿈속에서 그녀는 윈델 경이 누군가와 춤을 추고 있는 것을 멀찍이서 바라보았다. 부드럽게 웃고 있는 그의 얼굴은 너무나 행복해 보였고 스텝을 밟는 그의 발끝은 날아갈 듯 가벼웠다. 그의 품에는 긴 은백색 머리카락을 늘어뜨린 한 여자가 안겨있었다. 금방이라도 부러질 듯한 여린 몸매를 가진 그 여자는 파멜라가 분명했다.

춤을 추고 있는 두 사람을 보는 순간, 그것이 꿈이라는 것을 인지하고 있음에도 불구하고 알마는 마음속에 묘한 감정이 일렁이는 것을 느꼈다. 사랑스럽게 파멜라를 내려다보고 있는 윈델 경의 표정을 보고 그녀는 어쩐지 마음이 아렸다. 조금 전까지 그가 바라보고 있던 것은 나였는데. 조금 전까지 그의 손을 잡고 그의 품에 안겨 춤을 추었던 것은 나였는데……. 이제 나를 잊어버린 걸까? 파멜라가 돌아와서 이제 내가 필요 없어진 걸까…….

우울하고 불안한 기분으로 보고 있자 마치 그녀의 생각을 꿰뚫어본 듯 파멜라가 소리 내어 웃었다. 알마는 주먹을 꽉 쥔 채 자신을 비웃는 파멜라를 노려보았다. 그때, 그녀가 고개를 홱 돌렸다. 그런데 알마를 마주보는 그 얼굴은 푸르죽죽하게 썩어버린 시체가 아닌가!

알마는 깜짝 놀라 꿈에서 깨어났다. 번쩍 눈을 뜨니 그녀는 아직 마차 안이었고 막 동이 트기 시작하는 듯 사방이 어슴푸레 밝아져 있었다. 순간 알마는 자신이 윈델 경의 어깨에 머리를 기대고 있다는 사실을 깨달고 당황했다. 황급히 얼굴을 드니 윈델 경이 그녀를 물끄러미 내려다보고 있었다.

"곤히 자길래……"

나직한 그의 말에 알마는 얼굴이 붉어졌다. 그의 시선을 피하며 황급히 창밖을 내다보니 그들은 이미 베스티아 몬트에 도착해 있었다. 어둠 속에 희끄무레하게 보이는 익숙한 저택의 모습에, 그녀는 드디어 집으로 돌아왔다는 안도감이 느껴졌다.

"파티는 즐거웠소?"

윈델 경이 물었다. 알마는 그걸 말이라고 하냐며 따지고 싶은 것을 꾹 참았다. 갑작스레 끌려간 귀족들의 파티에서 아무런 예법도 모른 채 하녀인 것을 들킬까봐 전전긍긍하느라 고생하는 것이 즐거웠을 리가 없지 않은가! 하지만 그가 기대하는 눈빛으로 빤히 바라보는 바람에, 알마는 사실대로 말할 수가 없었다. 그리고 보면 전부 나쁜 것만은 아니었다. 윈델 경과 춤을 추던 순간은 아주 황홀했다. 아마 앞으로도 종종 떠올려 볼 설레는 기억이 되겠지.

"네, 즐거웠어요. 하지만 다음에는 이러지 말아주세요."

알마의 대답에 윈델 경은 만족한 듯 고개를 끄덕였다.

"다음에는 미리 알려주겠소."

뜬금없는 그의 대답에 알마는 의아했다. 저게 무슨 소리람? 하지만 그녀는 너무나 피곤해서 더 이상 대꾸하거나 물어볼 기력이 없었다.

"드레스는 세탁해서 돌려드리겠습니다."

알마가 고개를 숙인 채 말하자 윈델 경이 말했다.

"돌려줄 필요 없소. 그건 당신 것이니까."

윈델 경은 대기하고 있던 마부에게 문을 열라는 신호를 보냈다. 어안이 벙벙해진 알마가 바라보고 있자 윈델 경은 마차에서 내리더니 알마를 향해 손을 내밀었다. 그의 손을 잡고 마차 밖으로 나오며 알마는 길고도 기묘한 하룻밤의 꿈이 끝났다는 생각에 마음이 싱숭생숭했다. 이제 저택으로 들어가면 그녀는 다시 하녀로 돌아가야 한다. 그 사실이 딱히 서글프진 않았다. 그것이 그녀의 본분이었다. 모든 것이 일상으로 돌아올 것이다. 앞으로 입을 일이 없을 값비싼 드레스 한 벌이 옷장에 걸리게 되었다는 사실 하나를 빼고는.

그러나 문을 들어서는 순간 그녀의 기대는 산산조각 났다. 모두 곤히 잠들어있을 것이라는 예상과 달리 홀에는 그로버와 베키가 서 있었다. 잔뜩 굳어있는 두 사람의 표정으로 미루어보아 새벽에 돌아오는 주인을 기다리기 위해 나와 있는 것은 아닌 게 확실했다. 베키는 외출복을 입은 채 커다란 짐가방을 발밑에 두고 삐딱한 자세로 팔짱을 끼고 있었다. 그녀는 치장한 알마를 보더니 얼굴이 일그러졌다.

"아주 귀부인이 되셨구나? 그래, 파티는 재밌었니?"

코웃음을 치며 빈정거리는 베키의 태도에 알마는 당황하여 말문이 막혔다. 그녀가 정신을 차리기도 전에 베키는 이번에는 윈델 경 쪽으로 몸을 돌리더니 공격적인 목소리로 말했다.

"당장 나가고 싶었지만 돌아올 때까지 기다렸어요. 약속하신 돈은 받아야겠으니까."

그녀의 일방적인 통보에 알마는 깜짝 놀랐다.

"나간다고? 베키, 그게 무슨 말이야?"

베키는 싸늘한 눈빛으로 알마를 바라보았다.

"그건 저 잘나신 윈델 경께 물어보렴."

알마는 궁금한 얼굴로 윈델 경을 쳐다보았다. 그러나 그는 갑작스런 상황에 살짝 눈썹을 찌푸린 것 외에 아무런 감정을 드러내지 않았다.

"돈을 내어주지. 서재로 오도록."

베키를 말리지도, 이유를 물어보지도 않는 윈델 경의 말에 알마는 더욱 당황했다. 그는 매정한 태도로 베키의 곁을 지나쳐 성큼성큼 계단을 올라갔다. 베키는 여전히 화가 난 듯 눈을 굴리더니 짜증스런 몸짓으로 그의 뒤를 따라갔다. 홀에 남은 알마는 어찌할 바를 모른 채 그로버에게 물었다.

"이게 대체 무슨 일인가요? 베키가 왜 갑자기 나간다고 하는 거죠?"

그로버는 조금은 못마땅한 기색으로 값비싼 디자이너의 드레스를 입고 있는 알마를 머리끝에서 발끝까지 훑어보더니 고개를 가로저었다.

"그 변덕을 누가 알겠어요."

"하지만……."

"말린다고 될 일도 아닙니다. 피곤할 테니 가서 쉬도록 해요. 일손이 줄었으니 내일부턴 더 바빠지겠군요. 아니, 차라리 잘 된 건가……."

그로버는 이렇게 중얼거리고는 알마를 남겨둔 채 자리를 떠나버렸다. 알마는 혼란에 휩싸였다. 요전날 윈델 경과 약간의 언쟁을 벌이긴 했지만, 설마 베키가 그만두겠다고 까지 할 줄은 몰랐다. 게다가 알마를 바라보던 베키의 적대적인 눈빛……. 아무래도 윈델 경이 알마를 파티에 데려간 것이 그녀의 기분을 크게 상하게 한 것이 분명했다. 이럴 줄 알았다면 무슨 수를 써서라도 따라가지 말 것을……. 알마는 자신의 몸을 부자연스럽게 감싸고 있는 화려한 드레스 자락을 두 손으로 움켜쥐며 후회했다.

* * *

베키는 결국 그렇게 윈델 저택을 떠났다. 윈델 경은 그 일에 대해 전혀 개의치 않는 모습이었고 그로버 부인 역시 입을 꾹 다문 채 아무런 내색을 하지 않았다. 그러나 하루아침에 동료를 잃은 알마는 이루 말할 수 없는 자책감과 쓸쓸함을 느꼈다. 베키가 그렇게까지 분개하며 저택을 뛰쳐나갈 정도로 그 파티가 그녀에겐 중요한 일이었던 걸까? 혹은 다른 이유가 있는 것일까? 그래도 그동안 많은 의지가 되었던 베키였는데, 그토록 싸늘한 눈빛이 그녀가 기억하게 될 마지막 모습이라니 믿을 수가 없었다.

물론 베키가 유능하고 성실한 고용인은 아니었다. 그녀가 없다고 해서 알마의 일이 특별히 더 많아진 것도 아니었다. 그러나 그녀의 부재가 그렇지 않아도 조용한 윈델 저택을 더욱 고요하게 만들어버린 것도 사실이었다. 매일 밤 같이 술을 마시지 않겠냐며 꼬드기던 베키가 그리웠다. 도대체 무슨 일이었는지 이야기라도 해주지, 아니면 앞으로 어디로 갈 것인지, 어떻게 연락을 할 수 있을지라도 가르쳐주지……. 수녀원을 나와 처음으로 사귄 또래 친구였기에 알마는 매정하게 떠나버린 베키의 태도가 못내 서운했다.

그러거나 말거나 베스티아 몬트는 평소와 다름없이 음습하고 평온했다. 저택으로 돌아온 후 윈델 경은 서재에 처박혀 무언가에 몰두하고 있었고 알마와 마주칠 일도 거의 없었다. 펜리스 남작 부인의 무도회에서 벌어진 일들은 한순간의 해프닝으로 끝이 나는 것 같았다. 알마는 그 사실을 겸허하게 받아들이기로 했다. 애초에 그 이상 바랄 수도 없는 꿈이었다.

그러나 밤이 되면 설명할 수 없는 감정들이 불시에 밀려들어왔다. 그녀의 입술에 닿던 윈델 경의 뜨거운 입맞춤, 그녀를 끌어안던 그의 팔, 그의 숨결, 그의 체취, 마법 같은 그의 푸른 눈동자가 계속 그녀의 마음을 어지럽혀 잠을 이룰 수 없게 했다.

'파멜라를 닮아서 그런 게 아니오.'

그의 수수께끼 같은 말이 귓가에 맴돌았다. 물론 알마는 그 말을 믿지 않았다. 파티의 사람들이 뒤에서 수군거리던 것처럼 그가 파멜라를 닮은 알마를 그녀 대신으로 여기고 있는 것은 분명했다. 그리고 그의 착각은 그가 알마에게서 옛사랑과 다른 점을 발견할 때마다 하나씩 깨질 것이 틀림없었다. 파멜라 대신으로라도 윈델 경의 곁에 있고 싶은 마음과, 누군가의 그림자로 살다가 버려지고 싶지는 않다는 반발심이 뒤섞인 채 알마는 혼란스러운 밤을 보냈다.

다음날 평소처럼 다리미질을 하고 있는데 상인의 도착을 알리는 벨소리가 울렸다. 밖에 벤이 와있을 거란 생각에 알마는 내내 어두웠던 마음이 밝아졌다. 그렇지, 벤이 있었구나! 베키는 떠났지만 아직 내게 위로가 되어줄 친구가 남아있어! 알마는 그를 맞이하러 한달음에 달려갔다. 그러나 복도를 지나치던 그녀는 그로버에게 가로막혔다.

"알마, 어디를 가는 거죠?"

"그로버 부인! 납품 상인이 와서요. 물건을 받으러……."

"그 일은 이제 올리버가 할 겁니다. 당신은 돌아가서 식탁보의 얼룩을 마저 제거하도록 하세요."

"네? 저, 그렇지만……."

납품 상인을 상대하는 일은 지금까지는 베키의 일이었기에, 그녀가 떠난 지금은 자신이 그 책임을 맡아야 하는 것으로 알마는 생각했다. 그런데 마치 큰 잘못을 저지르기라도 한 듯 단호하게 말을 자르는 그로버의 태도에 알마는 의아하고 당혹스러웠다. 그렇지만 너무도 엄한 그녀의 표정에 더 이상 사족을 붙일 수가 없어, 알마는 두 말 없이 일하던 곳으로 다시 돌아왔다.

흰 천이 널려있는 텅 빈 세탁실로 다시 돌아온 알마는 절망적인 기분을 느꼈다. 앞으로 벤을 만나려면 어떻게 해야 할까? 워낙에 규율 따위를 우습게 아는 베키야 상관없었지만 올리버에게 부탁하면 들어줄까? 아니면 외출허락을 받은 날에 만나는 수밖에 없나? 알마는 조금 우울한 기분이 되어 차갑게 식은 다리미 안에 숯을 갈아 넣었다.

'똑똑-'

무언가 창을 두드리는 소리에 알마는 고개를 번쩍 들었다. 아니나 다를까! 창 너머에 환하게 웃고 있는 벤의 얼굴이 보였다.

"벤!"

알마는 반가움에 손에 들고 있던 것들을 죄다 내팽개치고 창가로 달려갔다.

"역시 여기 있었구나! 벙어리 노인네가 말귀를 못 알아들어서 말이야. 계속 찾아다녔잖아."

"배달은 어떻게 하고? 곧바로 돌아가지 않으면 쫓겨날 지도 모르는데?"

젊은 납품 상인이 하녀를 만나려고 저택을 기웃거리고 다닌 것이 알려지면 무슨 불이익을 당하게 될지 몰랐다. 걱정스런 알마의 질문에 벤은 대수롭지 않다는 듯 어깨를 으쓱했다.

"괜찮아. 엘리엇 아저씨랑 같이 왔거든. 볼일 좀 보고 가겠다니까 먼저 돌아갔어. 게으른 놈팡이라고 욕은 잔뜩 들어먹었지만 말이야."

벤이 낄낄거렸다.

"그래도 여기까지 왔는데 걱정돼서 안 와볼 수가 없잖아. 이 집 주인이 널 어디로 끌고 갔다며? 다른 데로 팔려간 줄 알고 얼마나 놀랐는지 알아?"

"팔려가다니, 내가 노예도 아니고."

극단적인 벤의 표현에 알마는 절로 웃음이 났다. 그의 얼굴을 보니 윈델 경의 종잡을 수 없는 행동과 베키의 떠남으로 혼란스러웠던 마음이 사르르 녹는 것만 같았다. 답답한 마음을 그에게 털어놓고 싶었다. 어쩌면 도움이 되는 조언을 해줄 수 있지 않을까?

"잠깐 들어와서 얘기 좀 할래? 오래는 못 있겠지만."

그녀의 요청에 갑자기 벤의 얼굴이 심각해졌다.

"표정이 왜 그래? 역시 무슨 일이 있었구나! 뭐야, 윈델 그 자식이 무슨 짓이라도 했어?"

당장이라도 뛰어가 주먹을 휘두를 듯한 그의 기세에 알마는 어색하게 웃으며 고개를 저었다.

"일단 들어와."

바깥으로 향하는 문을 열어주러 가려는데 벤은 그새를 참지 못하고 창문을 훌쩍 뛰어넘어 들어왔다.

"어서 말해봐. 이 벤자민 님이 다 해결해 줄 테니."

벤은 그의 행동에 경악하는 알마의 손을 잡고 그녀를 의자로 이끌었다.

"무슨 일인데 그래?"

그가 걱정스러운 얼굴로 알마의 곁에 바짝 다가앉으며 재차 물었다. 햇살을 머금은 바다 같은 그의 눈동자를 보자 알마는 마음이 편안해졌다. 그녀는 크게 심호흡을 한번 한 뒤 입을 열었다.

"사실은……."

그리고 그녀는 며칠 전 있었던 일들을 벤에게 모두 털어놓았다. 예고도 없이 펜리스 남작 부인의 무도회에 끌려간 일, 값비싼 디자이너의 드레스를 받은 일, 영문 모를 윈델 경의 행동에 혼란스러운 마음, 베키가 화를 내며 떠나간 일 등. 벤은 그답지 않게 웬일로 조용히 알마의 이야기를 경청했다. 그녀가 한숨을 쉬며 이야기를 끝내자 그는 전에 볼 수 없었던 어두운 얼굴로 말했다.

"같은 남자로서 말이야. 그건 백퍼센트 그 자식이 널 가지고 노는 거야."

직설적인 그의 말에 알마는 조금 충격을 받았다. 물론 그녀 자신도 그렇게 생각하고 있었지만 그래도 다른 사람의 입을 통해 확인받는 것은 조금 불편한 느낌이었다.

"내가 말했잖아. 윈델 그 인간, 하녀에 대한 집착이 있다고. 베키 그 여자도 분명 그런 식으로 데리고 놀다 버린 거야. 그리고 그 여자도 지금 너처럼 그 작자가 진심일지도 모른다고 믿은 거겠지. 그렇지 않으면 널 파티에 데려갔다고 그렇게 화를 내며 뛰쳐나갈 일이 뭐가 있겠어?"

"그, 그렇겠지? 아무래도……."

"그런데 알마 넌 그 인간이 정말 진심이라고 믿은 거야? 이렇게 고민까지 하는 걸 보면……."

벤의 물음에 알마는 조금 부끄러웠다.

"아냐. 나도 귀족 남자들이 어떤지 알아. 하지만…… 조금 흔들린 건 사실이야."

그녀는 고개를 푹 숙인 채 손가락을 꼼지락거렸다.

"그분이 무섭지만 한편으로는 너무 가엾기도 해서……. 그 눈으로 나를 볼 때면 나도 모르게 그의 말을 거역할 수가 없게 돼. 그냥…… 너무 아름다워서…… 저절로 심장이 반응하는 것 같아."

"알마."

벤이 진지한 목소리로 불렀다.

"그 사람 좋아해?"

그의 질문에 알마는 말문이 막혔다. 윈델 경을 좋아하냐고? 나 따위가 감히 그런 감정을 가질 수나 있을까? 그러나 그 질문을 듣자마자 알마는 심장박동이 빨라지는 것을 느꼈다. 부드러운 그의 입술, 그와 나누었던 키스가 떠올랐다. 그의 품에 안겨 춤을 추던 순간의 행복함도…….

"응, 그런 것 같아."

알마는 순순히 인정할 수밖에 없었다. 그가 좋았다. 그것은 사실이었다. 비록 그렇다고 해서 아무것도 변하는 것은 없겠지만.

"그래……."

왠지 힘없는 벤의 목소리에 알마는 고개를 들었다.

"높으신 귀족에 잘생기고 돈도 많고 어두운 과거에 이상한 집착까지…… 여자들에게 매력적일만도 하지. 나도 알아. 하지만 대놓고 인정해버리니 나 좀 상처받는데?"

그의 말에 알마는 화들짝 놀랐다.

"널 쫓아다니는 남자 앞에서 다른 남자를 좋아한다고 말해버리다니, 너무 잔인한 거 아니야?"

벤이 반쯤 농담조로 씩 웃으며 말했다.

"벤? 나, 나는……."

그랬다. 벤이 알마에게 끊임없이 호감을 표현하고 있는 것은 사실이었다. 그의 적극적인 구애가 무엇을 의미하는지 잘 알았지만 알마는 한편으로는 그의 마음을 가볍게 여겨왔다. 하지만 데이트를 하고 있는 남자 앞에서 다른 남자의 진심에 대해 의논하고 그 남자를 좋아한다고 고백까지 해버리다니 그것은 정말 예의가 없는 행동이었다. 알마는 너무나 당황하여 얼굴이 빨갛게 달아올랐다.

"미안해, 벤. 나는 그러려던 게 아니라…… 정말 미안해. 네가 너무 편해서 그랬나봐."

미안함에 어쩔 줄 몰라 하는 알마를 보고 벤은 다시 평소의 그 개구쟁이 같은 표정을 지었다.

"뭐, 괜찮아. 난 솔직한 여자가 좋다고! 이거 내가 더 열심히 노력해야겠는데?"

벤은 아무렇지 않은 듯 쾌활하게 말하며 어깨와 목의 근육을 푸는 시늉을 했다. 알마는 여전히 귓불이 달아오른 채 그의 눈치를 보았다.

"괜찮아, 알마. 기다릴게. 곧 너도 너에게 어울리는 남자가 나라는 걸 알게 될 테니까. 아무튼 그 윈델 나리를 조심해. 다음번 희생양이 네가 되는 건 나도 원하지 않으니까."

알마는 벤의 얼굴을 물끄러미 바라보다가 고개를 끄덕였다. 언제나 제 멋대로인 그였지만 지금 이 순간 그의 다짐과 걱정은 진심처럼 느껴졌다. 그에 대한 고마움과 미안함이 마음 한편을 가득 채우기 시작했다. 곧 벤은 다가오는 성 크리스토프 전야에 대해 몇 가지 이야기를 한 뒤 그녀의 손등에 입을 맞추고 다시 창문을 뛰어넘어 떠나갔다.

그가 사라지자 알마는 또다시 쓸쓸함이 밀려들었다. 벤에게 고민을 털어놓은 것이 마음을 후련하게 해주기는커녕 더욱 착잡한 심정이 되게 만들었다. 다시 일감을 손에 쥐며 그녀는 워렌을 떠올렸다. 워렌 선생님이라면 제대로 된 충고를 해주시겠지? 그분에게 편지를 써볼까? 아니, 아니야. 괜히 걱정 끼쳐 드릴 필요는 없지. 어차피 지나가는 감정일거야. 그녀는 생각하며 그새 차갑게 식어버린 다리미의 숯불을 비웠다.

* * *

'……멍청한 것아. 이건 기회야! 높으신 분들이 관심을 줄 때 확실히 눈에 들어놔야지. 뭘 고고한 척 하고 있어?'

'우리 같은 여자들에게는 이건 생존수단이야. 이거 봐라…… 이걸 누가 준 건지 아니?'

'무슨 일이 있어도 지켜내! ……를 잃으면 넌 끝이야!'

알마는 천천히 눈을 떴다. 싸늘한 새벽공기가 뼈마디로 스며들어 온 몸이 아파왔다. 꾸물꾸물 몸을 일으키며, 그녀는 지끈거리는 머리를 두 손으로 감쌌다. 꿈속에서 그녀를 향해 소리치던 낯선 목소리가 아직도 귓가에 맴도는 듯 했다. 누구일까? 내게 그런 말을 한 건? 잃어버린 기억 속의 한 부분일까? 아니면 그저 꿈일 뿐인 걸까. 얼핏 어떤 이름을 들은 것 같기도 했다. 알마는 그것이 무엇이었는지 생각해내려 애썼지만 더이상 아무것도 기억나지 않았다.

마침 기상벨이 울렸다. 그녀는 침대를 빠져나와 터덜터덜 창가로 걸어갔다. 비가 올 듯 날이 흐렸다. 어쩐지 무슨 일이 일어날 것만 같다는 근거 없는 예감이 그녀의 마음을 불안하게 했다. 날씨 때문이겠지…….아니면 이상한 꿈 때문이거나. 알마는 불편한 마음을 추스르며 하루의 일과를 시작할 준비를 했다.

평소처럼 오전의 업무를 처리하고 잠시 쉬고 있는데 서재에서 호출이 울렸다. 윈델 경의 부름이었다. 알마는 괜스레 가슴이 뛰었다. 서둘러 올라가니 윈델 경이 커다란 책상 앞에 비스듬히 기대어 선 채 그녀를 기다리고 있었다.

"부르셨나요?"

떨리는 마음을 진정시킨 채 알마가 물었다.

"할 얘기가 있소. 우선 앉지."

윈델 경이 자리를 권했다. 알마는 의아한 얼굴로 책상과 마주보이는 의자에 앉았다. 무슨 일인 걸까? 알마는 불안한 기분으로 흘끗 그의 얼굴을 살폈다. 그러나 그는 화가 나 보이지도, 심각해보이지도 않았다. 그냥 일과 관련된 지시를 내리려는 걸까? 그런 거라면 그로버 부인을 통했을 텐데……. 알마는 도무지 감이 잡히지 않았다.

그러나 다음 순간 그의 입에서 나온 말은 알마를 깜짝 놀라게 했다.

"당신의 거처를 옮길 생각이오. 3층의 방으로 옮길 테니 준비하도록."

"네? 그게 무슨 말씀이세요?"

"베키도 떠났고 더 이상 혼자 고용인 기숙사에 있을 필요가 없지 않소?"

"하, 하지만 3층은 금지구역이잖아요."

"이제는 아니오."

알마는 당황하여 입을 뻐끔거렸다. 윈델 경이 갑자기 왜 이러는지 이유를 알 수 없었다. 그녀는 그곳이 어떤 공간인지, 그리고 왜 출입금지 구역이 되었는지 잘 알고 있었다. 파멜라의 유령이 나타나는 곳, 그녀의 기억과 한이 곳곳에 서려있는 곳, 그런 장소를 왜 알마에게 준다는 것인지 납득할 수가 없었다.

"갑자기 왜…… 그로버 부인께선 그 결정에 동의하셨나요?"

그곳에 대한 이야기를 알마에게 해준 것은 그로버였다. 그 장소가 윈델 경에게 어떤 의미인지 잘 아는 그녀가 이 말도 안 되는 결정에 동의했을 리가 없었다.

"그 얘긴 이제 할 거야."

진땀이 흘렀다. 윈델 경의 의도가 무엇인지 이해하기가 힘들었다. 무엇보다 지금도 밤마다 환청에 시달리느라 고생하는데 망령이 배회하는 그곳에서 혼자 지내고 싶지 않았다. 그녀는 자리에서 벌떡 일어났다.

"죄송합니다, 윈델 경. 감사하지만 그건 받아들일 수 없어요."

"어째서?"

그의 표정이 굳어졌다. 그러나 알마는 고용주의 기분을 상하게 하는 것에 대한 두려움보다 초현실적인 존재의 영역을 침범하는 데 대한 거부감이 더욱 컸다.

"그곳이 어떤 곳인지 잘 알고 있으니까요!"

그녀의 대답에 순간 윈델 경의 눈이 흔들렸다. 그가 알마에게로 바짝 다가섰다.

"무엇을 알고 있지?"

알마는 자신이 뭔가 실수를 한 것일까 불안해졌다. 그러나 이미 뱉은 말을 돌이킬 수는 없었다.

"그곳이 파멜라에게 약속되었던 방이라는 거요."

큰 충격이라도 받은 듯, 윈델 경은 눈을 크게 뜬 채 뒷걸음질 쳤다. 그의 묘한 반응에 알마 역시 흠칫하며 한 발짝 뒤로 물러섰다. 알마가 모른다고 생각했던 것일까? 이 일로 혹시나 그로버 부인에게 불똥이 튀는 건 아닐까? 무섭게 일그러진 그의 얼굴을 보며 알마는 뒤이어 일어날지도 모를 최악의 상황을 상상했다.

그러나 윈델 경은 그녀를 다그치거나 파멜라의 이름을 입에 올린 것에 대해 화를 내는 대신 아주 조심스럽게 입을 열었다.

"그건…… 어떻게 알았소?"

탐색하는 듯한 그의 반응에 알마 역시 차분하게 대답했다.

"그날 그로버 부인께서 알려주셨습니다."

"아아……."

그는 손을 입으로 가져가며 무언가 고민하는 기색을 보였다. 그 틈을 타 알마는 자리에서 일어서며 재빨리 말했다.

"그런 곳을, 그런 의미 있는 공간을 왜 저에게 내어주시겠다는 건지 이해가 가질 않습니다. 저는…… 그럴 수 없어요. 거처는 지금도 충분히 만족하고 있고……."

"알마."

윈델 경이 그녀의 앞으로 성큼 다가왔다. 확실히 거절의 의사를 비치려 했으나 그가 가까이 다가서자 알마는 자동적으로 말문이 막혔다. 그가 그녀의 어깨에 두 손을 얹으며 호소하는 듯한 눈길로 들여다보자 알마는 또다시 사고회로가 정지해버리는 것 같았다.

"알마, 나는……."

그때였다. 누군가가 다급하게 서재의 문을 두드렸다. 갑작스런 방해에 윈델 경이 얼굴을 찌푸리며 그녀에게서 물러났다. 덕분에 알마는 빠르게 제정신으로 돌아올 수 있었다.

"무슨 일이지?"

윈델 경이 짜증 섞인 표정으로 문을 열자 그곳에는 그로버가 몹시도 초조한 모습으로 서 있었다. 그녀는 알마를 흘끗 보더니 두 손을 비비며 재빨리 말했다.

"저, 손님이 오셨습니다."

"손님이라니?"

"그, 그것이 막무가내로……."

그로버의 말이 채 다 끝나기도 전에 복도로부터 쿵쿵거리는 소리가 들려오더니 하인과 하녀를 한명씩 대동한 한 여자가 모습을 드러냈다. 알마는 깜짝 놀라 갑작스레 등장한 인물을 바라보았다.

가장 먼저 시선을 사로잡은 것은 깃털과 리본으로 장식한 화려한 모자였다. 그것은 알마가 울버웰의 고급상점에서 본 최신유행의 모자와 비슷한 것이었다. 흔치않은 짙은 와인빛깔의 옷을 입은 그녀는 또각또각 소리를 내며 거침없는 태도로 서재 안으로 걸어 들어오더니 놀란 얼굴을 하고 있는 윈델 경의 앞에 우뚝 멈춰 섰다.

"표정이 가관이네? 오랜만에 본 사람한테 인사조차 해주지 않는 거야?"

여자가 장갑과 모자를 벗으며 높고 카랑카랑한 목소리로 말했다. 하얀 얼굴과 세련된 스타일의 검은 머리카락이 무척 아름다웠다. 그러나 그 낯선 미인을 마주하는 윈델 경의 태도는 싸늘하고 사나웠다.

"난 당신을 초대한 적도, 오겠다는 연락을 받은 적도 없는데?"

"아, 미안. 급히 오느라."

여자는 윈델 경의 불쾌감이 가득한 태도에도 아랑곳없이 너털웃음을 터뜨리더니 조금 전 알마가 앉아있던 의자에 마음대로 털썩 앉았다.

"당신이 웬 여자를 데리고 파티에 나왔다는 소식을 듣고 가만히 있을 수가 있어야지."

알마는 깜짝 놀라 윈델 경을 곁눈질했다. 그녀를 남작부인의 무도회에 데려갔던 일이 소문이 난 것 같았다. 그 일로 윈델 경이 뭔가 곤란한 상황에 처하게 된 걸까? 알마는 걱정이 밀려왔다.

"응? 여기는 손님맞이가 영 형편없군 그래? 차라도 한잔 내와야하는 것 아닌가?"

여자가 불만스러운 목소리로 말하자 그때까지도 멍청히 자리에 서 있던 알마는 정신이 번쩍 들었다.

"아, 실례했습니다. 금방 가져다 드리겠습니다."

여자의 시선이 알마를 향했다. 그녀는 흥미로워하는 눈길로 알마를 위아래로 훑어보더니 곧 얼굴을 돌렸다.

"그로버 부인? 뭐하는 거죠? 불쌍한 내 고용인들이 저기서 무거운 짐을 들고 낑낑대고 있는 게 보이지 않나요?"

그녀의 지적에 역시 넋이 나가있던 그로버 또한 자세를 가다듬더니 짐을 들고 서 있는 여자의 하인과 하녀에게 다가갔다.

"이리로 오시죠."

그로버는 주인의 눈치를 보며 마지못해 두 사람을 다른 곳으로 안내했다. 알마는 그로버를 따라 방을 빠져나오며 불안한 마음으로 뒤를 돌아보았다. 윈델 경과 여자 사이에는 금방이라도 폭발해버릴 것 같은 팽팽한 긴장감이 감돌고 있었다. 알마는 걱정을 가득 머금은 채 재빨리 주방으로 내려갔다.

불쌍한 올리버는 벌써 입구에서부터 한바탕 전쟁을 치른 듯 진땀을 뻘뻘 흘리며 고개를 절레절레 젓고 있었다. 그의 도움을 받아 다과를 챙기며 알마는 조금 전까지 거처를 옮기는 문제로 윈델 경과 실랑이를 벌였던 사실은 까맣게 잊고 새로 나타난 여자에 대한 생각에 온통 정신을 빼앗겼다.

도대체 누구일까? 누구이기에 갑자기 베스티아 몬트로 쳐들어와서 아무렇지 않게 윈델 경에게 맞서는 걸까? 그로버 부인과도 아는 사이인 것 같은데, 예전부터 교류해오던 지인인 걸까? 아니면 윈델 가의 친척? 무례하게 느껴질 만큼 당당하고 거침없는 태도가 어딘가 익숙하게 느껴졌다. 어디선가 본 적이 있었던가? 알마는 기억을 짜내어 보았지만 그런 얼굴과 목소리를 마주한 기억은 없었다.

혼란스런 마음을 가라앉히려 애쓰며, 그녀는 무의식적으로 가장 비싸고 화려한 찻잔과 주전자를 꺼내어 서둘러 서재로 다시 올라갔다. 서재 안의 분위기는 아까와 별반 다르지 않았다. 윈델 경은 의자에 앉아 손톱을 매만지며 싱글거리고 있는 여자를 노려보고 있었고, 하인들을 손님방으로 안내해준 뒤 돌아온 그로버는 그들 사이에서 안절부절 못하고 있었다. 알마가 쟁반을 받쳐 들고 들어가자 여자는 그녀를 슬쩍 한번 본 뒤 일부러 들으라는 듯 큰소리로 말했다.

"깜짝 놀랐지 뭐야. 은둔 중이신 윈델 경께서 사교계에 다시 등장하시다니. 그래서 그 여자는 누구였어? 참 별일이네. 아무도 그 여자가 누군지 모른다던데……."

알마는 뜨끔하여 여자와 눈을 마주치지 않으려 애썼다. 그러나 그녀의 시선이 알마를 향하고 있는 것을 느낄 수 있었다.

"쓸데없는 소린 됐고, 이렇게 제멋대로 쳐들어온 용건이나 말해."

윈델 경이 딱딱하게 말했다.

"아, 좋아좋아. 본론으로 직진하자 이거지?"

여자는 까르르 웃더니 자리에서 일어났다.

"그럼 말씀드리지요. 에드먼드 바루크 윈델 경, 청혼을 하러 왔어요!"

'쨍그랑-'

알마는 소스라치게 놀라 고개를 들었다. 그녀의 손에서 미끄러져나간 값비싼 찻잔 세트가 깨진 파편이 되어 바닥에 흩어져 있었다. 모두의 날카로운 시선이 그녀를 향했다. 알마는 너무나 당황하여 무릎을 꿇고 허둥지둥 깨진 도자기 조각들을 주워 담았다.

"죄, 죄, 죄송합니다. 죄송합니다! 다시 가져오겠습니다."

알마가 더듬거리며 사죄하자 의미심장한 눈길로 그녀를 바라보고 있던 여자가 묘한 미소를 흘렸다.

"어머, 왜 그렇게 놀라지? 누가 보면 오해하겠네? 조심성 없기는⋯⋯."

떠보듯 빈정거리는 그녀의 물음에 알마는 아무 대답도 하지 못하고 얼굴이 시뻘게진 채 서재를 뛰쳐나왔다. 윈델 경이 뭐라고 화를 내는 소리와 그로버가 자리를 옮기자고 권하는 소리가 뒤에서 들려왔다. 그리고 여자의 웃음소리가 새어나왔다. 그 소리에 알마는 정신이 아득해졌다.

가까스로 주방으로 돌아온 그녀는 쟁반을 팽개치듯 내려놓고 간신히 숨을 골랐다. 심장이 미친 듯이 쿵쾅대고 있었다. 청혼이라니? 그게 무슨 소리인가? 그 여자가 윈델 경에게 청혼을 하러 왔다고? 왜? 갑자기? 그 여자가 어디의 누구이기에?

알마는 심호흡을 하며 진정하기 위해 애썼다. 청혼이라니, 윈델 경에게 결혼 신청이라니! 아니, 사실 그것은 그녀가 주제넘게 신경 쓸 일이 아니었다. 윈델 경은 공식적으로는 미혼이었다. 부유하고 잘생긴 귀족 남자가 배우자를 택하지 않고 혼자 살고 있다면 당연히 그의 재산과 지위를 원하는 여자들이 넘칠 것이다. 남작 부인의 파티에서도 확인했지 않은가. 그에게 무시무시한 스캔들과 악명이 씌어져 있음에도 귀족 사회에서는 여전히 그를 표면적으로나마 환대하고 있다는 것을. 그런 그에게 혼담이 들어온 것은 전혀 놀랄만한 일이 아니었다. 물론 그 방법이 충격적이긴 했지만.

윈델 경은 그 제안을 받아들일까? 도대체 둘은 무슨 사이일까? 만일 윈델 경이 결혼을 하게 된다면…… 그럼 파멜라는? 그럼…… 나는? 문득 가슴이 저려왔다. 동시에 손에 화끈거리는 감각이 느껴졌다. 내려다보니 두 손이 뜨거운 물에 데고 깨진 도자기에 베어 엉망이 되어있었다.

그때 누군가가 오는 소리가 들려 알마는 황급히 몸을 돌렸다. 주방으로 들어온 것은 그로버였다. 그로버는 산산조각난 도자기와 발갛게 부어오른 알마의 손을 보더니 인상을 찌푸리며 잔과 주전자를 다시 준비하기 시작했다.

"죄송합니다, 그로버 부인."

이걸로 비싼 도자기 세트를 깨먹은 게 두 번째였다. 알마는 급여가 깎이거나 처벌을 받을 각오를 하고 고개를 숙였다.

"됐어요."

그러나 그로버는 짧게 대꾸하고는 알마를 쳐다보지도 않은 채 바쁘게 손을 움직였다. 그 모습을 지켜보며 알마는 충동적으로 물었다.

"그 여자는 누구죠?"

그로버가 손을 멈추더니 잠시 허공을 응시했다. 그리고는 깊은 한숨을 내쉬었다. 무척이나 불편하고 곤란해 하는 기색이었다. 잠시 고민하던 그녀는 곧 마음을 정한 듯 알마를 향해 돌아서며 두 손을 모았다.

"그녀는 제니 필우드 부인입니다. 돌아가신 필우드 씨의 미망인이지요."

알마는 멍하니 그로버의 얼굴을 마주보았다. 돈 많은 과부가 재혼을 문의하기 위해 저택을 찾아왔다고 하기에는 그녀뿐만 아니라 모두의 태도가 너무나 기이했다. 아니나 다를까, 그로버는 설명을 덧붙였다.

"처녀적 성은 콜슨이지요."

콜슨? 알마는 귀를 의심했다. 그 성은 분명…….

"그래요, 제니 콜슨. 그녀는 일레인 양의 동생입니다."

알마는 큰 충격에 휩싸인 채 입을 딱 벌렸다. 콜슨 가의 사람이라니, 베스티아 몬트에서 벌어진 비극의 중심에 있는 인물, 원델 경의 전 약혼녀이자 불운하게 목숨을 잃은 일레인의 동생이라니! 그런 그녀가 왜 갑자기 나타나 대범한 제안을 하는 것일까? 언니의 죽음에 복수하려는 걸까? 그런데 하필 청혼이라니? 원델 경에게 죄책감을 주어 괴롭히려는 속셈인 걸까?

"사건이 있었던 당시 제니는 이미 부유한 사업가인 필우드 경의 아내로 자신의 집안과는 거리를 두고 있었죠. 그 일이 있은 이후 그녀는 몇 번 이곳을 방문했었어요. 원델 가로 넘어온 광산의 소유권에 대해 얘기하기 위해서요. 자기 언니의 장례식에도 오지 않은 사람이⋯⋯."

설명하는 그로버 부인의 목소리에는 혐오감이 어려 있었다.

"그런 여자가 왜 갑자기 나타난 건지 의중을 모르겠군요. 어찌됐든 손님이니 일단은 깍듯하게 모시도록 해요."

말을 마친 그로버는 새로 장만한 찻잔세트를 들고 주방을 나가려 했다. 알마는 황급히 그녀를 막아 세웠다.

"그로버 부인! 그건 제가 들고 가겠습니다."

그로버가 의아한 얼굴로 그녀를 돌아보았다.

"괜찮겠어요?"

의심이 가득한 눈으로 묻는 그로버를 향해 알마는 열심히 고개를 끄덕였다.

"괜찮습니다. 죄송합니다. 아까는 손이 미끄러진 것뿐이에요. 어쨌든 이건 제 일이니까요."

알마는 그로버에게서 쟁반을 넘겨받으며 변명했다. 사실 그녀는 제니와 원델 경 사이에 무슨 대화가 오가고 있을지 궁금했다. 그녀가 무슨 의도로 황당한 결혼제안을 한 건지, 원델 경은 그 제안을 어떻게 할 것인지 알고 싶어 견딜 수가 없었다. 차를 내가면 잠깐이라도 그들의 대화를 엿들을 수 있을 것이다. 그로버는 그런 그녀의 의도를 모두 파악한 듯 못 미더워하는 표정을 지었으나 곧 아무 말 없이 문을 나섰다.

그로버를 따라 응접실로 가니 제니와 윈델 경이 마주앉은 채 서로를 노려보고 있었다. 두 사람 사이에는 여전히 터질 것 같은 적대감이 흐르고 있었다. 알마는 두 사람의 눈치를 보며 조심스럽게 찻잔과 주전자를 내려놓고 물러섰다. 무슨 이야기를 하고 있었던 건지 궁금했지만 자리에 앉은 두 사람은 벌써 한바탕 서로 퍼부은 듯 아무 말도 없었다. 심상치 않은 분위기에 알마가 쭈뼛거리며 나가려 하자, 제니가 입을 열었다.

"아니, 자리를 비켜줄 필요 없어요. 그로버 부인, 그리고 거기 당신도 여기 있어줘요. 당신들의 주인과 관련된 일이니 모두가 들어야 하지 않겠어요?"

"다시 한 번 말하지만 아무 일도 없을 거야."

윈델 경이 퉁명스럽게 쏘아붙였다. 알마와 그로버는 엉거주춤하게 선 채 서로를 마주보았다. 어떻게 행동해야 할지 알 수가 없었다. 그러나 제니는 곤란해 하고 있는 여자들과 화를 내고 있는 집주인은 안중에도 없다는 듯 여유가 넘치는 목소리로 말을 이어갔다.

"다시 한 번 말할게. 당신의 상황을 알고 있는 건 나뿐만이 아니야. 벌써 소문이 파다하다고. 드디어 사악한 윈델 가의 종말이 다가왔다고 말이야."

알마는 깜짝 놀라 윈델 경을 쳐다보았다. 무슨 일이 있었던 것일까? 전혀 들은 바가 없는데…….

"시치미 떼 봤자 소용없어. 얼마 전 식민지의 광산에서 있던 폭발사고 말이야. 그 사고 때문에 손해가 막심하다지? 오죽했으면 가문 대대로 내려오는 땅을 팔았겠냐고."

윈델 경의 얼굴이 딱딱하게 굳는 것을 보고 알마는 제니의 말이 과장이 아니라는 것을 깨달았다. 그러고 보니 얼마 전 워렌이 집에 왔을 때 식사자리에서 땅의 매매에 관해 이야기를 나누었던 사실이 생각났다. 한동안 엄청나게 쌓여가던 서신들도.

그랬구나. 그동안 그런 어려움을 겪고 있었구나. 왜 알려주지 않았을까. 아니, 아니지. 그런 사실을 일개 하녀가 알아서 어쩌겠는가. 하지만 알마는 윈델 경이 혼자서 마음고생을 했을 것을 생각하니 마음이 무거웠다.

"그래서 내가 도와주겠다는 거야. 내게는 남편이 남긴 재산이 좀 있어. 좀이 아니라 상당히 많지. 내가 가진 돈으로 손해를 복구할 수 있을 거야. 당신이 내게 귀족의 신분과 원래는 우리 집안의 것이었던 광산의 소유권을 공유해주기만 한다면. 어때? 꽤 괜찮은 제안이잖아?"

확실히 그녀의 제안은 합당하게 들렸다. 그러나 윈델 경은 좀처럼 타협할 의지가 없어보였다.

"내 말을 못 알아듣는 건지, 일부러 못들은 척 하는 건지 모르겠지만 난 그런 말도 안 되는 제안을 받아들일 생각이 없어. 이만 포기하고 나가주시지 그래?"

그러나 제니는 그의 말이 재미있다는 듯이 깔깔 웃었다.

"너무 그러지 마, 에드먼드. 며칠 생각을 좀 해보라고. 마음이 바뀔지도 모르잖아? 그동안 난 여기서 지낼게. 오, 이런 명문가에서 설마 손님을 홀대하진 않겠지? 남편도 없는 불쌍한 과부를 문전박대할 거야?"

제니가 가증스러운 연기를 하며 윈델 경의 약을 올렸다. 귀족의 의무와 가문의 명예를 들먹이자 윈델 경은 할 말이 없어보였다.

"마음대로 해! 변하는 건 없을 테니까."

부글부글 끓고 있는 그를 향해 제니는 한술 더 떠 말했다.

"참, 3층 비어있지? 내가 거길 써도 괜찮겠지?"

3층에 대한 말이 나오자 윈델 경의 표정이 무서워졌다.

"안 돼. 거긴 주인이 있다."

"어머? 별 일이네? 그 일이 있은 후로 거긴 비워뒀잖아."

제니가 깜짝 놀란 듯 눈을 크게 뜨며 몸을 앞으로 내밀었다.

"그렇게 당신이 집착하던 공간을 대체 누구에게 줬다는 말일까? 그것 참 궁금한데?"

알마는 또다시 심장이 철렁했다. 그녀가 숨을 들이키는 소리를 들은 것일까. 제니의 눈이 정확하게 알마를 향했다. 의미심장한 그 시선은 마치 두 사람 사이에서 일어나고 있는 일을 다 알고 있다고 말하는 것만 같았다. 참으로 묘한 상황이었다. 윈델 경이 별안간 알마에게 3층의 방을 내주겠다고 결정한 날, 일레인의 동생이라는 여자가 쳐들어와 그 방을 달라고 하다니.

물론 알마는 순순히 거처를 옮길 생각이 없었다. 대체로 베스티아 몬트의 안주인들이 기거했다던 장소, 윈델 경이 사랑했던 파멜라에게 약속했던 장소, 이제 파멜라는 없지만 그렇다고 자신이나 혹은 저 뻔뻔한 제니라는 여자가 함부로 차지할 수 있는 공간은 아니라는 생각이 들었다.

알마는 다시 한 번 자신의 의사를 전달하고 싶었지만 지금은 도저히 그럴 분위기가 아닌 것 같아 입을 다물었다. 그런데 그로버 부인의 표정이 이상했다. 그녀는 윈델 경의 결정에 대해 전혀 알지 못하고 있었던 듯 잔뜩 화가 난 얼굴로 숨을 고르고 있었다. 제니는 그런 그로버와 알마를 흥미로워하는 시선으로 한 번씩 훑어보더니 곧 어깨를 으쓱하며 말했다.

"좋아, 그럼 2층을 쓸게. 그로버 부인, 내가 지낼 방으로 안내해줘요."

제니의 요청에 그로버는 격한 감정을 가라앉히려 애쓰며 굳은 얼굴로 윈델 경을 한번 쏘아보더니 그녀와 함께 응접실을 나갔다. 두 사람이 떠나자 알마는 어찌할 바를 모른 채 서서 어두운 얼굴로 웅크리고 있는 윈델 경을 바라보았다.

"저, 그럼 저도 이만……."

알마가 입을 떼자 윈델 경이 그녀를 돌아보았다. 극심한 압박감을 느끼고 있는 듯 퀭한 그의 얼굴을 보자 알마는 마음이 아팠다. 그러나 그녀가 할 수 있는 것은 아무것도 없었다.

"알마."

윈델 경이 애원하는 듯한 목소리로 그녀의 이름을 불렀다.

"방금 들은 이야기는 신경 쓰지 마시오. 절대로 저 여자가 원하는 대로 해주진 않을 테니. 내가 다 알아서 해결할 테니까 아무 걱정 말고……."

그는 벌떡 일어서서 알마를 향해 다가왔다. 멍하니 그를 바라보고 있던 알마는 슬쩍 뒷걸음질 쳤다. 무엇을 걱정하지 말라는 것일까? 집안이 금전적인 어려움에 처해있지만 그녀의 일자리를 계속 보장해주겠다는 뜻일까? 아니면…… 제니와 결혼하지 않을 테니 걱정 말라는 뜻일까. 하지만, 만약 후자라면 제니가 아니더라도 언젠가는 윈델 경도 아내를 맞이해야 하지 않을까? 그런 상황이 오면 나는…….

가슴이 쿡쿡 쑤시는 것 같아 그녀는 서둘러 머릿속에 떠오르는 무수한 생각을 떨쳐버렸다. 그리고는 허망하게 서 있는 윈델 경을 향해 정중하게 인사를 올리고 황급히 자리를 떠났다.

* * *

혼란한 밤이 지나고 더욱 혼란한 아침이 왔다. 밤새 위층에서 들려오는 쿵쿵거리는 소리에 잠을 설친 알마는 아침 일찍부터 저택 보수를 의뢰받았다며 들이닥친 일꾼들 때문에 당황했다. 그들은 3층으로 몰려가 물건을 옮기고 청소를 하고 수리를 하기 시작했다.

윈델 경이 정말로 그 방을 사용하기로 했다는 것을 실감한 알마는 초조해졌다. 그에게 이 일에 대해 이야기하기 위해 서재로 찾아간 알마는 윈델 경과 그로버 부인이 말다툼하는 소리를 들었다. 그로버는 자신과 상의도 없이 3층을 알마에게 내주기로 한 것에 대해 윈델 경을 비난하고 있었고, 그는 결정권자는 자신이라며 언성을 높이고 있었다.

"아직은 무리하면 안 된다고 워렌 선생님께서도 말씀하시지 않으셨습니까!"

"기다릴 수 없어, 조지나. 난 더 이상 기다릴 수 없다고!"

워렌의 이름이 나오자 알마는 귀가 솔깃했다. 그녀는 문 가까이 귀를 가져다대어 보았으나 파멜라의 이름이 몇 번 튀어나온 것 외에는 두 사람이 무슨 이야기를 하는지 알아들을 수가 없었다.

알마는 결국 품위 없는 엿듣기 행동을 포기하고 걸음을 돌렸다. 조금 있다가 다시 와서 이야기해봐야겠다고 생각하며 걷는데 문득 화려한 치맛자락이 스쳐가는 것이 눈에 들어왔다. 제니였다. 그렇지 않아도 정신이 없는데 이 별난 손님은 잠시도 가만히 있지를 않았다. 자신이 데려온 하인들뿐만 아니라 알마와 그로버와 올리버까지, 눈에 보이는 사람은 모조리 부려먹지 못해 안달이 난 것 같았다.

아침부터 침대가 불편하다고 호출을 한 것을 시작으로 올리버가 정성껏 만든 아침식사에 대해 불평을 하며 음식을 다시 만들게 하더니, 이어서 거실 소파의 위치와 카페트의 색깔까지 모조리 트집을 잡아댔다. 보이는 것마다 흠을 잡으며 저택 이곳저곳을 쏘다니는 통에 알마는 골치가 아팠다. 만약 베키가 있었더라면 그 성격에 분명 큰 싸움이 났을 것이 틀림없었다.

또 무엇을 트집 잡으려나 싶어 알마는 제니가 어디로 향하는지를 지켜보았다. 그런데 그녀는 별안간 동쪽 별채로 향하는 문을 열더니 아무렇지 않게 그곳으로 쑥 들어가는 게 아닌가! 알마는 깜짝 놀라 그녀를 쫓아갔다. 그곳은 어쨌든 출입금지 구역이었다. 게다가 그곳에 있는 것은 파멜라의 초상화. 제니의 언니 일레인을 죽음으로 내몬 원인이 된 여자의 그림이 있는 곳이었다. 그녀가 보아서 전혀 좋을 것이 없었다.

알마는 제니를 말리기 위해 황급히 뒤를 따라갔지만 그녀는 걸음이 어찌나 빠른지 벌써 코너를 돌아 시야에서 사라져있었다. 무섭게 쏘아보는 그림 속 여인들의 시선을 무시한 채 거의 뛰다시피 복도를 걸어간 알마는 드디어 막다른 벽 앞에 멈춰서 있는 제니를 발견했다. 그녀는 벽에 커다랗게 걸린 파멜라의 초상화를 들여다보고 있었다. 먼 곳을 보는 듯한 그 하얀 얼굴과 다시 마주친 순간 알마는 섬뜩한 기분이 들었다.

"실례합니다, 필우드 부인. 이곳엔 들어오시면 안 됩니다."

알마가 용기를 내어 말하자 제니가 고개를 돌렸다.

"내가 누군지 그로버가 말해줬나 보군."

제니가 도전적으로 물어왔다. 알마는 침을 한번 꿀꺽 삼키고 대답했다.

"네."

"일레인이 내 언니였다는 것도 말해줬어?"

"네, 들었습니다."

알마의 대답에 제니는 별안간 깔깔 웃기 시작했다.

"일레인, 그 계집애는 멍청이였어."

갑작스러운 말에 알마는 당황했다. 왜 그런 말을 하는 거지? 언니의 복수를 하기 위해 온 게 아닌가?

"아버지는 일레인을 끔찍이도 사랑했어. 멍청하고 욕심만 많은 계집애였는데 말이야. 죽기 전에 일레인에게 모든 재산과 사업의 경영권을 넘겨주었지. 나는 15살이 되자마자 투자자금을 마련한답시고 늙은 필우드에게 팔아버리고선. 사업에 더 관심이 있었던 건 나였는데."

알마는 조용히 그녀의 말을 들었다. 갑자기 왜 이런 이야기를 시작하는 건지 알 수가 없었다.

"다행히 남편은 얼간이는 아니었어. 나는 면직물 산업에 손을 대고 있던 남편을 도와서 막대한 부를 쌓아갔지. 그동안 일레인은 아무것도 못하고 절절대다가 돈이 필요한 한량을 골라 귀족의 지위나 사기로 한 거야. 순진하게 집안의 모든 돈과 광산 경영권까지 넘겨버리고 말이야. 그 결과는…… 뭐, 말하지 않아도 알겠지만."

코웃음을 치는 제니의 말투에는 죽은 언니를 향한 애도도, 동정심도 느껴지지 않았다. 알마는 더욱 궁금해졌다. 귀족의 지위를 사려고 했던 언니를 경멸하면서 본인도 같은 목적으로 이곳에 온 것이 아닌가. 알마의 표정을 읽은 듯 제니가 손을 내저었다.

"아, 날 언니랑 똑같다고 생각하지는 말아줘. 난 협상을 하러 온 거야. 원래 내 것이었던 걸 되찾으려 말이야."

"아, 네."

그녀가 무슨 소리를 하는 건지 몰라 알마는 건성으로 대답했다. 제니는 그런 그녀를 향해 싱긋 웃더니 다시 파멜라의 초상화로 눈길을 돌렸다.

"그건 그렇고 에드먼드의 취향은 한결 같네? 이 여자가 누군지 너도 알고 있지?"

알마는 고개를 끄덕였다.

"어린 시절엔 이 여자에 빠져서 그런 엄청난 짓을 벌이더니, 지금도 하녀 하나 때문에 얼굴이 시뻘게져서 씩씩대는 것 봐. 정말 웃기다니까?"

제니가 킥킥거렸다. 알마는 어떻게 반응해야 할지 몰라 아무 말도 하지 않았다. 윈델 경과 내가 무슨 사이일거라고 생각하는 걸까? 윈델 경이 내게 잘해주시긴 하지만 우리는…….

"어머, 뭘 모르겠다는 얼굴이야?"

제니가 알마 쪽으로 돌아서며 고개를 갸웃거렸다.

"너, 이 그림 속 여자랑 똑같이 생겼잖아. 네 초상화라고 해도 믿겠는걸?"

알마는 차마 그림을 올려다보지 못하고 지그시 입술만 깨물었다.

"거봐, 알고 있잖아."

물론 알고 있었다. 그녀는 파멜라를 닮았다. 그것이 바로 윈델 경이 그녀를 파티에 데려가고, 또 파멜라에게 주려했던 방을 내주려는 이유라는 것도 잘 알았다. 어쩌면 그녀가 이곳에서 일하게 된 것 자체가 바로 그 이유 때문일지도 몰랐다.

하지만 알마는 파멜라가 아니었다. 아무리 그녀를 닮았다고 하나 알마는 파멜라가 될 수 없었다. 윈델 경의 진심을 다한 사랑의 대상이 그저 닮았다는 이유 하나만으로 갑자기 바뀔 수는 없는 노릇이었다.

"에디는 어디서 이런 닮은꼴을 찾은 걸까?"

혼잣말을 하는 것 같았지만 그것은 명백한 질문이었다.

"워렌 선생님께서 소개해주셨습니다."

알마는 정직하게 대답했다.

"팍스웰의 필립 워렌? 그 양반은 또 어떻게 널 발견했대?"

"마차 사고를 당한 걸 도와주셨습니다."

"그럼 그 전에는 어디서 일했지?"

꼬치꼬치 캐묻는 제니의 물음에 알마는 약간 망설여졌다.

"수녀원에 있었습니다."

제니는 매우 흥미롭다는 표정을 지으며 천천히 고개를 끄덕였다. 무슨 생각을 하는 걸까? 알마는 다음 말을 기다렸으나 그녀는 더 이상 묻지 않았다. 대신 그녀는 파멜라의 그림 쪽으로 다시 시선을 돌렸다.

"너, 이곳이 대대로 윈델 가의 정부들의 거처였단 거 알고 있어?"

처음 듣는 이야기에 알마는 고개를 저었다.

"복도에 걸린 그림들 말이야. 죄다 그늘 속에 살아야 했던 윈델 가의 정부들의 초상화야. 지금이야 덜하지만 예전엔 왕족에 버금가는 기세를 누리던 가문이라 안주인들도 남편의 외도를 묵인하곤 했지. 그런데 이 여자는……."

제니는 파멜라의 그림을 손가락으로 톡톡 두들겼다.

"참으로 간도 크지. 다른 여인들처럼 조용히 그림자로 살았으면 아무 일도 없었을 것을. 하녀 주제에 본부인 자리를 차지하려 하다니. 뭐, 본인도 그 행동의 결과를 예측하진 못했겠지만."

제니는 가볍게 웃더니 담담하게 말을 이어갔다.

"글쎄, 난 이 여자에게 개인적인 원한은 없어. 하지만 언니가 에드먼드와 정상적으로 결혼을 했다면 콜슨 가의 이름이 그렇게 지워지지는 않았을 텐데, 그 점에 있어서는 책임을 묻고 싶네. 그녀가 살아있을 때 만났다면 뺨이라도 한 대 세게 때려줬을 거야."

그림을 올려다보는 그녀의 눈빛은 차분한 목소리와 어울리지 않게 살벌했다. 알마는 등줄기가 오싹해지는 것을 느끼며 다시 한 번 그녀를 설득했다.

"어찌됐든 이곳에 계신 것을 보면 윈델 경께서 노하실 겁니다."

"알았어, 알았다고! 나갈게. 참, 그 전에 너 심부름 하나 해."

제니가 귀찮은 듯 손을 휘젓더니 말했다.

"상점에 가서 장갑 한 켤레만 사다주겠어? 이 동네에서 파는 최고급품으로."

갑작스런 부탁에 알마는 어리둥절했다.

"장갑 말씀이신가요? 그런 거라면 내일 상인이 오니까 그때 부탁을 하면……."

"어머, 난 오늘 저녁에 당장 필요하단 말이야."

"하, 하지만……."

"뭐지? 이런 간단한 부탁을 거절해야 할 만한 무슨 큰 이유라도 있나?"

제니가 차갑게 쏘아붙였다.

"저…… 허락 없이 외출을 해서는 안되는 게 규칙이라서요."

알마가 솔직하게 말하자 제니는 기가 막힌다는 듯 소리쳤다.

"그런 말도 안 되는 소리가 어딨어? 윈델 가에서는 손님을 이런 식으로 대우하는 건가? 뭘 그렇게 어려운 부탁이라고 하녀 따위가 내게 반발을 해?"

"그, 그런 게 아니라……."

"비켜! 그로버 부인은 어디 있지? 하녀 교육을 어떻게 시키는지 따끔하게 한마디 해야겠어. 아니, 에드먼드에게 알려주는 게 더 좋겠군. 뭐하는 거야? 비키라니까?"

펄펄 뛰는 제니를 보고 마음이 다급해진 알마는 저도 모르게 그녀의 앞을 막아섰다.

"죄송합니다. 무례를 용서하세요. 지, 지금 다녀오겠습니다."

그대로 두면 일이 커질 것 같아 알마는 재빨리 그녀의 요구를 수락했다. 허락 없이 나갔다고 혼이 나거나 징계를 받는 것보다 제니가 저택을 뒤집어엎는 상황이 되는 것이 더 견디기 힘들었다. 알마가 기세를 꺾자 제니는 그제야 만족한 표정이 되더니 빙그레 미소 지었다.

"그래, 그래야지. 네 안주인이 될지도 모를 사람의 말을 들어야지?"

그녀는 품속에서 작은 보석 하나를 꺼내어 값을 치르라고 하고는 만족스런 걸음걸이로 자리를 떴다. 알마는 그녀가 내민 보석을 손에 쥐고는 한숨을 푹 쉬었다. 정말 까다롭기 짝이 없는 여자였다.

문득 그녀는 제니의 언니인 일레인도 그녀와 비슷했을까 궁금해졌다.

만일 일레인이 제니와 같은 성격이었다면 그저 가련하고 순진한 피해자만은 아니었을 것 같다는 생각이 스쳤다. 정말 가엾은 사람은…… 알마는 우두커니 서서 파멜라의 초상화를 바라보다 이윽고 고개를 저으며 걸음을 옮겼다.

* * *

그로버는 어디 있는지 보이지 않았고 올리버는 까다로운 손님의 저녁거리를 미리 준비하느라 바빴기에 알마는 할 수 없이 혼자 저택을 나섰다. 걸어서 언덕을 내려가며 혹시라도 미친 할멈이 또 나타나 그녀를 위협하지 않을까 겁이 났지만 다행히 그런 일은 일어나지 않았다.

큰길로 나와 마차를 잡아탄 알마는 곧장 로즈미나 거리로 향했다. 언제나 아름답고 활기가 넘치는 거리는 곧 다가올 축제준비로 한창이었다. 길가에는 색색의 깃발이 걸려있었고 가게들은 장미꽃과 각종 기념품들로 장식되어 있었다. 한껏 들떠있는 거리의 분위기에 침울하던 알마의 마음도 절로 밝아졌다.

그녀는 빠른 걸음으로 길을 따라 걸으며 가장 비싸고 고급스런 여성용 장갑을 파는 가게를 찾아보았다. 한동안 걷다보니 한 건물 앞에 사람들이 여럿 모여 있는 것이 보였다. 그곳은 극장이었다. 휘황찬란한 걸개에는 '여신의 귀환'이라는 문구와 함께 '줄리아 모리스'라는 이름이 커다랗게 쓰여 있었다. 호기심이 동한 알마는 사람들 쪽으로 다가가 보았다.

"떠들어대던 것처럼 납치당한 건 아니었나 봐요."

"다른 도시로 떠난 줄 알았는데. 켄드웰에 처박혀있기엔 아까운 여자잖아."

"분명히 몰래 애를 낳고 온 걸 거야."

"이 멍청한 양반아. 석 달 만에 어떻게 애가 나와?"

"이번 축제를 맞아 무료로 공연을 한다네."

사람들이 웅성대는 소리로 보아 한동안 소식이 없던 배우가 다시 활동을 시작한 모양이었다. 무료 공연이라면 한번 가볼까? 얼마나 대단한 배우이기에 이렇게들 관심을 보일까? 외출 허락을 받으면 보러 와야지……. 잠깐 동안 거리의 소문에 귀를 기울이던 알마는 자신에게 주어진 임무를 자각하고 곧 발길을 돌렸다.

켄드웰에서 제일 유명하고 오래되었다는 양장점에 들어가 최고급 비단으로 만들어진 이브닝 장갑을 구매한 뒤, 알마는 벤이 일하는 식료품점으로 향했다. 직접적인 그의 고백에 아직 대답할 결심은 서지 않았지만 잠깐 들러 답답한 마음을 그에게 털어놓고 싶었다. 베키가 떠난 지금 벤은 그녀가 터놓고 이야기할 수 있는 유일한 친구였다. 세상에 근심이라곤 없는 듯 환하게 웃는 그의 미소가 보고 싶었다.

엘리엇 씨네 식료품점 앞까지 와서 알마는 문득 망설여졌다. 가게 주인의 딸 코라가 그녀의 방문을 싫어할 것이 분명했기 때문이었다. 잠시 고민하고 있는데 가게 근처의 구석진 모퉁이에서 남녀가 싸우는 소리가 들려왔다. 슬쩍 가서 보니 공교롭게도 그것은 벤과 코라였다. 잘 들리지는 않았지만 두 사람 사이에는 격렬한 언쟁이 오가고 있었다.

벤이 머리를 감싸 쥐며 짜증스런 몸짓을 하자 갑자기 코라가 울음을 터뜨렸다. 알마는 뜻밖의 장면을 목격한 것에 내심 놀랐다. 도대체 무슨 일인 걸까? 저렇게 찌푸린 벤의 얼굴은 처음이었다. 마치 다른 사람 같은 모습이었다.

벤이 뭐라고 한 번 더 빽 소리를 지르자 코라 역시 되받아치더니 별안간 이쪽으로 뛰어오기 시작했다. 알마는 깜짝 놀라 옆으로 비켜섰다. 울면서 뛰어가던 코라는 알마를 발견하고 흠칫 놀라는가 싶더니 형언할 수 없는 복잡 미묘한 표정을 지으며 저 멀리로 사라져버렸다. 당황한 알마가 멍하니 서있는데 마침 그녀를 알아본 벤이 이쪽으로 다가왔다.

"알마! 여긴 웬일이야?"

벤이 활짝 웃으며 그녀를 맞이했다. 알마가 보고 싶어 한 그 아름답고 눈부신 미소. 그러나 조금 전 격한 말다툼을 벌이던 사람의 표정이라곤 도저히 믿어지지 않는 얼굴에, 알마는 조금 거부감이 들었다.

"응, 저기, 지나가다가……. 그런데 괜찮아? 무슨 일이야?"

알마가 걱정스럽게 바라보며 묻자 벤의 얼굴이 조금 어두워졌다.

"별일 아니야. 그냥, 코라가 또 귀찮게 해서 말이야. 신경 쓰지 마."

그는 대수롭지 않은 듯 웃어보였지만 알마는 그의 찌푸린 눈살이 영 신경 쓰였다.

"그래서, 내가 보고 싶어서 온 거야? 아니면 뭐 도와줄 일이라도 있어?"

쾌활한 그의 목소리에는 더 이상 그 문제에 대해 말하고 싶지 않다는 뉘앙스가 섞여있어 알마는 굳이 캐묻지 않기로 했다.

"사실은……."

대신 알마는 저택에서 일어나고 있는 일들에 대해 그에게 털어놓았다. 제니에 대한 이야기를 하자 예상외로 벤은 이 초대받지 않은 손님에 대해 지대한 관심을 보였다.

"그거 정말 재미있는데? 언니의 약혼자였던 남자에게 쳐들어와 청혼이라니, 무슨 꿍꿍이지?"

"글쎄, 복수를 하려는 건 아닌 것 같아. 일레인에 대해 나쁘게 말했거든. 예전에 콜슨 가의 소유였던 여러 가지 권리들을 돌려받고 싶어 하는 것 같던데?"

"나쁘게 말하다니, 그 불쌍한 여자에 대해서 뭐라고 했는데?"

벤이 흥미로워하는 기색으로 물었지만 이미 세상을 떠난 사람에 대해 나쁜 말을 전하고 싶지 않았던 알마는 대충 얼버무렸다.

"그냥, 사이가 좀 안 좋았던 것 같더라고."

"흠, 그래?"

벤은 무언가 생각에 잠긴 얼굴로 히죽거리더니 말했다.

"저택으로 돌아갈 거지? 내가 태워줄게."

그렇지 않아도 마차를 잡으러 광장까지 돌아가는 것이 귀찮았던 알마는 기쁜 마음으로 그의 제안을 수락했다.

짐마차를 운전해가는 내내 벤은 제니에 대해 물었다. 이 낯선 여자에 대한 그의 관심이 지나치게 느껴져 알마는 의심스러운 눈길로 그를 바라보았다. 조금 전까지 한 여자를 울려놓고 이번엔 호감을 고백한 다른 여자에게 또 다른 여자에 대해 캐묻고 있다니, 벤이 사실은 엄청난 바람둥이가 아닐까 하는 생각이 들었다. 그러한 생각을 말하자 벤은 폭소를 터뜨리더니 말했다.

"돈 많고 젊은 과부가 남편감을 찾고 있다는데 남자로서 관심이 가는 게 당연하지! 뭐야, 그 눈빛은? 설마 지금 질투하는 거야? 아아, 걱정마. 나는 내 분수를 잘 안다고."

알마는 얼굴을 붉히며 그를 흘겨보았다. 어쩌면 조금은 질투가 났던 건지도 모른다.

저택에 도착하자 알마는 벤에게 감사의 인사를 건네고 곧장 제니의 방을 찾아갔다. 그녀는 자신이 데려온 하녀에게 장신구에 광을 내게 시키고는 창가에 서서 밖을 내다보고 있었다.

"말씀하셨던 것을 구해왔습니다."

알마가 다가가자 제니는 여전히 창밖을 바라보며 물었다.

"저 남자는 누구지?"

알마는 화들짝 놀라 창가로 다가갔다. 아니나 다를까, 그곳에는 벤이 아직 떠나지 않고 서서 여자들이 있는 방을 올려다보고 있었다. 눈에 띄지 말고 빨리 떠나라고 했는데, 기어이……. 알마가 원망스런 마음으로 내다보자 그는 싱긋 웃더니 연극배우처럼 큰 동작으로 인사를 하고는 그제야 마차에 훌쩍 올라탔다.

"저택에 물건을 납품하는 상인입니다. 식료품 가게 점원이에요."

"흐응, 에디가 널 그렇게 특별대우 해주는데 다른 남자를 만나고 다니는 거야? 이거야 원, 보통이 아닌데?"

제니가 재미있다는 듯이 비아냥거렸다. 제니의 하녀가 흘끗 곁눈질을 하는 게 느껴졌다. 알마는 당황하여 재빨리 변명했다.

"아, 아닙니다. 그런 게 아니라 몇 차례 그의 도움을 받아서……."

"아아, 됐어. 하녀들도 남자 좀 만날 수 있지 뭐. 잘생긴 남자잖아. 모른 척 해줄게. 그로버에게 들키지 않은 걸 다행으로 알라고. 어때? 나 같은 마나님이면 모시고 살 만하지 않겠어?"

제니는 노골적으로 자신의 야심을 드러내며 깔깔 웃었다. 그녀의 표현에 알마는 어딘가 거슬리는 기분을 느꼈다. 벤과의 관계를 단정 지어 말하는 말투 때문일까, 아니면 마치 벌써 저택의 안주인이라도 된 것 같이 행세하는 모습 때문일까. 그러나 그 자리에서 알마가 할 수 있는 것은 없었다.

"감사합니다."

적당히 비위를 맞추며 부탁했던 물건이 든 상자를 내밀자 제니는 그녀의 손에서 상자를 빼앗듯이 낚아채더니 말했다.

"참, 그로버가 널 찾더라. 방 문제로 뭔가 할 말이 있다던데?"

올 것이 왔구나. 알마는 벌써부터 머리가 지끈거리기 시작했다. 제발 그로버 부인이 윈델 경을 설득하여 마음을 돌린 것이기를 빌며, 알마는 대충 인사를 하고 방을 빠져나왔다.

10. 환상

그로버는 거실에서 그녀를 기다리고 있었다. 잔뜩 굳어있는 그녀의 표정으로 보아 무언가 뜻대로 풀리지 않은 것이 분명했다. 알마를 보자 그녀는 다짜고짜 이렇게 말했다.

"3층으로 거처를 옮기라는 윈델 경의 지시입니다. 1층의 방들은 더 이상 사용하지 않기로 했으니 오늘 저녁부터는 새로운 방에서 지내도록 하세요. 짐은 모두 옮겨놓았습니다. 별로 짐이라고 부를만한 것도 없었지만……."

어딘가 화가 난 듯한 그로버의 목소리에 알마는 주눅이 들었다. 근무한 지 얼마 되지도 않는 일개 하녀가 저택의 여주인의 방을 차지하게 되다니 그로버에게는 얼토당토않은 일임에 분명했다. 하지만 알마 역시 심기가 불편한 것은 마찬가지였다.

"그로버 부인, 죄송합니다. 하지만 저…… 저는 정말로 이번 결정을 받아들일 수가 없어요. 윈델 경께 직접 말씀드리려고 했지만 기회가 없어서…… 저, 부인께서 다시 한 번 말려주시면 안될까요?"

알마가 부탁했으나 그로버는 한숨을 내쉬며 고개를 절레절레 저었다.

"내 말이라고 듣겠어요? 저택의 주인은 윈델 경이신걸요."

그녀의 대답에 알마는 더 이상 할 말이 없었다. 그 말이 옳았다. 모든 결정권은 윈델 경에게 있었다. 그의 집에서 지내는 이상 그가 원한다면 따라야만 했다. 하지만 어째서……. 알마는 윈델 경의 과도한 호의가 이번만큼은 전혀 납득이 가지 않았다. 그녀가 파멜라와 닮았기 때문에, 그래서 그녀에게서 파멜라의 모습을 찾으려고 하는 행동이라 할지라도 이

번 결정은 지나쳤다. 알마는 윈델 경이 좋았지만 파멜라의 자리까지 침범하고 싶지는 않았다. 그것도 하필 그에게 청혼을 한 여인이 나타난 이때에!

만일 이 사실이 외부로 알려지기라도 한다면 모두 알마가 파멜라와 닮은 외모를 무기삼아 윈델 경을 구슬린 거라고 생각하지 않을까? 불만이 가득한 그로버의 얼굴에서 알마는 그러한 낌새를 읽을 수 있었다. 이대로 상황이 흘러가게 둘 순 없었다. 윈델 경과 다시 한 번 제대로 이야기를 해봐야지. 알마는 입술을 깨물며 다짐했다.

그러나 그와의 대화는 나중으로 미룰 수밖에 없었다. 곧 저녁 시간이었고 알마는 올리버를 도와 여러 가지 일을 처리해야 했다. 식사시간이 되자 윈델 경과 제니가 만찬실로 내려왔다. 제니는 고급스런 벨벳 드레스를 입고 알마가 사다준 이브닝 장갑을 착용하고 있었다. 알마의 안목이 썩 괜찮았던 것인지, 혹은 옷을 소화해내는 제니의 센스가 뛰어난 것인지 그 장갑은 그녀의 의상에 꼭 들어맞았다.

제니는 윈델 경과 마주앉은 채 마치 저택의 여주인이라도 된 듯 식사시간을 지배했다. 그녀는 올리버의 요리와 알마의 시중에 끊임없이 트집을 잡으며 자신의 집에서는 어떤 식으로 모든 것이 돌아가고 있는지를 구구절절 설명했다. 쉴 새 없는 자기자랑과 수다에 윈델 경은 진저리가 나는 얼굴이었지만 어쨌든 손님으로 온 사람을 식탁에서 쫓아낼 수는 없었기에 꾹 참고 있는 듯했다.

알마는 제니의 까다로운 요구사항에 잔뜩 주의를 기울이면서도 틈틈이 윈델 경을 곁눈질했다. 언제 이야기할 기회를 잡을 수 있을까? 제니 때문에 기분이 좋지 않아 보이는데 괜히 말을 꺼냈다가 긁어 부스럼을 만드는 건 아닐까? 하지만 내 의사는 분명히 해야……

그때 윈델 경이 알마를 향해 고개를 돌렸다. 눈이 마주치자 그녀는 화들짝 놀라 저도 모르게 얼굴을 돌려버렸다. 식탁 한가운데에 놓인 먹음 직스러운 과일 케이크에 시선을 고정하고 있으려니 윈델 경이 자신을 계속 바라보고 있는 것이 느껴졌다. 그러자 끊임없이 떠들어대던 제니가 말을 뚝 멈췄다. 두 사람 사이에 오가고 있는 무언의 긴장감을 느꼈는지, 그녀는 윈델 경과 알마를 번갈아 쳐다보더니 곧 쌀쌀한 목소리로 지시했다.

"알마, 새 스푼을 가져와. 디저트용 스푼을 빼먹었잖아. 어쩜, 정신머리가 있는 건지. 너보다 어린 내 하녀도 아는 것을⋯⋯."

순간 윈델 경이 눈살을 찌푸리며 무언가 말하려 하는 것이 보여 알마는 재빨리 선수를 쳤다.

"죄송합니다, 필우드 부인. 곧 가져다드리겠습니다."

그리고서 알마는 얼른 만찬실을 빠져나왔다.

폭풍전야 같았던 식사시간을 무사히 넘겼지만 윈델 경과 단둘이 이야기할 틈은 결국 생기지 않았다. 제니는 저녁 내내 그의 곁에 딱 붙어있었고 하루 종일 그녀에게 시달린 윈델 경은 피곤하다며 먼저 잠자리에 들었다. 할 수 없이 대화는 내일을 기약해야 했지만 오늘은 꼼짝없이 파멜라의 방에서 자야한다는 사실에 알마는 겁이 났다.

올리버에게 저녁인사를 하고 3층으로 올라온 알마는 문제의 방 문 앞에 서서 한숨을 푹 쉬었다. 천천히 문을 열자 낮 동안 소란스러웠던 그 방은 마치 늘 사람이 들었었던 것처럼 아늑하고 깔끔하게 변해있었다. 커다란 침대와 옷장, 커다란 창문과 책상. 모든 것이 아래층의 방보다 두 배는 더 커보였다.

생소한 공간에 서서 꾸물대던 알마는 우선 옷을 갈아입기 위해 옷장을 열었다. 그리고 그 안에 걸려있는 수많은 드레스를 발견하고 깜짝 놀랐다. 파멜라를 위해 준비된 것이었던 아름다운 옷들이 모두 알마의 옷장 안에 들어있었다. 그중에는 윈델 경이 울버웰에서 알마에게 사주었던 디자이너의 드레스도 있었다. 뿐만 아니라 아래쪽의 선반에는 액세서리가 가득 담긴 보석함과 여러 켤레의 구두도 놓여있었다. 멍하니 물건들을 바라보던 알마는 심장이 두근거려 얼른 옷장 문을 닫아버렸다.

알마는 천천히 방을 걸어가 폭신한 침대 위에 걸터앉았다. 그녀가 앉은 곳에서 다른 방으로 이어져있는 문이 정면으로 보였다. 파멜라의 유령을 마주한 곳. 알마는 침을 꿀꺽 삼키고는 그 문을 노려보았다. 저 문 뒤에 여전히 파멜라가 있을 것만 같았다. 윈델 경은 알고 있을까? 그녀가 여전히 이 저택 안을 배회하고 있다는 것을. 그녀에게 약속했던 이 방을 여전히 떠나지 않고 있다는 걸 그는 알까? 아니, 그 사실을 알았다면 내게 이 방을 내주지도 않았겠지. 이 사실을 알려주는 게 좋을까? 아냐, 어쩌면 내가 정말로 악몽을 꾼 것인지도 몰라. 오히려 나를 이상하게 보게 되는 건 아닐까?

알마는 수많은 고민에 휩싸인 채 침대 위에 몸을 누였다. 그녀는 두려웠다. 파멜라의 영혼이 도사린 공간 안에서 밤을 보내야 한다는 것이 두려웠다. 윈델 경이 자꾸만 그녀에게 다가오는 것이 두려웠다. 그리고, 그가 결국 제니의 청혼을 받아들일까 두려웠다. 그녀를 바라보는 그 집요한 시선이, 그 깊은 푸른 눈동자가 언젠가 떠나갈 거란 사실이 두려웠다.

알마는 눈을 감았다. 하루 종일 신경을 쓴 탓에 피로와 두통이 몰려왔다. 옷도 갈아입고, 워렌에게 편지도 쓰고, 촛대의 불도 꺼야했지만 모든 것이 귀찮았다. 매력적인 제니의 당돌한 태도, 윈델 경의 어두운 시선, 어딘가 이상했던 벤의 행동, 울고 있던 코라를 차례로 떠올리다가 알마는 그만 그대로 잠이 들고 말았다.

* * *

이마에 닿는 누군가의 손길이 느껴져 알마는 슬며시 눈을 떴다.

"미안, 내가 깨웠어?"

다정한 목소리……. 알마는 그녀를 내려다보고 있는 이의 얼굴을 빤히 바라보았다. 환하게 빛나는 햇살에 둘러싸인 채 부드럽게 웃고 있는 하얀 얼굴. 윈델 경이었다. 어쩐지 조금 앳되어 보이는 그 얼굴에는 눈과 뺨을 가로지르는 흉터가 없었다. 꿈인가?

"아니, 에디. 네 생각을 하고 있었어."

알마의 입술에서 자신의 의지와 상관없이 말이 흘러나왔다.

"걱정 마, 이렇게 여기 있잖아."

윈델 경이 웃으며 그녀의 손을 잡았다.

"우리가 결혼하면 지겹도록 붙어있을 건데 뭘. 잠시라도, 아무 생각할 틈도 없도록 말이야."

그가 그녀의 손등에 입을 맞추더니 그녀의 이마와 머리카락을 사랑스럽게 쓸어내렸다. 생생한 촉감에 알마는 놀랐다. 그리고 이것이 꿈이 아닌 누군가의 기억이라는 것을 깨달았다.

"또 그 소리야……. 그럴 수 없다는 거 알잖아."

웃으면서 대답하고 있지만 가슴이 콕콕 쑤시는 듯한 느낌이 들었다.

"난 그냥 지금으로 만족해, 에디. 그냥 잠깐씩 이렇게 같이 있을 수 있다면 난 그걸로 충분해."

옅은 미소를 머금은 채 그가 고개를 저었다.

"아무 말 하지 마, 파멜라. 내가 다 알아서 할게. 너를 꼭 윈델 부인으로 만들어 줄 거야. 아무도 너에게 뭐라고 하지 못하도록, 누구도 우리 사이를 방해하지 못하도록. 반드시 그래야만 해. 그래야 우리 아이도 행복해질 수 있어."

그가 알마의 배에 손을 올렸다. 문득 그녀는 이루 말할 수 없는 행복과 슬픔을 동시에 느꼈다.

"넌 그냥 아무 걱정 말고 쉬어. 날 믿어줄 수 있지?"

복잡한 심경 속에 일말의 희망을 가지며 그녀는 고개를 끄덕였다. 그러자 윈델 경이 눈부시게 미소 지었다.

"약속할게. 조금만 기다려줘, 파멜라. 사랑해."

그가 몸을 숙이더니 그녀를 꼭 끌어안고 오래도록 입을 맞추었다. 알마는 두 팔로 그의 목을 감고서 진한 그의 입맞춤을 음미했다. 행복했다. 너무나 행복해서 마음이 벅찼다. 그러나 그토록 다정하게 내려다보는 시선이 정말로 누구를 향한 것인지 잘 알았기에, 알마는 너무나도 슬펐다.

"사랑해, 파멜라."

그의 고백을 듣는 순간, 주르륵 눈물이 흘러내렸다.

"사랑해, 에디……."

알마는 무의식중에 중얼거렸다. 그리고는 자신이 내뱉은 말에 놀라 눈을 떴다. 순간 '탁'하고 문이 닫히는 것 같은 소리가 들렸다. 알마는 재빨리 몸을 일으키고는 주위를 둘러보았다. 태양처럼 빛나던 아름다운 윈델 경의 얼굴도, 투명하리만치 맑은 파란 시선도, 새하얀 빛도 어느새 모두 사라지고 없었다. 대신 그녀를 짓누르고 있는 것은 커다란 창문으로 새어 들어오는 음울한 달빛 뿐.

알마는 촉촉해진 눈가를 문지르며 방금 전 꿈속에서 보았던 장면이 무슨 의미일지 생각해보았다. 당혹스러웠다. 그리고 마음이 아팠다. 이런 경험은 처음이었다. 악몽과 환청에 시달린 적은 종종 있었지만 이토록 생생하게 다른 누군가의 감정과 기억에 동화되는 것은 처음이었다. 그것은 정말 이 공간 안에 남아있는 파멜라의 기억이었을까? 아니면 그저 알마의 상상이었을까.

그녀는 침대를 빠져나와 닫힌 문 쪽으로 걸어갔다. 가만히 귀를 대어보 았지만 아무 소리도 들리지 않았다. 이 문을 열면 새하얀 파멜라의 유령 이 그녀를 지켜보고 있을 것만 같았다. 당신이냐고, 당신이 이런 꿈을 꾸게 한 거냐고, 어째서 자꾸 내 곁을 맴도는 거냐고 물어보고 싶었다. 하지만 그녀를 다시 마주할 용기는 나지 않았다.

한동안 넋이 나간 듯 멍하니 서 있던 알마는 천천히 몸을 돌렸다. 그녀 가 걸음을 떼는 순간 문 너머에서 희미한 아이들의 웃음소리가 들려왔 다. 알마는 오싹한 기분에 후다닥 뒷걸음질 쳤다. 숨죽인 채 잠시 기다 렸으나 더 이상 어떠한 소리도 들려오지 않았다. 알마는 소름이 돋아난 팔을 문지르며 다시 침대로 돌아왔다. 내일은 정말로 윈델 경과 담판을 지어야 할 것 같았다.

* * *

불쌍한 하녀가 어떤 밤을 보냈는지는 아무 상관없다는 듯 베스티아 몬 트의 하루는 시끌벅적하게 시작되었다. 그 소란함의 주인공은 물론 제니 였다. 그녀는 아침부터 자기 방에 벌레가 나왔다며 비명을 질러 저택의 모두를 깨워놓더니 목욕물이 따뜻하지 않다며 바쁜 그로버와 알마를 괴 롭혀댔다. 게다가 아침식사를 하러 식당으로 내려와서는 윈델 경을 보자 마자 인사도 하지 않고 대뜸 이렇게 말하는 것이었다.

"아직도 결심이 서지 않았어, 에디? 우리에게 서로 도움이 되는 아주 좋은 조건인데 고민을 너무 오래하는 거 아냐?"

그러나 윈델 경은 표정 하나 바꾸지 않고 대꾸했다.

"다시 한 번 말하지만 헛수고는 그쯤 하는 게 좋을 거야. 당신은 나한 테서 아무것도 가져갈 수 없으니까."

"어머, 그래? 어디 한번 두고 보자고."

제니는 의미심장하게 웃더니 알마에게로 시선을 던졌다. 그녀가 갑자기 바라보며 싱긋 웃는 통에 알마는 깜짝 놀랐다. 그러나 제니는 곧 주변의 모든 것을 무시하고 빵에 잼을 바르며 윈델 경을 향해 이런저런 얘기들을 쏟아내기 시작했다.

경쾌한 목소리로 조잘대는 제니와 귀찮은 기색이 역력하면서도 말없이 그녀의 말을 듣고 있는 윈델 경을 보며, 알마는 문득 두 사람이 꽤 어울린다는 생각이 들었다. 그들에게는 알마 같은 신분의 사람이 결코 흉내 낼 수 없는 타고난 분위기 같은 것이 있었다. 여유와 기품, 그리고 당당함. 알마가 아무리 값비싼 드레스를 입고 귀족 행세를 한다고 해도 결코 그러한 분위기를 풍길 수는 없을 것이었다.

그런 생각이 들자 알마는 윈델 경에게 다소 거리감이 느껴졌다. 그는 그녀와 다른 세계의 사람이었다. 그가 알마에게 호감을 보이고 호의를 베푼다고 해도 그녀는 그의 세계에 속할 수 없는 사람이었다. 그의 모든 것을 가지려했던 파멜라가 어떻게 되었던가. 알마는 화사하게 빛나는 제니를 바라보며 자신의 위치를 다시 한 번 실감했다.

오전의 일과가 끝나고 알마는 드디어 윈델 경과 단 둘이 있게 될 기회를 잡을 수 있었다. 제니가 윈델 경을 조르다 포기하고 자신의 하녀와 함께 정원 산책을 나간 동안 그가 거실로 차를 가져오도록 요청했기 때문이다.

두 손에 쟁반을 받쳐 든 채, 알마는 어떤 회유와 애원과 강요와 변명이 있더라도 자신의 뜻을 확실히 전달하겠다는 다짐을 굳게 되새기며 거실로 들어갔다. 서류와 편지 따위를 펼쳐놓고 있던 윈델 경은 알마가 들어오는 것을 보자 즉시 물건들을 한쪽으로 치웠다.

"차를 가져왔습니다."

알마는 일부러 단호하고 분명한 목소리를 내며 찻잔과 주전자를 탁자

위에 내려놓았다.

"새 방은 마음에 드나?"

윈델 경이 기다렸다는 듯 물어왔다. 그의 질문에 알마는 옷자락을 꼭 쥐며 대답했다.

"사실, 그것 때문에 드릴 말씀이 있어서요."

윈델 경은 아무것도 모르겠다는 듯 순진무구한 표정으로, 그리고 한편으로는 어딘가 기대하는 듯한 표정으로 알마를 바라보았다. 그 표정에 마음이 약해지려는 것을 억지로 견디며, 알마는 작게 심호흡을 한 뒤 말했다.

"과분한 친절을 베풀어주신 것은 감사하지만, 역시 제가 그 방에서 지내는 것은 무리인 것 같습니다. 원래의 거처를 돌려주시면 좋겠어요."

"어째서? 뭔가 불편한 게 있나?"

"그, 그런 게 아니라……."

"말해보시오."

윈델 경이 쉽사리 말을 들어줄 것 같지 않아 알마는 초조해졌다. 그러나 밤마다 그녀를 괴롭히는 영적 존재에 대한 이야기를 한다면 그가 어떤 눈빛을 보낼 것인가가 걱정되었다. 그의 앞에서 파멜라의 이름을 입에 올리고 싶지 않았다. 알마에게 고정된 저 깊고 푸른 눈이 슬픔에 잠긴 채 공허하게 변하는 것이 싫었다. 하지만 지금은 별다른 도리가 없었다.

"파멜라의 영혼이 보여요."

망설임 끝에 알마는 입을 열었다. 예상대로 그 이름을 내뱉자마자 윈델 경의 눈빛이 흔들렸다.

"그녀는…… 밤마다 여전히 이 저택을 배회하고 있어요. 윈델 경께서 제게 내주신 방에, 원래 그녀의 것이었던 그곳에 그녀의 흔적이 너무나 짙게 배어있어 저는 견딜 수가 없어요. 그녀의 기억이, 그녀의 감정이 너무 생생하게 느껴져서…… 그녀의 존재가 저를 지켜보는 것처럼 느껴져서, 저는……."

윈델 경이 자리에서 벌떡 일어났다. 그는 비틀거리며 그녀에게 다가오더니 넋이 나간 사람처럼 떨리는 목소리로 물었다.

"어떤, 어떤 기억이지? 파멜라가, 그녀가 보인다고? 자세히 얘기해보시오!"

예상했던 반응이건만, 알마는 마음 한구석이 아렸다. 그녀에게 잘해주면서도, 마치 그녀가 특별한 여자인 것처럼 굴면서도 옛 연인의 이름에 표정이 바뀌는 그가 어쩐지 야속했다. 그리고 한편으로는 그 애처로운 모습에 안타까움도 느껴졌다.

"저는…… 잘 모르겠어요. 그렇지만 그곳이 제가 있을 곳이 아니라는 것은 분명합니다. 그러니 원래의 방을 돌려주세요. 저를 파멜라 대신으로 삼으시려는 게 아니라면요!"

알마는 일부러 가시를 담아 자신의 주장을 피력했다. 그것이 효과가 있었던 것인지 윈델 경은 멈칫하더니 매우 당혹스러운 표정을 지었다.

"알마."

그는 불안하게 시선을 옮기며 더듬거렸다.

"아니, 아니오. 그런 게 아니야. 왜 그런 말을 하지? 나는…… 아니라고 했잖소."

"하지만…… 그렇게밖에 생각할 수가 없는 걸요. 그리고 이러다가 필우드 부인께서 오해라도 하시면……."

제니를 언급하자 윈델 경의 얼굴이 무섭게 굳어졌다.

"그게 무슨 소리요? 그 여자는 상관없어."

"죄송합니다. 저는 두 분이 잘 어울려 보이셔서……."

알마의 말에 그는 기가 막힌다는 듯 고개를 젓더니 그녀의 손을 덥석 잡아 소파로 이끌었다.

"알마."

그는 알마를 소파에 앉히고는 그녀의 손 위에 자신의 손을 포갠 채 타이르듯 말을 이었다.

"그 여자에 대해선 아무것도 걱정할 필요 없어. 난 결코 저 여자에게 응할 생각이 없으니. 저러다 제풀에 지쳐 떨어질 테니 무슨 소릴 하든 못 들은 체 하시오. 알겠지?"

알마는 윈델 경의 얼굴을 빤히 바라보았다. 그의 말에 확신이 들기보다는 그가 왜 이런 설명을 자신에게 구구절절 하는 것인지 의아하기만 했다. 자신은 그저 하녀일 뿐인데……

"저하고 상관이 있나요……"

결국 알마는 고개를 푹 숙이며 중얼거렸다.

"상관이 없다고 생각하나?"

그의 목소리가 낮고 깊게 그녀의 귓가를 파고들었다. 묘한 분위기에 알마의 심장박동이 빨라졌다.

"저는…… 제가 감히 무엇을……"

그 순간, 윈델 경이 한 손으로 그녀의 턱을 들어 올리더니 그녀의 입술에 키스했다. 그러자 그녀의 마음을 어지럽히던 모든 것들이 새하얗게 변해버렸다. 그의 입맞춤은 부드럽고 뜨거웠다. 더 이상 그 어떤 설명도, 어떤 변명도 필요 없었다. 지금 이 순간 그는 완벽하게 알마의 것이었다. 두 사람 사이의 신분도, 이해관계도, 제니도, 심지어 파멜라도 그들을 방해할 수 없었다.

그녀를 갈망하는 윈델 경의 몸짓에 알마는 어쩐지 자신이 생겼다. 파멜라를 닮았기 때문이었든 어쨌든 그는 그녀를 좋아하고 있었다. 이미 두 사람 사이에 형성된 친밀한 감정을 제니는 결코 무너뜨릴 수 없을 것이다.

"에디……."

밀려드는 벅찬 감정에, 알마는 저도 모르게 윈델 경의 이름을 신음처럼 내뱉었다. 그러자 윈델 경이 잠시 움찔하는가 싶더니 더욱 격렬하게 그녀의 입술을 빨아들였다. 그리고 그녀를 끌어안은 채 소파 위로 엎드러졌다.

알마는 정신을 차릴 수가 없었다. 방을 바꿔달라고 담판을 짓겠다는 각오는 벌써 잊혀진지 오래였다. 그를 갖고 싶었다. 그의 사랑을 차지하고 싶었다. 도덕적이지 않은 일이라고 해도 상관없었다. 뜨겁게 안아오는 그를 밀어낼 수 없었다. 아니, 밀어내고 싶지 않았다.

그때 거실의 문이 벌컥 열렸다. 두 사람은 화들짝 놀라 반사적으로 서로를 밀어내며 몸을 일으켰다.

"에디, 저 마거리트는 당신의 정원에 전혀 어울리지 않는다니까? 역시 내 말대로 뽑아버리고 다른 걸 심는 게……."

속사포처럼 말을 쏟아내며 방으로 들어오던 제니가 소파 위에 엉켜있던 두 사람의 모습을 보고는 충격을 받은 듯 말을 멈췄다.

"어머나, 내가 방해했나봐? 미안해라. 정원 따위야 나중에 들여다봐도 되었을 걸."

그러나 그것도 잠시, 제니는 묘한 표정을 지으며 빈정거리기 시작했다. 제니의 비웃음에 윈델 경은 머리를 쓸어 넘기며 있는 대로 인상을 썼다.

"남의 집을 헤집고 다닐 줄은 알면서 노크를 하는 법은 모르나?"

다시 시작된 두 사람의 신경전에 알마는 정신이 번쩍 들었다. 내가 도대체 무슨 짓을! 이게 무슨 꼴이람! 그녀는 얼굴이 시뻘게진 채 자리에서 벌떡 일어나 허둥지둥 옷매무새를 가다듬었다.

"시, 실례했습니다."

"기다려, 알마!"

윈델 경이 부르는 소리가 들렸지만 알마는 뒤도 돌아보지 않고 부리나케 거실을 빠져나왔다.

* * *

내가 미쳤지……. 복도의 바닥을 벅벅 닦으며 알마는 생각했다. 도대체 무슨 생각이었을까. 알마는 분위기에 휩쓸려 경솔하게 행동한 자신을 비난했다. 고용주와 소파 위에서 뒹굴며 키스를 하는 모습을 혹시라도 이 집의 안주인이 될지도 모를 사람에게 들키다니. 아니, 끝내 그럴 일이 없다고 해도 하녀가 집주인과 애정행각을 벌이다 다른 사람에게 발각된 것은 앞으로의 경력에 크나큰 오점이었다.

알마는 그런 행동을 한 자기 자신을 용서할 수 없었다. 그리고 한순간이나마 말도 안 되는 생각을 했던 스스로가 너무나 어리석게 느껴졌다. 윈델 경을 가지고 싶다니, 그가 그녀를 좋아하는 게 확실하다니, 어떻게 그토록 주제넘은 생각을 할 수가 있었는지 기가 막힐 지경이었다. 물론 윈델 경이 매력적인 남자임에는 틀림없었다. 그가 그녀에게 호감을 나타내는 것은 황홀한 일이었다. 그러나 마음속으로 그를 흠모하는 것과 그와 육체적인 접촉을 하는 것은 전혀 다른 문제였다.

남작부인의 파티에서도 그와 키스를 하긴 했었다. 하지만 그것은 한 번의 해프닝으로 넘겼어야 하는 일이었다. 그가 아무리 그녀에게 잘해준다고 해도 그런 일이 또다시 반복되게 둔 것은 그녀의 잘못이었다. 선을 분명히 그었어야 했다. 그러나 그가 다가오는 순간, 그녀는 자신의 감정을 조절할 수가 없었다. 마치 진짜로 그의 연인이라도 된 것처럼 그녀는 그의 품에 안겨 애정을 확인받고 싶었다. 아마도 지난밤의 꿈 때문이겠지……. 다정하게 나를 안아주던 윈델 경의 꿈. 아니, 하지만 그가 그토록 사랑스럽게 바라보던 것은 내가 아니었는데……. 마루의 얼룩을 문지르다 말고, 알마는 커다랗게 한숨을 쉬었다.

그때 쿵쿵거리며 이쪽으로 다가오는 발소리가 들렸다. 뒤를 돌아보니 제니가 무언가를 손에 든 채 분노에 찬 얼굴로 그녀를 향해 다가오고 있었다.

"필우드 부인?"

알마가 일어서려 했으나 성큼성큼 다가온 제니는 팔을 크게 휘두르더니 그대로 그녀의 뺨을 짝 소리가 나도록 후려쳤다.

"하녀 주제에 날 놀리는 거야, 뭐야?"

깜짝 놀라 아무 말도 못하는 알마를 향해, 제니는 어제 그녀가 사다준 장갑을 던졌다.

"이딴 싸구려 물건을 가져오다니 일부러 날 골탕 먹이려고 그랬던 거지? 내가 준 보석을 빼돌려 사기를 치려고?"

한손으로 얼얼해진 뺨을 감싼 채, 알마는 제니가 던진 장갑을 주워들었다. 어제 저녁 식사 때까지만 해도 멀쩡했던 그 비싼 장갑은 마치 헌것처럼 올이 나가고 실밥이 삐져나와있었다. 알마는 제니가 왜 갑자기 장갑에 트집을 잡는지 잘 알고 있었다. 하지만 별달리 할 수 있는 말이 없었다.

"죄송합니다, 필우드 부인. 제가 가게에서 확인했을 때만 해도 최상품이었던……."

"변명은 집어치워! 난 너 같은 부류를 아주 잘 알아. 하녀 주제에 주인의 물건에 손대는 여자들 말이야!"

제니는 사방이 쩌렁쩌렁 울리도록 소리쳤다.

"조금만 총애를 해주면 금세 제 주제를 모르고 기어오르지. 마치 자기가 뭐라도 된 것처럼! 반반한 얼굴만 믿고 돈 많은 남자를 꼬드겨서 귀부인 자리를 차지해보려는 여자는 널리고 널렸다고. 그것 때문에 인생이 꼬여버리는 불쌍한 아가씨들은 안중에도 없지? 왜, 이 저택에서도 있었잖아? 사람들이 죽어나가고 집이 홀라당 타버렸던 그 기록적인 이야기 말이야. 그 일을 또 재현할 셈이야? 그렇지 않아도 바닥인 에디의 평판을 얼마나 더 떨어뜨리고 싶어서 그래? 에디가 울버웰에 다녀간 이후로 무슨 말들이 돌고 있는지 알기나 해?"

알마는 온 몸이 부들부들 떨렸다. 제니의 날카로운 말들이 아프게 날아와 가슴에 꽂혔다. 물론 알고 있었다. 그날 파티에서 수군거리는 귀족들의 말을 그녀는 들었다. 이 저택에서 무슨 일이 있었는지, 그로 인해 얼마나 많은 사람들이 불행해졌는지도 익히 들어 알고 있었다. 그렇기에 그녀는 제니에게 맞설 수 없었다. 한순간이나마 헛된 환상에 취한 것은 사실이었기 때문이다.

"너 같은 것 때문에 언니가 죽고 우리 집안이 망했어. 그런 일이 또 일어나게 둘 줄 알고? 어림도 없어. 내 앞에선 절대 안 돼!"

제니가 사납게 소리치며 다시 손을 높이 들었다. 알마는 눈을 질끈 감았다.

"지금 뭐하는 거야?"

그 순간 윈델 경의 날카로운 목소리가 들렸다. 그는 재빨리 달려와 제니를 밀치고 두 사람을 떨어뜨려놓았다. 알마를 살피던 그는 빨갛게 부어오른 그녀의 뺨을 보고 곧바로 무슨 일이 있었던 것인지 깨달았다.

"이게 무슨 짓이야?"

"주제넘은 고용인에게 교육을 좀 시켰지. 왜? 하녀에게 이런 것도 못하는 거야?"

"이……."

뻔뻔한 그녀의 말에 그의 얼굴이 살벌하게 변했다. 이성을 잃은 그는 제니를 벽에 쾅 소리가 나도록 밀어붙이고는 죽일 듯이 그녀의 목을 졸랐다. 뜻밖의 행동에 알마는 깜짝 놀라 소리쳤다.

"윈델 경!"

알마가 뜯어말리려 했지만 분노에 찬 윈델 경은 꿈쩍도 하지 않았다.

"지금껏 당신의 지나친 행동들을 다 참아주었지만 이번엔 도가 지나쳤군."

그가 이를 악물며 말하자 제니는 목이 졸려 콜록거리면서도 실성한 여자처럼 웃기 시작했다.

"도를 넘은 건 너잖아, 에디."

복도에 울려 퍼지는 제니의 웃음소리가 너무나 기괴해서 알마는 소름이 돋았다.

"아주 재미있는 이야기를 들었는데 말이야."

"뭐라고?"

"네가 무슨 일을 꾸미고 있는지 다 알고 있다고!"

이렇게 말하며 그녀는 윈델 경의 어깨 너머로 알마를 쳐다보았다. 그 의미심장한 말에 윈델 경의 어깨가 파르르 떨리는가 싶더니 그는 곧 제니의 목을 조르고 있던 손을 놓아주었다. 그리고서 그는 불안한 눈길로 알마를 돌아보았다.

"알마, 방으로 돌아가시오."

어딘가 다급한 그의 지시에 아직도 경악에 차있는 알마는 망설였다.

"하, 하지만……."

"어서!"

윈델 경이 차갑게 소리쳤다. 알마는 눈을 동그랗게 뜨고 심각한 얼굴의 윈델 경과 아픈 목을 문지르면서도 승리감에 도취된 표정을 하고 있는 제니를 번갈아 쳐다보았다. 지금부터 두 사람 사이에 무슨 이야기가 오갈지, 혹은 무슨 일이 벌어질지 걱정스럽고 또 궁금했지만 그녀는 고용주의 말을 거역할 수 없었다. 게다가 방으로 돌아가란 윈델 경의 지시는 명령이라기보다 애원에 가까운 느낌이었다.

알마는 침을 한번 꿀꺽 삼키고는 걸음을 돌렸다. 따갑게 쏘아보는 두 사람의 시선을 뒤로 한 채, 그녀는 도망치듯 자리를 벗어났다.

11. 성 크리스토프 전야

고용인 휴게실로 도망쳐온 알마는 구석에 웅크리고 앉아 놀란 가슴을 진정시키려 애썼다. 제니에게 맞은 뺨이 쓰리고 얼얼했다. 그러나 그녀를 정말로 놀라게 한 것은 윈델 경의 행동이었다. 그에겐 곁에 있는 사람을 주눅 들게 하는 강압적인 분위기가 있었지만 아무리 화가 났다고 해도 숙녀에게 그토록 폭력적인 행동을 보인 것은 다소 충격적이었다.

물론 폭력을 먼저 행사한 쪽은 제니였다. 그녀가 제니에게 얻어맞은 것을 보자마자 미친 듯이 화를 내며 그녀의 편을 들어준 것은 한편으로는 고마운 일이었다. 그렇지만 그가 그렇게 거친 행동을 할 수 있다니, 알마는 분노에 찬 그의 눈빛을 떠올리며 두려움에 떨었다.

알마는 숨을 고르며 지금쯤 두 사람이 무슨 이야기를 하고 있을지 생각해 보았다. 제니는 마치 윈델 경의 약점을 알고 있는 것처럼 말했다. 그리고 그것이 사실이었는지 윈델 경은 눈에 띄게 당황하며 알마를 멀리 보내버렸다. 그녀가 알고 있는 윈델 경의 비밀은 무엇일까? 혹시 알마 자신과 관련이 있는 것일까? 알마는 윈델 경이 아직까지 자신에게 숨기고 있는 것이 무엇일지 너무도 궁금했다.

또한 그녀는 마음의 정리를 해야 할 필요성을 느꼈다. 꽤 거칠게 몰아붙이긴 했지만 제니의 말은 틀린 데가 없었다. 알마의 존재는 그렇지 않아도 오해가 겹겹이 쌓여있는 윈델 경의 평판에 해가 될 뿐이었다. 과거 파멜라에게 그러했던 것처럼, 윈델 경이 알마를 선택할 일은 없을 것이고 혹시나 그런 일이 일어난다 하더라도 그것이 해피엔딩일 리는 없었다. 윈델 경이 언젠가 새로운 여자를 맞아들이게 되었을 때 그가 계속 알마를 신경 쓰고 있다면 좋을 것이 하나도 없었다.

알마는 막연히 그에 대한 마음을 품는 대신 현실을 직시하기 시작했다. 그래, 더 이상 그의 호의에 반응하지 말자. 나는 그에게 어울리지 않는 사람이야. 내가 파멜라와 다르다는 사실을 깨닫게 되면, 그도 곧 멀어지게 되겠지…….

알마는 두 손을 꼭 쥔 채 아무 소리도 들리지 않는 문 쪽을 흘끗 돌아보았다. 일을 그만둬버릴까도 생각해 보았지만 그것은 일자리를 소개해 준 워렌에게 너무 미안한 일이었다. 게다가 베스티아 몬트를 나가면 그녀는 당장 갈 데도 없었다. 알마는 우울하고 혼란스러운 마음을 차근차근 더듬으며 더는 윈델 경을 생각하지 않겠다고 결심하고 또 결심했다.

그날 저녁 윈델 경과 제니는 식당으로 내려오지 않았다. 그들은 서재에 틀어박혀 한참동안을 언쟁을 벌였다가 폭언을 퍼부었다가 침묵을 유지했다가 하며 밤늦게까지 이야기를 나누었다. 그리고 다음날 아침, 상황은 뜻밖의 전개를 맞이했다. 제니가 자신의 목적을 달성하고 승리를 거머쥔 것이다.

"고마워. 그동안의 명성과 실적에 누가 되지 않게 최선을 다할게. 뭐, 어차피 원래는 내 것이었지만 말이야."

어떻게 된 일인지 제니는 윈델 경으로부터 식민지 광산의 경영권에 관한 문서를 얻어내고는 결혼신청을 철회했다. 원하는 것을 얻게 되자 그녀는 더할 나위 없이 기쁜 얼굴로 지체 없이 저택을 떠났다.

"잘 있어, 에디. 당신의 그 멍청한 계획이 꼭 성공하길 바랄게. 아, 나중에라도 나랑 결혼하고 싶어지면 꼭 말하고. 언제든지 받아줄 테니까."

제니의 경쾌한 작별 인사에 윈델 경은 불쾌한 얼굴로 입을 꾹 다물고 아무 대꾸도 하지 않았다. 그녀의 갑작스런 퇴장에 알마는 무척 당혹스러웠다. 끝까지 윈델 경을 괴롭히며 자신을 구박할 줄 알았는데……. 알마는 제니가 떠난 것이 다행스러우면서도 도대체 그녀가 윈델 경에게 무슨 말을 한 것인지 의아했다. 어떻게 된 일인가 알아볼 새도 없이 윈델 경은 자신의 방에 틀어박혀 버렸고 베스티아 몬트는 금세 다시 평소의 모습으로 돌아갔다.

그로버는 윈델 가의 자산의 일부를 순순히 내어주게 된 것에 대해 불만을 감추지 못했다. 그렇지 않아도 형편이 기울고 있는데 간악한 여자의 꾀에 놀아나 손해를 보았다며 분노했다. 그러나 이미 광산의 권리는 넘어가 버렸고 윈델 경은 입을 꾹 다물고 있었기에 더 이상 어찌할 도리가 없었다.

며칠 뒤 방문한 벤에게 이 이야기를 하자 그는 무척이나 즐거워하는 얼굴로 히죽거렸다.

"그 여자가 뭔가 엄청난 약점이라도 잡은 모양이지? 높은 분들은 고귀한 척 하지만 털어보면 항상 지저분한 것들이 쏟아져 나오는 법이거든. 제니라는 그 여자도 참 대단하네. 이 집 주인을 상대로 그런 도전을 할 배짱을 부리다니 말이야. 하긴 맞는 말이긴 하지. 원래 그건 콜슨 가의 사업이었으니까."

그리고서 그는 이번에는 이틀 뒤로 다가온 축제에 대해 신나게 떠들어 대기 시작했다. 알마는 어쩐지 석연치 않은 기분이 들었지만 함께 축제에 가자는 벤의 제안을 수락했다. 뛸 듯이 기뻐하는 그를 보며, 알마는 정말로 벤에게 좀 더 마음을 열어야겠다고 결심했다.

그로버에게 외출 허락을 부탁하자 그녀는 의외로 흔쾌히 알마의 요청을 들어주었다.

"성 크리스토프 전야제는 온 마을이 함께 즐기는 축제지요. 예외적이긴 하지만 이런 날에 나가지 못하게 하는 것도 안 될 말이니, 즐겁게 다녀 오도록 해요."

그로버의 허락에 알마는 한결 마음이 놓였다. 벤과 함께 보낼 즐거운 하루를 기대하며 알마는 그동안 있었던 골치 아픈 일들에 대한 생각을 어느 정도는 잊을 수 있었다.

시간은 금방 지나가 어느덧 약속했던 날이 되었다. 온 마을이 기념하는 축제의 영향인지 늘 황량하기만 하던 베스티아 몬트에도 평소와는 다른 활기가 돌았다. 까다로운 손님의 잔소리에서 벗어난 올리버는 신이 나서 축제 음식을 잔뜩 준비했고, 그로버 역시 크리스토프 성인을 기념하는 붉은 옷을 입고 축제 기분을 내었다.

알마는 오후에 시내에 나가기 전까지 그날의 할 일을 다 끝내놓기 위해 오전 시간을 매우 바쁘게 보냈다. 막 계단 청소를 다 끝냈을 때, 그녀는 다려놓은 셔츠를 윈델 경에게 가지고 가라는 요청을 받았다.

빳빳하게 풀을 먹인 새 셔츠를 품에 안은 채, 알마는 윈델 경의 방문 앞에 서서 크게 심호흡을 했다. 제니가 떠난 이후로 그의 얼굴을 본 적이 없었다. 그녀가 의식적으로 그를 피한 탓도 있었지만 윈델 경 역시 그녀를 찾거나 모습을 보이지 않았다. 알마는 제니의 목을 조르던 그의 모습과 불안하게 떨리던 눈빛이 생각나서 그를 다시 마주하기가 껄끄러웠다.

망설임 끝에 문을 두드리자 들어오라는 윈델 경의 대답이 들렸다. 문을 열고 들어가니 그는 창가에 서서 옷을 갈아입고 있었다.

"새 셔츠를 가져왔습니다."

알마는 그와 눈을 마주치지 않으려 애쓰며 세탁물을 의자 위에 올려놓고 곧바로 나가려 했다.

"알마."

윈델 경이 부르는 바람에 그녀는 멈춰 설 수밖에 없었다.

"좀 도와주겠나?"

무슨 일인가 싶어 돌아보니 그는 변명하는 듯한 미소를 지으며 오른손을 들어보였다. 그의 손에는 붕대가 칭칭 감겨 있었다. 알마는 깜짝 놀라 그에게로 다가갔다.

"어떻게 된 건가요?"

알마가 묻자 그는 쓴웃음을 지으며 말했다.

"깨진 유리에 베었소."

알마는 미심쩍은 얼굴로 그를 바라보았다. 그 상처는 제니의 일과 관계가 있는 게 틀림없었다. 알마를 물리고 밤새도록 언쟁을 벌이던 그 날, 두 사람의 고성과 함께 방에서 뭔가가 깨지고 엎어지는 소리가 내내 울려 퍼졌기 때문이었다. 그가 다친 것이 속상했지만 제대로 대답하지 않으려 할 것이 뻔했기에 알마는 더 이상 묻지 않고 그의 곁으로 다가갔다. 어딘가 나갈 계획인 것인지 옷장 앞에는 화려한 코트가 걸려있었다. 알마는 제멋대로 끼워진 셔츠의 단추를 풀며 물었다.

"어디 가시나 봐요?"

"시장과 약속이 있소. 축제에 관한 예산 문제로 할 얘기가 있어서……."

"아, 네……."

대화가 뚝 끊기고 어색한 침묵이 이어졌다. 알마는 조용히 단추를 다시 채우며 벌어진 셔츠 사이로 살짝살짝 들여다보이는 윈델 경의 새하얀 속살을 의식하지 않으려 애썼다. 그저 옷 입는 것을 도와주고 있을 뿐인데 분위기가 묘했다. 알마는 윈델 경이 자신을 내려다보고 있는 것을 느꼈다. 또다시 그가 선을 넘는 행동을 할까봐 경계하면서도, 알마의 마음 한구석에서는 그의 하얀 가슴에 그대로 얼굴을 파묻고 싶다는 불온한 충동이 불쑥불쑥 피어올랐다. 충동적인 욕망을 억누르고 있는 것은 윈델 경도 마찬가지인지 그의 호흡이 불안정했다.

안 돼. 결심했잖아. 더 이상 이상한 생각하지 않겠다고. 알마는 마음속으로 스스로를 다그치며 재빨리 그에게서 떨어졌다. 조끼와 코트를 걸치는 것을 도와주는 동안, 이번에는 윈델 경이 입을 열었다.

"성 크리스토프 전야인데, 특별한 계획이라도 있소?"

"네, 마을 광장에서 축제가 열린다기에 구경하러 가려고요. 그로버 부인께서 외출을 허락해주셔서……."

"……같이 가겠소?"

뜻밖의 제안에 알마는 당황했다. 잠시 마음이 흔들렸지만 이런 날에 귀족 고용주가 하녀와 축제를 즐긴다는 건 헛소문이 나기 딱 좋은 상황이었다. 게다가 그녀는 이미 벤과 선약을 하지 않았던가. 기대에 가득 차 있던 그의 얼굴을 떠올리며 알마는 고개를 저었다.

"아니에요. 바쁘실 텐데. 저는 잠깐만 구경하고 올 거예요."

차마 벤의 이름을 입에 올릴 수 없어 그녀는 다급하게 얼버무렸다. 다행히 윈델 경은 별다른 의심을 하지 않았다.

"그렇군."

알마는 몰래 안도의 한숨을 내쉬며 그의 채비를 마저 도왔다.

윈델 경이 저택을 떠난 뒤, 알마도 얼른 축제에 갈 준비를 했다. 옷을 갈아입고 뒷문으로 나가자 벤이 장미꽃으로 장식한 짐마차를 세워놓고 기다리고 있었다. 그는 알마를 보자 운전석에서 뛰어내리더니 깃털이 달린 모자를 벗으며 우스꽝스럽게 인사를 건넸다.

"뭐야, 그 차림은?"

벤의 모습을 보자마자 웃음이 났다. 그는 부푼 소매와 알록달록한 색의 천을 꿰어 만든 어릿광대 같은 옷을 입고 있었다.

"축제잖아. 가장 무도회가 열린다고 하지 않았어? 다들 중세 시대 인물로 분장하고 오는데."

그러고 보니 그런 얘기를 한 것도 같아 알마는 어깨를 으쓱했다.

"이럴 줄 알았으면 나도 준비를 할 걸 그랬네."

"괜찮아. 자, 이것 봐."

벤은 마차 뒤로 돌아가 안에 쌓아둔 잡동사니를 뒤적이더니 붉은 식탁보와 나무 막대기, 장미꽃 화관을 끄집어냈다. 그리고는 화관을 알마의 머리 위에 씌우고 식탁보를 그녀의 어깨에 둘러주었다.

"이러면 됐지? 난 광대, 넌 장미꽃 레이디야. 자, 어서 나를 호위기사로 임명해줘야지."

그는 알마에게 막대기를 내밀고는 그녀의 발아래 한쪽 무릎을 꿇고 앉았다. 알마는 터져 나오는 웃음을 참으며 나무 막대기로 그의 양쪽 어깨를 두드려 주었다.

"자, 레이디 알마. 오늘은 이 벤자민이 모시도록 하겠습니다."

벤은 알마의 손을 잡아 운전석 옆에 태우고는 자신도 훌쩍 자리에 올랐다. 알마는 너무나 즐거운 기분으로 고삐를 잡는 벤을 돌아보다가 문득 그의 소매의 단추가 어긋나 있는 것을 발견했다. 그걸 보자 알마는 순식간에 윈델 경에 대한 생각에 휩싸였다. 시장과의 회의가 끝나고 나면 윈델 경은 누구와 축제를 즐기게 되는 걸까? 설마 혼자서 하루 종일 보내는 것은 아니겠지? 그래서 나에게 같이 가자고 물어봤던 걸까?

"알마? 왜 그래. 괜찮아?"

벤의 목소리에 알마는 끝없이 빠져들던 상념에서 깨어났다.

"아, 미안. 괜찮아. 단추가 잘못 끼워져 있어서……."

알마가 소매를 가리키자 벤은 껄껄 웃었다.

"이건 패션이야, 패션!"

대수롭지 않게 농담을 건네며 말을 몰기 시작하는 벤을 보고 알마는 머리를 흔들어 마음속에 떠오르던 윈델 경에 대한 생각을 지웠다. 나랑은 상관없는 일이야. 더 이상 신경 쓰지 않기로 했잖아! 축제에 대한 기대감으로 생각을 옮기며 알마는 딱딱한 등받이에 몸을 기댔다.

* * *

거리는 그야말로 별천지였다. 많은 사람들이 독특하고 화려한 차림을 한 채 돌아다니고 있었고 아이들은 사방에 장미꽃잎을 뿌려대며 뛰어다 녔다. 곳곳에서 악사들이 흥겨운 음악을 연주하며 축제분위기를 돋구었 고 모퉁이마다 곡예사들이 묘기를 선보이며 지나다니는 사람들을 즐겁게 해주었다.

상점들은 축일을 맞아 저마다의 특별상품을 내놓고 있었다. 가장 인기 가 많은 것은 성 크리스토프의 연인이자 악마의 정체를 폭로한 성녀 로 즈미나의 모습이 새겨진 물건들이었다. 판화에서부터 브로치, 접시, 오르 골, 어린이들의 동화책까지, 로즈미나와 관련된 물품이 불티나게 팔리고 있었다.

벤과 함께 사람들로 북적거리는 상점들을 구경하는 동안 알마는 지금까 지의 고민들을 모조리 잊어버렸다. 너무나 즐거운 나머지 벤이 그녀의 손을 잡고 있는 것도 개의치 않았다.

"알마, 이거 봐!"

벤이 축제용품을 팔고 있는 가게 앞에 멈춰서며 말했다.

"오늘 저녁엔 이게 필요하지!"

그는 진열대에 걸려있는 붉은 나비모양의 가면을 하나 집어 들어 알마 에게 건네주었다. 그리고 자신을 위해서는 푸른 늑대의 형상을 본떠 만 든 가면을 골랐다. 두 사람은 가면을 써보며 마치 어린 아이들처럼 깔깔 거렸다.

노점에서 축제음식을 사먹고 기념품을 고른 뒤 두 사람은 마치 연인처 럼 다정하게 팔짱을 끼고 걸었다. 벤이 조잘조잘 수다를 떠는 동안 지나가는 여자들이 그를 흘끗거리며 알마를 향해 부러움의 눈길을 보냈다. 심지어 그를 불러 세워 말을 거는 여자들도 있었다. 우스꽝스러운 광대 옷을 입고 있는데도 타고난 미모는 감출 수 없는 모양이라고 생각하며 알마는 웃었다.

한 음식점에서 맥주 마시기 대회가 열리고 있는 것을 보고 참가하겠다고 우기는 벤을 말리고 있는데 뒤에서 누군가 벤을 불렀다. 이번에도 지나가다 그의 얼굴에 반한 과감한 여자인가 싶어 돌아보니 뜻밖에도 그것은 코라였다.

"벤, 얘기 좀 해."

그녀를 보자 벤의 얼굴이 굳어졌다.

"어휴, 코라, 이런 날까지 날 괴롭혀야겠어?"

벤이 진저리가 난다는 표정으로 쏘아붙였다. 코라는 옆에 선 알마를 흘끗 보더니 애원하는 듯한 목소리로 말했다.

"잠깐만. 잠깐이면 돼. 꼭 할 얘기가 있어."

그녀의 목소리가 떨리고 있는 것처럼 느껴져 알마는 벤을 돌아보았다.

"난 괜찮아, 벤. 가서 얘기 나누고 와."

그러나 벤은 완강하게 고개를 저었다.

"됐어. 오늘은 알마와 보낼 거야, 코라. 축제에 같이 안 가줘서 화났나 본데 난 미리 얘기했다고. 방해하지 말아줄래?"

"하지만……."

쌀쌀맞은 벤의 말에 코라는 뭔가 내뱉고 싶은 말이 있는 듯 우물쭈물 거렸다. 그 모습에 벤은 짜증스럽게 한숨을 내뱉고는 알마의 팔을 잡아 끌었다.

"가자!"

벤의 손에 끌려가며 알마는 걱정스러운 마음으로 코라를 돌아보았다.

애처로운 얼굴을 하고는 우두커니 서있는 그녀의 모습이 무척 안쓰러웠다.

"정말 괜찮아? 꼭 할 말이 있는 것 같았는데……."

코라의 모습이 보이지 않는 곳까지 오자 알마는 물었다.

"괜찮다니까. 내가 축제에 너랑 와서 질투하는 거야. 사귈 마음 없다고 했는데도 얼마나 들러붙는지, 아무래도 가게 일을 그만둬야 할까봐."

벤이 대수롭지 않다는 듯 말했다. 그러나 알마는 여전히 어딘가 석연치 않은 느낌이었다.

잠깐 찜찜한 기분이 들었지만 밝고 활달한 거리의 분위기에 알마는 코라에 대한 생각을 금세 떨쳐버렸다. 정신없이 이곳저곳을 구경하는 동안 어느덧 해가 저물었고 밤이 되자 전야제의 시작을 알리는 불꽃놀이가 시작되었다. 커다란 소리를 내며 하늘로 쏘아 올려지는 폭죽소리를 신호로 온 거리에 흩어져 즐기던 사람들이 일제히 광장으로 향했다. 벤과 알마도 각자 가면을 쓰고 사람들을 따라 광장으로 갔다.

아름다운 분수의 맞은편에 커다란 모닥불이 타오르고 있었고 그 주위에는 이미 많은 사람들이 한 덩어리가 되어 신나게 춤을 추고 있었다. 그 모습을 보자 벤은 알마의 손을 잡고 앞뒤 없이 사람들의 무리 속으로 뛰어들었다. 알마는 즐거운 비명을 지르며 그에게 끌려갔다.

"나는 춤 못 추는데……."

"그냥 즐기면 되는 거지! 날 보고 따라 해봐."

그리고서 벤은 알마를 밀었다 당겼다 한 바퀴 돌려놓으며 능수능란하게 춤을 추기 시작했다. 익숙지 않은 움직임에 알마는 조금 부끄러웠지만 이내 즐겁게 웃으며 그의 리드를 따랐다.

경쾌한 음악, 잔뜩 달아오른 분위기, 신나게 뛰어다니는 사람들, 환하게 웃으며 그녀의 손을 잡고 빙빙 도는 벤. 모든 것이 너무나 즐겁고 재미있었다. 이토록 신나는 경험은 그녀의 인생에서 처음인 것만 같았다. 알마는 이런 즐거움을 느끼게 해주는 벤이 좋았다. 햇살처럼 밝고 아름다운 벤. 늘 새로운 자극을 선사하는 그가 고마웠다. 알마는 벤의 눈을 들여다보며 웃었다. 그 역시 해맑게 웃으며 음악에 맞춰 그녀를 밀어냈다.

곰 가면을 쓴 다른 사람과 잠시 짝이 되어 동작을 맞추던 그녀는 반대 방향으로 돌아 다시 벤에게 돌아왔다. 소리 내어 웃으며 그에게 안기는데 문득 익숙한 모습이 눈에 들어왔다. 알마는 깜짝 놀라 멈칫했다.

"알마? 왜 그래?"

벤이 물었다. 알마는 재빨리 북적이는 사람들 틈을 훑었다. 잘못 본 것일까?

"아, 아니야."

그리고서 그녀는 다시 벤의 손을 잡고 몸을 흔들었다. 사람들이 동시에 박수를 치고 환호성을 내지르며 한 번 더 파트너를 바꿨다. 알마는 뿔이 달린 가면을 쓴 상대와 손을 맞잡았다. 옆 사람을 따라 제자리에서 한 바퀴를 도는 순간.

"헉"

알마는 군중 속에서 다시 한 번 눈에 익은 모습을 발견했다. 어둠처럼 검은 형상, 악마의 영혼처럼 새파랗게 반짝이는 눈동자. 알마는 파트너의 손을 놓은 채 멍하니 제자리에 멈춰 섰다. 심장이 쿵쿵 뛰었다. 설마. 설마……

"알마, 정말 괜찮은 거야?"

그녀에게서 눈을 떼지 않고 있던 벤이 심상치 않은 분위기를 느낀 듯 재빨리 다가와 물었다. 알마는 불안하게 두근대는 가슴에 손을 올리며 춤을 추고 있는 사람들을 살폈다. 분명히, 분명히 저기 있었는데……

"알마?"

"벤, 미안해. 저기, 잠깐 쉬어도 될까?"

초조해하는 알마의 기색을 눈치 챘는지 벤은 고개를 끄덕이고는 곧바로 그녀의 어깨를 감싸고 사람들을 헤치며 길을 트기 시작했다. 바로 그때. 누군가가 두 사람 앞을 가로막았다. 알마는 깜짝 놀라 고개를 들었다. 그리고 그녀는 조금 전까지 자신이 보았던 것이 착각이 아니었다는 사실을 깨달았다.

검은 망토에 검은 가면을 쓰고 적의와 분노에 가득 찬 새파란 눈동자로 그들을 쏘아보고 있는 커다란 남자. 지옥에서 방금 나온 것 같은 윈델 경이 그들 앞에 버티고 서 있었다.

"이 자는 누구지?"

공포로 온 몸이 딱딱하게 굳어버린 알마가 뭐라고 변명할 틈도 없이 윈델 경이 적대적인 음성으로 물었다. 알마는 대답을 할 수가 없었다. 나쁜 짓을 하다가 들킨 사람처럼 그녀는 밀려오는 죄책감과 당혹감에 어떤 반응을 해야 할지 알 수가 없었다. 하지만, 벤을 만난 것이 나쁜 짓인가?

얼어있는 알마를 보고 벤이 앞으로 나섰다.

"그러는 당신은 누구쇼?"

벤이 나서는 것을 보고 알마는 본능적인 위협을 직감하고는 퍼뜩 정신을 차렸다.

"벤! 이, 이분은 윈델 경이셔. 내가 일하는……."

"아하! 그 유명한 베스티아 몬트의 주인이시구만! 이렇게 만나다니 반갑군요! 내 이름은 벤이라고 하는데……."

벤이 손을 내밀어 악수를 청했다. 넉살좋은 웃음을 웃고 있었지만 그것은 명백한 도전이었다.

"비켜라."

윈델 경이 짧게 응답했다.

"어후, 이거 불친절하시군 그래. 듣던 대로야."

벤이 히죽거렸다. 도발적인 그의 태도에 알마는 진땀이 났다.

"어째서 이런 곳에서 이런 자랑 있는 거지?"

벤을 완전히 무시한 채, 윈델 경이 다시 물었다. 알마가 대답하려 했으나 그보다 먼저 벤이 끼어들었다.

"귀족 나리들이 하녀들의 사생활까지 트집 잡는다고 듣긴 했는데 진짜였나 보네? 아무리 그래도 이런 날까지 남자친구랑 노는 걸 방해하는 건 좀 아니지 않나?"

벤이 알마의 어깨를 자기 쪽으로 바짝 끌어당기며 말했다. 남자친구라는 말에 윈델 경의 눈에서 불꽃이 튀었다.

"잠깐! 잠깐만요!"

흥분한 그가 주먹을 치켜들고 벤에게 달려들려는 순간, 알마는 얼른 그를 막아섰다.

"그, 그런 게 아니에요. 에디, 제가 설명할게요!"

그녀의 입에서 무심코 나온 '에디'라는 호칭 때문인지, 아니면 건장한 두 남자 사이에 끼어든 알마가 다칠까봐 그런 것인지 윈델 경은 멈칫하며 뒤로 물러섰다. 그러나 벤을 쏘아보는 그의 눈에는 여전히 당장이라도 폭발할 것 같은 분노가 이글거렸다.

"지금 당장 저택으로 돌아간다."

윈델 경이 이를 악물며 명령했다. 당황한 알마는 벤을 돌아보았다.

"이봐요, 아무리 높으신 분이라도 갑자기 끼어들어서 남의 여자를 뺏으면 안 되지!"

이번에는 벤도 웃음기를 거두고 불쾌감이 어린 목소리로 대꾸했다. 윈델 경은 또다시 주먹을 휘두를 듯 이를 악물었으나 세 사람을 보며 웅성거리고 있는 주위 사람들의 시선을 의식한 듯 감정을 억눌렀다. 그리고는 알마의 손을 덥석 낚아채더니 그녀를 끌고 가기 시작했다.

"이봐!"

벤이 소리를 지르며 그를 저지하려 했다.

"따라오지 마라. 방해하면 죽여 버릴 테니."

윈델 경이 그를 돌아보며 경고했다. 진심이 담긴 위압적인 목소리에, 벤은 움찔하며 그 자리에 멈춰 섰다. 그 사이 윈델 경은 어쩔 줄 몰라 하는 알마를 잡아끌고 빠르게 자리를 떠났다.

* * *

베스티아 몬트로 돌아가는 마차 안에서 두 사람은 아무 말도 하지 않았다. 윈델 경은 굳은 얼굴로 앞만 보고 있었고 알마는 그에게서 멀찍이 떨어져 앉은 채 창밖만 내다보았다. 한마디 대화도 없었지만 그들을 둘러싼 공기는 냉랭하고 살벌했다.

알마는 얼굴을 찌푸린 채 벤을 생각했다. 가엾은 벤, 갑작스런 윈델 경의 등장과 위협에 많이 놀랐겠지? 사람들과의 만남을 꺼리는 윈델 경이 왜 갑자기 축제 현장에 나타난 것인지, 그리고 왜 이렇게까지 화를 내는 건지 알마는 이해할 수가 없었다. 모처럼의 즐거움을 망쳐버리다니, 알마는 남자와 함께 있다 들켰다는 사실에 대한 민망함 보다는 윈델 경을 향한 분한 감정이 모락모락 피어올랐다. 그리고 한편으로는 그가 무슨 짓을 할지 두렵기도 했다.

저택에 도착하자마자 그는 알마의 팔을 낚아채 마차에서 내리고는 그대로 집 안으로 끌고 들어갔다. 맞이하러 나온 그로버가 놀란 눈으로 두 사람을 바라보았지만 윈델 경은 그녀를 무시한 채 알마를 데리고 계단을 뛰쳐 올라갔다. 도와달라는 눈빛을 보냈지만 그로버는 자리에 얼어붙은 채 아무 말도 하지 못했고 알마는 그저 힘없이 끌려갈 수밖에 없었다.

자신의 방으로 온 윈델 경은 쾅 소리가 나도록 문을 닫고 나서야 알마를 놓아주었다.

"그 남자는 누구지?"

그가 흥분한 목소리로 물었다.

"어디서 그딴 자식을 만난 거야?"

아픈 손목을 문지르고 있던 알마는 윈델 경의 위협적인 목소리에 겁이 났지만 한편으로는 화가 나서 대꾸했다.

"도대체 그런 게 왜 궁금하신 거죠?"

"대답해!"

윈델 경이 방이 떠나갈 듯 소리쳤다. 화들짝 놀란 알마는 그를 노려보며 입술을 깨물었다.

"식료품점 상인이에요. 저택에 물건을 가져다주는……."

그녀의 대답에 윈델 경은 어이가 없다는 듯 실소를 터뜨렸다.

"일을 맡겼더니 나 몰래 외간남자랑 시시덕대고 있었나? 언제 그런 녀석이랑 그렇게 가까워졌지? 그 자식이 건방지게 당신을 자기 여자라고 칭할 정도로 깊은 사이가 된 거야?"

"그, 그렇지 않아요! 벤은 좋은 친구예요. 하지만 설사 우리의 사이가 특별하다고 하더라도 경께서 참견하실 문제는 아니잖아요!"

"뭐라고?"

그의 고조된 언성에 심장이 쿵쿵 뛰었지만 알마는 눈을 내리깐 채 침착하게 말을 이어갔다.

"누굴 만나건, 누구와 친구가 되건, 이건 제 사생활입니다. 존중해주세요. 저는 하녀 일을 하기로 동의를 하고 이곳에 온 거지 이렇게 사사건건 모든 걸 간섭하겠다는 조건은 없었던 걸로 아는데요. 도대체 저에게 왜 이러시는지……."

"몰라서 묻나?"

윈델 경이 그녀를 향해 성큼성큼 다가왔다. 알마는 놀라서 뒷걸음질 치다가 막다른 벽에 등을 기댔다. 그 순간 그가 양손으로 거칠게 벽을 내리치며 그녀에게로 바짝 다가섰다. 그의 두 팔 안에 갇혀버린 알마는 깜짝 놀라 비명을 질렀다.

"그걸 몰라서 물어?"

윈델 경이 얼굴을 가까이 들이대며 이를 악물고 읊조렸다. 광기 어린 푸른 두 눈이 잡아먹을 듯 번쩍이며 그녀를 쏘아보고 있었다. 알마는 두려움에 숨을 헐떡이며 그 눈을 마주보았다.

'먹힐 거야. 잡아먹혀 버리고 말 거야.'

머릿속에서 한동안 잠잠하던 경고의 음성이 회오리처럼 맴돌았다.

'도망쳐.'

그러나 알마는 포식자의 덫에 걸린 먹이처럼 꼼짝도 할 수 없었다. 그녀를 움직일 수 없게 하는 것은 단순한 공포 때문이 아니었다. 욕망. 알마는 그의 눈에서 터질 듯이 끓어오르는 욕망을 느꼈다. 분노의 너머에 도사리고 있는 정체를 알 수 없는 격한 감정에, 그녀는 마법이라도 걸린 것처럼 삽시간에 매혹당해 버리고 말았다.

"내가 왜 이러는지, 그동안 당신에게 했던 모든 행동들이 무슨 의미인지, 정말로 몰라서 그러는 거야?"

"저, 저는……."

윈델 경의 두 손이 그녀의 얼굴을 감싸더니 서서히 목 아래로 내려왔다. 순간, 알마는 그가 제니에게 했던 것처럼 그녀의 목을 조를 것이라고 생각하고 온 몸이 굳어졌다. 그러나 그녀를 덮친 것은 우악스런 손길이 아닌 그의 뜨거운 입술이었다. 알마는 화들짝 놀라 몸을 뒤틀었지만 그가 그녀를 거세게 누르고 있어서 꼼짝도 할 수 없었다.

머릿속이 새하얘졌다. 심장이 미친 듯이 뛰었다. 더 이상 도망칠 수도, 저항할 수도 없었다. 그가 그녀를 원하고 있었다. 그리고, 그녀 역시 그를 원하고 있었다. 두 사람의 신분도, 과거도, 아무것도 상관없었다. 두렵고도 매력적인 그를 그녀는 더 이상 거부할 수 없었다.

줄곧 떨려오던 다리에 스르르 힘이 풀렸다. 격렬한 입맞춤에 절로 신음이 새어나왔다. 윈델 경의 두 팔이 잔뜩 예민해진 그녀의 몸을 강하게 끌어안았다. 알마는 그에게 온 몸을 맡긴 채 그의 목에 팔을 휘감았다.

* * *

동틀 무렵이면 어김없이 들려오는 새의 지저귐 소리. 쌀쌀한 새벽의 공기가 코끝에 닿는 것을 느끼며, 알마는 천천히 눈을 떴다. 그녀의 눈앞에 곤히 잠든 윈델 경의 얼굴이 보였다. 잔뜩 흐트러진 모습으로 깊은 잠에 빠져있는 그를 보자 알마는 간밤의 일이 생생하게 떠올라 저도 모르게 얼굴이 붉어졌다. 그리고 이어서 쓰라린 감정이 밀려들었다.

지난밤 그는 거침없이 그의 욕망을 드러냈다. 마치 아주 오래전부터 그녀를 원해왔던 것처럼, 마치 오랫동안 굶주려 온 짐승처럼, 그는 그녀를 소유하고 또 소유했다. 창 밖 너머에는 전야제의 클라이맥스를 알리는 불꽃이 터지며 밤하늘을 아름답게 수놓았고, 그 형형색색의 황홀경 속에서 알마는 난생 처음 느끼는 쾌락으로 몸을 비틀었다.

에디, 에디, 에디! 그녀는 끊임없이 그의 이름을 부르며 그에게 매달렸다. 그를 사랑했다. 그를 원했다. 그의 품에 안겨있다는 것이 너무나 행복했다. 도대체 언제부터였을까. 언제부터 그에게 이토록 강렬한 연모의 감정을 품게 되었던 것일까. 처음부터? 그래, 처음부터. 꿰뚫을 듯한 그의 푸른 눈을 처음 마주한 바로 그 순간부터.

그가 그녀를 안을 때마다, 알마는 가슴이 터질 것만 같았다. 그를 위해서라면 무슨 일이라도 할 수 있을 것 같았다. 다른 것은 아무것도 생각나지 않았다. 그러나, 절정의 순간 그의 입에서 튀어나온 이름은 뜨거운 열기에 취해있던 알마의 정신을 번쩍 들게 만들었다.

파멜라! 그가 울부짖은 이름은 알마가 아닌 파멜라였다. 그녀의 위로 엎어져 그대로 정신을 잃은 그의 무게를 느끼며, 알마는 순식간에 현실로 돌아왔다. 뒤늦은 깨달음이 그녀를 강타했다. 그가 그토록 집착을 보였던 여자는, 그토록 열정적으로 끌어안았던 여자는 알마가 아닌 파멜라였던 것이다.

알마는 머리를 흔들어 지난밤의 기억을 간신히 떨쳐내고는 힘겹게 몸을 일으켰다. 침대 끝에 걸터앉아 바닥에 제멋대로 흐트러져 있는 옷가지들을 바라보며 멍하니 있는데 뒤에서 부스럭거리는 소리가 났다.

"어디 가려고?"

윈델 경이 한 손으로 그녀의 허리를 감싸 안으며 물었다.

"일어나야죠. 오전 근무에 늦으면 안 되니까……."

"좀 더 자."

그가 그녀의 어깨에 입을 맞추며 나지막이 속삭였다.

"그로버 부인께서 화내실 거예요."

"이 집 주인은 나야."

그리고서 그는 그녀를 끌어당겨 다시 눕히고는 그녀의 귓불과 목덜미를 살짝 깨물며 커다랗고 하얀 손으로 그녀를 쓰다듬었다.

"조금만 더 이렇게 있어."

그것은 명령이었다. 알마는 그의 말을 거역할 수 없었다. 신음이 터져 나오려는 것을 억지로 참으며, 그녀는 눈을 감았다.

* * *

"별일 없었던 거죠? 어젯밤에…… 마을에 내려갔다는 당신을 주인어른께서 화난 얼굴로 끌고 오시기에……."

그로버가 걱정스러운 듯, 그러나 내색하지 않기 위해 일부러 딱딱한 목소리를 내며 물었다.

"별일 없었습니다. 늦게 내려와서 죄송합니다, 그로버 부인."

알마는 그로버의 눈을 피해 블라우스의 칼라를 세워 올리며 애써 아무렇지 않은 척 대답했다. 그로버는 미심쩍은 눈길을 보냈지만 이내 어깨를 으쓱하며 화제를 돌렸다.

"좋아요. 그렇다면, 오늘의 일을 시작하죠. 참, 행복한 크리스토프 성인의 날 되시고요."

"감사합니다. 부인께서도 성인의 축복을 받으시길."

마치 아무 일도 없었던 것처럼, 평범한 하루가 시작되었다. 알마는 평소처럼 세탁실에서 다림질을 하고 현관의 계단과 복도의 바닥을 닦았다. 저택은 평온했다. 정말로 아무 일도 일어나지 않았던 것처럼. 하지만 알마의 마음속은 이루 말할 수 없는 혼란으로 가득 차 있었다. 윈델 경을 향한 애정, 그와 함께 밤을 보낸 것에 대한 민망함과 친밀감, 도덕적이지 않은 일을 저질렀다는 죄책감, 다른 여자의 이름을 부른 그를 향한 원망과 깊은 실망감, 그리고 이미 세상에 없는 여자를 향해 타오르는 질투가 한데 섞여 그녀는 도저히 일에 집중할 수가 없었다.

허탈했다. 마지막의 마지막까지 착각에 빠져있었던 자신이 부끄러웠다. 윈델 경이 정말로 자신을 좋아하고 있을지도 모른다고, 언젠가 파멜라를 닮은 여자로서가 아닌 알마 본연의 모습 그대로를 봐줄지도 모른다고. 내심 바라왔던 기대가 어젯밤 산산이 무너져버렸다. 그녀는 끝내 파멜라 대신에 지나지 않았다. 그가 사랑했던 파멜라. 그가 평생을 그리워했던 파멜라!

비참했다. 그리고 가슴이 아팠다. 그가 파멜라를 잊지 못한다는 그 당연한 사실이 너무나 괴로울 만큼, 어느새 그를 마음 깊이 품게 된 자신이 너무나 싫었다. 마음의 정리를 해야 했다. 그의 곁에서 파멜라의 그림자로 살 순 없었다. 여전히 그녀는 하녀였고, 고용주와 부적절한 관계를 계속 이어가서는 좋을 게 없었다.

그러나 한편으로는 그녀를 탐하던 그의 입술이, 그녀를 어루만지던 그의 뜨거운 손길이, 밤새 그녀를 끌어안던 격정적인 그의 몸짓이 계속해서 생각났다. 다시 한 번 그의 품에 안기고 싶었다. 그가 계속해서 그녀를 원하게 하고 싶었다. 상반되는 감정 속에 머리가 뒤죽박죽이 된 알마는 찻잔을 닦다말고 땅이 꺼질 듯이 한숨을 내쉬었다.

저녁 일과를 모두 마무리하고 방으로 돌아오는 길에 알마는 복도에서 서성이고 있던 윈델 경과 마주쳤다. 주춤하며 물러서려는 그녀를 향해 윈델 경이 빠르게 다가왔다.

"알마."

악마로 변해버릴 것처럼 화를 내던 어제와는 달리, 그는 한결 누그러진 태도로 그녀의 이름을 불렀다. 뭔가 할 말이 있는 듯 우물거리는 그를 앞에 두고, 알마는 그의 눈을 피하며 대답했다.

"말씀하세요."

"저기, 어제는…… 미안했소. 사과하고 싶어."

"어떤 부분을 사과하신다는 거죠?"

그가 얄미운 마음에, 알마는 저도 모르게 냉랭하게 대꾸했다. 윈델 경은 잠시 멈칫하더니 곧 몹시 부끄러워하는 태도로 말을 이었다.

"어제 내가 했던 난폭한 행동들 말이오. 그 순간 그만 너무 화가 나서……. 미안, 억지로 끌고 와서 미안하오."

더 사과해야 할 부분은 없나요? 알마는 이렇게 쏘아붙이고 싶은 것을 간신히 참았다. 그녀는 여전히 그의 얼굴을 들여다보지 않은 채 건성으로 고개를 끄덕였다. 그때 그가 그녀의 손을 잡았다. 하고 싶은 얘기가 남은 듯, 혹은 원하는 것이 남은 듯. 알마는 슬쩍 손을 비틀어 그의 접촉을 뿌리쳤다.

"안녕히 주무세요, 윈델 경."

알마는 쭈뼛거리고 있는 그에게 인사를 건넨 후 재빨리 방문을 열고 안으로 들어갔다. 문을 닫은 채 잠시 기대어 서 있으려니, 윈델 경이 마지못해 말하는 소리가 들려왔다.

"잘 자요, 알마."

곧이어 힘없이 멀어져가는 발자국 소리가 들렸다. 알마는 그제야 문고리를 놓으며 가만히 숨을 내쉬었다. 그녀는 터덜터덜 방을 가로질러 가 침대 위에 털썩 앉았다. 그의 얼굴을 보고 나니 머릿속이 더욱 복잡해졌다. 윈델 경을 향한 미움, 그럼에도 여전한 그를 향한 갈망, 스스로의 어리석음에 대한 후회, 꼬여버린 상황에 대한 앞으로의 걱정이 그녀의 몸과 마음을 괴롭혔다.

불도 켜지 않은 채 한참을 생각에 잠겨있던 알마는 방 안에서 나는 끼익 거리는 소리에 텅 빈 눈으로 고개를 들었다. 맞은편 벽에 나있는 또다른 방으로 향하는 문이 스르르 열리고 있었다. 그녀였다. 그녀가 주제를 넘은 알마를 질책하러 온 것이다.

"미안해요."

음울한 달빛 아래 하얗게 빛나고 있는 존재를 향해, 알마는 말을 건넸다.

"그를 사랑하게 되어버렸어요."

구불거리는 은빛 머리카락을 휘날리며, 떠나지 못하는 존재는 아무 대답 없이 알마를 바라보기만 했다.

"그는 당신의 남자인데, 당신의 사랑인데…… 그가 사랑하는 것은, 그가 기다리는 것은 여전히 당신뿐인데."

알마는 자조적으로 웃으며 고개를 떨구었다.

"이제야 깨달았어요, 파멜라. 나는 당신이 될 수 없어요."

12. 여배우 줄리아

'멍청한 것, 사랑이란 건 아무도 구원해주지 못해. 중요한 건 돈이지.'

'떠나긴 어딜 떠난단 말이야? 넌 아무데도 갈 수 없어! 그가 널 놔줄 것 같니?'

알마는 머릿속에서 울려 퍼지는 낯선 목소리들과 싸우다 눈을 떴다. 방을 옮긴 이후로 예전 같은 환청은 자주 들리지 않았지만 기억에 없는 누군가가 밤마다 꿈에 나와 그녀를 괴롭혔다. 남아있는 가혹한 말의 여운과 쌀쌀한 아침 공기에 파르르 떨며, 알마는 화려한 드레스들 옆에 걸린 하녀의 의복을 꺼내 입었다.

바쁘게 일을 하는 동안은 다른 생각이 들지 않았다. 그러나 오후가 되어 조금 한가해지면 파도처럼 밀려드는 생각들에 가슴이 답답하고 괴로웠다. 텅 빈 고용인 휴게실에 앉아 멍하니 맞은편 벽을 바라보다 그녀는 방으로 돌아와 책상 앞에 앉았다. 워렌 의사에게 편지를 쓸 요량으로 펜을 집어 들었던 그녀는 수신자의 이름을 쓰다말고 한숨을 푹 쉬며 다시 펜을 놓았다.

그에게 무슨 얘기를 할 것인가. 불쌍한 여자를 성심껏 돌봐주고 자립할 기회까지 주었더니 고용주와 부적절한 관계를 맺었다는 이야기를 어떻게 은인에게 할 수 있겠는가. 윈델 경을 사랑하게 되었지만, 결국 그가 사랑하는 건 내가 아니라고, 파멜라의 그림자에서 도저히 벗어날 수 없을 거라고, 무엇을 해야 이 허탈하고 괴로운 기분을 떨쳐낼 수 있겠느냐고 어떻게 그에게 물어볼 수 있겠는가.

알마는 울고 싶은 기분에 책상 위에 그대로 엎드렸다. 어떤 것도, 누구도 그녀를 도울 수 없다는 생각에 좌절스러웠다. 그때 멀리서 상인의 도착을 알리는 벨이 울렸다. 알마는 용수철처럼 자리에서 벌떡 일어났다.

그렇지, 벤! 벤이 있었구나! 왜 지금까지 그를 까맣게 잊고 있었을까? 축제를 즐기던 중 갑자기 나타난 윈델 경과 그에게 끌려가버린 알마 때문에 벤이 걱정하고 있었을 것이 틀림없었다. 자신만의 고민에 빠져 그에 대한 생각을 조금도 하지 않았던 것이 미안했다. 어서 가서 그에게 자긴 괜찮다고 이야기해줘야지! 그리고…… 무슨 일이 있었는지를 말하면 그는 실망할까……?

알마는 부리나케 계단을 뛰어 내려갔다. 물건을 들여놓는 주방으로 달려 들어가자 깜짝 놀란 올리버가 그녀를 쳐다보았다. 알마는 어정쩡하게 서 있는 그를 본체만체하고 열려진 뒷문으로 다가갔다.

"벤!"

반가운 마음에 큰 소리로 외쳐 부르자 짐마차에서 물건을 내리고 있던 남자가 이쪽을 바라보았다. 그런데 그는 벤이 아니었다.

"아, 안녕하십니까? 날씨가 참 좋지요?"

처음 보는 남자가 모자에 손을 갖다 대며 인사를 건네 왔다.

"요청하신 물건들은 모두 최상급으로 가져왔습니다만, 혹시 따로 더 필요하신 게 있으신가요?"

알마는 어안이 벙벙했다. 따라 나온 올리버가 뭔가를 설명하고 싶은 듯 손짓을 해보였지만 알마는 이 상황을 이해할 수 없었다.

"저기, 죄송해요. 엘리엇 씨네 가게에서 오신 건가요?"

"아니요. 저희는 톰스 식료품점입니다. 좀 더 아랫마을에 위치해있지요. 윈델 저택과 거래를 트게 되어 영광입니다. 앞으로도 잘 부탁드립니다."

상인이 굽실거리며 떠들어댔지만 알마는 그의 말이 귀에 들어오지 않았다. 윈델 경이다! 이것은 윈델 경의 짓이 분명했다. 벤이 식료품 상인이라는 것을 듣고 그녀를 보러 오지 못하게 엘리엇 씨네 가게와 당장 거래를 끊어버린 것이 틀림없었다!

알마는 화가 났다. 아무리 질투가 난다해도 치사하게 남의 밥줄을 끊어버리다니! 아무리 함께 밤을 보냈다고 해도 윈델 경이 이런 식으로 그녀의 친구관계까지 통제할 권리는 없었다. 알마는 이를 뿌득 갈며 영문을 몰라 하는 상인과 올리버를 남겨두고 다시 발길을 돌렸다.

2층으로 뛰어올라가 윈델 경을 찾아보니 그는 언제나처럼 서재에 있었다. 알마는 노크도 없이 문을 벌컥 열고 서재 안으로 뛰어 들어갔다.

"아, 알마. 마침 잘 왔군. 이거 봐."

고용인이 주인의 방문을 기척도 없이 열어젖히는 무례를 저질렀는데도, 윈델 경은 아무 일도 없다는 듯 유난히 즐거워 보이는 얼굴로 그녀를 맞이했다.

"마거리트 꽃을 좀 꺾어와 봤는데, 서재의 분위기가 확 살아나는 것 같지 않소? 당신 방에도 조금 장식해놓으면……."

"당신이 그런 거죠?"

뻔뻔하게 다른 소리를 하는 그가 너무도 미운 나머지, 알마는 참지 못하고 곧장 따져 물었다. 윈델 경은 놀란 듯 행동을 멈추고 그녀를 바라보았다.

"무슨 말이지?"

"거래하는 가게를 바꾼 거요, 일부러 그런 거죠?"

알마가 외쳐 묻자 방금까지만 해도 순수한 소년의 얼굴을 하고 있던 윈델 경의 표정이 싹 바뀌었다.

"그게 뭐 어쨌다는 건가?"

그가 눈을 가늘게 뜨며 되물었다. 그 차가운 눈빛에 알마는 움찔했지만, 물러서지 않고 대꾸했다.

"벤을 만나지 못하게 하려고 그런 건가요? 그런 거라면 정말 지나치시 군요, 윈델 경! 도대체 무슨 권리로 이렇게……."

"내가 이집 주인이니까! 어디의 누구와 거래할 건지는 내가 정할 수 있는 것 아닌가?"

"그래서 그런 게 아니잖아요! 벤을 제 곁에서 쫓아내려고 그런 거잖아요!"

"그래!"

갑자기 그가 책상을 쾅 치는 바람에 알마는 화들짝 놀랐다.

"그 자식이 얼쩡거리지 못하게 하려고 그랬어! 그놈이 뭔데 당신에게 친밀한 척 구는 거지? 그렇게 얼굴이 벌게져서 달려올 정도로 그딴 녀석이 당신에겐 특별한가? 그깟 놈이 그렇게 중요한 거야?"

분노에 찬 윈델 경의 목소리에 알마는 몸이 떨려왔다. 당장 물건이라도 집어던질 것처럼 격앙된 그가 두려웠지만 그녀 역시 만만치 않게 화가 났다.

"말씀드렸잖아요! 그는 친구예요! 윈델 경, 아무리 당신이 제 고용주이고 높으신 분이라고 해도 근무 시간 외에 제가 누굴 만나고 무엇을 하는지 까지 간섭하실 권한은 없어요!"

"뭐? 어째서 내게 그런 권한이 없다는 거지?"

"저는 노예가 아니에요! 저는 하녀지 당신 애인 대신 잠자리 시중이나 드는 여자가 아니라고요!"

순간 알마는 자신이 내뱉은 말에 놀라 입을 틀어막았다. 그녀는 가슴 속 깊은 곳에서부터 치밀어오던 울화의 원인이 어디서 비롯되었는지를 깨달았다. 그녀의 직설적인 말에 놀란 것은 윈델 경도 마찬가지인 듯 했다. 그는 충격을 받은 얼굴로 입을 딱 벌린 채 알마를 바라보았다.

"알마, 그게 무슨……."

윈델 경이 재빨리 그녀에게로 다가왔다.

"그게 무슨 말이야. 왜 그런 말을 하는 거야?"

그가 달래듯 다정하게 그녀의 어깨에 손을 올리자, 알마는 수치스러움에 얼굴이 화끈 달아올랐다. 질투는 그만이 하고 있는 것이 아니었다. 미친 듯한 질투심을 느끼고 있는 것은 오히려 알마 자신이었다. 파멜라, 그녀가 미웠다. 망령이 되어서도 여전히 이 집안을 떠돌며 그녀를 괴롭히는 그 여자가 싫었다. 그리고 알마를 품에 안으면서도 파멜라의 이름을 부르는 윈델 경이, 그를 사랑하게 만들어놓고선 여전히 옛 연인의 흔적을 쫓는 그가 너무나도 원망스러웠다.

알마는 몸을 돌려 그의 손길을 피했다. 이 모든 상황을 더 이상 견딜 수가 없었다. 그의 얼굴을 보고 싶지 않았다. 그의 유혹에 더 이상 마음이 약해지는 것도 싫었다. 그녀는 걱정스럽게 내려다보는 윈델 경을 뒤로 한 채 도망치듯 서재를 뛰쳐나갔다.

"알마!"

윈델 경이 다급하게 불렀으나 그녀는 뒤돌아보지 않았다. 숨이 막혔다. 그와 한 지붕 아래에 있는 것이 숨이 막혀 죽을 것만 같았다. 알마는 계단을 뛰어 내려가며 앞치마를 벗어던졌다. 그리고는 그대로 현관문을 박차고 저택 밖으로 나가버렸다.

* * *

로즈미나 거리에는 아직 축제의 여운이 남아있었다. 길 위에는 아직도 색색의 꽃가루가 굴러다니고 있었으며, 상점들은 남은 축제 상품들을 한쪽에 모아 헐값에 팔고 있었다. 사람들은 켄드웰 전체가 함께 한 전야제가 얼마나 재미있었는지에 관해 이야기를 하며 알마의 곁을 지나갔다. 그러나 허락도 없이 저택을 도망쳐 나온 알마는 그들의 말에 공감할 수가 없었다. 즐거운 마음으로 기대했던 축제가 이런 식으로 끝나게 되다니 그녀는 너무도 속이 상했다.

누가 쫓아오기라도 할까 불안하게 뒤를 확인하며 길을 걷던 알마는 엘리엇의 식료품점으로 이어지는 골목에 서서 잠시 망설였다. 벤이 괜찮은지 확인하고 싶었지만 괜히 그녀 때문에 거래가 끊기게 되어 알마는 너무나 미안했다. 죄라도 지은 사람처럼 쭈뼛거리기를 수차례, 그녀는 결국 조심스럽게 걸어가 가게를 살폈다.

카운터에는 아무도 보이지 않았다. 천천히 가게 안으로 발을 내딛으려는데 누군가가 뒤에서 불렀다.

"어서 오십쇼! 뭘 사러 오셨나?"

알마는 화들짝 놀라 뒤돌아섰다. 나무상자를 들고 서 있는 머리가 벗겨진 중년의 남자, 가게 주인인 엘리엇 씨가 분명했다.

"아, 안녕하세요. 실례지만 혹시 벤이 여기 있나요?"

벤의 이름이 나오자 그는 미심쩍어하는 표정을 지었다.

"누구신데 그 녀석을 찾으쇼?"

"치, 친구예요."

그러고 보니 몇 달 동안 저택에 물건을 납품했음에도 알마가 엘리엇과 직접 마주친 적은 없었다. 그녀 때문에 가게가 피해를 봤으니 차라리 서로 누군지 모르는 게 다행인걸까……. 마음속으로 생각하며 보고 있으려니 엘리엇은 상자를 가게 앞에 내려놓으며 못마땅한 듯 고개를 저었다.

"그렇겠지. 녀석이 인물값을 하는지라 한번 만나보려고 찾아오는 여자들이 한둘이 아니거든. 아가씨도 그런 부류인가본데, 안됐지만 그 녀석은 이제 여기 안 나올 거요."

"왜요? 무슨 일이 있었나요?"

알마가 모르는 척 물어보자 엘리엇은 불만스럽게 투덜거렸다.

"그 뺀질한 놈이 저기 윈델 저택의 하녀하고 붙어먹었다지 뭐요? 그 일로 어제부로 저택과 거래가 끊겼어. 수입에 큰 타격이란 말이오! 그래서 녀석한테 행실을 똑바로 하라고 야단을 좀 쳤더니 그 길로 가게를 뛰쳐나가서 안 나오는구먼."

알마는 저도 모르게 얼굴이 붉어졌다. 단지 벤과 친하게 지냈다는 것 때문에 이런 일이 생기다니. 알마는 또다시 윈델 경에게 화가 났다. 그리고 가게에 피해를 입힌 주제에 그 당사자 앞에 찾아와서 시치미를 떼고 있는 것에 양심의 가책을 느꼈다.

"아무튼 이제 여기 와도 그놈을 못 만날 거요. 우리 딸아이가 그 놈팡이를 많이 좋아했는데, 눈에 안 보이면 정신을 좀 차리겠지."

엘리엇 씨는 중얼거리며 알마를 지나쳐 가게 안으로 성큼성큼 들어갔다. 알마는 그의 뒷모습을 보며 우물쭈물 서 있다가 곧 걸음을 돌렸다.

큰 길 쪽으로 걸어 나오며 그녀는 막막한 기분을 느꼈다. 벤의 얼굴을 보면, 그를 만나 이야기를 하면 이 답답함이 풀릴 줄 알았는데, 이제는 그를 만날 방법이 없었다. 그의 집이 어디인지, 가게가 아니면 평소에 어디에서 시간을 보내는지도 그녀는 몰랐다. 그도 날 원망하고 있는 게 아닐까? 이대로 다시는 그를 보지 못하게 되는 건가? 알마는 한숨을 푹 쉬며 고개를 들었다. 그때 눈앞에 화려한 현수막이 걸린 건물이 보였다.

『성 크리스토프 축일 기념 무료 공연
'마녀 시빌', 줄리아 모리스 주연
여신을 영접할 마지막 기회』

지난번 보았던 극장이었다. 사람들이 수군거리던 대로 축제 기간 동안 무료 공연을 계속하고 있었던 것 같았다. 별다른 생각 없이 극장 앞 가

판대에 팔고 있는 인기 배우의 그림엽서를 들여다보던 알마는 순간 깜짝 놀라 자리에 멈춰 섰다.

빨간 머리에 도발적인 표정을 짓고 있는 여배우. 그녀가 매일 마주하곤 했던 익숙한 얼굴. 스카치 병을 흔들며 매일 밤 그녀를 유혹하던 바로 그 표정. 그것은 베키였다. 하지만 켄드웰 최고의 인기스타라는 줄리아 모리스와 윈델 저택의 말단 하녀 베키 하퍼가 같은 인물일 수가 있을까? 그저 조금 닮은 사람인 것은 아닐까? 혹은 두 사람이 가족 관계이거나…….

알마는 삽시간에 이 새로운 미스터리에 푹 빠져들고 말았다. 에드먼드 윈델 경과의 관계를 정의하는 것도, 벤을 찾는 것도 지금은 중요하지 않았다. 줄리아의 정체를 확인하는 것이 우선이었다. 그녀는 막 문이 닫히려고 하는 극장 안으로 서둘러 뛰어 들어갔다.

그리 크지도, 작지도 않은 극장 안은 이미 마지막 공연을 보러 온 사람들로 꽉 차있었다. 앉을 좌석도 없었기에, 알마는 맨 뒷자리에 서있는 사람들의 틈에 끼어 조명이 비추고 있는 무대를 바라보았다. 초조한 기분으로 잠시 기다리고 있으려니 이윽고 음산하면서도 서글픈 음악이 흘러나오며 모두가 기대하던 주연배우가 모습을 드러냈다.

"아아, 들리는가. 이 달콤한 죽음의 환희가! 우리 주 이아네스, 태고의 악마여, 우리는 기다립니다. 저주받은 이 땅에 당신이 다시 오실 날을!"

꿈에 젖은 듯한 눈으로 허공을 응시하는 붉은 머리의 여배우는 첫대사부터 단숨에 군중들을 사로잡았다. 알마는 눈을 크게 뜨고 이 상당한 흡인력을 가진 주인공을 자세히 살펴보았다. 베키였다. 베키가 분명했다. 짙은 화장에 가려져 주근깨는 보이지 않지만 저 높고 카랑카랑한 목소리와 자유자재로 변하는 표정은 베스티아 몬트의 동료 하녀 베키가 틀림없었다.

이것이 대체 어떻게 된 영문인지 알마는 너무나 궁금했지만 우선은 연극을 끝까지 관람하기로 했다. 그것은 중세 시대에 실존했다고 알려진 악마 숭배 집단의 최고마녀 시빌이 인간 남자를 사랑하게 되면서 벌어진 비극적인 사건에 관한 이야기였다.

베키, 아니, 줄리아의 연기는 정말로 대단했다. 그녀는 특유의 대범한 매력으로 관객들을 웃겼다가, 화를 내게 했다가, 탄식하게도 했다. 어느덧 알마 역시 극에 푹 빠져 마지막에 시빌이 자신의 아이를 지키기 위해 희생을 결심하는 긴 독백부분에서는 저도 모르게 눈물까지 글썽이고 말았다.

극장 안에 들어찬 수많은 사람들을 오열하게 만든 절정의 순간이 지나고, 빛의 신의 자비로 성녀로 부활한 시빌이 하늘로 승천하는 장면을 마지막으로 연극이 모두 끝났다. 사람들은 너나할 것 없이 모두 자리에서 일어나 우레와 같은 갈채를 보냈고, 여배우는 우아하게 웃으며 그들의 찬양에 화답했다.

막이 내린 뒤, 알마는 아직도 감격에 젖어 방황하는 사람들을 헤치고 배우들의 대기실을 찾아갔다. 그곳에는 이미 줄리아의 아름다움에 매료된 수많은 남자들이 찾아와 한번만이라도 그녀를 만나게 해달라고 애걸하고 있었다. 단장인 듯한 남자가 귀찮은 듯 손사래를 치며 파리 떼처럼 몰려든 추종자들을 쫓아내고 있는 것을 보고, 알마는 곧장 그에게 다가갔다.

"실례합니다. 배우분과 잠깐 얘기 좀 할 수 있을까요? 아주 잠깐이면 돼요."

여배우에게 여성 팬이 찾아오는 일이 드물어서 그런지 단장은 의아한 눈빛으로 알마를 위아래로 살폈다.

"그건 곤란해요, 아가씨. 줄리아는 아무나 쉽게 만나주지 않는다오."

"정말로 잠깐이면 돼요. '베키'라는 여자에 대해 물어볼 것이 있어서 그래요. 그녀는 베스티아 몬트의 하녀였거든요."

베키라는 이름이 나오자 단장의 얼굴에 놀란 표정이 떠올랐다. 뭔가 아는 게 있는 것이 분명했다.

"잠시 기다리시오."

그리고서 그는 대기실로 들어가 안에 있는 이와 몇 마디를 주고받더니 잠시 후 다시 나와 알마에게 가까이 오라고 손짓했다.

"들어가 보시오. 너무 오래 있진 마시고."

알마는 고개를 끄덕이고는 단장이 열어주는 문 안으로 들어갔다. 뒤에서 질투와 원망이 섞인 남성들의 한탄소리가 들렸다.

문이 닫히자 화장대 앞에 앉아 담배연기를 뿜어내고 있던 여배우가 고개를 돌렸다. 생기 넘치고 화사하던 무대 위의 모습과 달리, 퇴폐적이고 지친 듯한 얼굴을 하고 있는 그녀. 그로버 부인의 눈을 피해 고용인 휴게실에서 담배를 피워대던 베키의 모습 그대로였다.

알마는 침을 한번 꿀꺽 삼키고는 간신히 입을 열었다.

"베키……? 베키 맞지?"

여배우는 알마를 보더니 어이가 없다는 듯 피식 웃으며 고개를 절레절레 저었다.

"생각도 못했네요. 당신이 나를 찾아올 거라곤. 늘 저택에 갇혀있는 줄로만 알았는데 혼자 연극을 보러오다니, 에디가 허락해줬어요?"

알마는 이제야 확신이 들었다. 그녀가 바로 베키였다. 그러나 그녀는 알마가 알던 베키가 아니었다. 갑작스런 존대에 당황한 알마는 더듬더듬 말을 이었다.

"그냥, 잠시 외출을 나왔어……요. 그나저나, 연기가 정말 멋졌어! 아니, 멋졌어요. 그런 재능을 가지고 있다니 대단해요. 하지만 어떻게……."

"세속적인 말단 하녀가 켄드웰 최고의 여배우일 수 있냐고요?"

알마의 어색한 말투에 줄리아는 재미있어하며 물었다.

"앉아요. 기왕 여기까지 왔으니 그동안의 일을 설명 드리죠. 당신도 알아야 할 것 같으니."

알마는 쭈뼛거리며 줄리아가 권하는 동그란 의자에 앉았다. 알마가 자리를 잡자 줄리아는 회전식 거울을 뒤로 돌려놓더니 다리를 꼰 채 화장대에 팔꿈치를 괴고 비스듬히 몸을 기댔다.

"다시 소개하죠. 내 진짜 이름은 줄리아예요. 베키 하퍼는 베스티아 몬트에서 내가 맡은 역할일 뿐이고요."

"그, 그렇군요. 하지만 어쩌다 그런……."

"에디의 부탁으로 저택에서 지내며 하녀노릇을 하게 된 거예요. 물론 돈은 두둑이 받았죠."

줄리아가 손으로 지폐를 세는 동작을 해보이며 담배를 다시 입에 물었다.

"윈델 경이 하녀로 일해 달란 부탁을 했다고요?"

알마가 되묻자 줄리아는 한숨처럼 담배연기를 길게 내뱉으며 잠시 뜸을 들이다가 대답했다.

"당신 때문이에요."

"네?"

"글쎄, 어디서부터 얘기해야 할까……."

줄리아는 긴 곱슬머리를 쓸어 넘기며 피곤한 표정을 해보였다.

"당신이 이곳으로 오기 몇 달 전의 일이에요. 물론 그때도 에디의 평판은 최악이었죠. 사창가와 수녀원을 뒤지고 다닌다는 소문이 좀 크게 돌때였으니까요. 아무튼 그때의 나는 막 절정의 인기를 누리기 시작하고 있었고 그 덕에 한번은 그가 시장과 함께 내 공연을 보러 왔어요. 에디는 꽤 감명을 받은 듯 보였죠. 시장님의 주선으로 우리는 식사를 같이 하게 되었어요. 사실 좀 무서웠지만, 그래도 그는 귀족에 미남이잖아요? 내가 돈 많은 남자를 얼마나 좋아하는지 잘 알죠, 알마?"

줄리아가 깔깔 웃으며 농담을 건넸다. 알마는 어색하게 웃으며 대충 맞장구를 쳤다. 너무도 익숙한 얼굴, 너무도 익숙한 말투인데 그녀가 알마가 알던 사람이 아니라니, 그 모든 시간이 그저 연기일 뿐이었다니, 기분이 이상했다.

"아무튼 그렇게 에디와 몇 번 식사자리를 가지긴 했어요. 별로 말이 없는 그였지만 내게 자신이 사랑했던 여인에 대한 이야기를 해주었죠. 그쯤에는 그도 많이 지쳐서 거의 자포자기한 상태더군요. 그녀의 시신이라도 찾아내어 제대로 매장해주고 싶은데 어디에도 흔적이 없다고……. 그가 가엾다는 생각이 들었어요. 그리고 서서히 그에게 호감을 품게 되었죠. 그건 에디도 마찬가지였을 거라고 생각해요. 분명 그도 나에게 조금씩 마음을 열고 있었죠. 그러던 어느 날, 갑자기 그가 변하더군요. 마치 딴 사람처럼……."

줄리아는 잠시 말을 끊고 다소 신경질적으로 재떨이에 담배의 불을 비벼 껐다.

"미친 사람처럼 내게 찾아와 저택으로 와서 얼마간 하녀 연기를 해줄 수 있겠냐고 물었어요. 곧 저택에 누가 올 건데 적응할 수 있도록 도와달라고요. 그때의 그는…… 정말 제정신이 아닌 것 같이 보였다니까요? 잔뜩 흥분해서는 무서우리만치 새파랗게 빛나던 그 눈하며……. 아무튼 그는 그 조건으로 거액의 돈과 수도의 유명인사들을 소개시켜주겠다는 약속을 했어요. 소문대로 정말 하녀에 환장한 변태가 아닐까 잠시 의심도 했지만 그의 조건은 거절할 수 없이 매력적이었죠. 이 촌구석이 아니라 수도로 진출할 수 있다면 거기서부터 내 인생은 완전히 펴는 거니까요. 결국 나는 극단과 합의하에 베스티아 몬트로 들어갔고 그로부터 일주일 후에 당신이 나타났어요. 그래요, 알마 당신이……."

줄리아는 몸을 앞으로 쭉 내밀며 날카로운 눈으로 알마를 똑바로 마주 보았다. 어딘가 원망이 담긴 듯한 그 시선에 그녀는 움찔하며 저도 모르게 뒤로 물러났다.

"당신이 나타난 순간부터 에디의 관심은 온통 당신을 향했어요. 처음에는 그 모든 상황이 이해가 가질 않았죠. 그리고 조금 질투도 났어요. 난 에디를 좋아했으니까요. 하지만 당신이 동쪽 별채에 걸린 초상화 얘기를 꺼낸 순간……."

줄리아는 발작적으로 웃으며 다시 의자의 등받이에 몸을 기댔다.

"그제야 난 깨달았죠. 그의 관심이 모조리 당신에게 쏠린 이유를. 그는 여전히 옛 연인의 흔적을 쫓고 있었던 거예요. 하녀든, 여배우든, 귀족 영애든 그에게 중요한 건 그게 아니었던 거죠."

그녀가 무엇을 말하려고 하는 건지 알마는 알 수 있었다. 알마를 향한 윈델 경의 집착이 어디서 비롯되었는지 그녀는 너무나 잘 알았고 결국 그것이 줄리아에게 상처를 준 것이 분명했다. 그리고 알마 자신에게 도…….

"미안해요, 줄리아. 나 때문에……."

"오, 아니에요. 그런 건 아니에요. 물론 에디의 관심이 멀어진 건 조금 속상했지만 남자들이 다 그렇죠 뭐. 그런 걸로 상처받을 만큼 그를 사랑한 건 아니에요. 오히려 내 목적은 그가 약속했던 사교계 파티였죠, 그래요, 그 무슨 남작부인인가 하는 사람이 연 무도회 말이에요."

그제야 알마는 당시의 상황이 이해가 갔다. 펜리스 남작 부인의 파티에 알마를 데려간 것에 베키가 그토록 크게 분노했던 것은 역시나 윈델 경이 선약을 깼기 때문인 것이다.

"그때 난 정말로 화가 났어요. 그 약속 하나만 바라보고 날 진짜 하녀 처럼 부려먹으려는 그로버의 무례를 간신히 참아냈는데, 그곳에 내가 아 닌 당신을 데려가다니. 마치 좋은 건 다 당신에게만 주겠다는 것처럼! 견딜 수가 없었죠. 그의 제멋대로인 행동으로 모든 계약이 깨졌어요. 그 래서 그 길로 베키 하퍼의 배역을 집어던진 거예요. 진작 말해주지 못해 서 미안해요. 그래도 당신과 고용인 휴게실에서 수다 떠는 건 재미있었 는데 말이죠."

줄리아가 웃자 알마도 따라 웃었다. 그 모든 게 연기였을지라도 '베키' 는 알마가 베스티아 몬트에서 가장 의지했던 친구였다. 그토록 사람의 마음을 움직일 수 있었다는 것에 놀라움과 동시에 존경심마저 느껴졌다. 줄리아는 대단한 배우임에 틀림없었다. 비록 그녀는 줄리아보다 베키가 더 좋았지만.

"이제 와서 다시 생각해보면 에디를 이해할 수 있을 것 같아요. 그토록 그리워하던 여인과 똑같이 생긴 사람이 나타났는데 이성을 잃지 않는 것 도 말이 안 되겠죠. 좋겠어요, 알마. 그의 애정을 얻다니, 이제 인생 편 거나 마찬가지잖아요?"

줄리아의 말에 알마는 쓴웃음을 지었다. 애정, 그것은 알마가 파멜라를 닮은 존재로 있을 때만 가능한 것이었다. 윈델 경이 사랑하는 것은 그녀 가 아니었다. 그가 바라보는 것은 그녀의 모습 너머에 실재하는 파멜라 였다. 그리고 그것이 알마의 마음을 너무나 아프게 했다.

"그가 정말로 사랑하는 건 내가 아닌걸요."

알마가 시선을 내리깔며 중얼거리자 줄리아는 묘한 표정을 지어보였다. 그리고는 조금 망설이며 천천히 입을 열었다.

"저기, 알마. 내가 생각해봤는데, 당신 수녀원에서 도망쳤다고 했죠?"

알마는 고개를 끄덕였다.

"보통 수녀원에서는 고아를 맡아 기르기도 하고요."

줄리아가 무슨 이야기를 하려는지 몰라 알마는 눈을 동그랗게 뜨고 그녀를 빤히 바라보았다. 그녀는 답답한 듯이 짧은 한숨을 내뱉더니 다시 질문했다.

"내 말은, 외지에서 온 당신이 그렇게 파멜라를 빼다 박은 이유가 뭐라고 생각해요?"

갑자기 불안한 기분이 들었다. 도대체 뭘 말하고 싶은 거지?

"나는 당신이 바로 파멜라가 낳은 아이가 아닐까 생각해요."

줄리아의 말에 알마는 절로 인상이 찌푸려졌다. 내가 파멜라의 아이일 수도 있다고? 말도 안 되는 일이었다. 하지만 줄리아가 지핀 의혹의 불씨가 묘하게 그녀의 마음을 파고들었다.

"생각해봐요. 그 차갑고 무서운 사람이 아무 연관도 없는 당신을 그렇게 아끼고 도는 이유가 뭐겠어요? 나한테 그런 멍청한 연기까지 시키면서 말이에요. 단순히 닮아서라고 하기엔 당신이 이곳으로 오게 된 모든 과정이 좀 이상하단 생각이 안 들어요?"

알마는 말을 잇지 못했다. 그러고 보면 그 모든 게 우연이라 하기엔 어딘가 석연치 않았다. 그녀는 왜 하필 윈델 경의 친구인 워렌 의사에게 발견된 것이며, 워렌은 왜 그녀를 윈델 저택으로 보낸 것일까? 첫 만남부터 집요하게 그녀를 관찰하던 윈델 경의 시선이 무언가를 암시하고 있었던 걸까?

하지만 그럴 리가 없었다. 그래서는 안 되었다. 그날, 그토록 열정적으로 서로를 끌어안던 밤, 알마를 향한 윈델 경의 욕망은 분명 이성을 향한 것이었다. 그런데 만약 그녀가 정말로 파멜라와 윈델 경의 아이라면…… 갑자기 구역질이 났다.

"그럴 리가 없어요. 나이가 맞지 않는 걸요."

밀려오는 역겨운 기분을 겨우 억누르며 말하자 줄리아가 어깨를 으쓱해 보였다.

"나이같은 건 얼마든지 속일 수 있는 거잖아요. 듣자하니 기억도 온전 치 않다면서요? 나도 21살이지만 베키로 있을 땐 19살인 것처럼 연기했 는걸요."

줄리아는 알마가 무엇을 걱정하고 있는 건지 안다는 듯 묘하게 웃었다.

"그렇게 겁먹은 얼굴하지 말아요. 그냥 내 개인적인 생각이니까. 당신 이 윈델 경의 자식일 거란 소리는 아니에요. 아무리 그가 악마 같은 남 자라도 그런 파렴치한까지는……. 파멜라라는 여자가 다른 남자의 아이 를 낳았을 수도 있지 않겠어요? 대저택에서 일하는 젊고 아름다운 하녀 에게는 그런 일이 종종 일어나게 마련이니까요."

알마는 멍한 얼굴로 대수롭지 않은 듯 말하고 있는 줄리아를 바라보았 다. 머리가 빙빙 돌고 속이 울렁거렸다. 뭔가가 생각날 것처럼 눈앞이 흐릿해졌다가 다시 원래대로 돌아왔다.

"줄리아, 언제까지 수다 떨 거야? 다음 공연 준비해야지!"

밖에서 단장이 문을 두드렸다. 순간 알마는 퍼뜩 제정신으로 돌아왔다.

"시간을 너무 뺏어서 미안해요, 줄리아. 저, 전 이만 가볼게요."

알마가 허둥지둥 일어서자 줄리아가 따라 일어서며 말했다.

"내가 한 말 너무 신경 쓰진 말아요. 그냥 이 모든 미스터리를 풀어보 고 싶었던 나만의 추측일 뿐이니까."

그녀는 매혹적인 눈웃음을 지어보이며 문을 열어주었다.

"당신이 어떤 선택을 하든 응원할게요."

"고마워요, 그럼 이만……."

"잘 가요, 알마."

알마는 줄리아에게 인사를 건네고 문 앞에 서있던 단장에게도 눈인사를 해보인 뒤 서둘러 자리를 떴다. 얼마 전까지 동료로 일하던 하녀가 실은 켄드웰의 유명한 여배우였다니 기분이 너무나 이상했다. 게다가 그 말은 뭘까? 어떤 선택을 하든 응원할 거라니. 내게 선택지가 있기나 한 걸까?

알마는 몇 걸음 걷다가 다시 줄리아의 대기실로 달려갔다. 좀 더 이야기를 나누고 싶으니 다음에도 다시 찾아와도 되겠냐고 부탁할 작정이었다. 막 노크를 하려는데 닫힌 문 너머에서 수상한 말소리가 들려왔다.

"불쌍한 여자한테 장난이 너무 심했던 거 아니야?"

"내가 뭘? 누굴 쏴 죽인 것도 아니고 이 정도는 괜찮잖아?"

알마는 깜짝 놀라 뜻밖의 대화에 귀를 기울였다. 이건 또 무슨 소리일까?

"완전히 넋 나간 표정이던데, 좀 안됐더군."

"그 인간이 내 자존심에 상처 입힌 걸 생각하면 이 정도는 약과지, 뭐. 소심한 복수 정도로 해두자고."

깔깔거리며 웃어대는 줄리아의 음성을 들으며, 알마는 조용히 문가에서 물러났다. 줄리아가 말하지 않은 무언가가 더 있는 것이 분명했다. 그러나 지금은 그것을 따져 물으러 다시 방으로 쳐들어가고 싶지 않았다. 어차피 진실을 말하지 않을 테니.

머리가 터질 것처럼 아파왔다. 알마는 풀리지 않는 의문들을 남겨둔 채 도망치듯 극장을 뛰쳐나갔다.

* * *

알마는 정신 나간 사람처럼 하염없이 거리를 걸었다. 목적지도 없이 발길 닿는 대로 길을 배회하며, 그녀는 줄리아가 해준 이야기들을 생각했다. 줄리아와 윈델 경 사이에 감정이 있었다는 얘기, 줄리아가 하녀 베키를 연기하게 된 경위, 그리고 알마의 정체를 향한 그녀의 의심. 알마는 그 모든 게 말이 안 된다고 생각했다. 어쩌면 줄리아가 해준 이야기가 모두 악의에서 비롯된 거짓말일지도 몰랐다. 하지만 그녀가 던진 불쾌한 의혹이 끈질기게 알마를 따라왔다.

분명 파멜라는 윈델 경의 아이를 유산했다고 들었는데, 혹시 정말로 그 전에 다른 아이를 낳은 적이 있는 걸까? 아니야, 그런 얘긴 듣지 못했어. 혹시 내가 약혼녀인 일레인의 아이인 건 아닐까? 그 아이는 살아있을지도 모른다고 했잖아. 아니, 그것도 말이 안 돼. 그렇다면 내가 파멜라를 닮을 리가 없지. 혹시 내가 파멜라와 자매지간인 건 아닐까? 그녀의 어머니인 모니카가 도망쳤다고 했지? 만약 그녀에게 또 다른 자녀가 있었고 그게 바로 나라면……. 하지만 그런 거라면 윈델 경은 왜 내게 정확하게 얘기해주지 않은 거지? 워렌 선생님은 또 왜……. 도대체 다들 뭘 숨기고 있는 걸까? 나는 도대체 누구일까?

알마는 답답한 기분에 자리에 우뚝 멈춰 섰다. 모두가 그녀에게 진실을 숨기고 있는 것 같았다. 갑자기 모두에게 화가 치밀었다. 그녀를 혼란스럽게 하는 윈델 경도, 호의를 베푸는 척 그녀를 이곳에 끌어들인 워렌도, 그녀를 뒤흔든 베키, 아니 줄리아에게도 화가 났다. 그리고 무엇보다 자기 자신에게 화가 났다. 왜 기억나지 않는 거지? 왜 마차에 치이기 이전의 일들이 하나도 생각나지 않는 거야?

알마는 이를 악물며 머리를 쥐어뜯다가 길 한복판에 그대로 주저앉아버렸다. 지나가던 사람들이 이상한 눈길로 쳐다보는 것이 느껴졌지만 상관없었다. 갑갑했다. 무서웠다. 그리고…… 파멜라를 잊지 못하는 윈델 경이 미웠다.

"알마?"

그때 머리 위에서 익숙한 목소리가 들렸다.

"알마, 여기서 뭐해?"

누군가가 곁에 무릎을 굽혀 앉으며 그녀의 어깨를 감쌌다. 알마는 고개를 들어 목소리의 주인공을 올려다보았다. 그였다. 언제나 그녀를 현실로 다시 데려와주는 사람, 지치고 외로울 때 늘 나타나주는 사람, 햇살같이 빛나는 존재…….

"벤?"

"이런 곳에서 혼자 뭘 하고 있는 거야? 어디 아파?"

걱정스럽게 들여다보는 아름다운 얼굴. 너무나 보고 싶었던 벤.

"벤!"

그의 얼굴을 보자 갑자기 눈물이 왈칵 쏟아졌다. 깜짝 놀란 벤이 얼른 그녀를 끌어안았다.

"알마? 왜 그래? 괜찮아, 울지 마. 괜찮아, 내가 있잖아."

다정하게 다독이는 벤의 목소리에 그동안 눌러왔던 모든 감정들이 일시에 터져버린 듯 주체할 수 없이 눈물이 흘렀다. 그녀는 벤의 옷깃을 비틀어 쥔 채 펑펑 울며 말했다.

"나는, 나는 그를 사랑했어. 아무래도 괜찮다고 생각했는데…… 그런데, 그런데…… 흑, 미안해, 벤. 그를 사랑해. 그런데…… 어떻게 해야 할지 모르겠어……."

그의 품에 안긴 채 알마는 횡설수설 속에 있던 말들을 토해냈다. 벤은 아무 말도 하지 않은 채 가만히 그녀를 쓰다듬었다. 그리고는 비틀거리는 그녀를 일으켜 근처의 벤치로 데려가 앉혔다. 그는 그녀가 속에 있던 감정을 모두 꺼내놓을 때까지 말없이 곁을 지켜주었다.

벤의 어깨에 기댄 채 실컷 울고 나서야 알마는 겨우 진정이 되었다. 그러자 이번에는 후회가 밀려들었다.

"미, 미안해, 벤."

훌쩍이며 사과하자 벤은 고개를 저었다.

"괜찮아. 그것보다 네가 우는 걸 보니 마음이 아프다."

알마는 눈물을 닦으며 벤의 얼굴을 돌아보았다. 늘 천진하게 웃던 그의 얼굴에 그늘이 드리워진 것을 보고 그녀는 더욱 미안해졌다.

"어떻게 된 건지 말해줄 수 있어? 그날 윈델 경한테 끌려가는 걸 보고 많이 걱정했어. 나쁜 일을 당하진 않았어? 어떻게 해줄 수도 없던 내가 너무 한심하더라."

벤의 물음에 알마는 깊이 심호흡을 하고는 힘겹게 입을 열었다. 윈델 경과 다툰 일, 그와 밤을 보낸 일, 서로의 마음을 확인했다고 생각했지만 결국 그것이 그녀의 착각이었다는 사실, 베키의 정체와 그녀가 들려준 이상한 이야기, 그리고 자신이 느끼고 있는 혼란……. 벤의 얼굴이 심각하게 굳어가는 것이 보였지만 알마는 그에게 아무것도 숨기지 않고 모든 것을 털어놓았다.

"그래서 그가 거래하는 가게를 바꿔버렸다는 얘기를 듣고 널 찾으러 뛰쳐나온 거야. 정말 미안해, 벤. 나 때문에 일도 못하게 되어서……."

벤이 한숨을 푹 내쉬며 대답했다.

"그런 건 걱정 마. 어차피 거긴 그만두려고 했어. 그리고 그건 옹졸한 윈델 탓이지 왜 네가 사과해?"

"그래도…… 미안해……."

벤은 잠깐 멈췄다가 가라앉은 목소리로 말을 이었다.

"뭐가 그렇게 자꾸 미안한데? 내가 아니라 그를 사랑하게 되어서?"

알마는 대답할 수 없었다. 그녀는 고개를 푹 숙인 채 손끝만 꼼지락거렸다. 그의 마음을 받아주지도 않을 거면서 그를 자신의 일에 끌어들인 자신이 너무나 이기적으로 느껴졌다. 차라리 입을 다물고 있는 편이 좋았으려나…….

"알마."

벤이 손을 내밀어 그녀의 손을 잡았다.

"난 괜찮아. 네가 그 작자를 좋아한다고 해도 널 좋아하는 내 마음에는 변함이 없어."

알마는 고개를 들었다.

"벤……."

"하지만 이거 하나는 확실히 알아둬. 그 남자가 물질적으로 너를 풍요롭게 해줄지는 모르겠지만, 앞으로도 결코 널 너 자체로 대우해주진 않을 거야. 그와 함께 한다면 넌 언제나 파멜라의 그늘 속에 살게 되겠지. 운 좋게 그가 널 아내로 삼아준다면 재산이라도 좀 물려받으려나? 하지만 콧대 높은 귀족사교계는 널 절대 인정해주지 않을 거야."

알마는 윈델 경의 손에 이끌려 갔던 남작부인의 무도회를 떠올리고는 진저리를 쳤다. 그의 말이 옳았다. 윈델 경과 함께 한다면 그녀는 평생 스캔들의 주인공이 될 것이었다. 아니, 그전에 그가 그녀에게 하녀 이상의 떳떳한 지위를 줄 거라는 보장도 없었다.

"하지만 나는 달라, 알마. 난 고아에 무일푼이지만 너만 바라보고 너만 행복하게 해줄 자신이 있어. 무슨 일이든 해서 너 하나 정도는 먹여 살릴 수 있다고! 생각해봐. 그와 있는 것보다 나와 있는 게 항상 더 즐겁지 않았어?"

벤이 어딘가 애교 섞인 몸짓으로 말하는 바람에 알마는 저도 모르게 웃음이 터져 나왔다. 그것은 사실이었다. 언제나 그녀를 즐겁게 해주는 벤. 언제나 그녀를 위로해주는 벤…….

"알마, 나랑 도망치자. 난 네가 누구든 상관없어. 다른 사람이 되기를 바라지도 않아. 둘이서 멀리 도망치자, 응? 아무도 모르는 데로 가서 이곳에서의 일은 다 잊고 새출발하자."

두 손으로 알마의 손을 꼭 감싸쥔 채, 벤이 간곡하게 말했다.

"당장 대답하라곤 하지 않을게. 네가 어떤 선택을 하든 이해할 거야. 하지만 잘 생각해봐, 알마. 네게 더 어울리는 남자가 누구일지."

알마는 얼굴을 들어 벤의 눈을 들여다보았다. 명화 속에서 튀어나온 것 같은 비현실적인 모습, 순수한 열정으로 빛나고 있는 바다 같은 눈동자. 먹구름으로 가득했던 알마의 복잡한 마음속에 한줄기 따스한 빛이 새어 들었다.

벤, 언제나 솔직한 벤. 거짓과 기만으로 가득한 이곳에서 내게 진실만을 말하고 있는 유일한 사람. 문득 모든 것이 분명해졌다. 그동안 그녀를 괴롭혀왔던 수많은 고민들은 사실 아주 간단하게 해결될 수 있는 건지도 몰랐다.

"좋아, 벤. 너와 같이 갈게."

13. 들끓는 밤

어둑어둑해진 언덕길을 천천히 걸어 올라가며, 알마는 벤과 한 약속을 생각했다. 두 손을 꼭 맞잡은 채, 벤과 알마는 많은 이야기를 나누었다. 어디로 갈 것인가, 무엇을 해서 먹고 살 것인가. 일단은 벤을 거두어주 었던 친척에게 약간의 도움을 받을 수 있을 거라고 했다. 남의 집 일을 해주다가 어느 정도 밑천이 모이면 작은 가게를 열 것이다. 벤이 장사수 완이 있으니 무슨 품목이든 잘 팔 수 있을 거라며⋯⋯. 휴일마다 근교로 나들이를 가고, 혹시 나중에 아이가 태어나면 돌아가신 벤의 부모님의 이름을 따서 짓기로 했다. 불확실하지만 희망에 찬 미래를 상상하는 것 만으로도 알마는 마음이 벅찼다.

떠날 수 없을 거라고 생각했다. 워렌의 친절을 배신할 수도, 윈델 경의 유혹을 거절할 수도 없을 거라고 생각했었다. 하지만 모든 것은 마음의 문제였다. 일단 떠나겠다는 결심이 서고 나자 그동안 그녀의 마음을 무 겁게 하던 모든 것들은 이제 아무것도 아니게 되었다.

알마는 슬며시 입술에 손을 가져다 대어보았다. 언제 어디서 만날 것인 지 꼼꼼하게 계획을 짠 후, 벤은 알마를 끌어당겨 그녀의 입술에 키스했 다. 결코 그녀를 울리지 않겠다는 약속이라면서. 갑작스런 접촉에 알마 는 깜짝 놀랐지만 발칙하고 대범한 그의 행동이 싫지 않았다. 가벼운 입 맞춤 후 쑥스러운 듯 벙긋 웃는 벤의 얼굴을 보며 알마는 마음이 간지 러웠다. 어쩜 이리 다를 수 있을까. 벤의 순수하고 귀여운 열정에 비하 면 윈델 경은⋯⋯.

아니, 아니야. 생각하지 말자. 생각하지 않기로 했잖아. 알마는 머리를 흔들어 뜨겁게 덮쳐오는 그날 밤의 기억을 떨쳐냈다. 그것은 사랑이 아니었다. 그저 순간적인 육신의 욕망이었을 뿐. 알마는 잠시 파멜라가 되어 이룰 수 없는 윈델 경의 바람을 실현시켜준 것뿐이었다. 그녀에게 어울리는 사람은 제멋대로인 저택의 주인이 아닌, 언덕 아래 상점 거리에서 식료품을 파는 청년이었다.

어느덧 저택에 도착한 알마는 크게 한번 심호흡을 한 뒤 고용인들이 사용하는 뒷문을 열었다. 문이 열리자마자 우당탕하는 소리가 나며 밀가루 반죽과 소스를 뒤집어쓴 올리버가 그녀를 향해 뛰쳐나왔다. 그는 입을 뻐끔거리며 정신없이 팔다리를 허우적거렸다. 대충 알마가 말없이 뛰쳐나가는 바람에 난리가 났었고, 그가 많이 걱정했었다는 말을 하고 싶은 모양이었다.

"죄송해요, 올리버. 전 괜찮아요."

알마가 안심시키는 미소를 지으며 말하자 그는 2층을 가리키며 그녀의 등을 떠밀었다. 그것 또한 무슨 의미인지 알 수 있었기에, 알마는 마지못해 올리버가 이끄는 대로 층계로 걸음을 옮겼다.

응접실로 들어가자 소파에 앉아있던 두 사람이 용수철처럼 펄쩍 뛰어올랐다.

"알마! 이런, 세상에! 대체 말도 없이 어딜 갔던 거죠? 다들 얼마나 놀랐는지 아나요? 이런 행동은 용납할 수 없습니다! 저택에 고용된 하녀의 신분인 이상 아무리 당신이라도……."

그로버가 굳은 얼굴로 다가오며 그녀에겐 절대적인 진리나 다름없는 규율에 대해 마구 쏟아내기 시작했다. 이런 반응은 충분히 예상했던 것이기에 알마는 전혀 놀라지 않았다.

"그만, 조지나. 잠시 그녀와 둘이 얘기하고 싶으니 나가주게."

그로버의 어깨 너머로 무거운 윈델 경의 음성이 들렸다. 그를 흘긋 넘겨다본 알마는 조금 놀랐다. 그저 몇 시간 자리를 비웠을 뿐인데, 그는 세상의 종말이라도 본 사람처럼 머리를 잔뜩 헝클어뜨리고는 병자처럼 퀭한 얼굴을 하고 있었다.

알마가 멍하니 보고 있자 그로버와 올리버는 두 사람을 번갈아 보더니 어쩔 수 없다는 듯 자리를 비워주었다. 응접실의 문이 닫히고 둘만 남게 되자 윈델 경이 느닷없이 알마에게 돌진했다. 그녀는 화들짝 놀라 몸을 움츠렸다. 그리고 다음 순간 그녀는 그의 품에 갇혔다.

"알마, 어딜 갔던 거지? 걱정했잖아."

무섭게 질책할 줄 알았던 그가 안도감이 가득한 목소리로 마치 투정이라도 부리듯 묻는 바람에 알마는 조금 당황했다.

"잠시…… 바람 좀 쐬고 왔어요. 그 정도도 안 되나요?"

알마는 최대한 태연한 척, 그러나 여전히 가시를 담아 대답했다.

"내가 당신을 화나게 한 거야? 미안해, 화내지마. 하지만 당신을 보호하려면 어쩔 수 없었어."

그는 알마를 품에서 떼어내더니 그녀의 어깨를 감싸 쥔 채 두 눈을 똑바로 들여다보며 말했다.

"나는…… 다른 놈이 당신에게 접근하는 걸 보고 있을 수 없었어. 당신이 다른 자식의 품에 안겨있다고 생각하면…… 정말 미쳐버릴 것 같아. 어떻게 얻은 당신인데, 내가 당신을 어떻게 찾아냈는데……."

그의 짙은 푸른 눈동자에 문득 살기가 스쳐 지났다. 알마는 온 몸이 얼어붙는 것만 같았다. 그로버는 아니라고 했지만, 만약 윈델 저택의 가족과 고용인들을 몰살시킨 이가 정말로 윈델 경이라면 그 순간 그는 딱 이런 눈을 하고 있었을 것이 틀림없었다. 그에게 떠나겠다고 얘기를 했다간 정말로 무슨 큰 일이 날 수도 있겠다는 생각에 알마는 두려워졌다.

"그래서 그런 거야. 그래서…… 날 이해해줄 수 있지? 날 용서해줄 거지?"

그녀의 두 뺨을 감싸 쥐며, 윈델 경이 물어왔다. 그녀를 어루만지는 손이 당장이라도 목을 조를 것 같은 무서운 상상을 떨쳐내며, 알마는 그의 눈을 피해 고개를 끄덕였다.

"좋아."

윈델 경은 만족한 듯 씩 웃더니 고개를 숙여 그녀의 입술에 키스를 했다. 그리고는 천천히 그녀의 뺨과 귀와 목덜미로 옮겨갔다. 먹이를 탐색하는 맹수처럼, 혹시나 그가 벤의 흔적을 느끼기라도 할까봐 알마는 온몸에 소름이 돋았다.

"한 가지 물어보고 싶은 것이 있어요."

알마가 다급하게 밀어내자, 그는 의아한 얼굴로 그녀를 들여다보았다. 흐트러진 눈빛으로 바라보는 그는 너무나 매혹적이었다. 그리고 그것이 알마를 너무나 두렵게 했다.

"나는…… 혹시 내가……."

떨어지지 않는 입술을 간신히 움직여, 알마는 어렵게 말을 꺼냈다.

"혹시…… 내가 파멜라의 딸인가요?"

그녀의 물음에 윈델 경은 번개라도 맞은 듯 그녀에게서 떨어졌다.

"그게 무슨…… 그게 무슨 소리야? 말도 안 되는…… 누가 그딴 소릴 한 거지?"

그의 얼굴에 피어오른 충격과 혐오감을 보고, 알마는 어느 정도 마음이 놓였다. 다행이었다. 두 사람이 용서받지 못할 죄를 지은 것은 아니었다.

"그냥, 그럴지도 모른다는 생각이 들어서요."

줄리아를 만난 이야기는 하지 않는 편이 좋을 것 같아 알마는 얼버무렸다. 그런 의심을 심어준 사람이 줄리아라는 걸 알면 이번에는 윈델 경이 그 극장을 철거해버릴지도 모를 일이었다.

"말도 안 되는 생각 같은 건 하지도 마. 당신은…… 알마야. 알마, 나의 알마……."

원델 경은 알마의 손등에 입을 맞추며 마치 주문이라도 거는 듯 중얼거렸다. 알마는 그런 그의 모습을 가만히 바라보며 생각했다.

아니, 당신이 나의 것이 될 수 없듯이, 나도 당신의 것이 될 수 없어…….

* * *

아무 일도 없었던 것처럼 저녁이 왔다. 알마는 평소와 다름없이 행동하며 원델 경의 저녁시중을 들었다. 못마땅한 표정으로 계속 그녀를 주시하는 그로버의 눈길을 모른 체하고 방으로 돌아온 그녀는 짐가방을 꺼내 소지품을 챙겨 넣기 시작했다. 벤과 만나기로 한 것은 내일 저녁이었지만 미리 짐을 챙겨두어야겠다고 생각한 것이다.

가지고 갈 것은 얼마 되지 않았다. 처음 베스티아 몬트에 왔을 때 가져왔던 두어 벌의 옷과 손수건, 몇 가지 잡동사니, 그리고 그동안 조금씩 모아둔 돈이 전부였다. 모자와 장갑을 챙기려고 옷장을 연 알마는 원델 경이 울버웰에서 사주었던 값비싼 디자이너의 드레스를 보고는 잠시 머뭇거렸다. 분에 넘치는 선물이라고 생각하여 그 이후로 손도 대지 않았지만 막상 두고 떠나려니 조금 욕심이 났다. 이곳에 있으면 계속 이런 것을 누리고 살 수 있을 텐데……. 고급스런 가구로 가득 찬 이 넓은 방도, 아름다운 옷과 보석, 풍족한 음식, 그리고 원델 경의 애정도…….

아니, 아니지. 그건 허상일 뿐이야. 그가 내게 언제까지나 관심을 주리라 확신할 수도 없는걸. 난 그저 파멜라의 대용품일 뿐……. 알마는 굳게 닫혀있는 벽면의 문을 흘끗 바라보았다. 이곳의 주인은 따로 있었다. 그리고 그녀는 매일 밤 그녀를 괴롭히는 환상과 환청에서 이제 그만 벗어나고 싶었다. 옷장 문을 닫기 전에 그녀는 마지막으로 사락거리는 드레스의 치맛자락을 만져보았다. 이걸 가져다 팔면 많은 돈을 받을 수 있을 텐데……. 아쉬운 마음은 남았지만 새출발을 하려는 시점에서 조금이라도 찜찜한 기분을 남기지 않는 편이 좋을 것 같아 알마는 단호하게 돌아섰다.

짐가방을 다 꾸린 뒤 그녀는 책상 앞에 앉아 두 통의 편지를 썼다. 하나는 윈델 경에게, 그리고 하나는 워렌 의사에게. 윈델 경을 향한 감정과 말없이 떠나는 이유, 그리고 행운을 비는 인사를 간략하게 써내려간 알마는 두 번째 편지지에 워렌의 이름을 쓰고는 잠시 고민했다. 생명의 은인이자 살아갈 길을 마련해준 그에게 이런 식의 작별을 고해도 정말 괜찮은 것일까? 많이 실망하시겠지? 어쩌면 다시는 나 같은 여자를 도와주지 않으려 할지도 몰라.

그러나 문득 워렌이 윈델 경과 나누던 묘한 대화들이 떠올랐다. 줄리아가 말해준 미심쩍은 이야기들도……. 워렌 역시 다른 이들처럼 알마에게 뭔가 숨기고 있는 것이 분명했다. 그리고 그것이 알마를 위한 일은 아닌 것 같았다. 이런 생각이 들자 더 이상의 망설임은 생기지 않았다. 알마는 빠르게 펜을 움직여 자신의 심경과 결정을 담은 편지를 썼다.

알마는 완성된 편지를 곱게 접어 봉투에 넣은 뒤 책상 위 눈에 잘 띄는 곳에 올려두고 일어섰다. 그녀가 떠난 뒤 이 편지들을 발견하고 놀란 표정을 지을 그로버의 얼굴을 떠올리자 피식 웃음이 났다. 아니, 오히려 아무렇지 않아할지도 모른다. 대저택에서 고용인이 도망치거나 사라지는 것은 자주 있는 일이라고 하니, 어쩌면 그녀는 무덤덤한 얼굴로 윈델 경에게 편지를 전달할지도 몰랐다. 그리고 그걸 받아본 윈델 경은…….

넋이 나갈 그의 얼굴을 떠올리자 알마는 가슴이 아팠다. 몇 시간만 말없이 사라져도 그토록 불안해하는데 그녀가 영영 떠나간 것을 알면 그는 어떤 표정을 지을까. 벤을 선택했지만 그녀는 여전히 윈델 경을 사랑했다. 그가 행복하길 바랐다. 그저 그녀가 파멜라의 그림자로서 모든 것을 통제받으며 살 수 없는 것뿐이었다.

뒤숭숭한 기분 속에 밤이 지나고, 또 아무 일도 없었던 것처럼 아침이 왔다. 알마는 마지막이 될 하녀의 업무에 최선을 다해 임했다. 시트를 깨끗하게 세탁하여 다려두고 반짝반짝 윤이 나도록 현관의 바닥과 손잡이를 문질러 닦았다. 접시와 식기에 광을 내고 여분의 광택제도 충분히 만들어두었다. 시간이 지날수록 알마는 심장이 두근거렸다. 아무도 뭐라고 하지 않았지만 괜히 접촉을 했다가는 비밀스런 계획을 들켜버리기라도 할 것 같아, 그녀는 최대한 그로버나 올리버와 마주치지 않도록 피해 다녔다.

다소 한가한 오후의 티타임이 되자 알마는 몰래 주방으로 가 빵과 치즈 등의 음식을 조금 빼돌렸다. 벤의 마차를 타고 밤새 달려가려면 요깃거리가 필요할 것 같아서였다. 그때 누군가 바깥으로 난 문을 쾅쾅 두드리는 바람에 알마는 소스라치게 놀랐다. 오늘은 우편배달원이나 납품상인이 오는 날이 아니었다. 만약 예기치 않게 방문했다 해도 그들은 벨을 울렸을 것이다. 갑자기 불안감이 엄습했다. 혹시 벤일까? 뭔가 잘못되어 급하게 알려주려고 찾아온 게 아닐까?

다시 한 번 문을 두드리는 소리가 들렸다. 알마는 혹시 누가 오지나 않을까 조바심을 내며 반대편 문을 한번 쳐다보고는 입구 쪽으로 달려갔다. 쿵쿵거리는 심장을 억누르며 천천히 문을 연 그녀는 뜻밖의 인물을 보고 당황했다.

"당신은……?"

문밖에 서 있는 것은 코라였다. 알마가 의아한 얼굴을 해보이자 코라는 그녀를 노려보며 다짜고짜 말했다.

"할 말이 있어서 왔어요."

도전적인 태도에도 불구하고 이 조그만 소녀는 어딘가 불안정해보였다. 울었던 것인지 눈두덩이 부어올라 있었다. 알마는 문득 코라가 두 사람의 계획을 알게 되었다는 것을 깨달았다. 그녀는 벤을 좋아했다. 벤이 알마와 함께 떠날 거란 걸 알고 무슨 수를 쓰려고 온 것임이 분명했다.

"당신들의 계획에 대해 알아요."

아니나 다를까. 코라가 약간 울먹이는 소리로 말했다. 알마는 침을 꿀꺽 삼켰다. 두 사람의 도주계획을 윈델 경에게 폭로해버리겠다고 위협이라도 하려는 것일까?

"경고하러 왔어요. 그러지 않는 게 좋을 거예요. 당신은 내게서 벤을 빼앗아갈 순 없어요. 당신이 그래선 안돼요."

알마는 무슨 말을 해야 할지 몰라 가만히 있었다. 아무리 코라가 벤을 좋아한다지만 두 사람이 무슨 관계인 것은 아니지 않은가. 좋아하는 사람이 갑자기 떠나버린다는 것에 상심하는 것은 충분히 이해하지만 그렇다고 그녀가 두 사람의 미래를 훼방 놓을 자격은 없었다.

"코라, 미안하지만 나는……."

알마는 차분한 목소리로 그녀를 설득하려 했다. 그러나 다음 순간 코라의 입에서 튀어나온 말은 충격적인 것이었다.

"나, 벤의 아이를 가졌어요."

뭐? 방금 뭐라고? 머리가 하얘졌다. 잘못 들은 것일까?

"믿기 싫겠지만 사실이에요. 벤은 내 남자친구예요."

멍한 기분이 가시기도 전에 코라는 말을 쏟아냈다.

"우린 아주 잘 지내고 있었어요. 아버지는 별로 좋아하지 않으셨지만 우린 결혼까지 생각하며 만나던 사이예요. 아버지가 끝까지 반대한다면 여길 떠나 다른 마을로 가서 정착할 계획까지 세우고 있었다고요. 그런데 당신이 나타난 뒤론…… 당신 때문에 모든 게 엉망이 되었어!"

코라는 원망어린 눈으로 알마를 쏘아보며 계속했다.

"기다려 달라고 하더군요. 꼭 해결해야 할 일이 있다면서. 조급해 하지 말고 자신을 믿고 기다려 달라고 했어요. 그의 말을 믿고 저는 기다렸어요. 그가 당신과 급속도로 가까워지는 걸 보면서도 다 목적이 있어서 그러는 거라는 말에 그저 참고 지켜봤어요. 하지만 이제 더 이상 기다릴 수 없는 상황이 되었죠. 그래서 그 사실을 알리려고 했는데…… 그는 내게 화를 낼 뿐 내 말을 들으려 하지 않았어요. 그러다가 당신과 함께 떠날 거라는 말이 제 귀에 들리게 된 거죠. 저는 믿을 수가 없었어요. 벤자민은 그런 짓을 할 사람이 아니에요. 무슨 이유가 있지 않으면 내게 그럴 사람이 아니라고요!"

알마는 멍청한 얼굴로 코라를 바라보았다. 그녀의 이야기를 어떻게 받아들여야 할지 알 수 없었다. 거짓말을 하는 게 아닐까? 벤을 붙잡아 놓기 위해, 나를 단념하게 하기 위해 도박을 하고 있는 게 아닐까?

"그 말을…… 제게 믿으라고 하는 건가요. 당황스럽군요. 무슨 근거로 내게……."

"알아요. 남자가 당신을 속이고 있다는 걸 받아들이긴 쉽지 않겠죠. 하지만 적어도 벤은 당신에게 거짓말을 했어요. 아니, 어쩌면 내게 자신을 믿고 기다리라고 했던 것이 거짓이었는지도 모르겠네요. 어느 쪽이든 나는 이대로 벤이 당신과 함께 떠나는 걸 두고 볼 순 없어요. 이 아기를 아버지 없는 아이로 만들고 싶지 않다고요!"

코라는 한 손을 자신의 배에 올리며 눈물이 고인 눈으로 소리쳤다. 알마는 아무 말도 할 수 없었다. 연기라고 하기엔, 그녀의 눈빛은 너무도 확고하고 진지했다.

"부디 잘 생각하길 바라요. 이 말을 해주러 왔어요. 모두가 불행한 결

말은 원치 않으니까요."

말을 마친 코라는 냉담한 태도로 휙 돌아서서 떠나갔다. 휘청거리는 걸음걸이로 멀어져가는 그녀를 바라보며 알마의 마음속에 극도의 불길함이 밀려오기 시작했다.

'아냐, 그럴 리 없어. 거짓말이야. 그녀가 거짓말을 하고 있는 거야
······.'

알마는 커져가는 불안감을 떨쳐내며 황급히 문을 닫았다.

* * *

시간이 어떻게 지나가는 건지 알 수가 없었다. 알마는 오후 내내 코라가 해준 충격적인 이야기들을 생각했다. 코라는 벤이 거짓말 할 사람이 아니라고 말했고 그에 대해서는 알마 역시 같은 생각이었다. 그는 언제나 그녀를 솔직하고 진실하게 대해준 사람이었다. 역시 코라가 질투심에 거짓말을 하는 것이 분명했다. 하지만 그녀의 임신이 만에 하나 사실이라면? 몇 번인가 코라가 벤에게 뭔가를 말하려다 거절당했던 일들이 생각났다. 이 얘기를 하려고 그랬던 거였나······.

어쩌면 단순히 벤의 변심으로 벌어진 일일지도 모른다. 두 사람이 교제하던 도중에 알마가 나타났고 벤의 바람기가 그녀를 향하게 되면서 벌어진 일일 가능성도 있었다. 하지만 그가 목적이 있어서 알마에게 접근했다는 코라의 말이 개운치 않은 기분으로 남았다. 목적이라니? 가진 것도 없고 기억마저 없는 내게? 대체 왜?

하루의 일과가 끝나고 방으로 돌아온 알마는 복잡한 기분으로 의자에 걸터앉아 한참을 고민했다. 희망과 긴장으로 가득했던 마음이 불쾌한 의심에 휩싸였다. 막 떠나려는 결심을 했는데, 새로운 내일을 기대했는데, 갑자기 이게 다 뭐야!

알마는 옷장 옆에 세워두었던 짐가방을 물끄러미 바라보았다. 어떻게 해야 할까? 그가 정말 나를 속인 거라면? 나의 선택으로 벤은 자식을 버린 비정한 아버지가 되고, 이 마을에는 불행한 여인과 아이가 남게 된다면……. 나는 이미 한 사람에게 상처를 주려하고 있지 않은가? 그런데 현재를 벗어나고자 하는 나의 선택이 더욱 비극적인 상황을 초래한다면……. 알마는 머리를 쥐어뜯으며 한숨을 쉬었다. 어쩌면 이토록 모든 것이 꼬이는 걸까? 답답해서 미칠 지경이었다.

깊은 고민에 빠져있는 사이 달은 점점 더 높이 떠올라 어두운 방 안을 환하게 비춰오기 시작했다. 멀리서 짐승의 울음소리가 들렸다. 동시에 저택의 어딘가에서 낡은 바닥이 '끼이익'거리는 소리가 들려오기 시작했다. 그 순간 알마는 드디어 마음을 정하고 자리에서 벌떡 일어났다. 코라와의 일은 당사자에게 물어보면 해결될 일이었다. 벤이 코라와 교제하였고 결국 그녀를 임신시킨 일이 사실이든 아니든, 그리하여 벤과 함께 그렸던 미래를 포기하는 한이 있더라도 가장 중요한 것은 알마가 이 저택을 떠나야 한다는 사실이었다.

알마는 얼른 옷을 갈아입고 머리를 다시 묶었다. 방 안의 모든 것을 단정하게 정리해놓은 뒤 그녀는 짐가방을 번쩍 들고 문 앞으로 달려갔다. 문을 나서기 직전, 그녀는 마지막으로 방을 한번 돌아보았다. 벽 안쪽의 또 다른 방으로 향하는 문에 시선이 닿자 어쩐지 섬뜩한 기분이 들었다. 무언가 눈에 보이지 않는 기운이 발목을 잡는 것 같았지만 그녀의 결심에는 변함이 없었다. 매일 밤 들려오는 흐느낌도, 눈앞에서 아른거리는 환영도, 매일 밤 꾸는 이상한 꿈도 이제는 작별이다.

조심스럽게 문을 닫고 밖으로 나온 알마는 발소리를 죽여 가며 어두운 복도를 걸었다. 최대한 주의를 기울였지만 한걸음씩 내디딜 때마다 오래된 바닥의 삐걱거리는 소리가 너무도 크게 들려서 그녀는 심장이 두근거렸다. 천천히 층계를 내려와 윈델 경과 그로버 부인의 방이 있는 2층을 지날 때는 잔뜩 긴장하여 온 신경이 곤두섰다.

간신히 아래층에 다다른 그녀는 계단 위를 흘끗거리며 살금살금 고용인들의 공간으로 들어왔다. 이제부터는 조금 소리를 내어도 상관없다는 생각에 그녀는 허겁지겁 복도를 뛰어갔다. 이제 뒷문으로 나가 언덕의 수풀 속에 마차를 세워두고 기다리고 있을 벤과 합류하기만 하면 모든 것이 끝날 것이다. 문 앞까지 온 그녀는 깊은 심호흡을 하며 문고리에 손을 얹었다. 손잡이를 돌리기만 하면…….

"어딜 가려는 거죠?"

뒤에서 들려온 싸늘한 목소리에 알마는 석상처럼 굳어버렸다. 저도 모르게 욕이 튀어나왔다. 젠장, 젠장!

"설마, 도망치려는 건가요?"

알마는 천천히 뒤돌아섰다. 어둠 속에서, 꼿꼿하게 서 있는 그로버의 윤곽이 희미하게 보였다.

'도망쳐야 해.'

머릿속에서 목소리가 울려 퍼졌다. 알마는 재빨리 문을 돌려 뛰쳐나가고 싶은 충동에 사로잡혔다. 그러나 믿을 수 없다는 듯 바라보는 그로버의 시선에 그녀는 움직일 수가 없었다. 알마는 자포자기한 심정으로 그로버를 향해 돌아섰다. 도망칠 수 없다면 맞서야겠다는 생각이 들었다.

"네, 그래요."

* * *

위태롭게 흔들리는 불빛이 비추고 있는 방 안은 숨 막히는 긴장감으로 가득했다. 의자에 구부정하게 앉은 윈델 경은 절망적인 모습으로 두 손에 얼굴을 파묻고 있었고, 알마는 그 앞에 서서 입을 꾹 다물고 있었다.

마치 죄수처럼 그녀를 윈델 경의 방으로 끌고 온 그로버는 그녀의 뒤에 떡 버티고 서서 자정이 넘은 한밤중에 어떻게 하여 알마를 발견하게 되었는지, 그녀가 뭘 하려하고 있었는지를 감정 없는 목소리로 설명했다. 그로버의 말이 모두 끝나자 윈델 경이 침통한 목소리로 물었다.

"도망치려 했다고? 어째서?"

도저히 이해가 가지 않는다는 듯, 그녀를 올려다보는 윈델 경의 얼굴에는 슬픔과 실망감이 가득했다.

"떠나겠다고 했으면 보내주지 않으셨을 테니까요."

그 얼굴을 차마 똑바로 바라볼 수 없어, 알마는 시선을 피하며 대답했다.

"왜 떠나고 싶어 하는 거지? 도대체 왜? 내가 당신에게 많은 것들을 주지 않았나? 대체 무엇이 불만이었던 거지?"

그의 말 한마디 한마디에 고통이 배어나왔다. 알마는 가슴이 아팠다. 바로 그 점이 문제였다고, 파멜라를 사랑하는 당신을 사랑하게 되어버렸다고, 그리고 당신을 사랑하기 때문에 떠나려 했다는 말을 차마 할 수가 없었다. 그를 그녀의 인생에서 잘라내기로 한 이상 그에게 여지를 주고 싶지 않았다.

"인간적인 대우를 받지 못하고 있다고 느꼈습니다."

"여길 떠나면 도대체 뭘 어떻게 할 생각이었지? 수녀원으로 돌아갈 생각이었어? 필립은 알고 있나?"

"워렌 선생님은 모르는 일이셔요."

"그 자식이군. 벤이라는, 그 자식이 같이 도망치자고 당신을 꼬드긴 거로군."

별안간 윈델 경의 목소리가 험악해졌다. 알마는 대답하지 않았다. 심장이 쿵쿵 뛰며 호흡이 가빠지기 시작했다.

"그럴 줄 알았어. 그 애송이 놈이 감히······."

그가 이를 뿌득 갈며 두 주먹을 꽉 쥐었다. 끓어오르는 분노를 간신히 억누르는 모습이었다.

"벤은 아무 상관없어요. 이건 제가 결정한 일이에요. 그를 탓하진 말아 주······."

"벤!"

윈델 경이 고함을 지르며 자리에서 벌떡 일어나더니 알마를 향해 바짝 다가섰다. 당장이라도 괴물로 변해버릴 것 같은 그 모습에 알마는 숨이 넘어갈 듯 놀라 뒷걸음질 쳤다.

"벤! 벤! 그 자식 때문이야! 그 자식 때문에 모든 게 엉망이 됐잖아! 감히 당신을 빼돌리겠다고? 날 떠나겠다고?"

흥분하여 외치던 그는 갑자기 큰 소리로 웃어젖히기 시작했다.

"진작 이랬어야 했어. 그래, 그렇지. 처음부터 말도 안 되는 짓거리였어. 필립, 그 녀석의 말만 듣고 멍청하게······. 어리석은, 이런 바보 같은······."

실성한 듯 중얼거리던 윈델 경이 몸을 돌려 알마를 노려보았다. 광기와 분노로 새파랗게 빛나고 있는 그의 눈이 마치 악마에 씌인 것 같았다. 그 눈빛에 알마는 온 몸이 공포로 부들부들 떨렸다.

"네가 여길 나갈 수 있을 것 같아? 넌 절대 떠날 수 없어! 알아? 결코 날 떠날 수 없다고!"

"꺅!"

갑자기 그가 손목을 낚아채는 바람에 그녀는 비명을 질렀다.

"떠날 수 없도록 해주지. 동이 틀 때까지 꼼짝 않고 여기 있는 거야. 당신이 오지 않으면 그 자식도 포기하겠지. 안 그래?"

윈델 경은 그녀의 손을 억지로 잡아끌며 어딘가로 걸어가기 시작했다.

"이, 이거 놔요! 이러지 말아요! 그로버 부인, 도와주세요!"

무서운 생각이 든 알마는 필사적으로 저항하며 몸을 비틀었다. 그러나 이미 이성을 잃어버린 그의 귀에는 무슨 말도 들리지 않는 듯 했다. 그로버 역시 굳은 얼굴로 말없이 이 상황을 지켜보고만 있을 뿐이었다.

윈델 경은 알마를 질질 끌고 몇 백년간 한 번도 사람이 드나들지 않았던 것 같은 지하실로 내려갔다. 그가 뭘 하려는 건지 깨달은 알마는 더욱 강력하게 그를 뿌리치려고 애썼으나 아무 소용이 없었다.

"안 돼! 이러지 마세요. 윈델 경! 제발 이러지 말아요, 에디! 그만해요! 에디!"

"미안해, 알마. 널 해치려는 게 아니야. 하지만 이렇게라도 하지 않으면 내 말을 안 듣고 제멋대로 행동할 테니까……."

그는 커다란 두 손으로 알마의 얼굴을 감싸 쥔 채 타이르듯 말했다. 부드러운 목소리였지만 동공이 풀린 그의 눈에는 이미 초점이 없었다.

"에디!"

두려움에 휩싸인 알마가 비명을 지르는 순간, 그는 그녀를 어둠 속으로 던져 넣었다.

"에디!"

'쾅'하는 소리와 함께 문이 닫혔다. 알마는 미친 듯이 달려가 굳게 닫힌 문을 두드리며 소리쳤다.

"이러지 말아요! 에디! 에디! 열어줘요! 그로버 부인! 올리버! 살려주세요! 제발!"

그녀는 울먹이며 비명을 질렀다. 극도의 공포감이 그녀를 엄습했다. 그러나 아무리 애원해도 누구도 문을 열어주지 않았다. 한참을 울부짖던 그녀는 문득 결코 이곳을 나갈 수 없다는 것을 깨닫고 소리 지르는 것을 멈췄다. 불안정한 호흡을 가다듬으며, 알마는 눈물로 범벅이 된 얼굴을 돌려 주위를 둘러보았다.

사방엔 어둠뿐이었다. 차가운 공기와 퀴퀴한 냄새가 잔뜩 곤두선 그녀의 감각을 자극했다. 경련을 일으키듯 떨며, 그녀는 벽에 기댄 채 자리에 주저앉아 몸을 웅크렸다. 이곳은 지하 감옥이 분명했다. 먼 옛날 가문의 적을 사로잡아 고문을 행하던 곳, 혹은 말을 듣지 않는 하인이나 부정을 저지른 여인들을 가두어 벌주던 곳, 이런 무시무시한 곳에 윈델 경이 자신을 던져 넣었다는 사실이 알마는 믿어지지 않았다.

차가워진 손끝에 입김을 불며, 알마는 지금까지 일어났던 모든 일들을 찬찬히 떠올려보았다. 처음부터, 처음부터 모두 계획적이었어. 워렌 선생님이 아무 것도 모르고 아무 연고도 없는 나를 윈델 저택에 팔아넘긴 거야. 마치 포주처럼! 마차 사고를 당했다는 것도 거짓말일지도 몰라. 윈델 경은 장난감이 필요했던 거야. 파멜라를 대신할 장난감. 그로버 부인과 올리버도 모두 한통속이었던 거야!

어떻게 하지? 이제 어떻게 하지? 벤이 기다리고 있을 텐데. 벌써 만나기로 한 시간이 한참 지났을 텐데. 내가 자길 배신했다고 생각하지 않을까? 끝내 나타나지 않는 나를 오해하고 상처받는 것은 아닐까? 가엾은 벤……. 그런데, 코라의 얘기는 정말일까? 벤의 아이를 임신했다니, 거짓말이겠지? 거짓말이면 좋을 텐데……. 이곳에서 영영 나가지 못하게 되면 어떡하지? 어쩌면 파멜라도 쫓겨난 게 아니라 이렇게 죽게 된 게 아닐까?

파멜라에 대한 생각을 하자 머리털이 쭈뼛 서며 오싹한 기분이 들었다. 어둠 속에서 마치 당장이라도 창백한 파멜라의 유령이 나타날 것만 같아 너무나 두려웠다. 알마는 두 손에 얼굴을 파묻으며 몸을 앞뒤로 흔들었다. 신이시여, 제발 도와주세요!

그러자 문득 생소한 기억들이 밀려들었다. 벽에 걸린 커다란 십자가,

수녀들의 기도소리, 채찍을 휘두르는 소리와 따끔한 통증, 낯선 남자들의 얼굴, 소년이 건네는 하얀 꽃 한 송이, 무섭게 훈계하는 여자의 음성, 아이의 울음소리, 걱정스럽게 들여다보는 워렌의 눈빛, 푸른 눈동자, 그리고 언젠가 벤이 보여주었던 히아나 왕비의 다리⋯⋯ 검은 물⋯⋯.

알마는 고통에 신음했다. 무언가 끔찍한 것이 생각날 것만 같았지만 본능이 그것을 거부했다. 실제인지 환상인지 모를 모든 기억들과 감각들에 휩싸인 채, 알마는 발작을 일으키듯 몸부림쳤다.

'넌 절대 날 떠날 수 없어!'

격분한 윈델 경의 말이 떠올랐다.

'네가 여길 떠날 수 있을 것 같아?'

낯선 여자의 목소리가 머릿속에서 맴돌았다. 누군가가 흐느끼기 시작했다. 감은 눈 속에서 어린아이들이 웃으며 어딘가로 뛰어갔다. 이 모든 것이 현실인지, 아니면 환상인지 더 이상 구분이 가질 않았다.

몽롱한 기분 속에서 무거운 발걸음 소리가 점점 가까워졌다. 이어서 쇳덩이가 절그럭 거리는 소리가 들렸다. 알마는 두려움에 몸을 떨었다. 이곳에 갇혀 죽은 죄인의 망령이 나타나기라도 하려는 것일까? 싫어, 이대로 죽을 순 없어. 제발 살려주세요⋯⋯.

그리고 다음 순간 '끼익'하는 소리와 함께 한줄기 흐릿한 빛이 흘러들어왔다.

"알마?"

알마는 고개를 들었다. 이 목소리는⋯⋯.

"벤?"

반쯤 열린 문 너머로 익숙한 실루엣이 보였다. 아아, 이것도 환상일까.

"알마, 괜찮아? 맙소사!"

누군가가 다가오더니 곁에 무릎을 굽혀 앉으며 그녀의 손을 덥석 잡았다. 손에 닿는 따뜻한 촉감에 알마는 그제야 현실감이 들었다.

"벤? 정말 너야?"

알마는 눈을 들어 그녀를 살피고 있는 벤의 얼굴을 바라보았다. 놀랍게도, 그것은 정말로 벤이었다.

"오, 이럴 수가!"

커다란 안도감에, 그녀는 벤의 목에 팔을 휘감고는 그에게 매달렸다. 믿을 수 없는 일이었다. 벤이 그녀를 구하러 왔다니.

"그래, 진짜 나야. 괜찮은 거야? 다친 덴 없어? 세상에, 이게 무슨 일이람."

벤은 알마의 등을 다독이며 혀를 내둘렀다.

"여긴 어떻게 온 거야?"

알마가 묻자 그는 걱정스럽게 대답했다.

"네가 오질 않아서 분명 무슨 일이 생긴 거라고 생각했지. 도망치려는 계획을 들켜서 저택에 붙잡혀있는 게 분명하다고 말이야."

"저기, 내가 약속을 저버리고 일부러 나가지 않은 거라곤 생각하지 않았어?"

"전혀! 그럴 리가 없잖아."

한 치의 흔들림도 없는 대답에 알마는 감격스런 기분이 들었다. 그는 한순간도 그녀를 의심하지 않았다. 그의 무한한 신뢰, 언제 어디서나 나타나 그녀를 구해주는 벤. 그에게 인생을 걸어도 좋겠다는 확신이 서는 순간이었다.

"어서 나가자."

벤이 그녀의 손을 잡아 일으켰다. 알마는 벌떡 일어나 그를 따라 나갔다. 어두운 층계를 뛰어올라 불 꺼진 복도로 들어서며, 벤은 조심스레 사방을 살폈다.

"이쪽으로."

그가 속삭이며 그녀를 이끌었다. 문득 알마는 벤이 저택의 구조를 잘 알고 있는 것 같은 기분이 들었다.

"저, 벤. 그런데 저택엔 어떻게 들어온 거야? 내가 거기 갇혀있다는 건 어떻게 알았고?"

알마가 소리를 죽여 묻자, 벽에 붙어선 벤이 모퉁이 너머를 살펴보며 말했다.

"제니가 알려줬어."

뜻밖의 대답에 알마는 의아한 기분이 들었다. 제니라니, 얼마 전 저택에 쳐들어와 한바탕 난리를 피우고 갔던 일레인의 동생 제니 필우드 부인을 말하는 건가? 벤이 그녀와 만난 적이 있던가? 제니가 저택에 머무는 동안 이곳저곳을 들쑤시고 다닌 것은 사실이었다. 그것이 자신이 원델 저택의 안주인이 될 거라는 확신에서가 아니라 다른 목적을 위한 것이었나? 그렇다고 해도 애초에 그녀가 무슨 이유로 그에게 저택의 구조를 알려주었단 말인가. 너무도 이상했지만 벤이 입술에 손가락을 가져다 대며 조용히 하라는 몸짓을 해 보이는 바람에, 알마는 더 이상 물어볼 수가 없었다.

갑자기 코라가 해주었던 이야기가 떠오르며 가슴 깊은 곳에 묻어두었던 의심이 피어오르기 시작했다. 그래, 그것도 물어봐야했었지. 하지만 일단 지금은 이곳을 나가는 데에 집중하자. 그런 것들은 나중에 물어봐도 되니까……. 벤은 분명히 속 시원한 답을 해줄 거야. 그의 대답을 듣고 모든 걸 결정해도 늦지 않으니…….

심장이 울렁거리기 시작했다. 이곳을 탈출한다는 긴장감 때문인지, 이유를 알 수 없는 불안감 때문인지는 확실하지 않았다. 벤의 인도를 따라가면서도 무엇인가 묘한 육감이 그녀의 발목을 잡았다. 여길 나가면 뭔가 무서운 일이 일어날 것 같다는 생각이 자꾸만 들었다. 아니, 아니야. 그럴 리 없어. 벤은 나를 자유롭게 해주러 온 나의 구원자인걸.

"저기 있다."

벤이 속삭였다. 그가 가리키는 곳을 건네다 보니 정원으로 이어지는 문이 보였다. 저곳을 나가면 그녀는 드디어 자유가 되는 것이다! 두 사람은 서로를 마주보고는 고개를 끄덕였다. 그리고 시린 달빛이 스며들어오는 문 쪽으로 빠르게 내달렸다.

달칵 소리가 나며 문이 열렸다. 그리고, 눈을 들어 바라본 그곳에 누군가가 서 있었다. 에드먼드 바루크 윈델. 베스티아 몬트의 주인, 알마의 영혼을 죄어오는 올가미, 이룰 수 없는 사랑의 광기에 미쳐버린 남자. 까만 어둠에 휩싸인 그가 마귀 같은 새파란 눈을 빛내며 그곳에서 두 사람을 노려보고 서 있었다.

살기와 분노로 번뜩이는 그 눈빛을 마주하자 두 사람은 일순간 얼어붙고 말았다.

"놀랍군. 정말 놀라워."

윈델 경은 맞잡고 있는 두 사람의 손을 찢을 듯이 노려보며 입을 열었다.

"도대체 어디까지 날 놀라게 하려는지 모르겠군."

살벌한 그의 목소리에, 알마는 재빨리 벤의 뒤로 몸을 숨겼다. 온 몸이 덜덜 떨리고 호흡이 가빠왔다.

"조지나, 경찰에 연락해. 저택에 도둑이 들어 여자를 납치하려 한다고."

윈델 경이 몇 발자국 옆에 그림자처럼 서 있던 그로버 부인에게 지시했다. 그의 말에 굳어있던 벤이 별안간 실소를 터뜨렸다.

"하, 도둑? 납치라고? 사람을 감금하고 협박한 주제에 누가 누구에게 죄를 묻겠다는 거지?"

윈델 경의 표정이 사나워졌다.

"그녀를 보호하기 위해서였다."

"아니, 아니지."

벤은 낄낄거리며 고개를 저었다.

"그저 당신의 집착을 정당화하기 위해서잖아. 하지만 그녀는 이미 결정을 내렸어. 그녀의 의사를 존중해줘야지. 그렇지? 알마? 말해봐."

벤이 몸을 돌리며 알마를 독려했다. 그녀는 불안하게 이리저리 시선을 옮기며 한 발짝 앞으로 나섰다.

"그, 그래요. 나는 벤과 함께 갈 거예요. 윈델 경, 제발 저를 보내주세요. 부탁이에요."

그녀의 애원에 그의 얼굴이 일그러졌다. 그것은 고통에 찬 표정이었다. 그 표정을 보자 알마는 순간 마음이 미어졌다. 하지만 흔들리면 안 돼. 이대로 평생 여기에 갇혀 살 수는 없어.

그때 놀랍게도 별안간 벤이 큰 웃음을 터뜨렸다.

"그래, 그거야! 귀족 나으리! 더욱 고통스러워하라고! 하하, 이날이 오기를 얼마나 기다렸는지!"

벤의 이상한 말에 알마는 의아한 얼굴로 그를 돌아보았다. 무슨 말을 하는 것일까?

"벤? 무슨 소릴……."

알마가 묻자 벤은 그녀의 허리를 감아 확 끌어당기며 자신만만하게 소리쳤다.

"그녀는 날 선택했어! 나와 함께 미래를 그리고 나의 아이를 낳겠다고 약속했지. 놀랐어? 기분이 어때? 응? 말해봐. 당신이 평생을 애타게 찾아온 여자에게 거절당한 기분이 어떤지 한번 말해보라니까?"

불안하게 울렁거리던 심장이 쿵쿵 소리를 내며 뛰기 시작했다. 알마는 흔들리는 눈으로 벤을 올려다보았다. 도대체 무슨 일이 벌어지고 있는 거지?

"네놈은 대체 누구냐?"

윈델 경이 참을 수 없다는 듯 이를 바득 갈며 물었다. 그러자 벤은 조소가 가득 담긴 목소리로 입을 열었다.

"음, 어디서부터 설명해야 할까. 나와 알마가 아이를 가지면 우리 부모님의 이름을 따서 이름을 짓기로 했거든. 그 이름이 뭔지 알아?"

알마의 가슴이 미친 듯이 뛰었다.

"아들이면 '에드먼드', 딸이면 '일레인'이라고 지을 거야."

쿵! 심장이 내려앉았다.

"인사가 늦었지? 안녕, 아버지?"

알마는 충격에 젖은 얼굴로 벤의 얼굴을 바라보았다. 승리감에 도취된 그의 두 눈이 오묘한 푸른빛으로 번쩍이고 있었다. 저 눈, 그래, 저 두 눈은 틀림없이……. 알마가 늘 피하고 싶었던, 그러면서도 속수무책으로 빠져들 수밖에 없었던 남자의 것과 꼭 닮은 눈동자. 어째서 좀 더 빨리 알아보지 못했을까. 그렇다면 나는 지금까지……. 심장이 무너져 내리는 듯 했다.

"18년 만에 잃어버린 아들을 만났는데 아무 감흥도 없는 거야?"

벤의 빈정거리는 음성에 알마는 윈델 경을 돌아보았다. 그 역시 큰 충격을 받은 듯한 얼굴이었다. 그의 곁에 선 그로버 또한 넋이 나간 표정을 하고 있는 것은 마찬가지였다. 그 모습을 보며 벤은 배를 잡고 웃기 시작했다.

"정말 재밌네! 정말 즐거운 순간이야! 당신의 그 표정을 보려고 얼마나 오랫동안 기다렸는지! 응? 어서 말해달라니까? 어떤 기분이야? 모든 것을 빼앗긴 심정은? 당신이 내 어머니를 버렸을 때 그녀가 어떤 느낌이었을지 조금이나마 알겠어?"

알마는 그제야 벤이 콜슨 양의 이름이 나올 때마다 측은한 목소리로 동정의 말을 내뱉었던 이유를 알게 되었다. 윈델 가의 불운한 운명에 말려들어 목숨을 잃게 된 그 여자가 벤의 어머니였다니. 잠깐, 그렇다면 일레인의 동생인 제니 필우드 부인은 벤의…….

답을 구하는 눈길로 보고 있자 그가 알마의 마음을 읽었는지 히죽 웃으며 이야기를 시작했다.

"그래, 알마. 제니는 내 이모야. 내가 친척집에서 자랐다는 이야기는 했었지? 성인이 되자마자 나는 켄드웰로 왔어. 에드먼드 윈델, 당신에게 접근할 날만을 기다리면서 말이야. 운 좋게도 저택에 식재료를 납품하는 엘리엇 씨네 가게에 일자리를 얻게 되었지.

난 참을성 있게 기다렸어. 당신이 무슨 일을 꾸미고 있는지, 지금까지도 무엇에 그토록 집착하고 있는지 익히 들어 알고 있었거든. 일 년이나 지나서야 도시에 새로운 소문이 돌기 시작했지. 베스티아 몬트에 아무것도 모르는 순진한 새 하녀가 왔다고 말이야. 드디어 때가 왔다는 걸 알았지. 당신에게 복수할 기회가 온 거야. 나와 내 어머니의 인생을 엉망으로 만든 당신에게!

내 계획은 막힘없이 진행됐어. 이 어리석은 여자는 금세 내 유혹에 넘어오더군? 무서운 스캔들에 휩싸인 과묵한 귀족 남자보다도 잘생기고 자유분방한 젊은 청년이 아무것도 모르는 여자에겐 더 매력적이지 않겠어? 하지만 마지막으로 확인이 필요했지. 때마침 제니 이모가 소문을 듣고 저택을 방문한 건 행운이었어. 만약을 대비해 그녀가 저택의 구조를 자세히 가르쳐줬지. 그리고 그 판단이 옳았고 말이야.

자, 지금이 바로 게임을 끝낼 순간이야. 항상 상상해왔지. 당신이 치밀하게 준비해온 모든 것을 내가 다 망쳐버린다면, 그래서 당신이 소중하게 여기던 단 하나의 것을 내가 빼앗아 버린다면 당신이 어떤 표정을 지을지! 나는 그 생각 하나만으로 여기까지 왔고 결국 내가 이겼어!"

알마는 희열에 찬 음성으로 말하고 있는 벤을 가만히 올려다보았다. 그를 믿었는데, 정말로 그와 함께 새로운 인생을 시작하려 했는데, 그래서 기꺼이 사랑하게 된 사람을 버리려고 했는데⋯⋯. 슬프고 허탈한 기분이었다.

"그럼⋯⋯ 내게 접근한 것도 다 목적이 있었던 거였어? 윈델 경에게 복수하려고? 그래서 내게 그렇게 잘해줬던 거야?"

힘없는 알마의 물음에 벤은 버럭 소리를 질렀다.

"당연하지! 내가 미쳤다고 이유 없이 처음 보는 아줌마한테 그렇게 들이댔겠어? 그것도 내 어머니를 죽게 만든 여자를? 내 인생을 망쳐버린 장본인에게?"

그의 외침에 윈델 경과 그로버가 움찔하는 것이 느껴졌다. 알마는 벤의 말을 이해할 수 없었다. 대체 무슨 소리일까? 내가 일레인을 죽게 만들고 벤의 인생을 망쳐버렸다고? 의아한 얼굴로 바라보자 벤의 입가에 야비한 미소가 걸렸다.

"뭐야, 아버지. 아직도 말을 안 해준 거야? 이쯤이면 그녀도 자기가 진짜 누구인지 알아야 하지 않겠어? 그걸 알려주기 싫어서 이 불쌍한 여자를 밤새도록 지하 감옥에 가둬두려 한 거야? 정말 너무하시네. 겨우 이런 취급을 하려고 그 고생을 하며 그녀를 찾아낸 거야?"

뜻하지 않은 충격에 잠시 느려졌던 심장이 다시 불안한 속도로 뛰기 시작했다. 도대체 이게 무슨 말일까? 벤이 대체 무슨 말을 하고 있는 거야? 혼란에 빠져있는 사이 윈델 경이 무거운 목소리로 입을 열었다.

"벤⋯⋯이라고 했나? 그녀보다 우선 네게 해줄 말이 있다."

"오, 좋아. 무슨 변명이든 일단은 들어주지."

벤이 벙글거리며 팔짱을 꼈다. 윈델 경은 잠시 멈췄다가 심각한 표정의 그로버를 한번 돌아보고는 천천히 말을 이었다.

"미안하지만 나는 네 아버지가 아니다."

"하, 그러시겠지. 당신이 날 인정하리라곤 기대 안했어."

"아니, 이건 사실이다. 내 아이는 죽었어."

윈델 경은 단호하게 말하며 고통스러운 눈길로 알마 쪽을 흘끗 바라보았다.

"나와 파멜라의 아이는…… 태어나지도 못한 채 죽었다. 네 어미와 아버지의 손에 죽었지. 그들의 계획에 방해가 되었으니까."

"뭐? 그게 무슨……."

벤이 험악한 얼굴로 윈델 경을 노려보았다. 그러나 그는 벤이 따져 물을 틈을 주지 않고 곧바로 대답했다.

"난 네 아버지가 아니야. 굳이 따지자면, 형제라고 해야겠군."

"뭐, 뭐라고?"

예상 밖의 대답에 벤 뿐만 아니라 알마 역시 깜짝 놀랐다.

"그래, 네가 진짜 일레인이 낳은 자식이라면 넌 내 아버지의 아들, 내 동생이다."

벤의 입이 떡 벌어졌다. 알마는 혼란스러웠다. 지금 무슨 일이 벌어지고 있는 건지, 무슨 이야기가 오가고 있는 건지 도저히 정리가 되질 않았다. 한꺼번에 너무 많은 비밀이 밝혀지고 있었다.

"헛소리하지 마! 날 인정하지 않으려고 내 어머니를 모욕하는 거야?"

벤이 분개하여 대들었으나 윈델 경은 일절의 동요도 없는 표정으로 고개를 저었다.

"아니, 사실이다. 일레인은 저택에 올 때부터 임신한 상태였어. 내게 약을 먹여 그녀와 동침하게 만든 것은 일종의 쇼에 지나지 않았다. 태어날 아이의 정통성을 다른 사람들이 의심하지 못하게 하려는 속임수였지."

윈델 경은 그날의 치욕이 되살아나는 듯 미간을 찡그리며 한 손으로 얼굴에 깊게 패인 흉터를 쓸어내렸다.

"사실입니다. 콜슨 양은 이미 아이를 품은 채로 이곳에 왔습니다. 헨리 윈델 경의 아이였죠."

옆에서 그로버가 그의 말을 확인시켜 주었다. 벤이 흔들리는 눈빛으로 두 사람의 얼굴을 번갈아 보고 있는 동안 윈델 경은 이야기를 계속했다.

"아버지는 나를 아주 싫어했어. 내 어머니가 나를 낳다가 죽은 사실도 마음에 들지 않고, 내 눈빛도 마음에 안 든다더군. 그래서 아버지는 다른 아들을 원했어. 귀족 영애, 유부녀, 가정교사, 하녀 할 것 없이 숱한 여자들과 염문을 뿌렸지만 무슨 저주인지 그 흔한 사생아조차 생기지 않았지. 그러던 와중에 일레인과의 사이에서 드디어 아이가 생긴 거다.

아버지는 즉시 계획을 세웠지. 일레인을 나와 결혼시키는 게 그 잘난 계획이었어. 그녀가 아버지의 재혼상대로서 아이를 낳아 내 동생이 되면 그 아이는 재산도, 지위도 아무것도 물려받을 수 없게 되지. 귀족 가문은 장자에게만 모든 유산이 돌아가니까 말이야. 그래서 그 아이를 내 아이인 것처럼 꾸미기로 한 것이다. 그렇게 하면 모든 게 그 녀석의 것이 될 수 있으니까. 하지만 문제가 있었지. 파멜라가 나의 아이를 가졌던 거야. 내가 고집을 부리는 바람에 두 사람은 아주 곤란해졌지. 그래서 그들은…… 차마 용서받을 수 없는 죄를 저지르고 만 거야."

윈델 경은 목이 멘 듯 잠깐 멈췄다가 다시 한 번 알마를 바라보았다. 애틋한 그 눈길에 알마는 순간 묘한 기분이 들었다. 어디선가 아기 울음소리가 들려오는 듯 했다.

"네 어미 일레인은 악랄한 여자였다. 내 아버지만큼이나 고약했지. 자신들의 이익을 위해서는 상식도 도덕도 따지지 않는 인간들이었어. 여러 사람들을 불행하게 만들었으니 그들의 인생이 그렇게 끝난 것도 다 하늘의 뜻 아니겠나?"

윈델 경이 잔인한 미소를 지었다.

"그렇지만 유감이군. 그들의 아들이란 녀석이 똑같은 부류가 되어 나타날 줄은……."

"닥쳐! 다 거짓말이야!"

벤이 소리치며 별안간 알마의 목에 팔을 휘감았다. 비명을 지르며 그에게 끌려가는 사이 귓가에서 철컥 하는 소리가 났다. 윈델 경과 그로버의 얼굴이 창백해지는 것이 눈에 들어왔다. 알마는 자신의 목을 조르는 벤의 팔을 떼어내려고 버둥거리다가 그의 다른 쪽 손에 들려있는 물건을 보고 온 몸이 굳어버렸다. 윈델 경을 겨냥한 그의 손끝에는 장전한 권총이 들려있었다.

"날 속일 생각하지 마! 교활한 자식! 무슨 변명을 하든 당신은 용서받을 수 없는 악마일 뿐이야! 그건 이 여자도 마찬가지고!"

"알마!"

윈델 경이 움직이려 하자 벤은 총구를 흔들며 소리쳤다.

"움직이지 마! 한 발짝이라도 움직이며 쏴버리겠어!"

"벤! 그녀는 아무 상관없어. 그녀를 놔줘!"

윈델 경이 말했으나 벤은 미친 듯이 웃기 시작했다.

"아니, 아니지. 이 여자 때문에 모든 게 시작되었으니 같이 벌을 받아야지."

벤은 팔에 힘을 주어 그녀의 목을 조르며, 몸부림치는 그녀의 귓가에 바짝 대고 음험하게 속삭였다.

"나랑 같이 가기로 했지? 응? 알마, 약속했잖아. 나랑 같이 가는 거야! 널 사창가에 팔아넘기면 얼마를 줄까? 꽤 값이 나가겠지? 후후후, 왜 그래? 너한테는 익숙한 곳일 거 아냐? 다시는 도망치지 못하게 불구로 만들어버리는 게 좋겠군. 그럼 아무도 널 찾아내지 못할 테니까 말이야!"

그의 눈이 새파랗게 빛나기 시작했다. 아무렇지 않게 끔찍한 계획을 읊조리는 그 입술 속에 지옥의 악마가 도사리고 있는 듯 했다. 알마는 그제야 늘 그녀의 머릿속에 본능처럼 울려 퍼지던 경고의 말이 어떤 의미인지를 깨달았다. 푸른 야수, 윈델 가에 흐르는 저주와 광기의 피를 이은 자는 다른 누구도 아닌 그녀가 가장 믿고 의지했던 벤이었다.

숨이 막혀왔다. 벤을 향한 배신감, 윈델 경을 향한 죄책감, 그리고 이 모든 상황에 대한 혼란함과 불안감이 그녀의 마음을 짓눌렀다. 순간 눈앞이 혼미해졌다. 그때 윈델 경이 그녀의 이름을 외쳐 불렀다.

"알마!"

그가 그로버의 만류를 뿌리치고 그녀를 향해 뛰쳐나왔다. 벤이 얼굴을 일그러뜨리며 방아쇠를 당겼다. 그 광경을 보고 알마는 온 힘을 다해 몸을 비틀었다.

'탕!'

캄캄한 밤하늘에 총성이 울려 퍼졌다. 두 남자가 동시에 바닥으로 고꾸라졌다. 끔찍한 비명소리가 들려왔다. 목을 조르던 팔에서 벗어난 알마는 기침을 하며 재빨리 쓰러진 두 사람을 살폈다. 그로버의 부축을 받으며 몸을 일으키고 있는 윈델 경의 팔에서 피가 배어나오고 있었다. 알마의 옆에서는 총을 놓친 채 넘어진 벤이 한 손으로 다른 한 손을 감싸쥔 채 신음하고 있었다. 근처에서 철컥 하고 다시 총을 장전하는 소리가 들렸다. 알마는 깜짝 놀라 소리가 난 쪽을 바라보았다. 비장한 표정의 올리버가 기다란 사냥용 장총을 든 채 이쪽으로 걸어오고 있었다.

총을 겨눈 채 다가오는 올리버를 보고 벤의 얼굴이 공포로 굳어졌다. 그는 욕을 내뱉으며 벌떡 일어나 도망치기 시작했다.

"올리버! 안돼요!"

사색이 된 알마가 외쳐 불렀지만 올리버는 아랑곳없이 다시 한 번 방아쇠를 당겼다. 천지를 뒤흔드는 소리에 알마는 몸을 움츠리며 도망치는 벤을 돌아보았다. 다행히 그는 총을 피해 어두운 언덕 아래로 사라졌다. 그의 모습이 보이지 않게 되자 올리버는 총을 바닥에 던지고 윈델 경에게 뛰어갔다.

"난 괜찮아. 스친 것뿐이야."

피에 젖은 소매를 누르며, 윈델 경이 호들갑을 떨고 있는 두 사람을 안심시켰다. 그리고서 그는 고개를 들어 알마를 바라보았다. 그를 따라 그로버와 올리버 역시 그녀에게로 눈을 돌렸다.

알마는 멀찍이 선 채 자신을 올려다보는 세 사람의 시선을 마주했다. 너무나 많은 일이 일어난 밤이었다. 너무나 많은 비밀이 드러난 순간이었다. 다행히 18년 전 저택을 비극의 소용돌이 속으로 몰아넣었던 것만큼의 끔찍한 사고는 일어나지 않았다. 그러나 단 하나의 진실이 아직 베일을 벗지 못했다.

벤은 알고 있었다. 윈델 경과 그로버, 올리버 역시도 알고 있었다. 워렌, 줄리아, 제니까지 그녀가 만나온 모든 사람이 알고 있었던 것이 분명하지만 알마 혼자만 모르고 있었던 마지막 진실. 어쩌면 그녀의 추측이 틀렸을 수도 있다. 도저히 말이 안 되는 상황이 아닌가. 그래서 그녀는 진실을 알고 있는 그들의 입을 통해 확실히 듣고 싶었다.

"말해줘요."

그녀를 주시하고 있는 윈델 경의 눈빛이 불안하게 흔들렸다.

"나는…… 누구죠?"

14. 알마의 기억

긴 침묵이 이어졌다. 알마는 그녀 앞에 선 세 사람의 얼굴을 차례로 바라보았다. 어느 누구도 그녀의 질문에 대답하지 않았다.

"제발…… 말해주세요. 난 누구냐고요!"

알마가 애원하며 소리치자 그들은 움찔하며 불안한 시선으로 서로의 눈치를 보았다. 그 모습에 그녀는 미칠 것만 같았다.

"알마……."

윈델 경이 마른 침을 꿀꺽 삼키며 그녀의 이름을 불렀다. 그러나 더 이상은 입이 떨어지지 않는 듯 아무 말도 하지 못했다. 긴장한 그의 얼굴을 보자 왈칵 눈물이 났다. 더 이상 참을 수가 없었다. 상황이 이 지경이 되었는데도 그들은 쉽사리 사실을 말해주지 않으려는 것 같았다. 할수만 있다면 영원히 묻어두고 싶어 하는 것처럼. 하지만 알마는 알고 싶었다. 반드시 확인하고 싶었다. 말도 안 되는 가정, 미쳤다고 밖에 할수 없는 진실을.

그때 문득 머릿속에 어떤 생각 하나가 스쳤다. 진실은 그곳에 있다. 바로 그 방 안에, 굳게 닫힌 벽 뒤에! 이제 그녀는 더 이상 기다릴 수 없었다.

"알마!"

저택을 향해 뛰어가는 알마를 윈델 경이 다급하게 부르며 쫓아오려 했다. 그러나 그는 이내 신음소리를 내며 팔에 난 상처를 붙잡고 쓰러졌다. 흥건하게 배어나온 피를 발견하고 알마는 잠시 멈칫했지만 그로버와 올리버가 기겁을 하며 그를 부축하는 것을 보고는 다시 몸을 돌려 뛰기 시작했다.

　문을 박차고 들어가 불 꺼진 복도를 달려가자 쿵쿵거리는 발소리가 커다랗게 울려 퍼졌다. 엉망이 된 치맛자락을 걷어 올리고 한달음에 3층까지 층계를 뛰어올라간 알마는 부리나케 자신의 방으로 달려갔다. 문을 벌컥 열어젖히자 음산한 달빛이 새어 들어오고 있는 커다란 창이 보였다. 방은 알마가 나올 때와 아무것도 달라진 것이 없었다.

　그녀는 거친 숨을 몰아쉬며 천천히 방 안으로 들어갔다. 묵묵히 자리를 지키고 있는 가구들을 지나, 그녀는 방 안 가장 깊은 곳의 벽에 나 있는 또 다른 문 앞에 섰다. 심장이 터질 듯이 뛰었다. 이 문 너머에서 발견하게 될 진실이 너무나 두려웠다. 하지만 그녀는 용기를 내었다. 더 이상 물러설 길은 없었다.

　달칵 문고리가 돌아갔다. '끼익' 하는 소리를 내며 천천히 문이 열렸다. 그리고, 그곳에 파멜라가 있었다. 매일 밤 꿈속에 나타나던 그녀, 가엾은 윈델 경의 영혼을 사로잡은 여인, 온 저택을 지배하던 과거의 망령. 알마가 가슴 깊이 동정하였고 또 한없이 미워했던 그 여자, 파멜라가 넋이 나간 얼굴로 그녀를 마주보며 서 있었다.

　알마가 멍하니 입을 벌린 채 손을 내밀었다. 파멜라 역시 그녀를 따라 손을 내밀었다. 맞닿은 손끝에 시리도록 차가운 감각이 전해져왔다. 다음 순간, 알마는 그 자리에 그대로 무너져 내렸다.

　그녀가 마침내 문 뒤에서 찾아낸 것은 떠나지 못하고 배회하던 영혼이 아니었다. 그것은 현재를 비추는 반영이었다. 사방에 걸려있는 무수한 거울, 그 속에서 주저앉은 파멜라가 울고 있었다. 알마는 그제야 저택에서 사용이 금지되었던 단 하나의 물건이 윈델 경의 얼굴에 난 흉측한 상처 때문이 아니었다는 것을 깨달았다. 그것은 그녀 자신을 진실과 마주하는 것으로부터 막기 위한 것이었다.

알마는 고개를 들어 이 낯설면서 동시에 낯익은 얼굴을 찬찬히 뜯어보았다. 동쪽 별채의 복도 끝에 걸린 초상화와 똑같이 생긴 얼굴, 하지만 조금은 나이가 들어 보이는, 생기를 잃고 창백해진 얼굴이 몽롱한 눈으로 앞을 응시하고 있었다.

"하하하……."

별안간 웃음이 터져 나왔다. 그 웃음은 걷잡을 수 없이 커져갔다. 그녀가 파멜라였다. 파멜라가 바로 그녀였다! 이런 말도 안 되는 일이 있을 수 있는 것인가. 내가 나를 질투했다니, 내가 나 때문에 모든 걸 버리려 했다니! 이 얼마나 우스운 일인가. 이 얼마나 어리석은 일인가!

"으으윽……!"

갑자기 머리가 깨질 듯이 아파왔다. 그리고 잠재의식 너머에 묻혀있던 기억들이 한꺼번에 밀려들기 시작했다.

'천박한 여자의 딸 주제에…….'

'우리 같은 인생들에겐 이 방법 밖에 없어.'

'그래, 이리 가까이 와봐라. 착하지…….'

'가지마, 파멜라, 제발…….'

'너 따위가 뭔데 여기서…….'

'이 정도면 값을 꽤 받을 수 있겠군.'

'파멜라, 내가 보여? 날 알아볼 수 있겠어?'

'도망쳐! 어서 도망쳐!'

수백 개의 목소리가 수백 가지의 톤으로 동시에 말을 했다. 알마는 비명을 질렀다. 혼돈과 고통이 그녀를 마구 헤집고 물어뜯기 시작했다. 알마는 터질 것 같은 머리를 부여잡고 몸부림을 치다 자리를 박차고 나가 달리기 시작했다.

어디로 가고 있는 것인지 알 수 없었다. 그저 이곳을 벗어나야 한다는 생각뿐이었다. 기억하고 싶지 않았다. 떠올리고 싶지 않았다. 끔찍했던 과거가, 처참했던 악몽이 되살아나고 있는 것을 견딜 수 없었다. 저택 밖으로 나온 알마는 방향도 알지 못한 채 무작정 어두운 숲 속으로 뛰어들었다. 따라오는 목소리들을 떨쳐내고 싶었다. 터져 나오는 기억을 다시 저 깊숙한 곳으로 쑤셔 넣고 싶었다.

미친 듯이 수풀 속을 헤집고 달려가던 그녀는 결국 튀어나온 나무뿌리에 걸려 넘어지고 말았다. 땅에 부딪치는 충격과 함께 온 몸이 덜덜 떨려왔다. 알마는 가슴을 쥐어뜯으며 발작을 일으키는 사람처럼 바닥을 뒹굴었다. 머리가 빙글빙글 돌고 눈앞이 흐릿해져갔다.

'파멜라⋯⋯.'

누군가의 목소리가 울려 퍼졌다. 앙상하게 말라비틀어진 두 발목이 그녀의 눈앞에 아른거렸다. 멀리서 짐승이 울부짖는 소리가 들렸다. 새의 날갯짓 소리, 자박자박 풀을 밟는 소리⋯⋯. 곧 어둠이 그녀를 덮쳐오는 것을 느끼며, 알마는 그대로 정신을 잃고 말았다.

* * *

"에디! 어디 있니? 에드먼드!"

에드먼드를 찾는 목소리에 파멜라는 고개를 번쩍 들었다. 지금은 역사 수업을 듣고 있을 시간인데, 가정교사인 엘먼 양이 애타게 그의 이름을 부르는 것을 보니 또 어딘가로 내뺀 것이 틀림없었다.

"저런, 도련님이 또 어디로 도망간 모양이구나. 파멜라, 네가 가서 찾아보겠니?"

파멜라에게 잼 만드는 법을 가르쳐주고 있던 요리사 올리버가 웃으며 그녀에게 말했다. 파멜라는 고개를 끄덕이고는 재빨리 주방을 나왔다. 고개를 빼꼼 내밀고 살펴보니 엘먼 양이 청소를 하고 있던 하녀들에게 에드먼드의 행방을 묻고 있는 것이 보였다. 아무도 그를 보지 못했다고 하자 그녀는 짜증이 난 듯 입속으로 뭔가 거친 말을 중얼거리더니 다시 에드먼드의 이름을 부르며 다른 곳으로 떠났다.

그녀가 사라지는 것을 확인한 파멜라는 한달음에 계단을 뛰어올라가 동쪽 별채로 향했다. 에드먼드는 종종 수업 시간에 사라지기 일쑤였다. 나중에 분명 혼이 날 텐데 굳이 매를 버는 이유가 궁금했다. 에드먼드가 작정하고 숨으면 아무도 찾을 수 없었다. 그를 찾아낼 수 있는 유일한 사람은 파멜라 뿐이었다.

크고 작은 여인들의 초상화가 걸린 복도를 달려간 파멜라는 자신의 방문을 활짝 열었다. 아니나 다를까, 숨넘어가는 소리와 함께 에드먼드가 창가에서 펄쩍 뛰어올랐다.

"에디."

파멜라는 한숨을 한번 푹 내쉬고는 문을 닫고 방 안으로 들어갔다.

"여기 있으면 어떻게 해. 엘먼 양이 찾아다니고 있어."

파멜라의 말에 에드먼드는 입을 삐죽거리고는 토라진 듯 몸을 돌렸다.

"찾아다니라고 해. 난 안 갈 거야."

"그럼 나중에 네 아버지한테 혼날 텐데?"

"상관없어."

에드먼드가 고집을 부렸다. 파멜라는 고개를 절레절레 저었다. 윈델 가의 유일한 후계자 에드먼드는 언제나 화제의 중심에 있었다. 제멋대로에다 고집도 센 그는 훌륭한 인품과 실력으로 소문난 가정교사들을 수도 없이 내쫓았다. 한번만 더 선생에게 반항하면 기숙학교에 처박아버리겠다고 그의 아버지인 헨리 윈델 경이 으름장을 놓았지만, 그는 신경 쓰지 않는 듯 했다.

"에디, 또 수업을 빼먹으면 널 기숙학교에 보내버린다잖아. 그렇게 되면 더 이상 나랑 놀 수 없게 되는데, 그래도 괜찮은 거야?"

파멜라가 그의 곁에 앉으며 차분한 목소리로 달랬다. 그녀의 말에 에드먼드는 움찔했다. 그의 창백하고 앳된 얼굴이 고뇌에 휩싸이는가 싶더니 이내 불평 섞인 탄식이 튀어나왔다.

"아니, 그건 싫어."

"그럼 어서 수업 받으러 가. 기다릴 테니까 끝나면 같이 놀자."

그녀의 말에 에드먼드는 포기한 듯 고개를 푹 숙였지만 이대로 순순히 물러나기엔 아쉬웠는지 마지막 조건을 내걸었다.

"뽀뽀해주면 갈게."

황당한 말에 파멜라는 곤란한 웃음을 지었다.

"응? 뺨에 뽀뽀해주면 조용히 돌아갈게. 정말이야."

에드먼드가 졸랐다. 파멜라는 어깨를 으쓱해보였다. 그의 고집은 아무도 꺾을 수 없었다.

"알았어."

그녀가 수락하자 에드먼드는 신이 난 표정으로 오른쪽 뺨을 내밀었다. 파멜라는 그의 하얗고 보드라운 얼굴을 향해 몸을 기울였다. 막 볼에 입을 맞추려는 순간 갑자기 에드먼드가 고개를 휙 돌리는 바람에 두 사람의 입술이 맞닿았다. 파멜라는 깜짝 놀라 몸을 뒤로 뺐다.

"에디!"

얼굴이 홍당무가 된 채 원망 섞인 눈빛을 보내자 에드먼드는 입이 찢어지게 웃으며 두 팔로 그녀를 끌어안았다. 파멜라는 작은 주먹으로 그의 가슴을 콩콩 때리며 저항하는 척 했지만, 사실 그의 이런 짓궂은 장난이 싫지만은 않았다. 에드먼드는 깔깔 웃더니 부끄러워하는 파멜라의 입술에 다시 한 번 쪽쪽 입을 맞추었다.

"좋아해, 파멜라."

파멜라는 붉어진 얼굴로 다정하게 웃고 있는 에드먼드를 마주보았다.

"나도, 에디."

두 사람은 수줍은 눈빛으로 서로를 가만히 바라보았다. 이렇게 손을 맞잡고 마주보고 있을 때면 마치 어른이 된 기분이었다.

그때 '쾅'하는 소리가 나며 문이 벌컥 열렸다. 두 사람은 깜짝 놀라 문을 열고 나타난 사람을 쳐다보았다. 엘먼 양이었다. 그녀는 손을 잡은 채 창가에 마주앉아 있는 두 사람을 보고 놀란 표정을 지었다가 이내 경멸어린 시선으로 파멜라를 훑어보고는 에드먼드에게로 고개를 돌렸다.

"에드먼드! 이런 곳에서 뭘 하고 있는 거니?"

그녀의 노골적인 시선에 에드먼드의 얼굴에선 아이다운 미소가 사라지고 반항적인 표정이 떠올랐다.

"자, 어서 서재로 돌아가! 참나, 어떻게 이런 델 드나드는지, 원. 이리 나와, 에디! 어서 가자니까? 역사 공부를 하기 전에 명예로운 귀족 가문의 자녀가 해야 할 일과 하지 말아야 할 일부터 다시 배워야겠구나."

에드먼드는 입을 꾹 다문 채 자리에서 일어나 그녀를 따라 나갔다. 그가 걱정된 파멜라도 그들의 뒤를 따라 방 밖으로 나왔다.

"누가 그 어미에 그 딸 아니랄까봐 어린 게 벌써부터 천박하기는, 쯧."

엘먼 양이 파멜라에게 흘낏 시선을 던지며 중얼거렸다. 파멜라는 흠칫 놀라 자리에 우뚝 멈춰 섰다. 에드먼드가 고개를 돌려 엘먼 양을 노려보았지만 그녀는 아랑곳하지 않고 거칠게 그의 등을 떠밀었다.

두 사람이 멀어지는 것을 바라보며, 파멜라는 의기소침한 기분에 젖어 그 자리에 가만히 서 있었다. 그녀를 보고 수군거리는 사람은 비단 엘먼 양 뿐만은 아니었다. 저택에 온 첫날부터 그녀는 이러한 수군거림에 시달려야 했다. 윈델 경의 아들인 에드먼드가 그녀와 친해지면 친해질수록 그녀를 곱지 않은 시선으로 쳐다보는 사람들은 늘어만 갔다. 그런 시선에 익숙해져야 한다는 것은 잘 알고 있었지만 그럼에도 속상한 마음이 드는 것은 어쩔 수 없었다.

"어머, 안 돼! 짓궂은 사람 같으니, 빨리 가라니까?"

남녀가 낄낄거리며 농을 건네는 소리에, 파멜라는 고개를 돌렸다. 한 쌍의 남녀가 서로를 더듬으며 옆방에서 나오고 있었다.

"어머, 멜리?"

파멜라를 발견한 여자가 깜짝 놀란 듯 움찔하더니 이내 무안한 웃음을 웃으며 남자를 밀쳐냈다. 요염한 자태의 그 여인은 파멜라의 어머니인 모니카였다.

"아, 파멜라."

남자 역시 아는 체를 하더니 옷고름을 추스르며 씩 웃었다. 이름은 기억나지 않지만 저택을 찾은 손님을 상대하는 도어맨 중 하나인 것 같았다.

"멜리, 이거 봐. 이 아저씨가 선물을 전해주러 왔어. 헨리가 보내온 거야."

남자가 떠나자 그녀는 파멜라 앞에 몸을 굽히고 앉아 팔목에 걸린 번쩍이는 장신구를 보여주었다.

"예쁘지? 그렇지? 엄청 비싼 거야. 엄마한테 잘 어울리지 않니?"

파멜라는 문득 조금 전 엘먼 양이 중얼거렸던 말에 대해 이야기하고 싶은 충동을 느꼈다. 그러나 선물을 받고 신나하는 어머니의 기분을 상하게 하고 싶지 않아 그저 웃으며 고개를 끄덕였다. 그 어색한 미소에 그녀는 딸이 어째서 그토록 우울한 얼굴을 하고 있는지 대번에 깨달았다.

"오, 멜리, 파멜라, 이리와. 내 예쁜 딸!"

모니카는 파멜라를 안고 그녀의 등을 토닥이며 속삭이듯 말했다.

"괜찮아. 누가 뭐라고 하든 신경 쓸 거 없어. 곧 이 저택은 우리의 것이 될 거야. 이 엄마가 윈델 부인이 될 거니까! 그렇게 되면 누구도 우리한테 뭐라고 하지 못하게 될 거야. 알았지? 멜리, 잘 들어. 하층계급 여자가 비참한 삶을 벗어나려면 돈 많은 남자를 잘 유혹하는 방법밖에 없어. 알아듣겠니? 저 주제도 모르는 하급인생들이 지금은 우릴 비웃겠지만 곧 우리한테 머리를 조아리게 될 거라고. 그러니까 걱정 마. 오, 귀여운 우리 멜리. 엄마가 헨리랑 결혼하고 우리 딸도 나중에 에디랑 맺어지면 참 좋겠다, 그렇지?"

파멜라는 모니카의 말을 이해할 수 없었다. 자신이 에디를 좋아하는 건 엄마가 헨리 윈델 경을 좋아하는 이유와는 다르다고 말하고 싶었지만, 그런 말을 했다간 늘 그렇듯 한바탕 설교를 들을 것이 뻔했다. 어머니의 기분이 좋을 때는 그에 맞춰주는 편이 평화를 유지하는 방법이었다. 그래서 파멜라는 그녀의 어깨에 머리를 기대며 가만히 대답했다.

"응, 알았어요, 엄마."

* * *

그날 저녁 엘먼양은 불같이 화를 내며 가정교사 자리를 팽개치고 저택을 떠나갔다. 수업시간에 한마디 대답도 하지 않고 버티던 에드먼드가 책을 모두 찢어놓은 것도 모자라 그녀의 침대에 죽은 새를 숨겨놓은 것이었다. 하인들은 이런 식으로 유능한 가정교사들이 그만둔 것이 벌써 몇 번째인지 모르겠다며 혀를 찼고, 헨리 윈델 경 역시 노발대발했다.

"넌 도대체 누굴 닮아서 이따위 짓이나 하는 거야? 네 녀석 때문에 몇 명이 도망친 줄이나 알아? 가문에 먹칠이나 하는 놈 따위 앞으로 누가 가르치려 하겠냐? 뭘 똑바로 쳐다봐? 눈 내리깔지 못해?"

윈델 경의 분노에 찬 음성과 함께 어린 아들을 두들겨 패는 소리가 온 저택에 울려 퍼졌다. 파멜라는 벽 뒤에 숨어 구경하고 있는 하녀들 사이로 고개를 내밀고 발을 동동 구르며 소동이 잦아들기를 기다렸다. 헨리 윈델 경은 화가 나면 아무도 말릴 수가 없었다. 그가 무슨 짓을 하든 입을 다물고 있는 것이 고용인들로서는 현명한 일이었다.

그때 하녀장인 그로버가 다급하게 계단을 뛰어올라갔다. 잠시 후 그녀의 격앙된 목소리가 들려왔다.

"윈델 경! 제발 그만하세요!

그로버의 말에 방 안이 잠시 조용해졌다.

"하, 조지나. 아랫사람 주제에 건방지게……."

"제발요, 윈델 경. 도련님께서도 충분히 반성하셨을 겁니다. 이 이상 죄를 짓지 마세요. 돌아가신 샬럿 마님께서 아시면 매우……."

"샬럿? 제멋대로 죽어버린 그년이 뭘 어쨌다고? 오호, 뭐야? 눈빛이 아주 무섭구먼. 내가 틀린 말 했나? 저 자식도 그래. 제 어미를 잡아먹고 나온 주제에 뻔뻔한 저 눈초리가 얼마나 기분 나쁜지 한 번씩 쥐어 패지 않고는 견딜 수가 있어야지."

그의 말이 끝나기가 무섭게 쿵쿵거리는 발소리와 함께 에드먼드가 계단을 뛰쳐 내려왔다.

"이 자식이, 이리 오지 못해?"

흥분한 윈델 경이 달려 나와 난간을 붙잡고 소리쳤다.

"다들 뭘 보고 있는 거야? 썩 꺼져버려!"

깜짝 놀란 하녀들이 재빨리 흩어지는 동안 파멜라는 에드먼드의 뒤를 쫓아갔다. 밖으로 나가 살펴보니 그는 어두운 정원 한 구석에 온 몸을 잔뜩 웅크린 채 훌쩍이며 앉아있었다. 신발 한 짝은 벗겨지고 옷은 찢어진 채로 구석에서 떨고 있는 그 모습이 마치 상처 입은 작은 짐승 같다고 생각하며, 파멜라는 천천히 그에게로 다가갔다.

"에디, 나 좀 봐."

파멜라는 그의 곁에 앉아 손을 내밀어 푹 숙이고 있는 그의 얼굴을 자기 쪽으로 돌렸다. 눈가에는 멍이 들었고 터진 입술에서는 피가 흐르고 있는 모습을 보자 파멜라는 마음이 아팠다.

"에디, 왜 그런 거야?"

헝클어진 그의 머리카락을 가만히 쓰다듬으며, 그녀가 물었다.

"그 여자가 너를 모욕했잖아! 그런 여자한테선 배우기 싫어."

에디가 분한 듯 내뱉었다. 파멜라는 한숨을 푹 쉬었다.

"에디, 난 괜찮아. 사람들은 누구나 자기 마음대로 생각하고 말하는 걸……. 그런 걸 일일이 상대하면 너만 다치게 될 거야."

그녀가 조용히 타일렀지만 에드먼드는 여전히 화가 풀리지 않은 듯 씩씩거리며 대꾸했다.

"하지만 널 욕하는 말을 듣는 건 싫어! 아무도 뒤에서 너에 대해 수군거리지 못하게 할 거야. 그게 누구라도 말이야!"

"에디……."

그렇게 말해주는 그가 고마우면서도 파멜라는 그의 오기가 못내 걱정스러웠다. 그녀는 두 팔로 그를 꼭 감싸 안고는 가만히 그를 토닥였다.

"나는 네가 다치는 게 싫어. 난 정말 괜찮아. 그러니까 다음부터는 그러지 말아줘. 네 아버지를 화나게 하지 마, 응? 그래줄 수 있지?"

파멜라의 부탁에 에드먼드는 고집스럽게 입을 삐죽거리더니 그녀의 어깨에 머리를 기대며 힘없이 대답했다.

"응, 알았어……."

* * *

넓디넓은 저택 안에서 에드먼드가 의지할 수 있는 사람이라곤 파멜라가 유일했지만 그렇다고 친구가 아예 없는 것은 아니었다. 그가 아주 좋아했던 사람 중 한 명은 하녀장인 그로버의 오빠 프레드였다. 그는 다소 거칠어 보이는 인상이었지만 아주 유쾌한 태도를 가진 남자였다. 다른 지방에서 일을 하던 그는 가끔 동생을 만나러 저택을 방문하곤 했는데, 그때마다 에드먼드는 그로버보다 더욱 기뻐했다.

"프레드 아저씨!"

프레드가 타고 온 마차 문이 열리기도 전에, 에드먼드는 그를 맞으러 뛰어나갔다.

"어이쿠, 우리 도련님!"

그는 달려오는 에드먼드를 번쩍 안아들고 한 바퀴 돌리며 껄껄 웃었다. 손님을 맞으러 나온 그로버는 그 모습을 보고 눈살을 찌푸렸다.

"오빠, 도련님께 함부로 하지 마세요."

그녀의 질책에 프레드는 머쓱한 표정을 지으며 에드먼드를 내려놓았다.

"아, 조지나, 오랜만에 보는데 첫마디가 그거냐? 어째 날이 갈수록 더 쌀쌀해지는구먼."

그의 투덜거림에 그로버의 입가에 미소가 떠올랐다.

"잘 왔어요, 오빠."

두 사람의 인사가 끝나자마자 에드먼드가 성급하게 끼어들었다.

"아저씨, 이쪽은 파멜라예요. 내 미래의 신부예요."

에드먼드의 당돌한 소개말에 그로버가 다시 한 번 눈살을 찌푸렸다. 파멜라는 얼굴이 빨개져서 그로버의 눈치를 보았다가, 에드먼드를 향해 눈을 흘기고는 어색하게 인사를 건넸다.

"아, 안녕하세요."

"오, 반갑구나, 파멜라. 이야, 이거 아주 잘 어울리는 한 쌍인걸? 에디 이 녀석! 어린 녀석이 보는 눈이 뛰어난데?"

"오빠!"

프레드가 호탕하게 웃기 시작하자 그로버가 다시 한 번 엄하게 그의 주의를 환기시켰다. 그러거나 말거나 에드먼드는 어깨를 으쓱거리며 그로버를 졸랐다.

"조지나, 아저씨랑 같이 엄마 보러 갔다 와도 돼?"

그로버는 곤란한 표정을 지었으나 그녀가 대답도 하기 전에 프레드가 선수를 쳤다.

"그거 좋은 생각이군! 자, 가자!"

그는 양손에 에드먼드와 파멜라의 손을 잡고 곧장 걸음을 옮겼다.

"차 마실 시간까지는 돌아와야 해요!"

막무가내인 그들을 말릴 수 없다는 것을 깨달은 그로버가 고개를 절레절레 저으며 프레드의 뒤통수에 대고 소리쳤다. 그녀의 잔소리에 프레드와 에드먼드는 서로 눈짓을 주고받으며 장난스럽게 킬킬 웃었다.

세 사람은 저택의 부지에 딸려있는 윈델 가의 묘지로 향했다. 샬럿 윈델의 이름이 새겨진 비석 앞에 서서, 그들은 정원에서 꺾어온 꽃을 바치고는 잠시 동안 조용히 묵념의 시간을 가졌다.

"프레드 아저씨, 우리 어머니는 어떤 사람이었어요?"

가만히 묘비를 바라보고 있던 프레드를 향해, 에드먼드가 물었다.

"샬럿 마님은…… 정말로 아름다운 분이셨지. 상냥하고, 그리고 용감한 분이셨단다. 나는 언젠가 마님께서 고용인들을 위해 여신 무도회에서 그분을 처음 뵈었어. 조지나가 하도 오라고 해서 술이나 진탕 마시자 싶어 억지로 갔는데, 하하, 그게 내 일생일대의 사건이 될 줄이야! 샬럿 마님을 보고 정말 숨이 멎는 줄 알았지 뭐냐. 한눈에 반해버렸다니까? 하하! 어이쿠, 이런, 불경한 말을…… 미안하구나."

회상에 젖어 이야기하던 프레드는 자신의 실수를 깨닫고는 멋쩍은 듯 눈을 끔벅거리며 한손으로 얼굴을 쓸어내렸다.

"괜찮아요. 그만큼 어머니가 좋은 분이셨다는 얘기죠?"

"그럼! 모두가 그분을 좋아했단다. 다정하게 맞아주시던 그 눈빛을 잊을 수가 없어. 에디, 너를 꼭 닮은 그 눈 말이야."

에드먼드가 '핏'하고 바람 빠지는 소리를 냈다.

"파란 눈은 누구나 다 가지고 있는걸. 조금씩 다르긴 하지만 아버지의 눈 색도 파랗고, 아저씨도 파란 눈이잖아."

프레드가 씨익 웃었다.

"아냐, 에디. 네 눈은 어머니를 꼭 빼닮았어. 깊고 순수하고 아름다운 영혼을 담고 있는 눈이지."

"정말? 아버지는 늘 내 눈빛이 기분 나쁘다고 하는데."

쓸쓸한 에드먼드의 말에 프레드는 말문이 막힌 듯 아무 대답도 하지 않았다. 파멜라는 슬픈 표정을 짓고 있는 그를 올려다보았다. 그 역시 파멜라처럼 사랑받지 못하는 에드먼드를 보며 마음아파하고 있는 것이 틀림없었다.

"아저씨가 우리 아버지였으면 좋겠다. 그럼 매일 엄마를 보러 올 수도 있고 파멜라랑 놀아도 혼나지 않을 텐데……."

에드먼드의 말에 프레드는 곤란한 표정을 짓더니 곧 한쪽 다리를 굽히고 앉아 그의 어깨에 두 손을 올렸다.

"에디, 그런 말은 함부로 하는 게 아니야. 너는 누가 뭐래도 이 윈델 가문의 귀하디귀한 후계자야. 그렇기 때문에 윈델 경께서도 너를 강하게 키우려고 그러시는 거고. 아저씨 말 알아듣겠지? 아버지 말씀 잘 듣고 공부도 열심히 해야 해. 아저씨는 에디가 언제나 의지할 수 있는 친구로 있어줄게. 고민상담도 해주고 조지나 몰래 나가서 같이 재밌게 놀기도 하고 말이야. 여기 이 귀여운 파멜라 아가씨랑도 같이. 알았지?"

프레드의 말에 에드먼드는 고개를 끄덕이며 웃었다. 프레드는 그의 뺨을 툭툭 두드리며 파멜라에게도 손짓했다. 그리고는 팔을 벌려 두 사람을 꼭 안아주었다.

프레드는 며칠을 마을에서 지내며 저택을 오가다 집으로 돌아갔다. 그가 있는 동안은 에드먼드도 별다른 사고를 치지 않고 조용히 지냈다. 그러나 프레드가 떠나고 나서는 너무도 우울해하는 바람에 파멜라는 걱정스러웠다. 그녀도 프레드가 좋았기 때문에 두 사람은 몰래 숨어 그가 해주었던 기상천외하고 멋진 일화들을 몇 번이나 반복해서 이야기하곤 했다.

다행히 에드먼드의 우울은 오래 가지 않았다. 얼마 뒤 헨리 윈델 경의 지인인 워렌 교수가 가족과 함께 저택을 방문한 것이다. 워렌 교수의 아들인 필립 워렌은 에드먼드보다 서너 살이 많았는데 그는 아버지를 따라 외국에서 공부를 하고 있었다. 서로 비슷한 점은 없었지만 에드먼드는 필립을 꽤나 잘 따랐다. 저택을 방문하는 다른 귀족 자제들과 달리 그는 파멜라에게도 친절했기에, 그녀도 그를 편하게 생각했다.

"그래서 정신분석학이라는 분야에서는 말하기를 우리의 무의식이 말과 행동에 영향을 미친다는 거야. 사회적 규범에 의해 억눌린 개인의 욕구가 상충하면서 갈등이 발생하는데 여기서 흥미로운 점은……."

"으으, 필립! 제발, 무슨 소리인지 못 알아듣겠어! 그냥 재밌는 얘기나 해주면 안 될까?"

필립이 늘어놓는 학문적인 이야기에 이골이 난 에드먼드가 두 팔을 휘저으며 짜증을 부리자 필립은 놀랐다는 듯 눈을 동그랗게 떴다.

"뭐? 재미가 없다고? 이게 얼마나 흥미진진한 발견인데! 들어봐, 최근의 연구에 따르면 뇌의 직접적인 손상이 아니라 심리적인 요인으로도 기억상실에 걸릴 수 있다고 하더라."

"그런 거 걸릴 일 없으니까 그런 얘긴 이제 그만해. 이거 봐, 파멜라도 지겨워하잖아."

에드먼드가 옆에 조용히 앉아있던 파멜라를 끌어들이는 바람에 그녀는 흠칫 놀랐다.

"뭐? 파멜라, 너도 재미없니?"

필립의 물음에 그녀는 당황하여 에드먼드의 눈치를 보며 대답했다.

"아, 아니요. 그런 것보단…… 무슨 얘긴지 이해하기 좀 어려워서……. 그렇지만 정말 대단해요! 그렇게 많은 걸 알고 있다니……."

"고마워. 난 의사가 될 거거든. 제대로 공부해서 많은 사람들을 도와주고 싶어."

필립이 다정하게 웃으며 대답했다. 파멜라는 그런 그를 선망의 눈빛으로 바라보았고 에드먼드는 이 상황이 영 마음에 들지 않는다는 듯 팔짱을 낀 채 두 사람을 차례로 노려보았다.

"참, 이거 보여줄게."

필립이 책상 옆에 올려둔 가방을 열더니 그 안에서 갖가지 물건들을 꺼내기 시작했다. 처음 보는 신기한 물건들에, 두 사람은 눈이 휘둥그레졌다.

"이건 칼라이트라고 식민지에서만 나는 보석인데 곧 엄청 유행하게 될 거래. 이건 나뭇잎으로 엮은 장난감, 이건 신기한 꽃으로 만든 향신료, 가지고 있으면 행운이 온다나봐. 이건 악기인데 어떻게 연주하냐면……."

필립은 여행지에서 가져온 물건들을 하나하나 보여주며 용도를 설명했다. 정신없이 들여다보던 파멜라의 눈에 아주 예쁜 작은 칼이 보였다.

"이건 뭐예요?"

파멜라가 가리키며 묻자 필립은 그것을 집어 들었다.

"아, 이건 그냥 봉투를 자를 때 쓰는 레터 오프너야. 고산지대 원주민

부족의 문양이 장식되어 있지. 특이하지? 이게 마음에 드니, 파멜라? 그 럼 선물로 줄게."

파멜라는 감격에 젖은 눈이 되어 필립이 건네는 레터 오프너를 받아들 었다. 누군가에게 편지를 받을 일도, 쓸 일도 없었지만 그것은 그 자체 로도 너무나 훌륭한 장식품이었다.

"고, 고마워요."

"뭘, 별말씀을. 자, 이것도 한번 봐. 이건 원주민들이 잘 때 머리맡에 걸어놓는 물건인데⋯⋯."

필립은 싱긋 웃고는 다음 물건에 대한 설명을 이어갔다. 파멜라는 레터 오프너를 두 손에 꼭 쥐고는 그가 소개하는 신기한 식민지의 풍습들에 열심히 주의를 기울였다. 그 모습을 에드먼드가 질투에 가득 찬 눈으로 가만히 지켜보았다.

다음날 정원에서 마거리트 꽃을 꺾어 방으로 돌아온 파멜라는 필립에 게서 받은 레터 오프너가 두 동강이 난 채 탁자위에 널브러져 있는 것을 발견했다. 그녀는 아까운 마음에 부서진 부위를 붙여보려고 애쓰다가 이 내 한숨을 푹 쉬었다. 에드먼드의 짓이 분명했다. 만나면 따져야겠다고 생각하던 그때, 옆방에서 싸우는 소리가 들려왔다.

파멜라는 방 밖으로 고개를 내밀고 옆방에서 들려오는 소리에 귀를 기 울였다. 그녀의 어머니 모니카가 뭐라고 소리를 지르고 있었고 남자가 욕설을 하며 고함을 치고 있었다. 곧이어 물건이 깨지는 소리와 모니카 의 비명이 들려왔다. 파멜라는 깜짝 놀라 몸을 움찔했다. 그 순간 방문 이 '쾅'하고 열리더니 헨리 윈델 경이 욕을 내뱉으며 방에서 뛰어나와 문을 걷어찼다.

"멍청한 여자 같으니! 안된다면 안 되는 줄 알아야지 어딜 감히!"

그가 거칠게 중얼거리는 동안 닫힌 방 안에서 모니카의 울음소리가 새어나왔다. 파멜라는 그 자리에서 얼어붙은 채로 씩씩거리고 선 윈델 경의 뒷모습을 흘끗거렸다. 그때 그녀의 기척을 느낀 그가 몸을 확 돌렸다.

"뭐야?"

헨리 윈델 경이 얼굴을 일그러뜨리며 그녀를 바라보았다. 파멜라는 당황하여 반사적으로 뒷걸음질 쳤다.

"아, 모니카의 딸이라고 했던가? 에드먼드 녀석이랑 붙어 다니던 게 너로구나."

윈델 경은 관찰하는 시선으로 파멜라를 머리끝부터 발끝까지 쭉 훑었다. 그 눈빛에 어쩐지 소름이 끼쳐, 파멜라는 어깨를 움츠렸다.

"제 어미를 닮아 얼굴은 반반하다만……."

그가 중얼거리며 파멜라의 쇄골 아래를 뚫어지게 내려다보았다. 그리고는 묘한 웃음을 씩 흘리며 그녀를 향해 몸을 기울였다.

"도움이 좀 필요한데, 잠깐 따라오거라."

파멜라는 공포에 젖은 얼굴로 그의 눈을 마주보았다. 음험하게 빛나는 그의 새파란 눈동자를 보자, 그녀는 대답을 할 수도, 움직일 수도 없었다. 헨리 윈델 경이 재촉하듯 그녀의 등을 떠밀었다. 파멜라는 잔뜩 굳은 채 그가 이끄는 대로 걸음을 옮겼다.

* * *

막막한 어둠 속에서, 파멜라는 울고 있었다. 무슨 일이 일어난 것인지를 이해하기에 그녀는 아직 어렸고, 또 약했다. 그녀는 두려웠다. 혐오스러운 손길이 또다시 뻗어 올까봐, 그녀를 멸시하는 사람들의 수군거림이 들려올까봐, 그중에서도 가장 두려운 것은 어머니가 화를 낼 거라는 사실이었다.

파멜라는 이대로 어둠과 하나가 되어 사라져버리면 좋겠다고 생각했다. 아무도 그녀를 찾지 않고, 그녀 자신조차도 본인이 존재했었다는 사실을 잊어버릴 수 있으면 좋겠다고……. 그렇게 그녀는 몸을 둥글게 말고 누운 채 하염없이 울고만 있었다.

그때 무겁게 내려앉은 어둠의 틈을 비집고 한줄기 빛이 흘러들어왔다. 그리고 그의 목소리가 들렸다.

"파멜라!"

에드먼드가 그녀의 곁으로 달려왔다.

"무슨 일이야? 네가 아버지한테 불려갔다는 얘길 들었어. 괜찮은 거야? 응? 파멜라!"

파멜라는 고개를 들었다. 걱정이 가득한 에드먼드의 얼굴을 보자 그녀는 참았던 설움이 터져 나왔다.

"에디, 에디…… 흑…….."

아무 말도 하지 못한 채, 파멜라는 에드먼드의 품에 안겨 울었다. 어떠한 설명도 하지 않았지만 그는 이미 모든 상황을 파악한 것 같았다. 그녀를 안고 있는 그의 팔이 부르르 떨려왔다. 이를 악문 채로, 그가 터져 나오는 분노의 감정을 간신히 삭이고 있는 것을 그녀는 느낄 수 있었다.

"파멜라, 괜찮아."

흐느끼는 파멜라를 꽉 끌어안은 채, 에드먼드는 말했다.

"괜찮아, 괜찮아. 내가 알아서 할게. 아무것도 걱정하지 마. 널 괴롭힌 사람들은 내가 다 혼을 내줄 거야. 그게 누구라도……. 그러니까 울지 마, 가엾은 파멜라……."

그때까지만 해도 파멜라는 그 말이 무슨 의미였는지 정확히 알지 못했다. 그러나 그날 밤, 에드먼드는 자신의 맹세를 실행에 옮겼다. 모두가 잠든 시각, 조용히 방을 빠져나온 그가 헨리 윈델 경의 침실을 찾아가 새로 들어온 어린 하녀와 즐기고 있던 그의 허벅지에 날카로운 가위를 쑤셔 넣은 것이다. 비명이 울려 퍼졌고, 고요하던 저택은 난리가 났다.

피가 뚝뚝 떨어지는 가위를 휘두르던 에드먼드는 다급히 달려온 하인들에 의해 저지당했고, 분노로 눈이 뒤집힌 헨리는 무자비하게 주먹을 휘둘렀다. 그러나 복수심에 불타는 에드먼드는 난폭한 짐승처럼 끝까지 그에게 덤벼들었고, 그로버가 달려와 간신히 두 사람을 떼어놓고 나서야 상황이 일단락되었다. 광분한 헨리는 에드먼드를 지하 감옥에 던져 넣을 것을 명했고 이 충격적인 사건에 대한 이야기는 삽시간에 온 저택 안으로 퍼져나갔다.

소식을 듣자마자 파멜라는 에드먼드가 갇혀있는 곳으로 달려갔다. 입구를 지키고 있던 하인은 처음에는 들여보내주지 않으려고 했으나, 파멜라의 눈물어린 호소에 못 이겨 잠시 동안만 면회를 할 수 있도록 허락해주었다.

에드먼드는 처참한 몰골을 하고는 퀴퀴한 냄새가 나는 돌감옥 안에 앉아있었다. 그 모습을 보자 파멜라는 마음이 무너져 내렸다.

"에디!"

"파멜라!"

두 사람은 쇠창살을 사이에 두고 서로를 마주보았다.

"에디, 왜 그랬어. 나 때문에 그런 거야? 왜 괜한 짓을 해서 벌을 받는 거야? 이런 곳에서 어떻게 견디려고."

파멜라는 죄책감과 안타까운 마음에 울며 그를 질책했다. 에드먼드는 창살 사이로 손을 내밀어 눈물로 범벅이 된 파멜라의 얼굴을 가만히 쓰다듬었다.

"울지 마, 파멜라. 나는 괜찮아. 말했잖아. 널 괴롭히는 사람들은 누구라도 내가 혼내주겠다고. 들어봐. 필립한테서 고대의 언어를 몇 가지 배웠는데, 옛날에는 사랑하는 사람을 자신의 영혼이라고 불렀대. '알마,' 영혼이라는 뜻이야. 너는 나의 알마야, 파멜라. 네가 울면 나도 슬퍼지고, 네가 괴로우면 나도 마음이 아파. 그러니까 내가 널 아프지 않게 할 거야. 내가 널 지켜줄 거야. 파멜라, 너는 나의 '알마'니까."

다정한 그의 말에 파멜라는 더욱 서러운 기분이 들었다. 두 사람의 미래처럼 어둡고 암울한 그곳에 앉아 그들은 서로를 어루만지며 함께 울었다. 그리고 파멜라는 다짐했다. 무슨 일이 있어도 이 가엾은 소년의 곁을 결코 떠나지 않겠다고.

* * *

에드먼드는 한 달이 넘도록 지하 감옥에 갇혀 있다가 그로버의 간청에 의해 겨우 풀려날 수 있었다. 헨리 윈델 경은 여전히 아들을 저주했지만 그 일 이후로 조금은 겁을 먹은 듯 이전처럼 무턱대고 그에게 손찌검을 하지는 않았고 파멜라에게도 다시 손을 대지 않았다. 자신의 아버지를 해하려고 한 윈델 가의 미치광이 아들에 대한 이야기가 수군거리기 좋아하는 사람들의 입을 타고 사교계와 온 마을에 퍼져나갔다. 파멜라는 아무것도 모르는 사람들이 에드먼드를 나쁘게 말하는 것이 속상했지만, 그는 딱히 신경을 쓰는 것 같지 않았다.

시간은 쏜살같이 지났고 파멜라는 저택에서 정식으로 하녀 일을 시작했다. 여러 가지 크고 작은 일들이 생겨났다가 잠잠해졌지만, 그 중에서도 가장 힘들었던 사건은 프레드의 사망 소식이었다. 갑작스런 그 소식에 에드먼드는 며칠 동안이나 식음을 전폐하고 우울해했다. 오빠의 장례를 치르고 돌아온 그로버는 그가 편안하게 떠났다는 소식을 전하며 혈육보다 더욱 슬퍼하고 있는 그를 차분하게 위로했다.

"걱정 마세요. 오빠는 더 이상 괴로움이 없는 곳으로 떠났으니까요. 천국에서 도련님을 지켜보며 축복해줄 겁니다. 이제는 제가 도련님의 곁을 지켜드릴게요. 그러겠다고 약속했는걸요."

프레드를 잃은 후로 에드먼드는 더욱 파멜라에게 의지했다. 파멜라 역시도 그에게 기대어 끔찍한 기억들과 힘든 시간들을 견뎌낼 수 있었다. 나이가 들어가며 두 사람을 귀엽게만 보던 시선들이 점점 못마땅한 표정들로 바뀌어갔지만, 그들의 마음은 해가 갈수록 깊어져갔다.

반면 파멜라의 어머니 모니카는 헨리 윈델 경의 관심에서 멀어져갔다. 그가 그녀의 방을 찾는 횟수도 점점 줄었고 선물을 보내오는 일도 뜸해졌다. 자신이 다음 윈델 부인이 될 거라 철석같이 믿고 있었던 모니카는 날이 갈수록 초조하고 신경질적이 되어갔다.

"분명히 약속했단 말이야. 소문이 조금 진정되고 나면 식을 올리겠다고. 나를 귀부인으로 만들어주겠다고 헨리가 분명히 약속했어! 멜리, 그가 나를 배신하려는 건 아니겠지? 응? 너는 어떻게 생각하니?"

모니카가 파멜라를 붙잡고 하소연을 할 때마다 그녀는 어떻게 대답해야 할지 몰라 곤란했다. 그럴 때면 그녀는 딸에게 벌컥 화를 내고는 술에 손을 대곤 했다. 언제부터인가 헨리가 모니카를 완전히 무시하고 바깥으로만 나돌게 되자, 그녀의 집착은 이상한 방향으로 나아가기 시작했다.

"멜리, 에디가 너를 아직도 좋아해주는 게 얼마나 다행이니! 하지만 남자의 관심은 쉽게 변한단다. 언젠가 그의 마음이 변하기 전에 확실히 그에게서 약속을 받아놓으렴! 이 엄마는 새로운 꿈이 생겼어. 윈델 부인은 내가 아니라 네가 되는 거야! 알았지?"

그녀가 이렇게 말할 때마다 파멜라는 자신이 에디를 사랑하는 것은 그런 이유 때문이 아니며 그에게 바라는 것은 아무것도 없다고 항변했지만, 돌아오는 것은 늘 짜증 섞인 꾸지람뿐이었다.

"멍청한 짓! 왜 굴러들어온 기회를 차버리려고 하는 거야? 우리 같은 인생들에게 다른 방법이 있는 줄 아니? 부유한 귀족 자제가 너를 좋아해 준다는데 당장 옷을 벗고 뛰어들어도 모자랄 판국에 무슨 어리석은 소릴 하는 거야?"

실제로 에드먼드는 파멜라와 결혼할 거라고 공공연하게 말하고 다니곤 했다. 물론 아무도 그의 선언을 진지하게 받아들이지 않았고, 그것은 파멜라 역시 마찬가지였다. 에드먼드를 사랑했지만 그녀는 어머니와는 달리 자신의 위치를 잘 알고 있었다. 어느덧 나이가 찬 그에게는 여러 가문들에서 혼담이 들어오기 시작했다. 그러나 아무리 유력한 집안이라 하더라도 그는 매번 퇴짜를 놓았고 부모의 명으로 그를 만나러 온 아가씨들에게 심술궂은 말을 해서 쫓아버리기 일쑤였다. 당연히 그의 아버지는 분노했고 두 사람은 이 일로 매번 다투곤 했다.

파멜라는 그가 걱정스러웠다. 자신은 뒷방의 여자로 살며 그를 보고 살 수 있다는 것으로 만족하겠다고 여러 차례 호소해보기도 했지만 에드먼드는 전혀 듣지 않았다. 윈넬 저택에 풍파를 몰고 온 새로운 운명의 여인이 나타난 것도 그 즈음이었다.

그날도 에드먼드는 파멜라가 한창 빨래를 하고 있던 세탁실로 몰래 숨어들었다. 정신없이 시트의 얼룩을 지우고 있던 그녀는 에드먼드가 갑자기 얼굴을 불쑥 들이미는 바람에 소스라치게 놀랐다.

"에디…… 도련님!"

깜짝 놀라 부르고 나서 재빨리 주위를 살펴보자 같이 일하고 있던 하녀들은 어느 샌가 자취를 감춘 뒤였다.

"이런데 오면 안 된다고 했잖아."

파멜라가 질책하자 에드먼드는 능글능글 웃으며 말했다.

"왜? 여기가 금지구역은 아니잖아?"

"사람들이 수군거리잖아."

"그럼 어때서? 난 신경 안 써."

"난 신경 쓰여!"

파멜라는 그를 무시한 채 일을 계속하려 했지만 에드먼드는 그녀의 뒤를 졸졸 쫓아오더니 그녀의 허리를 붙잡아 자기 쪽으로 돌려놓았다.

"잠깐 기다려봐. 줄 게 있어."

그리고서 그는 주머니에서 자그마한 상자를 꺼내 그녀에게 내밀었다. 파멜라는 의심스런 눈초리를 한번 보낸 뒤 상자를 받아들고 열어보았다. 놀랍게도, 그 안에는 휘황찬란하게 빛나는 푸른빛의 다이아몬드 반지가 들어 있었다.

"이건……."

눈이 휘둥그레진 채 올려다보자, 에드먼드는 씩 웃으면서 대답했다.

"결혼 예물이야. 식을 올리는 날 손가락에 끼워줄게."

그의 다정한 눈길과 아름다운 미소에, 파멜라는 마음이 잠시 설레었다. 하지만 그녀는 이내 고개를 저었다.

"에디, 그 얘긴 끝났잖아. 난 이걸 받아들일 수 없어."

"어째서? 또 그 수군거리는 사람들 얘기야? 그런 건 상관없다고 말했잖아."

"에디, 아무리 원해도 넘을 수 없는 선이라는 게 있어. 나 같은 하녀가 너의 신부가 될 수는 없어. 온 세상의 웃음거리가 될 거야. 꼭 결혼을 하지 않아도 난 여전히 너의 곁에 있을 텐데, 이대로도 괜찮잖아."

파멜라가 차분히 달래자 에드먼드는 불만스러운 듯 미간을 찌푸리며 입술을 깨물었다. 그리고는 이내 고집스러운 목소리로 내뱉었다.

"아니, 난 어떻게든 너를 내 아내로 맞을 거야. 우리 아이를 사생아로 만들 순 없으니까."

에드먼드는 손을 내밀어 새 생명이 자리 잡은 파멜라의 배를 쓰다듬었다. 그것은 에드먼드의 생각이었다. 아이를 가지면 아버지도 어쩔 수 없이 결혼승낙을 해줄 거라는 것이 그의 계산이었다. 파멜라는 그의 생각에 전혀 동의하지 않았지만 애틋하게 안아오는 그를 거부할 수는 없었다. 정말로 그의 아내가 될 수는 없겠지만, 그들의 아이 역시 평생 손가락질 받으며 살게 되겠지만, 그와의 사랑의 결실을 잉태했다는 사실만으로도 파멜라는 벅찬 행복감을 느꼈다.

두 사람은 다투던 것도 잊고 미소를 지은 채 잠시 동안 가만히 서로를 바라보았다. 에드먼드가 손을 내밀어 질끈 묶은 파멜라의 긴 은백색 머리카락을 쓸어 넘기더니 천천히 다가왔다. 파멜라는 눈을 감았다. 두 사람의 입술이 막 맞닿으려던 그때, 갑자기 문이 벌컥 열렸다. 파멜라는 깜짝 놀라 그를 밀쳐내고 물러섰다. 세탁실의 문을 열어젖힌 사람은 그로버였다. 그녀는 두 사람이 함께 있는 모습을 보더니 불편한 표정을 지으며 딱딱하게 말했다.

"주인어른께서 손님을 모셔 오셨습니다. 도련님을 찾으시니 어서 가보시지요. 파멜라, 손이 필요하니 따라와요."

에드먼드와 파멜라는 멋쩍은 표정을 지어보이고는 그로버를 따라 나섰다. 정문으로 나가니 화려하게 차려입은 한 젊은 여자가 헨리 윈델 경의 손을 잡고 마차에서 내리고 있었다. 한가득 실린 짐을 옮기느라 정신없는 하인들을 쓱 훑어본 뒤, 에드먼드는 예고 없이 찾아온 손님을 향해 다가갔다.

"여기가 윈델 저택이로군요! 굉장한데? 이 많은 사람들 좀 봐!"

여자가 헨리의 팔짱을 끼며 호들갑스럽게 소리치자 그는 자랑스러운 듯 웃었다.

"자자, 천천히 구경시켜 줄 테니까 우선 들어가지. 아, 에드먼드. 왔구나. 인사드려라. 일레인 콜슨 양이다."

에드먼드는 무성의하게 고개만 까딱해보이고는 냉소적으로 물었다.

"아버지의 새로운 애인이신가보죠?"

그러나 헨리 윈델 경은 화를 내는 대신 여자와 슬쩍 눈을 맞추며 묘한 표정을 짓더니 청천벽력 같은 선언을 했다.

"아니, 콜슨 양은 너의 결혼상대야."

그 순간 에드먼드의 얼굴에 충격과 분노의 감정이 고스란히 떠올랐다. 곁에 있던 파멜라는 당장이라도 무슨 일이 일어날 것만 같은 두려움을 느꼈다. 그러나 그는 순간의 충동을 잘 참아내었고, 일그러진 그의 표정은 아랑곳없이 잔뜩 들뜬 일레인은 어서 자기가 지낼 방을 보여 달라며 헨리에게 교태를 부렸다.

"저를 따라오시지요, 콜슨 양."

주인의 지시를 받은 그로버가 일레인을 향해 말하며 파멜라에게 눈짓을 보냈다. 그때까지도 얼이 빠져있던 파멜라는 퍼뜩 정신을 차리고 손님의 짐가방을 든 채 두 사람의 뒤를 따랐다. 저택 안으로 들어가며 그녀는 흘끗 뒤를 돌아보았다. 마주보고 서 있는 윈델 경과 에드먼드 사이에 일촉즉발의 기운이 감돌았다. 에드먼드를 향한 걱정으로 가득한 채, 파멜라가 내키지 않는 걸음을 내딛는 동안 새로 등장한 여인은 끊임없이 떠들어대고 있었다.

"내 동생 제니를 여기로 초대해야겠는데? 내가 이런 귀족의 저택에 머문다고 하면 배가 아파 어쩔 줄 모를 거야! 저기, 부인, 아니, 그로버라고 했던가? 헨리가 무도회를 열어도 된다고 하던데 언제쯤 가능할까요? 그리고 이 마을에서 제일 유명한 의상실이 어딘지도 가르쳐줘요. 어머, 저 커튼은 너무 칙칙한 거 아니야? 예전 안주인의 취향이 꽤나 촌스러웠나 보네. 일단 저것부터 바꾸라고 해야겠다."

전 안주인의 안목을 지적하는 말에 그로버는 약간 인상을 찌푸렸으나 자신만의 계획에 푹 빠진 일레인은 그것을 깨닫지 못한 듯 했다.

"잠깐, 2층이야? 3층으로 가는 거 아니에요? 윈델 가의 전통에 따르면 여주인의 방은 맨 위층이라고 하던데?"

2층의 복도로 들어서자 일레인이 의아한 듯 물었다.

"그렇습니다만, 아가씨는 아직 손님이시니까요."

그로버가 냉정하게 말하고는 손님용 침실의 문을 열었다.

"어머, 융통성 없긴. 헨리가 말한 거랑 똑같네?"

일레인은 어깨를 으쓱해 보이고는 방 안으로 들어갔다. 그리고는 파멜라에게 짐을 풀어 어디에 무엇을 놓을지 지시하더니 화장대를 살펴보며 물었다.

"그런데 너, 이름이 뭐지?"

"파멜라입니다."

"아, 네가 그 유명한 하녀구나? 그로버 당신도 참, 짓궂으시네요. 내 방을 정리해주는 하녀로 저 아이를 데려오다니."

일레인이 킬킬거리기 시작했다. '그 유명한 하녀'라니, 나와 에드먼드와의 관계를 알고 있는 것일까? 외부에까지 소문이 난 걸까? 파멜라는 심장이 덜컥 내려앉아 그로버를 돌아보았다. 그러나 그녀는 안색 하나 바꾸지 않은 채 문가에 말없이 서 있을 뿐이었다.

"뭐, 상관없나? 하녀는 하녀의 일을 해야 하는 거니까. 그렇지만……."

일레인이 옷을 정리하고 있던 파멜라에게 천천히 다가왔다.

"주제파악 정도는 했으면 좋겠어, 파멜라. 윈델 부인이 될 사람은 네 어미도 아니고 너도 아니고 바로 나니까. 너도 부잣집 도련님의 약속을 그대로 믿는 건 아니겠지? 그래봤자 상처받는 건 너뿐일 테니까 처신을 잘하길 바랄게."

파멜라는 고개를 푹 숙인 채 귓가에 칼날처럼 박히는 일레인의 목소리를 들었다.

"네, 알겠습니다."

기어들어가는 그녀의 대답에 일레인은 만족한 듯 웃었다.

"자, 그럼 나가. 네 얼굴을 보고 있으니까 기분 나빠."

일레인의 지시에 파멜라는 황급히 방을 빠져나왔다. 놀란 가슴이 쉽게 진정이 되지 않았다. 에드먼드의 결혼상대라니, 이렇게 갑작스럽게. 물론 언젠가는 그가 결혼을 해야 한다는 사실은 알고 있었다. 하지만 이렇게 빨리 모든 것이 결정되고 진행될 줄은 몰랐다. 복도를 걸어 나오며, 그녀는 아직은 티가 잘 나지 않는 배 위에 슬쩍 손을 대어보았다. 이제 어떡하지…….

서재를 지나치는데 에드먼드의 목소리가 새어나왔다. 파멜라는 잠깐 멈춰 서서 안에서 들려오는 대화에 귀를 기울였다.

"말도 안 됩니다. 이런 건 받아들일 수 없어요!"

"이미 결정은 내려졌어. 넌 그냥 잠자코 서류에 사인이나 해라."

"싫습니다!"

"멍청한 녀석! 결혼만 하면 그 막대한 콜슨 가의 재산이 다 우리 집안 것이 되는데 쓸데없는 고집 부리지 마라!"

"그렇다면 아버지가 결혼하면 되겠네요. 왜 당신의 애인을 저와 결혼시키려는 거죠? 제겐 파멜라가 있습니다. 파멜라가 아니면 저는 아무하고도 결혼하지 않을 겁니다!"

"이 자식이 닥치지 못해?"

고성과 욕설이 오가기 시작했다. 파멜라는 입을 틀어막은 채 서둘러 자리를 떠났다. 급히 층계를 내려가는데 아래에서 수군거리는 말소리가 들렸다.

"결국 이런 날이 오네. 뒷방 여자 주제에 모니카가 거들먹거리는 꼴을 더 이상 안볼 수 있겠어.”

“그럼 파멜라는 어떻게 되는 걸까?”

“뭐가 어떻게 되긴. 걔한텐 아무 일도 일어나지 않을 거야.”

“에드먼드 도련님은 좋겠네. 한집에 부인이랑 애인까지 두고 돌아가면서 즐길 수 있을 테니 말이야.”

“그런데 새로 온 아가씨가 자기 남편이 하녀랑 붙어먹는 걸 보고만 있을까? 애라도 생기면 어쩌려고?”

“쫓아내겠지? 아니면 참고 사는 다른 귀부인들처럼 눈감아줄 수도 있고.”

“그런데 그 아가씨도 성격이 보통이 아닌 것 같던데, 듀럼 모녀는 분명히 곧 쫓겨날 거야.”

하녀들이 자지러지게 웃으며 어딘가로 사라졌다. 파멜라는 다리가 후들거려 그 자리에 털썩 주저앉았다. 어떡하지? 어떻게 해야 할까? 파멜라는 초조함에 손톱을 물어뜯으며 생각에 잠겼다. 답은 하나였다. 그러나 그럴 수 있을까? 내가 정말 그렇게 할 수 있을까? 그녀는 두 손에 얼굴을 파묻으며 입술을 깨물었다.

* * *

억지로 일과를 마치고 동쪽 별채로 돌아온 파멜라는 자신의 방문 앞에 실성한 듯 주저앉아 있는 모니카를 발견했다.

“엄마!”

깜짝 놀란 그녀가 가까이 다가가자 술 냄새가 훅 풍겨왔다. 비몽사몽한 채 늘어져있던 모니카는 곧 자신의 딸을 알아보고는 그녀를 붙잡고 통곡하기 시작했다.

“멜리! 파멜라, 얘야! 에드먼드의 약혼녀가 왔다는 게 사실이니? 에디가 그 여자랑 결혼한다는 게 사실이야? 저 버릇없는 하녀들이랑 하인들이 무례하게 떠들어대는 소리가 사실이냐고! 헨리에게 따지려고 갔더니 나를 만나주지도 않더구나! 그가 어떻게 나에게 그럴 수가! 그리고 에디가 어떻게 너한테 그럴 수가 있니? 이건 말도 안 돼! 말도 안 된다고!"

세상이 끝난 듯이 오열하는 어머니를 달래며, 파멜라는 아무 말도 할 수가 없었다.

그날 늦은 저녁, 에드먼드가 파멜라를 찾아왔다. 수척한 얼굴로 문 앞에 서 있는 그를 보자, 파멜라는 복잡한 마음이 되었다.

"이제 이렇게 찾아오면 안 돼, 에디."

일부러 차갑게 말하며 문을 닫으려고 하자, 그가 다급하게 문틈으로 몸을 밀어 넣었다.

"파멜라! 잠깐만, 내 말 좀 들어봐."

그는 기어이 방으로 들어와 파멜라의 손을 덥석 잡았다.

"낮의 일은 걱정하지 마. 내가 다 알아서 할 테니까. 그 여자랑 절대로 결혼할 일 없을 거야. 내가 아버지를 잘 설득할 테니까⋯⋯."

혼탁해진 눈으로 실현될 리 없는 다짐을 하는 에드먼드의 얼굴을 빤히 바라보다가, 파멜라는 그의 손을 뿌리쳤다.

"아니, 에디. 그런 일은 일어나지 않을 거야. 너도 알고 있었잖아. 언젠가 너도 결혼해서 가문을 이어가야 한다는 걸. 이런 일로 널 원망하지 않을 거야. 아름답고 생기 넘치는 아가씨더라. 돈도 많대. 분명히 너에게 많은 도움을⋯⋯."

"말도 안 되는 소리 하지 마!"

그가 그녀의 말을 자르며 버럭 소리를 질렀다.

"내 신부는 너야! 내 아내가 될 사람은 너라고! 그깟 돈에 가문의 명예를 팔고 내 여자를 버리라고? 아버지는 그럴 수 있을지 몰라도 나는 아니야. 난 그럴 수 없어."

"에디! 제발 그러지마. 난 그저 아무것도 아닌 하녀일 뿐이야. 밖에 무슨 소문이 돌고 있는지 알아? 나 때문에 네 이름이 더럽혀지고 네 미래가 망가지는 걸 원하지 않아. 난 너한테 그런 나쁜 것 밖에 줄 수가 없다고."

말을 하면서도, 눈물이 났다. 사랑하는 사람의 곁에 떳떳하게 설 수 없는 자신의 처지가 너무나도 한탄스러웠다. 뻔뻔하다는 소리를 듣더라도 그늘 속에 머물며 끝까지 그를 지켜주고 싶었지만, 자신의 존재가 그에게 해가 된다는 사실을 알게 된 이상, 파멜라는 결정을 내릴 수밖에 없었다.

"내가 있으면 모두가 불행해질 거야. 헛된 꿈을 꾸고 있는 우리 어머니도, 새 안주인이 될 콜슨 양도, 그리고 나 때문에 아버지와 싸워야 할 너도. 그러니까 나 떠날게, 에디. 아이는 내가 잘 키울 테니까……."

슬픔에 젖어있던 에드먼드의 눈이 커다랗게 벌어지더니 얼굴에 핏기가 싹 가셨다. 파멜라는 깜짝 놀라 말을 멈췄다. 그때 에드먼드가 그녀의 팔을 휙 낚아채더니 문을 박차고 어디론가 달려 나갔다.

"에디!"

당황한 파멜라가 저항해 보았지만 그는 그녀를 끌고 쿵쾅쿵쾅 소리를 내며 계단을 뛰어올라갔다.

"에디!"

사람들이 깨어 이 모습을 볼까봐 겁이 난 파멜라가 소리를 죽여 그의 이름을 불렀지만 에드먼드는 전혀 개의치 않는 것 같았다. 3층으로 올라온 그는 어둠 속에서 복도의 벽에 나있는 문을 하나하나 열어젖히기 시작했다.

"에디, 그만해!"

파멜라의 만류에도 에드먼드는 멈추지 않았다. 그의 거친 동작을 따라 아무도 사용한 흔적이 없는 잘 관리되어있는 방들이 모습을 드러냈다. 귀부인의 응접실, 아이들의 놀이방, 가정교사의 방, 목욕실. 그리고 마지막 문이 활짝 열리자, 에드먼드는 파멜라를 방 안으로 끌고 들어갔다.

"잘 봐, 파멜라!"

그가 두 팔을 벌리며 격앙된 목소리로 외쳤다.

"여긴 네 방이야! 윈델 저택 안주인의 방, 내 아내가 될 사람의 방, 돌아가신 우리 어머니가 사용했던 방, 이곳의 주인은 너야!"

커다란 창으로 환한 달빛이 흘러들어왔다. 달빛은 가구를 덮은 흰 천에 반사되어 기묘한 빛을 뿜어냈고 그 빛을 등지고 선 에드먼드의 눈동자는 평소보다 더욱 파랗게 번쩍거렸다. 순간, 파멜라는 처음으로 그에게 두려움을 느꼈다.

"저 옆방에선 우리 아이들이 뛰놀겠지. 너를 시중들어 줄 하녀가 저쪽 벽 너머에서 항상 기다리고 있을 거야. 아까 목욕실 봤어? 여왕도 부러워할 끝내주는 욕조를 만들어줄게. 최고급 드레스와 장신구로 옷장을 가득 채우고 날마다 무도회에 데려가 줄 거야. 저기, 창밖 너머에 정원 보여? 저기에 네가 좋아하는 마거리트 꽃을 잔뜩 심어줄 거라고!"

에드먼드가 그녀에게로 가까이 다가왔다. 파멜라는 저도 모르게 움찔하며 뒷걸음질 쳤다.

"응? 파멜라, 이 모든 걸 다 너에게 줄 거야. 무슨 수를 써서라도, 무슨 짓을 해서라도! 그러니까 제발, 제발 날 떠나겠다는 말은 하지 마."

기괴하게 빛나던 그의 눈에 눈물이 가득 차올랐다.

"하, 하지만 에디, 나는……."

"제발, 파멜라, 제발, 떠난다고 하지 마. 알마, 너는 나의 알마잖아! 영혼이 없으면 내가 어떻게 살아. 네가 없으면 난 죽어버릴 거야. 가지마,

파멜라, 떠나지마, 제발······."

에드먼드는 파멜라의 발밑에 주저앉아 어린아이처럼 엉엉 울기 시작했다. 그 서러운 울음소리에 가슴이 찢어질 것만 같아, 파멜라는 그의 곁에 앉아 흐느끼는 그의 어깨를 두 팔로 감싸 안았다.

마치 처음 만난 날과 같았다. 10년 전, 그를 처음 만난 날도 에드먼드는 아무도 없는 빈 방의 한 구석에서 슬피 울고 있었다. 그때의 그 가엾은 아이를 달래주지 않고 그냥 지나갔더라면, 지금과 같은 이런 복잡한 고민은 하지 않을 수 있었을까. 하지만 파멜라는 슬피 우는 그 아이를 지나칠 수 없었고, 지금도 여전히 외로운 소년의 얼굴을 한 채 울고 있는 이 커다란 남자를 외면할 수 없었다.

파멜라는 그녀에게 매달리는 에드먼드를 꼭 끌어안았다. 하루 종일 신중하게 고민한 뒤 마침내 모두를 위한 결정을 내렸건만, 결국 그녀는 자신의 결심을 포기할 수밖에 없었다. 그를 떠날 수 없었다. 그녀의 어머니의 야망에 동화된 것도, 그의 약속을 믿기 때문도 아니었다. 그저 혼자 남겨질 그를 버릴 수가 없었다. 그리고 그 선택은 곧 그들의 허락되지 않은 사랑에 영원한 비극을 불러오고 말았다.

* * *

에드먼드를 떠나지 않겠다는 약속을 한 이후 파멜라는 하루하루 지옥같은 나날들을 버텨야만 했다. 일레인은 온 저택을 휘젓고 다니며 여주인 행세를 했고, 까다로운 성격으로 하녀들을 들볶았다. 헨리에게 철저히 외면당한 모니카는 늘상 술에 취해 제정신으로 있는 날이 드물었고 종종 딸에게 화풀이를 하곤 했다. 복도에서는 매일같이 윈델 부자가 고함을 치며 싸우는 소리가 울려 퍼졌고, 덕분에 편할 날이 없었던 고용인들은 이 소란의 원인이 된 파멜라를 공공연하게 원망했다.

얼마 안 가 일레인은 지금까지 그로버가 대신 돌보아오던 집안의 일을 자신이 맡아서 하겠다고 선포를 했다. 그리고는 마음에 들지 않는 것이 있으면 아무에게나 화를 내었는데, 그녀의 변덕에 가장 시달린 것은 다름 아닌 파멜라였다.

그녀는 틈만 나면 파멜라를 불러다가 무리한 일을 시켰다. 새 옷감에 얼룩이 묻어있다며 여러 차례 다시 세탁해오도록 하거나, 간식으로 내온 케이크가 입에 맞지 않는다며 탁자를 엎어버리고 더러워진 바닥과 카페트를 파멜라 혼자 치우게 하기도 했다. 그럴 때마다 동료 하녀들은 당연한 대접이라며 파멜라의 고난을 은근히 고소해했다. 그녀를 가엾게 여겨 가끔 남은 음식을 챙겨주는 것은 요리사인 올리버 뿐이었다.

한편 에드먼드가 느끼는 압박감도 한계에 다다르고 있었다. 그의 아슬아슬한 인내심은 어느 날 헨리 윈델 경이 그의 얼굴에 서류를 집어던지며 사인할 것을 강하게 요구한 순간 터져버리고 말았다. 그는 일레인과는 결혼할 수 없으며, 파멜라가 자신의 아이를 임신 중이라는 사실을 밝혔다. 윈델 가의 후계자는 파멜라가 낳은 아이가 될 것이며, 그 아이를 품고 있는 파멜라만이 그의 정식 아내가 될 거라고. 그 말을 들은 순간 헨리 윈델 경은 믿을 수 없을 만큼 침착해져서 더 이상 아무런 말도 하지 않고 반항적인 아들을 밖으로 물렸다. 에드먼드는 그가 드디어 고집을 꺾은 것이라 생각했지만 그것은 큰 오산이었다.

몇 시간 뒤 계단 청소를 하고 있던 파멜라를 향해 일레인이 몇 명의 하인을 거느리고 성큼성큼 다가왔다. 그리고는 대뜸 그녀의 뺨을 후려갈겼다.

"더러운 계집 같으니!"

깜짝 놀란 파멜라가 올려다보자 일레인은 일그러진 얼굴로 소리쳤다.

"주제파악을 똑바로 하라고 했지? 어디서 감히 몸뚱이를 함부로 굴려?

이 저택을 물려받을 것은 내가 낳을 아이야! 너 따위가 뭔데 여기서 우리 릴 방해를 하는 거야? 건방진 것, 네 위치를 똑똑히 알게 해주지. 다들, 이 계집애를 끌고 가!"

그녀가 명령하자 대기하고 있던 남자들이 파멜라의 양 팔을 붙들었다.

"네 아이는 결코 태어나지 못할 거야."

일레인이 차가운 목소리로 중얼거렸다. 의미심장한 그 말에 파멜라는 심장이 덜컥 내려앉았다.

"잠깐만요! 이러지 말아요! 살려주세요, 제발! 이러지 마세요! 안 돼!"

파멜라가 비명을 지르며 있는 힘껏 몸부림을 쳤지만 억센 장정들의 손아귀에서 벗어날 수는 없었다. 그들의 손에 끌려가는 동안 그녀는 절박하게 주위의 도움을 구했지만, 하인들과 하녀들은 일손을 멈추고 그저 그녀를 지켜볼 뿐이었다. 무관심한 그들의 태도에 충격을 받을 새도 없이, 파멜라는 어두컴컴한 지하실에 내던져졌다.

공포가 엄습했다. 그녀는 어둠 속에서 자신을 둘러싸기 시작하는 이들에게 간절히 애원했지만 아무런 소용이 없었다. 잔혹한 눈빛으로 그녀를 내려다보고 있는 일레인의 뒤로 천천히 문이 닫혔다.

얼마나 시간이 지났을까. 애타게 그녀의 이름을 부르는 목소리에, 파멜라는 서서히 의식이 돌아왔다. 그와 동시에 끔찍한 고통이 온 몸을 휩쓸었다. 그녀는 가까스로 고개를 돌려 그녀의 곁에서 절규하고 있는 이를 쳐다보았다. 에드먼드였다. 그는 그녀를 부둥켜안은 채 목 놓아 울고 있었다. 파멜라는 억지로 몸에 힘을 주어 축축해진 손바닥을 내려다보았다. 그녀의 손은 피로 물들어 있었다.

왈칵 눈물이 터져 나왔다. 심장을 쥐어짜는 듯한 아픔이 밀려들었다.

"미안해…… 미안해, 파멜라. 네 말을 들었어야 했는데, 널 여기에 두는 게 아니었는데.…… 미안해, 미안해……."

에드먼드가 서럽게 울며 용서를 구했다. 파멜라는 아무런 대답도 할 수 없었다. 아이를 잃었다. 무슨 일이 있어도, 어떤 수모를 감내하고서라도 지켜내려 했던 아이를 허무하게 잃고 말았다. 윈넬 가와 일레인을 향한 분노와 원망이 화산처럼 터져 나왔다. 파멜라는 미친 듯이 비명을 질렀다. 온몸을 관통하는 육신의 고통보다도 깊고 참담한 절망감이 그녀를 휩쌌다. 실성한 듯 울며 소리를 지르다가, 곧 그녀는 정신을 잃었다.

"가엾은 내 딸, 엄마가 꼭 복수해줄게. 널 이렇게 만들다니, 저들은 절대로 편히 죽지 못할 거야. 멜리, 내 착하고 어여쁜 딸…… 다 나 때문이야. 엄마가 미안해. 정말 미안해……"

"미안해, 파멜라. 미안해…… 내 욕심 때문에 네가 이런 일을 겪다니…… 정말 미안해. 몸이 다 나으면 떠나자. 응? 파멜라, 우리 같이 아무도 우리를 괴롭히지 않는 곳으로 떠나자."

의식이 돌아올 때마다, 파멜라는 어머니 모니카와 에드먼드가 처절하게 울며 그녀에게 사죄하는 소리를 들었다. 그러나 그들의 어떠한 위로와 다짐도 그녀의 귀에는 들어오지 않았다. 정말로 사과를 해야 할 이들은, 죗값을 치러야 할 이들은 아무렇지 않게 저택을 활보하고 있었다. 그리고 그들의 희생제물이 된 파멜라에게 남은 것은 깊은 좌절감뿐이었다.

새벽이 되면 그녀는 환상 속에서 자지러지는 아기의 울음소리를 들었다. 숨이 멎는 듯한 기분에 벌떡 일어나 허우적대면 곁에서 그녀를 간호하다 잠들었던 에드먼드가 깨어나 겨우 그녀를 진정시키곤 했다. 그리고 나면 그들이 애타게 기다리던 소중한 아이가 태어나기도 전에 목숨을 잃었다는 끔찍한 사실이 떠올라, 두 사람은 운명을 저주하며 더 이상 눈물이 나오지 않을 때까지 함께 울었다.

그날 저녁에도 에드먼드는 파멜라의 곁에 누워 낮 동안에 있었던 일을 들려주었다. 모니카가 서재에 찾아가 난동을 부린 일, 그로버가 마음에 들지 않는 하녀를 해고하라는 일레인의 명령을 딱 잘라 거절한 일, 헨리가 내민 결혼서약서를 난로 안에 던져 넣은 일, 필립에게서 온 편지 등……. 그러면서 그는 둘이서 떠나게 되면 어디에 정착하여 어떻게 살 것인지를 꿈꾸는 듯한 목소리로 이야기했다. 피곤한 그의 음성을 들으며 파멜라는 잠이 들었다.

그녀가 깨어난 것은 깊은 밤이었다. 덜컹하고 문이 열리는 소리에 본능적인 위험을 느낀 파멜라는 용수철처럼 자리에서 펄쩍 튀어 올랐다. 한밤중에 방을 침입한 사람들이 누구인지 확인할 새도 없이, 그녀의 머리에 덮개가 씌워졌다.

"에디! 에디!"

파멜라는 있는 힘을 다해 저항하며 에드먼드를 불렀으나, 그는 마치 죽은 사람처럼 침대위에 축 늘어진 채 미동조차 하지 않았다. 파멜라를 붙잡은 이들은 그녀의 입을 틀어막고 꼼짝도 하지 못하게 누른 채 그녀를 집밖으로 끌어냈다. 섬뜩한 새벽의 공기가 피부에 닿는 순간, 익숙한 목소리들이 들렸다.

"조용히 처리해라."

헨리 윈델 경의 목소리였다.

"멍청한 여자 같으니, 그러게 넘볼 걸 넘봤어야지."

일레인의 비웃음도 들려왔다.

"그런데 헨리, 에드먼드가 난리치지 않을까요?"

"괜찮아, 약효가 강해서 내일 아침까진 깨어나지 않을 거야."

"다행이네. 이 여자가 없어진 걸 알면 길길이 날뛸 텐데 볼만하겠다, 후후. 그나저나 어떻게 우리 아이를 자기 아이라고 믿게 할 거예요? 그것도 다 생각해놨어?"

"내게 다 생각이 있으니 걱정하지 마. 그 녀석 요즘 반쯤 얼이 빠져있으니 식은 죽 먹기지."

두 남녀가 읊조리는 사악한 계획에 파멜라는 참을 수가 없었다.

"에디에게 손대지마! 날 내버려두라고! 당신들은 천벌을 받을 거야! 비참하게 죽을 거라고! 내가 죽여 버릴 테야! 내가 죽어 귀신이 되어서라도 당신네들을 다 죽여 버릴 거야! 저주해! 이 집안을 저주해! 사라져버려라! 모두 불타버려! 아아악!"

그녀는 이성을 잃고 짐승처럼 울부짖었다. 당장이라도 달려가 그녀를 비웃고 있는 그들의 목을 비틀어버리고 싶었지만, 그녀의 저항은 폭력적인 발길질에 저지당하고 말았다. 곧 그녀의 쇠약해진 몸뚱이는 밧줄에 꽁꽁 묶인 채 짐마차 안으로 던져졌다.

"파멜라!"

소란 속에서, 모니카의 외침이 들렸다.

"엄마!"

파멜라는 몸부림을 쳤지만 그녀를 옭아맨 결박을 벗어날 수 없었다. 그동안 마차가 덜컹거리더니 어딘가로 달리기 시작했다.

"이게 무슨 짓이야! 헨리! 당신이 어떻게 이럴 수 있어! 파멜라! 그만 둬! 내 딸을 데려와!"

"시끄러운 여자 같으니. 이 여자도 두들겨 패서 쫓아내! 좋은 말로 할 때 나갈 것이지."

헨리의 지시가 떨어지자마자 모니카가 찢어질 듯이 비명을 질렀다.

"파멜라! 도망쳐! 도망쳐라! 살아야 해! 무슨 일이 있어도 살아 남거라! 복수는 이 어미가 해줄 테니까! 절대로 다시 돌아오지 말고 멀리 도망쳐! 알겠니? 파멜라!"

그녀의 이름을 부르는 모니카의 목소리가 멀어져갔다.

파멜라는 덫에 걸린 사냥감처럼 흔들리는 짐마차의 구석에서 몸을 웅크렸다. 말의 거친 숨소리와 기합을 넣는 소리, 채찍질 소리가 잔뜩 예민해진 그녀의 감각을 자극했다. 파멜라는 헨리의 하수인들이 자신을 어떻게 할 것인지 충분히 예상할 수 있었다. 그녀는 죽음을 향해가고 있었다. 귀족의 아들을 사랑한 대가로, 결핍한 영혼을 감싸주었다는 이유로, 그녀는 모든 것을 빼앗길 것이었다.

허영에 눈이 멀어 자신의 인생을 망쳐버린 어머니가 미웠다. 결국 이렇게 될 걸 알면서도 그녀를 놓아주지 않은 에드먼드가 미웠다. 두려웠다. 저들이 무언가를 하기 전에 먼저 생을 포기해버리고 싶은 유혹마저 들었다. 그러나 그런 와중에도, 파멜라는 에드먼드가 걱정되었다. 내가 없어진다면 그는 살아갈 수 있을까…….

그때 마차가 멈추더니 우악스러운 손들이 그녀를 끌어내렸다. 더 이상 몸부림칠 기력도, 소리 지를 힘도 남아있지 않은 파멜라는 죽음의 사자들이 이끄는 대로 질질 끌려갈 수밖에 없었다. 얼굴을 가린 천 사이로 흐릿하게 다리의 모습이 보였다. 티윌 강 위에 자리한, 퀜드웰에서 가장 아름답다는 히아나 왕비의 다리였다.

엄습하는 공포에 그녀는 마지막 저항을 해보았으나, 아무런 소용도 없었다. 집행자들의 손에 이끌려 한걸음 한걸음 경사로를 오르면서, 그녀는 점차 눈앞이 흐려졌다. 이윽고 튼튼하고 아름다운 다리의 한가운데에서, 그들은 기력이 없는 파멜라를 번쩍 들어 강물 아래로 던져 넣었다.

'첨벙'하는 소리와 함께 그녀는 물 속 깊이 가라앉았다. 머릿속이 하얗게 변했다. 마치 텅 빈 인형처럼 그녀는 한참동안 무중력의 공간 속을 부유했다. 아무것도 생각나지 않았다. 어떠한 감정도 들지 않았다. 모든 것이 끝난 것 같았다. 이제는 평화를 얻을 수 있을 것 같았다.

그러나 그러한 기대도 잠시, 또 다른 기억과 목소리들이 한꺼번에 그녀를 덮쳐왔다. 공허한 기도소리, 바람을 가르는 채찍, 그녀를 함부로 다루는 남자들, 잿빛 베일 아래의 싸늘한 눈빛들……. 비 오는 거리, 몸을 짓누르는 마차 바퀴, 낯익은 음성…….

'파멜라, 내가 보여? 날 알아볼 수 있겠어?'

* * *

"헉!"

알마는 외마디 비명을 지르며 번쩍 눈을 떴다. 끈적하게 들러붙는 기분 나쁜 기억들에 몸서리를 치며, 알마는 재빨리 주위를 살펴보았다. 구멍 뚫린 천장과 무너져가는 벽, 딱딱한 바닥 위에 깔린 마른 풀, 멀리서 들려오는 불길한 까마귀의 울음소리가 막 정신을 차린 그녀를 맞이하고 있었다. 알마는 멍한 기분으로 몸을 일으켰다. 이것이 꿈인지 현실인지 분간이 가질 않았다.

머리가 터질 것 같이 아파와, 그녀는 두 눈을 질끈 감으며 신음했다. 문득 어디선가 풍겨오는 음식 냄새가 그녀의 허기를 자극했다. 알마는 여전히 얼굴을 일그러뜨린 채 실눈을 뜨고 천천히 고개를 돌렸다. 누군가가 구부정하게 서서 콧노래를 흥얼거리며 냄비를 휘젓고 있었다. 알마가 부스럭거리는 소리를 들었는지, 요리에 열중하고 있던 이가 손을 멈추고 그녀를 향해 돌아섰다.

제멋대로 헝클어진 하얗게 샌 머리카락, 검버섯으로 뒤덮인 주름진 얼굴, 탁한 눈동자와 이가 없어 말려들어간 입술. 베스티아 몬트로 향하는 마차를 멈춰 세우며 알마를 끌어내리려고 했던 실성한 노파였다.

이제 알마는 그녀가 누구인지 알아볼 수 있었다. 왜 그렇게 자신을 막으려 했는지도. 노파의 멍한 얼굴을 마주보는 알마의 눈시울이 뜨거워졌다.

"엄마……."

15. 각자의 자리

모니카 듀럼. 그것이 그 노파의 이름이었다. 한때는 아름다웠던 여인, 돈과 권력을 가진 남자들의 힘을 빌어 신분상승을 꿈꾸었던 하녀. 아비가 누구인지도 모르는 하나뿐인 딸에게도 같은 운명을 종용했던 어머니. 그러나 야심차고 매력적이던 그 여자는 이제 늙고 병들었고, 정신마저 온전치 않았다. 구부정하게 서서 퀭한 눈을 하고 있는 그녀를 보며, 알마는 마음이 아팠다.

"계속 여기 있었던 거예요?"

일전에 그로버가 해준 이야기에 따르면, 윈델 부자와 약혼녀 앞에 총을 들고 나타났던 모니카는 저택에 불을 지르고 잠적했다고 했다. 방화와 살인 누명을 썼던 에드먼드 윈델은 그로버의 증언으로 혐의를 벗을 수 있었지만, 진범인 모니카가 흔적도 없이 사라졌던 탓에 10년이 넘는 시간동안 세간의 의심을 받았다. 그런데 그녀가 아직도 이 저주받은 땅 한편에, 울창한 숲 속의 무너져가는 오두막에 숨어 살고 있었다니.

"가면 안 된다고 했잖아. 히, 히힉. 악마들, 야수들······."

모니카는 발음이 새는 입술로 중얼거리며 이리저리 눈을 굴렸다. 남자에게 배신당하고 딸까지 잃게 된 그녀가 제정신으로 버틸 수 없었던 것은 당연했다. 그렇다고 해도 저토록 쇠약해진 몸과 마음으로 아직까지 목숨을 부지하고 있는 것 또한 대단한 일이었다.

알마가 서러운 기분을 느끼며 보고 있자, 모니카는 깨진 그릇에 김이 모락모락 나는 묽은 수프를 퍼 담아 가지고 오더니 그녀에게 내밀었다.

"내가, 내가 복수했어. 히히히. 활활 타올랐지. 다 죽어버렸어!"

모니카는 기묘한 웃음소리를 흘리며 자랑스러운 듯 말했다. 그녀의 말대로 베스티아 몬트의 사악한 자들은 목숨으로 죗값을 치렀다. 살아남은 사람들도 불행해졌다. 그러나 그게 다 무슨 소용이란 말인가. 그렇다고 해서 알마의 고통이 사라지는 것도, 이미 벌어진 일을 되돌릴 수 있는 것도 아니었는데…….

"나를 알아봤던 거예요? 내가 돌아왔다는 걸 알고, 그래서 내게 경고해 주려 했던 거예요?"

모니카가 알마를 마차에서 억지로 끌어내렸던 일을 떠올리며, 그녀는 물었다. 모니카는 고개를 끄덕였다.

"왜 왔어. 도망치라고 했잖아. 도망치라고……."

억지로 저택에서 쫓겨났던 그날 밤, 찢어질 듯 외치던 그녀의 목소리가 다시금 되살아나는 듯 했다. 알마가 매일 밤 꾸었던 악몽은, 수시로 들려왔던 경고의 말은 그녀의 무의식 속에 남은 끔찍한 기억의 잔상이었던 것이다.

알마는 가볍게 몸을 떨며 그릇에 입을 대고 따뜻한 수프를 한 모금 마셨다. 뜨거운 것이 들어오자 불안하게 어질어져 있던 마음이 차분히 가라앉는 것 같았다.

"맛있네요."

알마가 나직이 말하자 모니카는 어깨를 들썩이며 히죽거리더니 갑자기 구석으로 가 쌓여있던 더러운 잡동사니들을 뒤지기 시작했다. 그러다가 뭔가를 찾았는지 새된 소리를 지르며 다시 알마에게로 다가왔다.

알마는 수프 그릇을 내려놓고 그녀가 내미는 작은 상자를 받아들었다. 궁금한 마음으로 상자를 연 알마는 안에 든 것을 보고 깜짝 놀라 입을 딱 벌렸다. 그것은 푸른빛의 다이아몬드 반지였다. 그 옛날의 에드먼드가 결혼예물이라며 그녀에게 건넸던, 결코 그녀의 손가락에 끼워질 수

없었던 바로 그 반지였다. 그토록 오랜 시간이 지났건만, 푸른 다이아몬
드는 방금 막 세상에 나온 것처럼 여전히 화사하게 반짝이고 있었다.

"이걸 어떻게……."

"네 거야, 이건 네 거. 내가 가지고 있었어. 훔쳐 나왔어. 그 여자가 가
져갔는데, 내가 다시 훔쳤어. 네 거니까. 나쁜 년!"

모니카가 바닥에 침을 탁 뱉더니 킬킬거렸다. 알마는 홀린 듯 찬란한
광채를 뿜어내고 있는 다이아몬드를 들여다보았다. 그것을 보자 갑자기
눈물이 핑 돌았다. 에드먼드, 한낱 하녀에게 온 마음을 내주었던 사람.
언제나 외로웠던 소년, 이룰 수 없는 꿈을 꾸었던 남자, 그리고 겁에 질
린 눈으로 아무 말도 못한 채 애처롭게 그녀를 바라보던 마지막 모습.
그가 걱정되었다. 그녀를 다시 이곳으로 이끈 그가 원망스러웠다. 그리
고 그가 보고 싶었다.

알마가 흐느끼기 시작하자 모니카가 다가와 곁에 앉더니 그녀를 끌어안
았다. 그리고는 그녀의 머리를 쓰다듬으며 조용히 노래를 부르기 시작했
다.

"잠들거라, 아가야. 좋은 꿈을 꾸렴. 멀리 울던 늑대도 잠이 들었네. 북
풍은 떠나갔고 금빛 달이 떴구나. 잘 자라, 예쁜 내 아가, 비바람은 멈
췄으니……."

모니카가 부르는 자장가를 들으며, 알마는 온 몸에 기운이 쭉 빠지는
듯한 느낌이 들었다. 긴장이 풀리며 피곤함이 밀려들었다. 그녀는 천천
히 눈을 감았다. 그냥 이대로 모든 것을 잊을 수 있다면…….

* * *

알마가 다시 눈을 뜬 것은 쌀쌀한 공기가 느껴지는 새벽이었다. 그녀는
한기에 몸을 떨며 어기적어기적 일어나 사방을 둘러보았다. 반쯤 부서져

내린 오두막과 차갑게 식어버린 장작더미가 보였다. 모든 것이 꿈이길 바랐건만, 어느 것도 꿈이 아니었다.

알마는 문득 몸을 짓누르는 무게를 느끼고 옆을 돌아보았다. 그녀의 어머니 모니카가 둥글게 몸을 웅크린 채 그녀를 꼭 끌어안고 누워있었다.

"엄마?"

모니카는 대답하지 않았다. 알마가 몸을 돌리자 앙상한 팔이 힘없이 툭 하고 떨어졌다. 바싹 마른 납빛 얼굴에 불길한 기분이 든 알마는 그녀를 흔들어 깨워 보았다. 여전히 아무런 반응이 없었다.

"엄마!"

알마는 그녀의 가슴에 귀를 대어보고 쪼그라든 입술과 코 사이에 손가락을 갖다 대어 보았다. 그러나 새까맣게 타버린 장작처럼, 모니카에게는 어떠한 생명의 징후도 남아있지 않았다.

"안 돼……."

밀려드는 좌절감에, 알마는 울음을 터뜨리며 어머니의 차가운 몸 위로 쓰러졌다. 어쩜 이리도 기구한 일생이란 말인가. 모두의 관심을 받았기에 행복했던, 그리고 모두의 손가락질을 받아도 당당했던 모니카는 끝내 아무도 알지 못하는 곳에서 쓸쓸히 숨을 거두었다. 그녀가 꿈꾸었던 화려하고 안락한 삶은 오지 않았다. 가질 수 없는 것을 바랐기에, 그녀는 불행해졌고 비참해졌다. 그러나 그녀는 온전치 않은 정신 속에서도 있는 힘껏 버텼다. 그녀의 딸을 다시 만나기 위해. 잊혀진 푸른 다이아몬드 반지 속에 담긴 과거의 희망을 전해주기 위해.

한참을 울던 알마는 동이 터오는 것을 보고 눈물을 닦고 자리에서 일어섰다. 이러고 있을 때가 아니었다. 가엾은 어머니의 장례를 치러주어야 했다. 그리고 이 모든 지긋지긋한 일의 매듭을 지어야 했다. 에드먼드 윈델 경. 그를 만나서 이야기를 들어야만 했다.

알마는 모니카의 시신을 반듯하게 눕히고 짧은 기도를 올렸다. 그리고는 굳은 결심을 한 채 반지가 든 상자를 챙겨 오두막을 나섰다.

* * *

가문의 깃발이 나부끼고 있는 윈델 저택을 정면에서 바라보며, 알마는 상념에 잠겼다. 어린 시절 어머니의 손에 이끌려 처음 마주했던 윈델 가의 저택은 그녀에게 막연한 희망의 대상이었다.

"앞으로 우리는 여기서 살게 될 거야, 멜리. 어때? 그레이스 부인의 촌스러운 시골 저택이랑 영 딴판이지?"

꿈에 부푼 어머니의 목소리에 그녀 역시 마음이 들떴던 기억이 났다. 파멜라로서의 기억을 잃고 19살의 알마로서 두 번째로 마주했던 저택 역시 그녀에게는 희망의 상징이었다. 수녀원을 벗어났다는 안도감과 돈을 벌어 새 삶을 시작할 수 있다는 생각에 그녀는 얼마나 즐거웠던가. 그러나 여전히 아름답고 장엄한 그 저택은 이제 그녀에게 고통스런 기억밖에 주지 못했다. 이곳에서 그녀는 모든 것을 잃었다. 그녀의 인생도, 미래도, 아이도, 그리고 그녀의 기억도……

바라보고 있는 것만으로도 겁이 났지만, 알마는 크게 심호흡을 하고는 성큼성큼 정문을 향해 걸어갔다. 그때, 마치 기다리고 있었다는 듯 문이 벌컥 열렸다. 알마는 깜짝 놀라 자리에 멈춰 섰다. 다급하게 문을 열어 젖히고 나온 것은 그로버였다.

"알마!"

그녀는 묘한 감정이 묻어나는 목소리로 알마의 이름을 불렀다. 알마는 그로버 부인의 얼굴을 빤히 바라보았다.

"제 이름, 아시잖아요."

그녀의 말에, 그로버는 갑자기 말하는 법을 잊어버리기라도 한 듯 아무 말도 하지 못했다. 어떠한 일에도 동요하지 않는 냉정하고 유능한 그녀가 두 손을 비비며 우물쭈물하고 있는 모습을 보자 알마는 재미있다는 생각이 들었다.

"어머니를 만났어요."

알마가 다시 입을 열자, 그로버는 충격 받은 얼굴이 되었다.

"모니카를……?"

"네, 사냥터 뒤로 나 있는 숲 속 가장 깊은 곳에 작은 오두막이 하나 있어요. 어머니를 묻는 걸 도와주셨으면 해요."

그로버 부인의 얼굴에 떠오른 충격은 좀체 지워지지 않았다. 알마의 기억이 돌아왔다는 것, 도망친 모니카가 여전히 윈델 가의 영지에 머물러 있었다는 것, 그리고 그녀가 죽었다는 사실이 그녀를 무척이나 당혹스럽게 한 게 틀림없었다.

"그러지요."

그로버가 간신히 대답했다. 그러나 불안하게 흔들리고 있는 그녀의 눈빛에는 다른 종류의 근심이 엿보였다.

"에디는…… 윈델 경은요?"

알마가 묻자 그녀는 기다렸다는 듯이 말했다.

"당신을 뒤따라 나간 뒤 돌아오지 않았어요. 올리버가 찾으러 나갔지만 밤이 되어도 돌아오지 않으셔서, 오늘 아침 경찰에 수색을 부탁했습니다."

뜻밖의 소식에 알마는 깜짝 놀랐다. 분명 총상을 입었을 텐데, 그런 몸으로 나가서 아직 돌아오지 않았다고? 걱정이 밀려왔다. 그에게 따져 물어야 할 것들이 한 가득인데, 도대체 어디로 가버렸단 말인가.

"워렌 박사님께서 와계십니다. 우선, 그분과 이야기를 해보겠어요?"

워렌의 이름이 나오자 알마의 표정이 어두워졌다. 필립 워렌. 어린 시절의 친구, 그리고 기억을 잃은 알마를 다시 윈델 가로 보낸 장본인. 그렇다. 그러면 이 말도 안 되는 일에 대한 설명을 해줄 수 있을 것이다.

"그러죠."

알마가 대답하자 그로버는 그녀가 들어올 수 있게 문 옆으로 물러섰다. 대저택 안으로 발을 들이며, 알마는 묘한 느낌이 들었다. 익숙하면서도 낯설고, 그리우면서도 두려운 감정이었다.

"저는 오두막의 일을 처리할 사람을 부르겠어요. 워렌 선생님은 2층 서재에 계십니다."

현관의 문을 닫으며, 그로버가 말했다.

"알겠어요."

"파멜라."

그로버가 부르는 소리에, 알마는 뒤를 돌아보았다.

"나는 당신을 좋아한 적이 없어요."

새삼스런 고백에 알마는 멍하니 그로버의 얼굴을 마주보았다. 모르는 바는 아니었다. 그녀는 천박한 모니카를 경멸하고 윈델 가의 후계자를 사로잡은 파멜라를 싫어했다. 하지만 이제 와서 왜 그런 말을 하는 걸까. 그녀 때문에 가문이 이 지경이 되었다고 원망이라도 하려는 걸까?

"알아요."

알마가 쓸쓸하게 대답했다. 그러자 그로버는 착 가라앉은 목소리로 말을 이었다.

"하지만, 당신을 동정해요. 진심으로. 그동안 일어났던 모든 일들은 정말 유감입니다."

뜻밖의 말에, 잔뜩 날이 섰던 알마의 마음이 사르르 풀렸다. 그녀는 어두운 표정의 그로버 부인을 바라보며 희미하게 웃었다.

"알아요. 고마워요."

서재의 문을 열고 들어가니 워렌이 벌떡 일어나 그녀를 맞았다. 초조한 그의 얼굴을 마주하자 알마는 복잡한 기분이 들었다.

"알마……."

그가 주춤거리며 다가왔다. 어린 시절의 친구, 그녀를 구해준 은인, 그리고 파멜라였던 그녀에게 알마라는 거짓 정체성을 부여한 사람. 알마는 그를 어떻게 대해야 할지 몰라 잠시 아무 말도 하지 않았다.

"기억이 돌아왔소?"

워렌이 물었다.

"네."

알마의 무미건조한 대답에 그는 자포자기한 듯 한숨을 푹 쉬더니 의자 위에 털썩 주저앉았다.

"이런 식으로는 아니었는데…… 이런 식으로 알게 될 줄은……."

워렌의 중얼거림을 들으며, 알마는 차분히 그의 맞은편 의자에 앉았다.

"선생님, 왜 처음부터 내게 진실을 말해주지 않았죠?"

알마의 질문에 워렌은 멍한 눈으로 그녀를 마주보았다.

"그럴 수 있는 상황이 아니었소. 당신은 아무도 알아보지 못하는데다가 극도로 불안정한 상태였으니……. 어디서부터 얘기해야할까. 그건 정말 신기한 우연이었소. 당신이 내가 탄 마차 앞으로 뛰어든 것은."

그는 그날의 일을 회상하듯 먼 곳을 응시하며 말을 이었다.

"당신이 윈델 저택에서 쫓겨난 이후 에디는 완전히 폐인이 되어 계속 당신을 찾아다녔소. 나는 당신이 죽었을지도 모른다고 했지만, 그는 전혀 듣지 않았지. 그렇게 18년의 세월이 지난 거요. 18년이! 팍스웰의 거리에서 마치 운명처럼 그렇게 다시 만났을 때, 당신은 영혼이 완전히 빠져나간 빈껍데기와 다름없었소. 하지만 서서히 의식이 돌아오기 시작했을 무렵 우리는 당신이 그동안의 모든 기억을 잃어버렸다는 걸 알게 되었지. 게다가 당신의 자아는 비극이 일어났던 그 시절, 19살의 상태로 멈춰있었소. 그런 당신에게 그동안 무슨 일이 있었는지 어떻게 사실대로 말할 수 있었겠소?"

알마의 머릿속에 끔찍했던 수녀원에서의 나날들이 스쳐 지났다. 잠깐 떠올리는 것만으로도 혐오감에 온 몸이 부르르 떨려왔다.

"에디와 나는 신중하게 계획을 세웠지. 익숙한 곳에서 익숙한 일을 하며 지내다보면 자연스레 옛 기억이 돌아오리라 믿었소. 사태가 이렇게 되리라곤 생각지도 못했어."

"기억이 돌아오면 어떻게 하려고 하셨나요? 제가 이곳으로 다시 돌아온 걸 기뻐하기라도 할 줄 아셨나요?"

알마는 저도 모르게 날이 선 어조로 말했다. 워렌은 조금 놀란 표정을 짓더니 이내 죄책감을 느끼는 태도로 고개를 떨구었다.

"아니, 그런 건 아니오. 단지…… 의사로서 당신의 상처 난 마음과 기억을 치료해주고 싶었소. 한편으로는, 주제넘은 생각이었는지도 모르겠지만 기회를 주고 싶었소. 처음으로 돌아가 원래의 자리에서 당신이 직접 선택할 수 있는 기회를……."

알마는 대답하지 않았다. 선택이라…….

"알마, 아니, 파멜라. 에드먼드는 일부러 당신을 속이거나 거짓말을 하려고 그런 것이 아니오. 그는 그저 내 말을 따랐던 것 뿐, 그가 당신에게 얼마나 미안해했고 또 얼마나 자책했는지 당신이 옆에서 보았더라면……. 당신을 다시 찾은 기쁨에, 당신에게 보상하고 싶은 열망에, 또다시 당신을 빼앗길 수 없다는 생각에 그날 밤엔 다소 지나친 행동을 했던 거요. 그를 용서해줄 수 없겠소?"

쉽사리 입술이 떨어지지 않아, 알마는 잠시 우물거렸다. 용서, 진정으로 용서를 구해야 할 사람은 누구일까. 이 모든 불행과 비극의 씨앗은 결국 무엇으로부터 비롯된 것이었을까? 일그러진 이 저택? 몰락해가는 이 시대? 에드먼드의 집착에 가까운 사랑? 아니면, 나였을까?

"에디는, 윈델 경은 어디로 갔는지 아직 모르나요?"

알마가 화제를 돌리자 워렌은 고개를 저었다.

"조금 더 기다려봅시다. 결국은 돌아올 거요. 당신이 그랬던 것처럼."

* * *

서재를 빠져나온 알마는 그 자리에 가만히 서서 한숨을 폭 내쉬었다. 워렌의 말들이 찝찝한 여운이 되어 귓가에 맴돌았다. 선택, 어떤 선택을 내려야 한다는 말인가. 그를 용서하라고? 용서하지 않으면 어떻게 된단 말인가? 파멜라로서의 기억이 돌아왔다고 하더라도 그녀는 여전히 하녀에 불과했다. 한 가지 다른 점이 있다면 그래도 미래라는 것을 생각할 수 있었던 당시에 비해 지금의 그녀는 이미 모든 것을 잃었다는 것, 그뿐이었다.

베스티아 몬트, 알마는 이 저택을 저주했다. 차디찬 물속으로 던져 넣어졌을 때 그녀는 살아서 다시 이곳에 발을 내딛으리라고는 생각조차 하지 못했다. 이곳으로 다시 오게 된 것도 분명 그녀의 의지가 아니었다. 떠나겠다는 결심을 한 것도 온전히 그녀 자신만을 위한 결정은 아니었다. 그런데 이제 와서 또다시 무슨 선택을 할 수 있다는 말인가.

알마는 멍하니 텅 빈 복도를 바라보았다. 바삐 지나다니는 하인들로 붐비던 그곳. 바닥에 광을 내다말고 삼삼오오 모여 그녀에 대한 뒷담화를 나누던 그들의 모습이 아직도 눈에 선했다. 알마는 천천히 복도를 걸어 층계가 있는 곳까지 왔다. 가정교사들이 어린 에드먼드를 찾아 돌아다니던 곳, 화려하게 차린 각양각색의 손님들이 드나들던 넓은 홀에는 이제 공허함만이 남아있었다.

그녀는 어머니와 어린 시절에 기거했던 동쪽 별채로 향했다. 대대로 윈델 가의 정부들이 지내왔던 곳, 가벼운 웃음소리와 향락의 비명이 울려 퍼지던, 어쩌면 알마 자신도 평생을 머물렀을지도 모를 그곳. 그러나 그저 뒷방의 여자로 사랑하는 사람의 곁에 머물고 싶다는 그녀의 소망은 산산이 짓이겨져 버렸다.

알마는 눈을 들었다. 복도의 끝에 커다랗게 걸려있는 새하얀 여인의 초상이 그녀를 막아 세웠다. 엷은 미소를 지은 채 꿈꾸는 듯한 눈으로 먼 곳을 응시하고 있는 여인의 모습을 보자 그녀는 가슴 한켠이 쥐어짜듯 아려왔다. 저것이 에드먼드의 기억 속에 남아있던 나의 모습일까. 운명에 유린당해 망가질 대로 망가진, 수많은 이들의 손에 더럽혀지고 바닥까지 내몰린 채 미친 듯이 저주를 퍼붓던 모습이 아닌, 저토록 화사하고 순수한 모습으로만 나를 기억했던 것일까……

어느 날 밤, 젊은 파멜라의 초상화 앞에 무릎 꿇고 앉아 흐느끼던 에드먼드의 모습이 떠올랐다. 내가 그를 잊고 사는 동안, 그는 얼마나 많은 세월을 혼자 그렇게 괴로워했던 것일까? 그를 알아보지 못하는 나를 보며, 그는 어떤 마음이었을까? 벤과 함께 떠나겠다고 했을 때 그는 어떤 기분이었을까……

벤, 그러고 보니 그의 행방이 궁금해졌다. 어디로 도망친 걸까? 총에 맞은 것은 아니겠지? 다시 한 번 에디를 해하려고 어딘가에 숨어 기회를 노리고 있는 것은 아닐까? 알마는 걱정이 되었다. 일레인의 아들, 복수심에 사로잡힌 그가 아버지라고 생각했던 윈델 경에게 완벽하게 한방 먹였다고 생각한 순간, 자신이 알고 있던 모든 사실이 부정당한 그 기분은 과연 어떠했을까? 격렬한 감정으로 가득했던 그 밤, 진실을 알게 된 그의 얼굴에 떠올랐던 충격을 되새겨보며, 알마는 그에게 묘한 동질감을 느꼈다.

생각에 잠긴 채, 알마는 3층으로 올라갔다. 싸늘한 공기가 느껴지는 복도에 서서 그녀는 옛일을 떠올렸다. 아무도 모르게 금지구역으로 올라온 어린 에드먼드와 파멜라가 웃으며 복도를 뛰어다니고 있는 모습이 눈앞에 아른거렸다. 알마는 어린 시절의 환영을 따라 윈델 저택의 여주인의 방 앞에 멈춰 섰다.

'파멜라, 여긴 우리 어머니의 방이었대. 나중에 크면 널 이 방에서 지내게 해줄 거야!'

천진한 에드먼드의 목소리가 기억 속에서 메아리쳤다. 알마는 피식 웃으며 천천히 방문을 열었다. 따스한 오후의 햇살이 고요한 방 안을 가득 채우고 있었다. 그녀는 책상으로 다가가 구겨져있는 편지뭉치를 집어 들었다. 떠날 결심으로 구구절절 써내려간 그녀의 마지막 편지였다. 알마는 허탈한 기분에 한숨을 내뱉으며 벽에 난 또 다른 문을 바라보았다.

늘 마주하는 것이 두려웠던 저 문. 하지만 저 너머에 아른거리던 유령의 모습도, 밤마다 들려오던 알 수 없는 소리도, 그 모든 것이 그녀의 억눌린 기억이 만들어낸 허상이었다는 것을 깨닫고 나니 이제는 더 이상 두렵지 않았다.

알마는 문을 열고 정면에서 자신의 모습을 비추고 있는 거울을 똑바로 마주보았다. 창백한 얼굴과 은백색 머리카락, 지난 세월의 흔적이 묻어나는 그늘진 잿빛의 눈동자. 저도 모르게 실소가 터져 나왔다. 이 모습으로 19살의 행세를 하고 있었다니, 얼마나 우스운 일인가. 물론 아름다웠던 어머니를 닮은 덕인지 그녀는 그렇게까지 나이가 들어보이지는 않았다. 그러나 누가 봐도 다사다난한 삶을 살아온 성숙한 여인의 분위기를 풍기고 있는 그녀에게 동쪽 별채에 걸린 초상화 속의 파멜라처럼 앳된 아가씨의 느낌은 남아있지 않았다.

알마는 문득 자기 자신이 바보처럼 느껴졌다. 그리고 아무리 그녀를 위한 일이었다고는 하나 더 빨리 진실을 알려주지 않은 윈델 저택의 사람들이 원망스러웠다. 사실대로 말해주었다면 그토록 오랫동안 두려워하지 않아도 되었을 텐데, 혼란스러워하지 않아도 됐을 텐데, 벤의 유혹에 넘어가지도 않았을 텐데…….

여기에 생각이 미치자 그녀는 사라진 두 남자의 행방이 다시금 걱정스러웠다. 설마 무슨 일이 생긴 건 아니겠지? 벌을 받아야 할 사람들은 이미 모두 죽었다. 더 이상의 비극은 일어나서는 안 된다. 알마는 굳은 얼굴로 창밖 너머로 고개를 돌렸다.

* * *

절대 안정을 취해야 한다는 워렌의 만류를 뿌리치고, 알마는 로즈미나 거리로 내려왔다. 거리는 여전히 평온하고 아름다웠다. 저 언덕 위의 저택에서 일어났던 무서운 일들과는 아무런 관련도 없다는 듯이. 그 여유롭고 평화로운 분위기에, 어쩐 일인지 알마는 소름이 끼쳤다.

그녀는 거리의 이곳저곳을 돌아다니며 에드먼드와 벤의 모습을 찾았다. 그러나 도대체 어디로 가버린 것인지 그들의 모습은 아무데서도 보이지 않았다. 알마는 혹시나 하는 마음에 엘리엇의 식료품 가게로 가보았다. 그러나 그곳에서 마주한 것은 화가 머리끝까지 난 가게 주인이었다.

"아침에 경찰이 다녀갔소. 이미 다 얘기했다고! 나는 그 자식에 대해서는 몰라요, 그날 그렇게 뛰쳐나가선 한 번도 안 왔다니까?"

"경찰이라고요? 그게 무슨 말씀이세요?"

놀란 알마가 묻자 엘리엇 씨는 천불이 난다는 듯 한숨을 토해내며 대답했다.

"그 미친놈이 윈델 저택을 무단침입해서 난동을 부렸다잖소. 윈델 경을 해치고 그 집 하녀를 납치하려 했다는데? 내 아무리 그놈이 막무가내였어도 그런 짓까지 할 놈인 줄은 몰랐소. 그 자식 때문에 가게가 망하게 생겼어!"

그로버가 틀림없었다. 에드먼드의 수색을 부탁하며 벤을 범인으로 지목한 것이 분명했다.

"그렇게 되었으니 앞으로 여기 와서 그 녀석을 찾지 마시오."

엘리엇 씨가 퉁명스럽게 말했다. 그때 가게 안에서 여자의 서러운 울음소리가 들려왔다. 코라였다.

"시끄러워! 너는 한발자국도 밖으로 못 나갈 줄 알아라! 곱게 길러놨더니 제 아비의 손에 범죄자의 새끼를 안기겠다고? 내가 속이 터져서, 어이그!"

그는 가슴을 치며 알마를 가게 밖으로 쫓아냈다. 그의 이야기를 듣고 나니 그녀는 더욱 근심스러웠다. 벤에게 수배령이 내려졌다면 그가 무리해서 에드먼드를 뒤쫓지는 않을 것이다. 하지만 이대로 그가 범죄자가 되는 것을 그녀는 바라지 않았다. 어떻게든 그를 찾아내어 일의 매듭을 짓고 싶은데…… 혹시 벌써 켄드웰을 떠난 거라면 어떡하지…….

곰곰이 생각하던 그녀는 아직 그가 이곳에 있을 거라고 결론을 내렸다. 지금의 그는 혼란스러운 상태일 것이 분명했다. 그토록 오랫동안 복수를 계획해왔던 대범하고 치밀한 사람이 궁지에 몰렸다고 해서 자신의 목적을 완수하지도 못한 채 성급히 내뺄 것으로는 보이지 않았다.

그렇다면 그는 과연 어디에 있을까? 이 도시에서 가만히 있기만 해도 눈에 확 띄는 사람이 다른 이들의 시선을 피해 몸을 숨길 수 있는 곳이 과연 어디일까? 그때 알마는 언젠가 벤이 데려가 주었던 북적거리던 파이 가게가 떠올랐다. 어떠한 확신이 느껴져, 그녀는 그곳을 향해 곧장 걸음을 옮겼다.

* * *

도비스 파이가게는 여전히 사람들로 붐비고 있었다. 맛있는 파이 냄새의 유혹을 참으며, 알마는 북적이는 가게 안을 둘러보았다. 분주하게 돌아다니는 종업원들과 게걸스럽게 음식을 먹어치우고 있는 사람들, 시끄러운 말소리와 커다란 웃음소리가 가득한 식당 안에서 벤의 모습은 보이지 않았다. 잘못 생각했나? 벌써 다른 곳으로 떠나버린 거면 어떡하지……. 알마는 걱정스러운 마음으로 밖으로 나오며 망연히 하늘을 올려다보았다. 아무 일도 없어야 할 텐데…….

그때 알마는 아주 이상한 생각이 들어 길모퉁이 주변에 앉아있는 노점상들과 부랑자들을 돌아보았다. 잡동사니를 팔거나 구걸을 하고 있는 이들 가운데에 누더기 천을 뒤집어쓰고 앉아있는 한 사람이 눈에 들어왔다. 알마는 저도 모르게 그를 향해 다가갔다.

"벤?"

이름을 부르자 누더기 밖으로 삐져나온 더러운 신발이 움찔하는 것이 보였다.

"벤? 맞지?"

그 순간, 누더기 천이 공중으로 휙 날아오르더니 누군가 그녀의 어깨를 밀치고 잽싸게 달아나기 시작했다.

"벤! 기다려!"

알마는 급히 그의 뒤를 쫓아갔다.

"잠깐만, 얘기 좀 해!"

도망치던 이가 우뚝 멈춰 서서 고개를 돌렸다.

"무슨 얘기를 하자고?"

구석에 몰린 짐승처럼, 잔뜩 날이 선 벤이 이를 드러내며 으르렁거렸다.

"날 잡아다 경찰에 넘기려고 온 거야?"

"아니야."

"그럼 원망의 말이라도 하려고? 결국 내 계획이 실패한 걸 비웃기라도 하고 싶어?"

적대감이 가득한 벤의 얼굴을 마주보며 알마는 고개를 저었다.

"그냥, 네가 괜찮은지 확인하러 왔어."

침착한 그녀의 대답에, 벤은 문득 귓불이 벌겋게 달아오르더니 할 말을 잃은 듯 입을 다물었다. 알마는 그의 손을 잡아끌고 사람들의 이목을 피해 근처의 건물 사이로 난 좁은 골목으로 들어갔다.

"다치진 않았어? 많이 놀랐겠구나."

알마가 그를 살피며 묻자, 벤은 얼굴을 일그러뜨리며 대꾸했다.

"걱정하는 척 하지 마. 이제 와서 무슨 소릴 하고 싶은 거야?"

알마는 여전히 경계심을 거두지 않은 채 공격적으로 내뱉는 벤의 얼굴을 가만히 들여다보았다. 일레인, 그녀를 죽음의 문턱으로 몰아넣었던 냉혹한 여자. 그 여자 덕분에 알마는 아이를 잃었고, 그녀의 인생도 잃어버렸다. 그의 아버지인 헨리 윈델 경은 또 어떠했던가. 그는 자신의 첫아들을 학대하며 어렸던 알마에게 손을 대고 그녀의 어머니를 헌신짝처럼 내버렸다. 그토록 사악한 남녀의 사이에서 이리도 아름다운 아이가 태어났다니 참으로 경이로운 일이었다.

알마는 미처 세상을 보지 못하고 떠나버린 자신의 아이를 떠올렸다. 만약 그 아이가 태어났다면 벤의 나이쯤 되었겠지……. 가슴이 욱신 저며오며 코끝이 찡해졌다. 아이들에게는 죄가 없었다. 자녀가 부모의 죄악을 떠안는 것은 있을 수 없는 일이었다.

"힘들었겠구나……."

알마는 손을 내밀어 가만히 벤의 수척한 뺨을 쓰다듬었다. 벤은 당황한 듯 주춤거렸으나 그녀의 손길을 뿌리치지는 않았다.

"얼마나 힘들었을까. 가엾게도……."

조용한 알마의 목소리에, 문득 벤의 눈시울이 붉어졌다. 알마는 마음이 아팠다. 윈델의 이름을 가진 아이, 운명이 허락했더라면 저 장엄하고 유서 깊은 저택에서 호화롭게 자라나 가문의 이름을 이었을 아이. 그러나 악행을 일삼았던 그의 부모가 비참한 말로를 맞이함으로써 그는 순식간에 아무에게도 환영받지 못하는 객식구가 되었다. 진실을 알지 못한 채 핍박받고 자라오며, 그는 얼마나 파멜라와 에드먼드를 원망했을까. 그리고 드디어 그의 인생을 망친 두 사람에게 완벽한 복수를 했다고 생각한 순간, 자신의 아버지는 에드먼드가 아니며 이 모든 비극에 대한 책임이 그의 진짜 부모에게 있다는 것을 알게 된 기분은 어떠했을까.

"벤."

고개를 푹 숙인 채 아무 말도 하지 못하는 벤을 향해 알마가 다시 입을 열었다.

"난 너를 정말 좋아했어."

그것은 진심이었다. 비록 벤의 접근이 계획적인 것이었다고 해도 그녀가 힘들고 혼란스러울 때마다 늘 힘이 되어주었던 것은 아이러니하게도 바로 그였다. 그의 햇살 같은 미소에, 그의 적극적인 행동과 진솔한 말들에 얼마나 설레고 즐거웠었던가.

"정말로 19살로 돌아간 것 같은 기분을 느끼게 해줘서 고마웠어."

벤은 죄책감을 느끼는 얼굴로 여전히 아무 대답도 하지 않았다. 그런 그를 보며, 알마는 가만히 미소를 지었다.

"코라가 아이를 가졌대."

벤이 고개를 번쩍 들었다.

"코라가……?"

그는 말문이 막힌 듯 눈을 끔벅거렸다. 더 이상의 설명이 없어도 그는 모든 것을 알아들은 모양이었다. 알마는 고개를 끄덕이며 품 안에 지니고 있던 작은 상자를 꺼내 그의 손에 쥐어주었다.

"그 아이에게만은 아버지가 없는 설움을 겪지 않게 해주면 좋겠어."

벤은 알마가 건넨 상자를 열어보고는 형언하기 힘든 표정이 되어 다시 그녀를 바라보았다.

"너는 좋은 아버지가 될 거야."

알마는 웃으며 그의 이마에 키스를 하고는 흐느끼기 시작하는 그를 자리에 남겨둔 채 발걸음을 돌렸다.

* * *

알마는 정처 없이 거리를 걸었다. 벤에 대해서는 더 이상 걱정하지 않았다. 그는 젊고 영리했다. 그리고 그의 곁에는 그를 사랑하는 여자 친구와 곧 태어날 아이가 있었다. 결코 윈델 저택에 받아들여지는 일은 없겠지만 그는 스스로 앞으로의 길을 잘 헤쳐 나갈 것이다. 그저 언젠가 그 역시 묵은 감정들을 정리하고 그의 형제를 이해할 수 있기를 바랄 뿐이었다.

벤에 대한 마음은 모두 정리가 되었건만, 에드먼드를 떠올리자 알마는 여전히 마음이 불안했다. 그는 도대체 어디 있는 것일까. 어디를 그토록 헤매고 다니기에 이틀 동안 집에 들어오지 않았다는 걸까? 벌써 해가 저물고 있으니 혹시 지금쯤 저택으로 돌아온 것이 아닐까? 하지만, 만약 그렇다고 해도 그를 만나면 무슨 말을 해야 하지…….

에드먼드를 다시 만나면 그를 어떻게 대해야 할지 알마는 자신이 없었다. 18년의 시간을 뛰어넘었다는 괴리감과, 고용인의 마음으로 그를 바라보던 때의 감정이 뒤섞여 그녀는 아직도 조금 혼란스러웠다. 알마는 붉게 물든 하늘을 배경으로 저 먼 언덕 위에 우뚝 서있는 기괴한 베스티아 몬트를 바라보았다. 그냥, 이대로 떠나버릴까……

다시 고개를 돌린 그녀의 눈앞에 마주하고 싶지 않은 장소가 보였다. 히아나 여왕의 다리, 파멜라로서의 기억과 인생을 모두 박살내버린 바로 그 다리였다. 금세 심장이 울렁거리고 식은땀이 났다. 깊은 밤 장정들의 손에 이끌려 다리 아래로 던져질 때의 느낌이 생생하게 되살아났다. 급히 발길을 돌리려던 그녀는 마음속을 스치는 이상한 생각에 얼굴을 들어 히아나 여왕의 다리를 똑바로 바라보았다. 이 두려움을 이겨내고 싶다는 강한 충동이 들었다.

알마는 용기를 내어 다리를 오르기 시작했다. 한걸음 한걸음 내딛는 동안 무수한 기억과 복잡한 감정들이 밀려들었다. 그리고 그 중심에 에드먼드가 있었다. 사람들의 멸시 속에서도 버텨냈던 이유, 끔찍한 일을 겪으면서도 악착같이 살아남았던 이유, 그것은 모두 에드먼드 때문이었다. 저택을 떠나려 했던 것도, 저택에 머무르기로 한 것도 모두 그를 위해서였다.

에드먼드 윈델, 그녀를 운명의 소용돌이 속에 끌어들인 그가 미웠다. 그리고 함께 불속으로 뛰어들어버린 그가 가엾었다. 에드먼드, 그가 보고 싶었다. 그 모든 역경과 고난 끝에서도 그녀는 여전히 그를 사랑했다. 알마는 아치형의 다리 한가운데에 올라서서 난간을 짚은 채 유유히 흐르는 티월 강을 바라보았다. 크게 숨을 들이쉬며, 알마는 기묘한 예감으로 울렁대는 마음을 진정시키려 노력했다.

그때 강의 하류 쪽에서 웅성거리는 소리가 들려왔다. 강가에 사람들이 잔뜩 모여 뭐라고 소리를 치며 분주히 움직이고 있었다. 그 광경을 보자 알마의 가슴이 세차게 뛰었다. 알 수 없는 불길함에, 그녀는 재빨리 다리를 뛰어 내려갔다.

"죽은 건가?"

"의사는 아직이야?"

"저 얼굴의 흉터 좀 봐. 무시무시한데?"

"저 사람이 왜 이런 곳에서⋯⋯."

수군대는 사람들을 헤치고 들어간 알마는 모두의 시선이 쏠려있는 곳을 내려다보았다.

"에디!"

딱딱한 바닥에 의식을 잃고 누워있는 에드먼드를 발견한 알마는 찢어질 듯 소리를 지르며 그의 곁에 주저앉았다.

"에디! 정신 차려, 에디!"

흠뻑 젖은 채 정신을 차리지 못하고 있는 그를, 그녀는 미친 듯이 흔들어 깨웠다. 그러나 그는 꼼짝도 하지 않았다. 심장이 쿵 내려앉으며 무서운 생각이 들었다.

"안 돼⋯⋯."

이렇게 그를 잃을 수는 없었다. 이제야 모든 기억이 돌아왔는데, 얼마나 오랜 시간이 지나서야 그를 다시 만나게 되었는데, 두 사람의 마지막마저 이런 식일 리는 없었다.

"에디!"

알마는 그의 가슴에 엎드려 울음을 터뜨렸다. 심장이 찢어질 것만 같았다. 이토록 가슴이 미어지는데 그동안 어떻게 그를 잊고 살 수 있었을까. 도대체 어떻게 그가 없이 살아왔던 것일까. 이제 그녀는 다시는 그렇게 살 수 없었다. 만약 이대로 그가 깨어나지 않는다면 그녀가 해야 할 선택은 한가지뿐이었다. 알마는 눈물로 범벅이 된 얼굴을 들어 한때 그녀를 집어삼켰던 깊은 강물을 바라보았다.

그때였다. 에드먼드의 입에서 미약한 신음소리가 들렸다. 알마는 깜짝 놀라 그의 얼굴에 귀를 가까이 가져다댔다.

"에디? 에디!"

그의 숨이 붙어있다는 것을 확인하자마자 알마는 다시 그를 흔들었다.

"에디!"

에드먼드가 천천히 눈을 떴다. 떨리는 눈꺼풀 속에서 새파랗게 빛나는 눈동자가 알마를 응시했다.

"파멜라……."

"그래, 나야. 에디, 나 여기 있어."

알마가 대답하자, 그의 눈에서 눈물이 주르륵 흘러내렸다.

"파멜라, 알마……. 나의 알마…… 미안해. 미안해. 정말 미안해. 나 때문에…… 널 이렇게 만들어서 정말 미안해. 용서해줘, 나를 용서해줘, 알마. 나를…… 나를 미워해도, 나를 떠난다고 해도 이해할게. 미안해, 널 지켜주지 못해서, 더 빨리 찾아내지 못해서 정말 미안해, 파멜라…… 파멜라……."

에드먼드가 서럽게 울며 빌었다. 그 고통스런 목소리에 알마는 왈칵 눈물이 쏟아졌다. 그를 미워해도, 그를 떠나도 괜찮다며 슬피 우는 그의 모습에 제발 가지 말아달라며 애걸하던 소년의 모습이 겹쳐보였다. 늘 외로웠던 소년, 단 한번 내밀어준 손길에 모든 것을 걸었던, 그리고 그로 인해 모든 것을 잃어야 했던 상처 입은 야수. 그런 그를 이제 와서 어떻게 버릴 수 있겠는가.

알마는 손을 내밀어 흐느끼는 그를 일으켜 앉혔다.

"떠나지 않을게, 에디. 다시는 널 떠나지 않을게."

차마 한 번도 입 밖으로 내지 못했던 다짐.

"사랑해, 에디. 널 사랑해."

또한 한 번도 소리 내어 하지 못했던 고백.

에드먼드의 얼굴에 안도와 감격의 미소가 스쳐 지났다. 그는 떨리는 팔을 뻗어 뜨겁게 그녀를 끌어안았다. 회한의 눈물을 쏟아내고 있는 그를 가만히 마주 안으며, 알마는 느낄 수 있었다. 비뚤어진 저택을 배회하던 과거의 망령이 이제 모두 떠나갔다는 것을.

에필로그1: 그로버의 편지

친애하는 프레드 오빠,

 그곳은 평안한지요. 오랜만에 편지를 씁니다. 그동안 너무나 많은 일이 일어났기에 어디서부터 이야기를 해야 할지 모르겠군요. 우선 본론부터 말하자면 모든 게 잘 해결되었다고 전하고 싶어요.

 파멜라가 다시 저택으로 온 날부터 매일매일이 살얼음판을 걷는 기분이었습니다. 오랜 시간 그녀를 찾아 헤매며 힘들어하는 윈델 경의 모습을 보는 것도 힘들었지만, 그녀를 곁에 두고도 고뇌에 휩싸여 있는 그분을 지켜보는 것은 정말 괴로운 일이었어요. 다행히 그 괴로움의 나날들은 마침내 보상을 받았지만요.

 윈델 경께서는 파멜라와 함께 식민지에 건설된 새로운 도시로 떠나셨습니다. 이곳에서 일어났었던 일들을 모두 잊고 새출발을 하기로 한 거지요. 잘된 일이라고 생각합니다. 누구의 시선도 신경 쓸 필요 없이 이제 그 두 사람은 온전히 서로를 위해서만 살 수 있겠지요.

 사실 헨리 윈델 경과 일레인 콜슨 양의 아들이라는 자가 나타났을 때는 깜짝 놀랐습니다. 덕분에 모든 것이 틀어질 뻔 했지요. 가까스로 위기는 지나갔습니다만 그 젊은 청년이 그토록 오랜 시간 복수의 칼날을 갈아왔다니 조금은 무서운 일이었습니다. 그가 윈델 가의 권리를 주장하고 나섰다면 일이 복잡해졌겠지만, 다행히 파멜라가 잘 처리한 모양이에요, 그 청년은 켄드웰을 떠났다고 들었습니다. 한편으로는 애석한 일이기도 합니다.

그렇다고 해도 그가 제 아비처럼 윈델 경을 해하려 한 일은 용납할 수 없는 일입니다. 만일 그가 윈델 경에게 위해를 가했다면 저는 일말의 망설임도 없이 다시 한 번 이 손을 죄악으로 물들였을 겁니다. 그분을 지켜 달라 눈물로 부탁하셨던 샬럿 마님의 유언을, 그리고 오빠의 마지막 부탁을 저는 따라야만 하니까요.

참, 한 가지 놀랄만한 소식을 알려드려야겠네요. 윈델 경께서 떠나시며 이 저택을 저에게 남기셨습니다. 어떻게 처분하든 제 마음대로 하라고 하셨지요. 많은 고민 끝에 저는 윈델 저택을 세상에 개방하기로 결심했습니다. 가문의 보물들과 샬럿 마님의 유품들을 모아 전시회를 열고 방을 개조하여 여행객들을 받을 생각입니다.

이 계획에 올리버는 벌써부터 신이 나 있어요. 원한다면 언제든지 떠나도 좋다고 했지만 우리의 충실하고 마음씨 좋은 요리사는 결국 이 저택에 뼈를 묻을 생각인가 봅니다. 올리버의 솜씨를 살려 방문객들에게 정찬을 대접하는 것도 좋을 것 같아요. 텅 빈 중앙홀과 삭막하던 대식당이 다시 예전처럼 붐비게 될 모습을 상상하니 벌써부터 마음이 벅차오릅니다.

베스티아 몬트는 이제 끔찍한 비극의 무대라는 이미지를 벗고 지고지순한 사랑의 일화가 남아있는 장소로 바뀌어나갈 겁니다. 시간은 걸리겠지만 잘해낼 수 있을 거라 믿어요. 올리버도 곁에서 도와줄 테니까요.

프레드 오빠, 저는 요즘 들어 인간의 본능이란 것에 관해 많은 생각을 했습니다. 아무도 알려주지 않았지만 자연스레 이끌리는 감정, 그것은 과연 무엇일까요? 인간이 이성적인 존재라고들 하지만 그 핏속에는 오래전 황야를 배회하던 시절의 동물적인 감각이라는 것이 남아있는 것일까요? 아마도 그렇기에 돌아온 것이겠지요, 파멜라는……. 그리고 또한 그렇기에 헨리 윈델 경은 그토록 에드먼드 도련님을 미워했던 것이겠지요…….

기억을 완전히 잃은 상태에서도 이 저택에서의 추억에 사로잡히던 파멜라를 보며 인간의 잠재의식이란 불가사의하면서도 실재적인 어떤 것이라는 느낌을 받았습니다. 이러한 주제는 워렌 박사님께도 흥미로웠던 것 같습니다. 파멜라의 사례를 연구하여 발표한 논문이 학회의 큰 호응을 얻어 요즘 아주 바빠지셨다고 하더군요. 그런 와중에도 저택의 일을 성심껏 도와주시다니 정말 고마운 일이 아닐 수 없지요.

하녀 베키 역할을 훌륭히 해낸 줄리아 모리스 양 역시도 워렌 박사님의 도움으로 사교계에 진출했다고 합니다. 곧 왕립극장에서 공연을 한다고 들었어요. 속물적인 여자이긴 하지만 재능이 출중함에는 틀림없으니 분명 성공할 거라고 생각합니다.

아무튼 윈델 경에 대해서는 걱정하지 마세요. 그분은, 우리의 에드먼드 도련님은 앞으로도 잘해나가실 겁니다. 이제는 사랑하는 사람과 함께니까요. 곧 다시 소식을 전하겠습니다. 샬럿 마님께도 안부를 전해주세요. 언젠가 우리 모두가 천국에서 다시 만나게 될 날을 기다립니다. 그때는 웃는 얼굴로 이곳에서 못 다한 이야기들을 전할 수 있기를, 그때는 이승에서 차마 부르지 못한 이름으로 서로를 부를 수 있기를. 그날까지 안녕히…….

당신의 사랑하는 여동생
조지나

에필로그2: 에드먼드의 고백

그것은 순전히 우연이었다. 팍스웰의 밤거리에서 파멜라가 필립의 마차에 치인 일은. 다급한 그의 연락을 받았을 때 나는 기쁨과 공포, 기대와 경악으로 미칠 지경이었다.

솔직히 말하자면 그 무렵의 나는 반쯤은 포기상태였다. 파멜라가 저택에서 쫓겨난 이후로 하루도 빠짐없이 그녀를 찾아 헤매었지만 생사조차 알지 못한 채로 18년이 흘렀다. 히아나 여왕의 다리 아래에서 여자의 시체를 건졌다거나, 누군가 물에 빠진 여자를 구해 사창가에 팔아넘겼다는 소문들을 일일이 확인해보았지만 어디에서도 파멜라의 모습은 발견되지 않았다.

조지나는 그녀가 벌써 죽은 것이 분명하다며 이만 포기하라고 했다. 세간에도 그녀는 이미 죽은 것으로 알려져 있었다. 나는 결코 그럴 리가 없다고 생각했지만 많이 지쳐있었던 것이 사실이었다.

사라져가는 희망에 삶을 놓아버리고 싶을 때쯤 시장이 주선한 자리에서 줄리아를 만났다. 속물적인 여자였지만 그녀는 무척 재능 있는 배우였고, 그 당돌함과 쾌활함은 때때로 공허하던 나의 마음을 부드럽게 해주기도 했다. 그녀에게 아예 호감이 없던 것은 아니었기에 몇 번인가 그녀를 저녁식사에 초대하기도 했다. 하지만 그녀를 만날수록 파멜라에 대한 그리움이 더 커져만 갔다. 그토록 많은 시간이 지났건만, 나는 여전히 온 집안에 남아있는 파멜라의 흔적을 느낄 수 있었다.

그녀를 처음 만난 복도, 그녀가 좋아했던 마거리트 꽃, 그녀가 능숙하게 사용하던 다리미, 그녀가 나를 위해 울어주었던 지하 감옥, 우리가 처음 사랑을 나누었던 침대, 그녀에게 청혼했던 방, 내가 그녀에게 약속했던 수많은 것들, 그리고 끌려가던 그녀를 지키지 못했던 그날 밤……. 그 밤이 떠오를 때마다 나는 고통에 몸부림치며 울고 또 울었다. 얼마나 무서웠을까, 얼마나 괴로웠을까……. 그리고 이미 고인이 된 아버지와 일레인을 저주하고 또 저주했다. 저택이 활활 타오르던 날, 차라리 나도 그 불꽃과 함께 소멸해버렸다면 좋았을 것을…….

그런데 바로 그녀가, 나의 사랑하는 파멜라가 살아있다는 소식을 듣고 내 기분이 어떠했겠는가! 필립의 편지를 받자마자 나는 모든 것을 팽개치고 곧바로 팍스웰로 달려갔다. 그리고 마침내 수척해진 그녀를 마주한 순간, 나는 억장이 무너져 내리는 것만 같았다.

"파멜라, 내가 보여? 날 알아볼 수 있겠어?"

그녀는 나를 알아보지 못했다. 아니, 눈앞에 있는 누구도 인식하지 못하는 것 같았다. 절망적인 그녀의 상태에 나는 심장이 찢어지는 듯 했다. 필립은 지금껏 그녀가 폐쇄적인 수녀원에서 착취를 당해온 것 같다고 알려주었다. 그동안의 학대로 인해 정신이 올바르지 않으며 마차 사고의 충격으로 기억력에도 문제가 생겼다고 했다.

나는 당장 파멜라를 집으로 데려오고 싶었다. 그러나 의사인 필립의 진단에 따라 그녀의 몸과 의식이 제대로 회복할 때까지 기다리는 수밖에 없었다. 시간이 지나 그녀는 드디어 기력을 회복할 수 있었지만 자신이 누구인지에 대한 기억은 여전히 돌아오지 않았다. 필립은 차라리 기억이 없는 편이 파멜라에게 더 나은 것이 아니겠느냐며 백지와 같은 그녀의 상태를 오히려 다행으로 여겼다. 그토록 끔찍한 경험을 했다면 어느 누구라도 그런 과거를 잊고 싶을 것이라면서.

하지만 그녀를 그대로 내버려둘 수는 없었다. 나는 그녀를 되찾아야만 했다. 그녀가 잃어버린 모든 것들을 보상해주어야만 했다. 생기를 되찾아가는 파멜라를 보며 우리는 계획을 세웠다. 그녀를 다시 윈델 저택에 데리고 와 그녀에게 익숙한 일을 하게 함으로써 서서히 기억이 돌아오게 하자는 것이 그 계획이었다. 가엾은 그녀에게 다시 하녀노릇을 하게 하는 것이 나로서는 영 내키지 않았지만 자신의 이름과 나이조차 잊어버린 그녀에게 내가 다가갈 수 있는 다른 방법은 없는 것 같았다.

나는 곧바로 줄리아에게 제안을 했다. 아무것도 묻지 말고 저택에서 하녀 연기를 하며 파멜라를 또래의 동료로 대해줄 것. 그렇게 해준다면 넉넉한 보수는 물론이거니와 그녀가 그토록 원하는 귀족 사회의 사교모임에 데려가 주겠다고 약속을 했다. 줄리아는 무척 의아해했지만 사교계 데뷔라는 꿈에 눈이 멀어 별다른 이의 없이 나의 갑작스런 제안을 승낙했다.

파멜라가 누구인지는 그녀에게 이야기하지 않았다. 이것은 나와 필립, 조지나와 올리버, 우리 넷만이 알아야 하는 비밀이었다. 파멜라가 저택으로 오기로 결정된 날, 혹시라도 그녀가 받게 될 충격을 피하기 위해서 저택 안의 모든 거울을 치우고 꼭 필요한 사람 이외에는 누구도 저택에 접근하지 못하도록 단속을 했다.

그렇게 나의 파멜라는 알마라는 이름으로 다시 윈델 저택으로 왔다. 알마, 나의 영혼. 겁먹은 얼굴을 하고는 오래전 내가 부르던 별칭으로 자신을 소개하는 그녀를 보며 나는 터져 나오는 눈물이 참으려 애를 썼다.

반면 조지나는 참으로 냉정했다. 마치 정말로 처음 보는 사람처럼 그녀에게 하녀가 지켜야 할 의무사항을 설명하고 있는 것을 보며 나는 괜스레 초조해졌다. 조지나를 서재로 불러온 나는 마치 어린아이처럼 그녀의 앞에서 눈물을 터뜨렸다.

"조지나, 저 가엾은 파멜라 좀 봐요. 정말로 아무것도 기억을 못하다니, 나를 알아보지도 못하다니! 오, 불쌍한 나의 알마, 불쌍해죽겠다고요. 어떻게 하지요, 조지나? 내가 어떻게 하면 좋겠습니까?"

나의 한탄에 그녀는 조용히 고개를 저을 뿐이었다.

"너무 초조해 마십시오. 워렌 박사님의 말씀을 따르는 게 좋을 것 같습니다. 천천히, 조금씩 그녀의 기억이 돌아올 수 있도록 말이지요."

그녀의 말이 옳았다. 이제야 겨우 회복한 그녀에게 갑작스레 충격을 줄 수는 없었다. 나는 쓰라린 마음을 다잡으며 무척이나 괴로운 밤을 보내야했다.

다음날 광산 문제 때문에 서재에 조금 오래 머물러 있는데 파멜라가 청소를 하러 들어왔다. 그녀는 여전히 나를 불편해하고 두려워하는 기색이었다. 과거의 기억 때문인 것일까, 내 얼굴을 보면 내 아버지의 얼굴이, 혹은 잃어버린 우리 아이가 무의식중에 떠오르는 것은 아닐까, 조금이라도 기억나는 게 있을까 하여 나는 몇 가지 질문을 던져 그녀를 떠보았다. 그러나 여전히 19살의 신참 하녀로서 나를 대하는 그녀를 보며 나는 마음이 너무나 무거웠다. 나를 보며 환하게 웃던 그녀인데, 내 품에 안겨 수줍게 바라보던 그녀의 표정이 아직도 이렇게 생생한데…….

그날 밤 나는 도저히 잠을 이룰 수가 없었다. 그토록 바라왔던 그녀가 드디어 내 곁에 있음에도, 나는 그녀가 그리워서 견딜 수가 없었다. 지난 세월동안 마음이 힘들 때면 늘 그랬듯이 나의 발걸음은 자연히 동쪽 별채로 향했다. 그곳에 걸린 파멜라의 초상화를 보며, 나는 오래도록 과거의 추억에 사로잡힌 채 서 있었다. 그러다가 문득 눈물이 났다. 파멜라가 너무나 가엾어서, 우리의 신세가 너무도 처량해서 주체할 수 없는 흐느낌이 새어나왔다.

파멜라, 내 영혼, 사랑하는 나의 알마……. 어떻게 하면 너의 기억이 돌아오게 할 수 있을까? 어떻게 하면 네가 다시 나를 사랑하게 할 수 있을까? 아니, 네가 나를 원망하면 어떻게 하지? 너를 지키지 못한 나를 다시는 사랑하지 않겠다고 하면 어떡하지? 너에게 주고 싶은 것이 아직 많은데, 너에게 해줄 말이 잔뜩 있는데…….

마치 그녀가 내 말을 듣고 있기라도 한 것처럼, 나는 무릎을 꿇고 앉아 화사하게 미소 짓고 있는 그림 속의 그녀에게 말을 건넸다. 그러다가 문득 인기척을 느끼고 소스라치게 놀랐다. 어둠 속에서 파멜라가 나타난 것이다! 갑작스런 그녀의 등장에 깜짝 놀란 나는 무의식적으로 구석으로 몸을 숨겼다. 내 말을 들은 것일까? 충격을 받은 거면 어떡하지? 걱정스런 마음으로 슬쩍 내다보니, 그녀는 자신의 초상화를 뚫어지게 들여다보고 있었다. 홀린 듯한 파멜라의 표정을 보니, 그것이 자신의 젊은 시절의 모습이라는 것은 꿈에도 생각지 못하고 있는 듯 했다.

그녀가 자신의 정체에 대해 아직 자각하지 못한 것은 다행스러웠지만 초상화를 발견했다는 것이 내심 염려스러웠다. 그림 속의 그 얼굴이 자신과 꼭 같은 얼굴이라는 것을 알게 되기라도 하면 큰일이었다. 게다가 하녀를 연기하는 데에 벌써부터 진저리를 치고 있던 줄리아의 경솔함 덕분에 파멜라가 외부인과 접촉했다는 사실도 걱정거리였다. 사람들이 그녀의 존재를 수상쩍게 생각할 수도 있을 텐데. 누군가가 그녀의 나이와 외모를 지적하기라도 하면…….

다행히 별다른 문제는 생기지 않았지만 나는 내내 그녀의 상태에 대해 전전긍긍하며 크나큰 압박에 시달려야만 했다. 결국 몇 년 동안 괜찮았던 몽유병 증세가 다시 도지고 말았고 발작 중에 나도 모르게 파멜라를 원래의 이름으로 불러버리고 말았다. 놀랐을 그녀에게 조지나가 파멜라와 저택에서의 사고에 관한 일을 다 말해버렸다는 것을 알았을 때 나는 너무나 두려웠다. 그러나 다행히도 그녀는 그때까지 아무 눈치를 채지 못했다. 오히려 나를 동정하고 위로하는 그녀를 보며, 나는 그녀가 다시 나를 받아들일 수 있겠다는 희망을 가지게 되었다.

그녀가 나의 과거를 알게 된 후로 우리 사이에는 약간의 변화가 있었다. 나를 무서워하던 그녀가 조금은 달라진 눈빛으로 나를 바라보기 시작했다는 것을 알 수 있었다. 그 끔찍한 비극의 주인공이 바로 자신이었다는 사실을 파멜라가 알게 되면 나를 미워하게 될까 봐 늘 두려웠지만, 우리의 관계가 긍정적인 방향으로 가고 있다는 사실에 나는 용기가 생겼다.

그 후로 나는 그녀를 향한 내 감정을 굳이 숨기지 않았다. 조금 무리를 하여 그녀에게 내 이름을 부르게 하기도 했다. 에디, 그녀의 다정한 목소리로 듣는 나의 이름. 아아, 그 목소리를 다시 한 번 듣게 되기를 얼마나 기다려왔던지…… 그녀와 함께 있을 때면 가끔 행복했던 10대 시절로 돌아간 것 같은 착각에 빠지기도 했다.

나는 곧 다시 그녀를 되돌릴 수 있을 것 같다는 자신만만한 생각을 필립에게 편지로 써 보냈고 그는 파멜라와 나의 상태를 진단하러 저택을 방문했다. 파멜라와 이야기를 나누고 온 필립은 그녀가 여전히 기억을 잃은 상태지만 무의식 속에 과거의 잔상이 분명히 남아있는 것 같다고 전했다. 그 증거로 그는 파멜라에게서 받은 레터 오프터를 내밀었다. 그것은 어린 시절 필립이 그녀에게 선물했고, 내가 질투심에 부러뜨렸던 것과 꼭 같은 것이었다.

"조금이라도 자신이 누구인지 깨달은 것은 아닐까? 그녀가 정말 아직까지 기억이 없는 것이 확실한가?"

"그건 내가 보증하지. 자네, 왜 그녀를 원했는지 아직 말하지는 않았나?"

"아직. 하지만 곧 알게 될 거야."

"서두르지 말게. 그녀는 지금 극도로 혼란스러운 상태야. 자칫 충격을 받았다간 돌이킬 수 없는 상황까지 가게 될까 두렵다네."

"그녀가 나를 받아들이지 않을 수도 있다는 말인가?"

"그럴 수도 있지. 하지만 설사 그런 상황이 온다 할지라도 강제해서는 안 돼. 모든 건 그녀의 선택에 맡겨야 하네."

필립의 걱정스럽고도 단호한 충고에 나는 조금 자신이 없어졌다. 그리고 그날 저녁 정찬회에서 파멜라가 오래전 그녀에게 주려고 준비해두었던 드레스를 입고 나타났을 때는 깜짝 놀라지 않을 수 없었다. 그녀는 젊은 시절 내가 약속했던 '윈델 저택의 안주인'의 모습 그 자체였다. 눈을 뗄 수 없을 만큼 아름다운 모습이었지만, 한편으로는 그것이 필립의 말대로 그녀의 기억을 자극하여 충격을 줄까봐 겁이 났다. 그녀가 어떻게 그 옷을 입게 되었는지 의문에 휩싸인 채, 나는 너무나 초조하고 불안하여 훌륭한 식사와 줄리아가 선사하는 여흥을 제대로 즐길 수가 없었다.

당황스럽고 복잡한 마음에 일찍 자리를 떠났던 나는 한참을 방 안과 복도를 서성이다 침실을 정리하러 온 파멜라와 마주쳤다. 두렵고 떨리는 기분으로, 나는 그녀에게 어떻게 된 일인지를 물었다. 그녀가 아직 아무것도 모른다는 사실에 안도하면서도, 한편으로 나는 파멜라가 내가 지금까지 그녀에게 한 약속을 잊지 않고 있었다는 사실을 알아주기를 바라는 모순적인 감정에 휩싸였다. 결국 나는 격렬한 열망에 사로잡힌 채, 내게서 도망치려는 그녀를 안아버렸다.

그리웠던 그녀의 향기, 그리웠던 그녀의 체온, 이 두 팔에 그녀를 다시 안은 순간 나는 참을 수 없는 환희와 슬픔을 동시에 느꼈다. 파멜라, 그녀는 여전히 나의 사랑하는 여인인데, 나는 그녀에게 두렵고 낯선 대상이 되었다는 사실이 서글펐다. 그녀에게 이 모든 마음을 털어놓고 마음껏 그녀를 안고 싶었지만, 충격에 빠져 나를 밀어낼 그녀를 마주할 용기는 나지 않았다.

그날 밤 나는 주체할 수 없는 혼란과 슬픔에 휩싸여 밤새도록 흐느껴 울었다. 가슴이 너무도 답답했다. 나의 사랑스런 파멜라를 되돌리고 싶었지만 진실을 알게 된 후 보일 그녀의 반응이 두렵기도 했다. 동이 틀 무렵까지 고민을 거듭한 끝에 나는 마침내 결심했다. 가급적 빨리 그녀의 기억이 돌아올 수 있도록 도와주기로, 그리고 기억이 돌아왔을 때 내가 얼마나 노력했는지 그리고 앞으로 얼마나 더욱 노력할 것인지를 보여주기로. 그러나 나의 성급한 결심은 또다시 필립과 충돌하고 말았다.

저택을 떠나기 전 필립은 다시 한 번 내게 자중할 것을 부탁했다. 파멜라에게 더 이상 큰 자극을 주지 말라고, 조금 더 여유를 가지고 기다리라고. 하지만 나는 듣지 않았다. 하루라도 빨리 그녀를 되돌리고 싶었다. 하루라도 빨리 그녀를 내 품에 다시 안고 싶었다. 그리고 그 소망은 거의 실현되기 직전인 것처럼 보였다. 그러자 필립은 나를 질책하며 나의 그러한 무모함이 결국 파멜라의 인생을 비극으로 몰아넣은 것이라며 냉정하게 쏘아붙였다. 그리고 그녀는 자신의 환자이기도 하니 이 이상 무리를 시킬 거라면 다시 팍스웰로 데려가겠다고 했다.

그의 말을 듣는 순간 나는 흥분하여 그에게 달려들었다. 어린 시절 그의 선물에 기뻐하던 파멜라를 보며 느꼈던 질투심과, 그녀의 인생이 망가진 데 대한 책임이 나에게 있다는 죄책감이 한데 뒤엉켜 나는 충동적으로 그의 멱살을 잡았다.

"함부로 말하지 마! 파멜라를 제일 잘 아는 건 나야. 그녀의 상태도, 그녀의 마음도 내가 제일 잘 안다고! 내게서 그녀를 빼앗아가려 한다면 가만두지 않겠어!"

그러자 그는 내 눈을 들여다보며 차분하게 대답했다.

"에디, 나는 그저 또다시 비극이 반복되는 걸 막고 싶을 뿐이라네."

그의 말에 나는 물러설 수밖에 없었다. 지금에 와서 생각해보면 결국 그의 말이 모두 옳았다. 하지만 그 순간의 나는 가장 믿음직한 친구에게 주먹을 휘두를 만큼 제정신이 아닌 상태였다.

필립이 팍스웰로 돌아간 뒤 나는 여전히 나만의 아집에 사로잡혀 혼자서 여러 가지 계획을 세웠다. 그 중 하나는 파멜라를 남작부인의 파티에 데려가는 것이었다. 원래 그 행사는 줄리아에게 약속한 것이었다. 하지만 파멜라의 마음을 얻고 그녀의 기억을 되돌려야겠다는 결심이 서자 나는 아무것도 눈에 들어오는 것이 없었다.

계획의 변경을 알리자 예상대로 줄리아는 불같이 화를 냈다. 아무리 연기라지만 자신이 이곳에서 조지나의 아랫사람 취급을 견뎌내고 있는 것이 무엇 때문인 줄 아냐며 소란을 피워댔다. 그러나 나는 그녀에 대해 전혀 신경 쓰지 않았다. 나의 마음은 파멜라를 아름답게 치장시켜 파티에 데리고 갈 생각으로 잔뜩 들떠있었다. 그녀에게 주려고 했던 것들, 그녀가 무사히 윈델 부인이 되었다면 누릴 수 있었던 많은 것들, 그것을 지금이라도 경험하게 해줄 수 있다는 생각에 나는 무척 뿌듯했다.

갑작스런 상황에 파멜라는 많이 놀란 것 같았지만 어쨌든 우리는 무도회에서 좋은 시간을 보냈다. 나는 그녀에게 내 마음을 좀 더 드러내었고 그녀 역시 나를 거부하지 않았다. 꽃향기가 가득한 정원에서의 입맞춤, 그녀의 따뜻한 입술을 다시 느낄 수 있게 되어 얼마나 황홀했는지……. 분위기에 취한 나는 왜 자신에게 잘 해주냐고 묻는 그녀에게 사실을 모두 털어놓을 뻔했다. 그렇지만 이런 곳에서 그녀를 충격에 빠지게 할 수는 없었기에 나는 겨우 인내심을 발휘할 수 있었다.

그날 저녁 우리는 밤새도록 함께 춤을 추었다. 주위 사람들이 수군거리는 소리 따위는 상관없었다. 꿈만 같았던 시간, 그 밤은 온전히 우리들의 것이었다. 그러나 파티가 끝나고 집으로 돌아오자, 골치 아픈 일들이 연이어 나를 괴롭혔다. 우선 줄리아가 떠났다. 그녀는 어렴풋이 파멜라의 정체를 알아챈 것 같았다.

"알마는 누구죠? 정말 그저 당신의 환상을 채우기 위해 찾아낸 닮은 사람일뿐인가요? 아니면, 자신이 19살이라고 믿도록 나를 동원해 거짓말을 할 만큼 당신에게 중요한 누군가인 건가요?"

독기어린 그녀의 질문에 나는 아무 대답도 하지 않았다.

"좋아요. 마지막으로 하나만 묻죠, 에디. 당신은…… 한번이라도 내게 마음이 있었던 적이 없었나요?"

"……없소."

나의 냉정한 대답에 그녀는 자조적인 미소를 지어보였다.

"당신은 정말 미친놈이야."

그렇게 줄리아는 저택을 떠나갔다. 아무래도 상관없었다. 기억을 잃은 파멜라와의 관계가 진전되었다는 것, 그것만이 내게는 중요한 일이었다. 나는 한 단계 더 나아가 내 어머니의 방을 파멜라에게 내어주기로 결정했다. 오래전에 그녀에게 한 약속을 드디어 지킬 수 있다는 기쁨에 잔뜩 신이 나있는데, 생각지도 못한 방해꾼이 등장했다. 죽은 일레인의 동생 제니였다.

막무가내로 쳐들어온 그녀는 다짜고짜 내게 청혼을 했다. 어이가 없었지만 그녀의 목적은 분명했다. 재정적으로 궁지에 몰린 나의 상황을 이용해 이득을 취하자는 것. 뜻하는 바를 위해서는 물불을 가리지 않는 콜슨 가의 인간다운 행동이었다. 당연히 그 뻔뻔한 여자의 요구를 들어줄 생각은 없었다. 그러나 파멜라가 괜한 오해를 할까봐 무척 신경이 쓰였다. 18년 전 일레인이 나타나면서 파멜라가 겪어야 했던 수모를 이제 와서 또다시 반복하게 둘 수 없었다.

압박감에 시달리고 있는 그녀가 안쓰러웠던 나는 어느 날 밤 그녀의 방으로 찾아갔다. 달빛이 내려오는 창문 아래에서 그녀는 곤히 잠들어

있었다. 수척한 그녀의 모습에 마음이 아파, 나는 그 곁에 무릎을 꿇고 앉아 조용히 말을 건넸다.

"내가 다 알아서 할게. 아무도 너에게 뭐라고 하지 못하도록. 누구도 우리 사이를 더 이상 방해하지 못하도록. 넌 그냥 아무 걱정 말고 쉬어. 날 믿어줄 수 있지?"

나의 속삭임에 그녀가 뒤척이며 잠결에 나의 이름을 불렀다. 문득 옛 생각이 나서 나는 왈칵 눈물이 날 뻔했다.

"약속할게, 조금만 기다려줘. 사랑해, 파멜라."

잠든 그녀의 이마에 입을 맞추고 나오며 나는 결코 제니에게 놀아나지 않겠다고 마음을 다잡았다. 그러나 그런 결심에도 불구하고 제니는 작정하고 파멜라를 공격하더니 결국 나를 협박하기 시작했다. 그녀는 하녀 알마가 사실은 누구인지 알고 있다며 나의 비밀을 그녀에게 폭로해 버리겠다고 위협했다. 제니의 말에 나는 정신이 번쩍 들었다. 하루라도 빨리 파멜라가 기억을 되찾는 것은 나 역시 바라는 바였지만 그것은 어디까지나 자연스럽게 일어나는 일이어야만 했다. 파멜라가 타인에 의해 갑작스럽게 자신의 비참한 과거와 진짜 정체를 알게 된다면 무슨 일이 벌어지게 될지 막막하고 두려웠다.

결국 밤새도록 이어진 험악한 다툼 끝에 나는 제니가 원하던 광산 경영권을 양도하고 무슨 일이 있어도 비밀을 지킬 것과 다시는 이곳에 발을 들이지 않겠다는 약속을 받아낸 뒤 그녀를 떼어낼 수 있었다. 조지나는 내가 그녀의 수에 넘어간 것에 무척이나 분개했다. 제니의 언니가 한 짓을 생각하면 그 일족은 대대로 멸문시켜 버려도 모자라다면서……. 그러나 나는 손해가 얼마든 간에 파멜라를 보호할 수 있다는 것에 만족했다. 그녀를 지키기 위해선 어떤 것도 아깝지 않았다.

그러나 성 크리스토프 전야제에서 낯선 남자와 함께 있는 그녀를 보았을 때, 내 모든 기대와 인내가 와르르 무너지고 말았다. 파멜라가, 나의 알마가 그동안 다른 남자를 만나오고 있었다니. 전혀 생각지도 못했던 충격적인 상황이었다. 그 남자, 벤이라고 했던가? 능글맞게 히죽거리며 마치 파멜라가 자기 것인 양 우쭐대는 태도라니⋯⋯.

건잡을 수 없는 분노에 나는 파멜라를 다소 심하게 몰아붙였다. 더 이상 기다릴 수가 없었다. 확실히 그녀가 내 여자라는 확인을 해야만 했다. 그날 밤 나는 반쯤은 이성을 잃은 채로 파멜라를 안았다. 지금껏 나는 한 번도 그녀를 거칠게 대한 적이 없었다. 그러나 그날 밤만은 참을 수가 없었다. 다른 놈이 그녀를 건드리게 할 수 없다는 소유욕과 오래도록 억눌러왔던 욕망에 사로잡혀, 나는 격렬한 감정과 몸짓으로 그녀를 품었다.

격정으로 가득했던 밤이 지나간 이후 나는 난폭했던 내 행동들을 후회했다. 하지만 한편으로는 우리가 다시 하나가 되었다는 생각에 기뻤다. 하인들의 눈을 피해 창고에서 몰래 사랑을 나누던 젊은 시절처럼 그녀가 다시 완벽히 나의 것이 되었다고 생각했다. 우리의 좋았던 추억들을 하나하나 상기시켜 나가다보면 곧 그녀의 기억도 돌아올 것이라고 생각했다.

그러나 나의 오만하고 안일한 예상은 보기 좋게 빗나가고 말았다. 파멜라가, 그토록 기다려왔던 나의 파멜라가 내가 아닌 다른 남자를 선택한 것이다. 믿을 수가 없었다. 내 앞에서 그와 함께 떠나겠다고 선언하는 그녀를 보며 나는 완전히 제정신을 잃고 말았다. 어떻게, 어떻게 다시 찾은 그녀인데⋯⋯ 얼마나 사랑해왔던 그녀인데⋯⋯ 그녀를 찾아 헤맨 나날들, 그녀를 향한 그리움에 가슴을 치며 잠들던 밤들, 그녀가 돌아올 날만을 기다리며 준비해왔던 모든 것들이 이대로 물거품이 되게 할 수는 없었다.

무슨 짓을 하고 있는 것인지도 모른 채, 나는 분노와 두려움에 휩싸여 그녀를 지하 감옥에 던져 넣었다. 그녀를 절대로 뺏길 수 없다는, 그녀를 다시는 잃을 수 없다는 생각에 나는 미칠 지경이었다. 그러나 그녀는 그 남자와 함께 다시 한 번 내 손을 빠져나가려고 했다. 제발 자신을 놓아달라고 애원하면서…….

마음이 무너져 내렸다. 그런 말을 듣기 위해 그녀를 기다려온 것이 아니었다. 또다시 잃기 위해 그녀를 찾아낸 것이 아니었다. 고통스러웠다. 그녀와 재회한 후 겨우 아물었던 심장이 다시 여러 갈래로 찢겨져 버리는 것 같았다.

그 순간, 벤이라는 작자가 충격적인 비밀을 폭로했다. 그자가 바로 일레인의 아들이라고. 그리고 자신의 어머니를 죽음으로 몰아넣은 나와 파멜라에게 복수하기 위해 이 모든 일들을 꾸민 것이라고.

일레인, 그 이름이 나오는 순간 오래된 얼굴의 흉터가 욱신거리기 시작했다. 그 비참하고 역겨운 밤이 떠올랐다. 쫓겨난 파멜라를 찾아 헤매다 돌아온 나에게 약을 먹여 억지로 자신의 여자와 동침하게 했던 아버지, 그리고 나의 아이를 임신했다며, 윈델 가의 정식 후계자를 잉태했다며 떠들고 다니던 뻔뻔한 일레인. 그러나 그 끔찍한 밤 이후 한 달 만에 불러온 배 속에 든 아이가 나의 아이일 리는 없었다.

나는 헛된 복수심에 사로잡힌 그에게 차분히 그가 알아야 할 진실을 설명했다. 물론 그는 믿지 않으려 했다. 총을 든 그가 파멜라를 인질로 잡고 난동을 부리는 바람에 위험한 상황이 되었다. 마치 그날 밤과 같았다. 서재로 쳐들어온 모니카와 몸싸움을 벌이다 총상을 입은 일레인, 나를 향해 총구를 들이대던 아버지, 그런 아버지를 향해 일말의 망설임도 없이 방아쇠를 당겼던 조지나…… 타오르던 불길, 비명소리, 삶을 포기하려던 나를 끌어내던 손길…….

그리고 되풀이될 뻔한 과거의 비극에서 우리를 구한 것은 충실한 요리사 올리버였다. 어린 시절부터 모두에게 손가락질 받던 나와 파멜라를 따뜻하게 대해주었던 유일한 사람. 그가 쏜 총에 놀란 벤은 도망쳤지만 더 큰 문제가 남아있었다. 파멜라가 드디어 자신이 누구인지를 알게 된 것이다. 흔들리는 그녀의 눈빛을 보며 나는 불안해졌다. 이런 식으로는 아니었는데, 결코 이런 식으로는…….

해명을 할 새도 없이 파멜라는 도망쳤고 부상을 입은 나는 제대로 움직일 수가 없었다. 조지나와 올리버의 도움으로 응급조치를 한 뒤 곧바로 그녀를 뒤따라 나섰으나 어찌된 일인지 그녀는 어디에서도 보이지 않았다. 걱정이 되어 견딜 수가 없었다. 벤이라는 녀석이 다시 나타나 그녀를 끌고 간 거라면 어떡하지? 숲 속을 헤매다 짐승에게 공격이라도 받은 거라면? 어두운 밤에 어디선가 발을 헛디며 추락하기라도 한 건 아니겠지?

마을까지 내려와 미친 듯이 그녀를 찾아보았으나 여전히 그녀의 모습은 보이지 않았다. 깊은 절망감이 느껴졌다. 설마 파멜라가 정말로 떠난 것일까? 자신이 누구인지 알게 되었기에 나를 용서할 수 없었던 게 아닐까? 내가 얼마나 그녀를 사랑하든, 그녀를 되찾기 위해서 무슨 짓을 하든, 그녀는 나를 떠날 운명이었던 것일까?

후회가 밀려왔다. 차라리 그녀를 다시 데려오지 말 것을, 그녀를 찾지 말 것을, 아니, 처음부터 그녀를 사랑하지 말 것을. 나 때문에, 사랑하는 여자 하나 지켜줄 능력도 없는 내가 그녀를 가지려 했기에 이 모든 일이 벌어진 것을…….

죄책감과 자괴감에 휩싸여 목적 없이 거리를 방황하던 나는 문득 히아나 여왕의 다리 앞에 서 있는 내 자신을 발견했다. 파멜라가 이곳에서 버려졌다고 했다. 움직이지도 못하는 몸으로 이 다리 위에서 강물로 내

던져졌다고······. 천천히 다리를 오르며 나는 파멜라가 겪었을 무시무시한 경험들을 상상해보았다. 얼마나 두려웠을까, 얼마나 고통스러웠을까. 그런 고난을 겪은 그녀에게 나의 슬픔을 알아달라고, 나의 그리움을 채워달라고 요구하는 것이 가당키나 한 일이었을까.

검게 일렁이는 물을 보며 나는 모든 희망이 사라지는 듯한 느낌을 받았다. 파멜라가 나를 떠났다면, 나의 알마, 나의 영혼이 내 곁에 없다면 나도 더 이상 살아있을 이유가 없었다. 우리가 다른 시대에, 다른 모습으로 만났더라면······ 그때는 우리가 이토록 슬픈 운명에 휘말리지 않을수 있었을까······.

'첨벙'하는 소리와 함께 모든 감각이 멀어져갔다. 내 모든 기억과 업보가 하나씩 사라져가고 있었다. 저 멀리 한 번도 만난 적 없는 어머니와 그리운 프레드 아저씨가 마치 부부처럼 다정한 모습으로 함께 나를 기다리는 것이 보였다. 한때는 아름다웠던 모니카의 얼굴도 보였다. 그리고 파멜라의 모습이······.

"에디!"

파멜라······.

"나야, 나 여기 있어!"

파멜라의 얼굴이 보였다. 그녀의 목소리가 들렸다. 그것은 수많은 밤나를 사로잡았던 환상도, 깨고 싶지 않은 꿈도 아니었다. 그녀가, 실재하는 그녀가 내 곁에서 나를 끌어안은 채 울고 있었다.

"떠나지 않을게, 에디. 다시는 널 떠나지 않을게."

언제나 꿈꿔왔던 그녀의 다짐.

"사랑해, 널 사랑해, 에디."

내가 먼저 하고 싶었던 고백.

파멜라가 돌아왔다. 나의 영혼, 내 사랑하는 파멜라가, 평생을 찾아 헤맨 나의 연인이 드디어 내 곁으로 돌아왔다! 아무 말도 필요 없었다. 더이상 아무것도 필요 없었다. 우리는 웅성대는 사람들에게 둘러싸인 채 서로를 부둥켜안고 울고 또 울었다. 마치 이 눈물 속에 우리의 모든 응어리가 씻겨 내려가기라도 할 것처럼.

* * *

서로의 마음을 확인한 후 우리는 윈델 저택을 떠나기로 결정했다. 누구도 우리를 알아보지 않는 곳, 누구도 우리에게 신경 쓰지 않는 곳으로. 식민지에 새로 건립된 개척민 마을은 우리에게 안성맞춤인 곳이었다. 대저택과 귀족으로서의 삶을 버린 것에 전혀 유감은 없었다. 어차피 내게는 지옥 같은 인생이었으니까.

이제는 매일 아침 눈을 뜨면 내 곁에는 파멜라가 있다. 나의 사랑, 나의 영혼, 그 오랜 역경과 기다림 끝에 다시 찾은 단 하나의 연인. 나를 향해 화사하게 미소 짓는 그녀의 눈을 들여다볼 때면, 나는 지금까지 알지 못했던 무한한 평화와 행복을 느낀다.

그녀는 여전히 때때로 지난날의 악몽에 시달리곤 한다. 나 역시도 가끔 그녀를 다시 잃어버리는 슬픈 꿈을 꿀 때가 있다. 그런 날에는 그때의 괴로운 감정이 고스란히 되살아나 너무나 힘이 들지만, 서로가 곁에 있다는 사실이 큰 위안이 된다. 어쩌면 평생 벗어나지 못할 기억이겠지만 파멜라와 나는 서로를 의지하며 조금씩 상처를 이겨내고 있는 중이다.

하루의 끝에 저물어가는 해를 바라보며, 우리는 조용히 켄드웰의 언덕 위에 우뚝 서 있는 저택에 관한 이야기를 나누기도 한다. 조지나와 올리버가 그곳을 사람들이 북적이는 관광명소로 바꿔나가고 있다는 소식이 들려올 때면 우리의 마음에도 자그마한 희망의 불씨가 퍼져나간다.

상처 입은 야수의 울음소리가 메아리치던 베스티아 몬트, 과거의 망령이 배회하던 음울한 저택, 그곳이 언젠가 순수하고 아름다운 사랑에 관한 이야기로 가득 차게 될 때 우리도 그곳으로 돌아갈 수 있을 것이다. 그때가 되면 파멜라 듀럼과 에드먼드 윈델의 이름은 우리가 사랑하던 사람들 곁에 나란히 새겨질 것이다. 욕망과 죄악의 씨앗이 아닌, 불멸한 사랑의 증인으로서……

외전1
프레드와 샬럿

"어서 와요. 말씀 많이 들었어요. 반갑습니다."

프레드는 인사를 건네는 여주인을 멍청히 쳐다보았다. 여동생의 성화에 못 이겨 공짜 술이나 얻어먹자는 마음에 이곳에 오긴 했지만, 오자마자 천사를 영접하게 될 줄은 몰랐던 것이다. 옆에서 조지나가 팔꿈치로 쿡 쑤시자 그제야 프레드는 정신이 들었다.

"아, 예예…… 처음 뵙겠습니다. 조지나의 오라비 되는 사람입니다. 저는……."

"프레드."

그녀가 이미 알고 있다는 듯 그의 이름을 부르며 싱긋 웃었다.

"우선 식사부터 하세요. 술도 마음껏 드시고요. 조금 있다가 댄스파티도 할 거예요. 조지나, 오빠를 잘 챙겨드려. 알았지? 어머, 저기 식료품 가게 점원들도 왔네. 가볼게. 여기 좀 부탁해."

그녀는 남매를 향해 웃어보이고는 뒤이어 들어온 손님들에게 밝게 인사를 하며 자리를 옮겼다. 프레드는 홀린 것처럼 그녀의 자취를 따라 고개를 돌렸다. 그때 다시 한 번 조지나가 옆구리를 쑤셨다.

"그만 쳐다봐요, 오빠. 촌티 내기는."

여동생의 타박에 프레드는 억울한 목소리로 항의했다.

"하지만 조지나, 내 평생 저렇게 아름다운 여자는 처음 봤다. 세상에, 진짜 사람 맞냐?"

"날 창피하게 하지 마요, 오빠. 이집의 안주인이시라고! 샬럿 마님께 함부로 하면 안돼요."

"함부로라니, 날 뭘로 보고! 나도 그 정도 주제는 안다고! 참나……."

프레드는 투덜거리다가 못마땅한 눈길로 여동생의 차림새를 살폈다.

"그나저나 그 옷은 뭐냐? 너한테 그런 고급스런 드레스가 있었어?"

"내가 이런 걸 살 돈이 어디 있겠어요. 샬럿 마님께서 물려주셨지. 정말 좋은 분이셔요. 고용인들에게도 얼마나 다정하게 대해주시는지 몰라요. 우리를 위로해주려고 이런 파티도 열어주신 걸 봐요. 주인어른께선 싫어하셨지만……. 마님도 그렇게 좋은 분이 하필 헨리 윈델 경 같은……."

헨리 윈델의 이름을 내뱉자마자 조지나는 표정이 급격히 어두워지더니 고개를 절레절레 저었다.

"아니, 그 얘긴 그만하죠. 아무튼 저기 가서 먼저 먹고 있어요. 사람들하고도 좀 어울리고. 난 마님을 돕고 올게요."

조지나는 그를 푸짐하게 차려진 식탁에 데려다놓고 걸음을 돌렸다. 프레드는 쭈뼛거리며 접시를 집어 들고는 다시 북적거리는 문쪽을 돌아보았다. 환하게 웃으며 사람들을 챙기고 있는 아름다운 여인. 그때까지만 해도 그는 알지 못했다. 아니, 아무도 알지 못했다. 두 사람의 짧은 첫 만남의 순간이 윈델 가의 운명을 송두리째 바꿔놓게 될 거라고는.

* * *

"허허, 그것참."

프레드는 널따란 정원 한가운데에 서서 헛웃음을 흘렸다.

"도대체 어디가 어딘지 알 수가 있어야지."

같이 맥주를 마시던 이 집 하인이 화장실은 밖에 나가면 있다고 가르쳐주었건만, 아무리 돌아다녀보아도 화장실 비슷한 것은 보이지 않았다. 잘 가꾸어진 관목들과 꽃들을 보며 혀를 끌끌 차던 그는 그냥 구석에다 해결할 요량으로 으슥한 곳을 찾아 들어갔다.

그때 근처에서 수상한 소리가 들려와 프레드는 멈칫했다. 누군가 흐느끼고 있었다. 그는 두리번거리며 소리의 근원지를 찾아보았다. 그리고 곧 커다란 나무 뒤에서 삐져나온 옷자락을 발견했다.

그는 슬쩍 그곳으로 다가갔다. 바스락거리는 소리에 나무 아래 웅크리고 있던 이가 화들짝 놀라 고개를 들었다.

"프레드?"

그곳에 숨어있던 사람은 놀랍게도 샬럿이었다.

"아니, 샬럿 마님? 이런 곳에서 뭘……."

뜻밖의 만남에 놀라 물어보던 프레드는 곧 여주인의 몰골을 보고 입을 다물었다. 그녀의 머리는 헝클어져 있었고 눈가에는 멍이 들어 있었다. 퉁퉁 부은 눈으로 올려다보는 그녀의 얼굴은 눈물범벅이었다. 불과 몇 시간 만에 엉망진창이 된 그녀의 모습에 프레드는 당혹감을 감출 수 없었다.

"이게 무슨…… 도대체 누가 이런 겁니까?"

프레드가 묻자 샬럿은 자조적으로 웃었다.

"날 이렇게 만들어도 비난받지 않을 사람은 하나뿐이죠."

프레드는 말문이 막혔다.

"하지만 왜……"

"고용인들을 위한 파티를 연 게 마음에 안 들었던 모양이에요. 괜찮아요. 종종 있는 일이니까. 그 인간은 자기 기분에 거슬리면 눈에 보이는 게 없죠."

"아무리 그래도 이렇게까지…… 아니, 이렇게 될 때까지 조지나는 뭘 하고 있었던 겁니까?"

어쩐지 분개한 기분을 느끼며 프레드는 버럭 소리를 질렀다.

"일개 하인이 뭘 할 수 있겠어요."

샬럿이 손등으로 눈가를 훔치며 대답했다. 프레드는 아무 말도 못하고 멍청히 그 자리에 서있었다. 그로서는 도저히 이해가 가지 않는 일이었다. 마냥 고상하고 높으신 줄로만 알았던 대저택의 안주인이 남편에게 이런 취급을 당하고 있다고 생각하니 마음이 아프기까지 했다.

"이렇게 상냥하고 사랑스러운 분을…… 때릴 데가 어디 있다고……."

속상한 마음에 프레드는 저도 모르게 내뱉었다. 샬럿이 고개를 들고 그를 바라보았다.

"내가 사랑스러워요?"

그녀가 되묻자 프레드는 자신이 말실수를 했다는 것을 깨닫고 당황했다.

"죄, 죄송합니다. 마음속으로 생각한다는 게…… 아니, 그러니까 그게……."

허둥거리는 프레드를 보며 샬럿은 웃음을 터뜨렸다.

"날 그렇게 생각해주는 사람도 있다니 위안이 되네요."

프레드의 얼굴이 벌겋게 달아올랐다. 그는 뻣뻣하게 서서 어찌할 바를 모른 채 뭉그적거렸다. 그녀를 위로해주고 싶었지만 어쩐지 주제넘은 짓인 것만 같았다. 그렇다고 그녀를 혼자 두기도 걱정스러웠다. 한참을 쭈뼛거리고 서있자 보다 못한 샬럿이 먼저 말을 걸었다.

"그러고 서있지 말고 잠깐 같이 있어줄래요?"

그제야 프레드는 그녀의 옆에 앉았다. 하지만 여전히 무슨 말을 해야 하는지 알 수 없었다. 나무 아래 나란히 앉은 두 사람 사이에 오래도록 어색한 침묵만이 흘렀다.

"저기……."

한참 만에 프레드가 가까스로 입을 열었다.

"오늘 일은 제가 꼭 비밀로 하겠습니다. 전 아무것도 못 보고 못 들은 겁니다. 그러니까 걱정 마시고……."

말을 끝맺기도 전에 샬럿이 웃음을 터뜨렸다.

"이미 비밀도 아닌데요, 뭘."

그녀는 한참을 웃다가 안절부절 못하고 있는 프레드에게로 고개를 돌렸다. 그리고는 그의 얼굴을 빤히 보며 말했다.

"당신도 아주 파란 눈을 가지고 있네요."

시선이 마주치는 통에 프레드는 어쩔 줄 몰랐다. 그러나 한편으론 화제가 바뀌어서 다행스러웠다.

"그거 알아요? 파란 눈을 가진 사람들은 하프울프의 후손이래요."

"하프울프요? 켄드웰에 살았다던 전설 속 늑대인간들 말입니까?"

샬럿이 고개를 끄덕였다.

"뭐, 이 나라 사람들 절반이 파란 눈이잖아요."

"달라요."

그녀가 단호하게 말했다.

"영혼을 담은 눈은 알아볼 수 있는걸요."

샬럿의 말에 프레드는 그녀의 눈을 마주보았다. 영롱하게 빛나는 그녀의 푸른 두 눈을 들여다보며 프레드는 본능과도 같은 애정과 동질감을 느꼈다. 그렇게 두 사람은 오래도록 서로를 바라보았다. 마치 처음부터 예정된 운명이었던 것처럼, 그들이 서로를 이해하기 위해서는 아무런 말도 필요 없었다.

* * *

"오빠, 이리 들어와 봐요."

문밖에 서서 쭈뼛거리고 있던 프레드를 조지나가 재촉했다.

"이것 봐요. 마님께서 그림을 완성하셨어요."

프레드는 커다랗고 화려한 귀부인의 방이 내뿜는 기세에 눌려 슬금슬금 걸음을 내딛었다.

"어때요?"

샬럿이 발랄하게 웃으며 이젤 위에 놓인 작은 그림을 가리켰다. 그것은 프레드와 조지나 남매를 그린 초상화였다. 샬럿은 두 사람의 얼굴을 그려주겠다며 몇날 며칠을 그들을 거실에 세워두곤 했다. 그리고 마침내 자신의 역작을 완성한 그녀는 눈을 빛내며 불쌍한 프레드를 압박하고 있었다.

"이야, 대단하십니다. 정말 재주가 뛰어나시군요. 어떻게 이렇게 멋진 그림을…… 그런데, 이게 난가?"

프레드는 그림을 자세히 들여다보며 미간을 찌푸렸다.

"이게 진짜 나라고? 내가 이렇게 험상궂게 생겼어?"

"딱 오빠네요, 뭘. 마님께서 똑같이 그리셨구만."

"뭐라고?"

두 남매의 대화에 샬럿이 소리 내어 웃었다. 세 사람이 투닥거리는 동안 누군가의 거친 발자국 소리가 들려왔다. 기분 나쁜 기척에 세 사람은 웃음을 멈추고 문 쪽을 돌아보았다. 그곳에는 대낮부터 술에 취한 헨리 윈델 경이 경박한 차림의 여자 둘을 양 옆구리에 낀 채 방안을 들여다보고 있었다.

"뭐가 이리 시끄럽지? 저 자식은 뭐야?"

헨리 윈델 경이 프레드를 가리키며 반쯤 혀 꼬부라진 목소리로 말했다. 샬럿의 입가에 순식간에 미소가 사라졌다. 그녀의 얼굴에 떠오른 공포와 혐오를 보고 프레드는 순간 욱하는 기분이 들었다. 그러나 그보다 앞서 조지나가 침착하고 딱딱한 태도로 입을 열었다.

"제 오빠입니다. 저를 도와주러 잠시 근처에 머물고 있습니다."

"그런데 저놈이 왜 이 여편네 방에 들어와 있는 거야?"

샬럿이 굳은 얼굴로 고개를 돌리자 이번에도 조지나가 차분하게 대처했다.

"마님께서 제게 멋진 그림을 선물해 주셔서 오빠에게 제 방으로 옮겨달라고 부탁하려고 제가 불렀습니다. 그나저나 손님이 오셨군요. 두 분을 응접실로 안내해 드릴까요?"

조지나의 대답에 여자들이 깔깔 웃으며 헨리의 귀에 뭐라고 속삭였다.

"됐고. 내가 이 여자들 앞에서 저년을 두들기는 걸 보고 싶지 않으면 빨리 꺼지라고 해."

프레드는 저도 모르게 이를 꽉 깨물었다. 당장이라도 뛰쳐나가 저 역겨운 면상에 주먹을 날리고 싶었지만 두려움과 모욕감에 어깨를 떠는 샬럿과 걱정스레 곁눈질하는 조지나를 곤란하게 만들 수는 없었다. 그는 헨리 윈델을 노려보며 이젤 위에 걸린 그림을 덜렁 집어 들었다. 그리고 성큼성큼 걸어가 그의 앞에 섰다. 두 남자가 서로를 정면으로 노려보았다.

"좀 지나갑시다."

헨리 윈델의 눈썹이 꿈틀거렸다. 일촉즉발의 상황에 샬럿과 조지나의 눈에 불안이 스쳤다. 그러나 그의 옆에 선 여자들이 장난스럽게 그를 끌어당기는 바람에 헨리는 문 앞에서 물러설 수밖에 없었다.

"실례."

프레드는 태연하게 그림을 손에 든 채로 뚜벅뚜벅 복도를 걸어갔다. 헨리는 그의 뒤통수를 빤히 노려보았다. 그는 살벌한 눈길로 샬럿을 한번 돌아보고는 상스럽게 웃는 여자들의 엉덩이를 주무르며 곧 자리를 옮겼다. 두 남자가 떠나자 방에 남은 샬럿과 조지나는 안도의 한숨을 쉬며 서로의 손을 맞잡았다.

* * *

'쾅쾅쾅!'

막 잠이 들려던 프레드는 누군가 문을 두드리는 소리에 자리에서 일어났다. 이 야밤에 여관 문을 두드릴 사람이 없는데……. 혹시 조지나가 보낸 사람인가 하여 그는 주섬주섬 셔츠를 걸치고 문을 열었다.

"프레드!"

문이 열리자마자 뛰어 들어오는 이를 보고 프레드는 화들짝 놀랐다.

"샬럿 마님?"

긴 설명을 하지 않아도 그는 왜 그녀가 이토록 엉망진창이 된 모습으로 그의 문 앞에 나타난 건지 대번에 알 수 있었다. 샬럿은 울긋불긋한 얼굴로 프레드의 옷깃을 잡고 매달렸다.

"난 이렇게 살 수 없어요! 더 이상은, 더 이상은 이렇게 살기 싫어! 프레드, 날 데려가줘요. 날 데리고 도망쳐줘요. 오, 제발……."

갑작스런 말에 프레드는 당황했다.

"마, 마님. 그게 무슨…… 일단 진정하십쇼."

"이름으로 불러줘요."

샬럿이 그의 옷을 더욱 꽉 움켜잡으며 말했다.

"샤, 샬럿?"

"도망가요, 프레드. 아무도 못 찾는 곳으로 날 데리고 가줘요. 당장이라도 떠날 수 있어요. 이거 봐요. 돈은 이걸로 마련하면 돼요."

그녀는 품속에서 각종 보석과 장신구를 꺼내놓으며 다급하게 말을 이었다. 그 모습을 멍청히 바라보다가 프레드는 고개를 저으며 좀처럼 흥분을 가라앉히지 못하는 샬럿의 두 팔을 붙들었다.

"샬럿, 샬럿. 진정해 봐요."

샬럿이 고개를 들었다.

"그럴 수 없다는 거 잘 알고 계시지 않습니까."

"왜요? 날 사랑하지 않나요?"

단도적입적인 그녀의 말에 프레드는 말문이 막혔다. 물론 그녀를 사랑했다. 어찌 그녀를 사랑하지 않을 수 있겠는가. 할 수만 있다면 그녀의 모든 아픔을 해결해주고 싶었다. 하지만 그것은 허락되지 않는 마음이었다. 그녀는 프레드같은 위치의 남자가 감히 꿈꿀 수조차 없는 곳에 있는 사람이었다.

"샬럿……."

프레드는 괴로운 마음으로 입을 열었다.

"전 아무것도 가진 게 없는 하찮은 놈일 뿐입니다. 돈도, 집도, 제대로 된 직업도 없이 그저 조지나의 도움으로 연명하는 못난 인간일 뿐이에요. 저는 마님을 사랑할 수도 없고 사랑해서도 안 됩니다. 당신께 아무것도 드릴 게 없어요. 저 때문에 당신이 가진 모든 걸 포기하겠다고 하지 마십시오. 그래선 안 됩니다."

그러자 샬럿은 완강하게 고개를 저었다.

"귀족으로 태어났기 때문에 평생을 이런 식으로 살아야 한다면 모든 걸 포기할래요! 이대로 가다간 난 얼마안가 죽고 말 거예요. 저 숨 막히는 저택에서 난 사람이 아니에요, 프레드. 지위도, 돈도, 안락함도 다 필요 없어요. 그냥…… 그냥 사람답게 살고 싶어요! 사랑하며, 웃으며…… 그냥……."

그녀의 아름다운 얼굴로 눈물이 폭포수처럼 흘러내렸다. 프레드는 마음이 아팠다. 그녀의 처지가 안타까웠다. 그리고 당당하게 나서지 못하는 자신의 신세가 원망스러웠다. 그는 울고 있는 그녀를 꼭 끌어안았다. 그것밖에 해줄 수 있는 것이 없었다. 샬럿이 흐느끼며 그의 목에 두 팔을 감아왔다. 두 사람은 그렇게 서로를 안은 채 한참을 함께 울었다.

* * *

구멍 난 지붕 틈새로 알알이 박혀있는 별을 바라보며, 두 사람은 밤새도록 많은 이야기를 나누었다. 바닥에 등을 대고 나란히 누워 있는 이 순간만큼은 마치 자유롭게 떠도는 전설 속의 늑대가 된 것처럼 느껴졌다. 샬럿의 깊고 푸른 눈을 들여다보며, 프레드는 결심을 굳혔다. 그녀를 해방시켜 주리라. 조지나가 분명 심하게 타박을 하겠지만 그녀와 함께 할 수 있다면, 그것이 그녀가 원하는 것이라면 어떤 위험을 무릅쓰고서라도 그 바람을 이루어주겠다고 결심했다.

동이 틀 무렵, 샬럿은 침착한 태도로 문을 나섰다. 계획한 날짜와 시간, 장소를 다시 한 번 확인한 뒤 그녀는 프레드의 입술에 입을 맞추고 그의 거처를 떠났다. 울렁거리는 마음을 진정시키며, 그는 샬럿이 맡기고 간 보석을 허름한 옷에 둘둘 싸서 짐가방 속에 잘 숨겨두었다.

하루가 일 년처럼 느껴진 며칠이 지나고 약속했던 날이 되었다. 프레드는 여관주인에게 헐값에 산 허름한 짐마차와 늙은 말 한 마리를 준비시켜두고 샬럿이 오기를 기다렸다. 조지나에게는 비밀로 하기로 했으나 눈치 빠른 그녀가 정말로 알아채지 못할까 조금 걱정스런 기분이 들었다. 하지만 조지나가 난리를 치더라도 그것은 나중의 문제였다. 우선 샬럿을 데리고 탈출에 성공하는 것이 가장 중요했다. 프레드는 초조하게 방 안을 서성거리며 시간이 가기를 기다렸다.

이윽고 먼 곳에서 밤 12시를 알리는 종소리가 울려 퍼졌다. 그와 동시에 조심스런 노크소리가 들렸다. 프레드는 반가움과 안도감이 뒤섞인 마음으로 달려가 활짝 문을 열었다. 그러나 문밖에 선 것은 샬럿이 아니었다. 깜짝 놀란 프레드에게 장정 여럿이 달려들어 그를 마구 구타하기 시작했다. 손쓸 틈도 없이 그는 건물 밖으로 질질 끌려나왔다.

"프레드 그로버, 절도 혐의로 너를 체포한다."

딱딱한 얼굴을 한 경감이 뒷짐을 진 채로 말했다.

"무, 무슨 소리야! 당신들 뭐야? 내가 뭘 훔쳤다는 거야?"

악에 받친 프레드가 소리를 지르자 부하 하나가 짐가방 속에서 옷에 쌓인 보석을 꺼내 내밀었다. 그걸 보자 프레드는 말문이 막혔다.

"윈델 가에서 도난신고가 들어왔고 윈델 경께서 너를 범인으로 지목했다. 증거가 있는데 발뺌할 텐가?"

경감의 말에 프레드의 얼굴이 벌게졌다. 그는 꼼짝없이 덫에 걸렸다는 것을 깨달았다. 만약 그가 혐의를 부인하고 그것이 샬럿에게 받은 것이라고 실토하는 순간 그녀마저 위험에 처하게 될 것은 불보듯 뻔했다. 그는 이를 악물었다. 지금쯤 샬럿이 어떻게 되었을지 너무나 걱정스러웠다. 당장이라도 이 권력의 개들을 두들겨 패버리고 저택으로 달려가고 싶었지만 샬럿과 조지나의 얼굴이 떠올라 그는 억지로 목까지 차오르는 말을 삼켰다.

"그래, 내가 훔쳤소."

경감은 순순히 시인하는 프레드의 얼굴을 물끄러미 내려다보더니 곁에 있던 이들에게 눈짓했다.

"끌고 가."

* * *

감옥에서의 시간은 길었다. 헨리 윈델의 특별 지시라도 있었던 것인지, 그에게는 면회는커녕 서신을 주고받는 것조차 허용되지 않았다. 조지나에게서는 아무런 연락이 없었고 간수들 역시 그에게 비아냥거리기만 할 뿐 아무런 소식도 전해주지 않았다.

샬럿을 걱정하던 마음은 수감생활이 길어지며 의심으로 바뀌기까지 했다. 그녀가 나를 속인 게 아니었을까? 조지나도 설마 그 집안과 한통속이 된 건 아니겠지? 아니야, 차라리 샬럿이 나를 이용한 거라면 좋겠군. 내게 모든 죄를 뒤집어씌우고 그녀가 무사하다면 그걸로 괜찮아. 아아, 조지나, 이 야속한 것은 왜 아무 소식도 없는 거지?

한 뼘 남짓의 골방에 갇혀, 그는 하루에도 몇 번씩 감정이 오락가락 했다. 네 번의 계절이 지나고 나서야 그는 겨우 풀려날 수 있었는데, 그마저도 조지나가 마련한 엄청난 보석금이 아니었다면 불가능한 일이었을 것이다.

감옥을 나오자마자 그는 허름한 몰골도 아랑곳없이 곧바로 윈델 저택으로 달려갔다. 해명을 듣고자 함이 아니었다. 그저 샬럿이 괜찮은지 확인하고 싶었다. 그녀의 얼굴을 직접 보고 그때의 일은 실수였으니, 이제는 사정이 달라졌으니 다시는 찾아오지 말라는 말을 듣게 된다고 해도 좋았다. 아니, 먼발치에서 잘 지내고 있는 그녀의 뒷모습만이라도 볼 수 있다면 괜찮을 것 같았다. 그러나 그를 기다리고 있는 것은 충격적인 소식이었다.

"샬럿 마님께선 돌아가셨습니다. 도련님을 낳다가요. 장례를 치른 지 두 달도 넘었어요."

그 말을 들은 후 프레드는 마치 시간을 도려내기라도 한 것처럼 이후의 일이 기억나지 않았다. 정신을 차려보니 1년 전에 머물렀던 여관에 와있었고 손에는 조지나가 그동안 보내온 전달되지 않은 편지들이 들려있었다. 방 한가운데 멍하니 선 채 그는 무엇을 해야 할지 몰랐다. 하늘이 노래졌다. 온 세상이 무너져 내렸다. 이제 샬럿은 없다. 잠깐이나마 환하게 피어났던 삶에 대한 의지도 더는 없게 되었다.

그는 술을 마시기 시작했다. 맨 정신으로는 도저히 이 현실을 감당할 수 없었다. 속에 든 것을 모두 게워낼 때까지 술을 마시고 나면 그는 울부짖으며 바닥을 기어 다니다 그대로 정신을 잃곤 했다. 환상 속에서 그는 환하게 웃고 있는 샬럿을 만났다. 그녀는 부드럽게 그의 얼굴을 어루만지며 아무 말 없이 그의 눈을 들여다보았다. 파랗고 깊은 눈동자가 무슨 말인가 하고 싶은 것처럼 보였다. 그녀는 그렇게 가만히 바라만 보다가 스르르 사라져갔다.

"샬럿, 가지마, 가지마요! 말해줘, 내게 말해주시오! 내가 어떻게 하면 좋겠습니까? 샬럿!"

힘껏 소리쳐 불렀지만 샬럿의 환영은 그대로 사라져 버렸다. 프레드는 고통 속에 몸부림치다가 눈을 떴다. 그러나 그의 앞에 놓인 것은 어둠과 적막뿐이었다. 그는 가슴을 쥐어뜯으며 울었다. 이 세상은 지옥이었다. 이곳에서 벗어나 샬럿을 만날 수 있는 방법은 한 가지뿐이었다.

그는 더러운 옷소매로 얼굴을 슥 훔치고는 비틀거리며 자리에서 일어섰다. 그리고는 밧줄을 집어 구멍 난 지붕을 떠받치고 있는 서까래에 단단하게 묶었다. 후들거리는 다리로 의자에 올라 둥글게 만든 매듭 안으로 얼굴을 들이밀며, 프레드는 킬킬 웃었다. 이제 샬럿을 만날 수 있다! 그녀의 눈을 보며 이야기할 것이다. 당신이 없는 삶은 지옥이었다고. 지금부터는 영원히 함께 하자고. 그는 의자를 발로 차고는 몸을 축 늘어뜨렸다. 아아, 아름다운 샬럿. 그녀의 얼굴이 보이는 듯 했다. 나의 샬럿!

'우당탕-'

나무가 우지끈 부서지는 소리와 함께 천장이 와르르 무너져 내렸다. 바닥에 나동그라진 프레드는 머리 위로 떨어지는 잔해물들을 팔로 막으며 신음했다. 마음대로 죽을 수조차 없다니. 그는 고통과 분노에 차 소리를 질렀다.

그때 문이 '쾅'하고 열렸다. 깜짝 놀라 올려다보니 그곳엔 조지나가 서 있었다. 그녀는 엉망이 된 방안과 바닥에 엎어진 프레드를 보더니 금세 사태를 파악한 듯 얼굴을 일그러뜨렸다.

"오빠! 이게 무슨 짓이에요? 정신 차려요!"

조지나가 소리쳤다.

"죽겠다고? 죽는다고 모든 게 해결될 것 같아?"

매서운 그녀의 외침에 프레드는 힘없이 웅얼거리며 몸을 일으켰다.

"조지나, 내 동생아. 미안, 미안하다. 그런데…… 나는 살 수가 없다, 이렇게는 살 수가 없어. 그녀가 없는 세상을 내가 어떻게……. 그녀를 지켜주지도 못했어. 약속했는데, 그녀를 자유롭게 해주기로 약속했는데 난, 나는…….

"살아야해!"

조지나가 단호하게 그의 말을 끊었다.

"살아야만 해! 지켜야 할 것이 있으니까!"

그녀는 이를 꽉 깨물며 품 안에 안고 있던 담요를 내밀었다. 프레드는 놀라서 그것을 들여다보았다. 그리고 그는 보았다. 신비롭게 빛나고 있는 깊고 푸른 두 눈동자를…….

"이름은 에드먼드예요."

조지나가 울먹임을 참으며 말했다.

"마님께서 직접 지으신 이름이에요."

프레드는 말문이 막혔다. 그는 여동생의 얼굴을 멍하니 바라보다가 담요 속에서 꼼지락거리고 있는 아기에게로 시선을 돌렸다. 눈이 마주치자 그를 알아보기라도 한 듯 아이가 방긋 웃었다.

그 순간 그를 감싸고 있던 짙은 어둠이 걷히고 세상이 환해졌다. 그는 떨리는 손을 내밀어 아이를 두 팔에 안아들었다. 그 모습을 바라보는 조지나의 눈에 눈물이 가득 고였다.

"에드먼드…… 에디……."

프레드가 부르자 어린 에드먼드는 대답이라도 하듯 옹알거렸다. 프레드의 입가에 미소가 번졌다. 절망에 빠져있던 그에게 강한 삶의 의지가 피어났다. 지켜야할 것이 생겼다. 사랑하는 그녀를 위해 할 수 있는 일이 생겼다. 프레드는 눈물을 흘리며 벅찬 마음으로 아기를 품에 꼭 안았다.

똑 닮은 눈을 가진 아이. 너를 위해 나는 살아가리라. 목숨이 다하는 날까지 곁에서 너를 지켜줄게, 에디.

외전2

파멜라와 에드먼드

"에디, 어디 있니? 에디!"

파멜라는 안개속을 헤매며 에드먼드의 이름을 불렀다. 또 어딘가에서 혼자 울고 있는 것인지, 아니면 파멜라를 곤란하게 하려고 장난을 치는 것인지, 이유는 모르겠지만 반드시 그를 찾아야 한다는 조바심을 느꼈다.

"에디?"

걸음을 내딛자 눈앞에 자욱하던 안개가 슬며시 걷혔다. 그리고 그녀의 눈앞에 한 번도 본 적이 없는 숲의 풍경이 펼쳐졌다. 그 숲은 마치 눈이라도 쌓인 것처럼 새하얀 나무들로 가득했다. 파멜라는 감탄을 내뱉으며 은빛으로 반짝이는 나무숲 속으로 들어갔다. 황홀한 기분으로 잠시 거닐고 있으려니 어디선가 바스락거리는 소리가 들렸다.

"에디?"

파멜라는 몸을 돌려 소리가 난 쪽으로 갔다. 어느덧 눈부신 하얀 숲은 사라지고 어둠이 그녀를 둘러쌌다. 저 멀리 한줌의 빛무리가 아른거렸다. 파멜라는 호기심과 두려움이 뒤섞인 심정으로 조심조심 빛을 향해 다가갔다. 그러자 주먹만 하던 빛이 길게 늘어나싶더니 커다랗고 새하얀 늑대 한 마리가 그녀의 눈앞에 나타났다. 파멜라는 깜짝 놀라 멍하니 이 신비롭고 성스럽기까지 한 존재를 바라보았다. 하얀 늑대 역시 새파란 두 눈으로 그녀를 응시했다. 뭔지 모를 이끌림에 파멜라는 두려움도 없이 그를 향해 손을 내밀었다. 하얀 늑대가 그녀를 향해 천천히 걸어왔다.

'파멜라……'

순간 눈부신 빛이 그녀를 집어삼켰다. 파멜라는 비명을 지르며 몸을 움츠렸다.

'나의 알마……'

* * *

파멜라는 번쩍 눈을 떴다. 몽롱한 기운 속에 걱정스레 들여다보고 있는 에드먼드의 얼굴이 제일 먼저 보였다.

"파멜라, 괜찮아?"

그는 파멜라의 이마를 쓸어 넘기며 나직이 물었다.

"또 악몽을 꾼 거야?"

그제야 현실감이 들어 파멜라는 안도의 한숨을 내쉬었다.

"아니."

파멜라는 손을 내밀어 에드먼드의 눈가에 난 흉터를 어루만졌다.

"그냥 좀 신기한 꿈을 꿨어."

"무슨 꿈?"

"기억이 안나."

파멜라가 웃자 에드먼드도 따라 웃었다.

"그럼 더 자."

그는 안심한 듯 반쯤 일으켰던 몸을 다시 누이며 두 팔로 그녀를 바짝 끌어안았다. 문득 파멜라는 예전 일이 떠올랐다. 기억을 잃고 자신이 19살의 하녀인 줄 알았던 때. 그 무렵의 낯 뜨거웠던 하룻

밤이 생각났다.

"그런데 말이야, 에디. 그땐 무슨 생각이었어?"

"언제?"

"내가 알마로 있었을 때 말이야. 그때, 축제 전야제 날……."

이제는 합법적인 부부가 되었음에도 그때를 다시 떠올리자 파멜라는 괜스레 얼굴이 붉어졌다. 그 뜨거웠던 밤이 기억난 듯 에드먼드는 잠깐 멈칫하더니 이내 능청스럽게 말했다.

"널 안고 싶다는 생각뿐이었어."

그 대답에 파멜라는 더욱 부끄러워져 그의 가슴에 얼굴을 파묻었다.

"정말 나쁜 고용주였네. 아무것도 모르는 하녀를 그렇게……."

파멜라가 농담처럼 말하자 에디의 귓불이 빨갛게 달아올랐다. 그리고는 이내 씩 웃더니 그녀의 귀에 속삭였다.

"지금도 그 생각뿐인걸."

그리고서 그는 당황하는 파멜라의 입술을 자신의 입술로 틀어막았다.

* * *

베스티아 몬트를 떠난 이후 두 사람은 안정을 되찾았다. 그들은 해안가에 자리한 한 개척민 마을에 정착하여 평온한 생활을 이어 갔다. 이곳에서 그들은 스캔들의 중심인 윈델 경도, 비참한 운명의 하녀도 아닌 그저 에드먼드와 파멜라였다. 상냥하고 활기찬 이웃들과 지붕의 높이가 똑같은 마을에서 그들은 전에 없던 해방감을 느꼈다.

최근 에드먼드는 마을회관을 짓는 공사에 자발적으로 참여하여 열정적으로 일했다. 목재를 나르고 망치질을 하고 그의 하얀 얼굴에 난 흉터를 조금도 신경 쓰지 않는 장정들과 큰소리로 웃고 떠들며 맥주잔을 기울이는 일이 너무나 즐겁다고 했다.

파멜라는 요리사 올리버에게 배운 비법을 가지고 잼이나 케이크를 만들어 가끔 장에 내다팔았다. 지역 특산 과일로 만든 그녀의 음식은 인기가 좋아서 동네 여인들이 만날 때마다 가르쳐달라고 성화였다.

바쁜 하루를 보내고 나면 저녁엔 함께 요리를 해먹고 바닷가 쪽으로 크게 난 창밖을 바라보며 손을 꼭 잡은 채 잠들곤 했다. 가끔씩 악몽을 꿀 때도 있었지만 시간이 갈수록 나쁜 기억들도 희미해져갔다.

조지나에게서는 종종 편지가 왔다. 윈델 저택은 어느덧 수많은 사람들이 찾는 관광지로 바뀌어 올리버가 너무 바빠졌다고 했다. 언제든 돌아오길 기다리고 있다는 말이 고마웠지만 두 사람은 돌아갈 생각이 없었다. 적어도 지금은 아니었다. 그들은 새로운 삶에 만족했다. 누구에게도 방해받지 않는 이곳에서 파멜라와 에드먼드는 서로를 의지한 채 상처를 보듬으며 행복을 찾아가고 있었다.

"공사가 거의 다 끝났어. 일주일 뒤면 멋진 집을 볼 수 있을 거야. 기념으로 잔치를 열거래."

에드먼드가 들뜬 얼굴로 들어오며 말했다.

"정말? 기대된다. 잔치에 들고 갈 파이를 더 만들어 놔야겠네."

파멜라의 대답에 에드먼드는 얼굴을 찌푸리더니 그녀가 들고 있던 다리미를 빼앗아 테이블에 올려놓았다.

"파멜라, 이제 이런 건 하지 마. 로사 아주머니가 도와주러 오잖아."

에드먼드는 파멜라가 집안일을 하는 걸 싫어했다. 그는 파멜라가 하녀로서 익힌 모든 것들을 잊어버리고 귀부인처럼 지내길 바라며 일을 도와줄 가정부를 고용했다. 하지만 그녀로서는 평생 해오던 일에서 손을 떼는 게 쉽지 않았다.

"괜찮아. 이런 거라도 하지 않으면 심심한걸. 다리미 이리 줘. 방금 석탄을 넣어서 뜨거워."

그러나 에드먼드는 앞을 가로막으며 그녀의 허리를 감쌌다.

"나도 뜨거운데……."

"에디!"

짓궂은 그의 행동에 파멜라는 타박하듯 그의 어깨를 찰싹 때렸다가 웃음을 터뜨렸다.

"놔줘. 조금 있다 워렌 선생님을 만나야해."

"그놈은 왜 자꾸 얼쩡거리는 거야?"

에드먼드가 투덜거리며 질투했다. 파멜라는 웃으며 그의 얼굴을 마주보았다. 윈델 저택을 벗어난 이후로 그는 아주 다른 사람이 되어있었다. 창백하고 고통에 차 있었던 눈빛은 그저 사랑만을 갈구하는 강아지처럼 변했다. 마치 어린아이같이 투정을 부리며 그녀에게 달려드는 에드먼드를 볼 때면 파멜라는 가끔 그가 그토록 세간을 두려움에 떨게 했던 인물이라는 게 믿기지 않았다.

"검진을 해주신대. 약도 받아야 되고. 영광이잖아. 명성이 자자하신 의사 선생님이 나를 무료로 진료해 주신다는데?"

파멜라가 타이르자 에드먼드는 입을 삐죽거렸다. 그러면서도 그의 얼굴에는 걱정스런 표정이 떠올랐다.

"알았어. 다녀와. 요즘 피곤해하잖아. 안색도 나쁘고……."

에드먼드는 그녀를 꼭 안으며 나지막이 말했다.

"아프면 안 돼. 건강해야지, 내 알마, 나의 영혼⋯⋯."

그가 무엇을 걱정하는지 잘 알았기에, 파멜라는 그의 품에 얼굴을 묻으며 그를 꼭 마주 안았다. 그녀는 적은 나이가 아니었고 많은 일들을 겪은 이후 심신이 많이 쇠약해져 있었다. 이곳으로 온 뒤 괜찮아졌다고는 해도 여전히 조심해야 하는 부분이었다.

"난 괜찮아, 에디. 걱정 마."

그녀는 그의 뺨에 입을 맞추며 그를 안심시켰다.

* * *

의사 필립 워렌은 휴가를 보내기 위해 일주일전 이곳으로 왔다. 머리 아픈 연구와 거듭되는 강연들로부터 벗어나 온전히 쉬러 왔다고 해놓고선 천성을 버리지 못하고 무료로 마을 어린이들을 진료해주고 있었다.

"아, 파멜라. 어서 와요."

그는 한 젊은 여인과 열띤 토론을 벌이고 있다가 파멜라가 오는 것을 보고 반갑게 인사를 건넸다. 여인은 눈짓으로 인사를 건네고는 문서를 챙겨 밖으로 나갔다. 그녀는 미나라는 이름의 간호사로 열성적이고 똑똑한 여인이었다. 그녀가 나간 문 쪽을 흘끗거리는 워렌을 보며 파멜라는 몰래 웃었다. 두 사람 사이에 미묘한 기류가 흐르고 있는 것이 느껴졌다.

"정말 멋진 아가씨지요?"

"미나 양 말이오? 뭐, 그렇지."

워렌은 헛기침을 하며 화제를 돌렸다.

"요즘은 상태가 어떻소? 계속 악몽을 꾸나요?"

"많이 좋아졌어요. 악몽은 꾸지 않지만⋯⋯ 이상한 꿈을 꾸긴 했죠."

"그래요? 어떤…….."

파멜라는 어젯밤의 꿈 이야기를 워렌에게 들려주었다. 이야기를 듣고 나자 그의 표정이 묘하게 바뀌었다.

"하얀 늑대라고? 그건 켄드웰에서는…… 아니, 잠깐. 먼저 맥박을 좀 재봅시다."

워렌의 반응에 파멜라는 덜컥 겁이 났다.

"왜 그러세요, 선생님? 저 뭔가 안 좋은 건가요?"

"파멜라."

워렌은 진지한 얼굴로 말했다.

"두 사람의 친구로서 난 두 사람이 함께 하게 된 것을 진심으로 기쁘게 생각하고 있소. 두 사람이 무슨 일을 겪어왔는지도 잘 알고, 이 마을에서의 새로운 삶이 두 사람에게 어떤 의미인지도 잘 알지. 하지만 만약에…….."

그는 잠시 멈췄다가 이내 고개를 가로저으며 다시 요청했다.

"우선 맥박을 재봅시다."

워렌의 태도에 파멜라는 몹시 불안해졌다. 그 이상한 꿈이 무슨 특별한 의미라도 있는 걸까? 에드먼드가 걱정할 만큼 요즘 몸 상태도 좋지 않았기에 더욱 걱정스러웠다. 제발 별일이 아니어야 할 텐데……. 파멜라는 불안한 기분으로 팔을 내밀었다.

* * *

파멜라는 멍한 기분으로 한참동안 문 앞에 서있었다. 어떻게 집까지 왔는지도 기억이 나지 않았다. 워렌이 내린 진단은 충격적인 것이었다. 그녀는 자신이 들은 말을 에드먼드에게 어떻게 전해야할지

감이 서지 않았다. 그녀 자신조차 막막하고 혼란스러웠다. 집안에서는 에드먼드가 뭘 하는지 쿵쿵거리는 소리가 들려왔다. 그보다 더욱 격렬하게 심장이 고동치는 것을 느끼며, 파멜라는 천천히 문을 열었다.

"아, 파멜라, 왔어? 의자가 삐걱거리기에 고치고 있던 중이었......."

쾌활한 목소리가 뚝 끊어졌다.

"왜 그래? 무슨 일 있어? 필립이 뭐라고 했어?"

에드먼드의 얼굴에 공포가 스쳤다. 그의 다음 표정이 어떻게 바뀌게 될지 걱정스러운 마음으로, 파멜라는 호흡을 가다듬으며 간신히 입을 뗐다.

"......임신이래."

벼락이라도 맞은 듯 에드먼드가 움찔했다. 그의 손에 들려있던 작은 망치가 바닥으로 툭 떨어졌다. 시간이 멈추기라도 한 것처럼, 두 사람은 잠시 동안 멍하니 서로를 바라보았다.

"내가...... 임신했대."

겨우 말을 뱉어낸 파멜라는 무너지듯 그 자리에 주저앉았다. 에드먼드가 허겁지겁 달려와 그녀를 감싸 안았다.

"파멜라......."

"나는...... 나는 다시는 아이를 못 가질 줄 알았어......."

갑자기 터져 나오는 격렬한 감정에 그녀는 눈물을 참을 수가 없었다. 오열하듯 흐느끼기 시작하는 파멜라를 끌어안은 에디의 두 눈에도 눈물이 가득 차올랐다.

"오, 신이시여. 맙소사."

그리고 뒤이어 웃음이 새어나왔다. 고통과 환희, 놀라움과 감격이 뒤섞인 채 두 사람은 서로를 부둥켜안고 소리 내어 울고 웃었다. 이전에도 그들이 함께 울었던 밤은 셀 수 없이 많았다. 그러나 이번만은 달랐다. 지금 두 사람의 눈에 흐르고 있는 것은 분명 기쁨의 눈물이었다.

"딸이면 샬럿, 아들이면 프레드라고 부르자!"

에드먼드가 다짜고짜 말했다. 파멜라는 눈물로 범벅이 된 얼굴을 들어 흥분을 감추지 못하고 있는 에드먼드의 뺨을 쓰다듬었다.

"그래."

"아, 파멜라, 사랑해. 사랑해!"

뜨겁게 안아오는 그의 품속에서 파멜라는 아름다운 하얀 늑대 한 마리가 안개를 뚫고 햇살 가득한 언덕 위의 푸른 저택으로 달려가는 환상을 보았다. 그녀의 입가에 환한 미소가 걸렸다. 인생에서 처음으로 강한 확신이 들었다. 그녀도 미래라는 것을 꿈 꿀 수 있게 되었다는 것을. 그들에게도 드디어 완전한 행복이 찾아왔다는 것을.

- The End -

푸른 야수의 저택

발　행 | 2023년 5월 15일
저　자 | 위니스피어
펴낸곳 | 주식회사 부크크
출판사등록 | 2014.07.15.(제2014-16호)
주　소 | 서울특별시 금천구 가산디지털1로 119 SK트윈타워 A동 305호
전　화 | 1670-8316
이메일 | info@bookk.co.kr

ISBN | 979-11-410-2765-0

www.bookk.co.kr
ⓒ 위니스피어 2023